守夜者

SHOUYEZHE

[美] 贾斯汀·柯罗宁 著
李静宜 译

接力出版社
Publishing House

绿色印刷　保护环境　爱护健康

亲爱的读者朋友：

本书已入选“北京市绿色印刷工程——优秀出版物绿色印刷示范项目”。它采用绿色印刷标准印制，在封底印有“绿色印刷产品”标志。

按照国家环境标准（HJ2503-2011）《环境标志产品技术要求　印刷　第一部分：平版印刷》，本书选用环保型纸张、油墨、胶水等原辅材料，生产过程注重节能减排，印刷产品符合人体健康要求。

选择绿色印刷图书，畅享环保健康阅读！

北京市绿色印刷工程

桂图登字：20-2011-001

图书在版编目（CIP）数据

守夜者／（美）贾斯汀·柯罗宁著；李静宜译 .—南宁：接力出版社，2017.6
（末日之旅系列）
书名原文：THE PASSAGE
ISBN 978-7-5448-4663-9

Ⅰ.①守…　Ⅱ.①贾…②李…　Ⅲ.①长篇小说－美国－现代
Ⅳ.①I712.45

中国版本图书馆 CIP 数据核字（2016）第 289340 号

责任编辑：张慧芳　　文字编辑：刘盛楠　　美术编辑：严　冬　　装帧设计：严　冬
责任校对：杜伟娜　　责任监印：刘　冬　　版权联络：王燕超
社长：黄　俭　　总编辑：白　冰
出版发行：接力出版社　　社址：广西南宁市园湖南路 9 号　　邮编：530022
电话：010-65546561（发行部）　传真：010-65545210（发行部）
http：//www.jielibj.com　　E-mail：jieli@jielibook.com
经销：新华书店　　印制：北京明月印务有限责任公司
开本：880 毫米 ×1260 毫米　1/32　　印张：14.75　　字数：445 千字
版次：2017 年 6 月第 1 版　　印次：2017 年 6 月第 1 次印刷
印数：00 001—12 000 册　　定价：49.80 元

目　录

你们这些人哪，
记不得来自另一个世界的通道！
我告诉你们，我可以再说话了，
从遗忘的角落归来的，
是回来寻觅声音的。
——露意丝·葛丽克《野鸢尾花》

如影般迅捷，如梦般短暂，
如黑夜闪电般转瞬即逝，
盛怒之下展现于天地之间，
还不及张口说：“看哪！”
暗黑便已张开大口吞噬。
光明趋于毁灭，
如此快速！
——莎士比亚《仲夏夜之梦》

那夜，我见到永恒，
宛如一大圈圣洁无尽的光，
如此宁静，如此明亮。
其下，时间以时、日、年，
受天体驱策，
宛如一个庞大的影子，
让世界与其随行的一切，
跟随在后面。
——亨利·沃恩《世界》

这岛上充满杂音，
声响与甜美曲调，
愉悦而无害。
时而，上千拨弦乐器，
在我耳畔轻响；
时而，歌声扬起，
于是，在绵长睡梦中醒转的我，
再次入睡。
——莎士比亚《暴风雨》

我父亲的女儿只有我一个，
儿子也只有我一个。
——莎士比亚《第十二夜》

犹如隐士独居隐蔽之处，
我意欲以无穷的疑惑终此一生。
时光既无法复返，
只能等待悲哀，
除了爱，
无人可再寻见我。
——华特·雷利爵士《凤凰巢》

对我而言，亲爱的朋友，
你永远不老，
美丽依旧，
一如我初次凝望你的眼睛时！
——莎士比亚《十四行诗》

第一卷　不知来历的女孩

你们这些人哪，
记不得来自另一个世界的通道！
我告诉你们，我可以再说话了，
从遗忘的角落归来的，
是回来寻觅声音的。

——露意丝·葛丽克《野鸢尾花》

1

守望日志

第九十二个夏季

第五十一天：没有动静。

第五十二天：没有动静。

第五十三天：没有动静。

第五十四天：没有动静。

第五十五天：没有动静。

第五十六天：没有动静。

第五十七天：彼得·乔克森驻守一号射击平台（西奥·乔克森），没有动静。

第五十八天：没有动静。

第五十九天：没有动静。

第六十天：没有动静。

在此期间，零接触，没有人被杀或被抓。副队长缺（西奥·乔克森殁），交由尚杰·帕特尔裁夺。

谨呈族长会议

——队长 S.C. 拉米瑞兹

第八天清晨破晓的时候，彼得因为牲口沿着小路由远及近发出的声响而猛然睁开眼睛。

他记得时间大概已经过了夜里十二点，在那之后他心里想着：**只要几分钟就好，只要几分钟歇歇腿，我就可以恢复体力**。当他一旦允许自己背靠着墙堤坐下来、把疲惫的头枕在交叠的手臂上，他马上就沉沉地睡去了。

“你还好吗？醒来啦？”

小艾站在他面前低头看着他。彼得揉揉眼睛站了起来。他感觉自己的动作缓慢四肢沉重，仿佛全身的骨头都变成了一根根装满液体的管子。他默不作声地接过小艾递来的水壶，喝了一口微热的水，然后把目光望向城墙。越过因为炎热而出现的“火线”，朦胧的雾气已经开始从山丘上缓缓升起。

“我睡着多久了？”

她在他面前挺起肩膀：“别提了，你已经值了七个晚上的夜班没有休息。打个盹又有什么关系？谁有意见就叫他来找我。”

晨钟响起，彼得和艾莉希亚静静地看着大门被拉开，然后退回到凹槽里。牲口群骚动不安地等着出发，此时开始拥出门口。

“回家睡一下吧，”艾莉希亚说，伐木工们正准备要离开，“你可以晚一点再担心石碑的事。”

“我要等他。”

她的目光牢牢地盯在他脸上：“彼得，已经过了七个晚上了，回家去吧。”

爬上梯子的脚步声打断了他们的谈话，霍里斯·威尔森站在墙道上，蹙着眉看着他们两个。

“你下班了，彼得？”

“交给你了，”艾莉希亚回答说，“我们值完班了。”

“我都说了，我要留下来。”

日班的守望员开始接手，又有两名守望员爬上梯子，是戈尔·菲利普和薇薇安·周。戈尔不知道在讲什么故事，薇薇安听了一直在笑，但一看到他们三个，两人就闭紧嘴巴，快步走过墙道。

“听着，”霍里斯说，“如果你想看守这个位置，我没意见。不过我是值日官，所以我必须告诉苏乌。”

“不，他不会留下来。”艾莉希亚说，“我是认真的，彼得，这不是请求。霍里斯不会对你这么说，可是我会，回家去吧。”

彼得有出言反驳的冲动，但才一张嘴，突如其来的哀恸就让他无法言语，不得不投降。艾莉希亚说得没错，结束了，西奥死了。他应该觉得如释重负才对，但此刻却只感觉到筋疲力尽——深入骨髓的疲惫让他觉得自己这辈子都会像拖着锁链一样活着，再也无法摆脱。仅仅是从墙堤下拿起十字弓，就好像要用尽他全身的力量。

“你哥哥的事我觉得很遗憾，彼得。”霍里斯说，“既然已经过了七个晚上，我想我现在可以说这句话了。”

“谢谢你，霍里斯。”

“我想你应该会当族长啦！”

彼得压根儿没想过这件事，但他想应该是这样的。他的堂姐黛娜和小丽年纪虽然比他大，但彼得的爸爸辞职的时候，黛娜就表示自愿让位，而小丽现在住在庇护所里照顾小宝宝，他也并不觉得她会对这个工作有兴趣。

“我猜是吧。”

“这样啊，嗯，恭喜你。”霍里斯很尴尬地耸耸肩，“这样说好像很奇怪，可是你知道我的意思是什么。”

他从没对别人提起那个女孩的事，甚至对艾莉希亚都没提，虽然她很可能真的会相信他。

从购物中心屋顶到地面的距离比彼得料想的要近，站在下面的艾莉希亚能看得很清楚，但是站在上面的彼得却不知道堆在建筑底部的沙丘有多高——很高的一个斜坡沙丘，高到足以吸收他匆忙间往下跳的撞击力。他手里紧紧抓着斧头，跃到亚米茄的背上，然后跟在艾莉希亚的后面，一直绕过巴宁小镇的另一头。当他能够断定没有追兵追上来之后，他才开始诧异刚才他们是怎么逃掉的，为什么这些马没有死。

艾莉希亚和凯勒柏从餐厅的厨房逃离了购物中心的中庭，那间厨房连着好几条走廊，之后会通到一个卸货平台。大型的拱窗因为生锈而卡住了，但其中的一扇裂了一条缝，能够射进一道细细的阳光。他们两个拿铁管当扳手，想办法用力撬开拱窗的缝隙然后钻出去。随后他们滚落到阳光里，发现自己位于购物中心的南端。这时，他们瞥见两匹马忘我地在茂盛的野草地上大快朵颐。艾莉希亚简直不敢相信自己的运气。之后她和凯勒柏在购物中心绕了一圈，听见门被劈开的声音，看见彼得站在屋顶的边缘。

“你们找到马之后，为什么没赶快走？”彼得问她。

他们在去电力站的路上停下来喂马喝水，这里距离六天前看见躲有病鬼的树林并不太远。他们只剩下水壶里的水了，在各自喝了一些之后，把剩下的水倒在掌心让马舔掉。他们剪下彼得的运动衫当绷带，包扎他手肘淌血的伤口。伤口并不深，但需要缝合。

“我做过的事就不再多想，彼得。”艾莉希亚的语气很尖锐，他不知道自己是不是得罪她了，“好像就应该这么做，就是这样。”

当时他完全可以告诉她那个女孩的事，但他还是迟疑了一下，同时也感觉到时机在悄悄溜走。孤零零的一个小女孩，以及她在旋转木马底下做的事，她用自己的身体掩住他；他俩交换的眼神，啄在他脸颊上的吻，以及突然粉碎的门。或许这一切全是他在那些惊险的时刻里想象出来的，所以他告诉他们说，他是意外找到了楼梯井并且穿过那里逃了出来。

他们的归来引起了一阵大骚动。他们晚归了四天，已经到了就要被宣告失踪的时限了。一听到他们回来的消息，大伙儿就全挤在大门口。他们还来不及解释阿洛留在发电站并没和他们一起回来，小丽就已经昏过去了。彼得不忍心到庇护所去找默萨蜜，告诉她西奥的消息，反正总会有人告诉她的。迈克在大门口，莎拉也在，帮他清洗缝合手肘伤口的就是莎拉。彼得坐在石头上，痛得脸皱成一团，心里隐隐有种受骗的感觉，他还以为哥哥失踪所带来的恍惚麻木会让他的皮肉感觉不到缝针穿透的痛楚。莎拉用绷带帮他包扎伤口，很快地拥抱了他一下，掉下泪来。这时，随着夜幕低垂，围观的群众让开一条路来给他走，就在第二道晚钟响起之际，彼得登上墙堤，开始准备为哥哥执行慈悲任务。

他和艾莉希亚在梯子底端分手，他保证他会回家睡觉，但他最不想去的地方就是家。宿舍里只住了几个没结婚的男人，整个地方又脏又臭，和发电站一样糟糕，可是，彼得从此以后就要住在那里。他只需要从家里拿几样东西过来，就这样。

回到家时，早晨的太阳已经暖暖地照在了他的肩膀上。他家是那座面对东林荫、有五间房的木屋。这是彼得此生仅有的家，自从离开庇护所就一直生活的家。自从母亲过世后，西奥和他除了睡觉，就很少待在家里，当然也没认真维持家里的整洁。家里的脏乱总是让彼得觉得很不安——水槽里堆着碗碟，地板上丢着衣服，每一寸表面都积着尘垢——但他还是没办法动手去清理。妈妈最注重整洁，把房子整理得干干净净——地板刷洗过，地毯理干净，鸡毛掸子掸净表面的灰尘，厨房里也没有垃圾。一楼有两间卧室，是他和西奥的房间；另有一间卧室在二楼，那是爸妈的房间。彼得进到自己房间里，迅速地收拾了最近几天要换洗的衣服，塞进帆布袋里。他晚一点儿会处理西奥的东西，决定想留下什么，然后把其他东西用手推车送到店舍，他们会把哥哥的衣服鞋子分类收存，重新分配给殖民地的其他人。妈妈过世之后，西奥负责处理这些事，因为他知道彼得做不来。后来过了大约一年，有个冬日，彼得看见葛罗莉亚·帕特尔在市场的摊子上披着一条他很眼熟的围巾在整理一罐罐蜂蜜。那条带着流苏的围巾绝对是他妈妈的。彼得不安地走开，仿佛要匆匆逃离某个和自己有关的伤风败俗的场面。

收拾完行李，他走进屋里的主房间，也就是位于裸露的梁木之下、兼具厨房与起居室功能的大房间。炉子好多个月没生火了，堆在后面的柴薪八成已经发霉了，屋里的每一寸表面都裹了一层黏糊糊的污垢，仿佛从来没人住过一样。是啊，他想，我猜是没人住。

他心中突然涌起一阵冲动，爬上二楼进到爸妈的房间。小五斗柜的抽屉全是空的，塌陷的床垫上没有寝具，旧衣橱里的架子空荡荡的，柜门一拉开，就只有一个精巧的蜘蛛网随着微风轻轻晃动。妈妈习惯摆水杯和放眼镜的小床头桌现在只有一圈圈隐约的水渍印记。彼得当时很想留下妈妈的那副眼镜，但是无能为力，因为一副完好的眼镜要用一整月的配给额才换得到。好几个月没人开窗了，整个房间充满糟糕的气味，这是又一个因为彼得的忽视而蒙受污辱的东西。真的，他觉得自己辜负了他们，辜负了所有的人，所有的东西。

他背起背包，走进上午越来越浓重的热气之中，四周有各式各样活动的声音：马厩里马匹的跺脚嘶鸣，打铁铺里铁锤的敲打韵律，高墙上日班值勤人员的高声召唤，等走进旧城，就听见孩子们在庇护所中庭玩耍时的笑闹尖叫。上午的下课时间，是教师放任孩子像老鼠一样到处乱窜撒野的时间，那是令人兴奋的一个钟头。彼得记得有个晴朗但寒冷的冬日，玩着抢夺游戏的他，奇迹似的轻易地从一个大男生手中抢到棍子。他记得那个男生是威尔森兄弟中的一个，他把棍子抢到手后再想尽办法不被抢回去，于是牢牢地抓在手里，直到教师拍着戴手套的手叫他们回到教室。冰冷的空气灌进肺部而产生了锐利刺痛的感觉，冬日为整个世界染上了干燥的黄褐色，还有额头冒出的汗水以及闪避攻击者袭击时那纯粹的生理快感，多么鲜活的感觉啊。彼得在回忆中搜寻着哥哥的身影——那个冬日早晨，西奥当然也在那群小孩儿当中，是奔跑着的孩子之一，可是他找不到西奥的踪影，哥哥应该出现的地方只剩下一片虚空。

这时他已经走到了练习场，泥地上有三个二十米长的宽阔凹地，四周筑有高高的土墙以挡住免不了飞散的弩箭、弓和丢错方向的刀子。在中间那个凹场的近前方，有五个学员立正站好。三个女生、两个男生，年龄从九岁到十三岁不等。从他们僵硬的姿势和焦急的面容中，彼得仿佛看见了当年站在练习场的自己，同样努力认真，拼命想证明自己的能耐。那时西奥领先他三级，他还记得哥哥被选上当跑腿的早上，他第一次转身跑向高墙值勤时脸上的骄傲微笑。西奥掩不住的荣耀感，彼得也感觉到了，他很快就会追随哥哥的脚步。

这天早上的教练是彼得的堂姐黛娜，她是威廉叔叔的女儿。她比彼得大八岁，生下第一个女儿爱丽之后，黛娜就离开高墙负责练习场的工作。她的小女儿凯特还在庇护所里，但是爱丽一年前已经出来了，目前也在练习场受训。初级生的她比同龄人长得高，身材像她妈妈一样纤瘦，一头黑色长发绾成守望员的发髻。

黛娜站在学员前面，用冷峻的眼神仔细打量着他们，仿佛要挑出一只羊来宰杀一样，规矩就是这样。

“我们有什么？”她问学员。

他们齐声回答：“箭。”

“他们从哪里来？”

这回更大声：“从上方来。”

黛娜顿了一下，身体往后晃了晃，瞥见了彼得。她给他一个哀伤的微笑，然后又转头面对她的学员，一蹙眉，表情再次变得严厉：“是的，他们非常可怕，你们只剩下三步的距离就会被大口吞下肚。现在我要你们排成两排，举弓。”

“你觉得怎么样？”

是尚杰·帕特尔，彼得刚才一直沉浸在思绪中，竟没发现他走近。尚杰站在他旁边，双臂抱胸，目光直视练习场。

“他们会学得很好的。”

他们下方的那些学员开始了上午的练习，年龄最小的孩子之一、达瑞尔家的那个男生射偏了，把箭砰的一声射进了箭靶后方的围墙里，其他人开始哄笑。

“你哥哥的事我觉得很遗憾。”尚杰转头面对他，并把彼得的注意力从练习场拉了回来。尚杰身材瘦小，但给人一种精壮结实的感觉。他的脸刮得一干二净，夹杂着灰色发丝的头发梳得很光整，一口洁白细小的牙齿，一双深邃的眼睛在浓密如羊毛的眉毛下显得更加黑亮。“西奥是个好人，他不该碰上这种事。”

彼得没答话，他能说什么呢？

“我一直在想你告诉我的事。”尚杰继续说，“老实说，整件事都不太说得通。健德的事，还有你们去图书馆的事。”

彼得为自己的谎言打了个冷战，他们都同意要坚持原本的说法，不告诉任何人那批枪的事，至少是暂时不说，但是事实马上证明，执行起来远比彼得原本的预期要复杂得多。少了枪，他们的说法漏洞百出。比如说他们在发电站屋顶做的事，他们如何拯救了凯勒柏，健德的死，以及他们闯进图书馆的事。

“我们把全部的经过都告诉你了，”彼得说，“健德一定是不知道什么时候被咬了。我们认为那可能是在图书馆发生的，所以才跑去那里查看。”

“可是西奥怎么会冒这种险呢？或者这是艾莉希亚的主意？”

“你怎么会这样想？”

尚杰沉吟了一下，清清嗓子：“我知道她是你的朋友，彼得，而且我也一点都不怀疑她的能力，可是她很鲁莽，总是太冲动，经常轻易动手。”

“这不是她的错，也不是哪一个人的错，就只是运气不好，而且我们是集体决定的。”

尚杰又停顿了一下，出神地凝望着练习场。彼得没再说什么，他希望自己的沉默能为这段谈话画上句点。

“不过我还是觉得很难理解，以你哥哥的个性竟然会冒这种险，我想我们永远也不会知道答案了。”尚杰若有所思地摇摇头，然后转头看着彼得，脸上的表情变得柔和了，“对不起，我不该这样盘问你。我相信你累了，但既然碰见你了，我也还有其他事要和你谈谈。是族长会议的事，关于你哥哥的职位。”

光是想到这件事就让彼得忧心，但这是他必须履行的责任。“告诉我，你希望我怎么做？”

“这就是我想和你谈的事，彼得。我认为你父亲当年不该把他的位子让给西奥，那个位子应该属于黛娜。她当时是乔克森家族年纪最长的人，现在也还是。”

“可是她拒绝了。”

“没错，老实说，我们对事情后来的发展都觉得……有点不安。当时黛娜很伤心。你记得吗？她父亲遇害没多久。我们很多人都觉得当时你父亲如果没有对她施压，要她让步，她应该会很愿意接下那个职位的。”

尚杰在说什么啊？那位子是黛娜的？“我不知道你在说什么，西奥从来没对我提过这件事。”

“是啊，我也怀疑他是否会说。”尚杰沉默了一会儿，“你爸爸和我并不总是看法一致，我相信你也知道。我从一开始就反对长征，可你爸爸始终不肯放弃这个念头，就算损失了很多条人命也还是不放弃。他是盘算着你哥哥会恢复长征，所以他才希望西奥当上族长。”

学员们已经走出练习场，沿着步道开始绕城跑步。那天在控制室里，西奥是怎么说的？这个尚杰对自己的工作很有一套？但尚杰所做的一切，却只会让彼得死命保护他原本乐意让给任何一个人的职位。

“我不懂，尚杰。”

“你不必懂，彼得，族长会议已经开过了。我们一致同意这个职位应该是黛娜的。”

“她也接受？”

“是的，在我对她解释了情况之后她接受了。”尚杰一手搭在彼得肩头——这动作或许是为了安抚，彼得想，但事实上却不是，完全不是这么回事，“请别会错意，这不是针对你。我们都很想忽略不合常规的问题，因为大家都很尊敬西奥。”

就是这样，彼得想，哥哥就这样被水淹没了。西奥的衬衫还叠好收在抽屉里，备用的靴子还放在床底下，而他却仿佛不曾存在过一样。

尚杰抬头望向练习场：“嘿，苏乌来了。”

彼得转头，看见苏乌·拉米瑞兹从大门阔步朝他们走来，走在她身边的是吉米·莫林努。苏乌身材高挑，有一头沙色的头发，今年才四十出头，在威廉过世之后成为队长。她是个能力很强的女人，脾气可以瞬间爆发，猛烈的威力足以让最强硬的守望员都被吓得打哆嗦。

“彼得，我一直在找你。休息几天吧，如果你愿意的话。你打算什么时候举行铭刻仪式？通知我一下，我想讲几句话。”

“我也正在想这件事，”尚杰插嘴说，“通知我们一下，无论如何，休息几天吧，事情不急。”

苏乌恰恰在这一刻走来并非巧合，彼得明白，他们是在应付他。

“好吧，”彼得勉强回答，“我想我会休息几天的。”

“我真的很喜欢你哥哥，”这时吉米说，显然是觉得自己既然在场就得说几句话，“凯伦也是。”

“谢谢，这话我听得多了。”

这句话很酸，彼得说出口时看见了吉米那张鹰钩鼻脸上的表情，他马上就后悔了。吉米本来也是西奥的朋友，他和西奥一样都是副队长，他也了解失去手足的感受，因为康诺·莫林努五年前在上野的猎杀病鬼行动中遇害。在守望队里，吉米的年龄仅次于苏乌，三十多岁的他有妻子和两个女儿。早在几年前他就可以不受任何人非议地离队了，但却选择继续坚守岗位。有时候他的妻子凯伦会送热的食物到高墙来给他，这让他觉得很难为情，老被守望员取笑个没完，但大家都看得出来他挺乐在其中的。

“对不起，吉米。”

他耸耸肩：“没关系，我很能体会，相信我。”

“他这么说，因为这是事实，彼得。对我们来说，你哥哥很重要。”说完最后的定论，尚杰朝着苏乌的方向，公事公办似的抬了抬下巴，“队长，你有空吗？”

苏乌点点头，眼睛却还盯在彼得脸上。“我是说真的，”她说，再次伸手抓住他的手臂，“你要休息多久都没问题。”

彼得等了几分钟才走，好和那三个人保持一点距离。他觉得非常紧张不安，却不知道为什么会这样。到目前为止都是别人在找他说话，说真的，那些内容也没什么好让他惊讶的：尴尬的安慰是他早就预料到的、也很了解的事；然后是他不必担任族长的消息——这原本应该是他很喜欢的好消息，因为他从一开始就不想和那些每日例行的责任扯上关系。然而，彼得还是觉得在这些对话的表面之下有更深沉的暗流涌动。他的直觉告诉他自己被操纵了，他隐隐觉得有件每个人都知道的事，只有他自己不知道。

他把背包扛在肩上，背包里几乎什么都没有，他干吗这么费事呢？他决定不直接去宿舍，而是沿着路往反方向走。

暗夜石矗立在广场的另一端。那是一块约莫两人高的花岗岩巨石，灰白的表面带着宝石般闪闪发亮的粉红色石英斑点，上面刻着一个个名字，全是失踪与死去的人。他来到这里就是为这个。

一百六十二个名字，花费好多个月的时间才把名字全刻上去。列文和达瑞尔两家人，还有鲍伊斯家族，据说总共九个人。葛林博格、帕特尔、周、莫林努、史特劳斯、费雪家都有人遇害，还有唐纳迪欧家的两个人——小艾的爸妈，约翰与安洁。乔克森家族第一批被刻上石块的是彼得的祖父母：达儿拉与泰勒夫妇，死在北墙下家里的残垣破瓦里。彼得一想到他们，总觉得他们很老了，因为他们已经过世了十五年，他们在世的生活远在彼得的人生记忆之前，是被他归为“以前”的时间领域。可事实上，泰勒死的时候才四十几岁，而达儿拉，泰勒的第二任妻子，在地震发生时才三十六岁。

暗夜石原本是为暗夜的受难者而立的，但似乎自然而然地变成了传统，记录下每一个失踪与死去的人。彼得看见健德的名字已经被刻上去了。他的名字并没自列一行，而是跟在他爸爸、姐姐以及另一个女人的名字后面。彼得记起了那是多年前和健德结婚的女人。以健德的个性看来，和人讲话似乎都很难想象，更何况是结婚，所以彼得压根儿就忘了他曾经结过婚的事。那个女人叫珍奈儿，在暗夜过后的几个月死于难产。他们的孩子还来不及命名，所以也就没名字可刻，那短暂的一生就这样不留一丝痕迹。

“如果你愿意的话，我可以替西奥刻名字。”

彼得转头看见凯勒柏站在身边，脚上穿着那双鲜黄色的运动鞋。鞋对他来说实在太大，看起来活像是蹼，好像一双鸭掌。彼得看着这双鞋，罪恶感不禁袭上心头。凯勒柏这双大得可笑的运动鞋就是证据，事实上也是唯一的证据，证明购物中心那场失败的插曲确实存在，但不知为什么，彼得觉得西奥一定会瞄凯勒柏这双运动鞋一眼然后哈哈大笑，他会在彼得还没明白这是个笑话之前就拿这件事当笑话看。

“健德的名字是你刻的？”

凯勒柏耸耸肩：“我很会用凿子，这里也没有人会替他做这件事。我想他应该多交几个朋友。”这孩子停顿了一下，目光飘过彼得的肩膀。有那么一会儿，他的眼睛似乎一片迷茫。“你开枪把他打死是好事，健德真的很讨厌病鬼。他觉得天底下最惨的就是被附身，我很庆幸他没和他们在一起太久。”

这时彼得下定决心，他不会把西奥的名字刻在石头上，也不会让其他人刻，他要先确定了西奥的情况才行。

“你这几天都住在哪里？”他问凯勒柏。

“宿舍啊，你以为呢？”

彼得抬起一侧的肩膀指指背包：“介意我和你一起住吗？”

“随你啊。”

一直到后来，在终于打开行囊、躺在柔软塌陷的床垫上之后，彼得才明白，凯勒柏的目光越过自己肩头在石头上搜寻的是什么。不是健德的名字，而是在上方的三个名字：理察 · 琼斯、玛丽安 · 琼斯，以及下一行的南西 · 琼斯。南西 · 琼斯是凯勒柏的姐姐。凯勒柏的父亲是个修理工，在暗夜一开始的混乱时刻里从灯柱上掉下来摔死了。他妈妈和姐姐在庇护所里被塌落的天花板压死，当时凯勒柏才出生几个星期。

这时彼得才明白，艾莉希亚为什么带他到发电站的屋顶上去，和星星一点关系都没有。凯勒柏·琼斯是暗夜的孤儿，就像她自己一样。除了她，没有人可以帮助他。

她带彼得到屋顶上去是为了等凯勒柏 · 琼斯。

2

迈克·费雪，首席光电工程师，他坐在灯屋里，聆听幽灵的声音。

迈克是这么称呼的：幽灵信号。它偶尔从声音频谱上限的杂音中冒出来——截至目前，他都还听不出那是什么东西，支离破碎的声音似有若无。他从储藏室里找到的《无线电操作手册》，把这个频率列为未分配的频道。

“我早就告诉过你了。”艾尔顿说。

在补给队回来之后的第三天，他们听到了这个频率不明的声音。迈克还是无法相信西奥不在了。艾莉希亚再三保证这并不是迈克的错，西奥的死和他想让西奥帮他找主机板这件事没有关系。可迈克还是觉得自己有责任，一连串的事件导致朋友丧命，他觉得自己难辞其咎。至于主机板——最惨的是，迈克早就忘了这回事。西奥和其他人出发去发电站的隔天，迈克就从一个旧电池上拆下电流供应器，成功地改装成他所需要的零件。不是 pion 系统，可是足以提供额外的处理能力，析离出频谱顶端的信号。

就算他没能找到替代的零件，就算多一个处理器又能怎样？不值得让西奥为此送死啊！

可是这个 1432 兆赫信号，轻微得像耳语，好像在说些什么。他觉得很困惑，那个声音的意义仿佛总在他即将瞥见的一瞬间消失无踪。那是数字的声音，不断重复，神秘出现又突然消失，或者应该说一开始听起来是没有章法的，直到后来他意识到——好吧，是艾尔顿意识到——这声音是每隔九十分钟出现一次，持续传送两百四十二秒，然后再次归于沉寂。

迈克早就该发现这个规律，他简直都找不到借口替自己的无能开脱。

这个信号越来越强，一个钟头接着一个钟头，随着每一次的循环而增强，在夜里尤其明显，仿佛某个该死的东西正在翻过山岭朝这边走来。他不再找其他的频率了，每天就只是坐在面板前，数着一分钟又一分钟，等待信号再次出现。

艾尔顿也很兴奋，迈克在灯屋多年早已习惯的那个“当盲人真是棒”的艾尔顿已经不见了。现在坐在那儿的是个满头头皮屑、脾气坏透的家伙，甚至连句“嗨”都不说。他头上戴着耳机，在信号出现时凝神倾听，噘起嘴，摇着头，嘴里念念有词地说什么他需要多点睡眠之类的。在第二道钟响过之后，他甚至都懒得去启动电灯的电力。就算迈克让瓦斯溢出来把他们炸得飞上月球，估计艾尔顿都不会有任何反应。

洗个澡他总会吧？该死，其实他们两个都该去洗澡了。

为什么？西奥的死？自从补给队回来之后，殖民地就开始笼罩在挥之不去的不安气氛中。健德把凯勒柏困在电塔上这件事，大家都想不通。尚杰和其他人拼命想把这件事按下去，但流言传得很快。大家都说他们早知道那个家伙有点不太对劲，在山下待了那么久，他的脑袋出问题了。自从老婆和孩子死后，他就有点毛病了。

还有尚杰的事，迈克不知道那到底是怎么回事。两天前的夜里，他正坐在面板前，门突然被打开，尚杰站在门口，一双眼睛睁得大大的，仿佛在说：抓到你了！

被逮到了，迈克心想，耳机还罩在头上——罪行太明显了——我这回死定了。尚杰终究还是发现无线电的事了，这下麻烦大了。

可是奇怪的事发生了，尚杰什么都没说，他只是站在门口看着迈克。随着时间一秒秒过去，迈克发现这人脸上的表情和他第一眼瞥见时以为的并不一样，不是在大半夜发现罪行的义愤填膺，而是近乎动物的呆滞、茫然与迷惑。尚杰身穿睡衣，光着脚。似乎不知自己身在何处，他在梦游。很多人都会梦游，有时候殖民地似乎有一半的人同时起来到处兜圈子。是因为夜里灯光强烈的关系，城里从没到暗得能让人沉睡的地步。迈克自己也有过一两次经验，比如醒来时发现自己在厨房，从罐子里挖蜂蜜涂在脸上。可是尚杰·帕特尔，族长会议议长，他看起来不像会梦游的人。

迈克的心思飞快转动，现在的目的是把尚杰送出灯屋而又不弄醒他。迈克精心设计了好几个策略——真希望自己有蜂蜜可以引诱他——但是尚杰突然一皱眉，歪着头，仿佛聆听远方的声音似的，拖着脚步从他身边走过。

“尚杰，你在干吗？”

尚杰走到断路器面板前面停下脚步，松软地垂在身体一侧的右手微微抽搐。

“我不……知道……”

“你是说，”迈克大胆一试，“你不知道，你要去什么地方？”

尚杰没回答，他抬起手高举在面前缓缓地前后转动，眼神还是很迷离，仿佛无法决定这手是谁的。

“巴柏……寇克？”

外面又出现了脚步声，葛罗莉亚突然进来。她也穿着睡衣，白天绑起来的头发现在半垂在背上，看起来有点喘不过气来，显然是从家里一路追着尚杰到这里来的。她对迈克视而不见，而迈克觉得尴尬多于提防，仿佛他是个不小心撞见夫妻纷争的人。葛罗莉亚走到丈夫身边，用力抓起他的手肘。

“尚杰，回去睡觉。”

“这是我的手，对不对？”

“对，”她不耐烦地回答，“是你的手。”她抓紧丈夫的手，瞄着迈克，用唇形说，“梦游。”

“绝对是，绝对是我的手？”

她叹口气：“尚杰，别闹了，够了。”

那人脸上突然闪现出清醒的表情，他转头环顾室内，目光落在迈克身上。

“嗨，迈克。”

耳机已经不见了，被迈克藏在了柜子底下。“嗨，尚杰。”

“我好像……走远了。”

迈克勉强忍住笑，心里还是很纳闷：尚杰刚才对着断路器干吗？

“还好葛罗莉亚跟着来了，带我回家。我现在就要回家了。”

“好吧。”

“谢谢你，迈克。对不起，打断你重要的工作。”

“没事的。”

就这样，葛罗莉亚带着丈夫回家，让他回到床上，终结了他心里不安梦中骚动的一切。

这该怎么解释呢？隔天早上迈克把这件事告诉艾尔顿的时候，他只说：“我猜他也像其他人一样碰上了。”迈克说：“碰上什么了？你说碰上了是什么意思？”艾尔顿没回答，他似乎也没有答案。

吧嗒，吧嗒，吧嗒——莎拉说得没错，他浪费太多时间沉浸在烦恼里。这时正是两段循环之间的空当，他得再等上四十分钟才能听见信号。无所事事的他在屏幕上打开电池计量监测，希望能看到好消息，但是没有。虽然强风整天吹个不停，还从隘口直灌进来，按理说风力发电应该会很有效率，但电池的电量却已经低于百分之五十了，电量没有丝毫增加。

他留艾尔顿一个人在小屋里，自己出去散个步，理清思绪。那个1432 兆赫信号一定是有什么意思，不是吗？很明显，因为那几个数字是最前面的四个整数，而且不断循环：1432143214321432……1 结束之后由 4 重新开始。很有意思，很可能只是巧合，可是幽灵信号本身就很诡异：感觉上一点都不像巧合。

他来到太阳黑子广场，入夜之后向来有很多人在这里游荡。他在光线里眨了眨眼睛。有个人影独自坐在暗夜石下，双臂环抱膝盖，一头乌黑的头发垂泻下来——默萨蜜。

迈克清清嗓子，想让她知道他走近了，但她却只朝他的方向草草瞥了一眼，意思很清楚：她自己一个人，而且只想这样。可是迈克在小屋里待了好几个钟头——艾尔顿在不在都一样——在黑暗之中追逐幽灵信号，宁可冒着被拒绝的危险，迈克也想要有个人可以为伴。

“嗨。”他站着对她说，“我可以坐下吗？”

默萨蜜抬起脸，他看见她满脸泪痕。

“对不起，”迈克说，“我走好了。”

但是她摇摇头：“没关系，你想坐就坐吧。”

于是他坐下来，很尴尬，因为要好好坐下，就要坐在她身边，肩膀挨着肩膀，他的背像她一样靠着暗夜石。他觉得这并不是个好主意，特别是随着两人沉默的时间越拉越长之后。他明白，既然自己坐下来，那就等于默认了要问她为什么烦心，还要找出适当的话来安慰她。他知道怀孕会让女人的情绪起伏不定，虽然女人原本就是阴晴不定的，可孕妇的行为就像四季的风一样转瞬多变。对迈克来说，莎拉向来很讲理，但那是因为她是他姐姐，而且他也已经习惯她的举止了。

“我听到消息了，我想应该说恭喜啦！”

她用指尖擦去眼泪：“谢谢。”

“葛蓝知道你在这里吗？”

她郁郁地笑说：“不，葛蓝不知道。”

这句话让他觉得，她之所以沮丧，并不只是因为情绪作祟。她来到暗夜石前，是因为西奥，她的泪是为西奥而流的。

“我只是……”其实他也不知道该怎么说西奥的事，“我不知道。”他耸耸肩，“对不起。我们也是朋友。”

这时，默萨蜜做了件出乎他意料的事。她握起迈克的手与他手指交缠，摆在他的膝上。“谢谢你，迈克，大家都对你不够肯定，可是我不这么认为。你说得很对。”

他们就这样默默地坐了一会儿，默萨蜜没有缩回手，就这样一直紧紧拉着迈克的手。好奇怪——直到此时此刻，迈克才真正感觉到西奥不在了。他觉得很难过，但还有别的感觉，他也觉得很孤单。他想说些什么，把自己心里的感觉说出来，但还来不及开口，广场的另一头就又出现了两个人影。那两个人正在朝他们走来，一个是葛蓝，一个是走在他后面的尚杰。

“听我说，”默萨蜜说，“我的忠告是，别为小艾那些鬼话烦心。她那个人就是这样，她会回心转意的。”

小艾？她干吗提起小艾？还没来得及想明白，葛蓝和尚杰就已经走到他们身边了。葛蓝大汗淋漓气喘吁吁，好像刚刚绕着高墙跑了几圈似的。至于尚杰，两天前那个迷迷糊糊的梦游者已经不见了，这会儿站在这里的是个眉头深锁，纯粹扮演父亲角色的人。

“你以为你在干吗啊？”葛蓝气得眯起眼睛，仿佛要把她的影像聚焦，“你不应该离开庇护所的，小默，不可以。”

“我没事的，小葛，”她手一挥制止他，“回家去吧。”

尚杰往前一挺，站在他俩正上方，一个气势凌人的身影，沐浴在灯光中。他的皮肤仿佛散发着身为人父的失望之情，他低头瞄了迈克一眼，眉头一蹙，马上装作看不见。迈克原本还希望他会因为前几天晚上的那场风波而态度轻松一些，但这个简单的动作马上让他的希望烟消云散。

“默萨蜜，我一直对你很有耐心，但总有个限度吧。我不知道你为什么这么难接受这件事，你明明知道自己该待在哪里的。”

“我和迈克一起在这里啊，谁有意见就找谁说去。”

迈克觉得自己的胃在往下沉：“听我说……”

“你别插手，迈克。”葛蓝马上说，“不过既然提到这个，你到底和我老婆在这里干吗？”

“我干吗了？”

“是啊，是你的主意吗？”

“老天爷啊，葛蓝，”默萨蜜叹气说，“你这口气听起来像在怀疑什么，不是，我待在这里不是迈克的主意。”

迈克发现每个人都盯着他看，他只不过想找个人做伴，却被卷进一场家庭风波，简直是命运残酷的捉弄。葛蓝脸上的表情写着受辱与愤怒。迈克心里衡量着，不知道这人有没有能力伤害他。虽然他的态度显得有点不太有自信，仿佛对周遭的反应稍稍慢一拍，但迈克才不会上当呢，葛蓝足足比他重三十磅。更重要的是，葛蓝把眼前的事当成是捍卫自己的荣誉。迈克对于男人之间的争斗所知有限，只有童年时在庇护所经历的几件鸡毛蒜皮小事的经验，但他挨过很多拳头，知道有非赢不可的心很重要，而自己显然没有。如果葛蓝真想挥拳打他，那么胜负立见。

“听我说，葛蓝，”迈克再次开口，“我只是出来散步……”

可是默萨蜜不让他说完："没关系，迈克，他知道你只是出来散步。"

她转头看迈克，她的眼睛因为哭泣而眼皮红肿沉重："我们都有工作要做，不是吗？"她再次拉起迈克的手捏了一下，仿佛两人达成某种协议似的，"我的工作显然就是去做别人吩咐我做的事，而且不要这么为难，所以这就是我现在要去做的事。"

葛蓝要伸手扶她，但是默萨蜜不理他，她自己站起来。还在生气的尚杰，双手叉腰退后一步。

"小默，我不懂，为什么非要这么麻烦？"葛蓝说。

默萨蜜却一副没听见的样子，眼睛也不看爸爸和丈夫，转身面对依旧靠着石头坐着的迈克。在眼神交会之间，他感觉到她的屈服减弱了，她对自己听命行事心生羞愧。

"谢谢你陪我，迈克，"她给他一个悲伤的微笑，"你说的话很贴心。"

莎拉在疗养所等待盖博·寇帝斯咽气。

她刚骑马回来，玛尔就来到她家门口。出事了，玛尔说。盖博在呻吟、翻滚，呼吸困难。珊蒂不知道该怎么办，她能去一趟吗，为了盖博？

莎拉拿出她的医药箱跟着玛尔来到疗养所。一穿过布帘踏进病房，她就看见雅各布倾身在爸爸躺的病床上，端着的茶杯压在他唇边。盖博呛到了，咳得出血了。莎拉快步走到他旁边，轻轻地从雅各布手里接过杯子。她帮盖博翻身侧躺——这可怜的人几乎没有任何重量，只剩下皮包骨——她用空着的那只手从推车上拿起一个金属盆，塞在他颌下。盖博又重重地咳了两声，莎拉看见他咳出的鲜血夹杂着细碎的黑色团块，那是死掉的纤维。

珊蒂从门后阴暗处走出来。"对不起，莎拉，"她说，一双手紧张地挥动，"他本来只是咳嗽，我以为喝点茶……"

"你让雅各布喂他喝茶？你搞什么啊？"

"是怎么回事？"雅各布声音带着哭腔，他站在病床旁边，脸上满是迷惑与无助。

"你爸爸病得很重，雅各布，"莎拉说，"没人怪你。你做得很好，你在帮他。”

雅各布开始抓自己，右手的指甲深深掐进伤痕累累的前臂肌肉里。

“我会尽全力照顾他的，雅各布，我保证。”

盖博内出血，莎拉知道是肿瘤破裂什么的。她摸摸他的肚子，感觉到血液聚积的温暖肿胀。她从医药箱里找出听诊器，戴在耳朵上，拉起盖博的上衣听他肺部的声音。那是一种类似潮湿的咔啦声，仿佛有水在罐子里晃荡一般。盖博的时间快到了，还能再有这么几个钟头。莎拉抬眼看玛尔，玛尔点点头，莎拉知道玛尔说她是盖博最喜欢的人是什么意思，她知道玛尔现在就要她动手。

“珊蒂，带雅各布到外面去。”

“你要我带他出去做什么？”

见鬼了，这女人的脑子是有什么毛病吗？“做什么都好。”莎拉深吸一口气，让自己镇静下来，她没时间生气，“雅各布，我要你跟着珊蒂到外面去，你可以听我的话吗？”

在他眼里，莎拉看见的并不是理解，而是恐惧，还有长期以来听别人吩咐行事的服从习惯。雅各布会出去的，莎拉知道，只要有人要求他这么做。

他很不情愿地点点头：“可以啊，我可以出去。”

“谢谢你，雅各布。”

珊蒂带着那孩子离开病房，莎拉听见大门打开又关上的声音。玛尔坐在病床的另一边拉着丈夫的手。

“莎拉，你有……东西吗？”

那不是可以公开谈论的东西，草药都储存在罐子里摆在地下室旧冷冻柜的铁架上。莎拉去楼下找出她所需要的东西：毛地黄，也就是俗称的洋地黄，可以减缓呼吸；俗称为“天使喇叭”的曼陀罗小小的黑色种子，可以刺激心脏；毒芹根苦味的褐色刨片，可以让意识麻木。她把这些草药都摆在桌子上，然后磨成细细的褐色粉末撒在一张纸上，再把纸斜斜地靠在杯口把粉末倒进去。她收起其他东西，把桌子拂干净，爬上楼梯。

她在另一个房间烧了开水。因为壶原本就是热的，所以药汤很快就准备好了。微微的绿色很像海藻，还带点苦涩的泥土味。莎拉把杯子端到病房。

“我想这会有帮助的。”

玛尔点点头，从莎拉手中接过杯子。她们的默契是莎拉提供方法，但其余的事她不能做。

玛尔看着杯里的东西：“喝多少？”

“全部喝掉，如果可以的话。”

莎拉站在床头，扶起盖博的肩膀，玛尔把杯子端到他嘴边，叫丈夫喝一口。他的眼睛还闭着，似乎完全没意识到她们的存在。莎拉很担心他没办法喝下去，那么她们就得再等很长一段时间。可这时盖博张嘴喝了第一口，然后又像小鸟啄着水坑里的水那样喝了一口。药喝完时，莎拉扶着他的头躺回枕头上。

“多久？”玛尔没抬眼看她。

“不会太久。很快。”

“你留下来，等到一切结束。”

莎拉点点头。

“不能让雅各布知道。”玛尔哀求地看着她，“他不会了解的。”

“我保证不让雅各布知道。”莎拉说。

然后，她们两人等待着。

彼得梦见了那个女孩。他们在旋转木马底下，在那间充满灰尘、天花板低矮的地窖里。女孩趴在他背上，蜂蜜般的气息吹在他的脖子上。**你是谁**？他心想，**你是谁**？可这些话都卡在嘴边，宛如一团羊毛布塞在嘴里。他口渴，好渴。他想翻过身来看她的脸，但却不能动弹。而且这时在他背上的不再是那个女孩，而是病鬼，病鬼的牙齿缓缓陷进他的颈背。他想为哥哥放声尖叫，但发不出声音。他开始死了，一部分的他想着：好奇怪啊，我以前从没死过，原来死亡就是这样啊。

彼得猛然惊醒，心脏一阵狂跳，梦境瞬间消散，只留下隐隐约约却让人心伤的恐慌感，宛如一声惨叫的回响。他一动也不动地躺着，慢慢意识到现在是什么时间，意识到自己身在何处。他望向床位上方的窗户，看见窗外的灯光闪耀。他的喉咙很干很干，舌头肿胀，嘴里很像布满了粗粗的纤维。他之所以梦见自己口渴，是因为他真的口渴。彼得摸索着找摆在床边地板上的水壶，把壶举到嘴边大口大口地喝水。

彼得看见凯勒柏睡在他旁边的床上，他数了数，房里总共有四个人正睡在阴影里，他们进来的时候居然没吵醒他。彼得不知道自己有多久没有睡得这么沉了。

此刻躺在暗处，他感觉到心里有一股不安的情绪。自从回到山上，彼得就觉得身体里有一种不耐烦的感觉在胸臆之间隐隐骚动。最好的解决办法就是回到墙道上去值勤，可是苏乌说得很明白，他至少得休息几天才能回到守望队。

他决定去探望姑妈，他还没把西奥的事情告诉她。虽然她很可能已经知道了，但彼得还是希望姑妈从自己口中得知这个消息，就算她已经听别人说过了。

有时候好像可以完全忘了姑妈这个人，忘了住在西林苑小屋子里的她。**噢，姑妈啊！**有人提起她的名字时，大家都是这样的语气，仿佛刚刚才想起她的存在似的。事实上，这位老太太并不需要太多的协助，一个人过得好好的。彼得和西奥有时会替她劈柴或简单地修理房子，而莎拉会帮她去店舍买东西。可她需要的并不多，因为她在屋后阳光充足的地上种了大量的蔬菜和草药，独力照料，不需要其他人帮忙。除了坐在凳子上照料菜园，她大部分时间都待在家里，置身于文件与备忘录之中，沉浸在过往的岁月里。她有三副不同的眼镜，分别系着绳子挂在脖子上，视要做什么工作来决定戴哪一副。除了冬天，她向来光着脚走路。不管怎么算，姑妈都应该快一百岁了。据说她结过婚，而且不止一次，而是结过两次婚，但没有自己的儿女。正因为如此，所以姑妈的一生像是没有任何目的的自然奇迹，就像可以用蹄子顿步数数儿的马一样。没人能说明白姑妈是怎么躲过暗夜的灾难而幸存的。地震没对姑妈的房子造成太大的损害，隔天早上，大家发现她坐在自家厨房喝着她那可怕得出名的茶，仿佛什么事都没发生过。

“说不定他们只是不想要我这老朽的血吧。”她总是这么说。

夜里很凉，彼得走近时，看见姑妈那幢小屋的窗户隐隐透着亮光。她说自己几乎从来不睡，白天黑夜对她来说都一样。事实上在彼得的记忆里，每次来看姑妈，总看见她忙来忙去的。他敲敲门，推开一条缝。

“姑妈，我是彼得。”

从房子深处，他听见翻动纸张的声音，以及椅子在老旧木地板上刮动的声音。“彼得，进来，进来。”

他走进房里，唯一的光源是厨房的一盏提灯，厨房在屋后，是一个搭起来的小棚屋。屋里东西虽多但很整洁，书一堆堆垒得像塔一样，罐子里装着石头和旧铜板，还有几样他根本辨识不出是什么的小摆饰。家具和其他物品的摆设看起来显然已经在现在的位置上放置了好几十年的时间，宛如古老森林里的树木。

这时，一个老妇人出现在厨房门口，招手叫他进去。

“你来得刚好，我才泡好茶。”

姑妈总是“才泡好茶”。她用一大堆混杂的草药泡茶，有些是自己种的，有些是路边采的。大家都知道姑妈外出散步的时候，会缓缓地弯下腰靠近地面好久，摘下不知名的野草就马上塞进嘴巴里分辨种类。喝姑妈泡的茶，是来找她聊天所必须付出的“代价”。

“谢谢，”彼得说，“我很想喝一些。”

姑妈摸索着眼镜，找出正确的那一副，戴在饱经岁月风霜、颜色像核桃般褐黄的脸上。姑妈的头部有点微微萎缩的感觉，仿佛随着年岁增长，肢体也开始缩水。姑妈看着彼得，没有牙齿的嘴咧开微笑，好像到这时才确定彼得就是她所以为的那个人。和往常一样，她穿着宽松的无领长衫，这件长衫是多年来用其他衣服的碎片缝缀拼贴而成的。仅余的头发像一团白雾，与其说长在头上，不如说是飘在头皮上来得贴切。脸颊上的斑斑点点，既非雀斑也非痣，而是介于两者之间的东西。

“快点到厨房来吧。”

他跟着光脚的姑妈慢慢走过狭小的走道，进到房子后面。这里的空间狭小，塞进一张橡木桌之后，简直没有多余的地方了。炉子的热气和炉子上那只旧铝壶冒出的蒸汽，更让厨房里有种压迫感。彼得感觉到自己的毛孔在张开冒汗。姑妈忙着倒茶时，彼得拉开厨房里唯一的窗户，让微风稍微吹进来，然后坐下。姑妈把茶壶端上餐桌，摆在三脚铁架上，然后在水槽里压下水泵，冲洗了两只马克杯，拿到餐桌上来。

“你来看我是为了谁的事啊，彼得？”

“恐怕有坏消息，是西奥。”

可是老妇人没理会。“噢，”她说，“我知道这事。”

姑妈坐在他对面，伸直两腿，把挂在瘦骨嶙峋肩膀上的衣服拉平，然后用滤茶器把茶倒进杯里。茶水的颜色是淡淡的黄色，看起来很像尿液，而留在滤茶器上的那些绿色和褐色的细碎草渣则更是触目惊心，活像被压碎了的昆虫。

“是怎么发生的？”

彼得叹口气：“说来话长。”

“我什么都没有，就是有时间听故事，彼得。只要你愿意说给我听，我就洗耳恭听。快喝吧，茶倒好了，没道理放着凉掉。”

彼得啜了一口滚烫的茶，那茶隐隐带着泥土味，喝下之后嘴巴好苦，那味道甚至不像是能吃的东西会有的味道，他礼貌性地设法吞了下去。在餐桌上，摆在他手肘边的是个本子，是姑妈老是写个不停的本子。她的回忆之书，姑妈如是说。一个厚厚的手工装订的本子，封面包着羊皮，里面的纸页满是小小的字迹，是姑妈用乌鸦羽毛蘸自制墨水写上去的。她也自己造纸，把木屑煮成浆，在旧纱窗上摊成一张张的纸。彼得知道姑妈一直在坚持做这些事，因为他看见过她在屋后用绳子晾晒她自制的纸张。

“你的书写得怎么样啦，姑妈？”

“永远写不完，”她满是皱纹的脸绽出微笑，“好多东西可以写，可我什么都没有，就是有时间。那么多的事情，还有以前的世界。在大火中把我们载到这里来的火车，泰伦斯和玛琪，以及其他的人。所有的这些，我想到就写。我想如果除了我这个老太太之外，没有人能做，那也就只能这样了，总有一天会有人想知道这个地方发生了什么事。”

“你觉得会这样吗？”

“彼得，我知道会这样的。”她啜了一口茶，舔舔没有血色的嘴唇，因为味道而蹙起眉头，“我想这里头应该多加一点蒲公英才对。”她再次看着彼得，眼镜后面的眼睛眯起来，“可你不是要问这事的，不是要问我写在这里的东西，对不对？”

她的心思总是这样，沉溺于过往而一路追忆，还有很多奇怪的联想。她常谈起泰伦斯，那个和她一起搭火车的人。有时候他好像是她哥哥，有时候又变成她堂哥。还有其他人，比如玛琪·周，名叫口香糖阿文的男生，以及叫莎丽兹的女生，露西和雷克斯·费雪。可是她在时光中漫游的思绪随时会被打断，被断断续续的对于现在的认知而打断。

“你写过西奥吗？”

“西奥？”

“我哥哥。”

姑妈的眼神放空了一会儿：“他说他要到发电站去，他什么时候回来？”

所以她并不知情，或者只是忘了，然后把这个消息和其他故事一起藏在内心深处。

“我想他不会回来了，”彼得说，“这就是我要来告诉你的，我很难过。”

“噢，现在别难过，”她说，“书里会写满你不知道的事。这是个笑话吧？一本书。喝吧，喝你的茶。”

彼得决定不再主动对她谈论西奥。听到又有人死掉的消息，对老太太有什么好处呢？他又啜了一口苦茶。要说味道尝起来有什么不同，那就是变得更难喝了，他觉得有点恶心。

“你尝到的是桦树树干的味道，可以帮助消化。”

“很好喝，真的。”

“不，才不好喝呢，可是很有效。让你的身体里面就像被龙卷风吹过那样，变得一干二净。”

彼得想起另一个消息："我要告诉你，姑妈，我看见星星了。"

听见这句话，老妇人的脸亮了起来："噢，真有你的。"她马上用皱巴巴的手指摸了摸手背，"我们可以好好谈一谈。告诉我，你觉得星星看起来如何？"

他的思绪回到当时在屋顶的那一刻，他挨着小艾躺在水泥地上。他们头顶上的星星好近好密，仿佛一伸手就拂得掉。但此刻想起，却觉得那好像是很多年以前发生的事，仿佛是他前生最后几分钟发生的事。

"很难形容啦，姑妈，我不知道该怎么说。"

"嗯，是啊。"她的目光凝视在他背后的墙上，仿佛那里有着星光，"从小时候看过之后，我就没再看过星星了。你爸爸以前常来，就像你现在这样，来告诉我星星的事。我看见星星了，姑妈，他说，我就问他，星星如何啊，小狄？我的那些星星还好吗？然后我们两个就好好地聊一聊，就像我们现在这样。"她啜了一口茶，把马克杯摆回桌上，"你为什么这么惊讶？"

"他来告诉你？"

她纠正似的蹙起眉头，但一双眼睛仍然掩不住内心的喜悦，仿佛在笑他："你为什么觉得他不会？"

"我不知道。"彼得勉强地说，这是事实。他不觉得爸爸会来告诉她。可是彼得试着想象那个场景，他父亲，伟大的狄米崔·乔克森和姑妈在她热得要命的厨房里喝茶，谈着长征……他就是无法想象。"我从来就没想过他会告诉任何人。"

她微微一笑："噢，你爸爸和我，我们聊天，聊很多事，聊那些星星。"

这一切太令人不解了，不只是不解，仿佛在短短几天之间，也就是从阿洛·威尔森的网子杀死病鬼的那个晚上开始，这个世界的某些基本准则完全改变了，只是没有人来告诉彼得这个改变是什么。

"他是不是告诉过你……行者的事，姑妈？"

老妇人缩起双颊："行者，你指的是什么？我不记得这样的事，西奥看见一个行者？"

彼得轻叹一声："不是西奥，是我爸爸。"

可是现在姑妈已经听不进去他讲的话了，她的眼睛盯着他背后的墙，思绪再次飘得远远的。"嗯，泰伦斯，我想他是和我谈过行者的事。泰伦斯和露西。她向来是最小的，是泰伦斯哄她不哭的，你知道，他总是办得到。"

没指望了，姑妈一陷入这样的思绪，就会持续好几个钟头，甚至好几天，才会再回到当下，他甚至嫉妒她拥有这样的能力。

"你想问我什么呀？"

"没事的，姑妈，可以等的。"

她瘦削的肩膀耸了耸："随你吧。"沉默了一会儿，她又说，"告诉我，你相信有全能的上帝吗，彼得？"

这个问题让他措手不及，虽然她不时谈起上帝，可从没问过他信不信。没错，站在屋顶看星星的时候，他心里有种感觉——在星星背后，满天密布的星星背后，一定有些力量存在。仿佛那些星星正在看着他，但一瞬间，星星给他的感觉又消失了。能相信这类事情固然好，但是到头来，他还是无法相信。

"不太信，"他坦诚地说，也听见了自己语气里的抑郁，"我觉得那只是大家口头讲讲的名词。"

"真是丢脸哪，丢脸。因为我所认识的上帝，他绝对不会让我们一点机会都没有的。"姑妈喝掉最后一口茶，舔舔嘴唇，"你好好想一想，然后告诉我西奥的事，告诉我他到哪里去了。"

两人的谈话似乎就此结束了。彼得起身告辞，他弯腰亲吻姑妈的头顶。

"谢谢你的茶，姑妈。"

"随时欢迎你来，等你想到答案的时候，就来告诉我。到时候我们就可以谈谈西奥，好好地谈一谈，还有一件事，彼得。"

他在厨房门口转身。

"正如你所知道的那样，她马上就要来了。"

彼得吓了一跳："谁就要来了，姑妈？"

姑妈像教师那样皱起眉头："你知道是谁啊，小子。从上帝让你做梦的那一天起，你就知道是谁了。”

彼得站在门口，沉默了一晌。

“我现在就只能说到这里了，”老妇人挥挥手打发他走，仿佛赶苍蝇那样，“你好好想一想，等准备好了再回来找我。”

“别熬夜写东西了，姑妈，”彼得勉强地说，“想办法睡一下吧。”

老妇人的脸上绽开微笑：“我已经睡够了。”

他离开姑妈家踏进夜色中，清凉的夜风拂过他的脸，吹过他运动衫下因厨房太热而冒出的汗水，这让他不禁打了个寒战。那杯茶害他的胃到现在还翻腾不已。他站了一会儿，在灯光下眨眨眼睛。姑妈说的那些话好奇怪，可是她是绝对不可能知道那个女孩的事的。以老太太心思运作的方式，所有的故事层层叠叠堆在一起，过去与现在全部混成一团，那么她指的有可能是任何一个人，她说的也有可能是很多年前死掉的人。

就在这时，彼得听见大门口传来了叫喊声，世界就此天翻地覆。

3

事情从上校开始，最初的几个钟头，所有的人就都只能确认这一点。

已经有好几天时间没人记得曾经见过上校了，他不在养蜂场和马厩，也不在夜里偶尔会去的墙道上。彼得值夜的那几个晚上当然也没见过他，可当时并不觉得奇怪。上校向来是依据自己神秘的意向来来去去，有时候甚至好几天不露脸。

大家所知道的是（最初由霍里斯报告，也得到其他人的证实），上校在刚过半夜时出现在了墙道上，就在第三号射击平台附近。当天晚上很平静，没有任何动静，月已西沉，墙外开阔的野地沐浴在聚光灯的光线里。只有几个人注意到他站在那里，但是大家没多想。嘿，上校在那边，大家只会这么说。那老家伙就是无法置身事外。太可惜了，今天晚上没什么事可做。

他在那里停留了几分钟，摸着脖子上的牙链，凝望着墙下的空地。霍里斯以为他是来找艾莉希亚的，可他也不知道艾莉希亚人在哪里，反正上校会自己找到她。他没带武器，也不和任何人讲话。等霍里斯再望向那边时，他已经离开了。跑腿奇普·达瑞尔后来说看见他爬下梯子，走上小径，往畜栏的方向走去。

再有人看见他的时候，他正在穿过墙外的野地。

“注意！”一个跑腿高喊，“有动静了！”

霍里斯看见**他们**了，在野地的边缘有三个病鬼，一齐跳进光线里。

上校直奔病鬼而去。

病鬼飞快地扑到他身上，啮咬，咆哮，宛如浪涛般吞没他，墙道上的十几张弓同时放箭，但是因为距离太远，只有运气最好的几支箭能射中点东西。

他们眼睁睁地看着上校死去。

就在这时，他们看见了那个女孩。就在野地的边上，一个孤零零的身影从暗处走出来。起初，霍里斯说，大家都以为她也是病鬼，而且每个人都不分青红皂白，只要看见有东西移动就射箭。她穿过野地，迎着如雨的飞箭走向主大门，这时有一支短箭射进了她的肩膀，霍里斯甚至能清清楚楚地听见那箭刺进肉里的声音，那力道让她像个陀螺一样转了一圈，但她还是继续往前走。

"我不知道，"霍里斯后来坦承，"说不定是我射中她的。"

这时艾莉希亚出现了，她高声叫喊着，快步冲过墙道，喊着要大家住手，那是个人哪，一个该死的人！放下绳子，快点放下该死的绳子！大家都迟疑了一会儿：这时苏乌不见人影，只有她才能下达传遍高墙的命令。但是艾莉希亚显然没因此而耽误时间，在大家还来不及开口之前，她就跳到墙堤上，手抓着绳子，往外一跃。

霍里斯说，这是他这辈子看过的最该死的事。

她匆匆地往下跳，晃动绳子，双腿凌空，迅捷地在墙面上移动，绳子在墙头的石块上发出嘎嘎的声音，有三双手忙乱地想在她落地之前启动制动器。就在机器随着金属声停止运作时，艾莉希亚人已落地。她在尘土中翻滚了一圈，站起来就跑。那几个病鬼在二十米外，还围在上校的尸体旁边，他们听到艾莉希亚落地的声音，集体抽搐、扭动，狰狞地张大嘴尝着空气的滋味。

新鲜的血。

那女孩已来到高墙脚下，一个黑色的身影靠在墙边，背后有个微微发亮隆起的东西——她的背包，因为射中肩头的箭而钉在她身上，也因为浸满她流出的鲜血而变得光滑发亮。艾莉希亚像抓住布袋一样一把抓起她扛到肩头，然后飞快地跑开。绳子已经不能用了，这时她想都没想，她唯一的机会是大门。

这时所有的人都吓呆了。不管怎么样，这时都不能开大门，晚上绝对不能开，任何人都不行，就算是为了艾莉希亚也不行。

就在这时，彼得从姑妈家的门口冲向这混乱喧闹的现场。凯勒柏也刚好从宿舍跑出来，抢先一步抵达大门。彼得不知道门外发生了什么事，只看见霍里斯在墙道上不停地呐喊。

“是小艾！”

“什么？”

“小艾！”霍里斯大叫，“她在外面！”

凯勒柏最先跑到控制室，也就因为这样，后来他才会受到牵连，而彼得也恰好因此才逃过指控。等艾莉希亚跑到门边的时候，门打开的宽度已经足够让她和那个女孩一起挤进来。要是这时可以把门关上，那么其余的事情就不会发生了，可是凯勒柏松开了制动器，门石坠落，门链加速滑动，门也因为重力加速度而越开越大。彼得赶紧抓住转轮。他听到背后与头顶上全是叫喊的声音，十字弓飞箭齐发和守望员噼里啪啦冲下梯子来到现场的脚步声。更多双手出现了，全都用力抓着转轮——班·周、伊恩·帕特尔和达尔·列文。大门以令人焦急难耐的速度，慢慢地滑向另一个方向。

可是已经来不及了，三个病鬼之中，虽然只有一个钻进了大门，但是一个就足够了。

这个病鬼直冲庇护所而去。

就在病鬼跃上庇护所屋顶的那一刻，霍里斯第一个赶到了庇护所。那个病鬼就像打水漂儿时在水面跳跃的石头，一下子跳上屋顶的最高点，接着跳进了庇护所的中庭。霍里斯冲进前门的时候，听见了屋里玻璃破碎的声音。

他和默萨蜜同时抵达了大房间，两人穿过不同的走廊，从相反的方向冲进房内。默萨蜜没有武器，霍里斯带着十字弓。周遭出乎意料的寂静。霍里斯原以为会听见混乱的哭叫声，会看见孩子们四处奔逃。但当他进到房间里，却发现几乎所有的孩子都直直地躺在床上，睁大眼睛，带着惊恐却不明所以的表情。还有几个在想办法爬到床底下去。霍里斯迈过门槛时，感觉到离他最近的那排床一阵骚动，三个小孩子中有一个不知是小琴、小珍还是小茱，慌乱地翻到床底下，蜷缩在里面。房里唯一的光线来自那扇破窗，百叶窗被撕裂，只剩一个角吊在窗框不停抖动。

病鬼正站在多拉的床边。

“喂！”默萨蜜大叫，她举起手拼命挥动，“喂，看这边！”

小丽呢？教师呢？那个病鬼随着默萨蜜的声音扭过头来，眼睛眨呀眨的，长长的脖子歪向一边，紧绷的长喉咙里发出一声沉闷的咔啦声。

“看这边！”霍里斯喊道，他也像默萨蜜那样挥手吸引病鬼的注意，“嘿，看这里！”

病鬼转头看他，正面对着他。他的脖子底下不知道是什么东西，亮晶晶的像是珠宝。但没空儿想这些了，霍里斯占了上风，有机可乘。这时小丽突然进到房里，因为她睡在办公室，所以没听见骚动。就在小丽开始要放声尖叫时，霍里斯迅速拉开十字弓瞄准病鬼放箭。

射得好，干净利落，正中病鬼胸前的致命弱点。霍里斯感觉到这一箭射得的确很完美。就在病鬼从地板一跃而起的那个瞬间，在短箭飞行不到一秒钟的时间里，他看清了挂在病鬼脖子底下闪闪发亮的钥匙，以及这个病鬼眼中透出的深重的哀恸。之前隐约的想法在霍里斯心里终于成形，那个名字来到了他的嘴边，就在那支箭命中目标的瞬间。可怕而无法挽回的一箭正正地射中了病鬼胸口。

“阿洛！”

霍里斯刚刚亲手杀死了自己的哥哥。

虽然已经不记得了，其实永远也不会再记得。莎拉最初是在梦中认识那个行者的：烦乱而郁闷的梦，在梦里，她又变成了小女孩。她正在做玉米饼，她站在凳子上，在一只宽口的木碗里搅着大大的面团。她身处的厨房既是现在住的这个家的厨房，又是庇护所的厨房，而且天在下雪：轻柔的雪花并不是从天空飘下来的，因为根本就没有天空，雪花仿佛就这样凭空出现在她面前，那雪好奇怪。这里几乎从不下雪，在她记忆中，室内下雪更是从来没有过，可她有更重要的事情需要担心。今天是她离开庇护所的日子，教师很快就会来带她了，可是没做好玉米饼，她在外面就没有东西能吃，教师告诉她说外面只有玉米饼可吃。

然后盖博·寇帝斯坐在了餐桌旁，他面前有一个空盘子。“好了吗？”他问莎拉，转头对坐在他身边的女孩说，“我向来很爱吃玉米饼。”她很纳闷，微微有点戒心。这女孩是谁啊？她想看看那女孩的脸，却不知为什么总是看不见，每回莎拉的目光一找到她，看见的总是她刚离开的地方。就在这时，莎拉豁然开朗，原来她是在一个新的地方。她来到教师告诉她实情的地方，爸妈在这里等她，他们就站在门口。

“和他们一起走吧，莎拉。”盖博说，“你该走了。快跑，不停地跑。”

“可是你已经死了。”莎拉说，但是一转头看爸妈，却发现他们的脸全变成一片空白，仿佛她隔着一层水波看他们，而他们的脖子有点不对劲。有砰砰的声音，没有房间而只有一个声音，叫着她的名字：“你们都死了。”

这时她醒了。她在椅子上睡着了，睡在冰冷的火炉旁。吵醒她的是敲门声。门外有人在叫她的名字。迈克呢？现在几点了？

“莎拉！开门啊！”

凯勒柏·琼斯？她拉开门的时候，他正伸手准备再敲，拳头停在半空中。

“我们需要护士，”这孩子快喘不过气了，“有人中箭了。”

她瞬间清醒过来，急忙拿起摆在门边桌上的医药箱：“是谁？”

“小艾带她进来的。”

“小艾？小艾中箭了？”

凯勒柏摇摇头，还在想办法喘过气来：“不是小艾，是那个女孩。”

“什么女孩？”

凯勒柏满脸惊诧：“她是个行者啊，莎拉。”

等他们来到疗养所，灯光照耀范围之外的天空已经开始发白了。那里一个人都没有，她觉得很奇怪。根据凯勒柏的说法，她还以为这里会有很多人围观呢。她踏上门阶快步走进病房。

有个女孩躺在最靠近门口的病床上。

她仰面躺着，那支短箭还插在肩上，背后有团黑黑的东西。艾莉希亚站在病床旁边，她的上衣血迹斑斑。

“莎拉，想想办法吧。”艾莉希亚说。

莎拉走近女孩，轻轻捧起她的颈背，检查她的气管。女孩闭着眼睛，呼吸很快很浅，皮肤摸起来冰冷黏湿。莎拉摸着她的脖子量脉搏，女孩的心跳像小鸟那般怦怦跳。

“她休克了，帮我把她翻过来。”

那支箭射中了女孩左肩匙状弯曲的锁骨下方，艾莉希亚双手撑住女孩的肩膀，凯勒柏抓住她的双脚，合力把她翻成侧躺。莎拉坐在女孩身旁，拿出一把干净的剪刀帮她剪掉沾满血的背包，接着又剪开她身上薄薄的T恤衫，从颈部往下裁成两半，露出了女孩刚进入青春期的单薄身形——如花蕾般微有曲线的胸部以及苍白的皮肤。那支短箭的倒钩箭头射穿了她肩胛骨的上方，戳出一个星形的伤口。

“我得把这支箭弄出来，我需要比这把剪刀大一点的东西。”

凯勒柏点点头，快步冲过房间。就在他穿过布帘的时候，苏乌·拉米瑞兹匆匆走进来。一头长发没扎起来，脸上还沾着泥土，她在床脚猛然停住。

“真是该死，她不过是个孩子。”

“珊蒂跑到哪里去了？”莎拉追问。

苏乌一脸茫然：“她到底是从哪里来的？”

“苏乌，这里只有我一个人，珊蒂呢？”

苏乌抬起脸，把注意力集中在莎拉身上：“她……在庇护所吧。”

脚步声与谈话声越来越吵，外面的房间已经挤满了看热闹的人。

“苏乌，把那些人弄走吧。”莎拉对着布帘高声说，“所有的人出去！我要这里马上清场！”

苏乌点点头，快步走到外面。莎拉再次查看女孩的脉搏。她的皮肤隐隐浮现暗色的斑纹，宛如即将降雪的冬日天空。她几岁？一个十四岁的女孩自己在暗夜里做什么？

她转头对艾莉希亚说：“是你带她回来的？”

艾莉希亚点点头。

“她有没有说什么？她是自己一个人？”

“老天哪，莎拉，”艾莉希亚蹙了下眉，“我不知道。是的，我想她是自己一个人。”

“这是你的血还是她的血？”

艾莉希亚低头看自己的上衣前襟，她似乎也是刚注意到血迹：“我想是她的。”

外面的房间传来更多的嘈杂声，凯勒柏拔高嗓音说：“借光！”他穿过布帘，手里举着一把沉重的大剪刀，交到莎拉手中。

这把剪刀是个油腻的旧家伙，但应该管用。莎拉在剪刀的刀刃和她自己手上倒酒精，用布擦干。女孩侧躺，她用那把大剪刀把箭杆剪断，然后涂上更多酒精。接着莎拉叫凯勒柏像她那样洗净双手，自己则从架子上拿出一大卷毛线，剪下长长一段，卷成一块纱布。

“凯勒柏，我拔出箭时，我要你用这个紧紧压住整个伤口。别太轻，要用力压。我要缝合另一边，看能不能让出血的速度慢一点。”

凯勒柏不太有把握地点点头，他根本应付不来，莎拉知道，但是老实说，其他人不也这样吗？这女孩能不能撑过去，就看这几个小时出血的情况，要看她的内伤有多严重。他们再一次让女孩仰躺，凯勒柏和艾莉希亚抓着她的肩膀，莎拉握住箭往外拔。透过箭矢的金属头，她可以感觉到受伤肌肉里的软骨以及骨头碎片的咔啦声。不能轻手轻脚，动作越快越好。莎拉用力一拉，箭就随着喷出的鲜血被拔出来了。

“见鬼了，是她！”

莎拉转头看见彼得站在门口，他是什么意思，是她？难道他认识她，难道他知道这女孩是谁？可是这应该绝不可能。

“把她翻过来侧躺，彼得过来帮忙。”

莎拉坐在女孩后面，拿起针和线开始缝合伤口。血流得到处都是，流到床垫上再滴在地板上。

“莎拉，我该怎么做？”凯勒柏手上那团纱布已经湿透了。

“继续压住，”她的针穿过女孩的皮肤，再把线拉紧，“我需要多一点灯光，谁帮一下忙？”

三针，四针，五针，莎拉一针针将伤口的边缘缝合起来。可是这并没有用，她知道。箭肯定伤到了锁骨下的动脉，血就是从那里流出来的，这女孩过不了多久就会死了。十四岁，莎拉想，她是从哪里来的？

“我想血止住了。”凯勒柏说。

莎拉正要缝最后一针：“不可能，继续压。”

“不，是真的，不信你自己看。”

他们又把女孩翻过来仰躺，莎拉拿开那块浸满鲜血的纱布，是真的，出血的速度变慢了。箭头插入的伤口看起来甚至都变小了，一道粉红色的伤口，边缘凸了起来。女孩的表情很平静，仿佛只是睡着了。莎拉用手指探探她的脖颈，指尖感受到强劲、规则的脉动。怎么回事？

“彼得，帮我拿提灯过来。”

彼得拿提灯照亮女孩的脸，莎拉轻轻翻开她左眼的眼皮——黑色湿润的眼球，圆盘似的瞳孔收缩，露出有棱纹的虹膜，颜色像湿泥土，但又有点不太一样，好像里头有个什么东西。

“拿近一点。”

彼得调整提灯的位置，照亮了那只眼之后，莎拉看见了。没有实物，但是一种宛如坠落的感觉。仿佛土地在她脚下裂开——比死更惨，比死更可怕。四周全是恐怖的黑暗，而她在坠落，永远坠入黑暗之中。

“莎拉，怎么了？”

她站起来，往后退步。莎拉的心脏在胸口狂跳，双手抖颤着如风中的落叶。所有的人都盯着她看，她想开口却又说不出话来。她看见了什么？可是她并没看见什么，这只是一种**感觉**。莎拉只想到两个字：孤独。孤独！她很孤独，他们所有的人都很孤独。就像她爸妈一样，他们的灵魂永远坠落在黑暗里。他们很孤独！

她开始意识到病房里有其他人在，尚杰，站在他旁边的苏乌·拉米瑞兹，以及两个站在他们背后的守望员。每个人都在等她开口，她可以感觉到他们灼热的目光凝视在她身上。

尚杰往前一步：“她活得了吗？”

莎拉深吸一口气让自己平静下来。“我不知道。”她喉咙发出的声音很微弱，“伤口很大，尚杰，她大量失血。”

尚杰端详了那女孩一会儿，他显然是在想该怎么界定她，该怎么解释这个根本就不可能存在的她。他转头看凯勒柏。凯勒柏站在病床旁边，手里还拿着那块浸满鲜血的纱布。气氛似乎开始变得凝重，门边的那两个人走了进来，手按着刀子。

“跟我们走，凯勒柏。”

那两个人是吉米·莫林努和班·周，他们一人一边抓着凯勒柏的手臂，凯勒柏惊讶得不忘了抵抗。

“尚杰，你在干吗？”艾莉希亚说，“苏乌，这到底怎么回事？”

回答的是尚杰：“凯勒柏被逮捕了。”

“逮捕？”凯勒柏尖起嗓子，“我为什么被逮捕？”

“凯勒柏开了大门，他和所有人一样，知道法律是怎么规定的。吉米，带他走。”

吉米和班拉着挣扎的凯勒柏穿过布帘。“小艾！”凯勒柏大叫。

她马上站在门口挡住他们。“苏乌，告诉他们，”艾莉希亚说，“是我，犯法的是我。如果你们非要抓个人不可，那就抓我好了。”

苏乌站在尚杰旁边，什么话都没说。

“苏乌？”

可是她摇摇头：“我不能这么做，小艾。”

“什么意思？为什么你不能这么做？”

“因为这不是她能决定的。”尚杰说，“教师死了，凯勒柏因为谋杀而被逮捕。”

4

到了隔天近午时分，殖民地的每个人都知道了前一夜的风波，或至少听到了部分说法。有个行者来到墙外，凯勒柏打开大门让一个病鬼闯了进来。那个行者是个年轻的女孩，被守望员的箭射中，正躺在疗养所里面奄奄一息。上校死了，显然是自杀。他是怎么翻出墙的，没人知道。还有阿洛，他在庇护所里死在弟弟的箭下。

但最惨的是教师。

他们在大房间的窗户下面找到她，当时霍里斯的视线被那排空床挡住了。她大概是听到病鬼从屋顶跳进来，想要奋力抵抗，她手上还握着一把刀。

教师应该有很多个，但事实是教师就只有一个。每个接下这个工作、一做就是多年的女子，最后就变成了“教师”这个人。那天夜里死掉的教师是达瑞尔家的人：爱波·达瑞尔。

在彼得的记忆里，她是那个因为彼得问起海洋而大笑的女子。教师的年纪不比彼得大多少，她有着温柔苍白的容貌，是个宛如因为某种疾病而足不出户的大姐姐。在莎拉的记忆里，就是在离开庇护所的那个早晨，教师问了她一连串的问题。这些问题仿佛一道楼梯领着她踏向埋藏着可怕真相的黑暗地下室。然后教师把她交到妈妈手里，再为这世界与世界的一切潸然泪下。

每个人都知道教师是个很艰难的工作，是个得不到感谢的工作。教师整天和小孩儿关在一起，几乎没有可以说话的大人。偶尔有几个因为怀孕或哺乳而住在庇护所的女人，她们的心思也全在宝宝身上。说真的，因为教师是告诉每个人真相的人，所以每个人都因为这个创伤而怨恨她。除了第一夜在太阳黑子广场短暂露面之外，教师几乎从不离开庇护所，即使外出，也像是背负着背叛罪名的罪人一般。彼得很替教师难过，他无法直视她的眼睛。

在清晨第一道曙光中召开的族长会议宣布进入全民紧急状态。跑腿们被派去挨家挨户传达消息：在情势更稳定之前，墙外的一切活动暂时停止。牲口留在墙内，粗工队也是，大门关闭不开。凯勒柏被监禁了。鉴于目前失去了这么多条人命，整个殖民地笼罩着恐怖与困惑的气氛，所以大家一致同意暂时不处刑。

然后就是那个女孩的问题。

清晨，尚杰带着族长会议成员到疗养所来看她。她肩头的伤仍然很严重，而且也还没恢复意识。但没有病鬼感染的迹象，可她的出现没有合理的解释。为什么病鬼不攻击她？她自己一个人在黑夜里是怎么活下来的？尚杰下令，每一个和她接触过的人都必须清洗更衣，接触后穿过的衣服全部烧掉。那女孩的背包和衣服也都烧了。她必须接受严格的隔离检疫，在情况不明朗之前，只有尚杰能到疗养所去看她。

审讯在庇护所的旧教室里举行。彼得发现，这个审讯的场所就是离开庇护所那天教师带他去说明真相的那间教室。审讯，尚杰用的这个名词彼得以前听都没听过。在彼得听来，这个新鲜名词似乎就是要找个人来怪罪的意思。尚杰命令他们四个：彼得、艾莉希亚、霍里斯和苏乌，在轮流被问讯完毕前不准彼此交谈。他们在外面的走廊上等候，坐在靠墙摆放的一排小小的课桌椅上，有个守望员——尚杰的侄子伊恩——陪他们一起等。周遭一片寂静，在大房间清理期间，所有的小孩儿都搬到楼上去住了。谁知道他们要怎么理解夜里的风波，谁知道来取代教师的珊蒂·周会怎么告诉他们？她很可能会告诉他们说，这一切都只是在做梦。对于年龄小的孩子来说，这说法可能有效。至于年龄大的孩子，彼得就不知道了，说不定他们会提前离开庇护所。

第一个被叫进去的是苏乌，只过了一会儿，她就从房里出来，匆匆瞥了他们一眼就阔步踏过走廊。接着被叫进去的是霍里斯，他的一双长腿在书桌底下伸得直直的，一副活力全无的样子，仿佛身体的某个基本部位被挖空了。伊恩拉开门，用不耐烦的警告眼神盯着他们看。霍里斯在门口停了一下，转身看着他们，说出了一个钟头以来的

第一句话：

“我只想知道，这样做有什么用处。”

他们就这么等待着。透过教室的门，彼得听见低微的交谈声。彼得很想问伊恩是不是知道些什么，但那人的表情摆明了叫他别想问任何问题。伊恩和西奥同龄，是他们那群年龄差不多的孩子里的一员。他和妻子汉纳有个小女儿琪拉，还在庇护所里，所以彼得觉得这足以解释了伊恩脸上的表情：那是身为人父对待放病鬼进入庇护所的人的表情。

霍里斯出来匆匆瞥了彼得一眼，点了点头，转身从走廊离开。彼得准备站起来，但是伊恩说：“不是你，乔克森。下一个是小艾。”

乔克森？从什么时候开始，大家改叫他乔克森了？何况还是守望队的人？为什么这个名字从伊恩嘴里说出来，听起来这么不自然？

“没关系，”小艾疲惫地站起来说，彼得从没见她这么沮丧的样子，“我希望赶快把这件事了结了。”

她走之后就只剩下彼得和伊恩，伊恩很尴尬地把目光放在彼得头顶上的那块墙壁上。

“这真的不是她的错，伊恩，这不是任何人的错。”

伊恩挺直了身体，但没说什么。

“如果你人在那里，很可能也会做同样的事。”

“听着，这些话留着去说给尚杰听吧，我不该和你讲话的。”

等小艾出来的时候，彼得已经快睡着了。她走出房间时一语未发，但脸上的表情彼得懂得：**我会去找你。**

一踏进房里彼得就知道，不管有什么事要发生都已成定局。这情形是不管他要怎么替自己辩解，结果都不会有什么不同。苏乌被要求回避，所以族长会议只有五个成员在座。尚杰坐在长桌的正中央，两边分别是老周、吉米·莫林努、华特·费雪和彼得的堂姐黛娜，她代表乔克森家族。他注意到成员是奇数，苏乌的缺席实际上避免了平票对峙的僵局出现。房里的紧张气氛显而易见，没有人说话。似乎只有老周还愿意正眼看彼得，其他人都转开目光，就连黛娜也是。华特·费雪瘫坐在椅子里，似乎根本不知道自己人在哪里，或者是不在意。他的衣服异常脏、异常皱，彼得甚至闻得到他身上的酒味。面对长桌有一张空书桌。

“请坐，彼得。”尚杰说。

“我宁可站着，如果可以的话。”

抗命让他感觉到小小的喜悦，赢了一分似的，可是尚杰并没有反应。“我想我们应该速战速决。”他清清喉咙，继续说，“虽然目前还有些疑点，但是族长会议共同的看法是，依据凯勒柏所说的，打开大门你并没有责任，那完全是他一个人做的。你的说法也是这样吗？”

“我的说法？”

“是的，彼得。”尚杰叹了口气，他完全不想掩饰自己的不耐烦，“你对于这件事的说法，你觉得当时是怎么回事？”

“我不相信任何事，凯勒柏是怎么说的？”

老周举起一只手，身体前倾：“尚杰，我可以说句话吗？”

尚杰皱起眉头，但没说什么。

老周身体前倾，越过桌面，这是指挥大局的姿态。他有一张满是皱纹的温和的脸和一双湿润的眼睛，这让他显得非常真诚。他担任族长会议的议长好多年，后来让位给西奥的父亲，这段过去给了他相当大的权威，只要他想运用就可以好好发挥，但多半的时间他都不想用。自从第一任妻子死于暗夜又再娶了年轻许多的第二任妻子之后，老周多半时间都在养蜂场和他喜爱的蜜蜂为伍。

“彼得，凯勒柏说他觉得自己做得对，我们并不怀疑。意图不是我们讨论的问题，问题在于：你有没有参与打开大门？”

“你们打算怎么处置他？”

“还没决定，请回答问题。”

彼得想和黛娜的眼神交会，但不可能，她还是垂眼看着桌子。

“我会开的，如果我先到门口的话。”

尚杰怒气冲冲地从椅子上站起来：“听见没？我就说嘛。”

可是老周不理会他的插嘴，目光还是停驻在彼得脸上：“这么说来，你的答案是没有，我的解释对不对？你会开，但是事实上你没开。”他双手交叠摆在桌上，“想一想吧，如果你需要时间的话。”

在彼得看来，老周似乎是想保护他。可如果说出事发经过，就等于把责任全推到凯勒柏身上，而凯勒柏只不过做了彼得自己也会做的事，要是彼得先赶到控制室，他一定也会这么做的。

“没有人怀疑你对朋友的忠心，”老周继续说，“我也不期待你会出卖朋友，但更大的忠心是保护每一个人的安全。我再问你一次，你有没有帮凯勒柏打开大门？或者，在看见发生的事情之后，你有没有设法关上大门？”

彼得觉得自己仿佛站在炼狱的边缘，他接下来所说的话将成为定局，但是他能说的就只有实情。

他摇摇头：“没有。”

“没有什么？”

他深吸一口气：“没有，我没有打开大门。”

老周整个人放松下来：“谢谢你，彼得，”他环顾其他人，“要是没有人有其他……”

“慢着。”尚杰打断他。

彼得感觉到屋里的气氛越来越紧张，就连华特也好像突然清醒了。彼得心想，该来的终究要来。

“大家都知道你和艾莉希亚是朋友。”尚杰说，“她什么事都会告诉你，我这么说没错吧？”

彼得谨慎地点点头：“我想是吧。”

“她有没有对你提过，她认识这个女孩？或者是以前见过她？”

彼得的胃揪成一团：“你为什么会这样想？”

尚杰的目光扫过其他人，然后才又回到正前方：“巧合是个问题，你知道。你们三个是最后从发电站回来的人，而且你们说的故事，健德，还有西奥的事……嗯，你知道，实在太诡异了。”

彼得一直强忍着的怒气终于爆发了：“你以为是我们一手策划的？我在那里失去了我的哥哥，我们是运气好才能活着回来！”

房里再次陷入沉寂，就连黛娜都掩不住内心的狐疑地盯着彼得看。

“那么，我郑重再问一遍，”尚杰说，“你是说你不认识这个行者，你从来没见过她？”

彼得突然之间明白，这问题不是冲着艾莉希亚来的，而是针对他来的。

“我根本不知道她是谁。”

尚杰盯着彼得的脸看了好久，久得超乎寻常，然后点点头。

“谢谢你，彼得。我们欣赏你的直言不讳，你可以走了。”

“就这样？”

尚杰已经埋首在面前的文件里了，他抬起头蹙着眉，仿佛很意外地看见彼得还在房里似的：“是的，暂时是这样。”

“你们不……不处置我？”

尚杰耸耸肩，他的心思早就不在这个问题上了：“你希望我们怎么做？”

彼得感到出乎意料的失望，和艾莉希亚与霍里斯坐在外面的时候，他感觉到三人是一体的，对于结果将负起共同的责任。无论即将发生什么，都会同时发生在他们三个人身上，而现在，他们却各自分离了。

“如果事情像你说的那样，那就不能怪你，责任在于凯勒柏。苏乌和吉米也赞同一个观点，那就是我们应该考虑你为哥哥值夜的压力。先休息几天再回墙道，之后，我们再看着办吧。”

“其他人呢？”

尚杰略有迟疑：“我想我们没有理由不告诉你，反正大家很快会知道。苏乌·拉米瑞兹已经辞掉守望队长的职务，族长会议虽然不情愿但也只能勉强接受。攻击行动进行的时候，她人不在岗位，所以要负部分责任。吉米将接任队长。至于霍里斯，他暂时不上墙道值勤。等他准备好之后，随时可以归队。”

“小艾呢？”

“艾莉希亚受命离开守望队，改调粗工队。”

在所有结果之中，这个结果无疑是他最难接受的一个。艾莉希亚要去当粗工，这是彼得完全无法想象的事。“你开玩笑。”

尚杰那对粗浓的眉毛谴责似的一挑：“不，彼得，我向你保证，不是开玩笑。”

彼得和黛娜迅速地交换了眼神，彼得像是在问黛娜：**你知道这件事吗？**而黛娜的眼睛说她知道。

“如果没有……”尚杰说。

彼得走向门口，但在门槛前突然想到一件事，心生疑惑，他转身面对族长会议的成员。

“发电站怎么办？”

尚杰疲惫地叹口气：“又怎么了，彼得？”

“如果阿洛死了，我们是不是应该再派个人过去？”

看见在座每一个人惊讶的表情，彼得起初以为自己又在最后一刻卷进了麻烦，但是他随即明白，他们根本还没考虑到这个问题的严重性。

“你们没在天一亮就派人过去？”

尚杰转头看吉米，吉米紧张地耸耸肩，显然措手不及。“也太晚了，”他静静地说，“现在出发在天黑之前赶不到的，我们必须等到明天。”

“见鬼，吉米。”

“听着，我没想到，可以吗？有好多事要处理，而且芬恩和雷依可能没事。”

尚杰努力深呼吸，想让自己镇静下来，但是彼得看得出来他已经火冒三丈。

“谢谢你，彼得。我们会列入考虑。”

没什么可说的了，彼得走出大房间踏进走廊。伊恩还站在原来的位置上，双手抱胸靠在墙边。

“我猜你已经听说小艾的事了，嗯？”

“我听说了。”

伊恩耸耸肩，态度已经没有刚才那么僵硬了：“听着，我知道她是你的朋友。可你不能说她不是自作自受，毕竟她做了那样的事。”

“那个女孩怎么办？”

伊恩心里一惊，眼中闪现怒火：“见鬼了，她怎样？我有小孩呢，彼得，我管那个行者干吗？”

彼得没答话，他知道伊恩的确有理由生气。

“你说得没错。”彼得说，“那么做是很蠢。”

伊恩的表情缓和了。“听我说，大家只是觉得很沮丧。对不起，我的确气疯了，但没有人认为这是你的错。”

但这是我的错，彼得想，是我的错。

天刚亮，迈克就想到答案了：1432 兆赫——其理自明！

这个频宽并没有正式被分配，是因为早已经被分配给了军方。短距的数字信号，每九十分钟一循环，它在寻找主机。

一整个晚上，信号变得越来越强，简直已经到门口了。

译码应该是最简单的一部分，难的是找到交换信号播送回答，让发送信号的那个不知是什么的传输器能和主机取得联系。一旦他做到了这点，剩下的也就只是上传数据的问题罢了。

那么，这个信号到底在找什么？它每隔九十分钟问一次的数据问题，是想得到什么样的数据答案呢？

艾尔顿在上床睡觉之前嘀嘀咕咕地说了句：**有人在呼唤我们。**

迈克就是在这个时候想通的。

迈克知道自己需要的是什么，灯屋里有各式各样的杂物，都堆放在架子上的箱子里。就他所知，那里应该至少留有一个军方的手机。手机里有旧锂电池，还剩顶多几分钟的电量，但对他来说够用了。他边加快动作边随时注意时钟，等待九十分钟的间歇时间过去，然后接收下一次的信号。他隐隐约约听见外面出现了喧闹声，此刻他也顾不上关心这些。他把手机插进计算机里拦截传送进来的信号，取得内键的识别码，然后将手机重新编码。

艾尔顿还在睡觉，在灯屋后面那张坑坑洞洞的小床上鼾声大作。见鬼了，这老家伙连澡都不洗。迈克不知道他干了什么，整个地方臭得像脏袜子似的。

等他弄完之后，时间已经差不多到中午了。他一直坐在椅子里，连动都没动过。这样埋头工作多久啦？遇见默萨蜜之后他就心烦得没法入睡，于是又回到灯屋工作。那应该是好多个钟头之前的事了。他真的得去尿尿了。

他走出小屋，耀眼的光线突然照射过来，让他猝不及防。

“迈克！”

喊他的人是雅各布·寇帝斯，盖博的儿子。迈克看见他挥着手臂笨重地跑过来。迈克深吸一口气，让自己做好准备。因为和雅各布讲话真是个考验，虽然这并不是雅各布的错。盖博生病之前偶尔会带雅各布到灯屋来，他问迈克能不能找点简单的工作让雅各布可以发挥一点作用。迈克对此已经尽力了，因为雅各布的理解能力真的很有限，光是向他解释最简单的工作就能耗掉一整天的工夫。

雅各布跑到迈克面前停下来，双手抓着膝盖拼命喘气。虽然体形庞大，但他的动作仍然带着一种孩子气的感觉。“迈克，”他大口喘气说，“迈克——”

“放轻松，雅各布，慢慢来。”

那孩子一手在面前扇着，仿佛想给肺部扇进更多氧气似的。“我想找……莎拉。”他喘着气说。

迈克告诉他说莎拉不在这里。“你找过家里了吗？”

“她也不在那里！”雅各布抬起脸，眼睛睁得好大，“我看见她了，迈克。”

“你刚不是说你找不到她？”

“不是这个她，是另一个，我在做梦的时候看见她了！”

雅各布说话有时颠三倒四，但迈克没见过他这个样子，他脸上的表情惊慌至极。

“你爸爸出事了吗，雅各布？他还好吗？”

那孩子汗湿的脸上蹙起眉头：“噢，他死了。”

“盖博死了？”

雅各布的语气很实事求是，就像在告诉迈克今天天气如何一样：“他死了，他再也不会醒来了。”

“见鬼了，雅各布，我很遗憾。”

这时迈克看见玛尔快步向这边走来，他顿时如释重负。

“雅各布，你跑到哪里去了？”玛尔站在他俩之间，“我告诉过你多少遍了？你不能就这样跑掉，不可以！”

男孩往后躲了一下：“我要找到莎拉才行！”

“雅各布！”

她的声音宛如一支箭射中了他，他站着一动也不动，虽然脸上还挂着一抹古怪的恐惧。他张着嘴，呼吸急促。玛尔小心翼翼地走近他，仿佛接近某种难以捉摸的大型动物。

“雅各布，看着我。”

“妈妈……”

“嘘，别再说了，看着我。”她伸手摸着他的脸，双手贴着他的双颊，把目光集中在他脸上。

“我看见她了，妈妈。”

“我知道你看见了，可那只是梦，雅各布，只是梦。你不记得了吗，我们回到家里，我送你上床，然后你睡着了？”

“是吗？”

“是啊，亲爱的，你睡着了。没关系的，只是梦。”雅各布要喘不过气了一般，他的身体在妈妈的触摸下一动也不动。

“我要你回家去，在家里等我，别再找莎拉了。你可以听我的话吗？”

“可是，妈妈……”

“别再‘可是’了，雅各布，你可以听我的话吗？”

雅各布很不情愿地点点头。

“这才是我的乖孩子，”玛尔放开他，退后一步，“回家去，快点。”

那孩子又看了迈克一眼，飞快地偷瞥一眼，然后跑开了。

玛尔转头对迈克说：“他变成这个样子的时候，这么做就会有用，”她疲累地耸肩，“也只能这样了。”

“我听说盖博的事了，”他勉强挤出话来，“我很遗憾。”

玛尔的眼睛看起来已经哭得太久，连一滴眼泪都不剩了：“谢谢你，迈克。我想雅各布想找莎拉，是因为盖博的最后一刻莎拉在场。她是个好朋友，对我们每个人来说都是。”玛尔顿了一下，脸上浮现痛苦的神情，随即她摇摇头，好像要把这个念头甩掉似的，“如果你能带话给她，就说我们很感激她。我想我大概没机会好好谢谢她，你可以帮我吗？”

“我想她应该在她经常去的地方，你找过疗养所了吗？”

“她应该是在疗养所，雅各布找的第一个地方就是那里。”

“我不懂。如果莎拉在疗养所，他怎么会没找到她？”

玛尔用奇怪的眼神看他：“是因为隔离啊。”

“隔离？”

玛尔的脸一垮：“迈克，你刚才都在干什么啊？”

5

艾莉希亚终究没来找他，情况恰恰相反，彼得知道她人在哪里，然后去找的她。

她坐在上校那间小屋外面斜坡的阴影里，背靠着一堆木柴，膝盖抵在胸前。听见彼得的脚步声，她抬起头来，用手背抹抹眼睛。

“唉，该死，该死。”她说。

他挨着她一起坐在地上：“没事的。”

艾莉希亚苦涩地轻叹一声：“才不会没事呢，你要是敢告诉其他人说你看见我这个样子，我就一刀宰了你，彼得。”

他们默默地坐了一会儿。天空布满阴霾，光线苍白朦胧，四周飘着诡异的酸臭味，那是城墙外焚烧尸体的味道。

“你知道吗，我总是觉得很奇怪，”彼得说，“为什么我们都叫他上校？”

“因为那是他的名字啊，他又没有其他的名字。”

“他为什么要跑到外面去？他不像是那种人啊，我的意思是，他不会这样毫无牵挂就跑去外面。”

艾莉希亚没有回答，她很少谈到她和上校的关系，更从来不提细节。人生的这个角落，可能是她唯一不想让彼得窥见的角落，然而彼得对她和上校的关系却一直有所了解。彼得不相信她把上校当成父亲。彼得从来没在他俩之间感觉到任何一丝父女温情。在很少有的情况下，如果有人提到上校的名字，或上校夜里到墙道上来，彼得都可以感觉到艾莉希亚总是一凛，马上有种冷漠的距离感。这些反应并没有表现在外在行为上，很可能也只有彼得一个人注意到，可是不管上校对她来说是什么，他俩之间的关系是确实存在的，彼得知道她的泪是为他而流的。

“你相信吗？”艾莉希亚很痛苦地说，“他们开除我了。”

“尚杰会回心转意的，他又不笨。这是个错误，他会想清楚的。”

可艾莉希亚似乎没听到他讲的话：“不，尚杰是对的，我根本就不该那样翻墙出去。我真的是疯了，看见有个小女孩在外面就脑袋不清楚了。”她绝望地摇摇头，“可现在也无所谓了，你也看见她的伤口了。”

那女孩，彼得想，她是谁？她是怎么活下来的？其他和她一样的人在哪里？她怎么可能逃离病鬼的魔掌？可是看来她现在已经死了，带着这些答案死去了。

“你不得不放手一试，我觉得你做得没错，凯勒柏也是。”

“你知道吗？尚杰真的考虑要把他放逐到墙外！放逐凯勒柏，我的天哪！”

放逐到墙外是最悲惨的命运。“不可能这样啦。”

“我是说真的，彼得。我敢向你保证，他们现在就在讨论这件事。”

“其他人会反对的。”

“从什么时候开始，其他人对任何事情有发言权了？你刚才自己也看见了，大家都很害怕，总有人要为教师的死负起责任。凯勒柏孤零零一个人，他很容易对付。”

彼得深吸一口气：“听我说，我了解尚杰。他的确很自负，可是我不认为他会这么做，而且大家都很喜欢凯勒柏啊。”

“大家都喜欢阿洛，大家都喜欢你哥哥，但这并不表示事情就能圆满结束。”

“你说话的语气开始变得像西奥了。”

“或许吧，”她凝望前方迎着天光眯起眼睛，“我知道的是，昨天晚上凯勒柏救了我一命。尚杰如果想把他放逐到城外，就得先过我这一关。”

“小艾，”他顿了一下，“千万要小心，不要随便说话。”

“我已经想过了，没有人可以放逐他。”

“你知道我是支持你的。”

“你或许会希望站到另一边。”

周遭静悄悄的，殖民地寂静得异乎寻常，大家都还没从日出前几个小时那场风波的震惊里恢复过来。彼得很好奇，这种寂静是大事发生之后的现象还是之前的征兆，还是因为有人要被追究责任而寂静。艾莉希亚没说错，大家都吓坏了。

“关于那个女孩，”彼得说，“我有件事情应该告诉你。”

牢房原本是城东拖车公园的公共浴室，彼得和艾莉希亚快走到的时候，听到那边隐隐的骚动声。他们加快脚步，穿过一大堆零件早就被拆光了的废弃拖车来到牢房前面，发现入口处围了一小群人，大约十几个人，有男有女，紧紧围着牢房外仅有的一个守望员戴尔·列文。

“到底是怎么回事？”彼得轻声说。

艾莉希亚脸色一沉。“开始了，”她说，“就要开始了。”

戴尔个子不算小，可是有那么一晌，他看起来却很弱小。面对群众，他仿佛被逼入墙角的动物。他的听力有点问题，因此习惯性地把头微微右倾，让听力正常的那只耳朵对着正和他讲话的人，这个动作让他看起来有点漫不经心，可他现在一点都不敢掉以轻心。

“对不起，山姆，”戴尔说，“我知道的事你也都知道。”

他说话的对象是山姆·周，老周的侄子，非常谦逊的人，彼得这辈子只听他讲过几句话。他的妻子就是另一个珊蒂，他们有五个孩子，其中三个还在庇护所里。彼得和艾莉希亚走近这群人之后，心中恍然大悟：这些全是父母。和伊恩一样，站在牢房外面的这些人都有孩子，甚至不止一个。派崔克与爱蜜丽·菲利普，胡德与黎莎·葛林伯格，还有葛瑞丝·莫林努、贝儿·拉米瑞兹、汉纳·费雪。

“是那个男孩打开大门的。”

“你们想要我怎样？如果想要知道详情，就去问你伯父。”

山姆对着牢房的高窗说：“你听得见我说话吗？凯勒柏·琼斯？我们都知道你干了什么！”

“别这样，山姆，别烦那个孩子了。”

米罗·达瑞尔走上前。和弟弟芬恩一样，米罗也是粗工，有粗工的壮硕身材，沉默寡言的态度。他身材高大，留着大胡子，没梳整的头发乱七八糟遮住眼睛。站在他后面，他的妻子潘妮显得很娇小。

“你自己也有小孩，戴尔，”米罗说，“你怎么能光站在这里什么都不做啊？”

戴尔的第三个孩子小珍·列文也在庇护所里，彼得看见戴尔脸色微微发白。

“你以为我不知道吗？”无论分隔他与群众的是哪一种权威，此刻都已经开始瓦解了，“我不是站在这里没事做，这要交给族长会议处理。”

“他应该被放逐！”

贝儿·拉米瑞兹的嗓音从群众中传出来，是雷依·拉米瑞兹的妻子，小琴的母亲。彼得看见贝儿的手在发抖，一副快要落泪的样子。山姆走近她，搂着她的肩膀：“看见没，戴尔？你看看那个男孩干了什么好事！”

艾莉希亚在这时勇往直前，穿过众人。她没看贝儿，也没看任何人，直直走到戴尔面前。戴尔正呆呆看着悲痛的贝儿，一脸无助。

“戴尔，把你的十字弓给我。”

“小艾，不行，吉米说不行。”

“我才不管，把弓给我就是了。”

艾莉希亚没等他允许，一把就将弓抢了过去。艾莉希亚转身面对众人，握着弓的手垂在身侧，她刻意摆出不具威胁性的姿态，可是艾莉希亚就是艾莉希亚。她如此坚持地站在这里，就足以代表一切。

“各位，我知道你们现在心烦意乱，我也觉得你们有权利这样，可是凯勒柏·琼斯是我们之中的一员，他就像你们每个人一样。”

“你说得轻松。”米罗站在山姆和贝儿旁边，“跑到外面去的是你们。”

群众之中响起一阵喃喃赞同的声音，艾莉希亚冷冷地看着米罗，等骚动渐渐平息。

“你说到重点了，米罗。如果不是凯勒柏，我早就死了。你们或许想对他下手，但是告诉你们，我早已仔仔细细地想过了。”

“你想怎么样？”山姆冷笑说，“用那张弓把我们都射死？”

"不，"艾莉希亚不太当一回事般地蹙眉说，"箭只射你，山姆。我想我会用刀对付米罗。"

几个男人发出紧张的笑声，但不一会儿就消失了。米罗退开一步。彼得静静地站在人群边缘，他发现自己的手不知何时已经握在刀上，接下来发生的事似乎将决定事态发展。

"我想你只是在虚张声势。"山姆说，眼睛牢牢盯着艾莉希亚的脸。

"是吗？你一定是对我很了解了？"

"族长会议会把他放逐墙外的，你等着瞧吧。"

"你说得或许没错，可这并不是你我能决定的。除非你莫名其妙地煽动其他人，否则这里不会有什么事的，我绝对不会放任不管。"

众人突然陷入沉默，彼得感觉到他们的不确定，气氛改变了。只有山姆，或许还有米罗，他们的怒气已经无关紧要，大家现在都很害怕。

"她说得没错，山姆，"米罗说，"我们离开这里吧。"

山姆那双怒火炽烈的眼睛还盯着艾莉希亚的脸，艾莉希亚还没举弓，但她不用这样做了。站在那两个人背后的彼得，手也还握在刀上，其他的人都离开了。

"山姆，"戴尔再次开口，"**拜托**，回家去吧。"

米罗伸出手想拉山姆的手肘，但是山姆一把甩开他的手，仿佛米罗那一碰，把他从恍惚的状态唤醒了。

"没事了，没事了，我没事了。"

直到那两个人的身影渐渐消失，彼得才发现自己一直屏住气没有用力呼吸，于是大大地吐了一口气。一天前，他完全想象不到会发生这样的事情，恐惧可以让这些人——他认识的人，每天辛勤工作，安分守己过日子，到庇护所探望儿女的这些人——变成愤怒的暴民。还有山姆·周，他从没见过这个人这么生气过，他甚至从来没见过他生气。

"这是怎么回事，戴尔？"艾莉希亚说，"什么时候开始的？"

"从他们把凯勒柏关在这里之后就开始了。"只剩他们三个人，刚才发生的情况以及可能发生的事有多严重，全部清清楚楚地写在戴尔的脸上。他的表情看起来活像从高处摔落却发现自己奇迹似的毫发未伤的样子。“见鬼了，我还以为我非放他们进去不可呢。你们应该听听在你们来之前，他们是怎么说的。”

牢房里传来了凯勒柏的声音：“小艾，是你吗？”

艾莉希亚对着窗户说：“撑着点，凯勒柏！”她的目光再次回到戴尔脸上，“去多找几个守望员来吧。我不知道吉米是怎么想的，可是你这里至少需要三个人手。彼得和我可以帮忙把守，等你回来。”

“小艾，你知道我不能让你留在这里的。尚杰会宰了我，你甚至已经不是守望员了。”

“我或许不是，可彼得还是啊，你们从什么时候开始受尚杰指挥了？”

“从今天早上开始，”他不解地看他们一眼，“吉米这么说的，尚杰宣布了……叫什么来着？全民紧急状态。”

“这我们知道，可是这并不表示尚杰可以指挥啊。”

“你们最好去问吉米，他好像是这么认为的，葛蓝也是。”

“葛蓝？这又和葛蓝有什么关系？”

“你们没听说？”戴尔很快地瞄了他们两个人一眼，“我猜你们是没听说，葛蓝现在是副队长了。”

“葛蓝·史特劳斯？”

戴尔耸耸肩：“我也想不通啊，吉米刚召集我们大家，说葛蓝取代你的位子，伊恩接替西奥。”

“吉米的位子呢？如果他升任队长，谁接他的副队长？”

“班·周。”

班和伊恩的任命有道理，他们两个都是副队长的继任人选，可是葛蓝……

“把钥匙给我。”艾莉希亚说，“再去找两个守望员来。不要找副队长。如果可以，就找苏乌来，把我的话带给她。”

“我不知道谁有……”

“我是认真的，戴尔，”艾莉希亚说，“去就是了。”

他们打开牢门，走了进去。房间里什么都没有，就只是一个光秃秃的水泥盒子。旧的马桶早就只剩底座，沿着一边的墙面排成一排。对面的墙上则是一排水管，上方一面长长的镜子，因布满小裂痕而变得雾蒙蒙的。

凯勒柏坐在窗户下面的地板上，他们只给他一罐水和一个水桶，其他什么都没有。小艾把十字弓靠在一个马桶上，蹲在他面前。

“他们走了吗？”

艾莉希亚点点头，彼得看得出来凯勒柏有多害怕，他看起来像刚哭过。

“我这下死定了，小艾，尚杰会把我放逐到墙外去。”

“不会的，我保证。”

凯勒柏用手背擦了擦流鼻涕的鼻子，他的脸和手都很脏，指甲里都是污垢。“你能怎么办？”

“这个问题留给我来担心吧，”她从腰带上抽出刀子，“你知道怎么用这个吧？”

“见鬼了，小艾，我拿刀子干吗？”

“以防万一，你会用吗？”

“会一点啦，可是我不太行。”

她把刀交到他手里：“藏好。”

“小艾，”彼得静静地说，“你觉得这样好吗？”

“我不会让他身上没武器的，”她的目光再次盯牢凯勒柏，“你要撑住，随时准备好。不管发生什么事，你都有机会逃走，别迟疑。你尽快跑到断路器那边，那里有可以藏身的地方，我会去找你。”

“为什么到那里去？”

他们听见外面有讲话的声音。“说来话长，我们说得够清楚了吗？”

戴尔走进牢房，跟在他后面的只有一个守望员珊妮·葛林伯格。她才十六岁，是个跑腿，在高墙值勤的时间还不到三个月呢。

“小艾，我可不会上当，”戴尔说，“你得到外面去。”

“别紧张，我们要走了。”艾莉希亚站起来，可是一看见门口的珊妮就停住脚步，眼中闪着怒火，“你只能找来这样的人？一个跑腿？”

“所有的人都在高墙上。”

彼得这时明白了，仅仅十二个小时之前，艾莉希亚想调动什么人都可以，绝不打折扣。而现在，她得哀求乞怜才能得到一点零头。

“苏乌呢？”艾莉希亚逼问，“你看见她了吗？”

“我不知道她在哪里，八成也在墙上。”戴尔的目光转向彼得，“你能把她带走吗？”

到目前为止一语未发的珊妮往屋里走了几步：“戴尔，你搞什么啊？我还以为你说吉米说要增加一个警卫的，你为什么听她的指挥？”

“小艾只是想帮忙。”

“戴尔，她不是副队长，她甚至不是守望员了。”那女孩微微耸肩，尴尬地和艾莉希亚打个招呼，“我无意失礼，小艾。”

“没关系，”艾莉希亚指着女孩抓在手里的十字弓，“告诉我，你箭法很好吗？”

她假装谦逊地耸耸肩：“我是全年级最高分。”

“很好，我希望这是真的。因为看来你刚升级了。”艾莉希亚再次转头对凯勒柏说，“你在这里不会有事吧？”

那男孩点点头。

“只要记得我告诉你的话，我就在附近。”

说完这句话，艾莉希亚看了戴尔和珊妮最后一眼，明明白白传达她的意思——**没错，这是私人恩怨**——然后领着彼得走出牢房。

6

族长会议议长尚杰·帕特尔，或许会说这一切早在多年前就开始了，是从那些梦开始的。

不是那个女孩，他从没梦见过她，对于这一点他很肯定，或者应该说差不多可以肯定。这个不知来历的女孩——大家都这么叫她，就连老周也是，仅仅一个上午的时间，这个名词就变成了她的名字——宛如从黑暗之中现身的幽灵，幻化成有血有肉的躯体，来到他们之间，掀起轩然大波。她确确实实存在的事实，推翻了尚杰的一切质疑。尚杰在心中不断搜寻，却始终找不到她的身影，既不存在于属于尚杰·帕特尔的那个部分，也不存在于只属于梦境的秘密部分。

这种感觉从尚杰有记忆开始就一直存在，他觉得自己仿佛是完全不同的另一个人，仿佛是栖身在他内心深处的另一个人。一个有名字，有声音，在他内心哼唱不休的人。**和我合为一体吧，我是你的，你是我的，合为一体，我们可以比总和更大，比我们两个部分的总和更大。**

自从尚杰还是个小孩儿、还住在庇护所的时候，那个梦就不停缠着他。梦见很久以前就已消失的世界，听见心中哼唱的声音。那个梦和其他梦一样，由声音、光线与感觉构成。他梦见一个嘴里抽着烟的胖女人在她家厨房里。那女人一边把食物送进山洞似的、不停咀嚼的嘴巴里，一边打着电话。电话是个古怪的东西，从这边讲话，另一边可以听到，可他却知道那是什么，知道那就是电话。就因为这样，尚杰心里明白这并不只是属于他的梦。这是一个意象，来自古昔的意象，而且他心中的声音总念叨他神秘的名字：**我是巴柏寇克**。

我是巴柏寇克，我们是巴柏寇克。

巴柏寇克，巴柏寇克，巴柏寇克。

当时，他把巴柏寇克当成一位想象出来的朋友，就和扮装的游戏没什么两样，虽然这个游戏没有止境。巴柏寇克总是与他同在，在大房间里，在中庭里，吃他的饭，夜里爬上他的床。就他的感觉，梦里的那些事件和其他梦境无异，他常梦见寻常的东西，蠢不啦叽孩子气的东西，比方说洗澡或在轮胎上玩耍，或看着松鼠吃坚果。有时他会梦见这些，有时会梦见古昔的那个胖女人，既没有逻辑也没有道理可言。

他记得很久以前的某一天，孩子们坐在大房间里围成圈圈，教师说：**我们来谈谈朋友是什么**。他们刚吃过午饭，饱餐之后，他浑身暖洋洋的，有点昏昏欲睡。其他小孩儿又笑又闹，但他不会这样，他总是乖乖听话。这时教师拍拍手叫大家安静下来，因为他是唯一乖乖听话的孩子，所以教师转头看他，温柔的脸上挂着仿佛准备给他礼物的表情，就是赢得她关注的大礼。她说："告诉我们，小尚杰，谁是你的朋友？"

"巴柏寇克。"他回答说。

他没多想，这个答案就从他嘴里跳出来，但是话一出口他就发现自己犯了大错，他不该说出这个秘密的名字。这个名字仿佛离开了他的身体，因为暴露在光线之中而萎缩，而消失。教师不太确定地蹙起眉头，在她听来那几个字并没有什么意义。巴柏寇克？她又念了一遍。难道她听错了吗？尚杰明白，没人知道那是谁，他们当然不知道，他为什么会以为他们知道？巴柏寇克是特别而且私密的东西，只属于他一个人，像这样为了卖乖讨好教师而轻率说出他的名字，真是大错特错。不只是错误，甚至是犯规。说出这个名字，就剥夺了他的特殊性。**谁是巴柏寇克啊，小尚杰？**在接下来那段可怕的沉寂之中——孩子们全都不讲话了，注意力转到了这个怪异的名字上——他听见有人在偷笑，他记得是狄米崔·乔克森，小狄是他当时就已经很痛恨的人。一个接着一个，哄笑在围坐成圈的孩子们之间传递跳跃，宛如火光跃动。小狄·乔克森，一定是他。尚杰也出身首批家族，但是小狄靠着轻松迷人的微笑轻易就能赢得其他人的喜爱，他总是一副在家族分类中还有阶级存在般的样子，首批家族之中的首位，坐在那个位子上的人就是他，小狄·乔克森。

最让他心痛的是小拉吉，比尚杰小两岁的弟弟——理应尊敬他，理应闭口不语的弟弟，竟然也跟着笑起来了。他盘腿坐在尚杰左边，如果尚杰是在六点钟的位置，小狄在正午十二点钟的位置，那么拉吉就是在上午的九点十点左右。就在尚杰惊恐地看着弟弟时，拉吉竟然飞快瞄了小狄一眼，充满探询意味的神色，寻求他的认可。**看见没？**拉吉的眼睛在说，**看见我怎么取笑尚杰了吧？**教师再次拍拍手想恢复秩序，尚杰知道自己如果不快点采取行动，这笑声就永远没完没了。他们此起彼伏的尖锐笑声会在他耳中一直回荡，吃饭时，熄灯后，还有在中庭里，只要教师一走开，笑声就会再次响起。**巴柏寇克！巴柏寇克！巴柏寇克！**这名字像句脏话，甚至更糟，**尚杰是个小巴柏寇克！**

他知道自己应该说什么。

“对不起，教师，我指的是小狄，小狄是我的朋友。”他对着坐在他正对面的小朋友露出最真诚的微笑，那个有一头浓密黑发——乔克森家的黑发——满口贝齿，眼睛不停转动的小男孩。如果拉吉做得到，他也可以。“小狄·乔克森是我最好的朋友。”

这么多年之后，在此时此刻回想起那一天还真是奇怪。小狄·乔克森消失得无影无踪，威廉和拉吉也是。那天下午围坐一圈的小孩儿，有一半已经死了或被抓了。多半是在暗夜丧命的，其他则是在各自的日子来临时自己踏上了消失的旅途。小口小口地被啃咬，慢慢被吃掉，这就是人生，就是活着的人的感受。时间的流逝本身就让人惊叹，这么多年过去了，巴柏寇克始终是他人生的一部分，就像是他内心的声音，一种隐隐的冲动，在其他人不和他好的时候，尽管无法言语，但巴柏寇克却是他对这世界的一种感觉。自从在庇护所的那天之后，他再也没提起巴柏寇克的名字。

但说真的，随着时日推移，巴柏寇克的感觉以及那些梦，开始变得有点不同了。不是古昔的胖女人，虽然她还是不时出现。（况且想想，那个奇怪的夜里尚杰到底去灯屋干吗？他也不记得了。）不是过去，而是未来，他的所在，尚杰的所在，是在一个崭新开启的地方。有事情要发生了，某件很大的事情，他还不太明白是什么。殖民地无法永远延续和存在，小狄说得没错，乔伊·费雪也说过，总有一天灯会熄灭。他们生活在借来的时光里。军队走了，永远不会回来了。有些人还死抱着这个想法不放，可是尚杰·帕特尔没有。无论谁会来，反正绝对不会是军队。

他当然知道那批枪的事。那批枪并非秘密。告诉他的不是拉吉，尚杰早该料到，却还是觉得很失望，知道比起他拉吉更喜欢小狄，可是拉吉告诉了咪咪，咪咪又告诉了葛罗莉亚——拉吉那个大嘴巴的老婆根本无法保守秘密，毕竟她是拉米瑞兹家的人啊。在小狄·乔克森趁着没人注意，腰上插着刀偷偷溜出大门消失之后，过了几天，有天吃早餐时，葛罗莉亚忍不住把事情和盘托出，说她不确定是不是该告诉他。

葛罗莉亚告诉他，总共是十二箱。她压低嗓音吐露秘密，像个认真的学生那样满脸写着热情。在发电站里，藏在墙壁后面，闪亮亮的新枪，军方的枪，是小狄、拉吉和其他人在一座地下碉堡找到的。重要吗？葛罗莉亚想知道。她告诉他对吗？她的忧心苦恼是装出来的，嘴巴上虽这么说，眼睛却让他窥见真相。她知道枪代表了什么。是的，他说，温和地点点头。是啊，我想或许是吧。我想最好别让其他人知道。谢谢你，葛罗莉亚，谢谢你让我知道。

尚杰不会天真地以为自己是唯一知情的人。他那天早上直接去找咪咪，用不容辩驳的语气叫她不能告诉其他人，可是想必也知道，像这样的秘密根本不可能秘而不宣。健德一定知道，因为发电站是他的地盘。老周八成也知道，因为小狄什么都告诉了他。尚杰不认为苏乌知道，吉米或威廉的女儿黛娜应该也不知道。尚杰旁敲侧击，从来没挖出什么来。可肯定还有其他人知道——比方说西奥·乔克森——天晓得他们还告诉谁了？他们会像葛罗莉亚那天在早餐时分，偷偷低声对谁说："我有个秘密应该让你知道。"所以问题并不在于那批枪会不会重见天日，而是在于那批枪会在什么时候，什么情况下，以及——这是他那天在庇护所学到的一课——归属于谁是谁的朋友的问题。

也正因为如此，尚杰才希望默萨蜜退出守望队，希望她远离西奥·乔克森。

从默萨蜜出生的那一天起，尚杰就明白她是一切存在的意义。没错，甚至直到最近还是。尚杰觉得自己很想再要个儿子，让自己的人生圆满无缺。可是葛罗莉亚无能为力，经历过多次流产和空欢喜之后，她已停经。怀默萨蜜的过程简直像大病一场——葛罗莉亚整个孕期几乎都有出血现象——极尽折磨，长达两天的阵痛，让被迫站在疗养所外面房间听葛罗莉亚绝望呻吟的尚杰觉得，这根本就不可能有人能忍受。

但葛罗莉亚还是熬过来了。当普露登丝·乔克森把尚杰的女儿抱给他时，尚杰还头埋在手里坐在那里，漫长的等待和病房里传出的可怕叫声，让他的心里一片空白。他那时不停地想，那孩子一定会死，葛罗莉亚也是，只留下他孤零零一个人。所以在接过那个裹在毯子里的婴儿时，他完全无法理解，有那么一会儿，他还以为普露登丝交给他的是死去的宝宝。**是女儿，**普露登丝说，**一个健康的女儿**！到这时，尚杰还是花了好一会儿工夫才让这个念头在心里沉淀，才让这句话和他抱在怀里的奇怪小东西联结在一起。你有个女儿了，尚杰。他拨开毯子，看见她的脸，那生命力真是惊人，她小巧的嘴巴，浓密的黑发，温柔微凸的眼睛，这使他这一辈子第一次也是唯一一次感觉到了爱。

后来，他差点失去了她。真是讽刺，她竟然看上了西奥·乔克森，和他父亲如此相像的西奥。默萨蜜想尽办法瞒着他，葛罗莉亚也是，不让他知道，可是尚杰看得出来事态的发展。就在他以为即将被告知默萨蜜与西奥要结婚的决定时，葛罗莉亚告诉了他另一个消息，这让他有种获救的感觉：结婚对象竟然是葛蓝·史特劳斯！葛蓝并不是他会为女儿选择的对象——差得远了。他会喜欢更强健一些的小伙子，比方霍里斯·威尔森或班·周。可是葛蓝不是西奥·乔克森，这才是最重要的，他和乔克森没有任何关系。而且每个人都看得出来葛蓝很爱默萨蜜。尽管就本质而言，这爱带着软弱或者绝望的性质，但也还是尚杰可以接受的交易。

中午时分，尚杰站在疗养所里凝望着那个女孩，这一切又浮现在他的心头。不知来历的女孩，仿佛是尚杰人生的不同脉络，默萨蜜、巴柏寇克、葛罗莉亚、枪和其余的一切，全缠结在这不可能存在的人身上，缠结在她身上的谜团里。

她显然在睡觉，或者说像是在睡觉。尚杰把莎拉赶到外面房间和吉米待在一起，还派班和葛蓝把守门口。为什么这样做，他也说不上来，可他心里隐隐希望能自己一个人好好观察她。伤势显然很严重，依据莎拉的说法，尚杰相信这女孩是活不成了，可她躺在他面前，闭着眼睛，身体一动也不动，脸上没有痛苦或挣扎的迹象，也没有呼吸的起伏，这让尚杰有种甩不掉的感觉，觉得她比外表看起来更强韧。挨了守望员一箭，成年女子受这样的伤都难逃一死，更何况是像她这种年纪的女孩，她几岁？十六？十三？年龄更小还是更大？莎拉竭尽所能把女孩清理干净，给她找了件睡衣穿，一件前襟开扣的棉袍，不太透明的布料因为多年来的清洗而变得灰白，是带着冬天寒意的灰白。她只套上了右边的衣袖，左边的衣袖空空的，仿佛套着一只看不见的手臂。睡衣前襟敞开，露出缠住伤口的厚厚的一团绷带，以及一边纤瘦的、从苍白的脖子底下微微隆起的肩膀。她的身体并不是女人的身体，臀部和胸部都还像个男孩，睡衣裙摆底下露出的腿光滑矫健，有着青少年结实的膝盖。很意外呀，这样的膝盖上竟然没有一两道伤痕，印证某些童年的意外——从秋千上摔落啦，或在院子里打闹玩耍受过伤啦。

而她的皮肤呢，尚杰看看她的膝盖、她的手臂，最后是她的脸，他的眼睛从下到上打量一圈，想把她整个人再次看清楚。她的皮肤既不白也不是苍白，这两个形容词好像都无法表达她皮肤的特质。仿佛那种浅淡的色调并不是缺乏颜色，而是因为本身的质地所致。浅淡，尚杰想，她的皮肤就是这样，浅淡。事实上，他还是看得到太阳晒出的她双手、双臂与脸上的痕迹，双颊与鼻子上淡淡的雀斑。这唤醒了他记忆深处、身为人父的温柔触动：默萨蜜还是个小女孩的时候，也有像这样的雀斑。

女孩的衣服和背包已经烧掉了，但在烧掉之前，尚杰戴着厚厚的手套，仔细检查过里面少少几样血迹斑斑的物品。尚杰不知道自己有什么期待，但那些东西显然让他大失所望。背包本身是个普通的绿色帆布包，说不定是军用背包，可谁知道呢？有几样东西，他们都一致认为，看来似乎很有用——一把小刀、一个开罐器、一团厚实的毛线球，可是大部分的东西却像是随意摆进去的，整体而言有什么重要性，完全不得而知，比如一块出奇光滑的圆石，一块被太阳晒得泛白的骨头，一条挂着空锁链盒的项链，一本叫《狄更斯圣诞节鬼魂图文版》的名字怪异的书。短箭恰恰射穿那本书，仿佛那是个箭靶，书页浸满女孩的血。老周记得圣诞节是古昔的某种聚会，就像第一夜一样，可没人真正知道是怎么回事。

现在只剩下女孩自己可以说出她的身世了，不知来历的女孩，闭锁在沉默的泡泡里。她现身的重要性不言而喻：外面还有人活着。那些不知是谁也不知住在哪里的人，让他们其中的一员走散在野地里。一个毫无防卫能力的女孩走失在野地，而她不知怎的一路来到了这里。尚杰想，这个事实应该是个好消息，是个值得大肆庆祝的好理由，然而自从她来到城里之后，却只带来了不安的寂静。他一次也没听到有人说：我们并不孤独。但这件事的意义就在此，这世界毕竟不是个死寂的地方。

尚杰觉得这或许是教师的缘故吧。不只是因为教师的死，还因为教师告诉他们的事，在离开庇护所那天告诉他们的事。大家常会回顾自己离开庇护所的情形，然后哈哈大笑。真不敢相信我竟然会哭闹不休！大家都会这么说，你应该看看我当时哭得有多惨！仿佛谈的并不是他们童年的自我，不是谈起来时让人带着同情与理解的天真孩童，而是某种全然不同的怪物，他们远远观望着隐隐觉得荒唐可笑的怪物。说真的，一旦知道世界是充满死亡的地方，那个孩童似乎就已经不再是你了。默萨蜜离开庇护所那天，看见她脸上的痛苦是尚杰这辈子最无法释怀的经验。有些人再也无法克服，也就是那些放弃的人，但是大部分的人都可以找到办法活下去。你会找到办法，把希望放到一边，装进瓶子里，摆到架子上，然后继续过日子。尚杰自己就做到了，葛罗莉亚也是，甚至默萨蜜，每个人都是这样做的。

但是，这女孩出现了，她背离了所有的事实。一个人，一个没有任何自卫能力的孩子从黑暗之中现身，就像仲夏的大雪一样让人从心底里惊惧不安。尚杰从老周、华特·费雪、苏乌、吉米以及其他人，每一个人眼里看出来，大家都在质疑，这一定是搞错了，这说不通啊。希望是只会带给你痛苦的东西，而这女孩就是那种痛苦的希望。

尚杰不知道自己站在这里看着她多久了，清清嗓子开口说话：

“醒醒。”

没有回应，但他相信自己察觉到，在她的眼皮里面有不自主的意识跳动。他再次开口，比先前更大声：

“要是你听得见，就醒来吧。”

他的思路被背后的动静给打断了，莎拉穿过布帘进来，吉米跟在她后面。

“拜托，尚杰，让她休息吧。”

“这女孩是个囚犯，莎拉。我们有些事情要问清楚。”

“她不是囚犯，她是**病鬼**。”

尚杰再次打量女孩：“她看起来不像快死了。”

“我不知道她是不是快死了，她能活下来就算奇迹了，她流失了那么多血。可不可以拜托你离开？你们这样进进出出，我还能让这个地方保持干净才真是奇怪。”

从莎拉汗湿凌乱的头发和疲惫迷蒙的眼睛，尚杰看得出来莎拉有多累。对每一个人来说，漫长的一夜带来了更为漫长的白日，然而她脸上的权威不容挑战，在这里，她说了算。

“如果她醒了，你会通知我吧？”

“嗯，我会通知你。”

尚杰转头看着站在布帘旁的吉米：“好吧，我们走。”

但吉米却没有反应，他一直看着那个女孩，应该说他一直瞪着那个女孩。

“你应该回去睡一下。”莎拉说，“你也是，尚杰。”

他们走到外面的门廊，班和葛蓝在那里站岗，顶着暑热挥汗如雨。稍早之前门口挤了一大堆人，大家都很想看看行者，但班和葛蓝设法把人都赶走了。这时已经过了中午，只有几个人在外面走动。在路的那一头，尚杰看见粗工队人员戴着面具，穿长靴提水桶朝庇护所去，再次清洗大房间。

“我不知道是怎么回事，”吉米说，“可是那个女孩……你看见她的眼睛了吗？”

尚杰心头一惊：“她眼睛闭着啊，吉米。”

吉米眯起眼睛看着门廊地板，仿佛掉了什么东西找不到了。“再想想，我想她的眼睛可能是闭上的，”他说，“可是我为什么觉得她在看我？”

尚杰没说话，这个问题一点道理都没有，然而吉米的话却还是触动了他敏感的神经。看着那个女孩，尚杰也隐隐有种被观察的感觉。

他看着另两个人：“你们两个听得懂他在说什么吗？”

班耸耸肩：“难倒我了，说不定她喜欢你呢，吉米。”

吉米猛然转身，那闪着汗光的脸上出现惊慌的神情：“你开什么玩笑？你自己到里面去看看我说的情形。真的很诡异，我告诉你。”

班飞快瞄了葛蓝一眼，葛蓝只无助地耸耸肩。“见鬼了。”班说，“我只是开玩笑嘛，你干吗发这么大火？”

“这有什么好笑的，真该死。还有你，葛蓝，干吗偷笑？”

“我？我什么话都没做。”

尚杰觉得自己快按捺不住了：“你们三个，够了。吉米，别让人进来。听清楚了吗？”

吉米挨尅似的点点头：“当然清楚，你说了算。”

“我是说真的，不管是谁都不准来。”

尚杰盯着吉米的脸看了好一会儿，这人不像苏乌·拉米瑞兹，也不像艾莉希亚。尚杰不禁纳闷，究竟是不是因为如此，他才选择吉米担任这个职务。

“你要我们拿凯勒柏怎么办？”吉米问，“我是说，我们不会真的把他放逐墙外，对吧？”

那孩子，尚杰想到就累。他最不愿意想的就是关于如何处理凯勒柏·琼斯的事。在危机刚发生的那几个钟头里，凯勒柏成为不可或缺的目标。大家需要有可以发泄怒气的对象，但在光天化日之下，把一个孩子放逐到墙外的想法显得残酷，这样的决定等到日后每个人都会后悔。而且那孩子真的很有勇气。在宣读罪行的时候，他挺身面对族长会议，毫不迟疑地扛下所有的责任。有时候你就是会在最奇怪的地方找到勇气，尚杰在这个名叫凯勒柏·琼斯的粗工身上验证了这一点。

“先把他关着吧。”

“山姆·周呢？”

“他怎么了？”

吉米迟疑了一下：“听说啊，尚杰，山姆、米罗和其他几个人，想把他放逐到墙外去。”

“你听谁说的？”

“我没听说，是葛蓝听说的。”

“我是这么听说的，”葛蓝不等他问就说，“其实是奇普告诉我的，他在那里听到很多人谈这件事。”

奇普是个跑腿，是米罗的大儿子：“是吗？他是怎么说的？”

葛蓝不太有把握地耸耸肩，仿佛不想和他自己扯上关系：“山姆说如果我们不放逐凯勒柏，他就自己动手。”

我早该预见这个情况的，尚杰想。这是尚杰最不愿意见到的事，大家想自己掌控情势。可是山姆·周——尚杰毕生所见的最温和的男人，竟然会这样莽撞行事，似乎完全不像他的个性。山姆负责照料温室，这是周家人向来的工作。据说他对那一畦畦的豆子、胡萝卜和莴苣像照料宠物那样呵护备至，想必是因为他有那么多个小孩儿的关系。似乎每回尚杰只要一转身，山姆就因为庆祝会而喝得醉醺醺，然后那另一个珊蒂就又怀孕了。

“班，他是你堂哥，你听说过这件事吗？”

“我怎么有机会听说呢？我整个早上都在这里。”

尚杰要他们加派一倍人手到牢房，然后转身走上步道。好安静，安静得好可怕，他想，连鸟儿都不叫了。这让他再次想起那个女孩，想起有人注视他的那种感觉。女孩的脸上有种甜美，婴孩似的甜美，这让他想起默萨蜜还是小孩儿的情景，爬到大房间的床上，等着尚杰弯腰来亲吻她道晚安的情景。仿佛在女孩甜美沉睡的脸孔背后，她的心，那女孩的心，在柔软的肌肤掩蔽下正在那房间里搜寻他。吉米说得没错，她是有些怪怪的，她的眼睛怪怪的。

“尚杰？”

他这才发现自己的思绪在漫游。他一转头，看见吉米站在门阶顶端，身体有所期待地往前倾，欲言又止的几句话卡在嘴边。

“嗯？”尚杰的嘴巴突然很干，“什么事？”

吉米张开嘴巴，但话却还是无法出口，他的努力似乎白费了。

“没事。”最后吉米转开视线说，“莎拉说得没错，我真的得去睡一下了。”

7

许多年之后，彼得想起女孩来城之后引起的风波，会觉得那像一连串舞蹈似的动作：肢体聚拢又分开，从一个个短暂的瞬间跃入更广大的轨道之中，只有在某种未知的、如重力般平静又无可回避的力量的影响下才能再次回到原点。

前一夜到疗养所见到那女孩——流了好多血，浑身是血，莎拉忙着想缝合伤口，凯勒柏手里拿着那块浸满血的纱布——他不觉得惊恐，也不觉得意外，只有一种似曾相识的感觉。这就是旋转木马的那个女孩，就是走廊上、黑暗中狂乱奔跑的那个女孩，就是那个亲吻了他，关上了门的女孩。

关于那个吻。当彼得站在墙道上，等待为西奥执行慈悲任务的漫长时间里，彼得的心思不断回到那个吻，一次又一次，他不明白那个吻的意义，不明白那是哪一种吻。不像莎拉那天晚上在灯下的吻，不是朋友间的吻，严格来说也不是孩子那种纯真的吻，虽然是有些孩子气的味道：那偷偷摸摸的匆匆一吻，带着难为情的快速，几乎才开始就已结束；还有那女孩的突然退缩，在他还来不及说话之前就退回走廊，当着他的面关上门。那吻似乎什么意味都有，却又什么都不是。直到他来到疗养所，看见她躺在病床上，他才明白那是什么：是一句承诺。那个吻对彼得承诺：**我会来找你**。这句承诺清晰得像那女孩未曾说出口的话语。

此时，艾莉希亚和彼得躲在庇护所墙脚的一排柏树后面看着尚杰离去。不久之后，吉米也离开了，留下班和葛蓝站在门廊的阴影里把守。彼得觉得吉米的动作有点古怪。他带着茫然的疲惫，仿佛不太知道自己要去哪里或要做什么一样。

艾莉希亚摇摇头："我想我们没办法躲开他们进去的。"

"来吧，我有办法。"彼得说。

他带着她绕过建筑后方，那是一条夹在疗养所与温室之间的隐秘巷子。建筑的后门和窗子都砌上了砖头，但在一排空柳条箱后面有个铁舱门，舱门里是一条旧的送货斜道，通向地下室。以前偶尔在夜里，彼得的妈妈自己值班，而彼得也还很乐于玩这种游戏的时候，她会带他过来在斜道里溜着玩。

他打开铁门："请进吧。"

彼得听见艾莉希亚的身体在管子里东碰西撞，接着就听见她的声音从下面传来："好了。"他抓着门边轻松地钻进管子里，然后把舱门在头顶上一关，四周突然陷入黑暗——他还记得，以前在漆黑里滑管子是很刺激的事——他放手往下滑。

哐当哐当地迅速滑下，接着他双脚落地。这房间还和他记忆里的一样，堆满了箱子和其他补给品，右边有一个可容人走入的大型冷冻柜，里面摆满了整个墙面的罐子，而大桌子中央则散落着秤、工具和残余的蜡烛。艾莉希亚站在通往疗养所前面房间的楼梯底下扬起头，望着从上方洒下的灯光。站在门廊可以看见一楼的楼梯口，因此穿过窗边是最需要技巧的部分。

彼得先爬上去，在接近顶端时他抬眼越过楼梯口向外张望。这个角度不行，他站得太低了，但他可以听见外面那两个人隐约的谈话声，他们面朝外。彼得转头看艾莉希亚，向她打个手势，然后迅速爬上最后几级，快步穿过前房经过走廊进到病房。

那女孩醒了，坐了起来。这是他看见的第一个画面。血迹斑斑的衣服已经不见，她换了件睡袍，露出缠在身上的白色绷带。莎拉坐在窄窄的病床边上，一只手抓着女孩的手腕。

这时女孩的眼睛往上一瞄，迎上他的目光。悚然惊慌的举动——她甩开手整个人往床头缩。莎拉意识到他的存在，迅速站起来转身面对他。

"见鬼了，彼得，"她似乎气得全身缩紧，压低嗓音沙哑地说，"你怎么混进来的？"

“从地下室啊。”声音从他背后传来，是艾莉希亚。那女孩整个人缩成一团，膝盖防卫似的紧缩在胸前做自我保护，她用双手紧紧揪着垂盖在腿上的宽松睡袍。

“怎么回事？”艾莉希亚说，“几个钟头之前肩膀的伤口还像要烂掉呢。”

这时莎拉才放松下来，她重重地叹了口气，往旁边的病床上一坐。

“真希望我能告诉你原因，就我所知，她几乎没事了，伤口已经愈合了。”

“怎么可能？”

莎拉摇摇头：“我也没办法解释，不过，我不知道她想不想让任何人知道，尚杰刚刚才和吉米来过。有人进来，她就假装睡觉。”她耸耸肩，“说不定她会和你们说话，我没办法让她讲半句话。”

彼得听见她们的交谈，但仿佛隔得远远的，仿佛她们在另一个房间里说话。他往前走近病床，女孩的目光越过膝盖上方谨慎地看着他。一团头发遮住了她的眼睛，他觉得自己仿佛走近了一头受惊的动物。他坐在床边，面对她。

“彼得，”是莎拉，“你……你在干吗？”

“你跟踪我，对不对？”

她微微点头，轻微得几乎难以察觉。**是的，我跟踪你。**

他抬起脸，莎拉站在床尾，盯着他看。

“她救了我。”彼得解释说，“在购物中心，病鬼攻击我们的时候，她保护我。”他又看着那个女孩，“是这样，对不对？你保护我，你要他们走开。”

是的，我要他们走开。

“你认识她？”莎拉说。

他迟疑了一下，试着想在心里拼凑出故事的原貌：“我们躲在旋转木马底下，当时西奥已经失踪了。病鬼追上来，我以为我完了，可是她……爬到我身上。”

“她爬到你身上？”

他点点头：“是的，爬到我背上，好像掩护我那样。我知道我可能讲得不太正确，可事情就是这样，等我回过神来，病鬼已经离开了。她带我穿过走廊，找到通往屋顶的楼梯，我就是这样才脱身的。”

莎拉沉默了一晌。

“我知道这听起来很怪。”

“彼得，那你为什么没告诉任何人？”

他耸耸肩，不知如何回答。他没有可以捍卫自己的借口，至少是没有合理的借口。“我应该说出来的，可我甚至不确定这件事是不是真的发生过。既然一开始什么都没说，后来就越来越难说出口。”

“要是尚杰发现了怎么办？”

女孩从膝上微微抬头，显然在打量他，用那深沉知情的神态仔细端详他。那种狂野的感觉还在，她动静之间表现出来某种动物似的紧张神态，但在他们踏进病房之后不到几分钟，气氛微妙地改变了，恐惧明显减轻了。

“他不会发现的。”彼得说。

“我的天哪，”有个声音在他们背后响起，“竟然是真的。”

他们转头看见迈克站在门帘处。

“迈克，你怎么进来的？”艾莉希亚嘘他，“还有，小声一点。”

“和你们一样啊，我看见你们两个走进巷子里，就跟过来了。”迈克小心翼翼地走近病床，眼睛盯着那个女孩，他手里抓着东西，“说真的，这是谁啊？”

“我们不知道，”莎拉说，“她是个行者。”

迈克沉默了一晌，表情深不可测，然而彼得感觉得到他的心思在运转，在飞快盘算，这时他像突然注意到自己手里拿着的东西。

“真该死，真该死，就和艾尔顿说的一样。”

“你在说什么啊？”

“信号，幽灵信号。”他举起一只手要他们别说话，“不，慢着……等一下。我真不敢相信。你们准备好了吗？”他脸上带着胜利的微笑，“听着！”

就在这时，他手上的装置开始哔哔响。

“电路，”艾莉希亚说，“这是什么东西？”

他举起来给他们看，一部手机。

“我是来告诉你们这件事的，”迈克说，“那个女孩？行者？她在呼叫我们！”

“传输器必定在她自己身上，”迈克说。但他也说不上来那东西应该是什么形状。应该大得足以装有电源设备，但除此之外，他就不得而知了。

她的背包和里面的东西已经被烧掉了，唯一的信号来源只剩下女孩自己。莎拉坐在病床上，告诉女孩说她必须这么做，要女孩别害怕。莎拉从女孩的双脚开始检查，她伸手由下往上轻轻摸着女孩的每一寸肌肤，检查她的腿、臂、手和颈部。检查完之后，她站起来转到女孩背后，站在床头，用手指缓缓搔过她那像鸟窝般的头发。整个过程中，女孩都一动不动地乖乖配合，莎拉要她举手举脚都照做，她眼睛在房里四处溜转，虽有疑问却不带一丝情绪，仿佛不知该如何解释这一切。

“如果有，那藏得还真好。”莎拉停下来，拨开垂在脸上的一绺头发，“迈克，你确定吗？”

“是的，我确定，那一定藏在她身体里。”

“在她身体里？”

“应该很靠近表面，很可能就在皮肤底下，找找看她身上有没有疤。”

莎拉想了想：“嗯，我可不会当着你们的面找。彼得和迈克，你们两个转过去。小艾，过来，我需要你帮忙。”

彼得利用这个时间走到门帘旁边偷偷往外瞄。班和葛蓝还在外面，两个模糊的身影背对窗的另一边，他很想知道他们是不是还有时间。过会儿一定会有其他人来，尚杰、老周或吉米。

“好了，你们可以转头了。”

女孩坐在床沿，弯着脖子垂着头。“迈克说得没错。我很快就找到了。”她拨开女孩纠结的头发，让他们看见她脖子底下一道隐约的白线，约几厘米长，上方明显因为某个异物而凸起。

“你可以摸到边缘。”她手指贴在上面让他们看，“除非有其他的问题，否则应该不难取出来。”

彼得问：“会痛吗？”

莎拉点点头：“不过，很快就会结束的。经过昨天晚上的那个伤，这对她来说应该不算什么，和取出一根大刺没什么两样。”

彼得坐在病床上，对女孩说：“莎拉要从你的皮肤底下取出一个东西来，一种无线电，可以吗？”

他看见她脸上闪现理解的神情，她接着点点头。

“小心一点。”彼得说。

莎拉走到储物柜前，拿着一个小盆子、一把手术刀和一瓶酒精回来。她把纱布浸湿清洁皮肤。然后，再次站到女孩背后，拨开她的头发，从盆子里拿起手术刀。

“会有点刺痛。”

手术刀的刀刃顺着疤痕划开，女孩就算会痛也没有表现出来。伤口渗出几滴血，沿着脖子长长的曲线滴落在睡袍上。莎拉用纱布擦着伤口，然后歪头指着小盆子的方向。

“谁把镊子递给我？别碰到镊嘴。”

艾莉希亚递给她，莎拉轻轻用镊子的尖端穿过女孩皮肤上那道开口，渗了血的纱布压在开口的下缘。彼得全神贯注，专注的程度仿佛让他感觉到镊子尖端抓住了那个物体，实际上他的指尖真的感觉到了。莎拉轻轻一拽，拽出了一个黑黑的东西。她把这个东西摆在纱布上，然后拿起来给迈克看。

“你就是要找这个吗？”

躺在纱布上的是一个长椭圆形的小圆盘，是某种闪亮的金属材质，边缘有一圈像头发一样的细细须线。在彼得看来，这个东西好像一只被压扁了的蜘蛛。

“这是无线电？”艾莉希亚说。

迈克蹙起眉头，额头堆满皱纹。“我也不确定。”他坦承。

“你不确定？你怎么能敲响警钟，然后又说不知道是怎么回事？”

迈克用一块干净的纱布擦擦那个东西，举起来迎着光线看：“是啊，这是某种传输器没错，这些电线大概就是传送电波用的。”

“这东西在她身体里面干吗？”艾莉希亚问，“谁会做这种事啊？”

“说不定我们该问她是怎么回事。”迈克说。

可当迈克把那个躺在血迹斑斑的纱布上的东西拿给她看时，她也是一脸迷惑。对这东西埋在她脖子里的原因，她似乎也和他们一样满头雾水。

“你想会不会是军方做的？”彼得问。

“有可能，”迈克说，“这是透过军用频道传送的。”

“可是你光看并不能知道。”

“彼得，我甚至不知道它传送的是什么。就我所知，它很可能是在背诵字母表。”

艾莉希亚皱起眉头：“为什么要背诵字母表？”

迈克没回答这个问题，他再次看着彼得：“我只能告诉你这么多，如果你想知道更多，我就得把这东西拆开。”

“那就拆开吧。”彼得说。

8

尚杰离开疗养所打算去找老周。有些事情必须决定，必须讨论。首先是山姆和米罗的事——这是尚杰始料未及的小麻烦——还有就是该怎么处置凯勒柏和那个女孩。

那个女孩，她的眼睛。

离开疗养所踏进午后的阳光，突然有一股出乎意料的沉重袭上尚杰的心头。在熬了夜，又经过这样的一个混乱的早上，再加上还有这么多事情要做要说要考虑，他觉得这种感觉这也是正常的。平时大家常拿族长会议开玩笑，说这并不是一份真正的工作，这不像守望队、粗工队或农工那样属于七大行业之一。尤其在西奥·乔克森给族长会议取了个“修水管委员会”的绰号之后，这个玩笑就挥之不去了。可这是因为他们对族长会议的责任根本就一知半解，这样的责任是你整天扛着举着无法真正放下的包袱，会压得人喘不过气来。尚杰四十五岁不年轻了，可当他走在这条碎石路上，他觉得自己更衰老了。

这个时间老周应该在养蜂场而不是家里。尚杰一想到还要顶着正午又大又热的太阳走一大段路，而且路上搞不好还会碰见他不得不应付几句的人，就突然觉得很乏力，脑袋里仿佛蒙上一片灰色的迷雾。尚杰决定让他的腿休息一下，老周可以暂时搁着。于是，几乎在不知不觉的情况下，他发现自己已经慢慢走过树荫遮蔽的林地，朝家的方向走去，然后穿过家门（他竖起耳朵想听听葛罗莉亚在家里其他房间里的声音，但什么都没听见），爬上吱嘎作响的楼梯躺到床上。他很累，非常累，天知道他已经多久没让自己在白天小睡片刻了。

差不多刚问完自己这个问题，他就睡着了。

醒来之后，尚杰觉得嘴里有股酸臭的味道，血涌上大脑。虽然身体已经离开睡梦，但他却觉得意识不太清醒。见鬼了，他怎么睡着了？尚杰一动不动地躺着，细细回味那种感觉，沉浸其中。他听见楼下有讲话的声音，葛罗莉亚和另一个更低沉的男声，他想应该是吉米或伊恩甚至是葛蓝，但他躺在那里听着却不想动。他知道有更多的时间在流逝，那声音也随之消失了。多舒服啊，就这样躺着。很舒服，但也有点奇怪，因为在他想来，他老早就应该起床了。夜色已降临，透过窗户可以看见夏日天空的白亮已经被暮色染上了淡淡的粉红，他还有事要做。吉米想知道发电站的事怎么处理；谁应该在一早骑马出发（虽然尚杰此时想不起来为什么需要决定这件事）；还有凯勒柏那个男孩，为什么大家会叫他高筒鞋，八成和他的鞋子有关吧。诸如此类的事情好多。躺得越久，这些烦心的事好像就飘得越远越不相干，仿佛是别人的问题。

“尚杰？”

葛罗莉亚站在门口。他其实没看见她的人，只听见她的声音，一个脱离躯体的声音，在黑暗中呼唤他的名字。

“你为什么还赖在床上？”

他想：我不知道。好奇怪啊，我竟然不知道自己为什么躺在床上。

“很晚了，尚杰，大家都在找你。”

“我……睡午觉。”

“睡午觉？”

“是啊，葛罗莉亚。午觉，睡一会儿。”

他妻子来到他的床前，那张光滑的圆脸出现在他的视野里，如同一张没有身体的面孔飘浮在他眼前灰蒙蒙的大海中。“你为什么要这样抱着毯子啊？”

“怎样？我怎样抱着毯子？”

“我不知道，你自己看吧。”

光是想着要起身查看就觉得很费劲，尚杰连试都不想试，可终究还是设法从汗湿的枕头上微微抬起头，查看自己全身上下。他在睡梦中拉起床上的毯子，卷成一条绳子状，这时正缠在手腕上，双手紧紧抓着。

“尚杰，你怎么了？你为什么这样讲话？”

她的脸还在上方俯望尚杰，尚杰却好像眼神无法聚焦。“我没事，我只是累了。”

“可是你已经不累了。”

“我……我想我是不累了，可我可能还要再睡一会儿。”

“吉米刚刚来过，他想知道发电站的事要怎么处理。”

发电站，发电站怎么了？尚杰想。

“要是他再过来，我应该怎么跟他说？”葛罗莉亚问。

他想起来了，有人得到发电站去确保那里的安全，免得发生什么事情。

“葛蓝。”他说。

“葛蓝？他怎样？”

尚杰模模糊糊听见这个问题之后，就再度闭上了眼睛。在他眼前葛罗莉亚的影像开始消失，慢慢被那个女孩的面孔所代替。好小的一张脸，她的眼睛里好像有些什么。

“葛蓝怎么了，尚杰？”

“这样对葛蓝也好，你不觉得吗？”他听见有个声音说。有一部分的他还留在房里，但另一部分的他也就是梦中的那个他却已经不在了。

“告诉他，派葛蓝去。”

9

一个钟头又一个钟头过去了，夜幕终于降临。

他们三个没收到迈克捎来的消息，他们在溜出疗养所后门之后就分道扬镳了：迈克回灯屋继续工作；艾莉希亚和彼得到拖车公园躲在另一辆空车里监视凯勒柏的情况，以防山姆和米罗又回来闹事；莎拉则留在女孩身边。目前唯一能做的就只有等待。

他们藏身的拖车离牢房的距离远得足以让他们不被人察觉，但又足以看得见门口。据说拖车是创建者留下来的，用来安置那些筑墙架灯的工人。就彼得所知，早就没人住在这里了。为了拆下里面的管线，拖车大部分的墙板都已被剥开，而其余的装置和设备也都被拆卸、瓜分，散落各处了。在车子后半部被弹簧推门和驾驶舱隔开的空间里，有个原本用来摆放床垫的平台，靠墙堆着几床被子，另一端有张小桌子，旁边两条长椅面对面。所有的东西都覆盖着破损的塑料布，脆弱的海绵从布料的裂缝里露出，伸手一摸就粉碎成灰。

艾莉希亚带了一副牌来打发时间，在发牌中间的空当，她总是不安地在长椅上扭来扭去，透过窗户望着牢房。戴尔和珊妮已经离开，换了戈尔·菲利普和霍里斯·威尔森看守牢房，霍里斯显然已经决定不离开守望队了。下午接近傍晚的时候，奇普·达瑞尔端着一盘食物来过，除此之外就没看见其他人。

彼得洗牌，艾莉希亚的目光从窗外转了回来，她拿起桌上的牌瞄了一眼，皱起眉头。

“见鬼了，你给我发的什么烂牌啊？”

她和彼得一样把牌整理好，以一张红 J 为首。彼得跟上，拿出黑桃 8。

他没有黑桃了，所以从桌上抽起一张牌，艾莉希亚又瞪着窗外。

“别这样，好不好？”他说，“你搞得我紧张兮兮的。”

艾莉希亚默不作声，彼得抽到第四张才有牌可出。他现在满手都是牌，他丢出一个对子，看着艾莉希亚丢出两张红心，翻转花色，一连出了四张牌，接着又丢给他一张皇后，回到黑桃。

彼得又抽牌，艾莉希亚有一大堆黑桃，他感觉得出来，可是无能为力，她真的把他吃得死死的。他出了一张6，眼睁睁看着她又打出一连串的牌，再丢出方块9，手上一张牌都没有了。

“你老是这样，你知道吗，”她边收拾牌边说，“总是先打出你最弱的花色。”

彼得还看着自己的手，仿佛牌局还没结束：“这我可不知道。”

“你向来都是。”

第一道钟就要响了，好奇怪啊，彼得想，今夜竟然不用去墙道上值班。

“要是山姆又来了，你会怎么做？”彼得问。

“我真的不知道，想办法劝他吧，我想。”

“要是劝不动呢？”

她肩膀一歪，蹙起眉头：“那我就会动手处理。”

他们听见第一道钟响。

“你不必这么做的，你知道。”艾莉希亚说。

他很想说：你也不必啊。可他知道不是这么回事。

“相信我，”艾莉希亚说，“第二道钟响之后就不会有事了。经过昨晚的事，大家八成会乖乖躲在家里。你应该过去看看莎拉，还有迈克，看他有没有什么发现。”

“你觉得她是什么人？”

艾莉希亚耸耸肩：“以我的观察，她只是个吓坏了的小孩，但这没办法解释她脖子上的那个东西，也没办法解释她怎么能在外面活下来。或许我们永远没办法知道，我们等着看迈克有什么发现吧。”

“可是你相信我，相信她在购物中心做的事？”

“我当然相信你，彼得，”艾莉希亚对他蹙起眉头，“我为什么不相信你？”

“那个故事很荒谬。”

“要是你说事情的经过是这样，那么事情的经过就是这样。我以前从来没怀疑过你，现在也不会。”她仔细地打量他一晌，“可你问的不是这个，对吧？”

他沉默了一晌，然后说：“你看着她的时候，看见了什么？”

“我不知道，彼得，我应该看见什么？”

第二道钟开始响起，艾莉希亚还在盯着他看，等待他的回答，可是彼得无法描述自己的感觉，他找不到合适的语言表达。

外面突然亮了起来，灯开了。彼得在桌子底下伸直腿，站了起来。

“你今天真的会拿十字弓射山姆吗？”他问她。

艾莉希亚背光站着，脸上一片阴影：“老实说，我真的不知道。或许会吧。如果动手了，我知道我一定会很难过。”

彼得没说话。艾莉希亚的背包丢在地上——食物、水和铺盖，十字弓摆在一旁。

“走吧，”她催他，头朝门的方向一歪，“快走吧。”

“你确定你会没事吗？”

“彼得，”她笑着说，“我什么时候不确定了？”

在灯屋里，迈克·费雪的问题多到他疲于应对，但其中最严重的问题是气味。

味道越来越糟，真的非常之糟。没洗澡的身体加上臭袜子，混合成一股带酸味的恶臭，类似发霉的奶酪加上洋葱的臭味，屋子里的味道让他难以专心。

“见鬼了，艾尔顿，你出去好不好？你把整个房子搞得臭烘烘的。”

老头儿坐在平常坐的位子上，也就是迈克右边的面板前面，他的手沉重地搭在滚轮椅的扶手上，脸微微侧着歪向旁边。在他们为夜晚亮起灯之后——电力的指数到目前为止都还正常，发电站不管发生了什么事，都还能持续把电流送上山来——迈克又埋头研究那个传输器，他用从工具间拿来的铰链式放大镜观察拆卸之后放在桌面上的零件。他一直担心尚杰会突然过来问他电池的事，他已经准备好随时把这些东西藏进抽屉里。可是唯一到访的高官其实是吉米，他在下午稍晚的时候过来的。吉米看起来并不热，但脸有点红，仿佛染了什么病似的。他怯怯地问起电池的事，好像原本已经完全忘了这回事，所以现在很不好意思提起。他踏进门里约一米，就闻到屋里臭气熏人，这是人体恶臭形成的屏障，足以让任何人退避三舍。他显然没有注意到放大镜，虽然有点脑子的人都看得见，就更不用说那敞开的面板露出了五颜六色的电线，还有台面上的那些焊铁。

“我说真的，艾尔顿。如果你想睡觉，就去后面睡。”

老头儿身体抽动一下醒了过来，手指抓紧椅子的扶手，那张眼瞎没有表情的脸转过来面对迈克。

“是啊，对不起，”他伸手揉揉脸，“你焊接好了吗？”

“我正要弄，说真的，艾尔顿，这里不是只有你一个人，你上回洗澡是什么时候？”

老头儿没回答，仔细想想，他整个人看起来好像也不太对劲，虽然用来衡量艾尔顿的标准向来就不高。他浑身大汗，看起来很疲惫而且有点魂不守舍。就在迈克观察他的时候，艾尔顿伸手在台面缓缓摸索，手指轻轻敲打着，找到耳机，但是他并没戴上。

“你还好吗？”

“啥？”

“我是说，你看起来不太好。”

“我们开灯了吗？”

“都已经开了一个钟头了，你怎么会这么想睡啊？”

艾尔顿用舌头舔舔嘴唇，见鬼了，怎么了？有东西卡在他的牙齿里？

“你也许说对了，说不定我应该去躺一下。”

老头儿蹒跚地站起来，拖着脚步穿过窄窄的走道从工作区走到后面。迈克听见弹簧嘎吱一声，是他庞大的身躯倒在床上的声音。

嗯，至少他没在这个房间里。

迈克的注意力回到面前的工作上。他猜得没错，女孩脖子里取出来的传输器连接着一个芯片，但这个芯片和他以前见过的都不一样，体积要小得多，而且除了一对细小的金色平顶钉之外，没有明显可见的输出埠。这两根平顶钉，一根连接在传输器上，一根连接着一串珠状的电线。所以，如果电线不是天线，而是通过传输器传送芯片上的数据（看起来不太可能），那么电线就是某种感应器，是芯片所记录的数据的来源。

要确定答案，唯一的方法就是解读芯片上的数据。而想要解读数据，唯一的方法就是把芯片接到主机的内存板上。

这很冒险，这意味着迈克得把某个未知的线路焊接到控制板上，有可能系统不会察觉，有可能系统会直接完蛋。如果系统瘫痪，外面的灯会全部熄灭。最明智的做法是等到早上再做。可此时此刻，迈克的心里紧紧咬着这个问题，就像松鼠咬着坚果不松口一样，他想做，他不能等。

迈克必须先把主机的线路切断，也就是说要关掉控制器切断电池供电。这不是不能做，但时间不能拖得太长。没有系统监控电流，任何电流波动都可能启动断路器。所以一旦主机没联机，他就得加快动作。

他深吸一口气，打开主机菜单。

关机?

他输入：Y。

硬盘开始停转，迈克坐在椅子里一滑，冲过房间到断路器前面。

断路器都没有启动。

他迅速动手把主机板拉出来放在台面上，然后摆在放大镜底下，一手拿起熨斗一手拿起焊料，把焊料放到熨斗顶端，马上冒出一缕烟，之后一滴焊料掉进主机板敞开的渠道里。

正中红心!

只有一次机会。迈克右手夹起芯片，左手抓紧右手腕让手稳住，然后他轻轻地把芯片的接触器放到焊料上，并且停住不动数到十，等那一滴焊料冷却，在芯片周围凝固。

直到这时他才呼了一口气，把主机板放到面板里正确的位置上，然后重新启动主机。

接下来是漫长的一分钟，系统恢复联机，硬盘发出咔咔运转的声音，迈克闭上眼睛想：拜托，千万别出问题。

天从人愿，睁开眼睛之后，迈克看见系统索引上出现了一行字：未知的硬盘。他点选，看着窗口打开。硬盘里面被分割成两个扇区，A 和 B。A 很小，只有几个 KB。可是 B 不一样。

B 非常庞大。

里面有两个文件夹，大小一样，其中一个可能是另一个的备份。若说两个文件夹内容同样这么庞大，实在很难想象。这个芯片仿佛把全世界都写进去了。无论做出这个东西植入女孩身体里的人是谁，想必和迈克所认识的人都不同，似乎不是来自他所居住的这个世界。迈克心里犹豫，不知道该不该找艾尔顿问问他的想法，但是从小屋后面传来的鼾声让迈克知道，去叫艾尔顿也只是白费力气。

迈克按平时流程打开文件夹时，动作简直是偷偷摸摸的，一手遮在眼睛前面，透过指缝往外看。

10

运气真好，彼得走近疗养所的时候看见那里只有一个守望员在把守，他大步走向门阶。

“你好啊，戴尔。”

戴尔的十字弓松松地垂在身侧，他恼火地叹口气，微微歪着头，将听力正常的那只耳朵对着彼得：“你知道我不能让你进去的。”

彼得伸长脖子，越过戴尔望进前窗里，桌上有盏提灯亮着。

“莎拉在里面吗？”

“她离开一会儿了，说要去弄点东西来吃。”

彼得站在原地没再说什么。这是比耐力的游戏，他知道。他看得出来戴尔脸上浮现举棋不定的神色。最后他气呼呼地投降，让开门口。

“见鬼了，你动作最好快一点。”

彼得进门走到后面的病房里，看见女孩蜷缩在病床上，膝盖抵着胸口，头转在一边。听见他进来的声音她还是没有动静，彼得想她是睡着了。

彼得坐到病床旁边的椅子上，双手撑着下巴。在蓬乱的头发底下，彼得还能看见她脖子上的伤痕，莎拉就是从那里取出传输器的——现在是几乎难以察觉的一条线，差不多完全愈合了。

这时她动了，仿佛迎合他的想法似的，在床上翻身面对他。她的眼白水汪汪的，非常饱满，在透过门帘缝隙照进来的灯光里闪闪发亮。

“嗨，”他说，觉得自己的声音卡在喉咙里，很沉重，“你觉得怎么样了？”

她双手贴合，把纤瘦的手腕埋进膝盖底下的缝隙里，她肢体的每一个动作似乎都是刻意要让人认为她比真实的年龄小。

“我是来谢谢你的，谢谢你救了我。”

她睡袍底下的肩膀突然一紧。**不客气。**

好奇怪，这样讲话——之所以奇怪，是因为其实并不那么奇怪。他从没听过女孩说话的声音，却不觉得那是个缺憾。这样一种祥和宁静的感觉，仿佛把言语的噪声丢到了一旁。

“我想你大概不想讲话吧，”彼得试探地说，“比方说告诉我你的名字？我们可以从这里开始，如果你想说的话。”

女孩没说话，什么反应都没有。**为什么我要告诉你我的名字？**

“嗯，没关系。”彼得说，“我无所谓，我们可以就这样坐着。”

他也真的就这样做了，他陪她坐着，坐在黑暗里。过了一会儿，女孩脸上的神情放松了。又过了一会儿，她仿佛没察觉他的存在似的再次闭上眼睛。

彼得静静地等候，这时疲惫的感觉突然袭来，而且带着一段回忆：夜里，很久很久以前的夜里，他来到疗养所，看见妈妈在照料一个病鬼，就像他现在这样。他不记得那个病鬼是谁，事实上也搞不清楚这是不是好几段回忆混在一起，层层叠叠。很可能是某一个夜里，也可能是好几个夜晚，但在他记得的那个夜里，他穿过门帘，看见妈妈坐在病床旁边的椅子里，他蹑手蹑脚地走到旁边，发现她睡着了。躺在病床上的是个孩子，一个小小的身躯躲在阴影之中，唯一的光线是床边托盘上的一点烛光。他往前走，默不作声，病房里没有其他人。妈妈动了一动，头歪向他。她好年轻，而且健康，他好高兴好高兴再见到她。

“照顾好你兄弟，西奥。”

“……妈，”他说，“我是彼得。”

“他不像你那么坚强。”

外面讲话的声音和开门的吱呀声让他回过神来，莎拉大步走进病房，提灯在她手上晃荡。

“彼得，一切都还好吧？”

他迎着突然出现在眼前的亮光眨眨眼，花了一晌工夫才明白自己人在哪里。他只睡着了一分钟，然而感觉上却很久。而那段回忆，那因此产生的梦都已经消失了。

“我只是……我不知道。”为什么他要道歉？“我想我大概是打盹了。”

莎拉拿着提灯忙碌不休，把推车推到病床旁边。女孩坐了起来，脸上挂着警觉与戒备的神情。

“你是怎么说服戴尔让你进来的？”

“哦，戴尔人很好。”

莎拉坐在女孩的床边，打开盒子，露出她所带来的东西：扁面包、苹果和一块奶酪。

“饿吗？”

女孩吃得很快，大口大口地把食物一扫而空：先吃了面包，然后很疑惑地把奶酪拿起来闻一闻，尝一尝，再大口吃下，最后才吃苹果，吃到只剩果核。全部吃完之后，她用手背抹抹脸，抹得脸颊上都是果汁。

“嗯，我想这一餐就算解决了。”莎拉说，“餐桌礼仪虽然不算顶好，可你的胃口很正常。我要检查一下你的纱布，可以吗？”

莎拉解开睡袍，拉开前襟掩住其他部分，只露出女孩缠着绷带的肩膀。她用大剪刀剪开纱布，箭矢刺穿皮肤、肌肉与骨头的地方只剩下一个粉红色的小凹痕，这让彼得想起婴儿的肌肤，新生的柔嫩肌肤。

“我的病人如果都可以这么快复原就好了，我想没必要把缝线留着。转过去，让我看看背后。”

女孩乖乖听话，在床上翻了个身。莎拉拿起一把镊子，夹出缝线，一条条丢进金属盆里。

“有其他人知道这事吗？”彼得问。

“她伤口痊愈的速度？我想没有。”

“所以今天下午之后就没有人来看过她了。”

她夹出最后一条缝线。“只有吉米，”她把女孩的睡袍拉好，遮住肩膀，“好了，都弄好了。”

“吉米？他来干吗？”

“我不知道，我想是尚杰派他来的。”莎拉在病床边转身面对彼得，“说真的，还真有点奇怪。我没听见他进来的声音，一抬头，就看见他在那里，站在门口，有……有种奇怪的眼神。”

“眼神？表情？”

“我不知道该怎么形容，我告诉他说她不说话，他就走了，可那已经是好几个钟头之前的事了。”

彼得突然觉得有点不安，她说的那个眼神是什么意思？吉米看见什么了？

她又拿起镊子：“好吧，轮到你了。”

彼得正想问轮到他做什么，便顿时想起他的手肘，绷带早就变成脏兮兮的破布了。他猜伤口应该愈合了，他已经好几天没看了。

他坐在空床上，莎拉坐在他旁边，解开绷带，腐烂的皮肤飘出臭味。

“你就不肯费点心保持伤口干净啊？”

“我猜我是忘了。”

她抓起他的手臂，拿着镊子弯身贴近。彼得意识到女孩的目光牢牢地凝视他们。

“有迈克的消息吗？”她拉起第一条缝线时，彼得感觉到一阵刺痛，“哎哟，轻一点。”

“拜托你别动，”莎拉重新拉住他的手臂，看都不看他就继续工作，“我回家的时候绕到灯屋去了一下，迈克还在忙，艾尔顿在帮他。”

“艾尔顿？这样好吗？”

“别担心，我们可以信任他。”她眼睛往上一翻，困扰地瞄他一眼，“我们大家竟然开始谈起这样的事，真是太怪了，讨论谁可以信任谁。”她轻拍了他的手臂一下，“快，动动看。”

他把手握成拳头，用力前后挥动：“像重生的一样。”

莎拉走向水泵去清洗工具，她用布擦手，转身面对他。

“老实说，彼得，我有时候很担心你。”

他发现自己还伸着手臂高举着，这才尴尬地慢慢放下来：“我没事的。”

她疑惑地扬起眉毛，但没说什么。那一夜，在听过阿洛的吉他弹唱，每个人都喝酒之后，他突然有一种感觉袭上心头，近乎肉体的孤寂，可是在吻过她之后，取而代之的却是刺痛的罪恶感。彼得并不是不喜欢莎拉，也不是说莎拉带给他的只有痛而没有喜。艾莉希亚说得没错，就是她在发电站屋顶上说的那段话。对彼得来说，莎拉是显而易见的选择。可彼得不能强迫自己去感受他没有的感觉，有部分的他觉得自己没有足够的活力可以配得上莎拉，无法对她所付出的给予回报。

“既然你在这里，”莎拉说，“我打算去看看凯勒柏，确定有人记得喂他吃饭。”

“你听说什么了吗？”

“我一整天都在这里，你知道的八成比我还多。”彼得没搭腔，莎拉耸耸肩，“我想大家会意见不合，很多人很气昨天晚上的事，最好是等一阵子再说。”

“要如何处置他，尚杰最好是三思而后行，小艾绝对不会坐视不管的。”

莎拉似乎一凛，她从地板上拿起她的箱子，再次扛在肩上，没看他一眼。

“我说错什么了？”

可是她摇摇头：“别提了，彼得，小艾不是我的问题。”

然后她就穿门而出走了，只留下门帘的颤动。唉，彼得想，这是怎么回事？没错，艾莉希亚和莎拉两个人南辕北辙，但也没有人说她们非得处得来不可啊。说不定莎拉只是因为教师死去的事怪艾莉希亚，那件事对莎拉的打击很大。事态很明显，彼得思索着，他不知道自己之前怎么没想到。

女孩再次看着他，她的眉毛探询似的一扬：**怎么回事？**

“她只是心情不好，”他说，“很担心。”

他再次想：这实在太奇怪了，仿佛他可以在脑袋里听见她说的话。要是有人听他这么说，一定会以为他疯了。

这时女孩做了完全出乎他意料的事，不知为什么，她从床上起身走向水槽。她很用力地压了三下水泵，装满一盆水，然后端回到彼得坐着的床边。她把水盆摆在他脚边满是尘土的地板上，从推车上拿来一条布，坐在他身边，弯腰把布浸到水里。接着她抓起他的手臂，用湿布开始擦原本有缝线的伤口。

彼得感觉得到她的气息，宛如微风轻拂过他湿润的皮肤。她摊开湿布，张开手掌，开始扩大擦拭的范围。她的动作幅度更大了，不再只是轻轻压拭，而是抚摸，甚至像刷洗的动作，刷掉他脏污干燥的皮肤。很普通的亲切举动，帮他清理皮肤，但又完全出乎意料：充满感动，充满回忆。他的感官似乎全聚焦在这个动作上，在湿布擦过手臂，在她的呼吸拂过他肌肤的感觉上，宛如飞蛾环绕火焰飞舞。彼得仿佛又回到小时候，仿佛是个跌倒擦伤手臂的小男孩，冲回屋里，让她替他清理干净。

她很想你。

他身体里的每一根神经似乎都跳了起来。那女孩紧紧抓住他的手臂，他无法动弹。没有话语，没有说出口的话语，那些话在他心里。她抓着他的手臂，他们的脸只有十几厘米的距离。

“你为什么……”

她很想你她很想你她很想你她很想你。

他猛地站起来，心脏在他的胸膛狂跳，仿佛一头关在笼子里的野兽。他往后退，身体重重地撞上某个玻璃柜，感觉到上面的东西全都在他背后掉下来。有人穿过门帘进来，他的眼角瞥见了一个人影。刹那间，他的目光终于可以稍稍聚焦了，是戴尔·列文。

“这里到底发生了什么事啊？”

彼得咽了下口水，想要回答。戴尔站在门帘旁，一脸疑惑的表情，似乎一时无法明白眼前的场景是怎么回事。他转头看那个女孩，她还坐在床上，脚边摆着水盆，然后他又看看彼得。

“她醒了？我还以为她快死了。”

彼得终于可以开口了：“你不能……不能告诉任何人。”

“见鬼了，彼得，吉米知道吗？”

“我是认真的，”彼得突然意识到，如果不马上离开这里，他一定会崩溃，“你不能说。”

他转身，快步冲过戴尔身边，差点把他撞倒。彼得穿过门帘走出大门，踏进灯光明亮的院子，那一句话却还不断在心里盘旋——她很想你她很想你……

他的视线模糊一片，泪水涌上他的眼睛。

11

对默萨蜜·帕特尔来说，这一夜是在庇护所里开始的。

她独自坐在大房间里，想学会怎么打毛衣。所有的床和摇篮都被移走了，孩子们已经搬到楼上去了，破掉的窗户堵住了，玻璃也已清扫干净。房里的每一寸空间都用酒精消过毒，那味道好几天都散不掉。

她不该待在这里，酒精的气味好强，呛得她眼睛泪蒙蒙的。可怜的阿洛，小默想，而亲手杀了哥哥的霍里斯觉得他很走运。要是他失手了会怎么样，她连想都不敢想。当然，阿洛也已经不是原来的阿洛，就像西奥，即使还活在高墙之外，也已经不是原来的西奥了。病鬼会夺走灵魂，夺走你所爱的那个人的灵魂。

她坐的这张旧哺乳椅是她从储藏室里找出来的，她在旁边摆了一张小桌子，放上一盏提灯，让她有足够的光线可以做事。小丽教过她基本的针法，一开始的时候似乎很简单，但是不知怎的，织着织着就出差错了。针脚不平整，一点都不平整，而她试着像小丽教她的那样用左手拇指把毛线绕在针上时，也老是缠成一团。这就是她，一个不到一秒钟就可以短箭上弓，不到五秒钟就可以射出六支长箭，隔着六米就可以抛刀射中致命点杀死目标、整天忙个不停的女人，但要织一双婴儿袜似乎就远远超乎她的能力了。她心不在焉，膝上的毛线团两度掉到地上，滚到房间另一头，等去捡了来，却忘了自己织到哪里，又得从头开始。

部分的她完全无法接受西奥已经去世的说法，她原本打算在骑马出城之后，到发电站的第一夜告诉他宝宝的事。那里有重重隔间，厚重墙壁，封闭的门，很容易就可以找到独处的机会。事实上，如果她愿意坦白面对自己的话，事情也不至于发展成现在的样子。

和葛蓝结婚，她为什么会这样做，从某些方面来说很残忍，因为葛蓝不是个坏人。她不爱他，甚至不太喜欢他，但这并不是他的错。这一切原本是为了虚张声势，是为了逼西奥走出忧郁。那天晚上在高墙上，她对西奥说：**说不定我会嫁给葛蓝·史特劳斯**。西奥竟说：**好吧，如果你想这么做的话，我只希望你会幸福**。于是原本的虚张声势变得严重了，成了她非做不可的事，因为她必须证明他是错的。你必须试试看哪，你必须采取行动哪。你必须动手，让事情成功。嫁给葛蓝·史特劳斯完全是她的顽固作祟，完全是因为西奥·乔克森。

有一段时间，在那年夏季到入秋之间的时间，默萨蜜很努力地想让他们的婚姻行得通。她希望可以凭借着意志力而产生真正的感情，而有一阵子她也几乎做到了，只因为她的存在带给葛蓝莫大的快乐。他们两人都是守望员，也就是说他们在家相处的时间并不多，作息也不像一般人那么正常。事实证明，要避开他很容易，因为他大部分时间值日班，这微妙却不容置疑地反映出他在那一年大多数时间里缺席的事实。再加上他眼睛的毛病，他在夜里的确视力不佳。有时候葛蓝看着默萨蜜的时候，那眼睛乜斜的模样会让她不禁怀疑，她到底是不是他所爱的那个女孩。说不定他看见的明明是另一个人，一个在他心里想象出来的人。

她找到方法让他几乎无法接近她。

为什么说是几乎，因为你总不能不和自己的丈夫睡在一起吧。**他对你好吗？**妈妈问过她，**他温柔吗？他关心你的事吗？妈妈只想知道这些**。可是葛蓝高兴得无法温柔以待：我真不敢相信！他的脸和他的身体都这么说：我不敢相信你是我的！而她也的确并不属于葛蓝。漆黑之中，当葛蓝在她身上气喘吁吁的时候，默萨蜜仿佛远在别处。他越是想努力当个丈夫，她就越是不认为自己是他的妻子。直到默萨蜜发现自己其实很讨厌葛蓝。这是最惨的、对葛蓝来说的确不公平的部分。第一场雪降下之际，她竟然允许自己沉浸在想象之中，默萨蜜闭起眼睛，把葛蓝从这世界上抹去。可默萨蜜的反应只会让葛蓝更努力尝试取悦她，这也会让默萨蜜比以前更加讨厌葛蓝。

他怎么可能不知道孩子不是他的？这人难道连基本的算术都不

会吗？

没错，她捏造了数字。那天早上，葛蓝发现默萨蜜把早餐吐在垃圾桶的时候，她告诉葛蓝说她怀孕三个月了，但其实只有两个月。怀孕三个月，那孩子就是葛蓝的；只有两个月，那就不是。在她怀孕的那个月，她只让葛蓝接近过自己一次。其他时候默萨蜜是用什么借口拒绝的葛蓝，她这时已经想不起来了。但默萨蜜心里很清楚，怀孕是什么时候，孩子是谁的。事情发生的时候，她人在发电站，西奥也在，还有艾莉希亚和戴尔·列文。他们四个在控制室玩牌玩到很晚，然后艾莉希亚和戴尔去睡觉，接下来她只知道自己和西奥独自坐在一起，是她婚礼之后的第一次。她开始哭，很惊讶自己怎么有那么多眼泪可以掉个没完，西奥揽着她安慰她，这也是她所希望的。他们两个说着自己有多抱歉，然后只过了三十秒钟，事情就发生了，之前他们根本不可能有机会的。

第二天早上他们骑马返城，生活回归正常——虽然根本不正常，一点都不正常。之后，她很少再见到他。她是个有秘密的人，就像是一颗暖暖的石头躺在心里，闪烁着隐秘的幸福光芒。就连葛蓝似乎也察觉到了她的变化，还说了几句什么：**我很高兴你心情好转了，看见你笑真好。**（她的反应荒谬到难以理解的地步，竟然有种友善的渴望，就是想告诉他实情，让他可以分享她的好消息。）她不知道接下来会怎么样，她根本不去想。月事迟迟没来，她也没多想，因为她的月事本来就不规则，一向是爱来不来的。她唯一想到的是，下一回再到发电站去，她就可以再一次和西奥温存。她能在墙道上见到他，还有在晚上开会的时候见到他，但那不一样，在那样的时间和场合，他们无法接触，甚至无法谈话。她必须等待。他们下一次离城到发电站的日期明明白白列在值班表上，每个人都能看见。但就算是等待，痛苦地熬过这些漫长的日子也是她的快乐，她朦胧的爱的一部分。

然后她的月事又一个月没来，葛蓝发现她对着垃圾桶大吐特吐。

她当然是怀孕了，她怎么会没想到呢？她怎么会没注意到呢？因为西奥·乔克森最不想要的就是孩子。在正常的情况下，她或许可以劝他回心转意，但是在这样的情况下不行。

这时另一个念头袭上心头，清清楚楚的一个念头：宝宝，她就要有个宝宝了。她的宝宝，西奥的宝宝，他们两人的宝宝。爱是个意念，但宝宝不是，宝宝是个事实。宝宝是一段时光，是世界对你的许诺所做的回应。宝宝是最古老的交易，是让生命可以延续的交易。

说不定西奥最需要的就是个宝宝。

到发电站的时候，在现在已经属于他们的那间摆满架子的小房间里，默萨蜜就要告诉他宝宝的事。她想象过好几个不同的场景，有些好，有些不太好，最惨的一个是她提不起勇气，一句话都说不出来。（第二惨的是：西奥猜到了，但她却没有勇气承认，反而告诉他说孩子是葛蓝的。）她一心希望的是看见他眼底亮起光芒，那许久之前已经熄灭的光芒。宝宝，他会说，我们的宝宝，我们该怎么做？就像大家那么做啊，她会这么告诉他，然后他会再次拥她入怀，在这个安全的栖身之地，她知道一切都会安然无恙，他们会一起骑马回城面对葛蓝，面对每一个人，一起。

可是现在这一切都不会发生了，她说给自己听的故事，就真的只是一个故事。

她听见背后的走廊传来脚步声，是她认得的、步伐沉重四肢松散的脚步声。她就不能有一时半刻的安宁吗？可这又不是他的错，她再次提醒自己，这不是葛蓝的错。

"你在这里干吗，小默？我到处找你。"

他站在面前俯望她，她耸耸肩，眼睛还是盯着那些织得乱七八糟的袜子。

"你不该待在这里的。"

"这里已经被清干净了，葛蓝。"

"我是说你不该自己一个人待在这里。"

默萨蜜没答话，她在这里干吗？仅仅一天前，她还觉得快被这个地方给闷得精神失常了，她为什么会觉得自己能学会织袜子啊？

"没事的，葛蓝，我在这里很好。"

默萨蜜暗想，是不是罪恶感让她这么折磨他，但是她认为不是。感觉上更像是愤怒。因为葛蓝的软弱而愤怒；因为她明明不值得他爱，他却还是这么爱她而愤怒；因为宝宝出生之后，默萨蜜必须看着葛蓝的眼睛而愤怒。人生当然是充满了讽刺，生下的孩子必然会长得像西奥·乔克森，这会让真相不言自明。

“好吧，”葛蓝顿了一下，清清嗓子，“我明天早上要离开，我只是来告诉你一声。”

默萨蜜放下织针，在昏暗的灯光底下眯起眼睛看他：“你说离开是什么意思？”

“吉米要我去确定一下发电站的安全，阿洛走了，我们不知道那里的情形如何。”

“见鬼了，葛蓝，他为什么派你去？”

“你认为我应付不来？”

“我没这么说，小葛，”默萨蜜听见自己叹口气，“我只是觉得奇怪，为什么是你，你以前从没到那里去过。”

“总得有人去啊，说不定他觉得我是最适合的人选。”

她尽量让自己表现出颇为赞同的样子：“小心一点，好吗？要留意。”

“你说得一副真的很认真的样子。”

默萨蜜不知道该怎么回答，她突然觉得好累。

“我当然是认真的啦，小葛。”

“如果你不是认真的，就不该这么说。”

告诉他真相，她想，为什么她不能就这样告诉他呢？

“去吧，没事的。”她又拿起织针，“你回来的时候，我会在这里，去发电站吧。”

“你真的觉得我很笨吗？”

葛蓝的手垂在身体两侧，瞪着她。靠近刀的右手，看似不由自主地微微抽搐。

“我没……这么说。”

“嗯，我不笨。”

两人沉默一晌，他的手挪到腰带上，靠在刀柄旁边。

“葛蓝，”她柔声问，“你在干吗？”

这问题显然让他不安：“你为什么这样问？”

“你瞪着我看的样子啊，还有你的手。”

他垂下目光看着自己的手，喉咙里传来微微的哼哼声。“我不知道，”他蹙起眉头说，“我想你把我难倒了。”

“他们会不会在墙道上找你啊？你不是应该在那里的吗？”

她想，他的表情里有些奇怪，仿佛他没真的看她。“我想我最好快走。”他说。

可是他一点都没有要离开的意思，连手都没动一下。

“所以我好几天见不到你啦。”默萨蜜说。

“你是什么意思？”

“因为你要到发电站去啊，葛蓝，你不是这么说的吗？”

他脸上浮现恍然大悟的神情：“对啊，我明天要去那里。”

“所以好好照顾自己，可以吗？我是说真的，留意自己。”

“好，留意自己。”

她听着葛蓝的脚步声越过走廊逐渐远去，随着大房间的门在他背后关上，脚步声就突然变得模糊了。此时默萨蜜才发现，她拳中紧握着一根织针。她环顾四周，发现房间突然之间变得好大，这里仿佛是个被遗弃的地方，没了床也没了摇篮，所有的小孩儿都离开了。

这种感觉突然间笼罩着她，从心底发出冷战来：有事情就要发生了。

第二卷　刀与星之夜

如影般迅捷，如梦般短暂，
如黑夜闪电般转瞬即逝，
盛怒之下展现于天地之间，
还不及张口说：“看哪！”
暗黑便已张开大口吞噬。
光明趋于毁灭，
如此快速！

——莎士比亚《仲夏夜之梦》

12

自从最后一班巴士开下山之后，九十二年八个月又二十六天以来，第一殖民地的人就过着这样的生活：

守在灯下
遵守律法
依循习俗
依照本能
过了一天又一天
只有他们自己和所造的一切可以相依为命
接受守望队的保护
服从族长会议的权威
没有军队
没有记忆
没有世界
没有星星

姑妈独自在她位于林荫地的家里，这一夜，刀与星之夜，过得与之前的许多夜晚无异：她在蒸汽迷蒙的厨房里，坐在餐桌旁，在本子上写东西。这天下午，她刚从绳子上拿下一批被太阳晒硬了的纸张——她总是觉得那些纸像是一方方被捕捉下来的阳光——然后白昼剩下的时间她都在处理纸张，在裁纸板上把纸边修齐，打开护封与羊皮封面，小心翼翼地解开固定纸页的缝线，拿出针线把新的纸缝进去。这是细致的工作，就像所有需要时间与专注力的工作一样，等完工的时候，外面的灯已亮了。

说来还真好笑，大家竟然都以为她只有一个本子。

她现在用的这本，如果记忆无误的话，应该是第二十七本。她随时打开柜门，把本子摆回柜子里，或清扫床底的时候，好像都会看到另一本。她想，这或许就是她把这些本子到处摆、不整整齐齐摆在某个架子上的原因。这样一来，无论何时找到一本，总好像偶然碰见一位老朋友似的。

大部分写的都是同样的故事，她记忆中的那个世界的故事。偶尔有些东西会突然冒出来，某些她早就遗忘的记忆，比方说电视，她以前整天看个不停的蠢东西。（闪烁的蓝色光芒，以及爸爸的声音：伊达，关掉那个该死的东西，你不知道那会让你脑袋坏掉吗？）还有某些挑起她感觉的东西，譬如一缕映在树叶上闪闪发亮的阳光，或是一丝飘散着某种气味的微风，于是旧时的感觉开始袭上心头，像来自往日的幽灵。某个秋日在公园里，喷泉涌溅水花，午后的阳光映照在水珠里，宛如一朵晶亮的大花。她的朋友，住在街角的莎丽斯，和她并肩坐在台阶上，手里展示着一颗犹带血丝的牙齿，是她刚掉下来的牙齿。（牙仙子的故事根本不是真的，我知道，可是每回掉牙总可以得到一块钱。）妈妈在厨房里抱着一大堆洗好的衣服，身上穿的是她夏天最喜欢的淡绿色洋装，紧紧抱在胸前的毛巾散发出阵阵香味。在这样的感觉来临时，姑妈就知道这夜会是文思泉涌的一夜，一段段回忆敞开，宛如一条有着好多门的走廊，她的心绪可以不停往下走，一直忙到朝阳穿窗而来。

但是今夜不行，虽然姑妈已经把笔尖泡在一杯墨水里，把一张纸在手掌下面压平了。今夜不是回忆这些陈年旧事的时刻，今夜她想写的是彼得。她期待他，这个心底有星星的男孩来到她心里。

事情总是这样自然而然地找上她，她想或许是因为她活了很久的关系，她自己本身就像一本书，一本岁月写成的书。她还记得普露登丝·乔克森出现在她门口的那一夜。普露登丝罹患癌症，来日无多，以她的年纪来说实在走得太早。她站在姑妈门口，胸前抱着一个盒子，瘦削的单薄模样，好像被风一吹就会飘走。姑妈这一辈子见过太多次彻头彻尾的坏事，但是除了倾听，除了接受对方的请求之外，其他都无能为力。而这也是那天夜里姑妈为普露登丝·乔克森所做的。她收下那个盒子，好好保存了起来，就在普露登丝·乔克森过世的一个月之前。

他必须自己去面对。这是普露登丝·乔克森那天晚上对姑妈说的话。

至理名言，因为所有的事情都是这样的。你人生中的一切会依照自己的时间降临，就像你必须赶搭的火车一样。有时候非常简单，你要做的就只是踏上车，车厢豪华舒适，坐满对你微笑不语的乘客，列车长会给你的车票打洞，用他的大手搔搔你的头说，你真漂亮啊，是最漂亮的女孩，对不对？幸运的小姐陪爸爸坐大火车！然后你一屁股坐进软得像梦的椅子里，喝着罐子里的姜汁汽水，看着整个世界神奇地掠过窗前，有沐浴在晴爽秋光里的城市高楼，接着是晾晒衣物的后院，小男生骑着自行车挥手招呼的十字路口，再就是森林与田野以及一只低头吃草的牛。

彼得。姑妈想写的并不是火车，而是彼得。彼得，还有火车。（只是他们要去哪里呢？姑妈心中纳闷。他们那一次搭火车去哪里呢？他和他爸爸蒙罗·乔克森要去哪里？他们要去看她的奶奶和堂亲，姑妈记得，在一个他说是“南部”的地方。）事情有时候很简单，有时候却没这么容易。人生中的种种状况呼啸而至，你唯一能做的就是抓牢、撑住。过去的人生结束了，火车带着你奔向另一个人生，等你回过神来，就发现自己站在漫天尘土之中，四周尽是直升机与士兵，而你只能靠着大衣口袋里的照片记起你生命里的那些人，这是妈妈，你这一辈子再也见不到的妈妈，在门口拥抱你的时候偷偷塞进你口袋里的照片。

姑妈听见敲门声，纱门打开又关上，来访的人径自进来了。这时她已经差不多不哭了，她早就发誓再也不做这种蠢事了。伊达，她对自己说，别再为了无能为力的事情哭了。可是此时此刻，过了这么多年之后，只要一想起妈妈把照片塞进她口袋，知道等她发现的时候，妈妈和爸爸就都已经死了，她就无法克制自己的眼泪。

“姑妈？”

她以为来的是彼得，带着那个女孩的疑问而来，结果并不是。她不认得这张面孔，浮现在她模糊视线里的面孔，这是一张扁扁窄窄的脸，活像被门夹扁了似的。

“我是吉米啊，姑妈，吉米·莫林努。”

吉米·莫林努，不对吧，吉米·莫林努不是死了吗？

“姑妈，你在哭？”

“我是在掉眼泪，有东西跑进我眼睛里了。”

他坐进她对面的椅子里，她已经从脖子上的那些链绳里找到适合的眼镜，她看见他是谁了，就像他自己所说的，是莫林努家的人。这个鼻子，活脱脱就是莫林努家的鼻子。

“你来做什么？是为了那个行者的事吗？”

“你知道她的事啊，姑妈？”

“今天早上跑腿来过，说他们找到了一个女孩。”

她不确定他想干什么，他有点悲伤，有点颓丧的样子。通常姑妈都很欢迎有人做伴，但是随着沉默的时间拉长，她开始对这个坐在她对面的古怪男子不耐烦了。这人一脸阴郁，脸上挂着羞惭的神情，她对他只有模模糊糊的印象。既然没什么事，怎么可以这样随便来打扰别人呢？

“我不太知道我为什么过来，有些事情我想我应该告诉你。”他重重叹一口气，一手搓着脸，“我其实应该在高墙上值班的，你知道。”

“你决定就好。”

“守望队长就该待在那里的，不是吗？就该一直待在高墙上。”他眼睛没看姑妈，只看着自己的双手。他摇了摇头，仿佛是说高墙是天底下他最不想待的地方。“这很重要，对吧？作为守望队长。”

姑妈对此无话可说，不管这人心里在想什么，都和她没关系。当下说什么都没用，眼前的情况就是这样。

“我可以喝杯茶吗，姑妈？”

“你想喝的话，我可以替你泡。”

“如果不麻烦的话。”

是很麻烦，可好像摆脱不了。她站起来拿起茶壶烧水。这个叫吉米·莫林努的男人就只是坐在餐桌旁边，一语不发地看着自己的手。壶里的水开始滚动之后，她用滤网冲水，倒了两杯，端回餐桌。

“小心啊，很烫。”

他小心翼翼地啜了一口，此刻好像已经完全失去谈话的兴致。对姑妈来说怎样都无所谓。不时有人找上门来谈他们的麻烦，都是私人的问题，八成是认为她既然一个人住，又几乎不见任何人，所以也不会告诉其他人。通常来的是女人，谈她们丈夫的事，可也有例外，说不定吉米·莫林努也碰上妻子的问题。

“你知道大家怎么说你的茶吗，姑妈？”他对着茶杯蹙起眉头，仿佛他所寻找的答案就漂在茶水上。

“怎么说的？”

“说那是你之所以长寿的原因。”

又过了好几分钟，沉默变得越来越沉重。他终于喝掉了最后一口茶。他的脸忍不住因为那个味道而皱成一团。

“谢谢你，姑妈。”他疲惫地站起来，“我想我该走了，和你聊天很愉快。”

“不客气。”

他在门口停下脚步，一手撑在门框上。“我是吉米，”他说，“吉米·莫林努。”

“我知道你是谁。”

“只是提醒你，”他说，“万一有人问起的话。”

从吉米拜访姑妈开始，随后发生了一连串事件。就说吉米·莫林努这个名字，注定要被记错。

刀与星之夜其实总共三个晚上，是中间夹着两个白天的三个夜晚，但是随着那一连串风波的发生，时间似乎被压缩了。这一连串的风波在许多年之后都还会被想起。要记住这样的事件，让多年后浓缩的叙述能前后一致，就常会犯这种错误，因为你最后只会记得某一段特定的时间，那一季，那一年，那个刀与星之夜。

这个错误也因为夏季第六十五夜所发生的事情而错上加错，那夜的事件是其余一切风波的开端，而且悄悄地在各个不同的角落里同时展开，以至于没有任何一个人可以完整了解全貌。异样的事情在各地各处发生。例如：老周从和年轻老婆康丝坦斯一起睡的那张床起来之后，在一股神秘冲动的催促下来到店舍；而在殖民地的另一端，华特·费雪也想做同样的事，可是他醉得起不了床，而且绑鞋带也耽搁了他出发去店舍的时间，所以过了二十四小时，他才发现店舍里出了什么事。这两个人的共同点是他们都见过那个不知来历的女孩，因为族长会议成员在那天破晓之时一起到疗养所去探视过她。

可是话说回来，也不是每个亲眼见到女孩的人都会有像他们这样的反应。比方说黛娜·乔克森就完全不受影响，还有迈克·费雪也是。这女孩本身并不是影响源，而是导体，能让某种特定的感觉，也就是灵魂迷失的感觉，进入最敏感的人心里。有些人，比如艾莉希亚，就永远不会受到影响。而莎拉·费雪和彼得·乔克森就不同了，他们都以各自不同的方式体验到了女孩的影响力。不过就他们两人来说，女孩接触他们的方式都温和得多，虽然还是很让人困扰：他们都与挚爱的亡者短暂接触。

守望队长吉米·莫林努走出他位于林荫地边缘的家，在屋外的阴影里现身。由于他之前一直没有出现让守望队觉得很不解，于是又匆匆任命尚杰的侄子伊恩暂代守望队长一职。吉米心里正拿不定主意，他不知道是不是该到灯屋去，杀了在那屋里的人，把灯给关掉。虽然执行这个重大最终任务的冲动已经在他心里酝酿了一整天，但是一直到在姑妈蒸汽迷蒙的厨房里瞪着茶杯时，这个想法才清楚地在他心里成形。这时若是有人看到他站在这里，问他在做什么，他肯定不知道该如何回答。他无法解释这个渴望，这似乎来自他内心深处，却又好像不完全属于他自己的意念。睡在屋里的是他的女儿爱丽思、爱芙莉以及他的妻子凯伦。在这些年的婚姻生活里，吉米有时候并没那么爱凯伦（他偷偷爱着苏乌·拉米瑞兹），但他毫不怀疑凯伦对他的爱，辽阔无边、绝不动摇的爱，最有力的证明就是他的两个女儿，长得和妈妈一模一样的两个女儿。爱丽思十一岁，爱芙莉九岁，从她们温柔的眼睛、圆圆的脸蛋以及甜美的忧郁表情（大家都知道她俩会因为最微小的情绪就热泪盈眶），吉米总是可以感觉得到生命延续的安定力量，偶尔在黑色情绪吞噬内心的时候，想起女儿也总是可以让他走出忧郁。

然而偷偷摸摸地在这阴影里站得越久，熄灭灯光的冲动似乎就与他沉睡的家人越不相干，他也就更不会因为想到家人而受到羁绊。他的心里有种奇怪的感觉，非常非常奇怪，仿佛眼里的世界正在崩解。他离开家走到高墙底下时，已经知道自己必须做什么了。等他爬上梯子到第九号射击平台时，他已经感觉到完全的解脱，仿佛沐浴在水中的那种镇静安适。第九号射击平台又被称为孤军岗位，因为它左右的平台都看不见这个位置。这是最不好的岗位，也是最孤独的岗位。而吉米知道，这也是苏乌·拉米瑞兹今晚值勤的地方。

虽然心绪尚未凝聚成任何具体的感觉，只隐隐有些说不出来的恐惧，但是苏乌一整夜都觉得很烦。只是这种隐约觉得有点不对劲的感觉，被其他更私密的情绪反应给稀释了：被迫辞去守望队长的职务让她非常失望。接受命令的几个钟头之后，苏乌觉得被革职倒也不是坏事，因为责任已经开始变得沉重了，而她迟早也要离开的。只是被革职并不是她所希望的方式。她直接回家，坐在厨房里哭了足足两个钟头。四十三岁，除了在墙道值夜，以及尽责地与柯特一起吃饭之外，苏乌的人生毫无期待可言。柯特这个人其实很好，只是苏乌八百年前就已经找不到话和她说了。她这辈子始终是个守望员，而柯特在马厩工作。有那么一会儿，她很希望他在家，但随后又希望他不要在家，因为他八成只会一脸无助地站在那里而不过来安慰她，因为这种情况下需要给苏乌的言语安慰是完全超乎柯特的表达能力的。（苏乌经历过三次胎死腹中，三次！而他竟然不知道该说什么，不过那已经是很多年前的事了。）

可被革职这件事，苏乌不能怪谁，只能怪自己。这才是最糟的，都是因为那些蠢到家的书！在发放配给的日子，苏乌无所事事地翻着华特那些没人要的杂物箱时找到这些书的，都是这些蠢到家的书害的！因为当她一翻开第一页，她立即像小孩儿那样盘起腿坐在原地聚精会神地读着，完全不能自已。（“是嘛，如果不是塔伯·卡佛先生，”一身长礼服沙沙作响的巧琳·迪福尔走下楼梯嚷着，眼睛圆睁，一脸戒备地看着这个站在玄关的高大宽肩，沾满尘土的马裤紧紧裹在矫健身材上的男子，“谁敢趁我丈夫不在的时候到这里来？”）那是一本乔达娜·弥克森的《舞会佳人》，二〇一四年纽约艾尔文顿出版社“激情出版”。封底内页有作者的照片：面露微笑的女子，一头丰盈飘逸的黑发，靠在摆满蕾丝枕头的床上。她裸露着双臂与颈部，头上戴着一顶圆盘状的特殊帽子——那顶帽子那么小，连雨都遮不了。

华特·费雪来到杂物箱旁边时，苏乌已经读到第三章了，对沉浸在书页文字中的她来说，华特的声音很扰人、很格格不入，吓得她当场跳了起来。“好看吗？”华特问，眉毛探询似的挑了起来，“你好像真的很有兴趣，看来这应该是你的，”华特继续说，“给我八分之一配给，我就把整箱书都给你。”苏乌应该杀价的，开价永远不是卖价，这才是和华特·费雪打交道的方式。可是她在心底早就认定自己已买下这箱书了。“好吧，”她说着就把那箱书从地上扛了起来，“成交了。”

《中尉的情人》《南方女儿》《人质新娘》《最后的淑女》……苏乌这辈子从没读过这样的书。以往她想象古昔的情景，总是想到机械——汽车、引擎、电视、厨房炉具，以及其他她在巴宁见过却不知用途的金属与电线组成的物品。她想那也是个有人的世界，各式各样的人，忙着做自己日复一日的工作。但是因为人已经都不在了，只留下他们所制造的废弃机械，所以她唯一能想象的也只有机械。然而，她在这些书的字里行间所找到的世界，却与自己的世界没有太大的不同。书里的人骑马、烧柴暖房子、用烛光照亮房间，这些素材的雷同让她惊讶，同时这也让她敞开心扉接受了这些幸福快乐的爱情故事。书里也有许多男欢女爱的情节，但与她和柯特之间发生的那种完全不同，书里发生的是那种非常富有激情的、让人的心狂跳不止的爱。

女孩出现的那个晚上，她千不该万不该把书带到高墙上，那是她犯的天大的错误。苏乌不是有意的，但也不能说完全不是故意的。因为她整天把书揣在兜里，希望能找到几分钟的空当读一读。但她早就忘了自己带着书……或许她并没真的忘记。她那时决定到军械库去转一下，这绝对不在她原本的计划之中——到了军械库，一个人独处，没人看见她，她便掏出书来开始看。她带在身上的是《舞会佳人》（她已经读过，又从头开始看），第二次沉醉在故事开头的场景里：急性子的巧琳走下楼梯看见留着络腮胡、个性高傲的塔伯特·卡佛，她父亲的对手，也是她既爱又恨的人。苏乌立即感觉到第一次阅读这段场景时的愉悦再次涌上心头，而且那种心荡神驰的感觉越发强烈，因为她知道巧琳和塔伯特在吞吞吐吐欲言又止之后，终将互许终身。书里的故事最棒的就是这一点，故事的最后永远都是圆满结局。

在被解除队长职务的二十四小时之后，《舞会佳人》还在她的兜里，（她为什么就不能把这本该死的书留在家里呢？）苏乌脑海里正想着这些事，就听见背后传来脚步声，她一转头就看见吉米·莫林努爬上梯子到第九号射击平台来。除了吉米还会有谁？他八成是来幸灾乐祸或来道歉的，或很尴尬地两者都有，因为他在第一道钟响时没现身，所以刚才召集大家训示的人不是他。苏乌心里苦涩地想。

"吉米？"她说，"你刚才到哪里去了？"

这一夜所有的人都被梦所盘踞。

不论在房宅与宿舍，还是庇护所与疗养所，梦在第一殖民地昏昏入睡的居民之间游走，飞落这里，轻触那里，宛如四处飘荡的精灵。

有些人，比如尚杰·帕特尔，一辈子都做着一个秘密的梦。有时候他们知道自己在做梦，有时候却不知道。那些梦就像地底的河流，不停地涌动，或许不时钻出地表，刷洗过白昼的时光，让他们仿佛同时行走在两个世界中。有些人梦见一个胖女人在厨房里抽烟。其他人，比如上校，梦见一个处在黑暗中的女孩。有些梦变成了梦魇——尚杰不记得的，他从来都不记得有关刀子的那个部分——而有时候，梦却又完全不像是梦。比现实本身还要真实，驱策做梦的人无助地蹒跚在夜色之中。

梦从何处而来？由什么构成？这些梦或许没这么简单，还暗示着某些隐藏的现实。是某个只在黑夜里露出真相的隐形实体吗？为什么这些梦感觉起来像是回忆？不只是某一个人的回忆，而且还是其他人的回忆？

为何在这一夜，第一殖民地的所有居民都像是坠入了这个造梦者的世界？

在庇护所里，三个小孩中的一个，名叫小琴·拉米瑞兹的小女孩梦见了一只熊，小琴是贝儿和雷依·拉米瑞兹的女儿。雷依·拉米瑞兹突然惊恐地发现自己独自守着发电站，他被自己内心那无法压抑也无法表达的黑暗冲动所困扰，在通电围篱上把自己烤成了干儿。那时小琴刚满四岁，她所知道的熊来自书上以及教师所讲的故事——是森林里庞大温和的动物，毛茸茸的躯干与和善的面容十足表现出动物的宽厚智慧。但她梦里出现的是活生生的熊，至少刚开始的时候是这样。小琴没见过真正的熊，可是她见过病鬼。她和庇护所里的其他小孩儿目睹了变成病鬼的阿洛·威尔森，她的床位在最后一排离门最远的地方，那天晚上她因为口渴从床上起身，就在这时，阿洛破窗而入，在玻璃、金属和木头的震响声中站到她面前。她原本以为那是个人，因为看起来像人，有人的轮廓与形体，可是没穿衣服，而且也有些不一样，特别是他的眼睛，还有他整个人看起来闪闪发光的模样。他看着她，很哀伤的样子，他的哀伤给小琴的感觉很像熊。小琴正要开口问他怎么回事，问他为什么这样闪闪发光，就听见背后传来一声大叫，一转头，就看见教师朝着他冲过来。教师像片云从小珍身边跃起，一直藏在圆裙下刀鞘里的刀子这时被教师握在手里，手臂高举过头，她准备像抡起锤子那样挥刀对付阿洛。接下来的部分，就是教师整个人趴到地板上爬行的部分，小琴没看见。可是她听见一声轻呼、一阵撕裂声和某个东西重重落地的声音。紧接着，是更多的叫嚷声——“这边！”有人喊着，“看这里！”接着是更多的惊叫与咆哮，以及许多大人的嘈杂奔乱声，爸爸妈妈们进进出出，小琴知道的只是自己被从床底下拉出来，有个正在哭的女人把她和其他小孩儿赶到楼上去。（她后来才发现这个哭泣的女人是她的妈妈。）

没有人解释这些离奇的事件，小琴也没把她看见的情景告诉任何人。教师不见了，有几个小孩儿，芬妮·周、鲍尔·葛林博格和巴特·费雪窃窃私语地说教师死了。可是小琴不这么认为。死掉就是躺下来，永远睡觉。可是她看见的那个凌空跃起的教师是一点都不累的样子，而是恰恰相反：当时教师浑身充满着令人惊奇的充沛活力，散发着小琴从未见过的庄严与力量。直到此刻，在经过一整夜之后，小琴仍然对这一点觉得震撼与困窘。教师的生活和活动单调，住在一个秩序井然、安全且相当规律的地方。当然也会有吵架和伤心的时候，甚至有些日子教师整天心情都不好，但是一般而言，小琴所熟悉的世界都笼罩在温和的气氛之中。这感觉主要是从教师身上来，她散发出母性的温暖光辉，宛如温暖空气与照耀大地的阳光。可是现在，在经过前一夜的风波之后，小琴觉得自己瞥见了秘密，那个无私照料他们的教师身上的秘密。

小琴当时并不知道，她所看见的就是爱。只有爱的力量能让教师腾空跃起，跳进那发亮的熊人好整以暇等待的怀里，她散发的就是忠贞的光芒。那人是个大熊王子，来带教师回到他森林里的城堡，所以教师大概是到城堡去了。全部的小孩儿都被赶到楼上去，等待她的归来。等她回来时，她那森林王后的真实身份将被揭露，他们会全体回到楼下的大房间，举行盛大的宴会欢迎她。

这是小琴睡觉的时候告诉自己的故事，她和其他十五个小孩一起睡在楼上的房间里，每个人都做着各自的梦。小琴的梦是前一夜事件改编的版本，她梦见自己在大房间的床上跳个不停的时候，熊进来了。这回他没穿过窗户，而是从很小很远的一道门走进来，他看起来和前一夜不同，而是像书上描写的那样胖嘟嘟毛茸茸的，四脚着地，以睿智友善的步伐慢慢朝她走来。来到小琴床脚时，他一屁股坐下，慢慢挺直身体，露出光滑大肚子上的整片绒毛、庞大的熊头、湿润的眼睛以及厚实的大手掌。看见这样奇怪又令人激动的场景真是太棒了，仿佛这是她始终相信总会来临的礼物，她四岁的小心灵很感动，她对这个高贵的大东西充满赞赏之情。熊就这样站了一会儿——用深思的表情静静打量小琴，然后开口对她说话，那来自林地家园的厚实嗓音让她满心雀跃，他说：嗨，小琴。我是熊先生，我要来把你吃掉。

这听起来很好笑。小琴感觉到肚皮一阵痒，她开始发笑。可熊并没有任何反应，随着时间的拉长，她也注意到他的其他部分，令人不安的部分：他的爪子从宛如手套的手掌白毛间露出来，他宽大有力的下巴，他的眼睛看起来再也不睿智不友善，而是带着意图不明的暗影。其他小孩儿呢？小琴为什么一个人在大房间里？可她并不是一个人，教师也出现在她的梦里了，站在床边。她看起来和平常一样，虽然脸部五官有点模糊，仿佛戴着纱布做成的面具。

“快点，小琴，”教师催她，“他已经吃掉所有的小孩儿了，乖乖的，别再跳了，让熊先生吃你。”

“我——不——要！”小琴回答说，继续跳，因为她不想被吃掉——她不觉得恐惧，反而觉得这个要求很蠢，“我——不——要！”

“我是说真的，”教师拔高嗓音警告她，“我好好地请求你，小琴，我数到三。”

“我——不——要！”小琴还是这么说。“看见没？”教师转头对仍然站在床尾戒备的大熊说，她愤怒地抬起苍白的手臂，“你看见没？这就是我必须忍受的，忍受一整天，这简直会让人发疯。好了，小琴，”她说，“你想怎样就怎样吧，别说我没警告你。”

就在这时，梦境狠狠地转折成梦魇。教师抓住小琴的手腕，把她压倒在床上。小琴仰头一看，看见教师的脖子有一部分不见了，像是被咬掉一口的苹果，还垂着丝丝缕缕的东西，破布和管子交缠垂荡，湿漉漉闪亮亮的，恶心至极。这时小琴才恍然大悟，其他的小孩儿是真的被吃掉了，就像教师说的，全被熊先生一口一口地吃掉了，不过他已经不再是熊先生了，他是发光人。“我不要这样，”小琴尖声哭叫，“我不想要这样！”可是她没有力气抵抗，她只能绝望惊恐地看着自己被吃掉，先是脚，再来是脚踝，接着是整条腿全被吞进发光人那个大黑洞般的嘴巴里。

梦带来了许多不同的意象、影响与感受。人有多少，梦就有多少。葛罗莉亚·帕特尔梦见一大窝蜜蜂停满她的全身，部分的她知道蜜蜂是一种象征，每只停在她身上的蜜蜂都代表人生的一种忧虑，小小的忧虑，比方她打算在户外工作的那天会不会下雨，拉吉的寡妻咪咪，也是她唯一的好友，会不会因为她那天没去探望而生气，但是也有更大的忧虑，担心尚杰，担心默萨蜜。担心有时候让她痛到半夜醒来的背痛是更严重疾病的征兆。列在这类忧虑之内的还包括她对没保住的那些宝宝的爱，每回晚钟响起时心就会揪成一团的恐惧，以及更不具体的，比如她和其他人若非运气好恐怕早就没命了之类的。因为你就是没办法不想这些事，你必须竭尽可能地撑下去。（默萨蜜宣布要嫁给葛蓝，却又为西奥·乔克森哭个不停的时候，葛罗莉亚就是这样告诉女儿的：你要撑下去。）可是事实就是事实，总有一天灯会熄灭，所以或许最大的忧虑是某一天突然顿悟，你人生中所有的担忧都只累积成一件事：渴望自己可以停止担忧。

蜜蜂代表的就是这些大大小小的忧虑，在梦中，它们停在她全身：手臂、双腿、脸、眼睛，甚至连耳朵里面都有。而梦境的场景则延续着葛罗莉亚沉睡之前的意识：想叫醒丈夫却叫不醒，挡掉吉米、伊恩、班和其他来问意见的人——凯勒柏那孩子的事还没定案——葛罗莉亚不知不觉地在厨房餐桌上睡着了，头往后仰，嘴巴张开，鼻腔深处发出轻轻的鼾声。这一切都反映在她的梦里——她的鼾声就是蜜蜂的嗡嗡声，这一大群蜜蜂为了某些不是很清楚的原因飞进了厨房，聚拢在她身上，全停在她一个人身上，宛如一张颤动的毯子。现在想来其实也很自然，蜜蜂的习性不就是这样吗？她怎么没让自己避开这终会发生的事呢？葛罗莉亚感觉到蜜蜂细小的腿在她的皮肤上刺痒刮搔，感觉到它们的翅膀嗡嗡拍动。她知道只要她动一动，甚至只要她稍微大口一点呼吸就会激怒它们，惹来致命的螫刺。她强忍痛苦，保持静止状态。这是个保持动作静止的梦。葛罗莉亚听见尚杰走下楼梯的脚步声，感觉到他走进房间里来，然后一语不发地走开，啪的一声关上纱门离开家。这时葛罗莉亚的心突然被一声沉默的尖叫唤醒，这静静的声音闯进她的意识，同时抹去了所有的记忆：她醒来的时候不仅忘了蜜蜂，也忘了尚杰。

在殖民地的另一端，躺在小床上浑身臭味的、名叫艾尔顿的老头，一辈子都沉浸在绮丽炫目的异色幻想中的他，这时正享受好梦。这个梦，春梦，是艾尔顿最爱的梦，因为是来自人生的真实片段。尽管迈克并不相信——不过说真的，艾尔顿也不得不承认，迈克凭什么要相信？很久很久以前，在他还是个二十岁的年轻人时，曾经有个不知名的女人选择了他，给过他关爱，显然是因为他眼瞎，所以不会说出去。因为他看不见这个女人，而这个女人也从不和他说话，所以他不知道这个女人是谁，当然就更不可能说什么。所以这女人很可能是个有夫之妇，说不定她想要和不能生孩子的男人有个孩子，也说不定她单纯只是想要为生活添点什么不一样的色彩。（在自怜自艾的时刻，艾尔顿会怀疑她只是把这么做当成了一种挑战。）反正无所谓，他敞开胸怀欢迎她的到访，通常都是在夜晚。有时候他是在清清楚楚的感官反应中醒来，仿佛从梦中召唤出现实，然后又回归到梦境，这留下了足够的动力让他挨过接下来的空虚长夜。有时候，那女人会来找他，拉起他的手，带他到其他地方去。那简直是白日梦的场景，置身在谷仓，周围有马匹的嘶鸣，空气中有刚从田野割下的干草甜香。那女人一语不发，唯一发出的声音是爱的声音，而一切结束得如此之快，一声颤抖呼气，一缕发丝轻拂过他的脸颊，那女人便抽身，默默地起身。他总是梦见这些经验，仿佛触手可及一般。从一开始独自躺在谷仓地板上开始，他就一心希望自己能看见那个女人的脸，或者能听见她轻唤他的名字。艾尔顿尝到自己唇上的咸味，他知道自己哭了。

可是今夜不同，今夜，就在即将结束之际，她弯身靠近他的脸，在他耳边悄悄说：

“灯屋里有人，艾尔顿。”

在疗养所里，莎拉·费雪没做梦，可是那个不知来历的女孩显然有梦。莎拉坐在一张空床上，感受着那种近乎痛苦的清醒，她看着那女孩的眼睛在眼皮后面转动，仿佛穿梭在某个看不见的地域。莎拉说服戴尔闭紧嘴巴，因为她保证明天早上就会通知族长会议，说现在女孩需要睡眠。仿佛要为莎拉的话做证明似的，女孩真的认真地蜷缩在床上睡觉。莎拉看着她，很想知道埋在她脖子里那个东西是什么，想知道迈克有没有什么发现，以及为什么看着女孩，莎拉就相信她梦见了雪。

还有很多人也没睡觉，这一夜有许多醒着的人在活动，葛蓝·史特劳斯就是其中之一。站在北墙上的第十号射击平台，斜眼瞥着那映满全城的耀眼灯光，葛蓝告诉自己，今天至此刻第一百次告诉自己说他绝对不是傻瓜。之所以需要这么说，是因为他发现自己整天在低声说着这句话。可这恰恰意味着他的确是个傻瓜。他自己心知肚明，他是个傻瓜，因为他竟然相信自己可以让默萨蜜爱他。他是个傻瓜，因为大家明明知道她爱的是西奥·乔克森，他却还是娶了她。他是个傻瓜，因为默萨蜜告诉他宝宝的事，随口编出怀孕几个月的谎言，他竟然咽下自尊，脸上挂出白痴似的笑容，说：宝宝，哇，好棒啊！

孩子是谁的，他心里清楚得很，粗工芬恩·达瑞尔曾告诉葛蓝发电站那夜发生的事。芬恩起床上厕所，听见一间储藏室里传来声响，就走过去一探究竟。门是关着的，芬恩说，可是不必打开门就能知道里面在干什么。芬恩是那种一握有他觉得你该知道的消息就不吐不快的人，并会从这个过程中得到很多乐趣。从他讲那件事的样子看来，他站在门外可不只一会儿。“天哪，”芬恩说，“她总是像那样叫吗？”

该死的芬恩·达瑞尔，该死的西奥·乔克森。

然而，葛蓝有那么一刻怀抱希望，心里揣着“有个孩子或许可以让他俩之间更顺利”的想法。蠢念头，但他还是会这么想。只是，孩子的事显然让他们吵架吵得更凶。要是西奥从山下回来，他们八成就要告诉他这件事了，葛蓝可以想见那个场景。对不起，葛蓝，我们早该告诉你的，事情就这样发生了……很羞辱，没错，但起码可以就这样画上句点了。事情这样悬而未决，他和小默就必须永远带着谎言活下去，就算他们现在还没有看不起彼此，最后大概也会发展成这样。

他心里想着这些事，一边担心即将到来的天明，因为他就要骑马下山到发电站去了。命令是伊恩下达的，可是葛蓝觉得那不是他的决定，而是来自其他人——很可能是吉米，也说不定是尚杰。他可以带一个跑腿随行，但仅止于此，他们拨不出人手了。“好好待在里面，等下一批补给队来，”伊恩说，“顶多三天，可以吗，葛蓝？你可以应付得来吗？”他当然说他可以，没问题，他觉得有点受宠若惊。可是随着时间的流逝，他开始后悔这么轻率听命。他以前只下过几次山，而且很可怕——那些空荡荡的建筑，以及在车子里晒成干儿的尸骸。可这还不是最惨的，不算是。问题在于葛蓝很害怕，他一直都很害怕，而且随着时日消逝，他周遭的世界被缓慢模糊地瓦解，他变得越来越害怕。大家并不知道他视力恶化的程度，甚至连小默也不知道。他们知道，但是并不知道实情，不完全明白，葛蓝的视力一天比一天糟糕。目前，他的视野缩小到不及两米，超过这个范围的东西都变成像气体似的迷雾，只剩一团歪七扭八的形状，或无形无状的颜色与光晕。他试过从店舍找来的好几副眼镜，但是一点帮助都没有，换来的只有头痛，痛得像有人拿刀戳他的太阳穴似的，所以他老早之前就已经放弃尝试了。他听音辨位的本事很厉害，可以把脸转向正确的方向，但他也错失了很多东西，他知道这会让他显得迟钝愚笨，其实并不是，他只是快瞎了。

如今，身为守望队副队长的他就要在早晨骑马下山，去保障发电站的安全。想想健德和阿洛的下场，对于葛蓝·史特劳斯来说，这趟行程几乎等于自杀。他希望自己有机会找吉米谈一谈，说不定可以让他改变任命，只是到目前为止，那家伙还没现身。

再想想，吉米到底是到哪里去了？苏乌在某个岗位上，黛娜·寇帝斯也是。少了阿洛和西奥，再加上艾莉希亚被永远革职，黛娜就必须离开训练场和其他人一样把守高墙。葛蓝去找黛娜，他觉得或许黛娜可以和吉米说得上话，因为黛娜现在毕竟是族长了，说不定他们俩可以好好讨论一下到发电站去的事。苏乌在九号平台，黛娜在八号，要是动作快一点，葛蓝几分钟之后就可以回到岗位上。而且，他现在听见的这个从附近传来的声音不正是苏乌·阿米瑞兹的声音吗？另一个声音不就是吉米的吗？如果他也能找到黛娜，说不定几句话就能说得吉米回心转意。说不定苏乌或黛娜中的一个就会说：这个嘛，我可以去发电站，为什么非让葛蓝去不可？

只要几分钟就好，葛蓝想着，就边拿起十字弓，边开始沿着墙道走去。

就在这个时候，躲在拖车里的彼得和艾莉希亚正在玩牌。只靠着外面的聚光灯的照明，这牌实在很难让人专心，不过就算他们两个一开始时还在乎谁赢谁输，此时也早就不在意了。彼得拿不定主意，他不知道是不是要告诉艾莉希亚他在疗养所时发生的事，还有他脑海里听到的那些声音。可是随着时间一分一秒过去，彼得越来越难想象这件事该如何开口，他要如何解释自己脑海里的声音。他妈妈对他说，想念他。我一定是在做梦。彼得对自己说。艾莉希亚不耐烦地举起牌打断他思绪的时候，他只是摇摇头。没事，他告诉她，出牌吧。

在这个时刻，守望日志所登录的一点半钟，山姆·周也是醒着的。山姆最渴望的就是躺在舒服的床上，有妻子的手臂怜爱地搂着他。可是珊蒂现在睡在庇护所里。因为在找到接任的人之前，珊蒂志愿去担任教师，山姆所习惯的生活节奏被打乱了，只能瞪着天花板发呆，而且他心里有种怪怪的感觉。随着白昼转入黑夜，他才发现那是一种困窘的感觉。在牢房发生的那件怪事，他不太能解释。在情绪最激动的时候，他真的认为对凯勒柏应该要有所处置。但是经过几个钟头，当他去庇护所探视孩子之后，山姆发现自己对凯勒柏这件事的立场软化了。所有的孩子似乎都没什么大碍。而且，凯勒柏毕竟也还只是个孩子，而且山姆也不觉得把这孩子放逐到墙外能解决什么问题。煽动贝儿让他很有罪恶感，因为雷依远在发电站，贝儿本身就担心得快抓狂了。虽然他对自视甚高的艾莉希亚没什么好感，但是山姆不得不承认，当时在笨蛋米罗的火上浇油之下，幸好有她在场。要是她不在，天晓得会发生什么事。后来山姆又找米罗谈起下午的事，他们原本都觉得要是族长会议不采取行动，他们就要自己动手把那个可怜的孩子放逐墙外，但是现在他认为或许应该再重新考虑整个情况，看看好好休息一夜之后，事态会如何发展。听山姆这么说了之后，米罗明显地大大松了一口气。“好啊，当然没问题，”米罗·达瑞尔说，“你说得或许没错，看看明天有什么想法再说吧。”

所以此时，山姆对于整件事觉得不安而且困惑，因为他不是个会发这么大脾气的人，完全不像他的为人。有那么一瞬间，在牢房外面的时候，他坚定地认为：一定要有人付出代价。就算付出代价的是个全无防卫能力的孩子，是个八成以为是墙道上有人叫他开门的孩子也无所谓。可是说真的，最奇怪的是，从头到尾山姆都没想到那个女孩，那个行者，那个引起一切风波的始作俑者。看着聚光灯在头顶的屋檐上闪耀，山姆很纳闷为什么会这样。我的天哪，他想，在这么多年之后，竟然有个行者出现，而且不只是个行者，还是个年轻女孩。山姆不像某些人那样相信军队迟早会回来——这么多年之后还相信这回事，必定是蠢到家了——可是像这样的一个女孩，意义完全不同，这意味着外面还有人活着，或许还有一大批人活着。山姆思索着这个可能性的时候，觉得自己对这个想法异常不安。他无法具体说出为什么，只是那个女孩，那个不知来历的女孩，感觉上像是一片无法吻合的拼图。要是那些人突然冒出来怎么办？如果随着她来的还有一大批新的行者，一大批寻求灯光庇护的新行者怎么办？这里就只有这么多的食物与燃料。当然，在早期，把行者拒之城外似乎是很残忍的做法，可是现在的情况是不是有所不同了呢？过了这么多年之后，城里的生活不是已经达成某种平衡了吗？其实事实是，山姆·周喜欢他的生活。他不会杞人忧天，不会自寻烦恼，不会整天揣着可怕的念头。他认识的人有些会这样，比方说米罗就是，他并不赞同这样。悲惨的事的确有可能再发生，可是话说回来，与此同时，他有床有家，有妻子有孩子，有食物可吃，有衣服可穿，有灯光可以让他们安全过夜，难道还不够吗？山姆想得越多，就越觉得凯勒柏不是应该受罚的人，该处置的是那个女孩。或许到了早上，他会这么对米罗说：我们必须处置那个不知来历的女孩。

迈克·费雪也醒着，基本上，迈克认为睡觉是浪费时间，是人类身体和心理的又一个莫名其妙的要求。而如果仔细回想他所做的梦，就会发现夜里的梦只是他白天生活略微修改重组的版本，梦里充斥着电路、断路器、继电器以及千百个等待解决的问题。等迈克醒过来的时候，他不会觉得活力重现，反而感觉到时间变得更紧张了，所以白白浪费的这几个钟头并没有取得任何有价值的成就。

可是今夜不同，迈克·费雪这辈子从没这么清醒过。芯片的内容宛如满载数据的汹涌波涛，奔流不绝地流入主机，简直改写了整个世界。也就因为这些新的线索，才导致迈克目前所冒的风险：把天线拉到高墙顶上。他先从灯屋的屋顶着手，拉了一条二十米长的八号无绝缘铜线连接他们几个月前架在烟囱上的天线，然后又拉了两条线到城墙脚。他只能挪出这两条铜线了，至于其余的部分，他决定徒手剥开绝缘外皮的高压电缆来代替。唯一的问题就是要如何躲开守望员，爬到高墙上去。他带着从工具间拿来的两卷电线，站在城墙支柱的阴影底下，权衡自己的选项。最近的一个梯子在他左首二十米外，通向第九号射击平台，他不可能在不惊动任何人的情况下爬上这个梯子。另一个梯子位于第八和第七号平台中间，这个梯子的位置似乎很理想，因为除了偶尔有跑腿把这里当成是连接第七和第十号平台之间的快捷通道外，很少有人会经过。可是他的电缆不够长，没办法拉得那么远。

所以左边的梯子是唯一的选择。他要带着电线爬上梯子，沿着墙道来到突出于断流器上面的地方，绑紧电线的一端，将另一端垂到地面，然后再爬下梯子，把第二条电线连接到第一条电线上。整个过程必须神不知鬼不觉。

迈克跪在泥地上，从他用来当工具袋的旧帆布背包里拿出电线钳，开始工作。他把电缆拉出来，剥掉塑料绝缘皮。同时他也竖起耳朵，留意头顶上那些跑腿来回通过的脚步声。等电线剥好，重新卷好，他已经听到跑腿经过两次了。他推想，在下一个跑腿过来之前，他应该有几分钟的时间，把所有的东西塞进背包。他快步冲向梯子，深吸一口气，开始往上爬。

高度对迈克来说向来是个问题，因为他连爬到椅子上都不喜欢。不过在他下定决心的那一瞬间，他并没有把高度的问题考虑进去。等他爬到梯子顶端时，那二十米对迈克来说感觉上有二百米那么高，于是他也开始怀疑整件事到底是不是明智的。他的心惊慌狂跳，四肢发软。爬进墙道，那高悬在宛如无底深渊上的墙梯，足以瓦解他所拥有的每一丝意志力。他在最后一级阶梯上拉长身体，肚子着地滑到墙架时，他的眼睛已经因为汗水而刺痛。在灯光的照耀下，没有地面与天空的参考点来指引他的方向，一切在感觉上都变得更大、更近、更生动。还好没有人看见他。他小心地抬起脸，离他左首一百米处的第八号平台看来是空的，没有守望员站岗。为什么会这样，迈克并不知道，可是他觉得这是个令人振奋的征兆。如果他动作快一点，就可以在没有人发现之前回到灯屋。

迈克沿着墙道走，等走到定位点，他开始觉得好多了。他的恐惧消退了，代之而起的是对于成功的信心。这可以行得通的。第八号平台还是空无一人，该在那里站岗的人肯定要倒大霉了，可是没有人把守恰好给了迈克所需要的自由空间。他跪在墙道上，从背包里拉出那卷电线，以钛合金建成的墙道本身就可作为导体使用，再加上对电线所产生的电磁引力，基本上，迈克就是把整个城墙当成巨大的天线。他用扳手松开墙道平台连接主架构的栓子，将剥除外皮的电线塞进缝隙，然后再锁上栓子。接着，他把电线垂到地面上，倾听落地时的轻响。

艾美，他想，谁会想得到不知来历的女孩竟然名叫艾美呢？

迈克不知道的是，第八号射击平台之所以没有人，是因为站岗的守望员、首批家族族长黛娜·寇帝斯已经死在高墙墙脚了。吉米杀了她，就在他杀了苏乌·拉米瑞兹之后。他原本并没有打算杀苏乌的，他只想对她说句话。再见？对不起？我一直都爱着你？在那天夜里，在刀与星之夜，一件又一件诡异的事情以无可避免的方式接连发生。而今，他们三个都死了。

葛蓝·史特劳斯从反方向走来，他仿佛透过望远镜另一端厚厚的镜片似的目睹了事情的发生：因为在他的视力范围之外，所以是一团模糊的色彩与动作。如果那天晚上在第十号平台值班的是其他人，是任何一个视力更健全的而不像葛蓝·史特劳斯这样因为严重青光眼而快要瞎掉的人，那么当时发生的事件可能就会比较清楚地呈现。但现在，第九号射击平台发生的事除了直接的当事人之外，再也没有人知道了，而就算是当事人自己也不明白究竟是怎么回事。

事情的经过是这样的：

守望员苏乌·拉米瑞兹的思绪还沉浸在《舞会佳人》里，特别是暴风雨中搭乘马车的那一段场景，那段文字描述是如此的栩栩如生，她可以一字不漏地背出来。（宛如天堂开启，塔伯特一把抓住巧琳，紧紧拥入他强健的臂弯，他的唇迫不及待地猛然贴上她的唇，他的手指寻觅着她胸部如丝般光滑的曲线，一波波的激情席卷她全身……）一回头，她却看见吉米站在平台上。苏乌现处在矛盾恼怒的情绪中（她讨厌被突然打扰，却又觉得他值班来迟了），但她的第一个感觉是事情有点不对劲。**吉米看起来并不像平常的他**。吉米在那里站了一会儿，不太自然地垮着身体，眯着眼疑惑地看着灯光。他看起来像个准备来宣布什么事情却突然忘了台词的人。苏乌想，或许她知道吉米想说的是什么。很久以来，她始终觉得吉米并不觉得他俩只是普通朋友。若是在其他时候，苏乌或许会很高兴听他这么说，可是现在不行，今夜不行，在第九号平台上不行。

“是她的眼睛，”吉米小声地说，好像是说给自己听似的，“至少我认为是她的眼睛。”

苏乌走向他：“吉米，谁的眼睛？”他转开脸，仿佛看着她会让自己无法忍受。

他也没有回答，一手抓着上衣的衣摆开始撕扯，像个紧张的男生那样手忙脚乱地扯着衣服：“你感觉不到吗，苏乌？”

“吉米，你说的是谁啊？”

吉米开始哭泣，圆亮如珠的眼泪滑下他的脸颊：“他们全都很悲伤很悲伤。”

他应该是出事了，苏乌觉得，可能是很惨的事。这时吉米突然把上衣从头上扯掉丢到平台边缘。在灯光下，他的胸膛汗光闪耀。

“是这些衣服，”他咆哮说，“我受不了这些衣服。”

苏乌的十字弓摆在墙边，待她回头想拿时，已经来不及了。吉米从背后抓住她，双手穿过她的腋下，握住她的颈背，然后猛然一扭，扭断了她的喉咙。就这样，苏乌的身体完了，身体就此离她而去，不复存在了。她想叫，却叫不出声音，眼前出现星星点点的光，宛如白银碎片。（噢，塔伯特，巧琳呻吟说，他的身体抵着她，他的男性魅力是她再也无法抵挡的甜蜜进犯，噢，塔伯特，对，让我们结束这荒唐的游戏……）她察觉到有人朝她走来，她听见脚步声踏在墙道上，她无助地瘫倒在那里的墙道。接着，她腾空飞起，是吉米把她举了起来，他要把她丢到高墙外。她真希望自己有不同的人生，可这就是她的人生，而她还不想放弃，但已成定局。她往下坠落，坠落，再坠落。

碰到地面时，她还没咽气，时间开始变慢、扭曲。聚光灯在她眼底闪耀，口中有鲜血的味道。上方，她看见吉米站在网子的边缘，光着身体闪闪发光，然后，他走了。

在所有的意识离她而去前的最后一刻，她听见跑腿奇普·达瑞尔在远远的上方墙道扯开喉咙大叫："动静！有动静了！该死，他们到处都是！"

但他的声音是在黑暗中盘旋，因为就在这一刻，灯全部熄灭了。

13

会议在正午召开，天空堆积着不会落下的雨，太阳黑子广场上摆着从庇护所里搬出来的长桌，所有的人都聚集在此。坐在众人面前的只有两个人：华特·费雪与伊恩·帕特尔。华特看起来和平常一样，胡子没刮，顶着油腻糟乱的头发，身上那件污渍斑斑的衣服八成已经穿了一整季。他现在是族长会议的代理议长，彼得想，这还真是今天最不乐观的事情之一。

伊恩看起来比华特好多了，但是经过前一夜的风波，他也是一副迟疑不决很没把握的样子，连维持会议秩序都有困难。彼得不太清楚他的角色是什么，是帕特尔家的代表还是守望队长？可这个问题一点都不重要。因为目前，只能是伊恩负责。

彼得在广场边缘和艾莉希亚站在一起，他环顾众人，姑妈不见人影，不过他一点都不意外，因为姑妈从很多年前就不参加族长会议的公开聚会了。这时同样让他看不到人影的还有回到灯屋去的迈克，以及待在疗养所里的莎拉。他看见葛罗莉亚站在前面，但却没有尚杰的人影。尚杰和老周的下落是大家纷纷议论的问题，大家担心的是不知道他们到底发生了什么事。惊慌的气氛还没有出现，但彼得知道这也只是时间问题，因为夜晚会再度降临。

他看见的其他面孔——他真希望自己没看见——是在这次攻击事件中失去配偶、子女或父母的人：柯特·拉米瑞兹和黛娜的丈夫罗森·寇帝斯，站在他身边的是两个女儿爱丽与凯特，全部都是一脸木然。凯伦·莫林努带着两个女儿，爱丽思与爱芙莉的脸上满是悲恸。米罗和潘妮·达瑞尔是奇普的父母亲，担任守望队跑腿的奇普才十五岁，是最年轻的罹难者。霍德和黎莎·葛林博格是珊妮的爸妈。艾迪·菲利普看起来一夜之间老了十岁，崔西·史特劳斯活力尽失。老周年轻的妻子康丝坦斯紧紧搂着女儿达儿拉，仿佛怕她会从自己身边溜走……这些罹难者家属站在一起，丧亲的悲痛似乎在他们之间形成了一种紧密的联结，也让他们与其他人区隔开来。众人沉默良久，伊恩在确认会议可以依序进行之后，开始讲话。

伊恩似乎是直接对着这些家属讲话的。他先从陈述事实开始。关于这部分内容彼得都已经知道了，或者应该说大部分都知道了。就在刚过半夜的时候，出于某种无法解释的原因，灯熄了。很可能是因为电压不稳而导致的主断路器启动。意外发生时，灯屋里只有艾尔顿一人在后面睡觉，而值班的工程师迈克·费雪恰好暂时到外面去重新手动设定电池槽的一个通风口，因此控制面板无人照料。对于这一点，伊恩向众人保证，绝对不能怪罪迈克，因为他离开灯屋去处理电池槽的通风口是正确之举，而且迈克也无法预见后来会发生电压不稳而启动主断路器的事。灯光总共只熄灭了不到三分钟，这也是迈克冲回灯屋重新启动系统所耗费的时间。可就在这短短的时间里，高墙却被突破了。最后的报告指出，在火线附近有大批病鬼活动，等电力重新启动时已有三人丧生：吉米·莫林努、苏乌·拉米瑞兹和黛娜·乔克森。三人是在墙脚下被发现的，尸体已被拖离现场。

这是第一波攻击。

在叙述接下来发生的情况时，伊恩显然已经很难维持镇定了。虽然第一批为数众多的病鬼消失了，但是第二批总数只有三只的病鬼却从南方接近，并在第六平台附近的城墙展开攻击。十六天前，那个留着一头惊人头发、身形庞大的女病鬼就是在这个平台被阿洛·威尔森所杀。她借以攀爬上墙的那条裂缝已经被修补起来了，所以那三个病鬼无法以裂缝当立足点，但是他们的意图显然并不在此。这时守望员已经陷入混乱，所有的人都奔向了第六号平台。虽然守望员的长箭与短箭如暴雨般攻击着，但那三个病鬼依然不停地尝试拼命地想往上爬。与此同时，无人看守的第九号平台却有另一组病鬼已经想办法越过高墙了。这很可能是第二批病鬼兵分两路，也可能是完全不同的另一组病鬼。

他们从墙道一路奔来。

一场混战，没有其他的词语可以形容。在病鬼被制伏之前，又有三个守望员丧命：戈尔·菲利普，埃登·史特劳斯，以及第一个通报大批病鬼接近火线的跑腿奇普·达瑞尔。第四名守望员珊妮·葛林伯格离开牢房的岗位加入战局，目前下落不明，很可能已经丧生。名列失踪名单之中的——伊恩停顿了一下，满脸烦忧——还有老周。康丝坦斯清晨醒来时发现他不在，之后再也没人见过他，虽然没有直接证据，但他很可能在深夜时离家走到高墙上和其他人一起被抓走了。整个被攻击的过程中没有病鬼被杀。

"就是这样，"伊恩说，"我们所知道的就是这样。"

情况不妙了，彼得想，大家也都感觉到了。没有人见过病鬼们发动像这样的攻击行动和战术运用。最近的一次袭击事件是暗夜那一次，可是就算是那一次，大家也看不出来病鬼进行的是有组织的攻击行动。灯光熄灭时，彼得和艾莉希亚从拖车公园飞奔到高墙，和其他人并肩作战。可是伊恩叫他们两个到庇护所去，因为在一团混乱之中，那里没有人防卫，所以他们的所见所闻都因为距离而变得没有那么触目惊心，但也因此让他们觉得更不好受。我应该在那里的，彼得想，我应该在高墙上的。

在众人的窃窃私语中，有人大声说："发电站的情况呢？"

说话的是米罗·达瑞尔，他搂着妻子潘妮。

"就我们目前所知，发电站还很安全，米罗，"伊恩说，"迈克说电流还正常输送。"

"可是你说电压不稳啊！应该有人到那边去看看，还有，尚杰到哪里去了？"

"我正要说这件事，米罗，尚杰病了，现在由华特代理议长。"

"华特？你开玩笑的吧？"

华特似乎在努力重新凝聚眼睛的焦点，他在椅子里挺直身体，抬起那张睡眼惺忪的脸面对众人："该死，再等一下……"

可是米罗直接呛了回去："华特是个酒鬼，"他拔高嗓音，态度变得更加无礼，"酒鬼加骗子，每个人都知道。这里实际上由谁负责，伊恩？因为就我所知，根本就没有人。我说呢，打开军械库，让想站到高墙上的人都上去值勤，然后马上派人到发电站去。”

群众间响起一阵认同的低语声。米罗想干吗？彼得想，煽起暴动？他瞥了艾莉希亚一眼，艾莉希亚正在目不转睛地瞪着米罗，双臂在身体两侧微微举起，全神贯注，处在戒备状态。

“你儿子的事我很遗憾，”伊恩说，“现在不是莽撞行事的时候，我们交给守望队来处理吧。”

可是米罗并不理他，他的目光扫过众人：“你们都听到他说的了，伊恩说那些病鬼是有组织的。很好，或许我们也需要组织起来，要是守望队什么都不做，那我们就该自己动手。”

“见鬼了，米罗，别激动。大家都吓坏了，你这样做是没有帮助的。”

说话的是山姆·周，他站到前面来，接着说：“大家应该害怕，都是从凯勒柏让那个女孩进来之后开始的。看看现在发生了什么？死了十一个人！他们之所以会来，都是因为那个女孩！”

“这件事我们并不确定，山姆。”

“可是我知道，每个人都知道。凯勒柏和那个女孩，这些该死的事情就是他们起的头。要我说呢，事情也该从他们身上结束。”

这时彼得听到此起彼落的议论声。**那女孩，那女孩，**大家都在说，**他说得没错，是因为那个女孩。**

“你到底想要我们怎么做？”

“我想要你怎么做？”山姆说，“做你早该做的事！他们应该被放逐。”他转头面对众人，“各位，听我说！守望队不会说，但是我要说。十字弓没办法保护我们，没办法保护我们不受病鬼攻击，我们应该马上放逐他们！”

一听到这句话，马上就有人出声附和，一声接着一声，所有的人几乎齐声喊着：

放逐他们！放逐他们！放逐他们！

这简直像是担心了一辈子的事突然之间溃堤涌出。彼得想。站在前面的伊恩拼命挥动手臂要大家安静，但这场景似乎已经濒临暴动发生的边缘，是即将出现某种恐怖行动的前兆。没有任何方法可以遏止人群了，表面上维持的秩序已经消失无踪。

他这时明白：必须马上把那个女孩和凯勒柏弄走，凯勒柏的命运已经和那个女孩系在一起了。可是他们能到哪里去呢？有什么地方是安全的呢？

他转身想找艾莉希亚，可是她已不见了。

这时他看见她了，她从激动的人群中往前挤，然后灵巧地一跳，跃上长桌，转身面对众人。

“各位，”她大声说，“请听我说！”

彼得感觉到周遭群众的情绪紧绷，一股新的恐惧流过他全身的血管。小艾，他想，你在干吗？

“他们之所以来，并不是因为她，”艾莉希亚说，“是因为我。”

山姆扯开喉咙对她说：“下来，小艾！这不是你说了算的！”

“你们听着，这全是我的错，他们要找的不是那个女孩，而是我。我才是放火烧掉图书馆的人，那才是事情的源头，那里是他们的巢穴，是我领着他们一路回到这里来的。如果你们非要放逐谁不可，那就该放逐我，这些人之所以死，都是因为我。”

第一个采取行动的是米罗·达瑞尔，他正快步冲向桌子，他到底是想抓艾莉希亚还是伊恩，甚至是华特，并不清楚。但是在他这个暴力动作的煽动之下，人群中掀起了一波波的推挤，大家都拼命往前冲，没有任何组织协调的群众依靠着互相的推搡前进。桌子翻倒了，彼得看见艾莉希亚踉跄后退，被群众团团围住。每一个人都在尖叫，咆哮，带着孩子的人似乎想离开，但其他人却只想挤到前面去。彼得唯一的念头是挤到艾莉希亚身边，但是奋力往前的他也被卡在人群中碰碰撞撞。他觉得自己的脚在身体下面打结，察觉到自己好像踩到了什么，等他整个人踉跄前倒时，才发现那人是雅各布·寇帝斯。这孩子双膝跪地，两手举起来护住头，抵御如雨般落下的脚步。相撞的两人同时发出一声呻吟，彼得在那孩子宽厚的背上翻了个跟头，挣扎着站了起来继续往前。在一大堆手脚之间奋力前行，宛如游泳的人拨开一个个肉体游过人海。这时有东西击中他——后脑勺被撞了一下，仿佛狠狠挨了一拳——眼冒金星的他转头第一个看见的是宽额的大胡子，过了一会儿他才认出这是谁：霍德·葛林博格，珊妮的父亲。这时他已经接近人群的最前线了。艾莉希亚在地上，在人群间爬动，她像雅各布那样双手护住头部，把身体缩成一团，群众的拳脚如暴雨般落在她的身上。

这连想都不必想，彼得拿起他的刀。

接下来会发生什么事，彼得永远不会知道。从大门的方向出现了另一批快步前来的身影，是守望员：班和葛蓝都举着十字弓，还有戴尔·列文、薇薇安·周、霍里斯·威尔森以及其他人。他们抽出武器，迅速地在长桌与人群之间形成一条战线，他们的出现让所有的人立即开始后退。

"回家去！"伊恩喊道，鲜血染红了他的头发，沿着脸侧滴落到上衣的领口。他气得涨红了脸，唇上冒出星星点点的唾沫。他举起十字弓扫视群众，仿佛无法决定该先射谁一样："族长会议暂停！我现在宣布进入戒严！宵禁立即生效！"

刚才喧闹的人群陡然陷入沉寂。艾莉希亚身边的群众退开，露出她的身影。彼得蹲在她身边，她偏着头，把一张沾了泥土的脸对着彼得。

她用唇语说了一个字：走！

他站起来往后走，融入人群之中。人群里的人有的站，有的坐，还有几个跌倒的正在爬起来。所有的人都满身尘土，彼得知道自己的嘴里也都是土。华特·费雪坐在翻倒的桌子旁，双手抱头。山姆和米罗已经不见人影，他们也像彼得一样，在人群中隐没了身影。

两个守望员，葛蓝和霍里斯，走过来扶起艾莉希亚，她乖乖地让伊恩拿走她的刀。彼得看得出来她受伤了，可是不清楚情况如何，她看起来有点跛，动作又很僵硬，仿佛强忍住痛楚。她脸颊上有一抹血迹，手肘上也有，发髻散乱，上衣的袖子扯破了，边缘垂着脱落的缝线。伊恩和葛蓝扶着她，一人一边，好像抓着囚犯似的，这时彼得才明白，艾莉希亚把群众的怒气引到自己身上，才转移了大家放在女孩身上的焦点，为他们争取到了一些时间。要控制群众，伊恩只能把她给关进牢房。**我准备好了**，艾莉希亚的眼神说。

“艾莉希亚·唐纳迪欧，”伊恩拉高嗓门儿，让大家都听得见，“你被捕了，罪名是叛乱。”

“放逐这个臭婆娘！”有人嚷着。

“闭嘴！”可是伊恩的嗓音微微颤抖，“我不是开玩笑的，马上回家去！在没有进一步的通知之前，大门都会关上。只要看见有人想出去或在附近闲荡，守望员就会进行逮捕。如果有人携带武器，守望员会马上开火，别以为我光说不练。”

彼得绝望地环顾四周，在他眼中，这个世界变得全然陌生了，他好像再也不认得身边的这些人，就在这时，守望员把艾莉希亚带走了。

14

在庇护所里，默萨蜜·帕特尔度过了一个不安的夜晚。隔天上午，她和小孩儿们一起待在二楼的教室里又度过了一个更不安的早晨。珊蒂的丈夫山姆，天一亮就来了庇护所。默萨蜜从珊蒂那里听到了前一夜发生的事故，于是她默默地做了个决定。

这个决定最初的想法一开始是出其不意地浮现在她心中，她甚至不知道自己正在思考这个问题。一早醒来，她就有种截然不同的感觉，她知道自己的身体已经产生了某些变化。这个推论其实简单明了，甚至像数学演算那样清清楚楚。她就要有个宝宝了，宝宝是西奥·乔克森的孩子。因为孩子是西奥·乔克森的，所以西奥·乔克森不可能已经死掉。

默萨蜜要去找西奥，告诉他说他们就要有个孩子了。

她可以溜出城的时机是在晨钟即将响起之时，也就是守望员换班的时候。如此一来，她既可以得到必要的掩护，又有一整个白天的时间可以徒步下山。到了山下，她就可以知道该往哪里去。最佳的潜伏地点是断电器的上方，因为那里是视线的死角。等珊蒂和其他人睡着之后，她就可以溜到店舍，找齐这趟旅程所需要的装备：一条爬下高墙所需的结实绳索，粮食与水，十字弓与刀，一双耐用的靴子，替换的衣物，以及可以装下这些东西的背包。

因为宵禁的关系，城里无人走动，她可以偷偷跑到断电器那里躲在阴影里，等待黎明来临。

随着计划在心里成形，实施的细节也就逐渐浮现，默萨蜜开始明白自己在做什么：她在为自己的死亡安排场景，事实上她已经动手准备好多天了。自从补给队回来之后，她身上就出现了心碎的人的种种征兆：违反宵禁，像个疯子那样抑郁烦乱，搞得周围鸡飞狗跳，都为她的安危担心。就算是蓄意谋划，也无法做得这么让人深信不疑。就连那天被艾莉希亚勒令退出守望队时，泪洒大门的那一幕，都可以在事后被其他人拿来穿凿附会，当成解释她最终命运的证据。我们怎么会没料到呢？他们会这么说，哀伤地猛摇头，她表现出种种征兆了呀。因为到了早晨，珊蒂发现她的床是空的，或许又等了一两个钟头才觉得不对劲，呈报上去之后，垂在墙边的绳索就会被发现。这条绳子是一条通向虚无之境的绳子，它只可能代表一件事。大家对此不可能有其他的解释。她，守望员默萨蜜·帕特尔·史特劳斯，葛蓝·史特劳斯之妻，尚杰与葛罗莉亚之女，首批家族成员，怀孕而且恐惧、抑郁，最终选择放弃了一切。

这一天终于要来了！默萨蜜在庇护所里织着婴儿袜，听着珊蒂在那边忙着用游戏、故事和歌曲哄小孩儿。默萨蜜想，她死了的新闻像一支箭，一旦离弓飞出，就只有等到射中目标时才能彰显其原本的意图。默萨蜜觉得自己像个鬼魂，觉得自己仿佛早已离去。她想过要去探望爸妈，最后一次探望，但是见了面要说什么呢？她怎么能不说再见地道别呢？葛蓝的问题也要考虑，但是经过昨夜的事情之后，她这辈子都不想再看见葛蓝了。他终究还是没到发电站去。珊蒂已经把这个消息告诉默萨蜜了，她还以为这对默萨蜜来说是个好消息呢。葛蓝是逮捕艾莉希亚的守望员之一，默萨蜜怀疑，等她的事情发生之后，葛蓝会是他们第一个通知的人吗？还是第二个或第三个？他会伤心吗？他会哭吗？他能想象她溜下城墙后会觉得如释重负吗？

默萨蜜织着袜子的手突然停住，她怀疑自己是不是已经疯了，八成是吧。一定是疯了，才会以为西奥还没死，可是她不在乎。

她跟珊蒂说她要离开一下，珊蒂心不在焉地朝她挥挥手。珊蒂已经清出一块空间，要小孩儿坐下来围圈圈，想办法要他们安静下来，然后开始上今天的课。默萨蜜步出走廊，关上门，把孩子们的喧闹声隔绝在背后。陡然而降的寂静让耳朵里仿佛有嗡嗡的声音，她在悄然无声的走廊上伫立了好一会儿。在类似这样的时刻，仿佛可以想象还有另一个世界的存在，一个没有病鬼的世界，就像病鬼并不存在于小孩儿的世界里一样，因为小孩儿们都活在往昔的梦里。或许这就是一开始会盖庇护所的原因，时至今日，庇护所仍然是一个没有病鬼的世界。她穿过走廊，脚上的拖鞋啪啦啪啦地踩在充满裂痕的油毡地毯上，经过一扇扇空教室的门，走下楼梯。大房间里的臭味还是很浓，呛得她眼睛流泪，然而默萨蜜还是带着她的毛线坐下，她知道她要在这里待一整天。她会静静坐在这里，织完婴儿袜，好随身带走。

15

要是有人问起迈克·费雪他这一辈子最惨的时刻，他会毫不犹豫地回答：是灯熄灭的那一刻。

事情发生的时候，迈克刚把电线拉过墙道：跳电让整个世界陷入黑暗，暗得如此全面，如此彻底，让三维空间全部消失了。在那极度揪心的一瞬间，迈克甚至怀疑自己是不是随着线卷滚下去了，仿佛不知不觉地坠落，这就是死亡般的黑暗的幻觉。之后迈克听见奇普·达瑞尔的声音："动静！有动静了！该死，他们到处都是！"奇普的话把他拉回现实，他不仅知道自己没死，还知道灯真的熄了。

灯全熄了！

他像逃命一样，在伸手不见五指的漆黑中沿着墙道往回跑，迅速爬下梯子。事后想想，这简直是不可能完成的任务。他在离地几米之处跳下来，工具袋甩荡着，双膝弯曲以减缓冲击力，蹲稳后起身全力冲回灯屋。"艾尔顿！"他转过墙角，跑上门廊，推开门时放声大叫，"艾尔顿，快点起来！"他以为会发现是系统挂掉了，但是当他跑到面板前，也就是艾尔顿从房间的另一边像匹瞎了眼的马一样走进来的时候，他看见了屏幕上的亮光，所有的计量灯都是绿色的，他整个人僵住了。

灯怎么会全部熄灭了呢？

他冲到电箱前，发现了问题，主断路器启动了。他唯一要做的就是关掉断路器，然后灯就又亮了。

天一亮，迈克就向伊恩报告了事情的经过，电压不稳导致跳电是他能想出来的最好理由。而且他推测，跳电也的确会导致这样的情况，虽然系统应该会把这个情况记录下来，但实际上他在档案里并没有找到任何记录。这个问题也可能是某个地方短路所造成的，但如果是这样，断路器应该不会产生效用，他一打开开关，电路就会再次断掉。他花了整个上午的时间检查每一个连接点，把连接埠开了又开，再给电容器充电，可所有的东西运转都很正常。

“有人来过灯屋吗？”他问艾尔顿，“你听到什么声音了吗？”可是艾尔顿只摇摇头：“我在睡觉，迈克，我在后面睡得好香。你跑进来大叫之前，我什么声音都没听见。”

一直到过了中午，迈克才有办法收拢心思回到无线电的事上。在一连串惊心动魄的风波之中，他几乎忘了无线电的事。他离开灯屋去找前一夜遗落的电线卷，发现电线卷还毫发无伤地躺在泥土里，长长的电线一路攀爬到高墙顶上。这条电线很重要，迈克把电线和他留在那里的铜丝接在一起，然后回到灯屋，从架子上拿下登录本查看频率，再把耳机罩在耳朵上。

两个钟头之后，迈克在肾上腺素的加速分泌下，全身大汗淋漓地跑到宿舍找到彼得。彼得正躺在床位上，用食指转着一把刀，房里没有其他人在。听见迈克的脚步声，彼得只抬眼看了看，没什么太大兴趣。迈克觉得彼得看起来像遇到了什么惨事，他活脱脱一副想拿刀子宰人却又没想好该宰哪个人的样子。再仔细想了想，迈克心里也很纳闷，所有人都哪里去了？这里简直安静得可怕，可又没有人告诉他是怎么回事。

“怎么啦？”彼得说，问完又开始闷闷不乐地转着刀子，“不管你要告诉我什么，我都希望是好消息。”

“噢，我的天哪，”迈克说，“你一定要听听看。”

“迈克，你难道不知道这里出了什么事吗？你要我听什么？”

“艾美，”他说，“你一定要听听艾美。”

16

灯屋里，迈克坐在他的终端机前，从那女孩脖子里取出的东西已经被拆解，现在就放在屏幕旁边的皮垫上。

“电力来源，”迈克说，“这很有意思，非常有意思。”他用一把镊子夹起传输器里的一个小金属容器，“这是电池，但我从没见过这样的。从它可以维持这么久的时间来看，我猜可能是核子的。”

彼得悚然一惊：“这不是很危险吗？”

“显然对她并没造成危险，而且这已经在她体内放了很久一段时间了。”

“多久？”彼得看着他这位难掩满脸兴奋之情的朋友，截至目前，他对于彼得的问题都只给了模棱两可的答案，“你的意思是一年那么久？”

迈克神秘兮兮地咧嘴笑：“你不知道的可多着呢，等一下。”他让彼得把注意力转到摆放在台面上的那个东西，用镊子挑开一个个部分，“所以我们找到了传输器、电池，还有剩下的这个部分。我原本猜想是记忆芯片，可是这个体积太小，没办法放进主机的任何一个连接埠，所以我只好焊接。”

迈克在键盘上飞快地拨弄几下，屏幕上就跑出一页信息来。

“芯片里的数据分两个扇区，其中一个比另一个小得多。你现在看见的就是第一个扇区。”

彼得只看见一行字，是连成一串的字母和数字。“我看不懂。”他坦承。

“这是因为字和字之间少了空格，不知道为什么，还有些被调换了次序。我想有可能是芯片本身稍微有点损坏，也说不定是我焊接到主机板的时候弄的。不管怎么样，看起来有部分资料不见了，可是这已经可以给我们很多信息了。”

迈克开启了第二个窗口，彼得看得出来是同样的数据，但是文字和数字都已经重新排列组合。

艾美 NLN
SUB 13
ASSTO NOAH USAMRID SWD
G:F W:22.72K

“艾美 NLN？”彼得从屏幕上转开目光，“艾美？”

迈克点点头：“就是我们这里的那个女孩，我不确定 NLN 代表什么，我猜可能是‘无姓氏’（No Last Name）。中间这行让我想了很久，可是最后一行就很清楚了。性别（Gender）：女（Female），体重（Weight）：22.72 千克（Kilos）。这差不多是五六岁小孩的体重，所以我猜，传输器放进她身体里面的时候，她差不多五六岁。”

在彼得看来根本难以相信，可是迈克言之凿凿，他也只能照单全收。“所以这东西已经放进去多久了，十年？”

“这个嘛，”迈克还是咧着嘴笑，“不一定。别太快下结论，我还有很多东西要给你看，最好等我带你看完再说。从第一个扇区，我就只能得到这些信息，并不太多，要说这个东西很有意思，显然太牵强了，第二个扇区才是真正的储藏空间。容量将近 16TB，也就是有 16000GB 的数据。”

他又按下另一个键，屏幕上开始跑出一行行密密麻麻的数字。

“很厉害，对不对？我起先以为这是某种密码，可并不是。这些全是数据，只是也像第一个扇区那样，字与字之间没有间隔而已。”迈克操作键盘，让一行行的数字停滞不动，用一根手指敲着屏幕说，“关键在于这个数字，从这里开始，在下一行又重复出现。”

彼得眯起眼睛盯着屏幕：“九百八十六？”

“很接近，是九十八点六，有印象吗？”

彼得只能摇头：“不太有印象，没有。”

“九十八点六是人类的正常体温，是用古代的华氏温度来算的，大约三十七摄氏度。现在看看这一行其余的数字，七十二八成是心跳，再来是呼吸和血压。我猜其他的可能是脑部活动、肾脏功能，诸如此类的，莎拉大概会比我清楚。最重要的是这些数字是一组组分别出现的，很显然，你只要找出第一组数字，就可以看见这组数字从哪里开始，到哪里结束。我想这很可能是人体监测器，用来把数据传送到主机的，我猜她可能是某种机构的病患。”

“病患？像疗养所那样？”彼得皱起眉头，“不会吧。”

“现在是没有人做得到，所以最有意思的部分来了。全部算起来，芯片上总共有五十四万五千四百零六组数据，传输器设定每九十分钟循环一次，其余的就是数学问题。一天循环十六次，一年三百六十五天。”

彼得觉得自己的脑子有点混乱：“对不起，迈克，你把我搞糊涂了。”

迈克转头面对他：“我是告诉你，在她脖子里的这个东西，每隔一个半小时就量一次她的体温，已经量了超过九十三年了。精确来说是九十三年四个月又二十一天，艾美 NLN 已经快一百岁了。”

等彼得回过神来，把焦点重新放在迈克脸上时，他发现自己已经瘫坐在椅子里了。

“这根本不可能。”

迈克耸耸肩：“是啊，是不可能，可是我想不出别的解释了，还记得第一个扇区的内容吗？那个词 USAMRIID？我马上就认出这个名字了，那是‘美国陆军传染病医学研究中心’，工具间里有一大堆 USAMRIID 的数据。有关于传染病的文件，还有很多技术性的数据。”他在椅子里转头，要彼得注意屏幕顶端，“看见这个没，第一行的这一长串数字？这是主机的数字签名。”

“什么东西？”

“你就把这个想成是一个地址好了，也就是这个小传输器找寻的系统的名字。你可能会觉得这只是一堆乱七八糟的数字，可是你如果仔细看，就可以得知很多信息。这东西一定有某种机载定位器，很可能是连接到人造卫星上的，那以前是军方的东西。所以你现在所看到的数字其实是坐标，是经度和纬度，而不是什么稀奇古怪的东西。北纬三十七度五十六分，西经一百七十度四十九分，然后，我们对照地图……”

迈克把窗口最小化，然后飞快地敲了几下键盘，打开一个新的窗口。彼得花了一晌工夫才明白自己看见的是什么，是北美大陆的地图。

“我们键入坐标，像这样……”

黑色的网格线出现在地图上，圈出一块块四方形，迈克夸张地在键盘上扬起手指，按下回车键，一个亮黄色的点出现了。

“……我们找到了，科罗拉多西南部，一个名叫特柳赖德的小镇。”

彼得对这个地名全无印象：“然后呢？”

“科罗拉多，彼得，是 CQZ 的中心啊。”

“什么是 CQZ？”

迈克不耐烦地叹口气：“你的历史真的需要重学，CQZ 就是中部疫区（Central Quarantine Zone），疫情就是从那里开始的，第一个病鬼就出现在科罗拉多。”

彼得觉得自己好像被一匹飞奔的马拖着跑：“拜托，讲慢一点，你是说她是从那里来的？”

迈克点点头：“基本上，是的，这传输器是短波，所以他们放进去的时候，她一定就在几公里之内，真正的问题是他们为什么要这样做。”

“见鬼，你问我，叫我问谁？”

迈克沉吟了一下，凝视彼得良久：“我问你一件事，你有没有真的想过，病鬼到底是什么东西？不只是他们的行为，彼得，而是他们到底是什么。”

“没有灵魂的人？”

迈克点点头：“没错，大家都是这么说的，可是如果不只是这样呢？这个女孩，艾美，她不是个病鬼。如果她是的话，我们早就都死光光了，可是你也看见了她伤口的痊愈速度，以及她在外面生存的事实。你自己说的，她保护过你，她活了将近一百岁，外表看起来却还不到十四岁，这又该怎么解释？军方对她做了些什么，我不知道他们是怎么做的，但是肯定做了。那个传输器是透过军方频率播送的。说不定她被感染了，可是他们做了一些什么让她恢复正常，”他再次停顿，眼睛盯着彼得的脸，“说不定她就是解药。”

“这……这个结论跳得太快了吧！”

“我也不是完全确定，”迈克站起来，从终端机上方的架子拿下一本书，“所以我又回头查看登录本，看能不能从这个坐标找出信号来，本来只是一种直觉，可居然千真万确，真的有。八十年前，我们收到一个信号，就是从这个坐标传送出的。军方的求救频率，老式的摩斯密码，我们收到的是这句话。”

迈克翻开他做了记号的那一页，然后把登录本摆在彼得膝上，指出写在上面的那句话：

如果你们找到她，请带她过来。

“这可是证据确凿，”迈克继续说，“这个求救频率还在继续，所以我才会花这么多时间。我得要把电缆拉到高墙上去，才能收到清楚的信号。”

彼得从本子上抬起眼，迈克还是用那意兴盎然的眼神看着他。

“什么还在继续？”

“军方的信号传输啊，同样的句子。‘如果你们找到她，请带她过来。’”

彼得觉得有种眩晕的感觉在大脑边缘逐渐成形：“怎么可能还在传输呢？”

“因为有人在那里啊，彼得，你还不明白吗？”他露出得意的微笑，“距离现在九十三年。也就是疫后零年，疫情暴发的那一年，我就是要告诉你这个。距离现在九十三年前，疫后零年的春天，在科罗拉多特柳赖德，有人把核动力传输器植入一个六岁小女孩的脖子里。她现在还活得好好的，被隔离起来，好像直接从古昔走出来的一样，而这九十三年来，那个做了这件事的人一直在叫她回去。”

17

时间将近半夜，人迹杳然，除了守望队之外所有的人都待在屋里。因为宵禁的缘故，高墙上似乎也静悄悄的。在这期间，彼得竭尽所能地掌握情况。他没去值班，也没人来找他。因为没人会想到彼得会去灯屋，或是去能够侦察牢房的拖车。随着夜色降临，在守望队人手不足的情况下，伊恩只留下葛蓝·史特劳斯一个人看守牢房。

疗养所的戒备比较严密，有两个守望员，一个在屋前，一个在屋后。戴尔已经回到高墙去了，所以彼得没办法混进去，可是莎拉还可以自由进出。他躲在院子墙脚的灌木丛里，等她现身，过了好久，她才开门走到门廊上。她轻声对值班的守望员班·周说了几句话，然后走下门阶到步道上，显然是要回家去带吃的来。彼得偷偷地跟在她后面，保持一段距离，到确定班看不见他们时，才悄悄走近莎拉。

“跟我来。”他说。

他把莎拉带到了灯屋，迈克和艾尔顿正在等着他们。迈克像告诉彼得那样把他所知的来龙去脉解释给姐姐听。他谈到信号，把登录本上的句子拿给她看，她接过本子仔细看了看。

“好吧。”

迈克蹙起眉毛：“你说‘好吧’是什么意思？”

“迈克，不是我怀疑你，我认识你太久了，可是我们有这个情报又能怎么样呢？科罗拉多有多远，距离这里上千公里吧？”

“大约六百公里，”迈克说，“差不多啦。”

“所以我们要怎么到那里去？”

迈克沉默了一下，他的目光从姐姐转到艾尔顿身上，艾尔顿点点头。

“真正的问题是，如果我们不这么做会怎样？”

这时迈克才把电池的事告诉他们。

听到这个消息，彼得的心中异常冷静，他有种在劫难逃的感觉。电池当然是快不行了，电池其实一直都快不行了。彼得觉得自己仿佛一直都知道实情似的。就像关于那个女孩，不知来历的女孩，艾美。她在电池即将寿终正寝之际来到他们中间，这绝不仅仅是巧合，这一切让他明白他必须依据他们现知的情报采取行动。

他忽然意识到大伙儿沉默了好久。“还有谁知道这件事？”他问迈克。

“只有我们知道，”他迟疑了一下，“还有你哥哥。”

“你告诉西奥了？”

迈克点点头：“我真希望我没告诉他，是他叫我别告诉任何人的，所以我一直没说，直到现在。”

当然啦，彼得想，西奥当然知道。

“我想他是不希望其他人觉得害怕，”迈克解释说，“既然我们没有办法解决的话。”

“可是你认为有办法。”

迈克顿了一下，用指尖揉着眼睛，彼得看得出来，长时间的工作让大家累了，他们都很久没睡觉了。

“你知道我想做的事，彼得，那个信号也很可能是自动发送的，但如果军方还在，我不明白我们为什么要这样坐以待毙。如果她真的像你所说的，在购物中心保护你，说不定她也能保护我们。”

彼得转向莎拉，在听过迈克说的话之后，她竟然还能如此镇静，脸上没流露一丝情绪，让彼得很惊讶，可她是个护士，彼得知道那个工作需要有多坚强。

“莎拉，你不说点什么吗？”

“你要我说什么？”

“你一直和她在一起，你觉得她到底是什么人？”

莎拉疲惫地叹口气：“我只知道她不是病鬼，这很明显，可她也不是普通人，看她痊愈的速度就知道。”

“她不能说话有特别的原因吗？”

“我不知道，如果她真的像迈克说的那么老，说不定已经忘掉该怎么说话了。”

“也没有其他人去看她？”

“从昨天之后就没有，”她迟疑了一下，“我有一种感觉，好像所有的人都……都有点怕她。”

“你呢？”

莎拉皱起眉头：“我为什么要怕她，彼得？”

可是他不知道，这个问题一说出口，他就觉得好奇怪。

莎拉站起来：“好了，我得回去了，班要开始觉得奇怪了。”她一只手搭在迈克肩上，“想办法休息一下吧，你也是，艾尔顿，你们两个看起来糟透了。”

就快走到门边时，她转过身把注意力再次集中在彼得身上。

“你不是认真的，对吧？去科罗拉多的事。”

这个问题的答案看起来似乎很简单，因为他们所讨论的一切最终都指向了这个结论。彼得觉得自己仿佛站在图书馆外面，听着西奥问他：你要投谁一票？

“因为你们如果是认真的，”莎拉说，“当真要这样做，那么我马上就会把她弄走。”说完她就转身离开灯屋。

没有莎拉在场，屋里笼罩着更深沉的静寂，彼得知道她说得没错，可是对于他们心中所筹谋的事，他还是无法掌握全貌。女孩艾美，还有他脑海里的声音，告诉他说妈妈想念他的声音，快坏掉的电池，西奥知道的事实，以及迈克通过无线电所收到的信息，不仅跨越空间，甚至也跨越时间，宛如过去对他们发出的信息。一段一段的，整体的形状还是难以捉摸，仿佛缺了一点最关键的信息。

彼得发现自己盯着艾尔顿看，这个老头一句话都没说，彼得想他搞不好又睡着了。

“艾尔顿？”

“嗯？”

“你好安静。”

“没啥好说的，”他说，那双盲眼往上翻，“你知道你该找谁谈。你们乔克森家的男生都是一个样，不必等我告诉你。”

彼得站起来。

“你要去哪里？”迈克问。

“去找答案。”他说。

尚杰·帕特尔睡不着，他躺在床上连眼睛都没办法闭上。

是那个女孩，那个不知来历的女孩，她不知怎的来到他身边，进到他心里。那女孩和巴柏寇克以及其他许多——许多什么？他很狐疑，为什么他会想到那许多？——他仿佛变成了另一个人，另一个崭新而陌生的人。他想要……想要什么？一点平静，一点秩序。他不想再感觉到一切都变得和以前不一样，仿佛这个世界已经不是这个世界了。吉米是怎么说那个女孩的眼睛的？可她的眼睛是闭上的，他清清楚楚地看见，她的眼睛闭着，始终没睁开。在他心里啊，那双眼睛，仿佛可以同时从两个不同的角度看见一切，看见一切存在的与不存在的，是尚杰或不是尚杰，而他看见的是一条绳子。

他为什么会想到一条绳子？

他打算去找老周，所以他昨天晚上才会出门，留下葛罗莉亚在厨房里睡觉。想去找老周的欲望是让他起床、下楼、出门的动力。灯光，尚杰记得，一踏进院子里，灯光就像炸弹那样直冲眼睛，明晃晃地在他的视网膜上爆炸，刺痛撕裂了他的心，但那痛并不是真的痛，而像是痛的回忆，让他痛得忘了老周，忘了店舍，忘了自己要干什么。他接下来做的事似乎是在毫无知觉的情况下进行的。他记忆中的影像不连贯，像一堆散落地上的纸牌。后来是葛罗莉亚找到他的，蜷缩在他们家墙下的灌木丛里，像个孩子那样嘤嘤哭泣。“尚杰，”她说，“你在干吗？你做了什么，做了什么？”他无法回答，他自己也完全没概念，可是从葛罗莉亚的表情和声音看来，尚杰知道他的情况一定很糟，难以想象，像他可能杀了人似的。葛罗莉亚带着尚杰回到家里上床躺着，直到太阳升起他才知道自己做了什么。

他快疯了。

就这样过了一天，只有保持清醒——不只是清醒，而且是一动也不动地躺着，使尽所有的意志力去忍耐——他才相信自己可以让自己混乱的心志保持一点连贯，可以避免前一夜事件的重演，这是他新的守夜任务。有一段时间，在天亮不久，以及后来黑夜来临之际，楼下有些喧嚷的声音（伊恩、班和葛罗莉亚的声音，他不知道吉米怎么了），可是这些声音也消失了。他觉得自己仿佛置身于泡泡中，发生的一切事情都离他远远的，无法触及。每隔一段时间，他就会察觉葛罗莉亚来到房间里，忧心忡忡的脸俯望着他，问着他无法回答的问题：**我应该把枪的事情告诉他们吗，尚杰？应该吗？我不知道该怎么办。我不知道该怎么办，你为什么不和我说话，尚杰？**可是他依然什么都不能说，就算只是张嘴，都会打破魔咒。

现在她也走了，葛罗莉亚走了，默萨蜜走了，所有的人都走了。他的默萨蜜，他此刻心里牢牢记着的是她的影像——不是现在成熟的样貌，而是当年还是个小宝宝的模样，当年普露登丝·乔克森抱进他臂弯的那个包在温暖被子里的新生儿。随着那个影像渐渐隐去，尚杰终于闭上眼睛了。他听见那个声音，巴柏寇克的声音从黑暗里传出来。

尚杰，加入我吧。

他在厨房里，古昔的那间厨房。部分的他在说：你已经闭上眼睛了，尚杰。无论你做什么，都不能闭上眼睛，可是来不及了，他又来到梦里了，那个有着女人、电话、抽烟与笑声的梦，然后还有一把刀，刀在他手里。一把很大、柄很重的刀，他可以用来切掉那些话，那些带着笑声的话语，从她的喉咙切掉。这时，那声音又从黑暗中对着他说话。

把他们带来给我，尚杰，带一个来给我，然后再一个。把他们带来给我，这就是你的人生，你没有别的选择。

她坐在餐桌旁边，那张大饼脸朝着他看，唇间吐出的烟变成一团小小的灰云。“拿这把刀干吗呀？用来吓我的啊？”

动手吧，杀了她。杀了她，你就自由了。

他朝她冲去，铆足力气把刀往下一挥。

可是不对劲了，刀停住了，森然的刀光凝结在戳刺一半的动作之中。有一股力量进到他梦中，停驻在他手上，他感觉到那个力量攫住了他。那个女人在笑，他又拉又扯，想让刀往下砍，但是没有用。她嘴里冒出烟来，她在笑他，笑啊，笑啊，笑啊……

他猛然醒来，心脏在胸口狂跳，身上的每一根神经似乎都同时起火燃烧。他的心脏！他的心脏！

"尚杰？"葛罗莉亚进到房里来，手里拿着提灯，"尚杰，怎么了？"

"去找吉米！"

她的脸，一张不安地贴近尚杰的脸，因恐惧而扭曲："他死了，尚杰，你不记得吗？吉米死了。"

他一把拉开身上的被子，站起来，站在卧室中央，一股狂野的力量在他全身奔腾，这个世界，无甚可观的世界。这张床，这个柜子，这个名叫葛罗莉亚的女人，他的妻子。他在干吗？他打算去哪里？为什么一直想找吉米？可是吉米死了，老周死了。华特·费雪，苏乌·拉米瑞兹，上校，西奥·乔克森，葛罗莉亚，默萨蜜，甚至他自己——所有的人都死了，因为这世界已经不是那个世界，这是事实，这是他所发现的残酷真相。这是个梦的世界，是光、声音与物质织就的面纱，遮去了世界的真貌。在死亡之梦中的行者，这就是他们，而做梦的人就是那个女孩，那个不知来历的女孩。这世界是一个梦，她梦见了他们！

"葛罗莉亚，"他嘶哑地说，"救救我。"

姑妈的厨房里还亮着灯，灯光透过窗户在地上映出一个黄色的长方形。彼得先敲了门，然后悄悄地走进去。

彼得看见姑妈坐在厨房的餐桌旁，她没在写字，也没在喝茶，听见彼得进门来，就扬起头伸手摸索着挂在脖子上的那几副眼镜，然后戴上现在她需要的那一副。

"彼得，我正想着会见到你呢。"

他在她对面坐下："你怎么会认识她呢，姑妈？"

"现在说的是谁啊？"

"你知道是谁，姑妈，拜托。"

她手轻轻一挥："你说的是那个行者？一定是有人过来告诉我的，那个姓莫林努的家伙，我想是他。"

"我指的是两天前，你说了一些事情，说她要来了，说你知道她是谁。"

"我这么说？"

"是的，姑妈，你是这么说的。"

老妇人皱起眉头："很难想象我在想什么啊，你是说两天前？"

彼得听见自己的叹息："姑妈……"

她竖起一只手要他别说："好啦，你生气也没用啊，我只是觉得这样很好玩，我好久没这么做了，所以克制不了自己，你看起来好像真的很恼火。"她眼睛眨也不眨地迎上他目光，"那么，在可以给你提供我的看法之前，你先告诉我，你觉得她是什么人，那个女孩？"

"艾美。"

"我不知道她叫什么名字，你想叫她艾美，就叫她艾美吧。"

"我不知道，姑妈。"

她的眼睛突然睁得大大的："你当然不知道！"姑妈咯咯地笑起来，笑到后来变成咳个不停，彼得站起来想帮她，但她挥手叫他坐下，"坐下来吧，"她声音沙哑地说，"我只是声音变哑而已。"她花了一点时间让自己恢复，"哼啊"一声咳痰清清嗓子，"这个答案是你必须去找出来的。每个人在自己的人生中都有必须寻找的东西，而这就是你人生的使命。"

"迈克说她已经一百岁了。"

老妇人点点头："你最好去找出答案来，一个老女人。小心这个艾美，可别让她指挥你。"

他搞不懂，和姑妈谈话向来是个大挑战，可他从没看过她像这样，活泼到怪异的地步，她甚至没倒茶给他喝。

"姑妈，你那天晚上还说了别的，"他不放弃，"关于机会的，一个机会。"

"我或许说过吧，听起来像我会说的话。"

"她是吗？"

她苍白的嘴唇皱了起来："我说这要看情形。"

"什么情形？"

"你的情形。"

彼得还来不及回答，姑妈就继续说："噢，别这个样子，看你愁眉苦脸的，感觉到失落只是其中的一部分。"她从餐桌旁站起来，站得直挺挺的，"来吧，我给你看个东西，说不定可以帮你下定决心。"

他随着她穿过走廊到卧房，和屋里的其他地方一样，这个房间拥挤但很整洁，所有的东西都摆得好好的。靠墙有张古旧的四柱床，软塌塌的床垫让他知道里面只塞了松松的稻草，床边是一张摆提灯的木头椅子。除此之外，房里只有一个五斗柜，他看见柜子顶端随意摆放着一些装饰品：一只古老的玻璃瓶，上面印了褪色的精美花体字"Coca-Cola"；一个金属罐，他一拿起来，听见里面有像别针的声音；某个小动物的颌骨；一堆扁平光滑的石头堆成的金字塔。

"这些是让我烦心的小物件。"姑妈说。

此时并肩站在这个拥挤的房间里，彼得感觉到她的娇小，她那头白发差不多只到他的肩膀。

"我妈妈是这么叫它们的，把烦心的小物件放在身边，她总是这么说。"她用弯曲的手指指着五斗柜，"大半的东西都忘了是怎么来的了，除了这张照片，当然，那时我是带着这张照片上的火车。"

照片摆在五斗柜顶端的正中央，彼得拿起来微微侧向窗户，以捕捉聚光灯照进来的光线。照片摆在相框里嫌小，表面已经有污渍与凹痕。彼得想，相框可能是后来才加上去的，两个人在满天星光下，从一幢砖砌房子的门口走下来。那男的站在女的后面，手揽着她的腰，而她则靠在他身上，他们都穿着冬装，蓬松的大衣。彼得看得出来前景的人行道上有雪花，颜色已经因为年久而退去，整个画面蒙上一层黄褐色。但他看得出来他们都是深色皮肤，像姑妈一样，也有乔克森家的头发。那女人的头发剪得很短，差不多和那个男的一样短。她脖子上围着长围巾，面对镜头微笑。男人没看镜头，脸上露出彼得觉得像只有四分之三的微笑——因为镜头戛然而止的微笑。这是一幅迷人的景象，充满希望与允诺，彼得察觉到，在那男人转开的注意力中，在那女人的微笑中，他双臂揽着她拉近身前的模样是那两个人共同分享的秘密，把更多细节综合起来之后——那女人的身体在大衣底下隆起的曲线与厚度——彼得知道那秘密是什么了。画面上虽然只有两个人，但其实是三人合照，那女人怀孕了。

“孟罗和艾妮塔，”姑妈说，“这是他们的名字。这是我们家，西拉维尔街 2121 号。”

彼得摸着玻璃上那女人的腹部：“这是你，对不对？”

“当然是我，不然你以为是谁？”

彼得把照片摆回五斗柜上，他真希望自己也能拥有这样的东西，可以记得他的父母。西奥就不同，他还可以看见哥哥的脸，听见哥哥的声音，而现在只要想起西奥，心中浮现的是他们在发电站的场景，在他们离开发电站的前一天。西奥坐在彼得床上，那双疲累忧烦的眼睛查看着他的脚踝，哥哥抬起眼，露出了一个充满期待的挑衅微笑：**已经消肿了，你觉得你现在可以骑马吗？**可是彼得知道，再过一段时间，很可能只要几个月的时间，这段回忆就会褪去，就像其他回忆一样——就像姑妈这张照片上的颜色一样。第一个消失的会是西奥的声音，接着是画面本身，一个个细节分解成视觉雪花，到最后，哥哥原本存在的那个空间将什么都不剩，只有一片空虚。

“我记得东西就在这里。”姑妈说。

她屈身跪下来，把床单裙脚拉开去看床底下。她轻哼一声，伸手到床下拉出一个盒子到地板上：“扶我起来吧，彼得。”

他拉住她的手肘扶她站起来，然后把盒子从地板上拿起来。这是一个普普通通的硬纸板盒，上面有个带铰链的盖子以及一个把盒子封牢的盖边。

“来吧，”姑妈坐在床沿，没穿鞋的脚像小孩儿那样荡来荡去踢着地板，“打开吧。”

彼得照她的话打开盒子，盒子里满是折起来的纸。其实他早就猜到里面放的是纸，但那不只是空白的纸，他看见了，那些纸是地图。

盒子里装满了地图。

他小心翼翼地从盒里拿出第一张，地图表面被摸得好光滑，有折痕的地方很脆弱，这让他很担心地图会在他的手里变得粉碎。地图最上方有一行字："美国汽车协会，洛杉矶盆地与南加州。"

"这是我爸爸的地图，是他长征的时候用的。"

他轻轻地抽出其他地图，然后一张张摆在柜子顶端：圣伯纳多国家森林、拉斯韦加斯街道图集、南内华达州与郊区、长堤、圣佩德罗与洛杉矶港、加州沙漠地区、莫哈维国家保留区。在盒子最下面的、折得和盒子大小一致的是：联邦紧急事故处理署，中部疫区地图。

"我不懂，"他说，"你是从哪里弄到这些的？"

"你妈妈拿来给我的，在她去世之前，"姑妈还是坐在床上看着他，双手摆在膝上，"那女人比你自己还了解你呢。等他准备好了，就交给他，她这么对我说。"

一股熟悉的哀伤袭上心头。"对不起，姑妈，"他隔了一会儿之后说，"你搞错了，她指的一定是西奥。"

可是她摇摇头："不，彼得。"她绽开微笑，那头如云的丰盈头发背光映着从窗外流泻进来的聚光灯的光，仿佛围裹着她的脸——头发与光组成的光晕，"是你，她叫我把东西交给你。"

事后彼得回想，觉得那实在太奇怪了，站在姑妈静悄悄的房间里，周遭尽是过去的物品，这让他觉得时光仿佛一本书在他面前被翻开。他想起妈妈临终的时刻，想起妈妈的手，想起彼得照顾她的那个房间里充满了密闭的热气，想起妈妈突然开始喘不过气来之后她说的最后几句话："照顾好你的兄弟，西奥，他不像你那么坚强。"她的想法似乎非常清楚，然而在彼得再次回顾这个时刻的时候，这段回忆却开始变形，妈妈的话有了新的语气、新的重点，继而产生全新的含义。

照顾好你的兄弟，西奥。

彼得的思绪被门廊上传来的敲门声给打断了。

"姑妈，你是在等谁来吗？"

老妇人皱起眉头："没有啊，也不可能在这个时间。"

彼得迅速把地图收回盒子里，推回床底下。他走到前门，看见是迈克站在纱门外面，彼得不禁觉得自己很奇怪，他干吗要把东西收起来呢？迈克缓步走进屋里，目光飞快地闪过彼得瞥向老妇人。姑妈站在彼得后面，很不以为然地双手抱胸。

“嗨，姑妈。”他有点喘不过气地说。

“嗨你个头，没礼貌的家伙，你大半夜来敲我家的门，至少该先说声您好吧。”

“对不起，”迈克难为情地涨红了脸，“您今天晚上好吗，姑妈？”

她点点头：“还不错。”

迈克把注意力再次转回彼得身上，神秘兮兮地压低嗓音：“我可以和你说句话吗？到外面？”

彼得随着迈克走到门廊，看见戴尔从阴影里现身。

“把你告诉我的事说给他听吧。”迈克说。

“戴尔？怎么回事？”

“听我说，”戴尔紧张地四下张望，“我八成不该透露这件事，而且我必须赶回高墙去了，可是你们如果打算把艾莉希亚和凯勒柏弄走，最好天一亮就走。我可以在大门口帮你们。”

“为什么？出什么事了？”

回答的是迈克：“枪啊，彼得，他们要去拿枪了。”

18

在疗养所里，护士长莎拉和那个女孩一起在等待着。

艾美，莎拉想，这个不可能存在的女孩，这个一百岁高龄的女孩，名叫艾美。“艾美，是你吗？”她问，“这是你的名字吗？你是艾美吗？”

是的，她的眼睛说，她说不定是真的露出微笑了，她有多久没听见别人喊她的名字了？**是我，我是艾美。**

莎拉真希望自己有别的衣服可以给她穿，让她可以不必穿睡衣，有名字的女孩不应该没有衣服和鞋子穿，莎拉回到疗养所之前应该先想到这个问题才对。这个女孩个头比她矮，骨架比她小，屁股比她瘦，可是莎拉有一条常穿来骑马的裤子，腰臀非常贴身，只要系紧了，女孩穿起来应该会合身，她也需要洗澡，还需要剪头发。

对于迈克告诉她的事，她一点都不质疑。迈克就是迈克，每个人都这么说，意思是他聪明过了头——聪明到对他自己都没什么好处的地步。可是说他不会出错，永远不会错，那就不对了。人不可能永远都是对的，莎拉想，这一天终究会来临，到了那时，她不知道弟弟会怎么样。迈克忙着想做对所有的事，想修正所有的问题，这不眠不休的努力将会突然在他内心里崩塌。这让莎拉想起他们还是小孩儿时玩的游戏，用积木搭盖高塔，然后从比较低的地方开始一根接一根抽出来，看整座塔何时会倒塌。高塔倒塌的时候速度很快，刹那间全部塌落。莎拉担心迈克现在的努力会像积木塔那样在某一个瞬间崩塌得荡然无存。真到了那时，迈克会很需要莎拉，正如迈克在工具间发现爸妈的那天早上一样，他需要她——只是那天莎拉却让他失望了。

莎拉对彼得说她不怕那个女孩是真的，其实她一开始也会害怕，可是随着时间流逝，她们两个被关在这里，她开始有种新的感觉。对女孩戒备与神秘的存在——沉默、静止，却又不完全是——她开始有一种安心的感觉，甚至开始有了希望。她感觉自己并不孤单，而且不止如此，她感觉到这世界并不孤单，仿佛她们走过了恐怖噩梦的漫漫长夜，最后终于回到了人间。

黎明即将来临，前一夜的攻击行动显然没有再次发生，否则莎拉会听见打斗声。仿佛黑夜屏住了最后的一口气在静待即将来临的一切。因为有一件事莎拉没告诉彼得，也没告诉任何人。在灯光熄灭的前一刻，疗养所里发生了一件事：那个女孩突然在病床上坐了起来，筋疲力尽的莎拉刚躺下来想睡觉，就被一个声音吓醒，她发现那是女孩的声音，低沉的呻吟，只有一个延续不断的单音从她喉咙深处发出来。“怎么了？”莎拉马上走到她身边说，“怎么回事？你痛吗？有什么东西弄痛你了吗？”但是女孩没回答。她的眼睛睁得很大，但却好像完全没看见莎拉。莎拉察觉到外面出了事，因为房里异常黑暗，而高墙传来了呐喊声和喧闹的人声。有人叫唤、奔跑，脚步声快速来去。但是眼前的事似乎才重要，才值得她关注，莎拉无法转开视线，外面发生的事也在这里发生了，在这个房间里，在这个女孩空洞的双眼、紧绷的脸庞以及从她身体深处发出的哀伤旋律里发生了。就这样持续了不知多久——按迈克的说法是两分五十六秒，但感觉上却像是永恒——然后，就像一切迅速地开始，一切也就迅速地结束了，女孩又恢复了平静。莎拉躺回床上缩起膝盖抵在胸口，一切就这样结束了。

莎拉坐在外间的书桌旁回想这件事，不知道是不是应该告诉彼得，门廊外的说话声突然唤起了她的注意。她扬起脸看窗外，班还坐在门廊的栏杆旁，面向外侧——莎拉搬了一把椅子给他坐——他的十字弓搁在膝上，明显可见，和他说话的人站在他的下方，从莎拉的角度看不见那个人是谁。

“你在那里干吗？”她听见班说，他的嗓音带着警告的意味，“你不知道有宵禁吗？”

正当莎拉站起来，想看清楚和班讲话的人是谁时，她看见班也站了起来，并且他拿起了十字弓举在胸前。

彼得和迈克穿过拖车公园，在一个又一个阴影间快速穿梭。他们靠着树影掩护，跑完最后一段路来到牢房。

门口没有守卫。

门开着一条缝，彼得轻轻推开，一走进里面，就看见靠里的墙边躺着一个人，臂腿都被绑起来了。这时，艾莉希亚从左边走近，放下了原本瞄准彼得背后的十字弓。

“你们都死到哪里去了？”她说。

凯勒柏站在她背后，手里拿着刀。

“说来话长，路上再告诉你。”彼得指着地上的人，那是葛蓝·史特劳斯，“我看你是决定不等我就动手了，你把他给怎么了？”

“等他醒来之后，什么都不会记得的。”

“伊恩知道那批枪的事了。”迈克说。

艾莉希亚点点头：“我早想到了。”

彼得说明他的计划，先到疗养所去找莎拉和那个女孩，然后到马厩去找马。在第一道晨钟响起之前，高墙上的戴尔会大叫有动静了。于是他们趁乱溜出大门，在太阳正要升起之际，开始朝发电站出发，到了那里，他们再决定怎么做。

“你知道吗？我想我是错看戴尔了，”艾莉希亚说，“我没想到他这么有胆识。”她看着迈克，“还有你，迈克，我可没想到你竟然会准备袭击牢房。”

他们四个一起走出牢房，黎明即将来临，彼得觉得他们顶多只有几分钟的时间了。他们悄悄地快步走向疗养所，绕过庇护所的西墙借以掩护，同时也可以看清楚疗养所的动静。

门开着，门廊没有人，一丝灯光透过前窗流泻出来，这时他们听见一声惨叫。

是莎拉的声音。

彼得第一个冲进去，外间空无一人，屋里并不凌乱，只有书桌旁的椅子被推倒在地。彼得听见病房里传来一声呻吟，他快速穿过走廊冲进门帘里，其他人随后跟进来。

艾美蜷缩在对墙的墙角，双臂抱头，仿佛在躲避攻击似的，莎拉屈膝跪着，脸上有血。

房间里好多尸体。

其他人接二连三地冲了进来，迈克快步跑到姐姐身边。

“莎拉！”

她很想开口，但当她张开了沾血的嘴唇却又发不出声音。彼得蹲在艾美身旁，她看起来并未受伤，可是他一碰，她就一惊，往后缩，自卫似的挥着手臂。

“没事了，”他说，“没事了。”可哪里会没事，这里到底发生什么事了？谁杀了这些人？他们互相残杀吗？

“这是班·周，”艾莉希亚说，她蹲在一具尸体旁边，“这两具是米罗和山姆，另一具是雅各布·寇帝斯。”

班是被刀刺死的，米罗俯卧在一摊鲜血里，死于头部重击。山姆的死因看起来也是一样，头颅一侧破了一个大洞。

雅各布躺在艾美病床的床脚下，班那把十字弓射出的箭正中他的喉咙。他的唇边还滴着血，眼睛张开，带着惊讶的神情，伸长的手里抓着一根铁管，溅满血液与脑浆，鲜红的表面上点点白斑。

“天哪！”凯勒柏说，“天哪，他们全死了！”

整个场景表现出骇人的鲜活感，躺在地上的尸体，流淌成河的鲜血，手里抓着铁管的雅各布。迈克扶莎拉站起来，艾美还是发抖地缩在墙边。

“是山姆和米罗，”莎拉哑着嗓子说，迈克扶她坐到床上，她嘴唇撕裂肿胀，牙齿满是鲜血，断断续续地说，“班和我想制止他们，那简直是……我不知道，山姆打我，然后又有人进来。”

“是雅各布吗？”彼得说，“他死在这里，莎拉。”

“我不知道，我不知道！”

艾莉希亚拉住彼得的手肘。“不管到底怎么回事，”她急迫地说，“绝对不会有人相信我们的，我们必须马上走。”

他们不能冒险闯大门，艾莉希亚说明她希望大家做的事，最重要的是不要让高墙上的人看见他们。彼得和凯勒柏去店舍拿绳子和背包，以及给艾美穿的鞋子，艾莉希亚则带其他人到会面地点去。

他们偷偷溜出疗养所分头行动。店舍的正门敞开着，锁头垂挂在锁扣上。这很诡异，可是他们现在也没时间思索诡异的原因。凯勒柏和彼得进到摆有一排排储物箱的阴暗室内，他们在这里找到了老周，以及在他旁边的华特·费雪。他俩肩并肩被吊挂在货架上，绳子紧紧缠在他们脖子上，悬空的光脚下是一箱箱叠起来的书。他们的皮肤看起来灰灰的，舌头伸出口外。他们显然是用那几箱书当梯子，堆成一叠，等绳子一套上脖子，就一脚踢开箱子。有那么一晌，彼得和凯勒柏就只能站在那里，看着眼前的两具尸体和这让人无法理解的景象。

"该死的……"凯勒柏说。

艾莉希亚说得没错，彼得知道他们必须马上离开，不管发生的是什么事，都极其恐怖和严重，是一股已经开始袭击他们每个人的强大力量。

他们搜罗补给品走出店舍，这时彼得想起了地图。

"你先走，"他对凯勒柏说，"我会赶上。"

"他们已经在那里等了。"

"快去吧，我会找到你们的。"

凯勒柏快步离去。彼得到了姑妈家，连门都没敲就径自进到屋里直接走向卧房。姑妈睡着了，他在门边停了一下，看着她呼吸。地图还在他摆回去的地方，在床底下。他弯腰拉出来，把那个盒子塞进自己的背包。

"彼得？"

他僵住了，姑妈的眼睛还闭着，双手一动也不动地摆在身边。

"我只是想躺下来歇会儿。"

"姑妈……"

"没时间说再见了，"姑妈缓缓地说，"你快去吧，彼得，你的时间到了。"

等他赶到断流器那里，东方的天空已泛起了一丝丝粉红的光泽，所有的人都到了。艾莉希亚从干线管底下爬起来，拍掉身上的尘土。

“大家都准备好了？”

他们的背后响起了脚步声，彼得转身拉出佩刀，可是定睛一看，从矮树丛中走出来的是默萨蜜·帕特尔。她肩上带着十字弓，背着背包。

“我从店舍一路跟踪你们过来的，我们最好快点。”

“小默……”艾莉希亚开口说。

“别白费唇舌了，小艾，我要去。”默萨蜜一双眼睛盯着彼得，“只要回答我一个问题，”她说，“你相信你哥哥死了吗？”

他觉得他好像一直在等着有人问他这个问题：“不信。”

“我也不信。”

她的手摸着自己的肚子，下意识的动作，但是这个动作的意义在他心中却昭然若揭，感觉上不像是个新发现，而是来自回忆，仿佛他早就知道了。

“我一直没有机会告诉他，”默萨蜜说，“我还是想告诉他。”

彼得转头看艾莉希亚，她一脸恼怒地打量他们两个。

“她跟我们一起走。”

“彼得，这不是个好主意，想想看我们要去的是什么地方。”

“默萨蜜是我的亲人，没什么好讨论的。”

艾莉希亚沉默了一晌，似乎不明白他话里的意思。

“真是该死，”最后她说，“我们没时间吵架了。”

艾莉希亚领头带他们走，莎拉第二，接着是迈克，然后是凯勒柏和默萨蜜，一个接一个钻进管子，留彼得在后面把风。

艾美是最后一个进去的。他们给她找了一件运动上衣和一条裤子，以及一双凉鞋。她钻进管子里时，突然用哀求的眼神看着彼得：**我们要到哪里去？**

科罗拉多，他想，中部疫区，这些都只是地图上的名字，只是迈克屏幕上的彩色光点。在这些地名背后的现实世界，这些地名所隶属的未知世界，彼得都无从想象。稍早之前提到这趟旅程时——他们四个挤在灯屋里，真的还只是今夜的事吗？——彼得想的是正规的探险之旅：一支大型的武装队伍，好几车的补给品，至少一组的侦察队，一条精心规划的路线。他父亲会花好几季的时间筹划长征，而今他们却是一群徒步的逃犯，只带着一沓旧地图，腰带里插着刀就匆匆上路，他们怎么能期待自己到得了那个地方呢？

“我真的不知道，”他对她说，“可是如果不走，我想我们全都会没命。”

她钻进渠道里走了，彼得拉紧背包的背带，跟在她后面钻进去，关上管口的盖子，把自己关进一片漆黑里。墙壁很冷，闻起来有泥土味，这条渠道是很久以前挖的，说不定就是创建者挖的，以便于干线管的维修。除了上校，已经好多年没人进来过了。这是一条秘密通道，艾莉希亚说，是她溜出去狩猎的通道，这至少解开了一个谜团。

走了二十五米之后，彼得从一棵干枯的牧豆树里钻出来，大家都在等他。灯已经熄了，露出灰白的天空。山峦的正面宛如一大块石板，沉默地目睹一切事发的经过。彼得听见高墙上守望员的呐喊，在第一道晨钟响起时结束值夜，换班。如果戴尔还没听到消息的话，会纳闷他们出了什么事。那些尸体过不了多久就会被发现。

艾莉希亚关上舱盖，旋紧转轮，然后跪下来用灌木把盖口遮住。

“他们会来追我们，”彼得蹲在她旁边悄悄说，“他们有马，我们跑不过他们的。”

“我知道。”她正色说，“问题在于谁可以先拿到枪。”

艾莉希亚一说完就站起来，转身带着他们走下山去。

第三卷　暗黑地

那夜，我见到永恒，
宛如一大圈圣洁无尽的光，
如此宁静，如此明亮。
其下，时间以时、日、年，
受天体驱策，
宛如一个庞大的影子，
让世界与其随行的一切，
跟随在后面。

——亨利·沃恩《世界》

19

他们在中午之前来到山脚，这条从山的东面蜿蜒曲折下山的步道太过陡峭，无法骑马通行，有些部分甚至都不能被称为路。来到发电站上方约一百米之处，山有一部分好像被挖掉似的缺了一块，底下一大堆残石碎片。他们面对一方窄窄的峡谷，发电站在北边，隔着一大块岩壁露出隐约的身影。干燥炎热的风吹着，时间嘀嘀嗒嗒流逝，但他们无法前进，只能往回爬，他们已经放弃了步道寻找另一条路径，最后他们终于找到了路，并开始爬下最后一段路。

他们从后方接近发电站，在围墙环绕的院落里，他们看不到有任何动静。“你听见什么了吗？”艾莉希亚说。

彼得停下来听：“我什么都没听见。”

“因为围墙的电流关掉了。”

大门开着，这时他们看见地上有一团黑黑的东西，就在马厩的遮阳篷底下。等接近一点再看，那团东西看起来像是已经分裂成原子，变成了一团飞溅的云雾。

那是一匹母驴，等他们走近时，一团乌云般的苍蝇飞散开来，母驴周围的地面因为血迹而变得颜色深暗。

莎拉在驴尸旁边蹲下来，那母驴侧躺，露出的圆圆肚子，胀满腐臭的气体。一条长长的伤口，顺着喉咙一路划下，里面爬满蠕动的蛆。

“这驴子已经死了好几天了，”莎拉瘀青的脸因为臭气而皱了起来，她的下唇裂伤，牙齿边缘还有一圈血，左眼有个紫色的大肿块，“看起来像是有人用刀杀了它。”

彼得回头看凯勒柏，他的眼睛睁得老大盯着马脖子看。他拉起上衣下摆遮住半张脸，权充抵挡臭味的口罩。

“和健德的那匹驴子一样吗？在野地的那只。”

凯勒柏点点头。

“彼得——”艾莉希亚指着围墙，地上又有一团黑色的东西。

“一匹马？”

“我想不是。”

是雷依·拉米瑞兹，剩余的部分并不多，只有骨头和烧焦的肌肉，还飘着隐约的焦味，像烤肉一样，他跪着靠在围墙上，手指紧抓着铁丝中间的空隙，露出的脸骨让他的脸看起来仿佛在微笑。

“这解释了围墙的事，”过了一会儿，迈克说，他看起来一副快吐的样子，“他这样挂在铁丝网上，所以把电流搞得短路了。”

舱门开着，他们走进发电站，在漆黑的空间里移动，走过一个又一个房间，看来似乎没有异样。面板还是闪着灯，继续把电流送上山去，但芬恩已不见踪影。艾莉希亚带他们走到后面，隐藏逃生舱道的那个架子还摆在原位。她打开门，彼得看见枪还在箱子里，才发现他担心枪会消失这件事是多余的，艾莉希亚拿出一个箱子打开来。

迈克赞赏地吹声口哨：“你果真没骗我，这简直和新的一样。”

“在找到这些枪的地方还有更多，”艾莉希亚瞄了彼得一眼，“你有能力在地图上找到那个地下碉堡吗？”

乒乒乓乓走下楼梯的脚步声打断了他们，是凯勒柏。

“有人来了。”

“几个？”

“看起来好像只有一个。”

艾莉希亚迅速发放武器，爬上楼梯来到院子。彼得看见远远地有个人骑马前来，卷起一团尘雾，凯勒柏把望远镜交给艾莉希亚。

“真是该死。”她说。

一段时间之后，霍里斯·威尔森骑进大门，下了马，他的手臂和脸庞全是厚厚的尘土。“我们最好快一点，”他停下来，就着水壶喝了一大口水，“至少六个人在我后面。如果我们想赶到地下碉堡，最好现在就出发。”

“你怎么知道我们要去哪里？”彼得问。

霍里斯用手腕背面擦擦嘴："你忘了？我可是和你爸一起去探险过的哟，彼得。"

一群人在控制室集合，不管想带的是什么东西，大家都尽快找好装备。粮食、水、武器，彼得把地图摊在控制桌上让霍里斯看，他找到他想要的那张：洛杉矶盆地与南加州。

"据西奥说，到地下碉堡骑马要两天。"彼得说。

霍里斯低头研究地图，整个额头全皱了起来。彼得第一次注意到他开始留胡子了，有那么一晌，他还以为站在面前的是他哥哥阿洛。

"我记得应该是三天才对，不过当时我们还拖着推车。光是走路的话，我们应该两天就能到。"他弯腰在地图上指出位置，"我们在这里，在圣葛戈尼欧隘口。我和你爸爸一起出去的那次，我们走这条路，六十二号公路，从东方路，也就是十号州际公路往北，这条路有些地方崩坏了，可是步行不会有问题。我们在这里过夜，"他又指着地图，"在乔舒亚谷的这个小镇，大约二十公里，不过也可能是二十五公里。老崔在那里的消防站做了一些防御措施，存放了一些补给品。那里的汲水水泵也还能用，所以如果需要的话，我们可以在那里取水。从乔舒亚沿着二十九棕榈高速公路往东走三十公里，然后再往北穿过旷野就可以到地下碉堡，路途很远，可是我们应该一天就可以走到。"

"如果碉堡是在地下，我们怎么找得到？"

"我找得到，相信我，你们一定得亲眼看看那个地方。你老爸叫那里枪械柜，那里也有汽车和油料。我们始终搞不清楚怎么开那玩意儿，可是说不定凯勒柏和迈克做得到。"

"病鬼怎么办？"

"我们从来没在那一带看到过病鬼，可是也不代表那里完全没有病鬼。只不过那里是沙漠中央，他们不太喜欢那儿，因为太热，没有足够的掩护，我们从来没碰到过，老崔说那里是金色地带。"

"再往东呢？"

霍里斯耸耸肩："这你可问倒我了，我最远只到过地下碉堡。要是你真的打算去科罗拉多，我想我们最好走四十号州际公路，往北接十五号州际公路。在凯尔索，一座旧的火车站那里有第二个补给站。从那里开始，地势就变得险峻了，我知道你老爸至少到过那里。”

艾莉希亚骑马领头，其他人徒步。凯勒柏到屋顶上守望，确保安全无虞，其他人则在马厩的阴影里带齐装备。霍里斯和迈克把那匹母驴拖到围墙旁。

“我们现在应该看得见他们了，”霍里斯说，“我想他们应该只落后我几公里。”

彼得转头看艾莉希亚：“我们该探察一下吗？”但她摇摇头。

“无所谓了，”她带着决绝的表情说，“他们做他们的，我们走我们的。”

凯勒柏从发电站后面的梯子下来，和他们一起站在阴影里，现在一行总共八人。彼得突然意识到他们有多疲惫，所有的人都一夜没睡。艾美贴着莎拉站着，和其他人一样背着背包。有人在补给室找了一顶遮阳帽给她戴上，在阳光下，她仿佛鼓足勇气般地眯起眼睛。她的确不适应亮光，可是此时此刻，彼得也无能为力。

彼得走出遮阳篷，扳着手指数着，距离太阳下山还有七个钟头。七个钟头要走二十公里，徒步跨过开阔的山谷。一旦启程，就不能回头。艾莉希亚肩上扛着枪，跃上霍里斯的马，一匹沙色的大母马，体格壮硕得像一幢房子，凯勒柏把望远镜交给她。

“都准备好了？”

“其实你知道的，”迈克说，“从技术上来说，现在要投降已经来不及了。”他站在姐姐身边，笨手笨脚地端着一把枪，举到胸前。他看看周遭沉默的脸孔，“嘿，我是开玩笑的啦。”

“说真的，我想迈克说到重点了，”艾莉希亚骑在马上说，“说出来并不丢脸。如果有人不想走，现在就坦白说。”

没人吭声。

“那好吧，”艾莉希亚说，“全神留意啦。”

他不适合做这个工作，葛蓝断定，他就是不适合，整件事从开头就大错特错。

高温炎热简直要了他的命，太阳像是他眼里炸开的白光。他的屁股因为骑马而酸痛不已，八成会一整个礼拜不能走路。他的头也痛得要死，就是艾莉希亚拿弓敲他的那个地方。整队没有人肯听他讲话，没有人肯按照他的话做。嘿，各位，我们或许可以稍微歇一下。我们或许可以放慢速度，赶这么快赶得要死到底是干吗啊？

“杀了他们。”葛罗莉亚·帕特尔说。这个像只小老鼠的女人，葛蓝看得出来她连自己的影子都害怕，可是一碰上这样的事，葛罗莉亚表现出来的可是葛蓝从来没见识过的那一面。她站在大门口，怒火冲天：“把我女儿带回来，把其他人全杀了，我要他们死。”

是那个女孩害的，每个人都这么说，那个女孩和艾莉希亚、凯勒柏、彼得、迈克和雅各布·寇帝斯。雅各布·寇帝斯！那个弱智的雅各布·寇帝斯怎么可能做出这样的事？葛蓝想不通，其实整件事情发生的过程都很不合理。就他所知，合不合理已经不再是重点了。大门口的事一样很不合理啊，围拢在那里的每个人都挥舞手臂，大声叫嚣。这个早上，殖民地似乎有大半的人都想杀人，随便杀哪一个人都可以。要是尚杰在场，或许会对群众讲一点道理，要他们冷静下来，好好想一想，可是他不在。他在疗养所里，伊恩说，尚杰像个孩子那样在嘤嘤哭泣。

差不多就在这个时候，人们跑到了玛尔·寇帝斯家，七手八脚地把她拖到大门口。她并不是他们真正想抓的人，可是没人控制得了局面，所有的人都疯狂了。场面很惨，这个一辈子没享受过一丁点好运、没有半点力气可以抵抗的女人被上百只手拉上梯子，丢到城墙外，所有的人都鼓掌叫好。事情或许可以就此打住了，但是群众才正要开始呢，葛蓝可以感觉得出来，玛尔作为第一道“开胃菜”让他们有了再来更多的胃口。胡德·葛林博格嚷着：“艾尔顿！艾尔顿和他们在灯屋里！”接下来葛蓝和其他人知道的就是，大伙儿冲到灯屋，在如雷的喝彩声中拖出艾尔顿，那个瞎眼的老头就这么被拖到高墙上丢到墙外。

葛蓝始终闭紧嘴巴，过不了多久就会有人喊：“喂，葛蓝，你老婆呢？默萨蜜人呢？她也有份儿？我们把葛蓝也丢出去！”

最后伊恩下达命令，让葛蓝去追抓逃跑的人。葛蓝不知道眼下还有什么追抓他们的必要，可他现在是唯一的副队长，因为其他副队长都已经死了。他看得出来，伊恩起码想维持住假象，让大家相信守望队仍然掌控着情势。必须赶紧采取行动，否则群众会把每个人都丢出墙外，这时伊恩把他拉到一旁，告诉他那批枪的事，总共十二箱，藏在储藏室的墙后。“我个人并不在乎那个行者的下场，”伊恩说，“你老婆的事也随便你，只要把那些该死的枪带回来就是了！”

他们总共五个人：葛蓝带队，爱蜜丽·达瑞尔和戴尔·列文在中间，胡德·葛林博格和柯特·拉米瑞兹殿后。他第一次带队出城，可是看看他带的是什么人啊？大白痴戴尔和一个十六岁的跑腿，还有两个根本不是守望员的家伙。

这注定是白忙一场，他重重地叹一口气，声音大得让骑在他旁边的跑腿爱蜜丽·达瑞尔问他怎么回事。她是第一个自愿参加这趟行程的人，也是除了戴尔之外，唯一的守望队成员，是一个急着想要证明自己的女孩。他对她说，没事，之后不再多说什么。

他们差不多已经要走完巴宁镇了，葛蓝很庆幸自己的眼睛不太看得清楚细节，但是穿过镇上时所瞥见的景物——他不能不看——让他毛骨悚然到了极点。一堆坍塌破毁的建筑，暴晒干燥得像一只只羊的尸体，更别提那些病鬼——八成鬼鬼祟祟躲在附近的病鬼——他们会从上面跳下来，你只有一击的机会。从八岁起，守望队就把这几句话深深刻在你脑袋里，永远不让你知道这个大秘密，真是一点道理都没有。要是病鬼跳到葛蓝·史特劳斯身上，他一点机会都没有，他很想知道那会有多痛，应该很痛。

事实是，随着事态的发展，默萨蜜的事终于宣告结束了，他很怀疑自己为什么没早点看出来。嗯，他或许是看出来了，只是没办法让自己接受而已，他甚至不觉得生气。当然，他爱过她，或许到现在还爱，他心中始终有个位置是保留给默萨蜜的，还有宝宝。宝宝不是他的，可他还是希望是自己的。有个宝宝会让你觉得一切都会好起来，就连瞎了眼也没关系。他很想知道小默和宝宝是不是安好，如果找到她，他希望自己能够鼓起勇气说出这句话：我希望你们没事。

他们走上双向道到东方路，排成两列前行。见鬼了，该死的头好痛，也许只是因为艾莉希亚狠狠敲了他一记的关系，但是他不这么认为。他的视觉能力似乎已经完蛋了，可笑的细微光点开始在他眼前飞舞，他有点想吐。

他沉浸在自己的思绪中，没注意行程，他不知道他们已经来到双向道顶端了。他停下来喝水，风迎面吹来，风力发电机想必也在风中转动。他一心只想赶快到发电站，在黑暗中躺着闭上眼睛。跃动的细碎光点变得更严重了，飘落在他狭隘的视野里，宛如闪亮的雪花，情况真的变得不对劲了。他不知道自己还能不能继续领头走，应该要有其他人来带队，他转身找骑在他后面的戴尔说："听我说，你想……"

但他周围居然没有半个人影。

他在马鞍上转了个身，后面没有人，也没有马。仿佛有只巨大的手掌攫走他们，人与马一起直接从地表消失。

胆汁涌上了葛蓝的喉头："各位？"

这时他听见从路桥底下传来的轻柔、湿润的撕裂声，像是皮肤被撕下一层水淋淋的橘色油脂，宛如一张张湿纸被撕成碎片。

20

他们赶到乔舒亚谷的时候，天就快要黑了，等走到消防站，天光已经差不多消失了。消防站位于小镇西面，是一栋矮矮的四方形建筑，水泥屋顶，两扇临街的拱门都用砖块砌死了。霍里斯带他们绕到后面，在浓密茂盛的野草里有个水槽。从水泵里汲出来的水温温的，带点泥土味。他们在水泵旁边贪婪畅饮，把水从头上淋下。彼得觉得这是他喝过的最甜美的水。

他们聚集在建筑的阴影里，看霍里斯和凯勒柏撬开盖住消防站后门的木板。他们用力一推，挂在生锈铰链上的门敞开来，一股沉闷的空气迎面扑来，又浓又暖，仿佛人的气息，霍里斯再次端起枪警备着。

“在这里等着。”

彼得聆听霍里斯带着回音的脚步声穿过里面阴暗的空间，他很反常地有点漠不关心。他们都已经大老远地来到这里，怎么看也必须在消防站里栖身一夜。这时霍里斯回来了。

“没问题，”他说，“很热，但可以住。”

他们跟着霍里斯走进一间天花板很高的大房间里，窗户都用水泥块封死了，只有顶端留下一小条通风口，让天光将尽的昏黄光线透进屋里，这里有灰尘与动物的味道。墙边堆着工具与建筑材料：好几袋水泥、塑料槽、沾满灰泥的铲子、手推车、几卷绳子与链条。原本停放消防车的地方早已没有车了，现在用来当马厩，有六七个隔间，板子上挂着马具。对面墙上有一座木梯往上走，但是二楼早就不见了。

“床在后面。”霍里斯说，他蹲下来，拿一个塑料罐倒东西到提灯里。彼得看见淡金黄色的液体，认出了那个气味，是汽油。“像家一样舒服，有厨房也有浴室，不过没有自来水，烟囱也封死了。”

艾莉希亚牵着马进来。“门怎么办？”她问。

霍里斯用火柴点亮提灯，然后调整灯芯交给站在他身边的默萨蜜。“凯勒柏，帮我一下。”

霍里斯拿出两个扳手，交给凯勒柏一个。正面入口上方的托梁垂下两根链条，吊着一块镶有厚重原木的厚铁板。他们把那块铁板放下来，拴在两旁柱子的接头上，把他们自己关在屋里。

“现在呢？”彼得问。

大个头耸耸肩：“我们就等到天亮啰，我值第一班，你和其他人应该睡一下。”

后面的房间里有霍里斯提到的床，十几个弹簧松垮的床垫，里面另有一道门通往厨房和浴室。浴室里有面破裂的镜子，底下是一排有锈渍的水槽和四个马桶，全部的窗户都被封死了。其中一个马桶被挖起来，丢在远远的墙角，歪歪斜斜的好像醉汉的脸，空出来的地方摆了一个塑料桶，旁边的地板上有沓旧杂志。彼得拿起最上面的一本《新闻周刊》，封面是一张模糊不清的病鬼照片。这张照片不知怎的有种怪异的扁平感，仿佛是从很远的距离拍摄的，但同时却又感觉很近。有个东西站在某种凹室里，背后的机器顶端写着三个字母ATM。彼得不知道那是什么，可是曾经在购物中心里看过像这样的东西。

他和艾莉希亚回到车库。“其他的补给品在哪里？”他问霍里斯。

霍里斯带他去看地板可以掀起来的地方，露出底下约一米深的空间，里头的东西盖着厚厚的塑料布。彼得探进去，掀开塑料布，里面有更多罐的油和水紧紧封在一起，还有好几排箱子，和他们在发电站楼梯下找到的箱子一样。

“这十箱是来复枪，”霍里斯指着箱子说，“手枪在那边。我们只搬来较小型的武器，没有炸药。老崔怕炸弹会自己炸开来，毁了这个地方，所以我们把炸药留在碉堡那边。”

艾莉希亚打开一个箱子，拿出一把黑色的手枪。她拉开滑套，看看枪身，扣下扳机。他们听见撞针敲在空枪膛上发出清脆的一响。“哪一种炸药？”

“大部分是手榴弹，”霍里斯用靴尖踢踢一只箱子，“可是真正的惊喜在这里，帮我一下。”

其他人全围拢在坑洞旁边，霍里斯和艾莉希亚一人一边，把储物柜扛到车库的地板上，霍里斯蹲下来打开。彼得原本以为里面是更多的武器，所以看见一大堆灰色的小袋子不禁讶异。霍里斯拿了一个袋子给彼得，袋子重量不到一千克，有一面是白色的标签，写满密密麻麻的黑色小字，顶端有三个字母 MRE。

“那三个字是‘即食餐包’（Meat，Ready to Eat）的缩写。”霍里斯解释说，“是军粮，地下碉堡有好几千包，这里有……我看看，”他拿起彼得手上的那包，眯起眼睛看上面的字，“肉汁大豆面包，这我没吃过。”

艾莉希亚拿起一袋，怀疑地皱起眉头：“霍里斯，这些东西已经‘即食’九十年了呢，不可能没坏啦。”

大个头耸耸肩，开始把那些小袋子传给大家：“有些是坏了，可是如果还密封着，就可以吃。相信我，只要拉开那个小拉环，你马上就会知道是不是坏掉了。大部分都还很好，可是要注意酸奶牛肉，老崔说那是‘拒食餐包’。”

尽管他们不愿吃这么“老”的食物，但到了最后却还是饿得投降，彼得吃了两包：肉汁大豆面包和一种胶状的叫“芒果脆皮派”的甜布丁。艾美坐在床沿，怀疑地拿起一把黄色饼干嗅了嗅，还有一块显然是奶酪的东西。她不时忧心地抬起眼，然后又回头偷偷摸摸小口吃东西。芒果脆皮派实在太甜了，害得彼得的头嗡嗡响，可是一躺下来，就感觉到胸臆间涌起一股疲乏，他知道睡眠马上会攫住他。他最后的一个念头是艾美，小口吃着饼干的艾美，眼睛滴溜溜地在房里转，仿佛在等待事情发生，可是这个念头像是他手中一条无法握紧的绳子，很快就溜掉了，所有的思绪都不见了。

黑暗中，霍里斯的脸浮现在他上方，他眨眨眼，眨掉混沌的迷雾。房间里闷不透风，他的衬衫和头发都被汗水浸湿了。彼得还来不及开口，霍里斯就竖起手指抵在唇边，要他别作声。

“带着枪，跟我来。”

霍里斯拿着提灯，领头走到车库。莎拉站在砌满水泥砖的拱门旁，其中一扇门有个观察孔——一块金属板被推到一旁，拴锁在水泥里。

莎拉让开来。“过来看看吧。”她轻声说。

彼得把眼睛贴在开口上，他闻到了风的气息，清凉的沙漠夜色。窗口面对小镇的主街，六十二号公路。消防站对面是一整排砖造建筑，那片倾颓的庞然大物后面则是山丘如波浪般起伏的柔和曲线，全都沐浴在苍蓝的月光下。

蹲坐在路边的是一个病鬼，只有一个。

彼得从没看过像这样静止不动的病鬼，至少在夜里没有。病鬼面对建筑，蹲在某处，凝望着房子。就在彼得看的时候，又有两个病鬼从黑暗中现身，沿着路走来，停下来采取相同的戒备姿态，面对消防站，一组三个病鬼。

“他们在干吗？”彼得轻声问。

“就只是站在那里，”霍里斯说，“他们会在附近活动，但是不会靠得更近。”

彼得的脸离开洞口。

“你想他们知道我们在里面吗？”

“这有点麻烦，不过也不是那么难应付啦，他们肯定闻得到马的味道。”

“莎拉，去把艾莉希亚叫起来，”彼得说，“别出声——最好让其他人继续睡。”

彼得转头贴近窗口，过了一会儿，他问：“你说你看见几个？”

“三个。”霍里斯回答说。

“嗯，现在有六个了。”

彼得站开来让霍里斯看。

“这……可不妙了。”霍里斯说。

“哪些地方容易被攻破？”艾莉希亚来到他们旁边，她打开来复枪的保险，拉开滑套，想办法尽量不发出声音。这时他们听见了从上方传来的砰砰声。

“他们在屋顶上。”

迈克从后面的房间里蹒跚着走出来，他蹙起眉头看着他们，双眼掩不住迷蒙的睡意。“怎么回事？”他说，声音实在太大了。艾莉希亚竖起手指压在唇上，然后焦急地指指天花板。

头顶上传来更多撞击的声音，彼得感觉到自己内心深处有颗软软的炸弹爆炸了，病鬼在找路进来。

有个不知是什么的东西在刮着门。

肉身撞上金属，骨头撞上铁板，感觉像他们在试探门闩的耐受力，彼得想，在最后用力一推之前，衡量一下门闩的强度。他让枪托靠紧肩膀，准备好随时要开火，这时艾美却出现在他的视野里——事后他很纳闷，她是不是一直在房间里，躲在墙角默默地观察。这时她走到门闩前面。

“艾美，退开——”

她在门前跪下来，把手掌贴在上面，她垂着头，额头抵着铁板。门外又传来一声撞击，但是这一次力道变轻了，艾美的肩膀开始颤抖。

“她在干吗？”

回答的是莎拉：“我想她……在哭。”

大家动也不动，门外没再传来撞击的声响。最后艾美抬起膝盖站起来，转身面对他们。她的眼神飘得远远的，失去焦点，好像根本没看见他们。

彼得举起一只手：“别吵醒她。”

他们静静地看着艾美转身走开，带着那似乎不属于尘世的气息穿门走向卧房，这时最后一个起床的默萨蜜出现了。艾美走过她身边，显然没注意到她。接下来他们听见生锈的弹簧咿咿呀呀响，是艾美躺到床上了。

“怎么回事？”默萨蜜说，“为什么大家都这样盯着我看啊？”

彼得走到窗口查看，脸贴在那个狭长的洞口上。一如他的预期，外面没有东西走动，月光下的大地空荡荡的。

“我想他们走了。”

艾莉希亚蹙起眉毛：“他们干吗就这样走掉？”

彼得觉得外面异常平静，他心里知道这场危机已经解除了。“你自己看！”

艾莉希亚背着枪，把眼睛贴近窗口，脖子绷得紧紧的，想透过洞口尽量拉大视野。

“他说得没错，”她报告说，“外面没有东西了。”她转过脸来看彼得，眼睛眯了起来，“像……宠物一样？”

他摇摇头，在心里搜寻适当的字眼：“像朋友，我想。”

“拜托，有没有人告诉我是怎么回事啊？”默萨蜜说。

“真希望我知道是怎么回事。”彼得说。

天刚破晓，他们就打开门闩，看见到处都是病鬼的足迹。所有的人都没怎么睡，尽管如此，彼得还是觉得全身充满了新的活力。他不知道那是怎么回事，但接着一想就明白了，他们安全度过了在暗黑地的第一夜。

地图摊开在一个大石块上，霍里斯指出他们的路线。

“过了二十九棕榈镇之后就是空旷的沙漠，说不上有什么路。想找到地下碉堡，就要走东边这片山区。南端有两座远远的山峰，后面还有第三座，等我们看见第三座山峰位于前两座山峰中间的时候，马上转向东方，那就对了。”

“要是我们在天黑之前到不了呢？”他问。

“如果有必要的话，我们可以躲在二十九棕榈镇过夜，那里还有几栋建筑没倒。就我印象所及，那些都只是空屋子，不像消防站这样。”

彼得瞄着和其他人站在一起的艾美，她还戴着从储藏室找出来的那顶遮阳帽。莎拉给了她一件男生的长袖衬衫，袖子和领子都脱线了，莎拉还从消防站找出了一副沙漠眼镜给她戴。她的头发全部梳到后面，露出了脸庞，几绺发丝从帽檐垂下来。

“你真的认为是她做到的？”霍里斯说，“把他们赶走？”

彼得转头看他的朋友，同时想起了浴室里那本杂志触目惊心的封面。

“老实说，霍里斯，我不知道。”

“好吧，希望最好是她做到的，过了凯尔索之后，一直到内华达州界都是空旷的野地。”他抽出刀，用衣摆下缘擦着，再次开口时，他的嗓音很平静，带着推心置腹的语气，“你知道吗？我离开之前听到大家议论纷纷，谈她的事——不知来历的女孩，最后一个行者，大家说她是征兆。”

“什么征兆？”

霍里斯皱起眉头：“终结的征兆，彼得，殖民地的终结，战争的终结，人类，或者是仅余人类的终结。我并不是说他们讲得没错，八成只是山姆和米罗他们那些人的鬼扯罢了。”

莎拉走近他们，经过一夜的时间，她的脸消肿了，瘀青最严重的部分已经退成淡青紫色。

“我们应该让小默骑马的。”她说。

“她还好吗？”彼得问。

“有点脱水，以她的情况来说，应该要保持水分的。我想她不应该顶着大热天走路，我也很担心艾美。”

“她怎么了？”

她耸耸肩：“是太阳，我觉得她不太习惯太阳。她已经严重晒伤了。眼镜和长袖衬衫会有帮助，可是天气这么热，她也没办法再穿更多衣服遮盖了。”她歪着头看霍里斯，“迈克告诉我的那个汽车呢？”

他们起程。

山脉在后方远远的地方，到了中午，他们已深入空旷的沙漠。道路简直算不上是路，但他们还是跟着路线走，沿着隆起的硬路面，穿过奇形怪状的矮树群，头顶上是热得灼人的太阳，以及广袤无垠什么颜色都没有的天空。微风沉寂到宛如虚脱，空气静止得仿佛嗡嗡作响，热气一如昆虫的翅膀在他们周遭振动。放眼四望，所有的景物都既远且近，无法衡量距离的地平线扭曲了视觉的远近效果。彼得想，在这样的地方很容易就可能转错方向，然后失去目标地漫游。直到夜幕降临，他们才经过莫哈维会合点的镇区。那里根本算不上是个小镇，只剩下几座空的地基，以及地图上的一个名字。他们走上一小段坡道，发现一长列弃置的汽车，两两成排，面朝他们走来的方向。

大部分都是轿车，但也有一些卡车，锈蚀的底盘陷入随风吹来的沙堆里。他们仿佛撞进了一座埋葬机械的墓园。许多车子的车顶都已被掀开，车门也已掉落。车里像被熔化一般，就算曾经有尸体在里面，现在也都已经随着沙漠的风四散飘落消失不见了。到处都有形形色色的零碎东西，彼得辨识出部分的遗物：一副太阳眼镜，一只敞开的行李箱，一个小朋友的塑料娃娃。他们默默地走过，不敢开口说话。彼得数了超过一千辆的汽车，才终于来到车阵的尽头，眼前又是无情的沙漠。

下午过了一半的时候，霍里斯说差不多该离开马路往北走了，彼得开始怀疑他们是不是真的能走到地下碉堡。这热度太难以招架了，炽热的风从东方吹来，把沙吹上他们的脸和眼睛，自从经过那列车阵之后，大伙儿就很少开口。最惨的似乎是迈克，他走路明显开始跛脚了。彼得问他是不是还好，迈克默不吭声地脱掉靴子，让彼得看他脚跟上那个充血的大水疱。

他们在丝兰丛稀疏的阴影里停下来休息。“还有多远？”迈克问。他脱掉靴子，让莎拉治疗他的水疱。莎拉从消防站找到的急救箱里拿出一把解剖刀刺破水疱，迈克的脸疼得皱成一团，刺破的水疱冒出一颗血珠。

“距离这里大概还有十五公里，”霍里斯站在阴影的边缘说，“看见那座山的棱线没？那就是我们要找的地方。”

凯勒柏和默萨蜜头枕在背包上睡着了，莎拉给迈克的脚裹上绷带，他把脚塞回靴子里，痛得一脸怪相。只有艾美看起来还好，可能是因为有衣物保护的关系。她坐在离大家有段距离的地方，瘦削的双脚盘起来，躲在深色镜片后面的双眼忧心地观察他们。

彼得走到霍里斯身边悄声问：“我们走得到吗？”

“很近了。”

“让大家休息半个钟头吧。”

“顶多半个钟头。”

彼得的第一个水壶已经空了，他允许自己从第二个水壶啜了一小口，发誓其余的要留下备用。他和其他人一起躺在树荫下，好像刚闭上眼睛，就听见有人喊他的名字，睁眼看见艾莉希亚站着俯视他。

“你自己说半个钟头的。”

他用手肘撑着爬起来：“没错，该走了。”

又过了一个钟头，他们看见一个告示牌在蒸腾的热气中出现。首先出现的是一道长长的围篱，高大的锁链顶端围着一圈圈倒刺铁丝，接着在敞开的大门往里约一百米处，有一间小小的警卫亭，旁边一个告示牌：

你已进入二十九棕榈海军陆战队空域战斗中心
危险，未爆弹
切勿离开路面

“未爆弹？”迈克眯起眼睛，“那是什么意思？”

“意思是留心你的脚步，迈克。”艾莉希亚对着大家说，“可能是炸弹，也可能是地雷，排成一列，尽量跟着前面一个人的脚步走。”

“那是什么？”默萨蜜一手指着，另一手遮在额头上挡太阳，“是房子吗？”

那是巴士，总共三十二辆，紧紧挨在一起停成两排，车上的黄漆差不多都掉光了。彼得走向车阵的最后一辆，也是最靠近他们的一辆。一丝风都没有，唯一的声音是他们踩在路面上的脚步声。装着厚重铁丝的车窗底下有一行字：“沙漠区联合学区”。他爬到堆在车外的沙丘顶端往车里看。里头有更多沙，宛如波浪的沙淹没了座椅，鸟儿在天花板上筑巢，车壁有斑斑点点的白色鸟粪。

“嘿，你们看！”凯勒柏喊着。

他们顺着他的声音绕到另一端，某种小型飞行器的外壳倾倒在地。

“这是直升机。”迈克说。

凯勒柏站到机身顶上，彼得还来不及开口，凯勒柏就摔进了那个像舱房的机身里。

“凯勒柏，”艾莉希亚喊他，“小心点！”

“没事啦！里面是空的！”他们听见他在里面摸摸弄弄的声音，

不一会儿，他的头从机舱里探出来，“什么都没有，只有几具尸体。”他爬了出来，滑下机身给他们看他找到的东西，“他们都戴着这个。”

两条项链，因为阳光暴晒而失去光泽，每一条都系着一个银牌，彼得拿一点水把那两块牌子擦干净。

约瑟夫·D. 苏利文，0+098879254USMCRom.Cath.

曼纽·R. 葛梅兹，AB-859720152USMCNopref.

“USMC——这是海军陆战队，”霍里斯说，“你应该把这东西放回原来的地方，凯勒柏。”

凯勒柏从彼得手里抢回那两条项链，紧紧抓在胸前：“休想，我要留着，这是我找到的，正正当当找到的。”

“凯勒柏，他们是军人。”

凯勒柏的声音突然变得高亢刺耳：“那又怎样？他们又没回来，不是吗？那些军人应该要救我们的，可是从来没有。”

大伙儿沉默了一晌。“这就是那个地方，对吧？”莎拉说，“姑妈说过这里的故事，第一批人从城里来，搭巴士上山。”

彼得也听过这些故事，他向来以为那就只是故事而已，可是莎拉说得没错，这就是那个地方。不只是因为这些巴士，不只是因为有士兵死在里面的直升机，而是这个地方的死寂让他知道就是这里没错。不只是没有声音，而且是某种东西停滞不动的那种死寂。

这时有个感觉从彼得心底蹿起，一种悚然一惊的警觉，有点不对劲。

“艾美呢？”

他们分头在车阵中搜寻，喊着她的名字。等迈克找到她的时候，彼得已经急得抓狂了，他从没想过她会这样自己乱走。

迈克站在一辆半掩在沙里的巴士旁边，透过开着的车窗往里看。

“她在干吗？”莎拉问。

“我想她就只是坐在那里。”迈克说。

彼得爬上去，钻进车里，风把沙吹进车子的后半部，但前面几排的座位并没有被掩住。艾美坐在驾驶座正后方的那排椅子上，背包抱在膝上，帽子和眼镜都摘掉了。

“艾美，天快黑了，我们得走了。”

可是女孩并没有起身离开，她好像在等待什么。她环顾四周，用力眯起眼睛，仿佛第一次注意到这车是空的，是废弃的。这时她站起来，把背包背到肩上，爬出车窗。

碉堡和霍里斯说的一样。

他带他们走到第三座山峰出现在前两座山峰中间的地方，再次转向东方，走了半公里就停下脚步。“我们到了。”他说。

他们面对一堵岩墙，在他们背后，西沉的太阳在地平线上留下最后一抹银亮的光影。

“我没看见有什么东西啊。”艾莉希亚说。

“你本来就不该看得见。”

霍里斯背起枪开始往墙上爬，彼得用手遮着额头，在反射的耀眼光线中看着他在上方十米之处失去了踪影。

“他哪里去了？”迈克问。

山的正面开始移动，彼得这才知道，有两道门开在山壁上当成伪装。山壁上的门朝里开启，露出一个阴暗的洞穴，霍里斯的身影就出现在他们面前。

彼得花了好一会儿工夫才能接受他眼前所见的一切。一个巨大的洞穴直接从山上凿出来。一排排的架子往阴暗的凹处延伸，上面堆满一摞摞的箱子，约有一人高。入口附近停放了一辆堆高车，霍里斯在入口的墙面上打开一个金属面板。就在一行人踏进洞里时，他压下开关，整个房间突然大放光明，从墙面与天花板交织的一条条发光的绳索射出光线来，彼得听见机械振动的嗡嗡声。

“霍里斯，这是光纤呢，”迈克说，声音充满不敢置信的惊喜，“电力从哪里来？”

霍里斯压下第二个开关，一道黄色的警示灯亮起来，灯光狂乱地扫射在门上。随着齿轮咬合的咔啦一声，门开始滑了出来，在地板上映出一条条影子。

“从我们进来的方向看不见，”霍里斯拔高嗓音压过机械声说，“在山的南面有太阳能装置，也因为这样，老崔才发现了这个地方。”

砰的一声巨响，门关上了，回音在洞穴深处回荡，他们与世隔绝，隔绝在安全处所里。

“储电槽已经没办法储存更多电量，不过我们可以直接靠太阳能板撑好几个钟头，这里也有几部手提式发电机。从这里往北走一小段路有个储油站，汽油、柴油、煤油都有，只要用正确的方法抽出来就能用，燃料多得用不完。”

彼得踏进房里。彼得觉得建造这个地方的人是作长远打算的。这房间让他想起图书馆，只是书换成了箱子，而箱子里装的不是文字，而是武器，是过去那场失败的战争留下的遗物，装箱储存，以备即将来临的战争。

他走到最近的一个架子旁，艾莉希亚和艾美就站在那里。自从巴士停车场的意外之后，这女孩跟得紧紧的，从不离开他们身边几米。艾莉希亚卷高衣袖，伸手拂去一只箱子侧面的灰尘。

“什么是 RPG[①]啊？”彼得问。

“我怎么会知道？”艾莉希亚说，她转头微笑着对他说，“可是我想我要一支。”

---

① Rocket-propelled Grenade，火箭推进榴弹。（本书脚注如未特别说明，均为译者注。）

21

摘自莎拉·费雪日记（莎拉之书）

发表于第三届北美疫期全球会议

人类文化与冲突研究中心

新南威尔士大学

印澳共和国

疫后一〇〇三年四月十六至二十一日

第四日

我想我要开始了，嗨，我名叫莎拉·费雪，是首批家族成员，我目前在加州二十九棕榈镇以北的军方碉堡写下这些日记。我们总共有八个人，要从圣佳辛诺山到科罗拉多的特柳赖德镇去。对我不认识，甚至在我写的当下都还不存在的人说这些事，感觉好奇怪，可是彼得说应该有人把我们发生的事记录下来，说不定有一天，他说，会有人想知道。

我们来到碉堡两天了，一切都相当舒适，有电有水，甚至还有淋浴设备可用，只要你不介意用冷水（我就不介意）。撇开宿舍不算，碉堡有三个主要的房间：一间主要用来存放武器（“储藏室”），一间停放车辆（“车库”），还有一间比较小的房间存放食品、衣物和医药用品（我们还不知这间该叫什么，所以就只叫它第三间），我就是在第三间找到这些笔记本和铅笔的。霍里斯说这里的东西足以装备一小支军队，我一点都不怀疑。

迈克和凯勒柏想办法修好一辆悍马，那是一种汽车。彼得认为只要有两部悍马就可以载我们八个人，以及足够的补给品与燃料，可是迈克说，就我们现有的零件来看，他不知道够不够修好两辆车。艾莉希亚也在帮他们，不过看起来她除了把他们需要的工具递给他们之外，好像也没帮上太多忙，看她稍微改变一下角色，不用再指挥大家了，真好。

这些东西全是军方的，不过他们全死了，我想这是我应该先声明的。我也要说我们之所以来到这里，是因为这个名叫艾美的女孩。据迈克说，她已经一百岁了，虽然你看到她的时候可能并不相信，你会认为她就只是个小女孩。她脖子里有个东西，某种无线电，让我们知道她是从科罗拉多，一个叫 CQZ 的地方来的。这事说来话长，我不确定该从何说起，她不能讲话，可是我们认为那里或许还有更多和她一样的人，因为迈克在无线电上听到他们的信号，这也就是我们之所以要去科罗拉多的原因。

这里的每一个人都有工作要做，我的工作是帮霍里斯和彼得搞清楚架上那些箱子里的东西。彼得说反正我们得等悍马修好，不如好好利用这段时间清点物品，以防万一我们有一天必须回来。况且，我们说不定也可以找到现在就能用得着的东西，例如对讲机。迈克说只要找得到还有电的电池，他应该可以让几部对讲机恢复功能。在储藏室外面有一间小凹室，我们称之为办公室，里面摆满办公桌，已经不能用的计算机，以及堆放活页簿与手册的架子。我们就是在这些架子上找到了存货清单，一页又一页，登载各式物品，从来复枪、迫击炮，到裤子和肥皂（早就希望能赶快找到肥皂呢）。每个物品后面都有一串数字和字母，和架子上的数字与字母相符，不过也不尽然。有时候你打开一个箱子，以为里面是毛毯或电池，结果找到的却是铲子或更多枪支。艾美帮我一起清点，虽然她还是没开口讲话，但今天我发现她像我们一样能读懂清单。我不知道这有什么好意外的，可是我真的很意外。

第六日

迈克和凯勒柏还在修悍马，迈克说有两辆他大概可以修得好，可也还是没有把握。他说问题在塑料的部分——有许多都已裂损解体了，可是我从没看迈克这么快乐过，每个人都认为他一定能搞定。

昨天我核查医药用品清单，其中有很多都坏了，可是还有一些我想还能用的东西，也有真正的绷带、固定夹板，甚至还有一部血压计。我帮小默量血压，120/80，我叫她要记得提醒我每天量，而且也要记得多喝水。她说她会喝，只是喝那么多水害她每五分钟就要上一次厕所。

今天早上，霍里斯带我们到沙漠去，教我们怎么开枪、丢手榴弹。他说弹药很多，所以拿来练习没有关系，而且我们每个人应该都要学会，所以有一段时间，我们都对着石头开枪射击，把手榴弹丢到沙地上，那些爆炸声害我耳朵到现在都还嗡嗡响。霍里斯认为我们南面的区域埋有很多地雷，说我们不该到那里去。我想他主要是在警告艾莉希亚，因为她老是一大清早，趁气温还没那么高的时候骑马出去打猎。不过到目前为止，除了抓来几只野兔让我们昨天晚上煮来吃之外，并没猎到什么东西。彼得在宿舍里找到一副牌，所以晚餐之后我们大家就一起玩牌。艾美也玩，尽管没人解释游戏规则给她听，但她赢的次数却最多，我猜她光看我们玩就学会了。

真皮长靴！我们每一个人都穿上皮靴，只有凯勒柏还是穿他的运动鞋。那双运动鞋太大，可是他说没关系，他喜欢那个样式，而且也觉得那是他的幸运鞋，因为穿上了它才逃过一死，说不定我们会找到一箱幸运鞋呢！

第七日

悍马还是没进展，大家都开始担心，我们是不是得徒步离开这里了。

除了靴子之外，我们截至目前找到的最棒的东西是发光棒，那是一根塑料管，你只要往膝盖上一拍，用力摇一摇就会亮起来，发出淡绿色的光芒。昨天晚上，凯勒柏打开一根发光棒，把里面的发光物质弄在脸上，说：“看！我变成病鬼了！”彼得觉得这一点都不好笑，可是我觉得很好玩，而且大家都笑了，我很庆幸有凯勒柏在。

明天我要烧水，泡一个真正的澡，然后帮艾美剪头发，至少得把那些纠结的乱发处理一下，说不定我也能让她泡个澡呢。

第九日

迈克说他们要试着发动其中一辆悍马了，所以他们把发电机连接到车上时，我们都围过去看。可是他们尝试发动引擎的时候，只听到很大的砰的一声，引擎冒出许多烟来，迈克说他们得从头来了。很可能是因为汽油坏了，他说。可是我看得出来，他也不是真的明白怎么回事。更惨的是，宿舍的厕所坏了。霍里斯说，美国军方是怎么回事啊？可以制造出保存一百年不坏的食品，却不能造间像样的厕所？

霍里斯也要我帮他剪头发，我必须说，稍微清理一下门面，他其实长得还不坏。说不定我可以劝他剃掉胡子，可是我想那对他来说意义太深远了，因为阿洛已经不在人世了，可怜的阿洛，可怜的霍里斯。

第十一日

今天马死了，完全是我的错。白天的时候，我们都把它圈在外面的阴凉处，那里有些灌木和野草可以吃。我决定带它出去溜一下，结果不知道被什么东西吓着，它就跑掉了。霍里斯和我拼命追，当然追不到，然后我们看见它跑到埋地雷的空地上，我还来不及开口，就听见恐怖的爆炸声，等沙尘落定，它已经躺在地上了。我想过去，但是霍里斯阻止我，我说，我们不能放它在这里等死。他说，我们是不能。他回到宿舍拿来他的枪，然后动手了。我们两个都哭了，事后我问他，他有没有帮这匹马取名字，他说有，它名叫甜心。

我们来到这里才九天，但是感觉已经来了好久，我开始怀疑我们是不是会离开这里。

第十二日

马的尸体在夜里被拖走了，所以我们知道这附近有病鬼。彼得决定在天黑前一个钟头就关门，以保安全。我有点担心默萨蜜，这几天她开始有点状况。很可能没有人注意到，但是我看得出来。每个人都心知肚明却不说的是，西奥八成已经死了。她很坚强，但是随着日子一天天过去，这对她来说还是很难接受，我可不想在这里生孩子。

第十三日

好消息——迈克说他明天大概可以再试着发动一辆车子，我们都祈求好运降临，每个人都迫不及待想上路。

我在第三间找到一个箱子，上面标示着“遗骸袋”。打开之后，我发现那是军方用来装士兵尸体的袋子。我把箱子重新封好，希望不会有人问我那是什么。

第十六日

我好几天没写了，因为我忙着学开车。

两天前，迈克和凯勒柏终于成功发动了一辆悍马，轮子和其他部分都可以运转。每一个人都尖叫、大笑，我们太高兴了。迈克说他要第一个试开，摸索一阵之后，他把车倒退着开出碉堡。我们轮流坐上驾驶座，让迈克坐在旁边教我们怎么开，可是我们都开得不太好。

今天早上，第二辆悍马也发动了。凯勒柏说照这样，我们可以继续修好其他车，可是我们只需要两辆车。如果一辆坏了，还有另一辆可以备用。迈克认为我们可以带足够的汽油开到拉斯韦加斯，甚至更远，也不必担心没有油。

我们今天早上到储油站去。

第十七日

加好油，准备起程，我们整个早上都在储油站里来回穿梭，给悍马和备用的油罐加满油。

大家都累坏了，但也很兴奋，仿佛旅程就要真正展开了。我们四人一组分乘两辆车，彼得开一辆悍马，我开另一辆，霍里斯和艾莉希亚坐在车顶操作枪械，我们今天下午要在车顶上装五十毫米口径的机关枪。迈克找到一些还有电的电池，所以我们可以用对讲机通话，至少在电池用完之前可以。彼得认为我们应该绕开拉斯韦加斯，走偏僻的乡间，但是霍里斯说如果我们要到科罗拉多，走拉斯韦加斯是最快的一条路，而且州际道路最好走，因为经过的地形比较平缓。艾莉希亚支持霍里斯，最后彼得也表示了同意，所以我想我们会到拉斯韦加斯。大家都很好奇，不知道我们会在那里找到什么。

我觉得我们现在是一支真正的探险队了，我们都丢掉自己的旧衣服，穿上军服，就连凯勒柏也是，虽然衣服对他来说有点大（小默还帮他把裤管缝短）。晚餐之后，彼得集合大家，在地图上指出路线，然后说，我想我们应该庆祝一下，霍里斯，你说呢？霍里斯点点头说，我想是该庆祝没错。然后拿出他在办公室桌子里找到的一瓶威士忌。那酒尝起来味道有点像我们酿的酒，感觉也像，没过多久，每个人就又笑又唱，感觉很棒，但也有点哀伤，因为我们都想起阿洛与他的吉他。就连艾美也喝了一些，霍里斯说，说不定这会让她有心情开口说话，艾美听了露出微笑，我想这是我第一次看见她有这样的反应，我真的觉得她已经是我们的一分子了。

夜深了，我得去睡了，我们明天一破晓就要出发。我等不及要离开，但也觉得我会想念这里的。没有人知道我们会找到什么，也没有人知道我们会不会再见到我们的“家”。我想，在不知不觉间，我们已经成为一家人了。无论读这个日记的人是谁，我都要说这是我的肺腑之言。

第十八日

我们抵达凯尔索的时候，时间还很充裕。我们所到之处似乎完全死寂，唯一活着的动物是蜥蜴，到处都是蜥蜴，以及一种手掌大、浑身毛茸茸的巨大蜘蛛。除了加油站之外，没有其他建筑物。和碉堡相较，我们此时简直是置身空旷、毫无掩蔽的地方，虽然这里的窗户与门都封起来了。这里有水泵，但没有水，所以我们只能用我们带来的水。如果天气还是这么热，我们最好赶快找到水。我看得出来，大家都没怎么睡，我希望艾美能像彼得说的，把他们赶走。

第十九日

他们昨天晚上来了，一组三个的病鬼。他们从屋顶进来，像撕开纸那样扯裂木板。战争结束之后，他们死了两个，第三个逃走了，但是霍里斯被枪打中了。艾莉希亚说她觉得是她打的，可是霍里斯说是他自己打的，在给手枪装子弹的时候不小心走火了，他八成只是想让艾莉希亚觉得好过一些吧。子弹掠过他的上臂，只是擦伤，可是任何伤口都不是小事，特别是在这里。霍里斯很坚强，不会表现出来，可是我看得出来他很痛。

此时是清晨，天就快亮了。经过昨夜的事，没有人回头去睡。我们都在等待黎明来临，好离开这个地方。我们最好赶紧抵达拉斯韦加斯，好有足够的时间找栖身处过夜。大家心里都在想却没说出来的是，离开这里之后，就没有真正的安全可言。

有意思的是，我并不在乎——不是真的在乎。我当然不希望我们死在这里；可是我想，比起其他地方，我宁可和这些人一起在这里。拥抱希望的时候，连恐惧也变得不同了。就算我们能到得了科罗拉多，我也不知道我们能在那里找到什么，我甚至不确定那是不是有意义。这么多年来，我们苦苦等候军队到来，结果军队竟然就是我们自己。

22

他们开车从南方过来，开进逐渐退去的天光之中，开进高楼倾颓的景色之中。

彼得驾驶第一辆悍马，艾莉希亚坐在车顶，用望远镜侦察四周，凯勒柏坐在前座，地图摊开在膝上。这条高速公路已经破败不堪，车道掩埋在高低起伏、泛白龟裂的泥土底下。

“凯勒柏，我们到底在哪里啊？”

凯勒柏把一张地图折来翻去，他伸长脖子对艾莉希亚喊道：“你看见二百一十五了吗？”

“什么二百一十五？”

“另一条高速公路，和这条一样！它们应该会交叉的！”

“我还真不知道我们是在高速公路上呢！”

彼得把车停下来，从地上拿起无线电：“莎拉，你的油箱还有多少油？”

一阵噼里啪啦的静电之后，传来莎拉的声音：“四分之一，说不定多一点。”

“我和霍里斯讲一下话。”

他从后视镜看见以夹板固定伤臂的霍里斯从守枪的位子挣扎着弯下身，接过莎拉手里的无线电。“我想我们可能迷路了，”彼得告诉他，“我们两辆车都需要加油。”

“附近是不是有机场？”

彼得从凯勒柏手中拿起地图来看：“有，如果我们还沿着十五号公路走，机场应该就在前面，东方，”他对艾莉希亚喊着，“你有没有看到像机场的地方？”

“我怎么会知道机场长什么鬼样子啊？”

霍里斯透过无线电说：“叫她找油罐，很大的油罐。”

“小艾！你有没有看见油罐？”

艾莉希亚从车顶跳进车里，满脸尘土。她用水漱了一下口，吐到窗外。“就在正前方，大约五公里。”

“你确定？”

她点点头：“前面有一座桥，我想那可能就是和二百一十五号公路交叉的路桥。要是我看得没错，机场就在另一头。”

彼得再次拿起无线电：“小艾说她应该是看见了，我们走吧。”

“小心啊，大伙儿。”

彼得加足油门往前开，他们现在城市南边的近郊，那里是一片开阔的平原，只有野草东一簇西一簇地冒出头。西方，带着紫色色调的山脉衬着沙漠天空高耸，宛如大型动物的背脊从地表拱起。彼得看着市中心密集的建筑开始出现在挡风玻璃外，切割成各自独立的图形结构，沐浴在金色的光辉里。说不上来这些建筑有多大，或有多远。坐在后座的艾美摘掉眼镜，眯起眼睛望着窗外的景物。莎拉费了好一番工夫，彻底修剪她的一头乱发，那原本杂乱无章的头发已经变得整整齐齐，像顶黑色的头盔贴着她脸颊的线条。

他们来到交会处，路桥已经不见了，断裂成破碎的水泥块。下方的那条高速公路塞满车子和石砾，完全无法通行，他们只能想办法绕路了。彼得把悍马往东开，顺着下方那条高速公路的方向。几分钟之后，他们来到第二座桥，桥显然还完好无缺，得赌一把，他们没时间了。

彼得用无线电通知莎拉：“我要想办法开过去，先等我们过去你们再走。”

他们的运气不错，毫无困难地通过了。在桥的另一端等莎拉开过来的时候，彼得再一次从凯勒柏手里拿来地图。要是没看错，他们现在应该在拉斯韦加斯大道南端，而有油罐的机场就在东边。

他们继续前行，路边的景物开始转变，出现了许多建筑和弃置的汽车。大部分都面朝南方，是离城的方向。

“这些是军方的卡车。”凯勒柏说。

一分钟之后，他们看见第一辆坦克。翻倒着挡在路中央，像只仰天而躺的巨大乌龟，轮子上的履带都已脱落。

艾莉希亚弯腰伸头看着车里。“往前开，”她说，“慢点儿。”

彼得转动方向盘绕过翻倒的坦克，他终于明白前方是什么了，是城市的防御线。他们穿过一大片坦克与其他车辆的残骸，彼得看见再远点的地方是一道围着沙袋的水泥路障，上面一圈圈铁丝网。

“现在要怎么办？”莎拉通过无线电说。

“我们总要想办法绕过去，”他松开通话钮，拔高嗓音对拿着望远镜眺望的艾莉希亚说，“小艾！东边还是西边？”

她头又往下探：“西边，我想那里的墙有个缺口。”

天色越来越晚，前一夜的攻击行动让他们余悸犹存。仅余的天光宛如一个漏斗，把他们一步一步往黑夜里拉。每多过一分钟，他们所做的决定就更难扭转。

“艾莉希亚说往西。”彼得对着无线电说。

“那会让我们离机场更远。”

“我知道，你再交给霍里斯。”他等着霍里斯接手，然后说，“我想我们得用剩下的汽油找到过夜的地方。前面有很多建筑物，总可以找得到合用的地方，我们可以等明天早上再折回机场。”

霍里斯的语气很平静，但是彼得可以察觉出来隐隐的忧心：“你说了算。”

他透过后视镜瞄了艾莉希亚一眼，她点点头。

“我们绕过去。”彼得说。

防御线的缺口是个二十米宽的锯齿状裂口，开口附近有辆烧焦的坦克残骸，司机八成是想冲破封锁线吧。

他们继续前进，景物又改变了，随着深入市区，建筑变得越来越密集。没有人开口，唯一的声音是引擎低沉的轰隆声，以及野草擦过悍马车身侧面的刮擦声。他们开进了拉斯韦加斯大道，一块破损的招牌高悬在街道上方，在风中摇晃。这里的建筑物更加雄伟，一幢幢占地广阔，高耸入云，那倾颓毁坏的宏伟正面居高临下地俯瞰着马路。有些被火焚毁了，只剩下空荡的钢筋架构；其他的则损毁破落，门面崩塌，露出蜂巢似的内部隔间，电线和电缆垂悬交缠。他们穿过许多写着神秘名字的招牌底下：曼德勒湾、卢克索、纽约。建筑物之间堆满各式各样的废弃物，害得彼得只能慢慢前行。这里有更多的悍马、坦克与沙包，想必曾经有过激战。他有两次不得不停车，找寻可以替代的路线绕过某些障碍。

“路上东西太多了，”彼得说，“我们开不过去的，凯勒柏，找条路让我们离开这里吧。”

凯勒柏指引他往西去热带花园，可是开了一百米之后，路就消失了，再一次被埋在残瓦垃圾山底下。彼得掉头回到交叉路口，想办法再次往北走，这次他们被第二道水泥路障防线给挡了下来。

“这里简直像迷宫。”

他再试另一条路线，往东走远一些，可是一样无法通行。阴影拉长了，他们大约只剩下半个钟头的白天时间了。彼得知道，穿过市中心这个决定根本就是个错误，现在他们被困住了。

他从仪表板上拿起无线电：“你有什么主意吗，莎拉？”

“我们掉头回我们来的地方。”

“等我们离开这里的时候，天已经黑了。我们不能待在空旷的户外，有这些制高点的地方不行。”

艾莉希亚从车顶跳进车里。“有一幢建筑物看起来还很坚固，”她连珠炮似的说，“从这条路掉头走大约一百米，我们可以穿过去。”

彼得把这个信息传送到第二辆悍马车上：“我看我们没有太多选择。”

回答的是霍里斯：“那就走吧。”

他们掉转方向。彼得透过挡风玻璃往上看，认出了艾莉希亚说的那幢建筑：一座白色的高塔，高得不可思议，从四周拉长的阴影中迎着阳光高耸入云，看起来很坚固。不过他看不见另一面，当然，建筑物的后侧全被掀翻了也说不定。建筑物和马路之间隔了一道石砌的高墙，还有一个宽阔的碗状浅坑，堆积在碗底的沙与瓦砾堆中冒出一根根管子来。彼得担心如果开不过去，恐怕就得把车子留在路边了，但是他们开到石墙的一个缺口，艾莉希亚喊道："转进去！"

车子可以直接开到高塔的楼底，停在一个像柱廊的、上面爬满藤蔓的地方。莎拉把车停在他后面，建筑的正门被封起来了，入口处堆着沙包。一下车，彼得就感觉到一股寒意，温度已经下降了。

艾莉希亚打开后车厢，开始拿出背包和枪。"带我们今天晚上需要的东西。"她下达指令，"能拿多少算多少，还要尽量多带点水。"

"车子怎么办？"莎拉问。

"车子又不会自己开走，"艾莉希亚说，她已经背上了手榴弹，检查来复枪里的弹药，"凯勒柏，你找到进去的地方没？我们这里就快没有光线了。"

凯勒柏和迈克拼命想撬开钉在窗户上的板子。三合板噼啪一声断裂，窗框裂开一条缝，露出底下蒙着一层厚厚的污垢的玻璃。凯勒柏用撬棍一敲，玻璃就碎了。

"见鬼了，"他皱起鼻子大叫，"什么东西这么臭？"

"我想我们会找出来的，"艾莉希亚说，"好了，各位，我们走吧。"

彼得和艾莉希亚带头爬进窗里，霍里斯带艾美殿后，其他人走在中间。一跳进去，彼得就发现自己置身在一条阴暗的走廊，是和建筑正面平行的一条长廊。他右边有两扇铁门，门把用铁链锁了起来，他走到破窗前面。

"凯勒柏，给我一把榔头，还有撬棍。"

他用撬棍尖尖的那头撬开铁链，门敞开来，露出一个宽敞开阔的空间，面积大得不能称之为房间，而且很意外地保持着原貌。除了那股味道——刺鼻的化学物质气味，隐隐有着生物的气味——所有东西的表面都蒙上了一层厚厚的灰尘，感觉上不像废墟，只是个被遗弃的地方，仿佛住在这里的人并不是离开数十年，而是几天前才离开。正中央有一个大型的石砌构造，显然是某种喷泉，而墙角的一个平台上放着一架钢琴，已结满蜘蛛网，左边则是一个长长的柜台。

彼得歪着头抬眼看，天花板上雕琢精美的饰板被分隔成一块块凸花镶板。每一块凸花镶板上都有精心彩绘的长翅膀的人物，有着水汪汪的哀伤的眼睛、丰润的脸颊，衬着浮云飘动的天空。

凯勒柏低声说："这……这是什么教堂吗？"

彼得没回答，他不知道，这些长翅膀的人物有点令人不安，甚至有点不祥。他转头看见艾美站在结蛛网的钢琴旁边，抬眼看着大家。

霍里斯走到他身边："我们最好到高一点的地方去。"他也感觉到了，彼得看得出来，霍里斯也感觉到这些鬼魅似的人物在俯瞰着他们，"我们去找楼梯吧。"

他们往建筑的深处走，进到更宽阔的第二条走廊，旁边是一间间的店——普拉达、托图、拉思卡普、特索利尼——这些名字毫无意义，但是念起来像音乐般悦耳。这里损坏得比较严重，窗户粉碎，闪亮亮的玻璃碎片散落在店铺地板以及他们的靴子底下。许多店显然已经被洗劫过了——柜台被砸烂了，所有的东西都东倒西歪。但有些店似乎安然无恙，那些独特却毫无用处的货品——不能穿来走路的鞋子，小得装不下任何东西的袋子——还陈列在橱窗里。他们经过写着"SPA 楼层与泳池步道"的告示牌，上面有箭头指向相连的其他走廊，以及闪亮的铁门紧闭的电梯间，但就是没有任何东西标示出楼梯的位置。

走廊的尽头是另一个敞开的空间，和前一个同样大，隐没在阴暗之中。这里有种地下王国的感觉，仿佛他们从入口跌进了一个大洞穴里。味道更浓了，他们打开发光棒往前走，举起来复枪扫视周围。这个房间摆满了一列又一列的机器，彼得从没见过这种东西，有屏幕、各式按钮、拉杆和开关。每台机器前面都有张凳子，显然是给操作员坐下来使用机器未知的功能用的。

这时他们看见了尸骸。

先是一具，又一具，然后越来越多，一具具僵硬的人形从阴暗里出现。还有更多的尸骸坐在一系列的长桌旁，他们的姿态都很有黑色幽默的感觉，仿佛正在做某些奋力拼搏的私密动作时突然被袭击了。

"这是什么鬼地方啊？"

彼得走向最近的一张桌子，那里坐了三个人，第四个和倾倒的凳子一起躺在地板上。彼得举起发光棒，蹲在最近的一具尸骸旁查看。那是个女人，她的脸先倒下，头侧歪着，颊骨贴在桌面上，五颜六色的头发在头骨上变成一团干焦的纤维。原本有牙齿的地方，现在只剩下两排假牙，塑料牙龈依旧泛着颇不协调的粉红色。她脖子上缠着好几圈金色的金属绳，摆在桌上的指骨——她大概是伸手往前抓，免得跌倒——装点着好几个指环，上面一颗颗各种颜色的大石头闪闪发亮。她面前的桌子上有两张牌，都已经摊开，一张6，一张J。其他人也都一样，他看见每个玩家都摊开两张牌，桌上还散落着更多牌，这是某种牌戏。中间堆得像个小山丘的是更多的珠宝、戒指、手表、手镯，还有一把枪和几个弹壳。

“我们最好继续走。”艾莉希亚走近他身边说。

这里有东西，他想，有他想找出来的东西。

“很快就天黑了，彼得，我们得赶快找到楼梯。”

他转开视线，点点头。

他们走进一个玻璃圆顶的中庭，上方的天空变凉了，夜晚降临了。手扶梯通向另一个黑暗的处所，他们看见右边有个电梯间以及另一条走廊和更多的店铺。

“我们是在绕圈子吗？”迈克说，“我敢说我们刚才就是从这里穿出来的。”

艾莉希亚脸色沉重：“彼得……”

“我知道，我知道。”这是他们面临抉择的时刻：是要继续找楼梯，还是在一楼找栖身的处所。他转身面对众人，人数似乎突然变得太少了。

“该死，不会又来了吧？”

默萨蜜指着最近一间店的橱窗：“她在那里！”

招牌写着“沙漠礼品廊”。彼得打开门走了进去。艾美面对着柜台旁边一面墙的架子，上面展示着球形的玻璃物体。艾美拿了一个在手上，用力一摇，里面马上飘满细细碎碎的东西。

“艾美，那是什么？”

女孩转身，脸亮了起来——**我找到东西了，**她的眼睛似乎在说，**很棒的东西**——然后她把东西交给他。彼得觉得手上的东西意外地沉重，那球形里装满液体。漂在液体之中的，是一片片闪亮的白色碎片，宛如雪花，停驻在底下那排迷你建筑构成的风景上。在这座袖珍城市正中央有座白色高塔——和他们所在的这座塔一模一样，彼得发现。

其他人全围拢过来。“这是什么？”迈克问。

彼得把那个球交给莎拉，她拿给其他人看。

“是模型，我想，”她看见艾美的脸上依然闪耀着快乐的神情，“你为什么要我们看这个呢？”

结果回答的是艾莉希亚。

“彼得，”她说，“我想你最好看看这个。”

她把那个球倒转过来，露出印在底部的字：

米拉格罗[1]饭店与赌场
拉斯韦加斯

“这里的臭味和尸骸没有关系，”迈克说，“是下水道的臭气，主要是甲烷，所以这个地方才会闻起来像厕所。”饭店底下有个淤积百年的污水池，蓄积了整个城市的废水，宛如一座巨大的发酵槽。

“我们绝对不想待在这里看那东西漫出来，”他警告说，“那肯定是有史以来最大的一个臭屁，这个地方会像火炬一样整个儿烧起来。”

他们在饭店的十五楼，看着夜色降临，在那惊慌失措的几分钟里，他们看似就要在楼下找地方藏身了。他们找到的唯一一个楼梯间，位于赌场的另一头，那里堆满了垃圾——椅子、桌子、床垫、行李箱，全都扭曲破碎，仿佛从高处摔落。后来霍里斯建议撬开一部电梯，他认为如果电缆还完好他们就可以用电梯电缆爬几个层楼，绕过下面几层楼梯上的障碍，然后再去爬上面的楼梯。

这个办法奏效了，但是在十六楼，他们又碰上第二道障碍。楼梯间的地板上堆满了弹片，一走出去，就仿佛踏进一条黑黢黢的走廊。艾莉希亚敲亮另一根发光棒。这条走廊两边都是门，墙上的标示写着

---

① Milagro，为西班牙文“奇迹”之意。

“国宾套房楼层”。

彼得拿起枪指着第一道门：“凯勒柏，动手吧。”

房间里有两具尸体，一男一女躺在床上，两人都穿着浴袍和拖鞋。床边的桌子上摆了一瓶打开的威士忌，酒早就蒸发了，只留下一层褐色的痕迹，旁边还有一个塑料针筒。凯勒柏说出了大家心里的话，他说他绝对不要跟两具尸体一起过夜，特别是自杀而死的尸体。他们试到第五道门，才找到一间没有尸体的房间。里面总共有三个房间，其中两间各有两张床，第三间比较大，有一面墙的窗户可以俯瞰市景。彼得走到窗前，最后一丝天光就快消失了，市区笼罩在橘色的光晕里。他真希望能到再高一点的楼层，甚至到塔顶，可是他们不得不待在这里。

“那个是什么？”默萨蜜问，她指的是对街那个高大的建筑，网状的钢骨，四支脚柱撑起一个窄窄的尖端，耸立在两栋建筑物之间。

“我想那是埃菲尔铁塔，”凯勒柏说，“我以前在书上看过照片。”

默萨蜜皱起眉头：“那不是在欧洲吗？”

“是在巴黎，”迈克跪在地上，打开他们的装备，“法国巴黎。”

“那怎么会在这里？”

“我怎么知道？”迈克耸耸肩，“说不定被移到这里来了。”

他们一起望着夜色降临——先是街道，接着是建筑物，然后是更远的山脉，全都沉浸在黑夜之中，不久星星也出来了。没有人有说话的心情，事态非常明显，他们的前途未卜。莎拉坐在沙发上，帮霍里斯的伤臂重新绑上绷带。彼得可以感觉得出来，莎拉很担心他，不是因为她说了什么，而是从她默不作声、抿嘴投入工作的模样感觉到的。

他们分了即食餐包，然后躺下来休息。艾莉希亚和莎拉自愿守第一班，彼得累得无力反对。“你们准备好就叫醒我，”他说，“我应该不会睡着。”

他是没睡，他躺在卧室的地板上，头枕着背包，眼睛瞪着天花板。米拉格罗，他想，这里就是米拉格罗。艾美坐在墙角，背靠着墙，手里拿着那个玻璃球，每隔几分钟就从膝上拿起来摇一摇贴近面前，看着雪花飞旋，坠落。每看到她的动作，彼得就很想知道对她来说雪花有什么重要性。彼得对艾美解释过他们要去哪里以及为什么要去，可就算她知道科罗拉多有什么，以及发送信号的人是谁，她也都没露出半点知情的样子。

最后他干脆放弃睡觉，回到大房间去。一弯月亮高挂在建筑上方，艾莉希亚站在窗边扫视着底下的街道。莎拉坐在小桌子旁玩着单人扑克，她的来复枪横搁在膝上。

“有动静吗？”

莎拉蹙眉：“有动静我还玩牌？”

彼得坐下来没说话，静静看她玩。

“你在哪里找到的牌？”牌的背面印有饭店名字：米拉格罗。

“小艾在抽屉里找到的。”

“你应该休息一下的，莎拉，”彼得说，“我来接班。”

“我没事，”她又蹙起眉头，把牌堆成一摞，重新洗牌，“回去睡吧。”

彼得没再说什么，他觉得自己好像做错事了，可又不知道做错的到底是什么事。

艾莉希亚从窗前转头：“你知道吗？如果你不介意的话，我想接受你的好意，让我可以靠着头休息几分钟，如果你觉得没关系的话，莎拉。”

她耸耸肩：“随你。”

艾莉希亚留下他们两个，径自走了。彼得站起来走到窗前，通过来复枪上的夜视镜观察街道，弃置的汽车，一堆堆的瓦砾与垃圾，空荡荡的建筑。凝结在时间里的世界，抓住了古昔在狂暴的最终时刻抛弃一切的那一瞬间。

“你知道吗？你不必假装。”

彼得转身，莎拉冷冷地看着他，她的脸庞沐浴在月光里。“假装什么？”

“彼得，拜托，又来了。”彼得感觉到她的毅然，她已经下定决心，“你尽力了，我知道。”她轻轻一笑，转开视线，“我应该说我很感激，可是听起来像个白痴似的，所以我不会这么说。既然我们就要死在这里了，我只是希望让你知道没关系。”

“没有人会死。”他只想得出来这么说。

“嗯，我希望真的如此，”她顿了一下，“可是，那一天晚上……”

“听我说，我很抱歉，莎拉。”他深吸一口气，“我早就应该告诉你的，这是我的错。”

“你不必道歉，彼得，就像我说的，你尽力了，而且也要试过才知道啊，可是你们两个很相配。我一直都知道，我真是蠢，竟然没办法接受事实。”

他一头雾水：“莎拉，你在说谁？”

莎拉没回答，她的眼睛突然睁得老大，目光越过他落在窗外。

他猛然转身，莎拉站起来走到他身边。

“你看见什么了？”

她指着外面：“对街，在塔上。”

他把眼睛贴近夜视镜：“我什么都没看见。”

“在那边，我知道。”

这时艾美出现在房里，她把那颗玻璃球抓在胸口，另一只手拉着彼得的手臂把他往后拉，拉离玻璃窗。

“艾美，怎么了？”

他们背后的玻璃并没像爆炸那样炸得粉碎，而只是掀起一阵四散飞扬的晶亮碎片。风袭上他的身体，把他吹得滑到房间的另一头。后来彼得才发现，那个病鬼是直接从他们上方袭来的。他听见莎拉惊叫——没有任何话，只有充满惊恐的呐喊。他撞到地板，翻滚，与艾美四肢交缠，一回头正好看见那个鬼东西往后跃出窗户。

莎拉不见了。

艾莉希亚和霍里斯也来到房里，所有的人都过来了。霍里斯扯掉他手上的吊带拿起来复枪，站在窗边瞄准楼下。他用枪扫视，可是没有发现任何动静。

艾莉希亚扶彼得站起来：“你受伤了吗？割伤？擦伤？”

他内心依然翻搅，他摇摇头：“没有。”

“怎么回事？”迈克高喊，“我姐姐呢？”

彼得勉强开口："被抓走了。"

迈克用力扯着艾美的手臂，她手里还是抓着玻璃球，不知为什么没破。"她人呢？她人呢？"

"别这样，迈克！"彼得吼他，"你吓到她了！"

艾莉希亚拉开迈克的时候，玻璃球掉到地上，被摔得粉碎。艾莉希亚把迈克拖到沙发上，艾美蹒跚后退，眼睛惊恐圆睁。

"迈克，"艾莉希亚说，"你要冷静下来。"

他的眼睛里涌起愤怒的泪水："别对我说这种话！"

霍里斯一声怒吼："你们全都给我闭嘴！"

他们转头看见霍里斯站在窗边，他把来复枪举在腰间。

"拜托，闭嘴！"他看着每一个人，"我会把你姐姐找回来，迈克。"

霍里斯单膝跪下，在背包里摸索出备用弹药装进他背心的口袋里："我看见他们带她往哪里去了，他们一共三个。"

"霍里斯……"彼得开口。

"我不是在请你们同意，"他迎向彼得的目光，"你们都知道我非去不可。"

迈克往前走："我和你一起去。"

"我也去，"凯勒柏说，他抬眼看看大家，脸上的神情突然变得有点不太确定，"我是说，因为我们全都要去，不是吗？"

彼得看看艾美，她坐在沙发上，膝盖自卫似的缩在胸前，他问艾莉希亚要她的手枪。

"干吗？"

"如果我们要到外面去，艾美就需要武器。"

她从腰带里拔出手枪，彼得滑出弹匣查看子弹，然后把弹匣推回枪柄里，扳动滑套让一颗子弹滑进枪膛里。他把枪在手里转了一圈，然后交给艾美。

"一枪，"他说，他敲敲自己的胸骨，"你只有一枪的机会，打这里，你知道怎么做吧？"

艾美抬起头凝望着手上的那把枪，点了点头。

大伙儿收拾装备的时候，艾莉希亚把彼得拉到一旁。"我并不是反对，”她悄悄说，“可是我觉得这是陷阱。”

“我知道这是陷阱，”彼得拿起他的来复枪和背包，“我想自从我们来到这里的时候我就知道了。这些封锁的道路，他们是刻意引导我们到这里来的，可是霍里斯说得没错。我当时不应该抛下西奥的，所以我现在不能抛下莎拉。”

他们敲亮发光棒踏进走廊。到了楼梯间，艾莉希亚走到栏杆旁往下探，举起枪管沿着各个方向扫了一圈。没有异样，她挥手叫大家前进。

他们就这样一段楼梯一段楼梯地下楼，彼得和艾莉希亚轮流领头，霍里斯和默萨蜜殿后。到了三楼，他们离开楼梯间，踏进走廊走向电梯。

中间的那部电梯还像他们离开时那样敞着门，彼得站在边缘往下望，看见底下的电梯厢顶盖还开着。他把来复枪背在背上，抓住缆绳往下滑到电梯厢顶然后跳进去。这部电梯通向另一个大厅，那个大厅挑高两层，上面是玻璃天花板。面对电梯门的墙镶有镜子，让他能瞥见外面空间的一隅。他屏住呼吸把枪管稍微外伸扫视，确定被月光照亮的空间里没有其他东西。他吹声口哨，要其他人穿过电梯厢下来。

其他人跟随彼得的脚步，通过电梯厢传着枪，然后一个接一个下来，最后一个是默萨蜜。彼得看见她背了两个背包，一肩一个。

“莎拉的，”她说，“我想她会需要的。”

他们的左边是赌场，右边是那条满是空店铺的阴暗走廊，再过去就是正门以及停放悍马的地方。霍里斯看见那三个病鬼抓着莎拉越过街到那座塔的方向去了，他们的计划是用配有强大火力的车子当掩护，越过饭店前面的空地到对街去。之后再怎么安排，彼得就不知道了。

他们来到放有一架钢琴的沉寂大厅，一切都静悄悄的，和刚才一样。在发光棒的照耀下，天花板上的彩绘人物仿佛自由地飞了起来，不靠任何东西支撑地悬浮在他们头顶上。彼得第一次看到这些人物时，感觉他们看起来有点恐怖，但是现在再看看，那种感觉却已消失了。这些双眼水汪汪、脸颊圆嘟嘟的彩绘人物，彼得现在看出来了，他们是小孩儿。

他们来到正门口，蹲在开敞的窗户旁。“我先过去。”艾莉希亚说，她就着水壶喝了一口水，“如果安全，我们就上车，行动，我不想在建筑底下待超过两秒钟的时间。迈克，你接替莎拉的位子，负责开第二辆车。霍里斯和默萨蜜，我要你们到车顶去操作迫击炮。凯勒柏，你尽快跑，跑得越快越好，而且要确定艾美跟紧你了，我会掩护你们上车的。”

“那你呢？”彼得问。

“别担心，我不会让你们抛下我的。”

艾莉希亚站起来钻过窗户，冲向最近的那辆车，彼得爬到高位做掩护。外面黑得伸手不见五指，柱廊的屋顶遮去了月光。他听见轻轻的撞击声，那是艾莉希亚用悍马车底当掩护碰出的声音。他把枪托紧紧地压在肩上，等待听见艾莉希亚通知安全的口哨声。

霍里斯在彼得身边低声说：“她到底在搞什么鬼啊，还不吹口哨？”

周围黑暗无光，黑得如此彻底，感觉黑暗仿佛是某种活生生的东西，是黑的存在本身在他们周遭喘息搏动。焦急的汗水刺痛了他有伤口的皮肤，他深吸一口气，手指紧握来复枪的扳机，随时准备开火。

一个身影从黑暗中现身，朝他们跑来。

“快跑！”

艾莉希亚头先脚后钻进窗来的时候，彼得才明白自己看见的是什么：一大团跳跃的惨绿光芒，宛如起伏的波涛，汹涌地朝着这幢建筑袭来。

病鬼！整条街上都是病鬼！

霍里斯开始开火，彼得才射了两枪，艾莉希亚就扯着他的袖子把他从窗户旁边拉开。

“太多了！我们快走吧！”

他们才跑过半个大厅，就听见一声巨响，以及木板劈裂的声音。大门毁了，病鬼随时会蜂拥而入，跑在前面的凯勒柏和默萨蜜冲过走廊往赌场去。艾莉希亚朝背后连发开枪，掩护大家撤退，落下的弹壳在瓷砖地板上弹跳。在枪管的火光里，彼得看见艾美整个人趴在钢琴旁边，双手摸索着地板，仿佛掉了什么东西。应该是她的枪，可是现在没必要找了。他抓起她的手臂往走廊上跑，追上其他人。他心里有个声音说：我们死定了，我们全都死定了。

建筑深处传来另一阵玻璃破碎的声音，他们被两面夹击了。他们很快会被包围，迷失在这漆黑之中。这和在购物中心时一样的情形，只是现在更惨，因为这一次他们无法奔逃到天光里。这时霍里斯来到他们身边。彼得看见前方有发光棒的亮光，迈克的身影投射到餐厅破损的窗户上。等跑到餐厅时，他发现凯勒柏和默萨蜜也在那里，彼得呼喊艾莉希亚："这边！快点！"然后他推艾美进去，刚好看见迈克穿过后面的第二道门，失去了踪影。

"跟着迈克他们！"彼得喊道，"快！"

这时艾莉希亚赶上彼得，抓着他跳进窗里，她一刻也不停地从袋子里找出另一根发光棒，在膝上敲了一下。他们跑过这个房间到后门，那扇门还因为迈克冲进去而晃荡着。

又是一条隧道般狭窄低矮的走廊，彼得看见霍里斯和其他人在前面，便朝他们挥手，大叫他们的名字。污水的味道突然变得更浓烈了，几乎让人头晕。彼得和艾莉希亚猛然转身，看见第一个病鬼冲进他们背后的门，他们朝病鬼开火，枪管的火光照亮了整条走廊。彼得对准门口，疯狂地开枪。第一个倒下，然后一个又一个，但病鬼还是在不断拥入。

直到彼得扣下扳机时枪没有反应，他没子弹了。他已经打完了最后一发。艾莉希亚再次拉着他往走廊深处跑，跑到一段楼梯，楼梯连接着另一条走廊。他撞上了墙，差点倒下，但还是在想办法继续跑。

走廊的尽头有两扇弹簧门通向厨房，楼梯带他们来到地下室，这里是饭店的内部工作区。天花板上吊着一排排铜锅，底下放着一张宽阔的铁桌，在艾莉希亚的发光棒下闪闪发亮。彼得觉得自己快喘不过气来了，臭味好重，他放下枪，从天花板上扯下一个铜锅，那是一只宽口铜炒锅，拿在手里沉甸甸的。

有东西跟着他们穿过门来了。

彼得抡起锅子转身，踉跄后退着撞上炉子——如果不是在生死关头，这一幕想必很有喜感——他想用身体挡住艾莉希亚，这时有个病鬼跳上铁桌蹲了下来。是个女的，她的手指上戴满了戒指，就像他在牌桌上看见的那具女尸一样。这女病鬼伸出双手，弯起修长的手指，肩膀宛如流动的液体左右摇摆。彼得拿锅子当盾牌，艾莉希亚紧紧贴在他背后。

艾莉希亚说："她看见自己了！"

这个病鬼在等什么？为什么还不展开攻击？

"她的影子！"艾莉希亚低声说，"她在锅子上看见自己的影子了！"

这时彼得听到一个声音，是病鬼发出来的声音——从鼻腔发出来的哀痛呻吟，很像狗的哀号。仿佛她认出了映在铜锅底的那张脸，因而有了满心深沉的哀怨。彼得小心地把锅子前后晃动，病鬼的眼睛随之转动，她看自己的样子看入了迷。在其他病鬼破门而入之前，彼得还可以用这招控制她多久？他满手汗水黏糊糊的，周围的臭气又如此之浓，他简直无法呼吸了。

这个地方会像火炬一样烧起来的。

"小艾，你看不看得见哪里可以出去？"

艾莉希亚飞快地转头看了一圈："你右边有一道门，大约五米处。"

"有没有上锁？"

"我怎么知道？"

他咬紧牙关说话，尽量让身体保持不动，好让病鬼的眼睛凝注在锅子上。"你看看门上有没有挂锁啊，该死！"

那病鬼一惊，浑身肌肉紧绷。她张大嘴巴，嘴唇之间露出两排森然闪亮的牙齿。她不再低吟，开始发出嗒嗒声。

"没有，我没看见锁。"

"丢手榴弹。"

"这里的空间不够。"

"快丢，这个房间里都是甲烷。往她后面丢，然后快点冲出那扇门。"

艾莉希亚的手从他俩身体之间往下滑，从腰带上拿出一颗手榴弹，他感觉到她拉开保险销。

"去死吧！"她说。

一道干净利落的弧线，往上越过那个病鬼的头顶。正如彼得所希望的，病鬼转开视线，头随着手榴弹凌空飞越房间的曲线而转动，看着手榴弹撞到铁桌，滚落到地板上。彼得和艾莉希亚转身朝门跑去，艾莉希亚先到一步。门后是新鲜空气与宽阔空间，他们跑到了送货平台上。彼得在脑海中数着：一秒，两秒，三秒……

他听见了第一声爆炸声，是手榴弹炸开来的声音，接着是更低沉的轰响，屋里的气体被引燃爆炸了。他们翻身滚落平台边缘，一扇门飞过他们头顶，接着是如波浪袭来的震动，火舌喷出。彼得脸贴地手抱头，他感觉肺部的空气宛如被掏空了一般。随着沼气的泄出，更多爆炸声响起，大火往上蔓延到整座大楼。瓦砾开始掉落在他们头上，玻璃四处飞溅，闪亮的小碎片如雨般落在路面上，彼得吸进满嘴的烟尘。

“我们得快走！”艾莉希亚拉着他大叫说，“这地方快炸掉了。”

他的手和脸感觉湿湿的，可是天晓得那是什么。他们在建筑的南侧，顶着大火的光线过街，躲在一辆倾覆的车辆锈蚀的车身后面。

他们都喘着粗气，被烟呛得快不能呼吸，脸上还裹了厚厚的一层烟尘。他看看小艾，看见她的大腿有一长条微微闪光的痕迹浸湿了长裤。

“你在流血。”

她指着他的头：“你也是。”

在他们头顶上，第二串爆炸声连番响起，震动了空气。一个巨大的火球往上蹿，四周笼罩在慑人的橘色光芒之中，更多燃烧的残骸碎片掉落在街上。

“你觉得其他人逃出来了吗？”他问。

“我不知道，”艾莉希亚又咳嗽，就着水壶喝了一口水，吐在地上，“留在这里别动。”

她绕过车子底部，过了一会儿又回来。“我看见这里有十二个病鬼，”她轻轻指着上面和远处，“对街的塔上面还有更多。大火会逼退他们，但是撑不了多久。”

所以就只能这样了，暴露在黑夜之中，枪已经不见了。被卡在大火燃烧的大楼和病鬼之间，他们肩并肩坐着，背抵着车。

艾莉希亚转头看他："真是个好点子啊，拿锅子当武器，你怎么知道这样会有用？"

"我根本不知道。"

她摇摇头："不管怎么说，这方法还是很酷。"她顿了一下，脸上一阵痛苦的表情。她闭上眼睛，吸一口气说："准备好了？"

"悍马？"

"那是我们最大的机会，我想，贴近火场，用火掩护。"

不管有没有火，一旦被病鬼发现，他们连十米也跑不了。从艾莉希亚那条腿的情况看起来，他甚至怀疑她能不能走路。他们身上只有刀，以及艾莉希亚腰带上的五颗手榴弹，可是艾美和其他人还在那边，他们最起码得奋力一试。

她拿下两颗手榴弹，放在彼得手上。"记得我们讲好的事。"她说。

她指的是如果被病鬼抓了，他要杀了她。他很惊讶自己的回答如此轻易出口："我也一样，我不想变成他们。"

艾莉希亚点点头，她拿出一颗手榴弹拔掉保险销，准备要丢："在我们行动之前，我只想说，我很庆幸现在身边是你。"

"我也是。"

她用手腕擦擦眼睛："真该死，彼得，你看过我哭两次了，你不准告诉任何人，不准。"

"我不会告诉别人的，我保证。"

一阵亮晃晃的光线照满他的眼睛，在那一瞬间，他真的以为出事了，以为她意外引爆了手榴弹——到头来，死亡不过就是光与静寂，但这时他听见引擎的轰隆声，这才知道原来是有辆车朝他驶过来。

"上车！"有个声音大喊，"快上车来！"

这时他们俩突然僵住了。

艾莉希亚的眼睛睁得大大的，惊恐地瞪着手里那颗拔掉保险销的手榴弹："见鬼了，我该拿这个怎么办？"

"丢了就是了！"

她把手榴弹丢过车顶，等到轰隆一声炸开时，彼得拉着她贴在地上。车的灯光更近了，彼得的手揽着艾莉希亚的腰一拐一拐地跑着。

从黑暗之中慢慢出现的是一辆厢型卡车，车子前方伸出一个大铲子，挡风玻璃围了一个铁丝笼，车顶架着某种枪炮，后面有个人影。彼得抬头一看，那杆枪就突然发挥作用，喷出了一股液态火，越过他们头顶。

他们跌到在地上，彼得感觉到颈背一阵灼热刺痛。

“趴下！”又是那个声音在大叫，彼得这才知道，声音是透过驾驶舱车顶的扩音器传出来的，“移动你们的屁股！”

“该死！到底要做哪一个？”艾莉希亚吼回去，身体还贴在地面上，“不能两件事都做！”

卡车停住了，离他们的头只有几米的距离。车顶上的人放下一道梯子，彼得扶艾莉希亚站起来。那人脸上戴着厚重的铁丝面罩，身上包着厚厚的铁板，一把短管猎枪插在他腿上的皮枪套里。卡车的侧面写着“内华达矫治部”。

“到后面去，快点！”是个女人的嗓音。

“我们有八个人，”彼得喊道，“我们的朋友还在这里！”

可是那女人似乎没听见他说的话，或者是听见了只是不在乎。她把他们赶到卡车后面，尽管身着厚重盔甲，但动作却意外地灵活。她转动一个把手，把门打开。

“小艾！进来！”

是凯勒柏的声音，所有的人都在里面，散坐在阴暗车厢里的地板上。彼得和艾莉希亚爬进车里，门在他们背后哐当关上，把他们封锁在黑暗之中。

车子往前一晃，开始移动。

23

那个可怕的女人，就是厨房里那个可怕的胖女人，圆滚滚松垮垮的躯体瘫在椅子里，仿佛某种熔化了的东西。房间很封闭，里面充满着有压迫感的热气。烟味，还有那女人的体味、汗水以及那一圈圈下垂的肌肉形成的夹满碎屑的皱褶。烟在她四周缭绕，随着她的讲话从唇间喷出来，仿佛她所吐出的每一个字都变成了具体的形状，飘浮在空中。

他在心里对自己说：醒醒吧，你在睡觉，在做梦，醒醒吧，西奥。可是梦的力量太大，他越用力挣扎，就被梦境抓得越紧。仿佛他的心是一口井，他的意识在不停地坠落，坠落进他自己心灵深处的黑暗深渊。

“看什么看？啥？你这个一文不值的小浑蛋！”那个女人看着他，哈哈大笑，“这个小子不只是哑巴，我告诉你，他是被打哑的！”

他一惊而醒，从睡梦中回到他蜗居的这个冰冷的现实世界。他的皮肤上有难闻的气味，是梦魇的汗水。噩梦他已不记得了，残存的只是一种感觉，宛如黑色的污点，点缀在他的意识里。

他从床上起身来到坑口，尽力瞄准，听着自己的尿液喷溅在下方。他开始渴望听见声音，非常渴望，如同等待朋友到访那般渴望。他一直在等待接下来的事，他一直在等待有个人说几句话，告诉他为什么他会在这里，他们想怎么样，告诉他为什么他没死。经过这些空白的日子，他开始明白，他是在等待痛苦。门会打开，有人会进来，然后痛苦就要开始了，可是靴子来了又走——透过门底下的细缝，他可以看见匆忙行走的靴尖——送来他的餐食，收走空碗，一句话都不说。他捶着门，一大片冰冷的铁板，他捶了一次又一次，你要我做什么？你想要怎样？可是他得到的只有沉默。

他不知道自己在这里待了多少天，一扇脏兮兮的窗子，高得够不着，什么也看不见，只看得见一小方白色的天空以及夜里的星星。他记得的最后一件事是病鬼从屋顶跳下来，所有的东西都上下颠倒。他记得彼得的脸远去，有人叫喊他的名字，以及被往上抛到屋顶时，脖子上噼啪的一响。最后一丝风与阳光吻上他的脸，他的枪缓缓地旋转坠地。

然后就什么都没有了，其余的事在他的记忆中都是一片漆黑，像牙掉了之后留下的环形洞口。

他坐在床沿听脚步声走近。门上那道狭长的开口打开来，推进一个碗，还是他吃了一餐又一餐的那种稀得像水的汤。有时里头会有一小片肉，有时就只有带髓的骨头让他吸吮。起初他决定不吃，看看他们（不管是什么人）会怎么样，可是只撑了一天，饥饿就逼得他无法忍受。

“你觉得怎么样？”

西奥嘴里的舌头厚重肿大：“去你的！”

一声干咳，靴子挪动重心，刮着地板。这嗓音是老是少，他听不出来。

“好样的，西奥。”

听见自己的名字，一股寒意蹿过脊梁，西奥没搭腔。

“你在这里还舒服吗？”

“你怎么知道我是谁？”

“你不记得了？”对方停顿一下，“我猜你是不记得了，是你自己告诉我的。刚到这里来的时候，噢，我们好好聊了一回呢。”

他强迫自己去回想，但是记忆里一片空白。他甚至怀疑这声音是不是真的存在，这声音似乎认得他，说不定只是他自己想象出来的。在像这样的地方，幻觉是迟早会出现的状况，因为意识会随心所欲地运转。

“现在没有说话的心情，是吗？没关系。”

“不管你想干吗，现在就动手吧。”

“噢，我们早就动手了，我们现在正在进行啊。看看四周，西奥，你看见什么了？”

他不由自主地环顾了下自己所在的牢房：床、茅坑、脏窗户。墙上写了不少字，刻在让他困惑了好些天的石头上。大部分都是没有意义的涂鸦，算不上是文字，也看不出任何图像，可是其中一个，就在茅坑上方与视线齐平的地方，是清清楚楚的四个字：鲁本在此。

“鲁本是谁？”

“鲁本？我想想看我认识的哪个人叫鲁本。”

“别玩这种把戏。”

“噢，你说的是鲁本啊。”对方又一声轻笑，西奥恨不得穿过墙去，把说话人的脸捏个粉碎，“别再提鲁本了，西奥，鲁本的下场不太妙。鲁本，鲁本，你可以说那已经是古老的历史了。”对方又顿了一下，“告诉我，你睡得好吗？”

“什么？”

“你听见我说的了，你喜欢那个胖太太吗？”

他胸口一紧，喘不过气来：“你在说什么？”

“那个该死的胖女人啊，西奥，少来了，合作一点。我们都在这里，那个胖太太在你的脑袋里。”

回忆突然在他脑袋里迸裂开来，仿佛一颗腐烂的水果。那些梦，那个在她家厨房的胖女人。门外有个说话的声音，而且那个声音知道他做什么梦。

“我不得不说啊，我自己一直就不怎么喜欢她。”门外那声音说，“叽叽歪歪，叽叽歪歪，整天说个不停，还有那股臭味，那到底是些什么玩意啊？”

西奥吞下口水，努力镇静心神。他四周的墙似乎变得更近了，挤压着他，他把头埋进手里。

“我不认识什么胖太太。”西奥想办法挤出了这句话。

“噢，你当然不认识啦，我们都经过这个阶段，你并不是唯一一个。我问你另一件事，”那声音压低，宛如耳语，“你刺了她没，西奥？用刀？你到了那个阶段没？”

胃中一阵恶心翻腾，他喘不过气来，那把刀，对方在说那把刀。

“这么说来你还没有，嗯，你终究会的，时间到了就会。相信我，到了那个阶段之后，你就会觉得好过一些。那算是个转折点，绝对可以这么说。”

西奥抬起脸，门上的那道长缝还开着，露出一只靴子的靴尖，是皮的，但已经磨得发白了。

“西奥，你听见我说的话没？”

他眼睛牢牢盯着那只靴子，心里有了个主意。他虚弱地从床上站起来，绕过那碗汤，走到门边蹲了下来。

“你听见我说的话没？因为我说的是真正的解脱。”

西奥笑了起来。可是太迟了，他的手抓空了，接着是一阵剧痛，有个东西重重地很用力地压在他的手腕上。是靴跟，把骨头踩得扁平，把他的手压进地板里，又磨又拧，他的脸被拉得紧贴在冰冷的铁门上。

“该死的！”

西奥的眼前有无数光尘飞舞，他想把手抽回来，但是踩住他手的力量实在太大了。他被钉死了，一只手卡在门上的缝隙里，可是那疼痛具有别有意义，表示那声音是真的存在。

“你……你……下……下地狱去吧……”

鞋跟又用力地拧了一下，西奥哀号。

“下地狱吧，西奥，你以为你在哪里？地狱就是你的新住址啊，我的朋友。”

“我不……不是你的朋友。”他喘息着说。

“噢，或许不是吧，或许只是目前不是吧，可是你会是的，你迟早会是我的朋友的。”

这时，压在西奥手上的力量突然消失了——酷刑猛然消失，让他简直有种欢欣的感觉。西奥抽回手臂，整个人瘫靠在墙上，气喘吁吁，手腕缩在膝上。

“因为，不管你信不信，还有比我更糟的事呢。”那声音说，“好好睡吧，西奥。”门上的长缝用力关上。

第四卷　天堂

这岛上充满杂音，
声响与甜美曲调，
愉悦而无害。
时而，上千拨弦乐器，
在我耳畔轻响；
时而，歌声扬起，
于是，在绵长睡梦中醒转的我，
再次入睡。

——莎士比亚《暴风雨》

24

他们上路好几个钟头了，除了硬邦邦的金属地板之外，没有地方可躺，想睡觉根本就不可能。迈克好像每次都是刚闭上眼睛，卡车就会突然颠一下或转个方向，害他撞来撞去的。

他抬起头，透过车厢唯一的一扇窗户，也就是门上的一小块强化玻璃，看见一丝天光逐渐聚拢。他的嘴巴干得要命，身体的每一寸肌肤感觉上都瘀青了，仿佛有人拿着榔头打了他一整夜。他爬着坐起来，背靠着晃动的墙面，揉揉眼睛。其他人都以各种不舒服的姿势靠在自己的背包上，虽然每一个人都多多少少受了伤，但是艾莉希亚看起来似乎最惨。她面对迈克，背靠着车厢，脸色苍白潮湿，睁着眼，但一点力气都没有。前一夜，默萨蜜尽力清理艾莉希亚的腿伤，给伤口绑上绷带，但是迈克看得出来，伤势很严重。只有艾美似乎真的睡着了，她蜷缩在他旁边的地板上，膝盖缩到胸前。一绺黑发垂在脸颊上，随着卡车的跳动而前后晃动。

回忆此时宛如一个耳光般突然袭来。

莎拉，他姐姐，不见了。

他记得自己铆足全力地跑，和其他人一起穿过厨房到卸货平台，再越过街，直到被包围——到处都是病鬼，街头就好像病鬼派对——然后这辆有着大铲子的卡车开过来，喷出一股火焰。**上车，快上车！**车顶上的那个女人对着他大喊。她来得正是时候，因为就在这一刻，迈克发现自己已经吓得浑身瘫软，双脚被钉在地上一动也不能动。霍里斯和其他人都喊着快点，快点！可是迈克动弹不得，仿佛忘了该如何牵动肌肉。卡车离他不到十米远，感觉上却有千里远。就在这一瞬间，一个病鬼的眼睛牢牢锁定他，用病鬼特有的那种古怪的姿势，歪着头看他，周遭的一切都慢了下来。很不妙，噢，我的天哪，迈克脑袋里的声音说，噢，我的天哪，我的天哪。这时那个女人拿起火焰喷射枪对着那个病鬼喷，喷得病鬼一身燃烧液，那个病鬼像一块肥油那样整个儿被烧干了。迈克甚至听到爆油的声音，然后有人拉住他的手——是艾美，力气之大颇令人意外，看她的个头这么娇小，迈克根本猜不到她会有这么大的力气——她把他拉进卡车里。

天亮了，迈克觉得自己往前滑，因为车子减速了。艾美在他身边睁开眼睛翻身坐起来，她再次把膝盖抵在胸前，目光紧盯着门。

卡车停了下来，凯勒柏爬到窗边往外看。

“你看见什么了？”彼得也爬起来蹲着，头发上沾着干掉的血迹。

“那里有一个建筑物，可是太远了看不清楚。”

车顶上有脚步声，还有驾驶座的门打开又关上的声音。

霍里斯伸手拿他的来复枪。

彼得伸手制止他：“等一下。”

凯勒柏说：“他们来了……”

门突然敞开，亮晃晃的天光好刺眼。他们面前有两个背光的人影，手里都拿着猎枪。那女人很年轻，黑发剪得好短，贴在头皮上；那个男的年纪大得多，有张温和的大脸，脸上有活像挨过一拳的鼻子，以及好几天没剃的胡子。他们都还穿着厚重的盔甲，让他们的头看起来小得不成比例。

“交出你们的武器。”

“你们到底是什么人啊？”彼得追问。

那女人竖起猎枪：“所有的武器，包括刀子。”

他们解除武装，把枪和刀滑过地板丢到门边去。迈克身上只剩一把螺丝刀——他从饭店逃出来的时候掉了枪，那把一发子弹都没射过的枪——可他还是乖乖交出来，他可不想因为一把螺丝刀而被枪杀。那女人收他们的武器时，那个还没开口说过话的男人继续用枪指着他们。迈克看得见远处有个建筑的轮廓，一幢长形的低矮建筑坐落在荒凉的山丘上。

“你们要带我们到哪里去？”彼得问。

那女人从地上提起一个铁桶，摆在卡车的地板上："如果你们想尿尿，就尿在这里。"然后她就用力关上门。

彼得捶着墙："该死的！"

车子继续开，感觉温度在持续上升。卡车再次减速转向西方。有一段时间，车子颠簸得很厉害，然后开始上坡。这时车里的温度高到难以忍受，他们喝掉最后一点水，没有人用那个铁桶。

时间一刻一刻过去，更多时间过去了。没有人开口，光是呼吸都很费力。仿佛有人拿他们开了什么可怕的玩笑，他们九死一生逃过病鬼的摧残，就是为了在卡车的后车厢里被活活烤死。迈克开始恍惚起来，仿佛睡着，却又不是。他好热，非常热，后来他发现车子正在下坡，虽然这个细节对其他人来说似乎无关紧要。

慢慢地，迈克的意识逐渐感知到车子已经停下来了。他一直沉浸在幻想之中，看见水，冰冷的水，水当头浇下来浸湿全身。他姐姐也在，还有艾尔顿，用那不正常的微笑冲着他笑。所有的人都在，彼得、默萨蜜、艾莉希亚，甚至他的爸妈，他们在一起游泳，在那疗愈一切的湛蓝之中徜徉，有那么一会儿，迈克让思绪回到那个汪蓝色、那个美丽的水之梦。

"我的天哪。"有个声音说。

迈克睁开眼睛迎向刺眼的白光，还有那股味道，错不了，绝对是动物的粪便味道。他转过脸对着门，看见两个人影——他知道自己曾经见过他们，可是说不上来是什么时候——站在他们两个中间的是另一个高大的男子，因为背着强光，简直居高临下。那人一头银发，身上的连身运动服应该是橘色的。"我的天哪，我的天哪。"那人一直说，"总共七个，简直无法相信。"他转头对其他人说，"别光站在这里，我们需要担架，快点！"

那两个人跑开，迈克脑袋里突然出现一个念头：不对劲，非常不对劲，所有的事情似乎都是在隧道的另一端发生的。他说不上来自己人在哪里，或是为什么在这里，一种似曾相识的颠倒的感觉。这是个玩笑，但是并不好笑，一点都不好笑。他嘴巴里有个很大很干的东西，大得像拳头，他意识到那是自己的舌头肿肿地塞在嘴巴里。他听见彼得的声音，很艰难才发出的沙哑的声音："你……你是……谁？"

"我叫欧森，欧森·汉德。"那张饱经风霜的脸绽出微笑，只是那不再是银发男子的脸，而是西奥——西奥的脸出现在隧道的另一端——这是迈克看见的最后一个景象，然后，隧道塌了，所有的思绪都离他而去。

他还没完全恢复，还在慢慢地穿透一层又一层的黑暗浮上水面。经过了一段感觉既短又长的时间，一个钟头变成了一天，一天变成了一年。黑暗退去，越来越敞亮的白色出现在他上方，意识逐步重新聚拢，从周遭环境中明朗浮现。他眼睛张开，眨动，他的其他部分似乎都不能动，只有眼睛，只有眼皮湿沉沉地啪的一声掀开来。他听见讲话的声音，在他四周移动，仿佛远处的飞鸟，越过无垠的天空彼此叫唤。他想，冷，他很冷，好棒，好不可思议的冷。

他睡着了，等再次张开眼睛，是又过了不知多久的时间。他知道自己躺在床上，床在房间里，而且并不是自己一个人。他根本抬不起头，因为浑身的骨头重得像铁块，他在某个像疗养所的地方，白色的墙，白色的天花板，白色的灯，有角度的光柱照在白色的被子上，躺在被子底下的他似乎一丝不挂。空气冰凉而潮湿。从上方和后面的某处传来机器规律的脉动节奏，还有水滴落进金属盆的声音。

"迈克，迈克，你听得见我的声音吗？"

坐在他床边的是一个女人——他觉得是个女人——黑发短得像男人一样，光滑的额头与脸颊，薄唇小嘴，她用显然是非常关心的眼神看着他。迈克觉得他以前见过她，可是仅止于看起来面熟，其余的就想不起来了。她纤瘦的身形裹在宽松的橘色服装里，那衣服和她身上的其他部分一样，看起来都很眼熟。她背后有个屏风，遮住了他的视线。

"你觉得怎么样？"

他试着说话，可是话语却卡在喉咙里消失了。这女人从床边的桌上拿起一个塑料杯，握着吸管放到他唇边。水爽口清凉，尝起来有特殊的金属味。

“喝吧，喝慢一点。”

他喝了又喝，这水的味道太神奇了。喝完之后，她把杯子放回桌上。

“你的烧退了，我相信你很想见你的朋友。”

他的舌头卡在嘴里又重又迟缓：“我在哪里？”

她微笑：“我让他们来对你解释吧。”

女人消失在屏风后面，留下他一个人。她是什么人？这是什么地方？他觉得自己仿佛睡了好多天，心思随着一连串不安的梦境漂流。他努力回想，有个胖女人，有个抽烟的胖女人。

讲话的声音和脚步声打断了他的思绪，彼得出现在他的床脚，他在咧嘴微笑。

“看看谁醒了！你还好吗？”

“这是……怎么回事？”迈克哑着嗓子说。

彼得在迈克床边坐下，他又倒了一杯水，把吸管放到迈克唇边。“我猜你是不记得了。你脑震荡，在卡车里昏过去了。”他歪着头指指那个女人，她站在床的另一边，默默观察，“你已经见过碧莉了。对不起，你醒来的时候我不在，我们是轮班的。”他靠得更近一些，“迈克，你得看看这个地方，太不可思议了。”

这个地方，迈克想，他在哪里？他的目光飘向那个女人，飘向她那静静微笑的脸。突然之间，回忆袭上心头，他想起来了！她是卡车上的那个女人。

他心中一惊，猛力推开彼得手中的杯子，水溅得到处都是。

“见鬼了，迈克，你怎么回事？”

“她想杀我们！”

“这太夸张了，你不觉得吗？”他瞥着那个女人，轻轻一笑，仿佛两人分享着私密的笑话，“迈克，碧莉救了我们，你不记得了吗？”

彼得欢欣得让人有点不安，迈克想，这似乎与事实完全不符。他显然是病了，而且病得快死了。

“小艾的腿呢？她没事了吗？”

彼得要他别担心：“噢，她很好，大家都很好，只等你好起来。”

彼得再一次弯身靠近他，“他们叫这里天堂，迈克，这里原本是个旧监狱。你就在这个地方，在疗养所里。”

“监狱，像牢房一样？”

“类似，不过他们已经用这里当监狱了，你应该看看他们运作的规模，差不多有三百个行者，不过我猜你会说我们自己就是行者。还有最棒的，迈克，准备好了没？这里没有病鬼。”

他的话很没道理。“彼得，你在说什么？”

彼得不解地耸耸肩，仿佛这个问题不够有趣，不值得认真思索。“我不知道，就是没有。听我说，等你能下床了，就可以自己亲眼看看。你应该看看这里养牲口的规模，能吃到真正的牛肉。”他对迈克咧嘴笑，那笑容有点茫然，“你觉得怎么样？可以坐起来吗？”

他不行，可是彼得的语气让他觉得起码该尝试一下。迈克用手肘撑起身体，房间开始歪斜，大脑好像在头颅里面痛苦摇晃，他又躺下去。

“哇噢，好痛。”

“没关系，没关系，放轻松就好。碧莉说在癫痫发作之后头痛是很正常的，你很快就能下床了。”

“我癫痫发作？”

“你真的不记得了，是不是？”

“我想是吧，”迈克调整呼吸，想办法让自己镇静下来，“我昏睡多久了？”

“包括今天？三天，”彼得瞄了一眼那个女人，“不对，四天了。”

“四天？”

彼得耸耸肩：“很可惜你错过派对了，可是好消息是你觉得好多了，我们还是多注意你的情况吧。”

迈克感觉到挫折感油然而生：“什么派对？彼得，怎么回事？我们陷在这个不知道是哪里的地方，装备全丢了，而这个女人想杀我们，你怎么会讲得一副没事的样子呢？”

他们的对话被打断了，因为随着门打开的声音，响起了愉悦的笑声。拄着拐杖的艾莉希亚从屏风后面冒出来，跟在她后面的是个迈克不认得的男人——有双锐利的蓝眼睛，和仿佛用石头雕出来的下巴。是迈克的幻觉，还是他们两个玩着什么追逐游戏，像小时候一样？

她突然停在他的床脚："迈克，你醒啦？"

"看看这个，"那个蓝眼男子说，"拉撒路[①]，起死回生了。你怎么样啊，兄弟？"

迈克惊吓得无法回答，拉撒路是谁？

艾莉希亚转头看彼得："你告诉他了吗？"

"我正要说呢。"彼得说。

"告诉我什么？"

"你姐姐的事啊，迈克，"彼得冲着他笑，"她在这里。"

迈克眼里涌起泪水："这不好笑。"

"我没开玩笑，迈克。莎拉在这里，而且她好好的，一点事都没有。"

"我就是不记得了。"

他们六个围在迈克床边：莎拉、彼得、霍里斯、艾莉希亚、那个他们叫她碧莉的女人，还有那个蓝眼睛的男人，他告诉彼得说他叫裘德·克里普。彼得宣布了消息之后，艾莉希亚就去找莎拉，不一会儿，莎拉冲进房里，跳到迈克身上又哭又笑。整件事情都离奇得难以解释，迈克不知该从何说起，该问什么问题。可是莎拉还活着，有那么一晌，其余的一切都无关紧要。

霍里斯谈起他们是怎么找到她的，抵达这里的第二天，他和碧莉开车回拉斯韦加斯去找那两辆悍马。到了饭店之后他们只见到废墟，一堆冒烟的瓦砾和扭曲的梁柱。建筑的东侧全部崩塌，街道上满是残骸碎片。悍马就在那下面，被压得粉碎了。空气中弥漫着烟气与尘土，所有的东西都蒙上一层烟灰。大火蔓延到紧邻的另一家饭店，这时还在闷烧。可是东面的建筑，也就是霍里斯看见病鬼抓走莎拉的地方却还完好无损。那原来是艾菲尔铁塔餐厅，一长段楼梯通往建筑顶

---

① Lazarus，《圣经·约翰福音》中因耶稣而起死回生的人。

端一间圆形的大房间，四周全是窗户，许多都已破损或不见了，望出去就可以看见那个被焚毁的饭店。

莎拉蜷卧在一张桌子底下，昏迷不醒。霍里斯碰碰她，她似乎醒过来了，但是眼神呆滞涣散，显然不知道自己在哪里或发生了什么事。她的脚和手臂都有擦伤，一只手腕被她握着揽在膝上，看来可能是断了。他抱起她走下十一层黑黢黢的楼梯，踏进烟尘里。直到回天堂的半路上，她才渐渐苏醒过来。

“事情真的是这样？”迈克问她。

“他说是就是啦，老实说，我只记得我在玩单人扑克。等我醒过来，就已经和霍里斯在卡车里了，其余的就一片空白。”

“你真的没事吗？”

莎拉耸耸肩。的确，除了擦伤和缠上绷带的骨折手腕之外，她看起来并没有受其他伤。“我觉得很好，我只是无法解释。”

裘德在椅子里转了个方向面对艾莉希亚：“我不得不承认啊，小艾，你还真会办派对啊，你丢手榴弹的时候，他们脸上的那个表情，真是太帅了。”

“迈克也有功劳啊，是他告诉我沼气的事的，而彼得也拿了锅子当武器。”

“我还是完全听不懂你们在说什么，”碧莉蹙眉说，“你说她看见她的影子？”

彼得耸耸肩：“就我所知，那的确有效。”

“说不定那病鬼只是不喜欢你煮的菜。”霍里斯说。

大伙儿全笑了起来。

太古怪了，迈克想，不只是故事的本身，还有每一个人的言行举止，仿佛他们此生再也无忧无虑。

“我不懂的是，你们一开始为什么会在那里？”他试探地问，“我很庆幸有你们在，只是那好像只是意外巧合。”

回答的是裘德：“我们还是定期派人进城去寻找补给品。饭店爆炸的时候，我们刚好在几条街之外，我们在一家旧赌场的地下室有个栖身处。我们听见爆炸声，就过去看看，”他微微一笑，闭着的嘴巴拉起一个大大的弧形，“我们只是瞎猫碰到死耗子，撞见你们了。”

迈克沉入思索。“不，不可能是这样。”过了一会儿他说，“我记得很清楚，我们跑出来之后饭店才爆炸，那时你们就已经到了。”

裘德很怀疑地摇头：“我不这么认为。”

“不对，你问她，她从头到尾都看见了。”迈克转头看碧莉，她冷冷地打量他，脸上全然漠不关心，“我记得很清楚。你用枪对付一个病鬼，艾美把我拉进车里，然后我们才听见爆炸声。”

可是在碧莉回答之前，霍里斯插嘴说：“我想你是有点搞混了，迈克，是我把你拉进车里的。那时饭店已经烧起来了，这大概是你自己想出来的。”

“我发誓……”迈克的目光再次盯住裘德，盯住那张宛如雕刻的脸，“你说你们当时在栖身处？”

“是这样，没错。”

“离那里三条街。”

“差不多，”裘德脸上一抹纵容的微笑，“就像我说的，除了运气之外真的无法解释，兄弟。”

迈克感觉到大家注目的眼光，不由得紧张发热。裘德的说法解释不通，太明显了。谁会在夜里离开安全的栖身所，冲向起火的建筑？可是为什么大家都配合他的说法？饭店三面的街道都被瓦砾垃圾堵死了，所以裘德和碧莉不可能从东面过来。他努力回想他们是从哪一侧离开饭店的，南侧，他想。

“该死，我不知道，”最后他说，“或许我记错了。老实说，我脑袋里的事情全混成一团了。”

碧莉点点头：“长时间昏迷之后，是会有这样的现象。我相信再过几天，你就会想起所有的事。”

“碧莉说得没错，”彼得说，“我们让病人休息一下吧。”他对着霍里斯说，“欧森说他要带我们到野地里去转一转，看看他们这里运作的情形。”

“欧森是谁？”迈克问。

“欧森·汉德，他是这里的负责人，我相信你很快就会见到他。

所以，如何啊，霍里斯？”

大个儿微微一笑：“听起很不错。”

于是，所有的人都起身离开，迈克又独自一人躺在病床上，他对这奇怪的新状况感到很不解。莎拉又返回他的床边，而裘德透过屏风观察着她。她握着迈克的手飞快地在他额头上吻了一下，多年来这是莎拉第一次亲吻他。

“我很高兴你没事，”她说，“先把身体养好，好不好？我们都这么希望的。”

迈克竖起耳朵听他们离开的声音，脚步声，接着是厚重的门，开启又关上。他又等了一分钟，确定房里只有他一个人。这时他打开手掌，看莎拉偷偷塞给他的那张折起来的纸条。

什么都别告诉他们。

25

彼得说的派对是在前一夜举行的，也就是他们抵达之后的第三个晚上。这是他们可以同时见到每一个人，天堂里每一个人的机会，但是他们看见的并不是事实。

什么都不是真的，首先，欧森指称这里没有病鬼的说法就不是事实。距离这里仅仅两百公里的拉斯韦加斯病鬼横行。他们从乔舒亚谷到凯尔索走了至少这么远的距离，行经相似的地形，但病鬼如影随形，无所不在。艾莉希亚指出，牲口的臭味也会传到下风的远处，然而这个地方唯一的屏障看来却只有一道金属围篱。防线如此脆弱，根本挡不住攻击。除了厢型卡车车顶的喷火器之外，欧森坦承，他们完全没有可用的武器。那些猎枪只是拿来做做样子的，弹药好几十年前就用没了。

“你们看得出来，”欧森对他们说，“我们这里过着完全和平的生活。”

彼得从没见过像欧森·汉德这样的人，他对于自己的权威这么泰然自若。碧莉和那个叫裘德的男子看来是欧森的助手，而开车载他们从拉斯韦加斯来的那个司机葛斯显然是个工程师，负责所谓“实体工厂”的工作。除此之外，彼得看不出来有什么其他的指挥架构。欧森没有头衔，他就只是负责指挥，然而他应付得轻松自在，用温和得近乎带点歉意的态度达成他的目的。他身材高大，满头银发——和大部分男子一样扎成长长的马尾，女人和儿童的头发反而都剪得极短——略微有点驼背，那套橘色的连身服穿在身上颇不合身，说话的时候习惯指尖相抵，他看起来比较像慈祥的父亲，而不是在掌理三百人生活的大人物。

在他们抵达后不到几个钟头，欧森就告诉了他们天堂的历史。他们当时在疗养所，欧森的女儿咪拉负责照料迈克。咪拉是个气质脱俗、身材纤细的少女，头发剪得极短，肤色苍白紧致得几近透明，用既紧张又敬畏的态度面对他们。被带下厢型卡车之后，他们七个人被剥掉衣服，好好清洗一番，所有的行囊都被没收了。欧森保证会悉数奉还，但除了武器之外。讲到这里，欧森顿了一下，用惯常的温和态度说他希望他们会选择留下，但如果他们选择继续上路，武器就会还给他们，但是目前枪与刀都会锁起来保管。

至于天堂，很多事情都已经无人知晓了，欧森解释说，随着时间的流逝，故事不断演变，到后来已经没有人搞得清楚真相到底为何，可是有几点是大家都有共识的。第一批的居民是拉斯韦加斯的难民，在战争的末期来到此地。至于他们是认为旧监狱的铁栅、高墙和围篱可以提供某种程度的安全所以计划到这里来，或是在到其他目的地的途中在此停留，就不得而知了。因为周围的荒凉太难适应，所以他们发现这里没有病鬼。事实上，这也就形成了某种天然屏障，他们决定留在这里，在沙漠里想办法过活。整个监狱其实是由两个不同的机构所组成的：一个是沙漠井州立监狱，也就是第一批居民居住的地方；另一个是附属的保护管束所，是拘留少年犯的低安全戒备农业劳动营，这是目前所有居民居住的地方。监狱用以命名的“沙漠井”是一个涌泉，提供了灌溉用水，也提供了稳定的水流，让部分建筑包括疗养所，得以降温。监狱本身供应了他们所需的大部分物资，包括大多数人现在还穿的橘色连身衣。其余的物品，他们就到南面的城市去搜寻。这种生活并不轻松，而且也有许多缺乏的东西，但是在这里，至少他们可以过着免于病鬼威胁的生活。这么多年以来，他们派过搜查队去找寻其他的幸存者，希望能带他们来到安全的处所。他们是找到过几个，人数极少，而且他们已经很多年没找到，甚至早就放弃再找到人的希望了。

“所以说，”欧森露出和善的微笑，“你们来到这里，简直是个奇迹，”他还真的泪眼迷蒙，“你们每一个人都是奇迹。”

他们陪迈克在疗养所度过了第一个晚上，隔天就搬到劳动营外围两间相邻的煤渣砖房，面对一个尘土飞扬的广场，中央有一堆轮胎，周围一圈火桶。他们独自在这里过了三天，算是权宜的隔离措施吧。另一头有更多小屋，显然没有人住。他们的住处很简朴，两间小屋都各有一张桌子，几把椅子，以及一间位于后面的有床的房间。里头又闷又热，地板有很多小碎石，踩在脚底咔啦咔啦响。

霍里斯在早晨与碧莉一起出发去找那两辆悍马，这里很缺功能性的车辆，欧森说，如果那两辆车能在爆炸之后逃过一劫，那就值得冒险走一遭。至于欧森是想留为己用或是还给他们，彼得就不知道了，这件事并没有挑明说，但彼得决定不追问。乘坐厢型卡车的那段旅程，他们七个人都差点被热气烤到焦死，况且迈克还昏迷不醒，最明智的做法似乎是尽量少开口。欧森问起殖民地的事，以及他们这趟旅程的目的，他们无可回避地必须给个交代，可是彼得只肯承认他们来自加州的一个殖民地，还说他们这趟出来是来找寻幸存者。他没告诉欧森关于碉堡的事，他的沉默暗示他们来自一个武器装备充足的地方。或许总有一天，彼得想，他必须告诉欧森真相，或至少是部分的真相，可是那个时机还没到，而欧森看来也只好接受他谨慎的解释。

接下来的两天，他们只偶尔匆匆瞥见其他的居民。小屋后面是田地，长长的灌溉水管从中央汲水屋向四方延伸。再过去是好几百头牲口，圈养在有遮阴的大型畜栏里。偶尔，他们会看见车辆沿着远方围篱驶过卷起的烟尘，但是除了这些和田里的几个人影之外，他们什么人都没看见。其他人都到哪里去了？他们小屋的门没锁，但是空荡荡的广场对面始终有两个身穿橘色连身服的男人在晃悠。那两个人替他们送餐过来，通常碧莉或欧森也会一起来，顺便报告迈克的病况。迈克似乎陷入深沉的睡眠状态——并不见得是昏迷。欧森他们说以前见过这样的情况，说是暑热的影响，不过迈克烧退了，这是好现象。

接着，第三天早上，莎拉回到他们身边。

对于自己发生的事，她完全不记得。关于这个部分，隔天迈克醒来之后，他们告诉他的都是事实，还有霍里斯找到莎拉的经过也是。他们非常高兴，也松了一口气——莎拉的情况似乎很好，只是对他们的新状况乍听之下有点不太能理解。然而，莎拉这样被抓又完好归来，同样也令人很不解，就像这里没有灯光与高墙却很安全一样，完全说不通。

到了这时，找到另一个人类居住地的欣喜已经被深深的不安所取代，然而，除了欧森、碧莉与裘德，以及那两个名叫哈普与雷昂、身穿橘色连身服监视他们的男子之外，他们还是几乎没见到其他人。此外，唯一有生命存在的迹象是四个身穿破旧衣服的小孩儿，每天傍晚出现在广场的那堆轮胎上玩。不过，奇怪的是，从来没有大人过来带他们，玩到一定时间，他们就径自跑开。如果他们不是囚犯，为什么要有人看守？如果他们是囚犯，那又何必伪装呢？其他人都到哪里去了？迈克出了什么事，为什么还没恢复意识？他们的背包，一如欧森所承诺的，已经还给他们了，但显然已经被检查过，有好些东西，比如说莎拉医药箱里的解剖刀，都被拿走了，可是凯勒柏藏在夹层里的地图显然没被发现。这座监狱并没有出现在内华达的地图上，可是他们找到了名为“沙漠井”的小镇，就位于拉斯韦加斯以北的九十五号公路上。从这里往东就是一大片灰色的区域，完全没有路，也没有城镇，标示着“奈利斯空军测试区”。在这个区域的西端，离沙漠井镇几公里之处有个小红点，名为“丝兰山国家保留区”。如果彼得没搞错他们现在所在的方位，这幢建筑坐落的位置很清楚，就在屏障北方隆起的山脊上。霍里斯与碧莉、葛斯往南行的那趟行程，让他有机会多了解周遭的地貌。据霍里斯说，围篱远比他们想象的强固，都是厚重钢板打造的双层围墙，两道墙之间大约相隔十米，墙顶架有蛇笼。霍里斯只看见两个出入口：一个位于南面，在田地的另一端——这个出入口似乎连接着绕行整幢监狱的道路——还有一个正门入口，连接高速公路。这个入口两侧各有一座配备观察哨的水泥塔楼，他们不知道上面有没有人把守，但是地面的小警卫亭有身穿橘色连身服的男子值勤，就是那人替霍里斯和碧莉开启大门的。

天堂离带他们往北走的高速公路只有几公里远，原本的监狱是一幢戒备森严的灰石建筑，坐落在整个建筑群的东侧边缘，围绕着几栋较小的建筑与活动房屋。霍里斯说他们越过了在围墙与高速公路之间的一条南北向的火车铁轨。那条铁路显然通向北面的山脊。关于这一点霍里斯觉得很奇怪，因为谁会想要建一条通向山里的铁路？在第一次见面时，彼得曾问起汽车燃料从何而来，欧森提到燃料来自这里的火车站。可是霍里斯说他们在往南的路程中并没有停车，所以他不能确定是不是真的有储油站，他们应该是从某个地方弄到油料的。就在这次对话的过程中，彼得离开这里的想法已在他心中渐渐成形，但问题是必须偷到车辆并找到可以让车子行驶的油料。

温度好高，与世隔绝的生活开始让他们难以忍受。每一个人都烦躁不安并且替迈克担心。在闷热的小屋里，没人睡得着，而最清醒的人是艾美。彼得觉得这个女孩似乎从来没合过眼。她彻夜地坐在床上，脸上的表情全神贯注的，显然非常专心。彼得觉得，她仿佛是想在心里解开什么难题。

第三天晚上，欧森过来找他们，碧莉与裘德陪他一起来。过去这几天，彼得始终觉得裘德不像外表看起来那么简单。他说不上来为什么，但就是觉得这个人有点让人猜不透。他的牙齿又白又直，让人不得不看，就像他那双湛蓝得直指人心的眼睛一样。这些细节也让他的五官散发着与年龄不相称的特质，仿佛他已让时光放慢脚步。每回彼得看着他，总觉得自己像目不转睛地盯着一阵大风。彼得发现，欧森从未对裘德直接下达过命令。欧森下令的对象是碧莉、葛斯以及在小屋来来去去的那些身穿橘色连身服的男人。彼得心中隐隐浮现一个想法，认为裘德自己拥有某种权威，是一种独立于欧森之外的权威，因为他曾经好几次看见裘德和监视他们的人讲话。

暮色之中，那三个人穿过广场阔步走向小屋。随着白昼高温的消降，那几个小孩儿开始出现在广场玩要，但是他们一看到这三个人走近就突然一哄而散，宛如一群受惊的鸟儿。

“该是让你们认识环境的时候了。”欧森来到门口时说，他露出大大的微笑——这微笑开始显得有些虚假，像是虚有其表的微笑。站在欧森身边的裘德露出那排完美的牙齿，那双蓝眼睛跳过彼得，环顾阴暗的小屋。只有碧莉似乎完全不为所动，表情严肃的脸连一丝情绪都没有。

“请跟我们来吧，各位，”欧森说，“不必再等待了，每个人都很期待见到你们。”

他们领着一行七人越过空荡荡的广场，拄着拐杖的艾莉希亚把艾美紧紧带在身边，戒慎恐惧的他们默默走进小屋群集的区域。这里规划成格子状，在一排排房舍之间有巷道，也显然有人居住：窗户有油灯照亮，房舍之间的空地有晒衣绳，在沙漠空气里一动也不动。远远的，那幢旧监狱在夜空的衬托下宛如剪影，身在黑暗之中，他们没有灯光保护，连腰带里也没有刀，彼得从没感觉过这么怪异。前方不知哪里传来烹煮食物的味道和嗡嗡讲话的声音，随着他们越走越近，声音也越来越大。

他们转过墙角，看见一大群人聚在一个有着大屋顶、四面开敞、用粗铁架支撑架高的建筑里。这块区域周围有一圈开口的桶子，里面燃起的柴火照亮了整个空间。旁边有一排排的长桌与椅子，穿连身服的人正忙着从毗连的建筑里端出一锅锅的食物。

所有的人都僵住了。

这时，那一大群瞪着他们的脸孔之中，有个声音突然扬起，接着又有另一个声音兴奋地喊道：**他们来了！旅人！从远方来的旅人！**

在群众的包围之下，彼得有种被轻轻吞没的感觉。有那么一小段时间，沉浸在温暖的浪潮里，他似乎就要忘了自己的担忧。这里有几百个人，男女老少，这么欢欣鼓舞地迎接他们到来，他几乎就要相信欧森所说的，相信他们是所谓的奇迹。男人们拍着他的肩膀和他握手，有些女人把宝宝抱给他看，好像把他们当成天赐的礼物拿出来献宝。其他人则轻轻碰了他，又迅速走开——到底是因为害怕或只是情绪激动，彼得分辨不出来。有时候他会不经意地发现欧森叫大家保持安静，但显然毫无必要。所有的人都在说：**能见到你们实在太高兴了，大家好高兴你们来了。**

就这样过了好多分钟，时间长得足以让彼得开始对这些微笑、碰触、反复的欢迎之词感觉到疲乏。见到不认识的人，更不要说是好几百人，对彼得来说这实在是个前所未有的奇怪经验，所以他还有点恍惚。这群人实在有点孩子气，彼得想，这些身穿破旧橘色连身服的男男女女都是满脸憔悴，却双眼圆睁，表情纯真，是近乎百依百顺的神情。众人的热情难以抗拒，然而整个场面却有种事先安排好的味道，他们仿佛不太自然的反应像是刻意设计好来让彼得产生特定的感觉：完全解除戒备的感觉。

他心中一边思索着这些事情，一边还要想办法跟上其他人的脚步，事实证明这真的很难办到。群众的簇拥挤散了他们，他只能远远瞥见其他人：莎拉的金发从一个把小孩抱在肩头的妇人头上冒出来，凯勒柏的笑声从一片橘色之中传出来。在他右首，一小群妇人围着默萨蜜，赞赏地嘀嘀咕咕。彼得看见其中一个妇人伸手摸默萨蜜的肚子。

这时欧森来到他身边，还有他的女儿咪拉。

"那个女孩，艾美，"欧森说，这是彼得第一次看他蹙起眉头，"她不会说话？"

艾美贴在艾莉希亚身边，一群小女孩围在旁边对艾美指指点点，手掩嘴不住地笑。彼得转过头，正好看见艾莉希亚举起一支拐杖赶她们走，那半认真半开玩笑的动作让她们一哄而散，她的眼神和彼得短暂交会。**帮帮忙，**她似乎在说，但她还是面带微笑。

他转头对欧森说："不会。"

"好奇怪，我从没听过这种事，"他瞄了女儿一眼，然后又把注意力转回到彼得身上，一脸关切的神色，"可是她……其他都还好吧？"

"都还好？"

他沉吟了一下："请务必原谅我这么直率，可是能生育的女人是个很大的恩赐。这是最重要的，因为我们的人这么少，而且我看见你们有个母的怀孕了，大家都很想了解情况。"

母的？彼得想，这个措辞来得真奇怪。他看着默萨蜜，那群女人还围着她，他这才发现其中好几个也都怀孕了。

"我想她其他都应该还好。"

"那其他人呢？莎拉和那个红头发的……小艾？"

这一连串的问题很古怪，突如其来，让彼得很迟疑，不知道该说或不该说，可是欧森凝神看着他，要求他至少给个回答。

"我想她们也还好。"

这个回答似乎让他很满意，欧森轻快地点头，双唇再次绽开微笑："很好。"

母的？彼得又想，欧森像在讲牲口似的。他觉得自己讲得太多，觉得自己因被迫透露了太多信息而不安。咪拉站在父亲身边，面对正在移动的群众，彼得突然发现她一句话都没说。

所有的人都围到长桌旁，在传递食物的时候喧哗的交谈声顿时变小了。菜肴包括一碗碗从巨大桶子里舀出来的炖菜、一锅锅奶油和一壶壶牛奶。彼得环顾四周，看见人人交谈取食，有些还帮孩子夹菜，带着孩子的妇女把宝宝抱在膝上，或露出胸部让他们吸吮。他明白，眼前所见的不只是一群幸存者，而是一个大家庭。自从离开殖民地之后，他头一次有对家的渴望，也觉得自己是不是太多疑了，说不定他们在这里真的会很安全。

然而还是有些不对劲，他感觉到了。这群人并不完整，有些什么不见了。他说不上来缺的究竟是什么，但那个缺角却在他的意识边缘微微啮咬，似乎看得越久就越有感觉。他看见艾莉希亚和艾美与裘德在一起，那人正带她们入座。裘德脚穿皮靴——其他人几乎都是赤脚——站得直挺挺的，看起来有点居高临下的样子。彼得看见裘德靠得离艾莉希亚好近，摸着她的臂膀，在她耳边不知说了什么，惹得艾莉希亚笑了起来。

但他的思绪被打断了，因为欧森伸手搭着他的肩膀。“我很希望你们选择留在我们身边。”他说，“我们全都希望，人多力量大。”

“我们必须讨论一下。”彼得勉强挤出这句回答。

“当然啦，”欧森回答说，手还是搭在彼得肩上，“不急，你们慢慢来，没关系。”

26

事情很简单，这里没有男孩。

或者应该说几乎没有男孩，艾莉希亚和霍里斯说他们看到几个，可是彼得再进一步追问，两人都不得不坦承他们无法百分之百确定是真的看到了。因为所有的小孩儿都剪短发，所以很难辨别，而且他们也没看到较大的孩子。

此时是第四天的下午，迈克终于醒了。五个人聚在两间小屋之中较大的那一间，默萨蜜和艾美留在隔壁，彼得和霍里斯才和欧森去野地里逛了一圈回来。这一趟真正的目的是再一次观察周遭的防线，因为他们已经决定，一等迈克能上路就离开。这个决定无疑和欧森有关，虽然彼得不得不说他喜欢这个人，但是却有说不上来的理由让他无法信任欧森。天堂有太多说不通的地方了，而前一夜的聚餐更让彼得不敢肯定欧森到底有什么企图。彼得开始觉得众人空洞的热情让他喘不过气来，甚至非常不安。每一个人都几乎一模一样，到了早上，彼得已经想不起来谁是谁了，所有的嗓音与面孔似乎都在他脑海里混为一体。没有半个人，他发现，没有人问他们是怎么来到这里的，没有人问他们以前住的殖民地在哪里。这些事让他越想越不对劲。对另一个殖民地感到好奇不是最自然而然的反应吗？还有问他们这趟旅程以及所见所闻？彼得这一行人简直像凭空出现似的，而且他也想到，没有人告诉他他们的名字。

他们必须偷一辆车，这一点每个人都同意。油料是接下来要解决的问题，他们可以循着铁轨往南寻找储油站，或如果油料够用的话，他们也可以再往南开到拉斯韦加斯的机场，然后再开上十五号高速公路继续北行，可是八成会有人追他们，彼得怀疑欧森不会这样白白放走一辆厢型卡车，免不了要一番缠斗。为了避免这样的情形发生，他们可以改向东走，越过测试区，可是那里没路又没城镇，彼得也怀疑他们能否走得出去。如果那里的地形和天堂周遭一样，他们绝对不会想在那样的地方迷失方向的。

武器也是个问题，艾莉希亚相信这里有军械库。不管欧森是怎么说的，但从一开始她就坚信他们看见的那些枪里都有子弹。她前一夜使出浑身解数想在裘德身上套出信息。因为就像欧森紧跟着彼得一样，裘德一直贴在艾莉希亚身边，而且早上他还开着卡车载她去逛了其余的区域。虽然彼得很不高兴，但只要能在不被察觉的情况之下多探知一点信息，那么任何机会都不能放过。

然而，就算这里真的有军械库，裘德也没有透露丝毫口风。说不定欧森所言都是事实，但他们担不起这样的风险。更何况就算欧森说的是实话，他们带来的武器也一定还藏在什么地方——彼得记得，他们有三把来复枪，九把刀子，至少六匣弹药，还有几颗手榴弹。

“那栋监狱呢？”凯勒柏提到。

彼得已经想到了，监狱自然是最适合保管东西的地方，但是截至目前，他们都无法靠近那一带，更不要说搞清楚该如何进去。从各方面来看，那地方似乎真的是废弃了，就像欧森说的。

“我想我们应该等到天黑，然后溜出去勘察，”霍里斯说，“我们不试试看，永远不会知道有什么危险。”

彼得转头对莎拉说：“你认为迈克还要多久才能上路？”

她疑虑地皱起眉头：“我甚至不知道他是怎么回事，说不定真的是脑震荡，可是我不这么认为。”

莎拉已经不止一次提出这样的疑虑，因为严重到会让迈克癫痫发作的脑震荡应该会要了他的命。他迟迟昏迷不醒应该就是脑部肿大所导致的，可是迈克醒来之后，莎拉却察觉不到任何脑部损伤的迹象。他的言语和动作协调能力都很好，瞳孔正常而且有反应。他仿佛只是陷入深沉但却正常的睡眠状态，然后正常醒来。

“他很清醒，”莎拉继续说，“只是有点脱水，可我们还要几天才能移动他，说不定还要更多天。”

艾莉希亚哀叹一声，重重跌坐在她的床上："我不知道我还能不能撑那么久。"

"怎么了？"彼得问。

"因为裘德啦，我知道我们应该要应付他们，可是我真的不知道我还能忍耐到什么程度。"

她的意思其实很明白了。"你认为你……我不知道，你挡不住他？"彼得问。

"别担心我，我可以照顾自己，只是他会有点不高兴。"她顿了一下，突然有点迟疑，"还有另一件事，和裘德无关。我不确定我是不是该提出来，有人记得莉萨·周吗？"

彼得记得，至少是记得名字，她是老周的侄女。她和爸妈以及一个弟弟都在暗夜失踪了——是被杀还是被抓走了，彼得不记得。彼得对莉萨只有模模糊糊的印象，隐约记得他们一起在庇护所的日子。她是年龄比较大的孩子，对当时的彼得来说，简直是个大人了。

"她怎么了？"霍里斯问。

艾莉希亚有点迟疑："我觉得我今天看见她了。"

"不可能！"莎拉马上驳斥。

"我知道不可能，这个地方的一切都很不可能，可是我记得莉萨脸颊上有个疤，因为意外造成的，我忘了是什么事。我看见那道疤了，一模一样的疤。"

彼得倾身向前，这个新消息似乎很重要，和他心中浮现的想法不谋而合，只是他还不完全清楚自己的想法是什么："在哪里看见的？"

"在乳牛场里，我很肯定她也看见我了。裘德和我在一起，所以我没办法走开，可是等我再回头看的时候，她已经走了。"

可想而知，彼得想，她是逃走了，然后不知为何来到这里。只是，莉萨当时还只是个女孩，怎么有办法长途跋涉来到这里？

"我不知道，你确定吗？"

"不，我不确定，我没有机会去确认，我只是说她长得和莉萨·周好像。"

"她怀孕了吗？"莎拉问。

艾莉希亚想了想："现在想想，她是怀孕了。"

"很多女人都怀孕，"霍里斯说，"这很合理，不是吗？小孩儿就是小孩儿。"

"可是为什么没有小男生？"莎拉又说，"而且如果这么多女人怀孕，不是应该有更多小孩儿才对？"

"没有吗？"艾莉希亚问。

"这个嘛，我原本也是这样想的，可是我昨天晚上算算，大概只有十几二十个小孩儿，而且我看见的总是同样的那几个孩子。"

彼得说："霍里斯，你说有几个小孩儿现在外面？"

霍里斯点点头："他们在那堆轮胎上玩。"

"凯勒柏，去看一下。"

凯勒柏从床上起来走到门口，拉开一条缝。

"我猜猜看，"莎拉说，"那个牙齿歪歪的女生和她的朋友，那个金头发的小女孩。"

凯勒柏从门边转头："她猜对了，就是那两个女生。"

"这就是我说的，"莎拉坚持，"每次都是同样那几个孩子，好像她们是来让我们以为这里有更多小孩儿的。"

"我们到底是在说什么啊？"艾莉希亚说，"好啊，我承认男生的事情很奇怪，可是这……我不知道，莎拉。"

莎拉转头看艾莉希亚，迎战似的挺起肩膀："相信自己看见已经死了十五年的女孩是你啊。她现在几岁，二十好几了吧？你怎么知道那是莉萨·周？"

"我告诉你了呀，那道伤疤，我想我一眼就认得出来周家人。"

"这么说来我们就得把你的话当真啰？"

莎拉尖锐的语气似乎激怒了艾莉希亚："我才不管你相不相信，我看见就是看见了。"

这两个女人彼此怒目相视。彼得不想听了："你们两个够了吧？这样解决不了问题的，你们两个是怎么回事？"

两人都没回答，房里的紧张气氛很明显。艾莉希亚叹口气，又坐回床上。

“算啦，我只是不想再等了，我在这个地方根本睡不着觉。热得要死，而且整个晚上做噩梦。”

霎时，所有的人都沉默下来。

“那个胖女人？”霍里斯说。

艾莉希亚马上跳起来：“你说什么？”

“在厨房里，”他的嗓音很沉重，“古昔的场景。”

凯勒柏从门口转头看他们：“我告诉你，那小子不只是个哑巴……”

莎拉接着他的话说：“而且是被打哑的。”她满脸惊讶，“我也梦见她了。”

所有的人都盯着彼得看。

他们在说什么？什么胖女人？他摇摇头：“对不起。”

“可是我们都做了同样的梦。”莎拉说。

霍里斯摸着胡子，点点头：“显然是这样。”

听见门打开的时候，迈克正在迷迷糊糊的梦中忽睡忽醒。有个女孩从屏风后面走出来。她比碧莉年轻，但是穿着同样可笑的橘色连身服，头发剪得极短。她端着一个餐盘，站在他面前。

“我想你也许饿了。”

随着她穿过房间，热食的气味宛如电流触动了迈克的感官，他突然好饿。那女孩把餐盘摆在他膝上：浸在褐色酱汁里的肉，水煮青菜，还有最棒的，厚厚一片涂了奶油的面包，金属餐具裹在粗布里放在一旁。

“我叫迈克。”他说。

女孩微微点头露出微笑。为什么每一个人总是面挂微笑？

“我叫咪拉，”他看见她脸红了起来，她短短的金发颜色好淡，看起来简直是白色的，像小孩儿一样，“我是负责照顾你的人。”

迈克不知道这是什么意思，自从醒过来之后，他只有一些碎片般的回忆：讲话的声音，在四周走动的身影，淋在他身上与滋润他嘴巴的水。

“我想我应该说谢谢你。”

“噢，我很高兴能照顾你，”她端详了他一会儿，“你真的是从外面来的，对不对？”

“外面？”

她微微耸肩：“不是这里，就是外面啊。”

她对着餐盘皱皱鼻子：“你不吃啊？”

他先从面包开始，吃在嘴里又软又美味，接着吃肉，最后才吃蔬菜。蔬菜纤维很多，尝起来苦苦的，但还是让人很满足。女孩拉了一把椅子坐在床边看他吃，眼睛盯着他，一脸专注，仿佛他每吃一口，就让她的喜悦更添一分，这里的人还真奇怪。

“谢谢，太好吃了。”他说，整盘东西都吃干抹净了。她几岁了？十六？

“我可以再多送一些过来，只要你想吃随时都可以。”

“说真的，我饱得连一口都吃不下了。”

她从他膝上端起餐盘摆到一旁。迈克以为她准备离开了，结果没有，她反而再次走近他，紧贴在高高架在地板上的病床边。

“我喜欢……看着你，迈克。”

他觉得自己的脸热热的：“咪拉，你叫咪拉，对吧？”

她点点头，从床单上拉起他的手，紧握在她自己手中：“我喜欢你叫我的名字。”

“嗯，这……”

可是他没办法继续说下去，因为她突然吻他。他嘴里涌进一阵柔软甜美，他感觉自己的理性正在崩解。吻他！她竟然吻他！而他也吻她！

“爸爸说我可以生个宝宝，”她说，温暖的气息喷在他脸上，“如果我有个宝宝，就不用去圈子了。爸爸说我想要谁都可以，我可以要你吗，迈克？我可以要你吗？”

他试着想要思考，想要理清她说的话以及发生的事。她的味道围绕着迈克，还有她似乎已经爬到了他身上，跨坐在他腰上，她的脸贴近他。冲动与欲望让他陷入无言顺从的状态。宝宝？她想要个宝宝？

如果她有个宝宝，就不必去圈子？还是说不必有戒指？[①]

“咪拉！”

霎时完全不知所措，那女孩抽身离开。房里顿时挤满了人，身穿橘色连身服的男人壮硕的身躯塞满整个房间。有人抓住了咪拉的手臂，不是男人，是碧莉。

“我会假装，”她对那女孩说，“没看见这一切。”

“听我说，”迈克想办法挤出声音说，“是我的错，不管你看见什么……”

碧莉用冷冷的眼神瞪他一眼，在她背后，有个男的在窃笑。

“别假装这是你的主意，”碧莉的目光再次转到咪拉身上，“回家去，”她命令道，“马上回家去。”

“他是我的！他是留给我的。”

“咪拉，够了！我要你马上回家去，在家里等着。别和任何人讲话，你听清楚了吗？”

“他不必去圈子！”她大叫，“爸爸说的！”

又是那两个字，迈克想，圈子，圈子是什么啊？

“除非你离开这里，现在就走。”

最后这句话似乎奏效了，咪拉安静下来，没再看迈克一眼，然后消失在屏风后面。过去几分钟的感觉——欲望、迷惑、困窘还在心里盘旋。但是他也在想：算我运气好，她不会再回来了。

“丹尼，去把卡车开到后面来，提普，你和我一起留在这里。”

“你要干吗？”

碧莉从身上不知什么地方拿出一个小小的金属罐，用拇指和食指一压，挤出一些粉，撒进一杯水里，她把杯子递给他。

“喝完。”

“我才不喝这个。”

她不耐烦地叹口气：“提普，过来帮一下忙。”

那人走了过来，耸立在迈克床边。

---

① 原文 ring 既有“圈子”也有“戒指”的意思。

“相信我，”碧莉说，“你不会喜欢这个味道，可是你很快就会觉得好多了，而且不再有那个胖女人。”

那个胖女人，迈克想，古昔厨房里的那个胖女人。

“你怎么……”

“喝下去，我们在路上再解释。”

似乎没有办法可以回避了，迈克把杯子举到唇边，将液体倒进嘴里。见鬼了，真是难喝死了。

“这是什么鬼东西？”

“你不需要知道，”碧莉拿走他手里的杯子，“感觉到没？”

他感觉到仿佛有人拨动了他身体里一根又长又紧的弦，一波波轻快的活力从他身体深处散发出来，他张开嘴正要宣布这个新发现，却突然一阵抽搐，打了一个牵动全身的大嗝。

“前一两次会有这样的反应，”碧莉说，“吸气。”

迈克又打了个嗝，房里的色泽似乎变得鲜艳起来，仿佛周遭的一切也和他一样有了新的活力。

“他最好闭嘴。”提普警告说。

“好奇妙啊。”迈克说，他用力吞口水压抑打嗝的冲动。

另一个男的从走廊回来了。“天色越来越晚，”他很快地说，“我们最好赶快行动。”

“让他穿上衣服，”碧莉的目光又盯着迈克，“彼得说你是工程师，说你什么东西都会修，是真的吗？”

他想到莎拉塞给他的那张纸条：**什么都不要告诉他们。**

“嗯？”

“我猜是吧。”

“我不要你猜，迈克。这很重要，你会还是不会？”

他瞥见那两个男的充满期待地看着他，仿佛一切都系于他的回答。

“好吧，我会。”

碧莉点点头：“那就穿上衣服，我叫你做什么就乖乖照做。”

27

默萨蜜在黑暗之中梦见鸟儿，她的心脏下面传来一阵轻快的拍动，宛如有对翅膀在翱翔，她一惊而醒。

宝宝，她想，是宝宝在动。

那感觉又来了——隐隐约约的水的压力，节奏分明，宛如池水逐渐扩散开来的涟漪，仿佛有人敲着她心中的一片玻璃——**嗨，嗨，在这里！**

她双手探进汗湿的衬衫底下，摸着肚子的曲线，心中涌起温暖的满足。嗨，她想，我也对你说嗨。

宝宝是个男孩，自从她吐掉早餐开始，她就这么认为，但她还不想给他取名字。失去有名字的宝宝会更难受，大家都这么说，可是这并不是真正的理由，因为这宝宝一定会生下来。这个想法不只是希望，不只是信念，默萨蜜知道这是个事实。等宝宝以响亮的哭声来到这个世界的时候，西奥会在场，他们会一起为他们的儿子命名。

这个地方——天堂——让她觉得好累，她整天只想睡觉和吃。因为宝宝的关系，让她整天想吃东西。在吃过那么多天的硬面包和大豆，还有在碉堡里找到的那些真空密封在塑料里的已有百年的糊状食物之后，他们没被毒死还真是奇迹。在这里能吃到真正的食物实在太棒了：牛肉和牛奶、面包和奶酪。真正的奶油又软又滑，她大口地送进嘴里，然后把手指舔干净。光是为了这些食物，她就愿意永远留在这里。

他们都马上察觉这个地方很不对劲。昨天晚上，抱着孩子的女人或是自己也怀孕的女人围着她，她们发现她怀孕之后脸上都散发出姐妹情深的光辉。宝宝！好棒啊！什么时候生？是头一胎吗？和她一起来的其他女人也有孩子吗？当时她并没质疑她们为什么会知道她怀孕了，虽然她的肚子根本还看不出来。她也没质疑为什么没人问父亲是谁，更夸张的是这些女人也没有人提到她们孩子的父亲是谁。

太阳已经下山了，默萨蜜只记得自己躺在床上眯了一下。彼得和其他人大概都在另一间小屋里讨论下一步该怎么做。宝宝又动了，在她肚子里翻动。她闭眼躺着，让这感觉漾满全身，在城墙上守望似乎已经是好多年前的事了。有了宝宝就是这样的感觉：这个奇特的新生命在你的身体里成长，等到结束之后，你也变成了完全不同的人。

她突然发现她并不是一个人在房里。

艾美坐在她旁边的床上。好诡异，这女孩总是能让自己像隐形似的。默萨蜜翻身面对她，缩起腿靠在胸前，因为宝宝在肚子里动个不停。

“嗨，”小默打个哈欠说，“我想我是睡着了。”

每个人都用这样的方式和艾美讲话，陈述最明显的事实，填补对话中她默不作声的空白。她用专注的眼神盯着你看的模样，有点让人不安，仿佛她正在读你的心思，但这时默萨蜜发现艾美真正在看的是什么。

“噢，我感觉到了，”她说，“你要不要摸摸看？”

艾美歪着头，不太确定。

“你想摸就摸啊，过来，我让你看看。”

艾美起身坐在默萨蜜的床沿。默萨蜜拉着她的手顺着肚子的曲线轻轻抚摸。女孩的手很暖，有点潮湿且指尖柔软，完全不像默萨蜜因为多年拉弓而结茧的手。

“等一下哟，他刚刚才动了一下呢。”

轻快地一动，艾美马上抽手，吓了一大跳。

“你感觉到了？”艾美的眼睛睁得大大的，虽然吓了一跳，但她却很愉快，“没事的，宝宝就是这样啊。来——”她再次拉起艾美的手贴在她的肚子上，宝宝又翻身一踢，“哇，这下可真用力。”

艾美也露出了微笑，这是多么美妙的感觉啊，默萨蜜想，世界再怎么艰难，这个新的生命还是即将来到这个世界。

这时，默萨蜜听见了四个字。

他在这里。

她挥开手，从床上爬起来，背靠着墙，那女孩用锐利凝注的目光盯着她看，那双眼睛宛如两道闪耀的光柱直射默萨蜜的心。

“你是怎么做到的？”她在发抖，她觉得自己快吐了。

他在梦里，和巴柏寇克一起，和“众鬼”一起。

“谁在这里，艾美？”

西奥，西奥在这里。

28

他是巴柏寇克，他是永恒，他是那十二个之一，但也是那个凌驾与操纵一切的零号。在还没成为现在这个样子之前，在极度的饥饿在他心中停驻之前，他一直是巴柏寇克。那饥饿宛如血流，无穷无尽，永恒无垠，没有边际，犹如一张黑暗的翅膀遮盖整个世界。

他是由众鬼所成就的综合力量。他们成千上万，散布在夜空宛如星星。他是那十二个之一，也是另一个，零号，但是他的子孙也在他体内，带着他血脉的种子，带着十二个种子的子孙。他动，他们就跟着动；他想，他们也跟着想。在他们心中有片空白的遗忘之域，只有他的声音说：**你不会死，你是我的一部分，正如我是你的一部分一样。你会畅饮这世界的血，然后喂饱我。**

他们听他指挥，他们吃，他也吃；他们睡，他也睡。他们就是我们，就是巴柏寇克，他们是永恒，一如他也是永恒一样，他们全是十二个与另一个，零号的一部分，他们和他一起梦见黑暗的梦。

在他还没变身之前，在一个叫沙漠井的一间小房子里，痛苦、沉寂围绕着他。还有那个女人，他的妈妈，巴柏寇克的妈妈。他记起很多琐事：那纹理，那感觉，那光影，还有金色的阳光照在一块地毯上的样子。门垫上有他运动鞋鞋底的磨损痕迹，栏杆上有割伤他手指的锈渍。他想起他的手指，他想起他妈妈在厨房里抽烟的烟味，想起她在厨房里讲话、看电视，还有电视机里的那些人，他们的脸又大又近，眼睛又圆又湿，那些女人的嘴唇涂得鲜艳闪亮，宛如晶亮的水果，还有她的声音，永远都是她的声音。

别吵了，该死的家伙，你没看到我在看这个吗？你吵得要死，我没疯掉还真是稀奇！

他记得要安静，必须安静。

他记得她的手，巴柏寇克妈妈的手，还有她打他，打个不停的时候，那满眼金星的疼痛。他记得自己在飞，疼痛的身体飘到云上，那拳打脚踢，那巴掌，那灼痛，总是灼痛。**别哭了，你是个男人，你再哭，我就让你哭不完，让你见识一下什么才叫悲惨，吉尔斯·巴柏寇克。**她带着烟味的气息离他的脸好近，把香烟又红又热的烟头压在他的手上，那清脆湿润的灼伤声音很像他把牛奶倒进谷片碗里时的声音，同样清脆的啪啪声。还有那味道，混合着她鼻孔里喷出来的烟味，以及所有的言语停滞在他心里的感觉。只有更痛会让疼痛停止。不会疼痛他就会变成一个大男人，如她所说的。

但他记得最清楚的是她的声音，巴柏寇克妈妈的声音。他对她的爱像一个没有门的房间，房间里满是她说话的声音，她没完没了地说话。嘲笑他，骂他，就像他从抽屉里拿出刀子那天，她坐在名叫沙漠井的小房子的厨房餐桌旁一直讲一直笑，一直笑一直讲，吸进满嘴的烟。

那小子不只是个哑巴，我告诉你，他是被打哑的。

他很快乐，太快乐了，他这辈子从没这么快乐过。刀子戳进她喉咙白白的皮肤，那光滑的外皮以及底下更硬的软骨。他的刀子一直往里推，他对她的爱从心底升起，所以他终于可以看见她的本质——她的确是有血有肉有骨头的一个人。她所有的话语和那喋喋不休的声音进到他心里，让他心里涨得满满的，涨得爆炸。他嘴里有血的味道，甜美而充满生命力。

他们把他送走了。他不是个小男生，他是个大男人，他是个有心智有刀子的男人。他们说他会死，你会死啊，巴柏寇克，你要为你所做的事偿命。他不想死，当时不想也永远不想。后来在医生、生病和变身这些事情发生之后，他应该就成为那十二个之一，那十二个是：巴柏寇克、莫里森、查维兹、巴菲斯、杜瑞尔、温斯顿、索萨、艾珂、蓝布莱特、马丁内兹、雷恩哈特、卡特。十二个之一，也是另一个，零号。他也像这样攫走其他人，喝干他们心中的话语，他们垂死的哭号在他嘴里宛如柔软的美食。而其中有些人他没杀掉，只是啜饮。比如说那第十个，他就只是啜饮，他随着十号的血液脉动，让十号成为他自己的一部分，和他的心融而为一，成为他的子女。

此时他带着回家的心情来到这里，来到此地休息，在黑暗之中他梦见了他自己的梦。直到他醒来，直到他再次饥饿，他听见零号，也就是那个名叫范宁的零号说：**兄弟，我们快死了**。快死了！这世界几乎已经没有东西存在了，没有人，甚至也没有动物。巴柏寇克知道，是该把仅余的这些人送来给他的时候了。他们应该要认识巴柏寇克和零号，他伸展自己心灵的触角，对众鬼，他的孩子们说：把仅存的人带来给我吧，别杀他们，带着他们和他们的话语来吧，让他们梦见那个梦，让他们成为我们的一员，成为我们，成为巴柏寇克。第一个来了，然后又一个，更多更多个，他们和他一起梦见那个梦，等梦完成之后，巴柏寇克告诉他们，现在你也变成我的了，就像众鬼一样。在此地你是我的，等我饿的时候，你要喂我，用你的鲜血喂饱我永不餍足的灵魂。你要从这个地方以外的地方带其他人来给我，而他们也要为我做同样的事。如果你做到了这些，我就会让你继续像这样活下去，只能这一条路，没有别的法子。而那些不愿为他屈服意志的人，在黑暗的梦境里、在巴柏寇克的心神与他们交会之时，不愿拿起那把刀的人，就注定要死，让其他人可以看见，可以明白，从而不再拒绝。

这座城市就是这样建立起来的，巴柏寇克之城，这世界上的第一座。

可是现在有了其他的一个，不是零号也不是十二，而是完全不同的另一个。一样，却也不一样。一个影子背后的影子，窥视着他，像只小鸟似的，每回他想凝注心灵之眼看她时，她就从视线里消失。而众鬼，他的孩子，他为数甚众且恐惧害怕的同伴，也听见她了。他们感觉到她拉扯着他们，一股庞大的力量拉着他们。宛如他许久许久之前所感受到的无助的爱，就像他还只是小男生时，看着那又红又热的烟头烧灼他的皮肤一样。

我是谁？他们问她，**我是谁**？

她让他们想要属于自己的回忆，她让他们想去死而不是这样活着。

她已经靠近了，非常之近，巴柏寇克感觉得到。她是众鬼心中的涟漪，是遮挡天光的黑夜幕布上的一条裂缝。他知道她会让他们所做的一切，他们所成就的一切都将灰飞烟灭。

兄弟们，兄弟们，她来了。兄弟们，她已经在这里了。

29

“对不起，彼得，”欧森·汉德说，“我没办法追踪你的朋友。”

彼得在天快黑的时候才知道迈克失踪了，莎拉到疗养所去看他，发现床上没人，整幢建筑都没人。

他们兵分两路：莎拉、霍里斯和凯勒柏到田里搜寻，艾莉希亚和彼得去找欧森。欧森说过，他家以前是典狱长住的房舍，是幢两层楼的小房子，坐落在劳动营和旧监狱之间的一片空地上。他们来找他的时候，正好碰见他走出门来。

“我会找碧莉谈谈，”欧森说，“说不定她知道他到哪里去了。”他似乎很赶时间，仿佛他们来访的时机正碰上他有重要的职责要忙，“我相信他不会有事的，咪拉几个小时之前才在疗养所见过他。他说他觉得好多了，想要到处看看，我还以为他是和你们在一起呢。”

“他没办法走路，”彼得说，“我根本不知道他能走。”

“就这样的情况来说，他走不远的，对不对？”

“莎拉说疗养所里没人，你们通常不是都有人在那里吗？”

“不见得，如果迈克自己想离开，他们也没有理由留他。”他脸上掠过一抹阴影，垂下视线看彼得，“我相信他会出现的，我的建议是回到你们住的地方，等他回来。”

“我不明白……”

欧森竖起手打断他：“就像我说的，这是我最好的建议，我建议你采纳。看好你的朋友，别再搞丢更多。”

艾莉希亚一直沉默不语，拄着拐杖的她，用肩膀碰碰彼得：“走吧。”

“可是……”

“没关系的，”她说，然后转头对欧森说，“我想他不会有事的。

如果需要我们，你知道哪里可以找到我们。”

他们穿过小屋林立的区域回去，周遭静得出奇，一个人影也没有。他们经过派对举行的那个亭子，现在已经空无一人，所有的建筑都黑黢黢的。夜色降临沙漠开始变得凉爽，彼得觉得自己的皮肤起了鸡皮疙瘩，可是他知道这个感觉并不只是因为温度下降，他可以感觉到一双双眼睛从窗户里看着他们。

“别看，”艾莉希亚说，“我也感觉到了，走就是了。”

回到住处时，霍里斯和其他人也正好回来，莎拉担心得快抓狂了。彼得把欧森说的话转述给他们听。

“他们把他带走了，对不对？”小艾说。

似乎是，可是去哪里了？为了什么？很明显欧森在骗他们，但更奇怪的是，欧森似乎刻意要他们知道他在说谎。

“现在有谁在外面，凯勒柏？”

凯勒柏跑到门边去看：“平常那两个，他们在广场对面晃来晃去，假装他们没在监视我们。”

“还有谁？”

“没了，外面安静得要命，也没有小孩儿。”

“去把默萨蜜叫起来，”彼得说，“什么都别告诉她，只要带她和艾美过来就好了，还有他们的背包。”

“我们要离开？”凯勒柏的目光转向莎拉，然后又转回来，“那迈克怎么办？”

“他没回来，我们哪里也不去，去叫她们就是了。”

凯勒柏冲出门去，彼得和艾莉希亚交换眼神：出事了，他们要快点行动。

不一会儿，凯勒柏回来说：“她们走了。”

“什么意思？走了？”

那男孩面如死灰：“我是说那间小屋是空的，里面没人啊，彼得。”

全都是他的错，匆忙出门去找迈克的那段时间，他丢下了她们两个。他丢下了艾美，他怎么会这么蠢呢？

艾莉希亚把拐杖摆在一旁，扯掉腿上的绷带。在里面，在他们抵达的那一夜藏在里面的是一把刀。拐杖是障眼法，伤口已经差不多痊愈了，她站起来。

“该去找那些枪了。”她说。

不管碧莉让他喝的是什么东西，药效都还没消退。

迈克盖着一块塑料布躺在卡车的后座上，卡车上载满咔啦作响的管子。碧莉叫他躺着别动别出声，可是体内那种跳动的感觉简直让他难以忍受。她为什么给他喝了那种奇怪的东西之后，还期待着他能躺着一动不动？这药效感觉和喝酒的感觉恰恰相反，仿佛身体里的每一个细胞都唱着同一个音符，就像他的心思穿透某种过滤器，让每一丝思绪都变得明亮清澈。

不再有梦，她说，不再有那个胖女人、烟味和嘶哑可怕的嗓音。碧莉怎么会知道他做的梦？

他们在某个检查哨停了一次车，就在从后门离开疗养所之后不久。迈克听见了一个他不认得的嗓音在问碧莉要去哪里。躲在塑料布底下的迈克竖起耳朵，急着想听清楚他们的对话。

“东面有条管线破了，”她解释说，“欧森要我把这些管子运到那里去，明天派工队去修。”

“现在是新月，你不应该到外面去的。”

新月，迈克想，新月有什么重要的？

“听着，这是欧森交代的，你自己去问他好了。”

“我不认为你可以及时赶回来。”

“这就留给我来担心吧，你到底要不要让我过去？”

一阵紧张的沉默，然后对方说：“天黑前要回来。”

过了一段时间，迈克感觉卡车又慢下来了，他掀开塑料布。看见一片慢慢变紫的夜空在他们后面，卡车驶过的地方扬起一阵烟尘，山脉远远地在地平线凸起。

“你可以出来了。”

碧莉站在车尾，迈克从卡车后座上爬了起来，很庆幸终于可以动了。他们停在一栋很大的铁皮屋前面，铁皮屋至少有两百米长的凸起的屋顶。他看见棚屋后面有个外表生锈的储油罐，地面上有一条条火车铁轨向四面八方延伸。

建筑侧面有扇打开的小门，一个男人向他们走过来，他的皮肤上满是厚腻的油，一张脸简直变成了黑色。他双手拿了一个不知道是什么的东西，正在用条脏抹布擦着。他来到他们面前停下脚步，上上下下打量着迈克。一把短管猎枪插在他腿上的枪套里，迈克想起来了，这人是开着厢型卡车带他们从拉斯韦加斯来到这里的司机。

“就是他？”

碧莉点点头。

那人往前移动，直直地盯着迈克的眼睛。先是一眼，然后是另一眼，头不停地前后晃动。他呼出的气息带着酸味，像坏掉的牛奶，牙缝里卡着黑黑的东西，迈克强迫自己别抽身后退。

“你给了他多少？”

“够多了。”碧莉说。

那人又怀疑地瞥了他一眼，然后往回走，对着路面吐了一口褐色的痰。“我是葛斯。”

“我是迈克。”

“我知道你是谁，”他把手里的东西举起来给迈克看，“你知道这是什么吗？”

迈克从他手里接过来：“这是螺线管，二十四伏特，我想这是汲油水泵用的，很大的水泵。”

“是吗？这出了什么问题？”

迈克递回去给他，耸耸肩：“我看不出来。”

葛斯蹙眉看着碧莉：“他说得没错。”

“我就说嘛。”

“她说你很懂电力系统，关于配线、发电机、控制器组等。”

迈克又耸耸肩，他还是不愿意透露太多，可是他的直觉隐隐地说他可以相信这两个人。否则他们大老远带他到这里来，不会是没事找事做的。

“让我先看看你的情况。”

他们越过铁轨进到棚屋，迈克听见里面传来手提发电机的轰隆声以及工具的铿锵声。棚屋里面很宽敞，高高的灯柱上挂着的聚光灯照亮了整个空间，有更多身穿油腻连身服的男人在忙进忙出。

迈克眼前看见的东西让他猛然停下脚步。

那是一部柴油动力的火车，不是什么锈蚀掉的废品，这东西看起来真的能动。火车的外面罩着一层金属外壳，至少是十多厘米厚的钢板。引擎前方伸出一个巨大的铲子，挡风玻璃上钉了更多的钢板，只留下一小缝玻璃让司机可以看见前方，后面连接着三个方形的车厢。

“机械和压缩机都还能运转，”葛斯说，“我们用手提发电机充了八伏特的电力。有问题的是电机，我们没办法把电池的电力送到水泵里。”

迈克血脉偾张，他深吸一口气，让自己镇静下来：“你们有系统图吗？”

葛斯带他到一张桌子旁，上面摊着一张图。一大张已经变脆的纸，用蓝色墨水画得满满的，迈克仔细地看。

“这简直是个老鼠窝，”他看了一晌之后说，“我可能要花好几个星期才能找出问题。”

“我们没有好几个星期的时间。”碧莉说。

迈克抬头看着他们：“你们搞这东西多久了？”

“四年，”葛斯说，“差不多。”

“那我有多少时间？”

碧莉和葛斯交换了一个忧心忡忡的眼神。

“差不多三个钟头。”

30

“西奥。”

他又在厨房里了，抽屉开着，刀子闪闪发亮，像个摇篮里的婴儿躺在抽屉里。

“西奥，快点，我告诉你，你唯一要做的就只是拿起刀，宰了她。宰了她，一切就都结束了。”

那个声音知道他的名字，似乎是偷偷爬进他的脑袋里。他睡睡醒醒，一部分的心思在那间厨房，另一部分却还在他的牢房里，他待了一天又一天，拼命对抗睡眠，对抗梦境。

“该死的，有这么困难吗？难道我说得不够清楚吗？”

他睁开眼睛，厨房消失了，他坐在床沿，看着这间有扇门、有个盛放屎尿的臭粪坑的牢房。天晓得这是哪一年、哪一天、什么时候，他感觉已经在这里待了一辈子了。

“西奥，你在听我讲话吗？”

他舔舔嘴唇，尝到血的味道，他咬到舌头了吗？“你想干吗？”

门外传来一声叹息：“我得说啊，西奥，我真是服了你。没有人能撑这么久，我想你八成创纪录了。”

西奥什么都没说，何必呢？那个声音从来不回答他的问题。就算那声音真的存在，有时候，他也觉得那只存在于他的脑袋里。

“我是说真的，”那声音又说，“在某些情况下，宰了那个臭婆娘可以说是违反你的本性。”一声阴沉的笑声，宛如从粪坑传出来的，“可是相信我，我看过有人做过更该死的烂事。”

很恐怖啊，西奥想，保持清醒对一个人的心智会造成多么可怕的影响啊。你撑得够久不睡，让你的脑袋运转，一天一天又一天，不管你觉得有多累——你在冰冷的石板地上做仰卧起坐，做到肌肉灼痛，你抓自己，打自己，用渗血的指甲掐自己，让你能保持清醒——要不了多久，你就搞不清楚什么是什么，搞不清楚你是醒是睡，一切的一切都混在一起。这会是一种近似疼痛的感觉，只是更惨，因为那不是身体的疼痛，而是心灵的疼痛，心灵就是你，你自己就是疼痛。

“仔细听我的话，西奥，你不会想要走到那一步的，那是没有圆满结局的故事。”

他感觉到自己的意识又蜷缩起来，带他踏进睡眠，他用手指使劲掐着掌心。**清醒啊，西奥**！因为还有比保持清醒更惨的，他知道。

“迟早每个人都会回心转意，我是这么说的，西奥。”

“你为什么一直叫我的名字？”

“不好意思，西奥，你问我什么问题吗？”

他吞了吞口水，又尝到血的味道，满嘴都是，他把头埋在手里：“我的名字，你一直叫我的名字。”

“只是想要你注意，这些天来你不太对劲，请原谅我这么说。”

西奥没说话。

“那么好吧，”那声音继续说，“你不想要我叫你的名字，我不知道为什么，可是我可以接受。让我们换个话题吧，你对艾莉希亚有什么看法？因为我相信那个女孩很特别。”

艾莉希亚？这声音谈的是艾莉希亚？根本就不可能，可是有什么是可能的？这件事从头到尾都不可能，这声音总是说些不可能的事。

“哦，那我想是默萨蜜了，听你形容的那个样子。”那声音兴高采烈地说，“我们当初聊天的时候，我确信她很符合我的品位，只是红头发总是让我血液沸腾。”

“我不知道你在讲什么，我告诉你，这些名字我都不认识。”

“你这兔崽子，难道你是说你和艾莉希亚也有一腿啊？而且默萨蜜还有孕在身。”

房间似乎倾斜了。“你说什么？”

“噢，对不起，你没听说吗？我不怪她没告诉你，你的默萨蜜啊，西奥。”那声音像唱歌似的扬起音调，“有个小小鬼啰。”

他拼命想集中精神把听到的字句组合起来，弄懂其中的意义，可是他的脑袋像块巨石一样重，完全无法把字句留在脑袋里理解意义。

“我知道，我知道，”那声音继续说，“我自己都吓了一大跳，可是再说到小艾。要是你不介意，我想问，她喜欢什么样的？我认为她是那种像狼一样对月嗥叫的女孩，是不是啊，西奥？要是我说错了，你直说无妨。”

“我不……不知道，别再叫我的名字。”

一阵静默。“好吧，你不喜欢我就不叫，我们换个别的名字，可以吗？例如，巴柏寇克，如何？”

他心一揪，觉得自己要吐了。如果胃里有任何东西吐得出来的话，他真的会吐。

“我们有点进展了吧，你听过巴柏寇克，对吧，西奥？”

那是在另一面，梦的另外一面，十二之一，巴柏寇克。

“他……是谁？”

“少来，你是个聪明家伙，你真的不知道？”对方刻意顿了一下，“巴柏寇克是……你。”

我是西奥·乔克森，他想，在心里像念祷词那样说着，**我是西奥·乔克森，我是西奥·乔克森，狄米崔和普露登丝·乔克森的儿子，首批家族，我是西奥·乔克森。**

“他就是你，他就是我，他是每一个人，至少在这些地方是如此。我喜欢把他想成是此地的神。不像旧的那些神，是新的神，我们一起梦见神的梦，和我一起念，西奥，我——是——巴柏寇克。”

我是西奥·乔克森，我是西奥·乔克森，我没在厨房里，我没和那把刀一起在厨房里。

“闭嘴，闭嘴，”他哀求，“你说得一点道理都没有。”

“你又来了，又想说道理了。你放弃吧，西奥，我们的这个旧世界已经一百年没有道理可言了。巴柏寇克不是来和你讲道理的，巴柏寇克就只是巴柏寇克，就像我们一样，就像众鬼一样。”

西奥念出了那两个字：“众鬼。”

那声音变得柔和了，从门外随着轻柔的波动传扬到他耳边，叫他睡觉，只要放松，只要睡觉。

“没错，西奥，众鬼，我们，巴柏寇克的我们。你一定要做到，西奥，你要当个好孩子，闭上眼睛，宰了那个老婆娘。”

他累了，好累好累，仿佛整个人从外面开始融化，身体在他周围化成液体。他只有一个无法遏止的需求，他需要闭上眼睛，需要睡觉。他想哭，可是没有泪水可以掉。他想哀求，可是不知道要求什么，他拼命想默萨蜜的脸，可是眼睛又闭上了。他让眼皮合上了，整个人不停坠落，坠落，坠入梦里。

“这没你想得那么糟，一开始难免扭打。那老婆娘还挺会打架的，这我得称赞她，可是到最后，你等着瞧吧。”

那声音仿佛在他上方，通过厨房温暖的黄色灯光飘下来。那个抽屉，那把刀，那热气，那味道和他揪紧的胸口。那沉寂塞住了他的喉咙，脖子上那块柔软的区域，让声音可以随着肌肉的震动传送出来的那个部分。我告诉你啊，那小子不只是哑巴，而且是被打哑的。西奥伸手拿刀，把刀握在手里。

可是梦里有个新的人，一个小女孩。她坐在餐桌旁，膝上捧着一个看起来很光滑的小东西：一只填充玩具。

“这是彼得，”她用她那小女孩的嗓音说，眼睛没看他，“他是我的兔兔。”

“这不是彼得，我认识彼得的。”

可她并不是个小女孩，她是个漂亮的女人，又高又讨人喜欢，一头大波浪黑发宛如双手合掌捧住她的脸。西奥不在厨房里了。他在图书馆，在那个飘着死尸恶臭的可怕房间里，窗户底下一排排小床，每张小床上都躺着一具小孩儿尸体，病鬼来了，他们爬上楼梯来了。

“别！”那个已经变成女人的小女孩说，她坐着的那张厨房餐桌变到图书馆里来了，西奥看见她一点都不漂亮。她原本所在的地方坐了一个老女人，干瘪无牙，头发白得像鬼一样。

“别杀她，西奥。”

不!

他一惊而醒，那梦像泡泡一样破了：“我不要……做。”

那声音发出怒吼：“该死！你以为这是游戏吗？你以为你可以选择，可以决定事情要怎么发展？”

西奥没回答，他们为什么不直接杀了他算了？

“嗯，好吧，伙伴，随便你吧。”那声音最终发出一声失望的叹息，“我有个消息要告诉你，你不是这家旅馆唯一的客人。接下来的这个部分你八成不会喜欢，我不敢奢望。”西奥听见靴子在地板上的刮擦声，是转身准备离开了，“我原本对你有更高的期待，可是我猜到头来都一样，因为我们就要拥有他们了，西奥，小默和艾莉希亚和其他人。无论如何，我们都会拥有他们的。”

31

新月，彼得发现，他们正穿过黑暗往前走。新月，外面没有半个人。

躲过警卫很简单，想出办法来的是莎拉。“就看小艾的啦。”她说，然后走出门，穿过广场，哈普和雷昂两个人站在火桶旁边，看着她走近。她走向他们，挡在他们和小屋门口之间。稍微交涉了一会儿之后，个头比较小的哈普转身走开。莎拉伸手摸着头发，这是暗号。霍里斯悄悄溜到外面，潜进房子的阴影里，接着是彼得。他们绕到广场的北侧在巷道里就位。过了一会儿，莎拉出现了，她带着留下来的那个警卫，从他快速的脚步可以猜到莎拉是应允了他什么，她走过他们身边之后，霍里斯从空桶子后面的藏身处站起来，抡起一条椅腿挥过去。

“喂。”霍里斯说，用力一挥，那个叫雷昂的家伙马上倒地。

他们把他软趴趴的身体拖进巷子深处，霍里斯在他脚上找到一个藏在连身服底下的皮套，里面是一把短管左轮枪。凯勒柏带着一条晒衣绳现身，他们把他的手脚绑起来，嘴里塞上破布。

“有子弹吗？”彼得问。

霍里斯打开弹膛：“有三发。”他用手腕拍拍枪身，关紧弹膛，交给艾莉希亚。

“彼得，我想这些房子没有人。”她说。

是真的，到处都看不见灯。

“我们最好快点。”

他们越过空无一人的田地，从南面接近监狱。霍里斯相信入口在另一边，面对整个宅院的正门。他说那是个像隧道的地方，用石头砌成的拱形大门开在墙上。如果迫不得已，就只好试这个入口；可是如果有人站在监视塔上，将一览无遗。所以他们的计划是找一条风险比较低的路径。厢型卡车和卡车停放在建筑南侧的车库里，欧森和手下把重装备存放在一起是很合理的推测，而且不管怎么说，他们总要从某个地方开始动手勘察。

车库被封起来了，门上扣着重重的锁，彼得透过窗户往里看，可是什么都没看见。车库后面是一条水泥坡道，通向一个有遮顶篷的平台和两扇开在监狱墙上的拱门。坡道中央有一团污渍。彼得蹲下来用手摸了摸，把手指伸到鼻子前面一闻，是机油。

门上没有把手，也没有明显的装置可以开启，他们五个排成一列，双手贴在光滑的门上，想用力把门往上拉开。他们并没有感受到强烈的阻力，只有门本身的重量，但是因为没有可以抓住使力的地方，所以还是无法拉开。凯勒柏跑下坡道到车库，只听见玻璃咣当一声，片刻之后，他拿着一把轮胎撬棍回来。

他们又排成一列，尽力把门往上抬，让凯勒柏可以把撬棍伸进门缝里，水泥地上出现一道光线。他们把门拉上来，一个接一个钻进去，然后任由门在背后滑落关上。

他们所在的地方是卸货区，地上有一卷卷铁链以及旧的引擎零件。附近某处有滴水的声音，空气闻起来有油和石头的味道。光从前面射来，一道明灭闪烁的光芒。再往前走，一个熟悉的形状在黑暗中现身。

一辆悍马。

凯勒柏打开车尾门：“东西都不见了，只剩下迫击炮，还有三箱炮弹。”

“其他的枪哪儿去了？”艾莉希亚说，“谁把这车开到这里来的？”

“我们。”

他们一转身，看见一个人影从暗处现身：欧森·汉德。更多人影开始出现并包围他们，六个身穿橘色连身服的男人，手里都有来复枪。

艾莉希亚从腰带里抽出左轮枪，指着欧森：“叫他们退开。”

"照她的话做，"欧森举起一只手说，"我是认真的。放下枪，马上。"

那几个人一个接一个地放下枪，艾莉希亚是最后一个，虽然彼得注意到她没把枪插回皮带里，只拿在身侧。

"他们人呢？"彼得问欧森，"他们在你手里？"

"我以为不见的只有迈克一个人。"

"艾美和默萨蜜也不见了。"

他迟疑了一下，显然很不解："对不起，我没料到会这样。我不知道她们到哪里去了，可是你们的朋友迈克和我们在一起。"

"'我们'是谁？"艾莉希亚追问，"这里到底是怎么回事？为什么我们全都做同样的梦？"

欧森点点头："那个胖女人。"

"你这个浑蛋，你把迈克怎么了？"

艾莉希亚一面说一面又举起枪，双手握稳枪身，瞄准欧森的头部。在他们周围的那六支来复枪也同时举起，彼得觉得胃一紧。

"不会有事的。"欧森平静地说，眼睛盯着那把枪的枪管。

"告诉他，彼得，"艾莉希亚说，"告诉他，要是他不说，我就马上喂他一颗子弹。"

欧森的手朝两侧轻轻挥了挥："各位，冷静一点，他们不**知道**，他们不**了解**。"

艾莉希亚的食指扣在左轮枪的扳机上："我们不知道什么？"

在微弱的灯光下，欧森整个人似乎都缩小了，彼得觉得他似乎完全变了一个人，仿佛撕下了面具，让彼得第一次看见真正的欧森，一个疲惫的老头，充满疑虑与忧心的老头。

"巴柏寇克，"他说，"你们不知道巴柏寇克的事。"

迈克仰躺着，头埋在控制板底下，一大堆电线和塑料接头垂在他脸上。

"试试看。"

葛斯关上连接面板和电池的闸刀开关，底下传来主发电机发动的轰轰声。

“可以吗？”

“等一下，”葛斯说，“不行，启动断路器又跳起来了。”

一定是什么地方的控制线组短路了，说不定是因为碧莉给他喝的那个东西，或是因为和艾尔顿长年相处的关系，迈克仿佛真的闻到了那股气味——发热的金属与熔化的塑料散发出来的隐隐约约的味道，从他脸孔上方那团乱七八糟的线路里传来。他用一只手上下拨动线路板上的测试器，然后另一只手轻轻拉着每一个接头，所有的东西都没问题。

他蠕动着滑出控制板，坐了起来，大汗淋漓，碧莉站在他旁边，忧心地俯望他。

“迈克……”

“我知道，我知道。”

他拿起水壶喝了一大口，用袖子擦擦嘴，给自己时间思索一下。花了好几个钟头测试电路，拉电线，追查面板上的每一个接头，他却还是一无所获。

他心想：艾尔顿会怎么做?

答案很明显，艾尔顿的做法会很疯狂。不论如何，他都会试试看他所想到的每一个点子。迈克爬起来，走过连接驾驶室和引擎车头的狭窄走道。葛斯站在启动控制机组旁边，嘴里咬着一支笔形手电筒。

“重开继电器。”

葛斯用手拿开嘴里的手电筒：“我们已经试过了，电池的电力都快耗光了。我们做过好多次，还得用手提发电机重新充电，至少要花六个钟头。”

“动手就是了。”

葛斯耸耸肩，伸手探进机组那一大堆管子里，摸索着。

“好吧，不管有没有用，重新启动。”

迈克走回断路器面板：“我要大家安静，非常非常安静。”

要是艾尔顿做得到，他也可以。他深吸一口气，闭起眼睛，慢慢吐气，努力把脑袋放空。

然后他打开断路器。

在接下来的那一瞬间——不到一秒钟——他听见电池转动与电力流经面板的声音，那声音听在他耳朵里，宛如水流过管子，可是有点不对劲：那管子太小了。水冲撞到侧边，然后水流开始流向错误的方向，猛烈的湍流，一半流向这边，一半流向那边，然后相互抵消，就这样，一切都停止了，电路坏了。

他张开眼睛，看见葛斯瞪着他看，嘴巴张开，露出满嘴黑牙。

“是断路器的问题。”迈克说。

他从挂在身上的工具袋里拿出螺丝刀，从面板上撬开断路器。“这是十五安培的，”他说，“这东西的电力不够启动加温板，怎么会弄个十五安培的在这里呢？”他低头看看箱子，里头有好几百个电路，“这一个是干吗的，二十六号沟槽？”

葛斯查看摊在小桌子上的线路图，他看一眼面板，又回头看图：“是车内灯光。”

“见鬼了，那怎么会需要三十安培？”迈克把第二个断路器撬开，摆进第一个断路器的位置。他关上闸刀开关，等着断路器跳起来，结果没有。他说：“好了。”

葛斯怀疑地皱起眉头：“好了？”

“一定是两个装反了，和车头机组没有关系。重新启动继电器，我弄给你看。”

迈克回到驾驶舱，挡风玻璃前面有两张旋转椅，碧莉坐在其中一张上面等他们。其他人都走了，天一黑就搭碧莉的卡车离开，赶赴会合地点。

迈克在另一张椅子里坐下，他转动油门旁边的钥匙，他们听见底下传来电池转动的声音。面板上的指针开始发出冷冷的蓝光，透过防护铁板之间的细缝，迈克看见棚屋外面的天空上挂满星星。好吧，他想，这回再不行就永远没指望了。这次如果启动器再没电，就永远不会有电了。他是找到了一个问题，可是天晓得还有多少问题！他可是花了足足十二天才修好一部悍马的，而他在这里所做的一切，总共才花了三个钟头不到啊！

葛斯在车子后面填充燃料，清掉线路里的空气，迈克拔高嗓音对他喊着："开始吧！"

葛斯发动启动器，底下传来很大的轰隆声，同时飘来令人满意的柴油燃烧味。引擎猛然一动，齿轮咬合制动器开始启动。

"那么，"迈克转头对碧莉说，"你要怎么开这个东西？"

32

到头来，他们只能听信欧森的话，他们根本别无选择。

他们被分配武器，然后分成两组。欧森和他的手下从一楼开始突袭那个房间，而彼得和其他人则从上方进入。他们称之为圈子的地方原本是监狱的中央天井，上面覆有圆顶。屋顶有部分已经破损了，露在外面，但是原本的结构钢架都还完好无缺。离圈子十五米高的上方有一系列窄道悬在钢架上，宽度足供一个人缓步通行，那是以前让守卫监控地面用的。

一旦确定窄道上安全无虞，彼得和其他人就从位于房间南北两端的楼梯上下来。这两个楼梯通向绕着天井周围的三层露台。大部分人都会待在这个装有围栏的露台上，欧森说，同时有大约十二个人在地面上操作火线。

那个病鬼，巴柏寇克，会从房间的东面穿过屋顶的开口进来。四头牛从另一头越过火线的缺口被拉进来，后面跟着两名被选来献祭的人。

四头牛与两个人，欧森说，**每个新月之夜，只要我们给他四头牛和两个人，他就会让众鬼离开。**

众鬼——欧森是这么叫其他病鬼的。

“巴柏寇克的病鬼，”他说，“巴柏寇克的血脉。”

“他控制他们吗？”彼得问，对这些说法还是不太相信。简直太离奇了，但问题一出口，他就觉得自己的疑虑烟消云散了。如果欧森说的是事实，那很多事情就说得通了。天堂本身就是极不可能的存在；居民的怪异举止，还有仿佛怀抱恐怖秘密的人；甚至病鬼本身，以及彼得这辈子始终挥之不去的感觉，他觉得病鬼并不只是乌合之众。“他不只是控制他们，”欧森回答说，他一开口，浑身仿佛就笼罩了沉重的气息，仿佛他等待了好多年的时间，只为了说出这个故事，“他就是他们，彼得。”

“对不起，我之前骗了你们，但那是没有办法的事。来到这里的第一批居民并不是难民，而是儿童。火车带他们来到这里，至于是从哪里来的，我并不知道。他们本来是要到亚卡山，要去山里的隧道的，可是巴柏寇克早就来到这里了。梦也就从那个时候开始，有人说那是他成为病鬼之前的一段记忆，当他还是人的时候。可是你一旦在梦里杀了那个女人，你就属于他了，你就属于那个圈子。”

“那家饭店，街道被封锁的那家饭店，”霍里斯大胆假设，“是个陷阱，对不对？”

欧森点点头：“很多年来，我们都派出巡逻队，尽可能多带一些人回来。有些人是误入歧途闯了进去，有些则是病鬼留在那里让我们去找的，就像你们，像莎拉。”

莎拉摇摇头：“我还是不记得发生什么事了。”

“没有人记得，那创伤太大了，”欧森又用哀求的眼神看着彼得，“你一定要了解，我们一直是这样过活的，这是唯一能让我们活命的方法。对大部分人来说，圈子实在是很小的代价。”

“噢，如果你问我的话，我会说这简直是龌龊的交易。”艾莉希亚插嘴说，她一脸愤怒，“我听够了，这些人是**共犯**，他们就像**宠物**一样。”

欧森的脸色沉了下来，但语气却异常平静：“随便你叫我们什么都可以。你说的每一句话，我都已经对自己说过上千次了。咪拉不是我唯一的孩子，我本来还有个儿子，如果还活着，应该和你差不多年纪。他被选上时，他妈妈反对，结果，裘德把她和他一起送进圈子。”

他自己的儿子，彼得想，欧森送自己的儿子去赴死。

“为什么是裘德？”

欧森耸耸肩：“这就是他的角色啊，一直都是裘德，”他又摇摇头，“我也没办法解释，可是这都无所谓了。过去的都过去了，至少我是这样告诉自己的，好多年来，我们有一群人一直在为今天离开作准备。远走高飞，活得像个人，过我们自己的生活，可是除非我们杀了巴柏寇克，否则他会召来众鬼。有这些武器，我们或许可以有些机会。”

“那么今天被送进圈子的是谁？”

“我们不知道，裘德不肯说。”

“小默和艾美呢？”

“我告诉过你的，我们不知道她们在哪里。”

彼得转头看艾莉希亚：“是她们。”

“这我们并不知道，”欧森反驳说，“而且默萨蜜怀孕了，裘德不会挑她。”

彼得并不相信，甚至欧森越说，他就越觉得被送进圈子的就是默萨蜜和艾美。

“还有别的路可以进去吗？”

欧森跪在车库的地上，就着灰尘画图说明上方窄道沟槽的布局。“刚开始的时候会一片漆黑。”他警告说，他的手下忙着搬下藏在悍马车里的来复枪和手枪，“只要跟着群众的声音走就对了。”

“你里面还有多少人？”霍里斯问，他在口袋里装满子弹。凯勒柏和莎拉也蹲在一个敞开的箱子旁边，给来复枪装填子弹。

“我们有七个，另外在露台上还有四个。”

“只有这些？”彼得说，这可不是个好兆头，成功的可能性突然变得比他原本的预期更低，“裘德有多少人？”

欧森皱起眉头：“我以为你应该了解的，所有的人都是他的人。”

彼得默不作声，欧森继续说：“巴柏寇克比你见过的所有病鬼都强大。群众不会站在我们这边，杀掉他不是件容易的事。”

“有人试过吗？”

“有过一次，”他迟疑了一下，“一小群人，和我们一样，已经是很多年以前的事了。”

彼得差点就要问“后来呢”，但是从欧森的沉默里，他知道了这个问题的答案。

“你应该告诉我们的。”

欧森脸上出现了一抹痛苦屈服的表情，彼得知道，他所看见的是比悲伤或哀恸更沉重的负担，那是罪恶感。

“彼得，你怎么说？”

他没回答，他不知道，或许他不应该相信欧森。如今他已不确定自己该相信什么了，可是艾美在圈子里，这是他所确信的。他打开手枪的弹匣，清干净，然后重新装好，拉下滑套。他看看艾莉希亚，她点点头，大家都准备好了。

“我们是来救我们的朋友的，”他对欧森说，“其余的就看你们了。”

但是欧森摇摇头：“别搞错，你们一旦踏进圈子里，就和我们站在同一条战线上了。巴柏寇克非死不可，除非我们杀了他，否则他会召唤众鬼来，有火车也没有用。”

新月之夜，巴柏寇克感觉到体内升起饥饿的感觉，他的心不停延伸，从此地，回归之地，往外延伸，说：

时候到了。

时候到了，裘德。

巴柏寇克起身飞翔，蹦跳着越过沙漠地表，全身充满愉悦的饥渴。

把他们带来给我，全部带来给我。只有把他们带来给我，你才能活下去。

空气里有血，他闻得到，尝得到，他感觉血涌过他全身，先是野兽的血，活生生的甜美滋味。再来是最棒与最特别的，他的裘德，自从变身时刻以来梦做得最好的裘德，在梦中和他心灵相通宛若兄弟一般的裘德，会带来其他人的血，让巴柏寇克畅饮，让巴柏寇克饱足。

他一跳，跃上墙头。

我来了。

我是巴柏寇克。

我们是巴柏寇克。

他往下一跃，他听见群众倒抽一口气，在他周围，火熊熊燃烧。在火焰后面的是人，来看、来了解的人。透过空隙，他看见野兽进来了，被鞭子赶打，眼睛里没有恐惧，一无所知。饥饿宛如浪头袭来，他扑到动物身上，撕扯拉裂，一只又一只，一只一只来，辉煌满足的时刻。

我们是巴柏寇克。

他听见那个声音了，群众在他们的笼子里，在火焰后面诵念着，还有那个裘德的声音，站在窄道上的裘德领着群众念，像唱歌似的。

“把他们带来给我！一个接一个带来给我！带他们来，只有这样我们……”

宛如一堵音之墙升起的，是众人强而有力的齐声朗诵：“……才能活下去！”

缝隙中出现了两个人影，他们跌跌撞撞向前走，后面的人把他们推过来就跑掉了。火焰再度在他们背后燃起，一扇火之门把他们留在这里等待被享用。

群众喧嚣着。

“圈子！圈子！圈子！”

群众整齐地跺着脚，空气为之颤抖，为之震荡。

“圈子！圈子！圈子！”

就在这时，他感觉到她了，在欢欣恐怖的鼓噪之中，巴柏寇克感觉到她了。影子背后的影子，夜之幕的裂缝。那个携有永恒的种子，却非他血脉的那一个，不是十二也不是零号的那一个。

名叫艾美的那一个。

彼得透过通风井听到这一切，那诵念的声音，动物惊恐的号叫。随后会是一片寂静，因为恐怖惊人的一幕即将登场时群众会屏住呼吸。那万众瞩目的场景过后，继之而起的是一片欢呼。彼得的腹部涌起一阵阵热气，以及令人窒息的柴油烟味，通风口的宽度恰恰可以让一个人手肘贴地爬进去。在他下方，集结在连接圈子和监狱大门隧道里的是欧森的人，他们之间无法协调彼此到达的时间，也无法和部署在群众里的人联络，他们只能猜。

彼得看见前方有个开口——沟槽地板上有个铁栅，他脸贴在上面往下看，约二十米的下方是圈子的地板，围了一圈用燃油点燃的火炬。

地板上满是鲜血。

在露台上的群众又开始念了："圈子！圈子！圈子！"彼得猜他和其他人都已经在房间的东侧定位，他们必须在群众一览无余的情况下跨过窄道到楼梯，爬到下面去。他回头看看霍里斯，霍里斯点点头，把铁栅掀起来放到一旁。他打开手枪的保险销往前爬，让脚跨在通风孔上。

艾美，彼得想，**底下的情形很可怕，尽力去做吧，否则我们都会没命。**

他钻进去，双脚先穿过开口。

之后他一直往下掉，往下掉，时间长得足以让他纳闷：我为什么一直往下掉？开口到窄道的距离比他预期的远——不是两米，而是四米，甚至五米——这时他撞到铁板，全身骨头都震得咔啦咔啦响。他翻滚一圈，手枪从他手里掉了，但是就在翻滚的一刹那，他从眼角瞥见了下面的人影：这个人手被绑着，身体颓丧，身穿一件无袖 T 恤衫，是一件彼得认得的 T 恤衫。他心中攫住了这个影像，也攫住了一段回忆。他想起他们烧掉健德·菲利普身体那天的木柴味，想起站在发电站外面的阳光里，想起口袋上绣着的那个名字：阿曼多。

西奥。

圈子里的那个人是西奥。

他哥哥并不是独自一人，他身边还有另外一个人，上身赤裸，双膝跪地，往前趴倒在地，所以看不见面容。彼得的视野扩大之后，发现圈子地板上的东西是牛，或者应该说原本是牛——残骸碎片到处都是，仿佛刚身处爆炸中心——而蹲踞在这一大片鲜血骨肉之间、头埋在残骸里畅饮的，是一个病鬼——和彼得见过的病鬼都不一样。这是他毕生所见，甚至可以说是所有人毕生所见的最大的一个病鬼，蜷曲的躯干如此庞大，看起来完全像是另一种前所未见的东西。

"彼得，你刚好赶上看秀啊！"

他整个人仰躺在地，像只无用的乌龟。俯望着他的是裘德，他脸上挂着无法名状的表情，远非言语所能形容的阴沉快感，一把猎枪对准彼得的头部。彼得感觉到杂乱的脚步声朝他接近——好几个穿橘色连身服的男子从四面八方跑过窄道而来。

裘德就站在通风孔的正下方。

“动手吧。”彼得说。

裘德微笑：“真是高尚啊。”

“不是说你，”彼得说，眼睛往上一瞟，“霍里斯。”

裘德仰头的一刹那，霍里斯的来复枪射出的子弹恰恰击中他右耳的上方。一团红色喷出来，彼得感觉到空中满是血的湿气。有那么一晌没有任何动静，接着，裘德手里的猎枪砰的一声掉在窄道上。一支大枪柄的手枪插在他腰间，彼得看见裘德伸手想摸索着抓那把枪。这时，他体内不知是什么东西迸裂开来，血从他眼中喷出来，可怜兮兮的血之泪。他膝盖一软往前扑倒，惊异的表情永恒凝结在脸上，仿佛在说：**我不相信我死了。**

是默萨蜜杀了操作燃油泵的人。

她和艾美在群众抵达之前从主隧道进来，躲在连接院子与露台的楼梯底下。她们两个抱在一起等了好久，等到听见了牛被拖进来，听见了上方狂野的欢呼声，之后她们才出来。空气沸腾，充满令人窒息的烟味与臭气。

在火焰后面有很可怕的东西。

病鬼冲向牛，群众开始鼓噪，所有的人都抡起拳头，用力顿足，大声诵念，仿佛所有的人全融为一体，成为一个陷入可怕狂喜状态的人。有些人还把孩子扛在肩上，让他们可以看得见。牛开始在圈子里惊叫，抗拒，狂奔，跑向火焰，又迷惑地折回，在两个死亡终端之间疯狂舞蹈。就在默萨蜜看着的时候，那个病鬼往前一跃，抓住了其中一头牛的后腿。病鬼发出低沉的嘶吼，把那两条腿往上拉，从牛的身体上扯了下来，然后凌空一丢，溅得露台的围栏满是鲜血。病鬼丢下这头牛——只剩前腿的牛在泥土里抽搐，拼命想让自己仅余的躯体往前移动——抓起另一头牛的角，用同样的动作扭断它的脖子，然后把头埋进牛脖子底下一动也不动的血肉里，张口畅饮。那病鬼的身躯似乎越喝越膨胀，而那小公牛却越来越萎缩。随着它的血被吸干，它就在默萨蜜眼前逐渐变得枯竭。

她没看到其余的部分，因为她转开头不看了。

“把他们带来给我！”有个声音喊道，“一个接一个带来给我！带他们来，只有这样我们……”

“……才能活下去！”

这时她看见西奥了。

在这一瞬间，喜悦与惊恐在默萨蜜心中猛烈冲撞，她仿佛灵魂迷失了。她屏住呼吸，觉得晕眩想吐。两个穿连身服的人把西奥往前推，推他穿过火焰之间的空隙。他的脸上有种空洞甚至是迟钝的神情，他似乎不明白周遭发生了什么事。他抬头望向群众，茫然地眨着眼睛。

她想要叫他，可她的声音却被淹没在众多声音形成的泡沫里。她转头找艾美，希望女孩知道该怎么办，可是艾美不见了，在她上方与周围的声音又齐声诵念：

“圈子！圈子！圈子！”

这时第二个人被带进来了，一边一个警卫抓着他的手肘。他低着头，双脚似乎没着地，任由那两个人拖着他往前走。那两个人把他丢到地上，迅速转身离开。群众的欢呼震耳欲聋，声音如浪潮汹涌。彼得蹒跚向前，环顾群众，仿佛有人或许可以伸出援手。第二个人膝盖一软，跪了下来。

这第二个人是芬恩·达瑞尔。

这时突然有个女人出现在默萨蜜面前：一张熟悉的面孔，颧骨上一条长长的粉红色疤痕，宛如一条缝线，她的连身服因为怀孕而鼓了起来。

“我认识你。”那女人说。

默萨蜜退后，但那女人抓住她的手臂，眼神凌厉地盯着她的脸：“我认识你，我认识你！”

“放开我！”

她甩开那女人，那女人在她背后指着她狂叫：“我认识她！我认识她！”

默萨蜜拔腿就跑，她心里只有一个念头：她得去救西奥，可是没有办法穿过火焰。病鬼已经快吃完那头牛，仅余的残骸在他的下颌底下，再过几秒钟，病鬼就会起身看见那两个人——看见西奥——然后就完了。

这时默萨蜜看见了那个泵，一个油腻腻的庞大机器，由一条长管子连接到两个锈渍斑斑的燃料罐，操作员胸前抱着一把猎枪，腰间的皮套里插着一把刀。他头转向另一边，像其他人一样，眼睛望着熊熊的火焰之墙另一端所上演的奇景。

她心中闪现一阵犹疑——她从来没杀过人——但这犹疑还不足以制止她。她一个箭步冲到守卫背后，抽出他的刀，铆足全力刺进他的下背部。她感觉到一阵僵硬，他的肌肉拉紧，宛如一张弓，从喉咙深处发出一声意外的惊呼。

她感觉到他死了。

从她上方，有个声音穿透嘈杂声，是彼得？他在说："西奥，快跑！"

泵上有一大堆不知干吗用的操作杆和按钮，迈克和凯勒柏，需要的时候他们哪里去了？默萨蜜挑了最长的一根——大胆一猜，挑了和她前臂差不多长的杆子——握在掌心，用力一拉。

"制止她！"有人喊着，"制止她！"

默萨蜜感觉到大腿挨了一枪——那疼痛异常轻微，仿佛是被蜜蜂蜇了一口——但她知道自己做到了，圈子周围的火焰摇曳不定逐渐熄灭了。群众开始从围栏边退开，每个人都呐喊惊叫，场面顿时混乱。那个病鬼丢开吃剩的牲口站了起来——在跳动的光线里，露出了眼睛、牙齿和爪子，光滑的脸、长长的脖子和宽阔的胸膛全部都血迹斑斑，他的身体看起来肿胀，就像吸饱血的壁虱一样。他身高起码三米或许更高。他扬起头一只眼睛瞥见了芬恩，然后歪着头，全身紧绷瞄准目标，准备跃向前去。他采取行动了，以快得像思绪的速度越过他们之间的距离，像子弹那样无影无踪，立时抵达芬恩无助躺卧的地方。接下来的事情默萨蜜并没看清楚，也很庆幸自己没看见，因为太快也太恐怖，和那些牲口一样，但下场更惨，因为遭殃的是一个活生生的人，血恍如爆炸一般地喷溅开来……

西奥，她想，腿上的疼痛突然加剧了——一阵热和光迅速朝她袭来。她缩起腿跌坐下来，整个人往前倒。**西奥，我在这里，我来救你了。我们要有个宝宝了，西奥，我们的宝宝是个男孩。**

跌倒在地的时候，她看见有人影飞奔过圈子，是艾美。她的头发拖着一缕烟，火舌舔上了她的衣服，病鬼的注意力转向西奥了。艾美冲到他们之间，像盾牌那样护住西奥，面对病鬼庞大膨胀的身形，她显得很娇小，像个小孩儿似的。

就在这一刻，感觉像是时间停滞的一刻——在病鬼打量眼前这个娇小身躯时，整个世界似乎都停止不动了——默萨蜜想：这女孩有话要说，这女孩就要开口说话了。

上方二十米处，霍里斯带着来复枪穿过通风口跳下来，后面紧跟着手拿火箭筒的艾莉希亚。她扫视地面，瞄准艾美和巴柏寇克站着的地方。

“我没办法开枪！”

凯勒柏和莎拉跟在他们后面下来，彼得从窄道上抓起裘德的猎枪，对着窄道上朝他跑来的两个人开枪。有个人惨叫一声，摔了下去，头下脚上掉到地面上。

“打那个病鬼！”他对艾美喊道。

霍里斯开枪，第二个人摔下去，面朝下掉下窄道。

“她站得太近了！”艾莉希亚说。

“艾美！”彼得扯开喉咙，“走开！”

那女孩站着不动，她可以这样控制住他多久？欧森呢？火焰已经熄灭了，群众开始冲下楼梯，一大团橘色连身服宛如雪崩一般往下滚落。双手双膝着地的西奥后退着离开病鬼，可是他的心思完全不在这上面。他已经接受自己的命运了，他已经没有力气抵抗了。凯勒柏和莎拉穿过窄道到了楼梯，踏进一片混乱的露台。彼得听见女人在尖叫，小孩儿在哭喊，一个听似欧森的声音穿透嘈杂：“隧道！大家往隧道那儿跑！”

默萨蜜冲进圈子里。

“这里！”她跌跌撞撞，摔落地板时用双手撑住，她的裤子渗满鲜血。四肢着地的她拼命想站起来，她在挥手，在高喊：“看这里啊！”

小默，彼得想，**别靠近。**

来不及了，魔咒打破了。

病鬼转头看天花板，蹲了下来，然后身体像卷起的弹簧那样蓄积能量飞了起来，腾空跃过。他毫不留情地朝他们飞去，越过他们头顶，抓住天花板上的支架，像个坐在树下荡秋千的孩子那样摆荡身体——异常兴高采烈的样子——然后落在窄道上，咣当咣当一阵震动。

我是巴柏寇克。

我们是巴柏寇克。

“小艾——”

彼得感觉到那支火箭筒从面前掠过，脸颊一阵灼痛的热气，他知道接下来会发生什么事。

榴弹爆炸了，轰然的噪声与热气。彼得被炸得倒退着撞到艾莉希亚，两人一起跌到窄道上，但是窄道已经不见了，窄道毁了，他们俩一路跌跌撞撞，最后砰的一声掉落地面。霎时一片沉寂，充满希望的沉寂，但接着整个构造开始摇晃，铆钉迸落，变形的铁片吱呀响着，窄道残存的部分从天花板上掉落，朝地板飞来，宛如一把榔头坠落。

雷昂俯卧在巷道的泥土地上。该死，他想，那女孩干了什么好事？

他嘴里被塞了一团布，手腕被绑在背后，他想动动脚，可是脚也被绑住了。是那个大块头霍里斯，雷昂想起来了。霍里斯从暗处走出来，手里挥着不知什么东西，等雷昂醒过来，就已经独自躺在黑暗之中无法动弹了。

他的鼻子里满是鼻涕和血，那个浑蛋八成把他的鼻子给打断了。这还真是他“需要”的，断掉的鼻子。他想他也断了好几颗牙，可是因为嘴里塞着布，舌头动弹不得，他没办法确定。

这地方真的好黑啊，他连面前一米以外的东西都看不清楚。不知从哪里传来垃圾的恶臭，大家都把垃圾堆在巷子里，而不拿到垃圾场去。有多少次他听到裘德告诫大家：把该死的垃圾丢到垃圾场去。我们是什么，猪吗？他是在说笑，因为他们又不是猪，可是说真的，又和猪有什么差别？裘德老是说这类的笑话，让大家坐立难安。有一阵子，他们养猪——巴柏寇克喜欢猪，差不多和喜欢牛一样。有一年冬天，猪得了病，全死光了，也或许是它们早就预见即将来临的结局。

没有人会来找雷昂，这是可以确定的，他得靠自己想办法站起来。他大概知道可以怎么做，就是把膝盖抵在胸前。这样一扭，他的肩膀痛得好厉害，断了鼻子和牙齿的脸压在地上，塞着破布的嘴巴发出痛苦呻吟。他头晕目眩气喘吁吁，汗流得浑身都是，扬起脸——肩膀更痛了，真是该死，那家伙把他的手绑这么紧——抬起上半身坐起来，膝盖屈起压在身体下面，这时他才发现自己犯了大错，他没办法站起来。他以为自己可以挣脱脚上的捆绑，让自己跳着站起来，可是这样一动，却只让他往前倒，脸又压在地上。他应该先靠屁股挪移到墙边，然后靠墙的支撑站起来的，结果现在卡住了，双腿夹在身体下面动弹不得，像一坨屎一样。

他想大声呼救，大喊："嘿！"但是发出来的却只有"啊啊"的声音，而且呛得他想咳嗽。他已经觉得自己的双腿血液无法循环了，刺痛麻木的感觉像蚂蚁一样，从他的脚趾往上爬。

远远地有东西在动。

他面对巷道的出口，外面是广场，从火桶移走之后就一片漆黑。他望向那片黑暗，说不定是哈普来找他了。嗯，不管是谁，他什么都看不见，很可能是他自己想象出来的。新月之夜一个人在外面，任何人都会有点心惊肉跳的。

不，是有东西在动，雷昂再次感觉到。那感觉从地面传来，穿过他的膝盖。

一条影子迅速越过他头顶，他猛然抬头，却只看见星星镶在流淌的黑暗中。透过他膝盖传来的感觉变得强烈了，节奏规则的抖动，宛如一千只翅膀拍动，该死的，这是什么鬼……

一个人影冲进巷道来，是哈普。

"啊啊……"他塞着布团的嘴巴说，"啊啊……"可是哈普好像没注意到他，他冲向巷子尽头用力喘气，然后跑掉了。

这时他看见了哈普躲的是什么。

雷昂失禁了，先是膀胱，然后是肛门，可是他的脑袋无法搞清楚是怎么回事，所有的思绪全被庞大无比的恐惧给遮蔽了。

窄道的底端砸到地面，发出砰然巨响。彼得若非抓着一根护栏也差点掉下去。有个东西从他旁边翻滚落下，撞倒东西又弹起，是那支火箭筒，筒口飘出一缕烟来。接着，有个重重的东西从他上方撞来，撞得他松开手——是霍里斯和艾莉希亚，两个人缠在一起——于是，他们三个就这样往下掉，滑下倾斜的窄道，掉到下方的地面。

他们撞到地面，滚落四散，仿佛一颗颗被抛出的球一般。彼得背部着地，眨着眼睛仰望远远的天花板。

巴柏寇克呢？

“快点！”艾莉希亚抓住他的衬衫，拉他站起来，莎拉和凯勒柏在她身边，霍里斯一拐一拐地走过来，但还扛着枪，“我们得赶快离开这里！”

“病鬼呢？”

“我不知道！跳走了！”

那头牛的残骸散落一地，空气中弥漫着鲜血与肉的味道。艾美正扶着默萨蜜站起来，那女孩的衣服还冒着烟，但她自己似乎没注意。她一部分的头发也烧掉了，露出粉红色的头皮。

“快帮西奥。”默萨蜜对蹲在身边的彼得说。

“小默，你中枪了。”

她咬牙忍住疼痛，推他走：“帮他！”

彼得跑到跪在泥土地上的哥哥身边，他精神恍惚，一脸茫然的表情，光着脚，衣服破了，手臂上满是伤痂。他们是怎么折磨他的？

“西奥，看着我，”彼得抓着他的肩膀说，“你受伤了吗？你想你能走路吗？”

他哥哥的眼中似乎浮现了一抹光芒，西奥没完全回神，但至少闪现了一线生机。

“天哪，”凯勒柏说，“那是芬恩。”

那男孩指的是躺在几米之外地板上的那团血淋淋的东西，彼得原本以为那是牲口的残骸，但是看清楚细节之后发现，那团血肉是“半个人”，有躯干、头和一条手臂，腰部以下全不见了，那张脸，正如凯勒柏所言，是芬恩·达瑞尔的脸。

他搂紧西奥的肩膀，莎拉和艾莉希亚一起扶默萨蜜站起来：“西奥，我要你试着走走看。”

西奥眨眨眼，舔舔嘴唇：“真的是你吗，老弟？”

彼得点点头。

“你……来救我。”

“凯勒柏，”彼得说，“来帮我。”

彼得拉着西奥站起来，一条手臂搂着他的腰，凯勒柏从另一边架着他。

他们一起跑。

他们跑进黑黢黢的隧道，冲进奔逃的群众里。大家都往出口挤，又推又拉。欧森站在上方，挥手作势要大家穿过出口，高声嘶喊：“跑上火车！”

他们挤出隧道到了院子，每个人都冲向敞开的大门。在黑暗与混乱之中形成了一个瓶颈，太多人想同时穿过狭窄的开口。有些人想翻过围墙，攀着铁丝网往上爬。彼得看见有个男的从围墙顶端仰面掉下来，大声尖叫着，一条腿缠在倒刺铁丝上。

“凯勒柏！”艾莉希亚大叫，“扶好小默。”

群众在他们四周涌动，彼得看见艾莉希亚的头在人群中冒了出来，那缕熟悉的金发是莎拉的，她们两个在人潮推挤中走错了方向。

“小艾！你要去哪里？”可是他的声音被另一个响亮的声音盖住了——一个长长的单音划破空气，似乎从某个方向而来，却又同时从四面八方响起。

迈克，他想，迈克来了。

他们突然被往前推，惊慌的群众迸现的能量让他们几乎足不踩地，但彼得还是想办法拉住哥哥。他们穿过大门，又陷入另一群想挤过两道围墙之间狭窄空隙的人群里。有人从后面撞上他，他听见那人咆哮一声，脚步一颠，倒在众人的脚下。彼得拼命往前挤，又推又拉的，用身体当成破城锤，直到最后才终于挤出第二道门。

铁轨就在正前方，西奥似乎也打起了精神，铆足劲让自己往前挤。在黑暗与混乱之中，彼得看不见其他人，他喊他们的名字，但是在四周蜂拥而过的人中听不见任何回答。道路通向一个隆起的沙丘，爬到接近顶端时，他看见一道光线从南方射来，又一声响亮的喇叭声，他看见了！

一个巨大的银色物体朝他们驶来，像把刀划破黑夜。顶上射出一道光柱，照亮了群聚在铁轨四周的形影。他看见凯勒柏和默萨蜜在前面，跑向火车头，依然扶着西奥的彼得跳下路堤。他听见刹车的尖鸣，大家都跟在火车旁边跑着，想抓住火车。火车头开近之后，舱盖打开，迈克探头出来。

“我们不能停！”

“什么？”

迈克把手圈在嘴边：“我们得让车一直处在开动的状态！”

火车的速度已经慢得像爬行一般，彼得看见凯勒柏和霍里斯举起一个女的，抬进挂在火车头后面的三个车厢之一。迈克帮忙拉默萨蜜爬上梯子到车厢里，艾美在她后面推着。彼得开始拖着哥哥跑，想加快速度爬到梯子上，就在艾美钻进车厢时，西奥也抓住了梯子开始往上爬。西奥爬上顶端之后，彼得也一把攀上梯子，双脚凌空晃荡。他听见背后传来枪声，子弹飞过车厢两侧。

他把门在背后用力关上，发现自己置身在一个拥挤的舱房里，有上百个小灯在闪闪发亮。迈克坐在控制面板前面，旁边是碧莉。艾美坐在迈克椅子后方的地板上，眼睛圆睁，膝盖自卫似的抵在胸前，在彼得左边有条通向后面的小走道。

“见鬼了，彼得，”迈克从椅子里转身说，“西奥是从哪里冒出来的？”

彼得的哥哥瘫坐在走道的地上，默萨蜜把他的头抱在胸口，屈起血淋淋的腿跪坐着。

彼得面对车厢前面说："这里有医药箱吗？"

碧莉交给他一个铁盒子，彼得从里面拿出绷带缠成一块纱布。他撕开默萨蜜腿上的裤子，露出血肉模糊的伤口，彼得把绷带放在上面，要她压好。

西奥抬起脸，眼睛一眨一眨的："我是在做梦吗？"

彼得摇摇头。

"她是谁？那个女孩，我以为……"他没把话说完。

彼得这时心中一凛，想起妈妈去世前的话，他心里想：**我做到了，好好照顾我的兄弟。**

"我们待会儿有空再说，好吗？"

西奥勉强挤出微笑："你说了算。"

彼得走到驾驶舱前面，站在两个座位中间。透过挡风玻璃护板上的那条细缝，他看见在车头灯照耀下的沙漠景色，以及在他们下方延伸的铁轨。

"巴柏寇克死了吗？"碧莉问。

他摇摇头。

"你们没杀掉他？"

他面前的这个女人突然怒火冲天："欧森死到哪里去了？"

他还来不及回答，迈克就插嘴说："慢着，其他人呢？莎拉呢？"

彼得最后一次看见她的时候，她和艾莉希亚在大门口："我想她应该在后面的车厢里。"

碧莉再次打开驾驶舱的门，探头出去又缩回来。"希望大家都上车了。"她说，"因为他们来了，加快油门，迈克。"

"我姐姐很可能还在下面！"迈克大吼，"你说不会抛下任何一个人的。"

碧莉一刻也不等地走向迈克，把他往椅背上推，伸手抓住面板上的一根杆子，往前推。彼得感觉到火车加速了，面板上的一个数位读数动了起来，数字迅速爬升，三十，四十，五十，然后她经过彼得身边冲到走道上，那里有道贴墙的梯子通到天花板上的另一个舱门。她灵巧地爬上去，转开旋轮，对着火车后面喊道："葛斯，上来，快点！"

葛斯往前跑过来，拖着一个帆布袋，打开后露出一堆短管猎枪。他递一把给碧莉，拿一把给自己，然后抬起那张沾满油渍的脸看着彼得，交给他一把枪。

"如果你想跟来的话，"葛斯粗声粗气地说，"你或许要记得，随时低着头。"

他们爬上梯子。碧莉领头，接着是葛斯。彼得的头钻出舱盖时，一阵强风迎面袭来，吹得他马上低下头。他吞了吞口水压抑心中的恐惧，再试了一次，终于轻松地爬出舱口。彼得把脸转向火车头的方向，然后俯卧在车顶上，迈克从底下把猎枪递给他。他爬起来转成蹲姿，试着在手里抱着枪的情况下找到立足点。风打在他身上，一股持续不断的压力拼命要把他推倒。火车头的车顶是拱形的，中央有块平坦区域。这时，彼得面对火车后方几乎要被强风吹得失去平衡，碧莉和葛斯远远地领先他。彼得看着他们跃过第一和第二节车厢之间的空隙往后面去，隐没在漆黑的夜色里。

他起初只看见后方一片闪烁的绿光，原来那些是病鬼。在嘈杂的引擎声与铁轨轮子的嘎吱声中，他听见碧莉喊了声什么，但完全听不清。他深吸一口气，跳过连接第一个车厢之间的空隙。部分的他在想：我在这里干吗啊，我在驶动的火车车顶上干吗啊？但另一部分的他却接受事实，事实尽管如此离奇，但似乎是今晚这一连串事件不可避免的结果。那些绿光更接近了，散开成矩形的光点，彼得这才知道自己看见的是什么：不是十几二十个病鬼，而是好几百好几千个病鬼所组成的军队。

众鬼。

巴柏寇克的众鬼。

第一个病鬼现形腾空跳上火车后面时，碧莉和葛斯开了枪。彼得才走到第一节车厢大约一半的地方，火车突然抖动了一下，他觉得双脚开始打滑，猎枪竟然就这样掉了，落到车下去了。他听见一声尖叫，等再抬头时，却看不见人了——碧莉和葛斯原本站的位置已经空无一人了。

车头往前猛烈一冲，他整个人也向前冲，再次失去了立足点。地平线崩塌了，天空不见了。他肚子贴地往车顶有斜度的侧边滑落，眼看着就要飞出去的时候，他在一块护板上抓到一道窄窄的金属边。这时连害怕的时间都没有了。在急速飞驰的黑暗中，他感觉到一堵墙从旁边掠过。他们是在隧道里，穿透山脉的隧道。他牢牢抓紧，双腿晃荡，拼命爬上火车的侧边。这时他感觉一股风从底下吹上来，是车厢的门打开了，有手伸出抓住他，将他拉进车里。

那是凯勒柏和霍里斯的手，他们手脚忙乱地跌在车厢地板上。车里只有一盏提灯挂在钩子上晃荡，车里几乎是空的，只有几个黑黑的人影瑟缩在墙边，显然因为恐惧而无法动弹。敞开的车门，外面隧道的墙面飞掠而过，让整个车厢里灌满风和呼啸的声音。彼得爬起来，看见一个熟悉的身影从暗处走来，是欧森·汉德。

彼得怒火中烧，抓住那人的衣领拖到车厢墙边，前臂架着他的喉咙。

“你死到哪里去了？你把我们丢在那里！”

欧森脸色惨白：“对不起，我没有办法。”

在这一瞬间，他全明白了，欧森把他们诱到圈子里去当饵。

“你知道他是谁，对不对？你从一开始就知道他是我哥哥。”

欧森吞了吞口水，彼得的前臂感觉到他的喉结上下滑动：“是的，裘德相信有其他人会来，所以我们才会在拉斯韦加斯等你们。”

车头又传来砰的一声，所有的人都往前倒去。欧森挣脱了彼得的压制，火车又开出了隧道，回到开阔的旷野。彼得听见车外的枪声，一抬头，看见一辆悍马从旁边急驰而过，莎拉坐在驾驶座上，手指紧抓着方向盘，艾莉希亚在车顶上操作迫击炮，连续对着火车后面开火。

“出来！”艾莉希亚拼命对着最后一个车厢挥手，“他们就在你们后面！”

突然之间，车里的人大声狂喊，拼命想从敞开的车门挤出去。欧森抓住其中一个人，把她往前推，是咪拉。

“带她过去！”他喊道，“带她到引擎室去！就算车翻了，那里也会很安全！”

艾莉希亚对着他们挥手："跳！"

彼得身体探出车厢："开近一点！"

莎拉开近了，飞驰的汽车距火车只有不到两米，就靠在他们下方的铁轨底座上。

"手伸出来！"艾莉希亚喊着咪拉，"我会抓住你！"

那女孩站在门边，吓得一动也不动。"我没办法！"她哭着说。

又一声爆裂的碰撞声，彼得知道火车是高速压过碎落在铁轨上的物体了。有个庞大的金属物从汽车与火车之间飞过，悍马霎时往外一歪，而就在这时，挤在门口的一个人突然往外跳，冲出车门。彼得还来不及说话，那人就已经跳进两车之间变宽的间隙里进退不得。他的身体撞上悍马的侧面，伸长的双手钩住车顶，有那么一会儿，他似乎可以撑得住，但是，他的脚很快就碰到地面，刮起一团尘土，随着一声尖叫，掉下车子不见了。

"控制好车子！"彼得大喊。

悍马又驶近了两次，每一次，咪拉都不肯跳过去。

"这样行不通的，"彼得说，"我们得爬到车顶上。"他转头对霍里斯说，"你先上去，欧森和我可以推你上去。"

"我太重了，凯勒柏先上去，然后你，我可以把咪拉抬上去。"

霍里斯蹲下来，凯勒柏爬到他肩上。那部悍马又往外开了，艾莉希亚对着火车后面不住开火，霍里斯站到门边。

"好，上去啦。"

霍里斯身体一弯，一手抓着凯勒柏的脚，彼得抓着另一只，两人合力把那男孩往上举，让凯勒柏越过车门。

彼得也这样爬了上去。在车顶上，他看见一大群病鬼已经穿过隧道追来了，他们分成三群：一群在他们后面，两群各在火车一边。他们像马那样快速奔跑，手脚并用大步往前跃动。艾莉希亚对着中间的那群开枪，因为他们离车只有不到十米的距离。有些倒下，死了、受伤或只是吓呆了，他看不出来，但整群病鬼跃过他们继续前奔。在他们后面，另两组病鬼也追上来了，宛如潮水那样一波波涌上来，分开然后又聚合成原来的队形。

他趴在凯勒柏身边，伸手接住被霍里斯抬起来的咪拉。他抓住那吓坏了的女孩的手，把她拉上车顶。

艾莉希亚在下面喊着："下来！"

三个病鬼跳上了最后一节车厢的车顶，但悍马车上的一声枪响，让他们跳走了。凯勒柏已经跳过车厢之间的空隙到车头引擎室，彼得伸手拉咪拉，但她僵在那里无法动弹，身体趴在车顶上，双手抱住车子，仿佛只有这火车才能救自己一命。

"咪拉，"彼得想拉她起来，"拜托。"

但她还是不动："我不行，我不行，我不行。"

下方有只长爪的手探了上来，抓住她的脚踝。

"爸爸！"

然后她就不见了。

他无能为力了，彼得往前冲，跃过车厢间隙，跟在凯勒柏后面钻进舱口。他叫迈克保持车速，拉开通往车厢的门，往后看。

第三节车厢满是病鬼了，他们攀在车体上面，宛如一大群昆虫。疯狂涌动的一大群病鬼似乎也彼此争斗，又抓又吼，抢着要第一个挤进车里。尽管风声狂啸，彼得还是听得见车里人们的哀号。

悍马哪里去了？

这时他看见悍马斜斜朝他们开来，在路面上猛烈跳动，霍里斯和欧森攀在那辆车的车顶上。迫击炮没用了，所有的弹药都用完了，病鬼随时会包围他们。

彼得探出车门："开近一点！"

莎拉加大油门，开在火车旁边，霍里斯第一个抓住梯子，接着是欧森。彼得把他们拉进车里，然后对下面喊道："艾莉希亚，跳过来！"

"莎拉怎么办？"

悍马又一歪，莎拉拼命想让车子与火车接近又不碰撞。彼得听见咣当一声，是最后一节车厢脱钩了，翻覆滚落在逐渐褪去的夜色里。

"我会拉她过来！你抓住梯子就对了！"

艾莉希亚从悍马车顶跳过来，越过两车之间的空隙，但是距离突然拉大了，彼得在脑海里似乎想象到了她摔落，手没抓着东西，身体翻滚掉落在两车之间的空隙里的场景，但是她办到了，她钩着梯子，用手撑着身体爬上火车。等双脚一踏进车厢，她就转身探身出去。

莎拉一手抓着方向盘，一手慌乱地想把来复枪插好抵住油门。

“插不住！”

“别管了，我抓你过来！”艾莉希亚喊道，“打开门，拉住我的手！”

“不行啦！”

莎拉突然加快油门，那辆悍马往前冲，赶到火车前面。莎拉现在在火车轨道上了，驾驶座的门敞开来，她猛踩刹车。

火车前方的大铲子撞上车门，像把刀一样把门切了下来。在这千钧一发之际，悍马往右一偏，只有两只右轮着地，滑下铁轨路堤，紧接着左侧重重落地。莎拉的车子又往外偏了，以四十五度的斜角穿过路面偏离火车。彼得只看见一阵烟尘，然后莎拉回到火车旁边了，艾莉希亚伸出一只手到车外。

彼得大吼：“不管你想干吗，做就是了！”

艾莉希亚是怎么办到的，彼得始终没完全搞清楚，事后问她的时候，艾莉希亚只耸耸肩。她什么都没想，她说她只是跟着直觉走。事实上，要到后来的后来，很久以后的后来，彼得才会习惯她做的这些事，这些非比寻常的事，难以置信的事。但在那天晚上，在悍马与火车之间狂风呼啸的空隙里，艾莉希亚的所作所为似乎是个奇迹，超乎人类所知的奇迹。他们全都不知道在火车头后方空间里的艾美准备怎么做，也不知道火车头和第一节车厢之间会发生什么事。或许欧森知道，或许就是因为这样他才会要他们带他的女儿到火车头去，说她在那里会安全无虞，但这也是彼得的事后之明。欧森当时什么都没说，在那样的情况下，在他们和他在一起的那段短暂的时间里，也没有人忍心问他。

第一个病鬼冲向悍马时，艾莉希亚伸出手从方向盘上抓起莎拉的手腕用力一拉。莎拉随着艾莉希亚的手臂飞起，划出一道大弧形，就在车子突然偏离的一刹那离开了车子。在这惊险万分的一瞬间，她的眼神与彼得霎时交会，她的脚碰到地面了——她的眼神是即将面临死亡、也知道自己快死了的人的眼神。就在那时，艾莉希亚又用力一拉，把她拉了起来。莎拉的另一只手抓到梯子，两人一起爬了上来，莎拉和艾莉希亚一起滚进火车里。

这时事情发生了，震耳欲聋的爆炸声宛如雷电。火车头猛然前冲，摆脱了重量，车子里的一切似乎瞬间变得轻盈无比。站在敞开的舱门口的彼得被震得双脚离地，往后倒，身体重重撞上舱壁。他想到艾美，艾美呢？整个人跌落到地上时，他又听到一个声音比第一声更响亮，他知道这是什么声音：震耳欲聋的轰隆声与金属的刮擦声，是后面的车厢从铁轨上跳起来，凌空飞起，然后像一大堆铁片滚落在沙漠地表的声音，车里的每一个人都死了，死了，死了。

他们正午在铁路的终点停车。迈克减速停车说，碧莉给他们的地图说铁路的终点在卡利恩特镇，他们运气不错，火车能载他们来到这么远的地方。“多远？”彼得问。“四百公里，差不多，”迈克说，“看见那山脊没？”他指着挡风玻璃上的细缝，“那里就是犹他州。”

他们下车置身在像是铁路调度场的地方，四周都是铁轨，散落着废弃的车厢——火车头、油罐、载货车台。这里的土地比较湿润，有茂盛的野草，还有悬铃木，微风轻拂，带来一丝清凉。附近有水，他们听见鸟鸣的声音。

“我只是搞不懂，”艾莉希亚打破沉寂说，“他们是希望到哪里去？”

在确定摆脱病鬼追击之后，彼得在车上睡着了，清晨醒来，发现自己蜷缩在地板上，躺在西奥和小默旁边。迈克一整夜都没睡，可是最近这几天的煎熬让大家都累坏了。至于欧森，他或许也睡了一下，虽然彼得很怀疑他是不是装睡。但他一句话都没说，自己一个人坐在火车头外面的地上，瞪着空地。彼得告诉他咪拉的事情时，他没有追问细节，只点点头说：“谢谢你让我知道。”

“任何地方吧，”彼得想了想之后说，他很难形容现在自己的感觉，但前一夜的事件——在天堂整整四天的经过——感觉像是高烧的梦魇，“我想他们只是想去……任何地方都好。”

艾美离开大家，走到空地上，有那么一会儿，大伙儿就只是盯着她，看她穿过随风摆动的草丛。

“你想她知道自己做了什么吗？”艾莉希亚问。

是艾美破坏连接器的，那个开关在驾驶舱后方，也就是车头机组的旁边。迈克觉得那大概是把柴油或煤油鼓轮和某种发电机连接在一起的装置，这种装置足以产生这样的效果。就是在车厢翻覆的意外状况之下，可以确保火车头的安全。迈克觉得这说得通，仔细想想就明白了。

彼得也是这么认为的。可是没人明白为什么艾美会知道要这么做，她为什么知道该去扳动开关。她每次的行动，一如她身上的所有事情一样，都超乎正常人的理解范围。而彼得他们又一次因为她而幸免于难。

彼得看着艾美，看了好久好久。在这及腰高的草丛里，她看起来像脚不着地。艾美两手平伸，轻抚着柔如羽毛的草尖。彼得已经好久没去想疗养所里发生的事了，但是此刻看着她穿行草丛，那个奇特之夜的回忆又袭上心头。彼得很想知道，站在巴柏寇克面前时，艾美说了什么。她仿佛同时存在于两个世界，一个他看得见，一个他看不见。他们这一趟旅程的意义，恰恰就在那个他们看不见的世界里。

“昨天晚上死了好多人。”艾莉希亚说。

彼得深吸一口气，尽管有阳光，他却突然觉得冷。他还看着艾美，但他心中却浮现了咪拉的影像——咪拉趴在车顶，病鬼的手探上来把她拉走。那块失去了她的影踪的空荡区域，以及她摔落时的惨叫声也在他脑中回荡。

“我想他们早就死了很久了，”他说，“有一件事情是肯定的，我们不能留在这里，我们检查看看我们还有哪些东西。”

他们检查装备，把装备摊在火车头旁边的地面上。不太多，六支猎枪，都各有几发子弹的手枪，一把自动来复枪，两个来复枪的弹匣，二十五颗猎枪子弹，六把刀，八加仑装在罐子里的水，还有更多在火车备用水槽里的几百加仑的柴油，但是没车可用，几块塑料防水布，三盒火柴，一个医药箱，一个煤油灯，莎拉的日记——他们离开小屋的时候，莎拉把日记从背包里拿出来，塞在她的运动上衣底下。但他们完全没有粮食。霍里斯说这里的野地或许有猎物，他们不该浪费弹药，但或许可以设些陷阱，说不定他们在卡利恩特能找到可以吃的东西。

西奥睡在驾驶舱的地板上，他想办法回忆他能记起来的部分，告诉他们他所碰到的事：在购物中心遇袭的回忆片段，然后是在牢里的时间，那个老女人在厨房里的梦，以及那个折磨他的男人。彼得几乎可以肯定那个折磨西奥的男人是裘德。西奥拼命想保持清醒，可是现在对他来说讲话都很困难。最后西奥睡着了，睡得很沉很沉，沉到莎拉还要对彼得再三保证他哥哥还在呼吸。默萨蜜腿上的伤口比她自己承认的更严重，但是不至危及生命，子弹射穿她的大腿上方，射出一个看起来血肉模糊的伤口，但并没留在体内。前一夜，莎拉用医药箱里的针线缝合她的伤口，并且用从火车头那个小盥洗室水槽底下找到的酒精消毒，那想必让她痛得要死，可是小默握着西奥的手咬紧牙关非常镇定地忍受了一切。“只要保持伤口干净，”莎拉说，“她就会没事，如果运气好，她甚至再有几天就能走路了。”

现在的问题是他们要去哪里。霍里斯提出了这个问题，彼得这时发现自己吃了一惊，他从没想过他们现在无法继续前进。但是无论科罗拉多有什么样的情况在等待着他们，彼得都有比以前更强烈的意愿觉得他们必须去看看，更何况现在要回头似乎已经来不及了。可是他也不得不承认，霍里斯的说法很有道理，西奥、芬恩，以及那个艾莉希亚和默萨蜜认为是莉莎·周的女人都来自殖民地。不管病鬼自身产生了什么变化，他们显然都希望人类活着，他们是不是应该回去警告其他人呢？而且默萨蜜，就算她的腿伤好了，真的还能继续步行吗？他们没有车辆，武器弹药也很少，还必须一路找吃的。这样就一定会拖慢前进的速度，更何况他们很快就要进入山区了，那里的地形势必更艰险。他们能期待一个孕妇一路走到科罗拉多去吗？他只是指出这些问题，霍里斯说，因为总得有人提出来，但他也不确定自己有什么好的解决办法。另一方面，他们已经走了好长的一段路了，不管巴柏寇克是什么东西，他都还在，众鬼也是，掉头回去会让他们自己置身险境。

除了西奥还在火车上睡觉，其余的七个人坐在火车头外面的地上——讨论他们下一步的选项。自从离开殖民地之后，彼得头一次察觉到他们之间出现了迟疑的情绪。此前，火车和充足的装备的确给了他们安全感，或许是错误的安全感也说不定，但却足以推动他们前进。现在，被剥夺了车辆与武器，还没有食物，只有他们找到的这些东西，又置身在四百公里外的未知野地里，科罗拉多似乎变得更遥远了。天堂的事情让每一个人都震惊不已：他们从没想到过在旅程所必须克服的种种障碍里，包括遇见其他幸存者，以及像巴柏寇克这样的东西——是个病鬼，但又不只是病鬼，还拥有控制其他人的能力。

毫无意外地，艾莉希亚说她想继续前进，默萨蜜也是——彼得觉得，默萨蜜只是为了证明自己不比艾莉希亚软弱。凯勒柏说他没意见，大家决定怎么做，他就怎么做，可是他一面说一面瞄着艾莉希亚，仿佛在说如果要投票，他会支持她的。迈克也赞成继续走，提醒大家记得殖民地电池快没电的事。那是不可避免的情况，他说，他所关切的是，科罗拉多所传来的信息是他们目前唯一的希望——特别是现在，在他们目睹天堂的事情之后。

只剩霍里斯和莎拉了，霍里斯一心认为他们应该回殖民地，但他并没有说出口，只说他是这么认为的，和彼得一样这么认为，但最终的决定应该取得一致同意。在他身边的火车阴影里，盘腿而坐的莎拉显然更拿不定主意。她眯起眼睛望着野地，看着艾美继续独自在草丛里漫游。彼得这才想到，他已经好几个钟头没听见她说话了。

“我现在想起一些片段了，”过了一会儿，莎拉说，“病鬼抓了我以后的事，只是零零碎碎地记得。”她肩膀微微耸了一下，半是耸肩，半是打个哆嗦，彼得知道她不会再多透露了。“霍里斯说得没错，但不管怎样，小默，你实在不适合继续上路。可是我同意迈克说的，如果你要我投票，彼得，那就走吧。”

“所以我们继续走。”

她转开目光，瞥了霍里斯一眼，霍里斯点点头：“是的，我们继续走。”

另一个问题是欧森，彼得对这个人已经不像原先那么不信任了，尽管大家都没明说，但他显然代表了某种程度的风险——至少有自杀的风险。自从火车停下来之后，他就坐在火车头外面几乎一动不动，眼神空洞地瞪着来路。偶尔，他的手指会摸着松软的泥土，抓起一把，然后任由沙土从指缝间滑落。他看来像是个在衡量自己选项的人，而所有的选项都不太好，彼得很怀疑他的思绪到底飘到哪里去了。

收拾行囊的时候，霍里斯把彼得拉到一旁。所有的猎枪和来复枪摆在一张防水布上，旁边一堆弹药。他们选择在火车上过夜，然后在早晨徒步出发。

“我们该拿他怎么办？”霍里斯悄悄问，头朝欧森的方向歪了一下，霍里斯手上拿了一把手枪，彼得也是，“我们不能把他丢在这里啊。”

“我猜他要跟我们一起走。”

“他说不定不愿意。”

彼得想了想。“随他吧，”最后他说，“我们无能为力。”

这时已接近黄昏，凯勒柏和迈克绕到火车头后面，用他们在驾驶座后舱找到的水管从水槽里汲出水来，彼得转头看见凯勒柏正在打量用铰链锁在火车下方的一个约一米见方的面板。

“这是什么？”他问迈克。

“这是入口板，连接到地板下面的夹层空间。”

“那里有我们用得着的东西吗？”

迈克耸耸肩，忙着弄水管：“我不知道，去看看吧。”

凯勒柏蹲下来，转动把手：“卡住了。”

站在五米之外看着的彼得，浑身突然起了鸡皮疙瘩，一阵惊慌。他整颗心揪紧了：“注意啊，凯勒柏——”

面板猛然打开，把凯勒柏震得往后倒，一个人影从管子里现身。

裘德。

所有的人都伸手拿武器，裘德举起一把手枪扑向他们，他的半张脸已经被炸掉了，露出模糊的血肉与森然的骨头，有只眼睛也不见了，只剩一个黑洞。在这拉长的一瞬间里，他似乎是个极度不可能的存在，半死半生。

“你们这些该死的家伙！”裘德咆哮。

就在凯勒柏伸手抓起手枪冲向他的时候，裘德开枪了。子弹正中凯勒柏胸口，让他整个人弹开来。就在这一刹那，彼得和霍里斯扣下扳机，对着裘德的身体疯狂扫射。

直到他们射光了枪里的子弹，他才倒下。

凯勒柏仰天躺在泥土地上，一手还抓着子弹射进身体的地方，胸口浅浅地起伏着，艾莉希亚冲到他旁边。

“凯勒柏！”

鲜血从那男孩的指缝间流出来，他眼睛湿润，瞪着空荡的天空。“该死！”他眨着眼睛说。

“莎拉，想想办法啊！”

死亡开始悄悄爬上凯勒柏的脸。“噢！”他说，“噢！”然后，像是有什么东西突然攫住胸口，他一动也不动了。

莎拉哭了，大家都哭了。她蹲在艾莉希亚旁边，摸摸凯勒柏的手肘：“他死了，小艾。”

艾莉希亚用肩膀顶开她：“别说这种话！”她把那孩子软趴趴的身体搂在怀里，“凯勒柏，听我说！你睁开眼睛啊！马上给我睁开眼睛！”

彼得蹲在她身边。

“我答应过他的，”艾莉希亚紧紧抱着凯勒柏嘶喊，“我答应过他的。”

“我知道你答应过，”他只能想出这句话，“我们都知道，没关系的，让他走吧。”

彼得轻轻地把凯勒柏的身体从她怀中接过来，凯勒柏的眼睛闭上了，身体一动也不动地躺在尘土里。他还穿着那双黄色的运动鞋，有只脚鞋带松了，但是他已经不在了。凯勒柏就这样走了，好长一段时间，大家都沉默不语，唯一的声响是草丛顶端的鸟鸣与风声，以及艾莉希亚半抽噎的呼吸声。

这时，艾莉希亚突然跳了起来，从地上抓起裘德的手枪，快步走到欧森坐着的地方，她两眼满是怒火。那把枪很大，是长管的左轮枪，欧森一抬眼，就看见一个身影遮蔽了他的视线。她后退一步，用枪托划过他的脸，把他压倒在地，枪口对准他的头。

“你该死！”

“小艾……”彼得走向她，举起手，“他又没杀凯勒柏，把枪放下！”

“我们都看见裘德死了！我们都看见了！”

欧森的鼻子流着血，他没反抗，也没躲开：“他是密友。”

“密友？什么意思？你老是这样含糊其辞，我受够了，你给我讲清楚，真是该死！”

欧森吞了吞口水，舔掉嘴唇上的血迹：“意思是……你可以在不变成他们的情况下，成为他们的一员。”

艾莉希亚抓着枪身的指关节都泛白了，彼得知道她要开火了，似乎无法制止她了，这事无可避免要发生了。

“如果你想开枪，就开枪吧，”欧森面无表情，生命对他来说似乎毫无意义可言，“不重要了。巴柏寇克一定会来，等着瞧吧。”

枪管开始随着艾莉希亚的怒气而颤抖：“对凯勒柏来说很重要！他比你们那一整个该死的天堂还重要！他从来就无依无靠！我要替他报仇！我要替他报仇！”

艾莉希亚开始哀号，低沉的声音宛如动物的痛苦悲鸣，然后她按下扳机，但是没有子弹射出来，弹匣是空的。“该死！”她按了又按，但枪里没有子弹，“该死！该死！你真该死！”她转身面对彼得，无用的手枪垂在手上，她靠在彼得胸前，哭了起来。

到了早晨，欧森已经离开了。铁轨通向涵洞，彼得不必看也知道欧森往哪里去了。

“我们该去找他吗？”莎拉问。

他们站在空火车旁边，收拾最后的一些行李。

彼得摇摇头：“我想没有必要。”

他们围聚在埋葬凯勒柏的地方，一棵悬铃木的树荫下。迈克从火车车身上撬下一块铁皮，用螺丝刀刻上字，然后用螺丝钉钉在树干上，当成墓碑。

凯勒柏·琼斯

绰号高筒鞋
我们的一分子

所有的人都围在墓边，只有艾美一个人走得远远的，站在茂盛的草丛里。彼得身边是小默和西奥，默萨蜜拄着一根迈克用水管做成的拐杖。莎拉检查过她的伤口，说她可以上路，只要他们别走得太急就行。西奥睡了一整夜之后在黎明时醒来，现在看来就算没有更好，至少也在好转中。然而站在他身边，彼得还是感觉到哥哥身上缺了些什么，有些部分改变了，或者坏了，甚至是被夺走了。他身上有些东西被偷走了，在牢里的时候，在做梦的时候，在和巴柏寇克在一起的时候。

但他最担心的是艾莉希亚，她和迈克一起站在墓地尾端，胸前横抱着一把猎枪，脸上因哭泣产生的浮肿还没消退。好长一段时间，前一天下午到晚上，她一句话都没说，其他人可能认为她是在替凯勒柏难过，但彼得知道不是这么回事。她很爱凯勒柏没错，但这只是部分原因。他们每个人都觉得，凯勒柏的离去简直不像是真的，仿佛他们的一部分被切掉了一样，可是此时看着艾莉希亚，彼得知道她的痛苦是更深沉的那种痛苦。凯勒柏会死并不是她的错，彼得也这么告诉她，可她还是相信是自己辜负了他。杀了欧森也无济于事，但是彼得忍不住认为那的确会有些帮助。或许也就是因为这样，所以他没有尝试，或者应该说根本就没想从她手上夺走裘德的枪。

彼得发现自己出于习惯地等待哥哥开口下达今天行动的指令，但哥哥迟迟未开口，所以他背起背包，开口说："嗯，"他喉咙发紧，"我们大概该出发了，好好利用白天的时间。"

"外面有四千万个病鬼，"迈克一脸抑郁地说，"我们光靠两条腿能有什么机会啊？"

艾美走进了他们的圈子里。

"他错了。"她说。

霎时没有人开口，他们似乎都不知道该看哪里——是看艾美，还是彼此相望？惊讶的、难以置信的眼神在圈子里急速交换。

“她会讲话？”艾莉希亚说。

彼得小心翼翼地走向她，他觉得艾美的脸变得不太一样了，在他听见她讲话之后，仿佛一个完整的她突然出现在他们面前。

“你说什么？”

“迈克说错了，”女孩说，她的嗓音既不像成熟的女人，也不像稚嫩的孩童，而是介于两者之间，她的语气平铺直叙，全无高低起伏，宛如念着书上的文字，“没有四千万。”

彼得不知道自己是该大笑还是大叫，经过这么多事情之后，她竟然开口说话了！

“艾美，你以前为什么不说话？”

“对不起，我想我是忘了该怎么说，”她兀自皱起眉头，仿佛对这个想法也很不解似的，“可是现在我记得了。”

所有人再度陷入沉默，吃惊地盯着她看。

“好吧，如果不是四千万，”迈克试探地说，“那有多少？”

她抬眼看着他们每一个人。

“十二个。”艾美说。

第五卷　最后的远征军

我父亲的女儿只有我一个，
儿子也只有我一个。

——莎士比亚《第十二夜》

33

摘自莎拉·费雪日记（莎拉之书）

发表于第三届北美疫期全球会议

人类文化与冲突研究中心

新南威尔士大学

印澳共和国

疫后一〇〇三年四月十六至二十一日

（摘录开始）

……我们找到了果园——好棒的景色，自从三天前霍里斯猎到一只鹿之后，我们就没有找到太多东西了，现在我们有好多苹果可以大吃特吃。苹果很小，被虫咬得乱七八糟，如果一次吃太多还会腹绞痛，可是能再次填饱肚子真好。我们今天睡在一间生锈的铁皮屋里，这里堆满旧车，还有鸽子的粪味。我们似乎再也找不到路了，可是彼得说如果我们一直往东方走，应该再有一两天就会走到第十五号高速公路，我们只能靠卡利恩特加油站找到的那张地图指引方向。

艾美每一天都比前一天多说几句话，可以与人交谈对她来说似乎还是很生涩的事，她有时候还得拼命想词汇，好像在心里读着一本书，寻找正确的文字。可我看得出来，讲话让她很高兴。她喜欢叫我们的名字，明明大家都知道她在跟谁讲话，她也还是要叫名字，听起来很好玩，但是我们现在都习惯了，甚至也学她这样讲。（昨天她看见我走到树丛后面，就问我在干吗，我说我要尿尿，她眼睛一亮，好像我告诉她什么天大的好消息似的，大声说我也要尿尿，莎拉。迈克忍不住大笑，可是艾美似乎不在意。等我们完事之后，她很有礼貌地对我说——她总是很有礼貌——我忘了她怎么说的了，好像是：谢谢你和我一起尿尿，莎拉。）

这倒也不是说我们就了解她了，因为大多时候我们都不了解。迈克说这让他想到和姑妈谈话的经验，只是更糟，因为和姑妈讲话的时候，我们都会知道她在开我们玩笑。艾美似乎完全不记得她是从哪里来的，只记得是在一个山区，会下雪的地方，很可能是在科罗拉多，虽然我们并不知道。她好像并不怕病鬼，甚至也不怕她称之为十二的那几个病鬼，比方巴柏寇克。彼得问她在圈子的时候是怎么让他没杀死西奥的，艾美耸耸肩，好像没什么大不了地说，我只是请他不要这么做。“我不喜欢那一个，”她说，“他有好多坏的梦，我想我最好是跟他说拜托，谢谢你。”

是病鬼啊，她竟然跟他说拜托！

可是让我一直挂在心上的，是迈克问她怎么知道要弄坏车钩时，她说是个叫葛斯的人告诉她的。我不知道葛斯在火车上，可是彼得说了葛斯和碧莉的事，说他们是被病鬼杀死的，艾美点点头说，就是在那个时候。彼得一晌没说话，就只是盯着她看。“你说的‘就是那个时候’是什么意思？”他说。艾美回答说：“他就是在那个时候告诉我的，在他摔下火车以后。病鬼没杀他，我想他是跌断脖子死的，可是他在那之后还逗留了好一会儿，是他把炸弹放在车厢之间的。他知道接下来火车会出什么事，他觉得应该要有人知道。”

迈克说应该会有其他的解释，葛斯应该是在比较早的时候告诉她的，可是我看得出来彼得相信她，而且我知道自己也相信。彼得比以往更坚信科罗拉多传来的信号是一切的关键，而我也同意。在经历过天堂的事情之后，我开始认为艾美是我们唯一的希望——是我们所拥有的唯一一丝希望。

第三十一日

一座货真价实的小镇，自从卡利恩特之后抵达的第一座。我们在一所学校里过夜，这里很像庇护所，每个房间里都有一排排小书桌。我很担心里面会有尸体，可是并没找到。我们分成两班值夜，我和霍里斯值第二班。我觉得这样很不好受，睡几个钟头就起床，然后想办法在天亮之前再睡几个钟头，可是霍里斯让时间过得很快。有一阵子，我们聊到老家，霍里斯问我最想念的是什么，结果我心里浮现的第一个念头是肥皂，这让霍里斯大笑起来。我说，什么事这么好笑？他说，我以为你会说是灯呢，因为我真的好想有灯啊。我说，那你最想念的是什么？霍里斯沉默了一会儿，我以为他要说是阿洛，但是没有。他说，我想念的是小孩儿，多拉和其他孩子，他们在中庭的声音，还有夜里在大房间里的味道。或许是因为这个地方让我想起了他们，可是我今天晚上最想念的就是小孩儿。

还是没有病鬼，所有的人都很想知道我们的运气能好到什么时候。

第三十二日

看来我们又要在这里过一夜了——大家都需要休息。

最大的好消息是我们找到的那家店——“户外世界”——有各式各样我们需要的装备，包括弓在内（枪柜里已经没有东西了）。我们找到了刀子、手斧、水壶、有背架的背包、望远镜，以及可以用来烧开水的露营炉和燃料。还有地图、指南针、睡袜和温暖的外套。现在我们有新裤子可穿，有暖和的袜子可以穿在靴子里，以及保暖内衣，虽然现在还用不到，但可能很快就会需要。店里只有一具尸骸，我们到快拿完东西时才发现他拿着望远镜躺在柜台下面。这让我有点难过，因为我们只顾着从架子上搜刮东西，却没注意到他死在这里。我知道凯勒柏一定会想办法说笑给大家打气，我真不敢相信他已经不在了。

艾莉希亚和霍里斯去打猎，又带了一只鹿回来，是只小鹿。我真希望我们能待久一点，有时间把鹿肉腌起来，但是霍里斯说这一路上一定还有；而他没说也不必说的是，如果有猎物，那也一定有病鬼。

今天晚上很冷，我想秋天必定是来临了。

第三十三日

又走路，我们在第十五号高速公路上往北走。路面都裂损了，可是起码我们还知道自己走的是正确的方向。路上有好多废弃的车辆，它们似乎是一群群出发的，你会看到有好多车子聚集一处，接着有一段路什么车都没有，然后又碰到二十来辆或更多。我们在一条河边停下来休息，希望能在黄昏之前赶到帕洛旺。

第三十五日

还是走路，彼得认为我们一天应该走约二十五公里，筋疲力尽。我很担心小默，她怎么能这样撑下去呢？她已经露出疲态了，西奥现在在她身边寸步不离。

天气突然又热起来，太阳晒得人快焦了。夜里的东方，也就是山脉的方向，有闪电，但是没下雨。霍里斯用弓射了一只野兔，我们把烤兔肉分成八份，配上一些剩下的苹果一起吃。明天我们要找找杂货店，看有没有可以食用的罐头。艾美说如果到了迫不得已，你可以试试吃那里的东西，超过一百年的东西。

为什么没有病鬼？

第三十六日

昨天晚上我们闻到燃烧后浓烟的味道，天亮之后我们发现，森林大火已经烧过山脊往东方蔓延了。我们争论是应该掉头还是等着，还是想办法找地方绕道。可是如果要绕道就得离开高速公路，大家都不想这么做。我们决定继续往前走，但如果烟越来越大，我们就必须做个决定。

第三十六日（再记）

犯了大错，火很接近了，没办法赶在火烧过来之前走完这段路了。我们在公路下的一间车库栖身，彼得不确定这里是哪个镇，甚至不知道这里能不能算得上是个镇。我们用找到的钉子和锤子把防水布钉在破损的前窗上，现在我们唯一能做的就是等待，希望风转向。烟好浓，我简直看不见自己在写什么了。

（缺页）

第三十八日

我们走第七十号高速公路经过里奇菲德。很多路面都已经不见了，但是霍里斯说主要道路都是跟着隘口走的，这个说法被证明是对的。大火烧过这里，到处都有死掉的动物，空气里有焦肉的味道，大家都想起那天晚上听见的病鬼被火烧死的惨叫声。

第三十九日

第一批死掉的病鬼在一座桥底下，三个抱在一起。彼得认为我们之前之所以没见到病鬼，是因为他们追逐猎物到了海拔较高的地方。等风向改变，他们就被火困住了。

或许是因为他们全身被烧焦、脸贴在地上的模样，我觉得很难过。如果我不知道他们是病鬼，一定会认为他们是人类；而我也知道，死在这里的也很有可能是我们。我问艾美，你认为他们害怕吗？她说是的，她认为他们很害怕。

我们打算在下一个小镇多待一天，休息一下，同时找补给品。(罐头的事艾美说对了，只要密封盖是好的，而且拿在手里重重的，那就没问题。)

（缺页）

第四十八日

再往东走，山脉已在背后了，霍里斯认为我们会有一阵子见不到猎物。我们越过一片干燥开阔的台地，那里分布着一条条沟壑。到处都有骨头——不仅有小动物，还有鹿、羚羊和山羊，还有看起来像牛但是体形更大的东西，有结瘤的大头（迈克说那是美洲野牛）。中午的时候，我们在一大块裸露的石头上休息，看见石头上刻着“达伦永远爱蕾克西”和“绿河十六中劲揪侠”。前一个句子大家都看得懂，但其余的就不明所以了。这让我觉得有点难过，我说不上来为什么，或许只是因为这些字留在这里这么长的时间没有人看，我也很想知道蕾克西是不是也爱达伦。

我们下了高速公路在埃莫利附近过夜。这里几乎什么都没有，只剩下地基和几间堆着生锈农机、有好多老鼠的工具间。我们找不到水泵，但是彼得说附近有条河，我们明天可以去找。

满天都是星星，一个美丽的夜晚。

第四十九日

我决定要嫁给霍里斯·威尔森。

第五十二日

从克里斯森会合点开始沿第一百九十一号高速公路往南走，起码我们认为这是一百九十一号公路啦。经过岔路之后走了至少五公里，我们才又加快脚步回头。这里简直不算有路，也许是我们一开始时错过了。我问彼得我们为什么要离开七十号公路，他说就目的地来说，我们已经走得太向北了，迟早都要往南走的，所以或许现在就改道比较好。

霍里斯和我决定不要把我们的事告诉其他人，说来好玩，我一对他下定决心之后才发现，我已经想过这件事好久而不自知。我一直很希望能再吻他，可是我们身边要不就是有其他人，要不就是要值夜。对于那天晚上的事，我还是有点罪恶感，而且他也实在需要洗个澡（我也是）。

附近一个城镇都没有，彼得认为我们要走到莫亚才会有。我们在一个浅浅的山洞里过夜，充其量只能算是山崖的凹处，但总比什么都没有强吧。这里的岩石都带着橘色，好奇怪，也好漂亮。

第五十三日

今天我们找到了农庄。

起初我们以为这里只是一座废墟，和我们之前见到的其他农庄一样，可是一走近，我们就发现这里的情况好多了——好几幢木架屋，有谷仓和附属建筑，还有养动物的畜栏。房子有两间是空的，但是最大的那间看起来像不太久之前还有人住过似的。厨房里的餐桌摆着真正的餐具和茶杯，窗上挂着窗帘，抽屉里收着衣服、家具、锅具，柜子上有书。在谷仓里，我们找到一辆积满灰尘的汽车，架子上排着一罐罐油灯燃料，还有空罐子和工具。此外有个看起来像墓园的地方，一块圈着石头做标记的田地。迈克说我们应该挖一个起来看看是谁埋在里面，可是没有人把他的话当真。

我们找到井口，但是水泵已经生锈压不动了，我们三个人合力才能扳得动，水一流出来，又凉又清澈，好长时间没喝过这么甘美的水了。厨房里也有个水泵，霍里斯正在想办法打开，另外也有个可以煮东西的柴炉。我们在地下室找到堆放着一罐罐豆子、冬瓜和玉米的架子，罐子都还封得严严的。我们身上还有在绿河找到的罐头、烟熏鹿肉以及留下来的一点猪油。这是我们几个星期以来第一顿像样的餐饭。彼得说附近有条河，明天我们再去找。我们全住在那幢最大的房子里，从楼上拖来床垫摆在壁炉旁边。

彼得相信这个地方被废弃至少十年了，不太可能超过二十年。住在这里的是谁？他们是怎么生存下来的？这个地方有种阴魂不散的氛围，比我们见过的其他城镇更强烈。无论住在这里的是谁，仿佛是在某一天出门，想着要回来吃晚饭，结果却再也没回来。

第五十四日

我们又多留了一天，西奥很坚持，说小默没办法这样继续赶路，可是彼得说，我们得快点上路才能赶在下雪前抵达科罗拉多。下雪，我从没想过下雪的事。

第五十六日

还留在农庄，我们决定再多留几天，虽然彼得很不安，想快点走。他和西奥还真的为这件事吵了一架，我想……（以下难以辨识）

（缺页）

第五十九日

我们会在早上出发，可是西奥和小默要留下来。我想大家都知道会有这一天，他们是在晚餐之后宣布的。彼得反对，可是到头来不管他怎么说都无法让西奥改变心意。他们有栖身之处，有足够的小猎物和地下室的罐头可以吃，他们可以在这里避冬，生下孩子。“我们春天再见，老弟，”西奥说，“只是不管你们找到了什么，可别忘了回程的时候要在这里停一下。”

再过几个钟头就该我值班了，实在应该睡一下。我想小默和西奥做得没错，就连彼得也知道，可是留下他们实在很让人难过。我想这让我们大家都想到凯勒柏，特别是艾莉希亚，在小默和西奥宣布消息之后，她整个人就一语不发，到现在还没和任何人说半句话。我想大家都想起了附近的墓园，怀疑将来我们是不是还能见到小默和西奥。

我真希望霍里斯也还醒着，我告诉自己我不会哭。噢，该死，真该死。

第六十日

再次上路，西奥说对了一件事：少了小默，我们走得快多了。我们六个人在黄昏之前就已经走到了莫亚。这里什么都没有，河水把所有的东西都冲走了。一堵巨大的瓦砾墙挡住了路，树木、房舍、汽车、旧轮胎和各种各样的东西塞满了原本是小镇的窄小峡谷。我们在山丘上仅存的几幢废墟里过夜。这是个完全荒废的地方，只剩下房子的骨架和我们头顶上的一小片屋顶。我们等同于露宿，我怀疑今天晚上有谁能睡得着。明天我们要走上山脊，找路翻过山的另一边。

（缺页）

第六十四日

我们今天又找到一具动物尸体，某种像大猫的动物，和其他动物一样挂在树枝上。这具尸体腐烂得很厉害，所以无法分辨它是不是死在病鬼手上。

第六十五日

还在沿着拉萨尔山脉往东走，天空从白变蓝，是秋天的颜色。所有的东西都散发着湿润、甜美的气味。树叶飘落，夜里有霜，清晨，银白色的浓雾笼罩山丘，我从没见过这么美丽的景色。

第六十六日

昨天夜里，艾美做了另一个噩梦，我们再一次睡在露天的防水布下。我和霍里斯刚值完班，正要脱掉脚上的靴子，就听见她在睡梦中喃喃自语。我还在想要不要叫醒她的时候，她突然就坐了起来。她整个人裹在睡袋里，只露出一张脸。她看着我好久好久，眼神涣散，好像不认得我是谁。“他快死了，”她说，“他一直在死，停不下来。”“谁快死了，”我说，“艾美，那个人是谁？”她说：“那个人快死了。”“什么人？”我问她，可是她又躺下来，很快就睡着了。

有时候我会忍不住想，我们要去的是不是一个恐怖的地方，恐怖得超乎我们想象的地方。

第六十七日

今天我们看到路边有块生锈的告示板，上面写着“帕洛达克斯，人口 2387”。我想我们到了，彼得说。他给我们看地图上的位置。

我们抵达科罗拉多了。

34

山脉终于缓降成宽阔的谷地，在秋日的阳光里，在蔚蓝的苍穹之下，山脉看上去开阔而宽广。草丛高长焦黄，树枝光秃秃的，寥寥点缀了几片尚未落下的树叶，蔓生的野藤颜色惨白得像枯骨。草叶在微风中轻摇，宛如一双双挥动的手，像旧纸那样沙沙作响。土地干涸，但是沟壑里泉水畅流，空气里已有冬天的味道。

他们一行六人，穿越空荡的野地，宛如访客一般踏进一个已被遗忘的世界，没有回忆的世界，在时光中凝结静止的世界。到处都有农舍的残余外壳，有锈蚀的卡车骨架似的残骸。什么声音都没有，除了风声和蟋蟀的叫声以及他们穿行草丛的飒飒声。这里的地形很平坦，可是并不会一直如此。远远的地平线有个白色的影子，他们知道山就在前方。

他们在河边的一座谷仓过夜，墙上挂着老旧的装备，挤牛乳用的桶子上拴着长长的铁链。一辆旧拖拉机轮胎没气了，房舍也塌垮到只剩下地基，墙壁整片整片地反向倒下，层层相叠，很像一只压平的箱子，毫发无伤地准备打包运走。他们坐在地板上，分食找到的罐头。透过屋顶破损的洞隙，他们可以看见星星，随着夜色逐渐深重，月亮在浮云中现身了。彼得和迈克值第一班，等霍里斯和莎拉来接班的时候，星星已经不见了，月亮也只剩下云层密布的天空上一抹隐约的白色光影。彼得睡着了，什么梦都没做，早晨醒来时，发现夜里下雪了。

早晨稍晚时分，气温又开始变暖，雪开始融化。地图上显示下一个城镇是普雷斯维尔。自从在森林里见到大猫的尸体，至今已经过了八天。度过了一个个徒步前进的漫漫长日以及静寂的星夜，觉得有人跟踪他们的感觉已经消失殆尽。那座农庄已经是遥远的记忆，天堂和那里所发生的一切，都好像是多年前的事了。

他们沿着河走，彼得认为这是多罗瑞斯河，再不然就是圣米盖河。道路老早就被草湮没，被泥土与时间侵蚀不见了。他们三人一列，分成两组默默前行。他们想找什么？会找到什么？这趟旅程已经有了固有的意义：前进，不断前进。停下脚步，抵达终点，这些念头似乎远远超乎彼得的想象能力。艾美走在他身边，背着大背包，身体微微前倾，睡袋和冬季外套捆在背架底端。她和他们一样，穿着从“户外世界”找来的衣物：一条系着腰带的长裤，上身一件红白格子的宽松衬衫，袖口没扣，垂在手腕上。脚上是一双真皮运动鞋，头上却什么都没有。她很久以前就不再戴眼镜了，她直视正前方，眯起眼睛抵挡亮光。离开农舍的这段时间，改变在发生，微妙但毋庸置疑的改变。她就像河流一样，带领他们前进，他们只需要跟着她走就成了。每过一天，这种感觉就更强烈一分。彼得经常想起，很久以前有天夜里，迈克在灯屋让他看的那则信息。那句话仿佛是他步行前进的节奏，每一次脚一落地都带着他往前踏进一步，带着他踏进他所不知道的世界，踏进隐藏在过往岁月之中的真貌，踏进艾美来的地方。

如果你们找到她，请带她来。如果你们找到她，请带她来。

离开农庄之后的这段日子里，他发现自己并没有原先以为的那么想念西奥。由于在天堂以及天堂之前甚至是在殖民地所发生的事，让他对哥哥的思念似乎早就变淡了，就像杂草丛生的道路一样，只能在不断前进的计划中被踩在脚下。起初，西奥和小默集合大家宣布他们的决定的那天晚上，彼得很生气。他没表现出来，或者应该说希望自己没有怒形于色。即便是在当下，他也知道自己生气很没道理。小默显然无法继续上路，彼得心里有一些希望哥哥别这么快再度弃他们而去，可是西奥自有道理，到头来彼得也只能同意。

可是这段日子以来，彼得也开始明白哥哥的决定背后有更深沉的真相存在。他和哥哥的道路注定要再度各奔东西，因为他们的目标并不相同。西奥似乎没怀疑他们对艾美身世的说法，至少他没说什么让彼得觉得他有所怀疑。他接受彼得的解释，虽然这说法很荒诞，但他也没有特别的怀疑，然而彼得察觉得出来，哥哥有种事不关己的态度，艾美对西奥来说无关紧要，或不太重要，而且说起来，西奥似乎也有点怕她。事态很明显，他之所以走这么远，只是因为跟着大伙儿一起走，一旦有了第一个机会，加上默萨蜜有孕，他马上就放弃继续前进了。彼得自私地希望西奥能有一点表示，至少对他们的分别表示出一点遗憾，无论有多微小，但是西奥没有。起程的那天早上，他们六个离开农舍，彼得转头看到哥哥和默萨蜜望着他们。很小的事，但是对彼得来说却很重要，他希望西奥能留在原地，站在门廊上，目送他们六个离开，但是彼得回头再望，哥哥却已经离开了，只有默萨蜜还站在那里。

太阳高挂在空中时，他们停下来休息，可以清楚地看见山脉棱线了。一座锯齿状的庞然大物衬在东方的天际线，山峰上罩着白雪。天气又变暖了，暖得让他们冒汗，但是在山峦高处，在他们准备前往的地方，冬天已经降临了。

"那里下了更多的雪。"霍里斯说。

他和彼得一起坐在一根倒下的树干上，树干已经潮湿腐烂变黑了，至少已经有一个钟头没人开口了。其他人散坐四周，只有艾莉希亚到前面去勘探地形。霍里斯用小刀打开罐头，开始把里面的东西舀进嘴巴里，那是某种切成细长条的肉。有些沾在他纠结的胡子上，他伸手拂掉，用一大口的水把食物冲下喉咙，然后把那个罐头递给彼得。

彼得接过罐头开始吃，莎拉坐在他对面，背靠着树，在本子上写字。她停了一下，专心看着自己写的东西，她的铅笔只剩短短一截，短得几乎握不住了。彼得看见她从腰带里抽出刀子，削尖笔头，然后又开始耐心十足地书写。

"你在写什么？"

莎拉耸耸肩，把一绺飘散的发丝塞到耳后："雪，还有我们吃了什么，睡在哪里。"她扬起脸，对着透过湿润树枝射下来的阳光眯起眼睛，"写这里有多美。"

他觉得自己不由自主地微笑，他有多久没有面露微笑了？

"我想是很美，对吧？"

自从离开农舍之后，莎拉似乎也散发出了新的气象，彼得想，那是一种不急不慌的沉静。仿佛她已经做了什么决定，而且因此让自己的心更加安定，进入没有烦恼、没有恐惧的境地。他感到一丝懊悔，此时此刻看着她，他才明白自己一向有多愚蠢。她的头发长而乱，脸和手臂上有一条条污垢，指尖上有一圈黑黑的泥土，然而她比以前更加容光焕发，仿佛眼前所见的美景都已经成为她的一部分，让她洋溢出闪亮动人的安详与宁静。爱一个人不是什么微不足道的小事，那是她送给他的礼物，是她一直呈现在他面前的礼物，而他却拒绝了。

莎拉和他眼神相接，她不解地歪着头："怎么了？"

他摇摇头，很窘："没事。"

"你在瞪我。"

莎拉把目光转到霍里斯身上，嘴角微微扬起一个微笑。仅仅一瞬间，但是彼得真真切切感觉到了，感觉到一条隐形的线连接着他们两人。当然啦，他怎么会看不出来？

"没什么事，"他挤出话说，"只是……你坐在这里，很开心的样子，让我很意外。"

艾莉希亚从树丛里冒出来，她把来复枪靠在树上，从那堆背包里抽出一个罐头，用刀打开，对着里面的东西皱眉头。

"桃子，"她咕哝说，"我为什么老是拿到桃子啊？"她在倒下的树干上找个地方坐下，叉起罐子里那些黄黄软软的果肉，直接往嘴里送。

"前面情况怎么样？"彼得问。

果汁淌下艾莉希亚的嘴角，她用刀指着她刚才去的地方："往东大约半公里，河面就变窄，转向南方。两岸都有山，山势陡峭，有很多制高点。"桃子吃完了，她把罐子里剩下的东西全倒进嘴里，然后丢开空罐，双手在裤子上抹了抹，"像现在这样的正中午，我们应该不会有事的，可是我们不该耽搁到太晚。"

迈克坐在几米之外潮湿的地上，背靠着一根圆木。连日的步行让他变瘦，变结实了，下巴冒出淡色的胡子来。他膝上搁着一把猎枪，手指扣在扳机上。

"一点踪影都没有，整整七天？"他仰脸对着太阳，闭起眼睛说。

他上身只穿了一件T恤衫，外套绑在腰上。

“八天，”艾莉希亚纠正他，“但这并不表示我们可以放松戒备。”

“我只是说说而已，”他睁开眼睛，转头看艾莉希亚，耸耸肩说，“造成那只猫死掉的原因有很多，说不定它只是太老了。”

艾莉希亚笑起来。“这话很合我意。”她说。

艾美独自站在林地边缘，她总是这样一个人晃来晃去。有一阵子，她的这个习惯让彼得很担心，但是她从来不会走得太远，现在大家都已经习惯了。

他站起来走向她：“艾美，你应该吃点东西的，我们很快就要出发了。”

那女孩一时没说话，视线越过河岸，越过草原，直盯着阳光下耸立的山峦。

“我记得雪，”她说，“躺在雪地上，好冷啊。”她眯起眼睛看他，“我们快到了，对不对？”

彼得点点头：“再几天，我想。”

“特鲁——利德。”艾美说。

“没错，特柳赖德。”

她又转开头，彼得看见她在发抖，虽然太阳晒得人好暖。

“还会再下雪吗？”她问。

“霍里斯认为会。”

艾美点点头，很满意，她的脸散发着温暖的光芒，她的回忆是快乐的：“我真想再躺在雪地上，当个雪天使。”

她经常这样讲话，有点含糊隐晦，但是这一次却有些不同，仿佛过往的岁月出现在她眼前，宛如一只鹿从树丛中蹿入视野之中，连轻轻挪动一下都会把她吓跑。

“什么是雪天使？”

“你躺在雪地上，移动双手双脚。”她解释说，“就像天堂里的人，就像雅各布·马利的鬼魂一样。”

彼得发现所有的人都侧耳倾听，一缕黑发被风吹得盖住了眼睛。看着她，他觉得自己回到了好几个月之前，回到疗养所艾美替他清洗伤口的那一夜。他想问她：你怎么会知道的，艾美？你怎么会知道我妈妈想我，知道我有多想她？因为我从来没告诉过她，艾美，她当时快死了，而我却没有告诉她，如果她走了，我会多么想她。

“谁是雅各布·马利？”他问。

她的眉头突然皱起来，充满哀伤。“他戴着人生的枷锁，”她摇摇头说，“好悲哀的故事。”

他们沿着河走到下午，现在已经来到山脚下，离开高原了。地势开始隆起，林木繁密——光秃秃的白杨以及巨大古老的松树，树干粗得像匹马，居高临下地俯望着他们。在庞大如华盖的枝叶下有宽阔的阴影，地上铺满松针。空气里带着河水的湿气，凉飕飕的。他们一如既往静静地往前走，同时环顾四周的林木，保持警觉。

根本没有普雷斯维尔这个地方，这里发生过什么事一目了然。窄窄的河谷，有河流冲刷而过。春天，山顶的积雪融化时，这里就会泛滥。和莫亚一样，这座小镇被冲掉了。

他们在河边过夜，在两棵树之间拉起防水布当屋顶，把睡袋铺在松软的地上。彼得和迈克一起值第三班，两人手里都拿着手枪。夜里很冷，很寂寥，只有河水哗哗的声响。彼得站在岗位上，拼命想顶着寒风不动，他想起莎拉，想起他在她与霍里斯秘密一瞥的眼光中察觉到的情感，他发现自己衷心为他们高兴。毕竟，他曾经有过机会，而且霍里斯显然很爱莎拉，莎拉值得被爱。现在想想，在米拉格罗的那一夜，也就是莎拉被抓走之后，霍里斯就告诉过他了：**彼得，你应该最明白，我非去不可**。不只是他说的这句话，还有他眼底的神情——绝对的无惧，他当时就已经为了莎拉放弃一切了。

天色刚开始泛白，艾莉希亚从防水布下走向他。

“噢，”她打个哈欠说，“你还活着。”

他点点头：“还活着。”

八个晚上没有动静，让他不禁纳罕，他们的好运能再撑几天？可是这件事他从来不想太久，想多了似乎很危险，就像是在挑战命运，质疑自己的好运。

艾莉希亚说："转过去，我得上厕所。"

背对着她，他听见艾莉希亚解开长裤，蹲了下来。上游十米处，迈克背靠着大石头坐在地上，彼得知道他很快就睡着了。

"你对这些事情怎么看？"艾莉希亚问，"鬼魂，天使，诸如此类的。"

"我和你一样搞不懂啊。"

"彼得，"她责备他，"我一秒钟都不信。"过了一会儿，她说，"好了，你可以转头了。"

他再次面对她，艾莉希亚正在系皮带。"我们之所以会到这里来，是因为你啊。"她说。

"我还以为是因为艾美。"

艾莉希亚转开目光，望着河对岸的林木，她沉默了一晌："自从我有记忆以来，我们就是朋友。所以我现在要告诉你的事，只有你知我知，了解吗？"

彼得点点头。

"我们离开的前一天晚上，我们两个在牢房外面的拖车里。你问我看着艾美的时候，我看见什么了。我想我当时没回答，很可能我当时还不知道，可是现在我要告诉你答案，我看见了你。"

她凝神端详他，脸上的表情近乎痛苦，彼得找不出话来回答："我不……不懂。"

"不，你懂，你或许不知道，但是你懂。你从来不提你父亲或是长征，我也没逼过你，可是那并不表示我不知道那对你有什么意义。你一辈子都在等待像艾美这样的事情发生，你或许可以称之为宿命，或命运。姑妈八成会说是上帝之手，相信我，我也听过这样的长篇大论。我想，你要怎么称呼它其实并不重要，事实就是事实，所以你问我，我们为什么会在这里？我会告诉你，我们之所以在这里当然是为了艾美，但她只是一半的原因。好笑的是，除了你之外，每一个人都知道。"

彼得不知道该说什么，自从艾美来到他的生命之中，他就觉得自己被卷进了一股强大的激流，这股激流推着他向着某个东西前进，某个他必须去找到的东西。这一路走来的每一步都这样告诉他，但是，话说回来，他们每一个人也都扮演着各自的角色，而且很大一部分靠的纯粹是运气。

“我不懂，小艾，那天陷在购物中心里的有可能是任何一个人，可能是你，甚至可能是西奥。”

她挥挥手要他别说了：“你太看得起你哥哥了，你一向如此，他现在人呢？别误会我的意思，我觉得他做得没错。小默不适合长途跋涉，我从一开始就这么认为，可是他留在那里，并不只是为了小默。”她耸耸肩，“我之所以要说这些话，是因为你需要好好听一听。这是你的长征啊，彼得，不管山上有什么，都是你要去找出来的。不管会发生什么事，我都希望你能把握机会。”

又一阵沉默，她说话的样子让他隐隐有些不安。仿佛这些话是最后的遗言，仿佛她就要说再见了。

“你想他们会不会有事，”他问，“西奥和小默？”

“我说不上来，希望他们会没事。”

“你知道，”他清清嗓子说，“我想霍里斯和莎拉……”

“在一起？”她轻轻一笑，“我还以为你没注意到呢。你应该让他们知道的。老实说，这让每个人心中都放下了一块石头。”

他吓呆了：“每个人都知道？”

“彼得，”她皱起眉纠正似的看他，“我是这么认为的。这是好事，可以拯救人类呢。你可以说我很赞成，可是话说回来，你实在应该多注意一下就在你面前发生的事情。”

“我想我是该注意的。”

“你本来就该这么想的，我们都只是人。我不知道山上有什么，可是我知道我们有生有死。在由生到死的路途上，如果运气好的话，说不定可以找到什么东西来照亮道路。你应该告诉他们说没关系，他们等着听你说这句话呢。”

他还是觉得很不解，自己怎么会这么迟钝，竟然没发现莎拉和霍里斯之间的事？说不定，他想，因为这是他不愿意看见的事？此时看着艾莉希亚的头发在晨光中闪亮生辉，他发现自己想起在发电站屋顶的那一夜，他俩谈起结婚，谈起生小孩儿。那个异常神奇的夜晚，艾莉希亚把星星送给了他。在当时，光是想起过正常的生活，甚至只是假装可以过上那样的日子，似乎都像星星那样遥不可及，永无可能。然而此时此刻，他们身在此地，离家千里——他们或许再也不能见到那个家——他们虽然还是原本的自己，却也已经变得不一样了，因为情况不同了，爱情已在他俩之间滋长了。

这就是此时此刻艾莉希亚要告诉他的，这就是那天在发电站屋顶上，在即将天翻地覆之前的最后时刻，她试着想告诉他的，这就是他们人在此地的原因。他们人在此地，是因为爱。不只是莎拉和霍里斯坠入爱河，他们都沉浸在爱里。

“小艾……”他开口。

可是她摇摇头，不让他说下去，她的脸突然涨红了。在她背后，莎拉和霍里斯从过夜的布篷底下出来，踏进清晨里。

“就像我说的，我们会在这里都是因为你。”艾莉希亚说，“特别是我，嗯，谁去叫醒电路，你还是我？”

他们拔营出发，开始往下游走的时候，太阳已经高高越过山谷顶端，为树木枝叶披上金灿灿的光衣。

接近中午的时候，领头带路的艾莉希亚突然停住脚步。她举起一只手，要大家安静。

“小艾，”迈克在队伍后面喊她，“我们干吗停下来？”

“安静！”

她皱起鼻子嗅了嗅，彼得也闻到了，奇怪且浓烈的臭味直呛鼻孔。

走在他背后的莎拉低声说：“这是什么？”

霍里斯举起枪，指着他们头顶上方：“看——”

他们头顶的树枝上垂挂着一条条小小的白色物体，有好几十个，像水果那样一串串的。

“那到底是什么鬼啊？”

可是艾莉希亚低头看地上，不安地查看他们脚下松厚的泥土。她单膝跪下，拨开地上厚厚的枯叶。

“噢，要命！”

彼得听见有东西掉下来的声音，但还来不及开口，他们就被网子罩住了。他们腾空而起，所有的人都叫喊挣扎，身体陷在网绳里。网子升到顶点，在那失重的一瞬间，一切似乎都悬而未决；接着，他们开始重重地落下，绳子把他们紧紧捆成扭曲而无法动弹的一团，所有人的身体全挤压在一起。

彼得整个人倒吊着，霍里斯压在他身上，还有一只运动鞋贴在他脸上，他认出那是艾美的鞋。他们挤成一团，根本分不出谁和谁的身体。他们像陀螺那样旋转，彼得的胸口被紧紧压住，几乎无法喘气。绳子勒在脸颊的皮肤上，是某种厚实纤维编结成的绳子。地面在他下方转动，呈现出一片无法辨识的颜色。

“小艾！”

“我不能动！”

“有人能动吗？”

迈克说：“我想我快吐了。”

莎拉的声音惊恐而凌厉：“迈克，你敢！”

彼得无法拿到自己的刀，就算可以，割断绳子只会害他们大家急速摔落地面。旋转的速度慢了下来，逐渐停止了，然后又开始加快速度把他们往反方向推。在上方那一团肢体里，彼得听见哀号的声音。

他们转了又转，在转到第六圈的时候，彼得的眼角瞥见树丛里有什么在猛烈地晃动，仿佛树木活了过来，但是他已经转到头晕，无法开口说话。他心里隐隐有点害怕。

“我的天哪，”他们下方有个声音说，“他们是浪者。”

这时彼得看清了，他们是士兵。

35

起初那几天，默萨蜜一直睡觉——一次睡上十六到十八甚至二十个小时。西奥赶走楼上卧房的老鼠，用扫帚和大呼小叫把它们赶下楼，扫地出门。在衣柜里，他们找到仔细折叠整齐的床单、毯子和几个枕头，这些东西闻起来带着灰尘与岁月的味道。默萨蜜拿一个枕头枕在头部，另一个塞在两膝之间，让她的背可以挺直。她的腿开始抽筋，疼痛异常——宝宝压迫到她的脊椎了。她觉得这是正常的现象，因为宝宝正在她体内的有限区域里为自己争取多一些空间。西奥忙进忙出，像个护士那样照顾她，为她送餐和水。他下午在楼下那张松垮的旧沙发上睡觉，近晚时，他就拉张椅子到门廊上，膝上搁把猎枪，凝望暗处，坐上一整夜。

有天早上她醒来的时候，浑身充满新的活力。筋疲力尽的状态已经结束了，这些日子的休养发挥了功效。她坐起来，看见窗外阳光照耀。空气凉爽干燥，轻轻的微风拂动窗帘。她不记得自己开了窗，大概是西奥在夜里打开的。

宝宝压在她的膀胱上，西奥替她准备了一个桶，但是她不想用，她已经不再需要了。她可以自己走到厕所去，让西奥知道她终于醒了。

即便是现在，她也可以感觉得到他在楼下的某处活动。她下床，在长摆衬衫外披了一件毛衣——肚子突然变得太大，她穿不下她仅有的那条长裤——走下楼梯。她的重心似乎在一夜之间改变了，隆起的肚子让她觉得头重脚轻，手脚不灵活。她想她或许必须适应这样的感觉，还不到六个月，她已经变得这么庞大了。

她走进一间不太记得的房间，花了好一晌工夫，才明白这里已经改头换面了。原本靠在墙边的沙发和椅子，现在已被推到房间中央，摆放在壁炉的对面。椅子之间放了一张小木桌，下面是一条磨损了的羊毛地毯。她光脚踩着的地板一尘不染，扫得非常干净。西奥在沙发上铺了好几条毯子，边角塞好，遮住破损与有污渍的地方。

引起她注意的是摆在壁炉架上那一系列泛黄的照片——同样的人，在不同的年龄段，按照不同的排列组合着，但都站在同一幢房屋前面，也就是她此时此刻所在的这幢房屋。一个男人和他的妻子与三个孩子，一男两女。照片似乎是每隔一年拍一张，每拍一张，孩子都会长大一些。最小的那个孩子，在第一张照片里还是个躺在妈妈怀里的小宝宝——妈妈是个一脸疲惫的女人，一副太阳眼镜推到头顶上——到了最后一张，小宝宝已经是五六岁的小男生了。他站在两个姐姐前面，咧嘴对着照相机笑，露出缺了一颗牙的嘴巴。他的T恤衫上印了四个字“犹他爵士”，不知是什么意思。

“这很棒吧？”

默萨蜜转头看见西奥站在厨房门口看她。

“你在哪里找到的？”

他走近壁炉架，拿起最后那张照片，小男孩露齿微笑的那张。“在楼梯底下的夹层里，看见没？”他敲着相框上的玻璃让她看，照片边缘的背景里有辆汽车，车窗里塞满了东西，车顶上还绑着更多的行李，“这就是我们在谷仓里找到的那辆车。”

默萨蜜又端详了一会儿照片，他们看起来多快乐啊。不只是那个微笑的小男孩，还有他的爸妈和姐姐们，全都很快乐。

“你推断他们以前住在这里？”

西奥点点头，把照片放回壁炉架上，和其他照片摆在一起：“我想，他们是在疫情暴发之前来到这里的，然后就走不了了。或者，是他们决定要留在这里的，别忘了后面那四座坟墓。”

默萨蜜正想说那里只有四座坟墓，而他们一家有五口，但她马上就发现自己想得不对，第四座坟墓必定是仅存的那个人挖的，而他没办法埋葬自己。

“饿了吗？”西奥问她。

她伸手摸摸脏乱的头发：“我想洗个澡。”

“是啊，我早就想到了，”他露出羞涩的微笑，“来吧。”

他带她走到院子里，一口大铁锅悬挂在链子上，底下是燃烧的煤块。旁边一个大铁槽，又深又长，足够一个人坐进去。他用水泵汲水，再用塑料桶装水倒进水槽，然后用一块厚布垫着握住锅柄，举起铁锅，把沸腾的水倒进去。

“快，进去吧。”西奥说。

她突然有点难为情。

“没关系的，”他轻轻笑着说，“我不会看的。”

经过这么多事情之后，她竟然会为自己的身体觉得不好意思，但她就是这么感觉的。西奥转开目光之后，她迅速脱掉衣服，光着身子在秋阳下站了一会儿。风带着寒意，吹着她绷紧的皮肤，吹在她圆滚滚的肚皮上。她滑进水里，水盖住了她的肚子，盖住了她肿胀的胸部及蓝色血管交织的肌肤。

“我可以转头吗？”

“我觉得自己好庞大哟，西奥，我不相信你想看见这样的我。”

“你会先变大，再变小，我想我会习惯的。”

她怕什么呢？他们就要有个孩子了，可是她却不让他看见她的裸体。他们有很多日子没亲近了，她知道自己一直在等他这么做，等他跨越分隔他们的篱栅，而现在只有他俩独处。

“好吧，你可以转头了。”

他一看见她，就扬起了眉毛，但只有短短的一瞬间。她看见他手里拿着一个黑黑的煎锅，里面装满某种硬而发亮的东西。他把煎锅摆在水槽旁边的地上，蹲下来用刀子挖起一块。

“我的天哪，西奥，你做了肥皂？”

“我以前偶尔帮我妈做肥皂，可是我不知道我用的灰够不够。油脂是我昨天早上猎到的一只叉角羚羊身上的，那家伙真是瘦得可以，可我还是弄到足够做一块肥皂的油。”

“你猎到了叉角羚羊？”

他点点头。“把那只羊拖回来真是要命，”他说，“至少有五公里，而且河里有很多鱼。我想我们可以储备足够的食物，轻松度过冬天。”

他站起来，在裤管上揩揩手，“快点洗吧，我去弄早餐了。”

等她洗好，水里已满是污垢，还浮着一层肥皂的油脂。她站起来，拿其余的热水冲净身体，然后赤身裸体站在院子里，让阳光晒干她，感觉皮肤的湿气在干燥的空气里一点一滴蒸发掉，她不记得上回觉得自己这么干净是什么时候了。

她穿上衣服——衣服贴在皮肤上感觉好脏，她得想办法洗衣服才行——踏进屋里。地下室里有更多的惊喜：西奥摆出餐具——货真价实的瓷器，还有刀叉、茶杯和因年岁长久而变得不透明的玻璃杯。他在煎锅里煎肉排，配上银亮透明的洋葱。房里弥漫着从炉上飘来的热气，烧的是他摆在门边的那一堆柴薪。

“只剩这一点羚羊肉了，”他解释说，“其余的都拿来烟熏了。”他给肉排翻面，转身面对她，用一条抹布擦擦手，“筋有点多，可是还不难吃。河边有野生的洋葱，然后还有一些灌木，我想应该是黑莓，不过我们可能得等到春天才有的吃。”

“见鬼了，西奥，还有什么？”她并不是当真要追问，只是对他所做的一切惊叹不已。

“马铃薯。”

“马铃薯？”

“差不多都拿去种了，不过还是有一些可以吃，我拿了一袋摆在地窖的箱子里。”他用一支长叉把肉排分到两个盘子上，“我们饿不着的，有很多东西可吃，你自己去看看就知道。”

吃完早餐之后，她看着他在水槽里洗碗碟。她想帮忙，但是他坚持不让她动手。

“想去散步吗？”他问。

他到谷仓拿了一个水桶和两支绑着塑料鱼线的钓竿出来，递给她一支小铁锹和猎枪，还有一把子弹。走到河边时，太阳已经高挂在天空了。他们找到一个河流变慢，河面变宽变浅的弯处。河岸两旁草木蓊郁，高高的野草染上秋光的色泽。西奥没有鱼钩，只在抽屉里找到一个小针线盒，里头有一小盒安全别针。小默掘土抓小虫子的时候，西奥把别针绑在鱼线底端。

“那么，你到底是要怎么抓鱼啊？”小默问，她满手都是蠕动的泥土，放眼四望，她觉得到处都充满生机。

“我想把这个丢进水里，看看会怎么样。”

他们就这么办，可是过了一会儿，似乎毫无动静，他们的鱼钩停在一眼就看得见的浅水里。

“往后站一点，”西奥说，“我要把我的鱼钩丢远一点。”

他把线轴往后卷，竿子甩过肩膀，然后让鱼线抛得远一些。鱼线在水面划出一道长长的弧线，噼啪一声，消失在流淌的河水里。几乎就在同时，钓竿的顶端猛然弯曲。

“要命！”他慌得睁大眼睛，“我该怎么做啊？”

“别让它跑了！”

那条鱼划破水面，溅起闪亮亮的水花，他们开始把它拉起来。

“好像很大哟！”

西奥把鱼拉向岸边，小默涉水到浅水处——河水异常冰冷，灌进她的靴子里——弯腰去抓那条鱼。鱼窜开，不一会儿，她的脚踝就被鱼线一圈圈缠住了。

“西奥，救命啊！”

他俩大笑起来，西奥抓住那条鱼，把它肚子朝天地翻过来，这似乎达到了预期的效果：鱼不再挣扎了。小默自己设法解开纠缠的鱼线，从岸上拿来水桶，等着西奥把鱼抓到岸上——好一条金光闪闪的长家伙，宛如一块闪烁着鲜艳色彩的肉，镶满无数细碎的宝石，别针刺进了它的下颌，虫还在钩子上呢。

“你要吃哪一部分？”小默问。

“我想那得看我有多饿。”

这时他吻了她，她感觉到一股幸福的暖流。他还是原来的西奥，她的西奥。她可以从他的亲吻里感觉出来，不管在牢里发生的是什么事，都没把他从她身边夺走。

“轮到我了。”她说，一把推开他，像他那样举起鱼竿往外抛鱼线。

他们在桶里装满挣扎不休的鱼，这条河里的鱼简直太多了，像份过度奢侈的礼物。广阔蔚蓝的天空，阳光荡漾的河流，遗世独立的乡野，有他们两个在这里，一切宛如奇迹。走回屋里时，小默发现自己又想起照片上的那一家人。爸爸，妈妈，两个女儿，还有那个得意地露出缺牙笑容的小男孩。他们住在这里，死在这里，但最重要的是，她肯定他们曾经活过。

他们把鱼清理干净，把柔嫩的鱼肉摆在熏制房的烤架上，明天早上再拿到太阳底下晒干。他们留了一条当晚餐，配上一点洋葱和一颗马铃薯在锅里煎。

太阳下山时，西奥拿起摆在厨房墙角的猎枪。小默把碟子收进橱柜里，转头看见西奥把子弹从枪里退出来，总共三颗，放在掌心，逐一吹掉外壳的灰尘，然后再一一装回去，接着他拿出刀子，用手掌抹干净。

“好了，”他清清喉咙，“我想是时候了。”

“不，西奥。”

她放下手里的盘子，走向他，从他手里拿起那把枪，摆在餐桌上。

“我们在这里很安全，我知道。”她可以感觉到自己话里的真心诚意，他们很安全，因为她相信他们很安全。

他摇摇头：“我想这不是好主意，小默。”

她的脸贴着他的，再次吻了他，吻得又久又慢，让他知道这攸关她，也攸关他们两个，他们很安全。在她肚子里，宝宝开始打嗝。

“到床上来睡吧，西奥。”默萨蜜说，“拜托，我想要你陪我一起睡。”

他怕的是睡觉，那天晚上他抱着她，紧紧蜷缩在一起。他没办法不睡，他知道。不睡觉并不像不吃东西或不呼吸那样，他说，而是像想办法尽量屏住气不呼吸那样，一直屏到有无数光粒在眼前舞动，直到你身上的每一个部分都在说三个字：呼吸吧！在牢里就是这样，日复一日。

而现在，那梦已经不见了，但那种感觉却还在，他怕一闭上眼睛就再次置身梦境。因为，如果不是那个女孩，他一定会动手的。她进到梦里来，制止他的手，但那时已经来不及了。他会杀掉那个女人，杀掉任何人。他会做他们要他做的任何事情，一旦你知道自己的这一面，他说，无论你以为自己是谁，你都已经是个完全不同的人了。

他说话的时候，她抱着他，他的声音在黑暗之中回荡，然后好长一段时间，他俩都沉默无言。

“小默，你还醒着吗？”

“我在这里。”显然并非如此，她实际上已经迷迷糊糊睡去了。

他转身靠着她，拉起她的手臂贴在胸前，好像拉起毯子保暖似的。“不要睡，为了我，不要睡，”他说，“可以吗？可以等到我睡着吗？”

“好，”她说，“好，我可以。”

他沉默了一晌，在他俩身体之间那无边无际的空间里，宝宝翻身踢腿。

“我们在这里很安全，西奥，”她说，“只要我们在一起，就会很安全。”

“我希望这是真的。”他说。

“我知道这是真的。”默萨蜜说。尽管她感觉到他紧贴着她的呼吸变缓了，睡眠终于攫住了他。她还是睁着眼睛，瞪着黑暗。这是真的，她想，因为这必须是真的。

36

抵达营地的时候，下午已经过了一半。他们的背包被发还了，但是武器没有。他们不是囚犯，但也不能随心所欲地自由离去。少校用的字眼是“在保护之下”，他们从河边一路往北越过山脊。在第二座山谷谷底，他们碰见一片泥泞，上面满是蹄印与轮胎痕迹，他们没碰上大雨纯粹是运气好。厚重的云层从西方飘来，看起来与感觉起来都像要下雨了。第一滴雨落下时，彼得在风中尝到了柴烟的味道。

格瑞尔少校走到彼得身边，他个子很高，年约四十岁，身材很好，眉头的皱纹深得像被犁过，一身宽松的迷彩装，绿色和褐色交织的图案，腰间一条宽皮带束得紧紧的，口袋因装满东西而鼓囊囊的。头上那顶羊毛帽底下，头发剃得干干净净。他和他那十五个手下一样，脸上都用泥巴和木炭涂得一条一条的，让他的眼白显得惊人的灵动。他们看起来像狼，像森林里的野兽，他们是一支远距离巡逻队，已经在森林里待了好几个星期。

格瑞尔停在道路上，来复枪扛在肩上，一把黑色手枪插在腰间。他拿起水壶喝了一大口，然后指着山腰。他们很接近了，彼得可以从格瑞尔手下加快的脚步里感觉得出来。他渴望一顿热食，一张能躺下来睡觉的床，头顶上有遮风避雨的屋顶。

“越过下一个山脊就到了。”格瑞尔说。

这几个钟头以来，他们两人之间建立了对彼得来说形同友谊的关系。被网困住之后，先是一阵迷惑不解，双方阵营都不肯率先表明身份，非得等到对方让步不可，使得情况越发混乱，最后是迈克打破了僵局。在网子松开让他们落地之处，迈克抬起那张沾了呕吐物的脸，说：“噢，去你的，我投降啦。我们是从加州来的，可以了吧？拜托，谁来射我一枪算了，别再让我这样天旋地转的。”

格瑞尔盖紧水壶时，艾莉希亚在步道赶上他们，从一开始，她就很不寻常地沉默不语。格瑞尔命令他们缴械上路，她也没出言反对。这完全不同于她平日个性的反应，着实让彼得很吃惊。她很可能只是受了惊吓吧，和大家一样。在步行到营地的途中，她亦步亦趋跟在艾美身边保护着她。说不定，彼得想，她是因为领着大家踏进士兵的陷阱而感到难堪。至于艾美，她默默接受事情的转折，就像接受一切事情一样，带着漠然但有些戒备的神情。

“那里是什么样子？”他问格瑞尔。

少校耸耸肩：“就像你想的一样啊，很像大型的公共厕所，只是可以遮风挡雨的地方。”

攀上山丘顶端，底下是一个碗状的山谷，军营跃入眼帘：一簇帆布帐篷，车辆停放在围墙边，围墙是原木筑成的，起码十五米高，每一根原木顶端都削得尖尖的。在那些车辆里，彼得看见至少六辆悍马，两部大型坦克，还有好多辆较小的卡车、货车和有着厚重车轮的五吨重型拖挂车。围墙旁边，十几只泛光灯挂在高大的灯柱上。基地的另一头有马在围场里吃草。在建筑之间以及墙顶的墙道上，有更多士兵走动。睥睨一切的，是基地正中央一面迎风招展的大旗，红、白、蓝三个色块，但只有一颗星星。整个地方顶多半公里见方，然而站在山脊上，彼得却觉得自己仿佛凝望着一整座城市，凝望着始终相信却无法想象的世界中心。

“他们有灯。”迈克说，格瑞尔更多个手下超过了他们，往山下走。

“嘿，小子。”说话的这人是穆西，一个下士，和其他人一样头理得光光的，脸上挂着大大的微笑，露出一口乱七八糟的牙齿。格瑞尔大部分的手下都有着士兵典型的沉默寡言，只有别人对自己说话才会应答，可是穆西不同，他像只小鸟一样叽叽喳喳。他的工作倒也适才适性，他是负责操作无线电的。他把装备扛在背上，那机器有发电机，通过一根连接在底端、像尾巴似的游戏杆操作。

“围墙里面？”穆西咧嘴笑说，“那是得克萨斯州啊，要是我们没灯，你们也就甭去啦。”

他们不是正规军，格瑞尔解释过，至少不是美国陆军，现在已经没有美国陆军了。那你们是什么部队？彼得问。

这时格瑞尔才告诉他们得州的事。

等走到山脚下，已经有一群人围拢过来了。尽管天气很冷，而且还落着滴滴答答的小雨，但有些人却打着赤膊，露出窄窄的腰以及肌肉发达的肩膀与胸膛。每个人的胡子都刮得一干二净，头顶也是。所有的人都有武装，来复枪与手枪，甚至还有几把十字弓。

“大家都盯着你们看，”格瑞尔悄悄地说，“你们最好习惯吧。”

“有多少……你们通常会带回多少个浪者？”彼得问。格瑞尔解释过，这个名词是“流浪者”的简称。

格瑞尔皱起眉头，他们正走向大门。“一个也没有，往东走更远一些的地方还能找到几个，在俄克拉何马。第三营有一回找到一整个镇，可是这里呢？我们连找都不想找了。”

“那么，网子是干什么用的？”

“对不起，”格瑞尔说，“我想你们可以理解，那是抓德古鬼的，也就是你们说的病鬼。”他伸出一根手指转着，“旋转的动作会把他们搞得脑袋不清，他们被困在网子里，简直就像被塞在桶里的鸭子。”

彼得想起凯勒柏说过的一件事，说病鬼不敢接近风力发电厂。健德总是说风扇的旋转会把他们搞疯，他把这件事告诉格瑞尔。

“有道理，”少校同意，“他们不喜欢旋转，虽然我没听说过涡轮发电机的事。”

迈克走到他们身边：“那么，那是什么东西？挂在树上、味道很臭的那些？”

“大蒜，”格瑞尔轻轻笑起来，“书上学来的古老招数，那些该死的德古鬼很喜欢大蒜。”

他们的对话戛然而止，因为他们踏进大门，走进夹道等待的人们所形成的人墙隧道里。格瑞尔的小队分散到群众之中，没有人说话。彼得走过的时候，看见大家的眼睛飞快地掠过他。这时彼得才发现他们在看什么：他们在盯着女人看。

“立——正！”

每个人都啪的一声立正，彼得看见有个人从一顶帐篷里朝他们轻快走来。乍看之下，他和彼得想象中的高级军官完全不像：一个差不多中等个头的男子，头发理得比格瑞尔还短，踩着一双走起路来摇摇摆摆的圆跟靴。在理得短短的圆头底下，他脸上的五官似乎全挤在一起，好像被摆得太近似的。可是一走近，彼得就感受到他威严的力量，一股神秘的能量，仿佛一圈静电笼罩着四周。他那双小小的黑眼睛，带有直率、直探人心的专注力，虽然看起来像是很不协调地错摆在另一张脸上。

他双手叉腰打量了彼得好久，然后才转开目光看其他人，用评鉴似的眼神一一扫过每个人。

“真是该死。”

他的声音意外的低沉，讲话的口音和格瑞尔和他的手下一样，带着下巴松软的腔调。

“稍息，各位。”

所有的人都放松了，彼得不知道该说什么。他想，最好等这人先开口吧。

“第二营的弟兄们，”他拉高嗓音对所有人说，“我注意到有部分浪者是女的。你们不准盯着她们看，不准和她们说话，不准靠近她们，接触她们，更别以为你们可以和她们，或她们可以和你们扯上任何关系。她们不是你们的女朋友或老婆，她们不是你们的老妈或姐妹，她们什么都不是。她们不存在，她们不在这里，我说得够清楚了吗？”

“是的，长官！”

彼得瞥了艾莉希亚一眼，她和艾美站在一起，但是他不敢和她四目相接。霍里斯对他怀疑地皱起眉头，显然也不知道该怎么解释这情况。

“你们六个，放下背包，跟我来。还有你，少校。”

他们随他进到帐篷里，里面只有一个房间，地上是泥土，顶上的帆布松松垮垮，仅有的家具是一个大肚火炉，两张铺满文件的三合板搁桌，靠里面还有张摆无线电的小桌子，一个头戴耳机的士兵负责操作。士兵上方有张彩色的大地图，用好几十根大头针标出了一个不规则的“V”字形。彼得走近一些，看见“V”字形的底端是得州中部，一边往北延伸，跨越俄克拉何马到南堪萨斯，另一边蜿蜒向西进入新墨西哥，然后转向北方，在科罗拉多边界结束——也就是他们此时所在的位置。在地图顶端，一块黑色区域里用黄色印着“美国地图”，下方则是“福克斯父子公司，教学用地图，俄亥俄州辛辛那提市”。

格瑞尔走到他身边。“欢迎参战。”他低声说。

无线电操作员也像外面那些人一样，两眼发直地盯着几个女孩看。他似乎先选定了莎拉，然后转向艾莉希亚，最后是艾美，每一个都让他一阵紧张抽搐。跟在他们背后走进帐篷的指挥官对着他说：“下士，别这样，拜托。”

那名士兵费了一番工夫，才转开目光，拉开头上的耳机，满脸尴尬地说：“长官，对不起，长官。”

“下去吧。”

下士站起来，小步跑开。

“那么，”指挥官的眼睛盯着格瑞尔，“少校，有没有什么事是你忘了告诉我的？”

“浪者里有三名女性，长官。”

“是啊，是啊，是有三名女性，谢谢你告诉我。”

“对不起，将军，”他似乎有点畏怯，“我们应该先报告的。”

“是啊，你是应该先报告的。你一找到他们，我就指派你负责，你觉得你能胜任吗？”

“当然可以，长官，没问题。”

“分派好任务，给她们找地方住，而且她们也需要自己的厕所。”

“是的，将军。”

“快去。”

格瑞尔点点头，飞快地瞄了彼得一眼——**祝你好运**，他的眼神似乎这么说——然后就离开了帐篷。彼得这才想到，他还不知道这位将军的大名呢。将军又打量了他们好一会儿，现在没有外人在场，他的态度松懈下来了。

“你是乔克森？”

彼得点点头。

“我是寇帝斯·瓦希斯准将，服役于得州共和国陆军第二远征军。”他的脸上露出一抹隐隐的微笑，“我是这里的老大，万一格瑞尔上校忘了告诉你们的话。”

“他没有，长官，我的意思是，他提到了。”

“很好，”瓦希斯点点头，又端详了他们一会儿，“那么，就我了解——如果我一副难以置信的样子，也请原谅我——你们六个一路从加州走到这里来。”

其实呢，彼得想，**我们有一段路是开车，另外也还搭了一段火车。**但他只简单地回答说：“是的，长官。”

“那么，请容我这么问，怎么会有人想做这种事呢？”

彼得张开嘴想回答，但是再一次地，他觉得真正的答案似乎太扯了。外面，雨开始猛烈落下，敲打在帐篷的帆布顶上。

“说来话长。”他勉强回答说。

“嗯，我想也是，乔克森先生，我很有兴趣听一听。现在呢，我们必须先搞一些准备工作。你们是第二远征军的平民访客，你们停留期间，必须接受我的管束，你们能接受吗？”

彼得点点头。

“再过六天，这个部队将往南行军到新墨西哥罗斯威尔，和第三营会合。从那里，我们可以让你们和补给队一起回柯厄维尔。我建议你们接受这个提议，但这完全看你们自己的选择，我想你们一定需要先讨论一下。”

彼得转开视线去看其他人，他们脸上全都挂着惊讶的表情。他们的旅程或许会结束，这是他从来没考虑过的可能性。

“还有另一件事，”瓦希斯说，“你们刚才都听到我和少校说的话。我需要你叫你们队上的女人不要和我的手下接触，除非有绝对必要。除了上厕所之外，她们也必须留在帐篷里。如果她们有任何需要，都必须通过你或格瑞尔少校，清楚吗？”

彼得没有理由拒绝，只是这个要求实在很荒唐：“我不确定我能叫她们这么做，长官。”

“你不行？”

“不行，长官，”他耸耸肩，他没有别的话好说，“我们是一体的，就是这样。”

将军叹口气：“也许你了解，我是客气才问你的。就第二远征军的任务来说，放任她们在营区自由活动是绝对不合适，甚至是危险的。”

“她们为什么会危险？”

他皱起眉头：“她们自己不会有危险，我说的不是这些女人。”瓦希斯耐住性子叹口气，又说，“我尽可能简单说明整个情况。我们是一支志愿军，加入远征是要歃血立誓、奉献生命的，这里的每一个人都誓死出征。他们切断和外在世界的一切关系，生活中只有这个部队和部队里的人。每个人每次踏出营区，都衷心相信自己不会再回来了。他们无怨无悔地接受，甚至，他们还很乐意接受。男人很乐意为自己的朋友牺牲性命，但是女人嘛——女人会让男人想要活下来。一旦发生这样的事，我敢保证，他一定会走出大门，永远不再回来。”

瓦希斯谈起的放弃，彼得颇能了解，但是他们已经一起经历了这么多事，他想都不敢想要告诉她们，特别是艾莉希亚，叫她们躲在自己的帐篷里。

“我相信这几个女人都是很好的战士，”瓦希斯继续说，“如果不是，怎么可能撑过这么漫长的路途？可是我们的军规非常严格，我也希望你们能尊重。如果你们不接受，我就发还你们的武器，送你们上路。”

“好吧，”他说，“我们就走。”

“慢着，彼得。”

是艾莉希亚，彼得转头看她。

“小艾，没关系的，我和你们同一条阵线。他要我们走，我们就走。”

可是艾莉希亚没理会他，她的眼睛直盯着将军。彼得发现她立正站好，两手在身侧贴得直直的。

“瓦希斯将军，第一远征军尼尔斯·卡菲上校问候您。”

“尼尔斯·卡菲？”他的脸似乎亮了起来，“就是那个尼尔斯·卡菲？”

“小艾，”彼得说，她说的话引起了他的注意，“你指的难道是……上校？”

可是艾莉希亚没回答，甚至没看他，她脸上的表情是彼得从来没见过的。

“小姑娘啊，卡菲上校三十年前和他所有的手下一起失踪了啊。”

“不是这样的，长官，”艾莉希亚说，“他当时没死。”

“卡菲还活着？”

“已阵亡，长官，三个月前。”

瓦希斯打量了屋里一圈，才又看着艾莉希亚：“那么，请容我问一声，你是？”

她轻轻点了点头：“我是他的养女，长官。第一远征军二等兵，已入营立誓的艾莉希亚·唐纳迪欧。”

没有人说话，已成定局的事发生了，彼得知道，无法逆转的事。他感觉到惊慌失措袭上心头，仿佛他人生里的某些基本事实，如重力般存在的基本事实，突然毫无预警地被剥夺了。

“小艾，你说什么？”

她终于转头看他，眼里满是颤抖的泪水。

“噢，彼得，”她说，一滴泪珠滑下沾满泥垢的脸颊，“对不起，我早该告诉你的。”

“你不能带走她！”

“对不起，乔克森，”将军说，“这不是你能决定的，不是任何人能决定的。”他轻快地走到帐篷门口，“格瑞尔！去叫格瑞尔少校到我的帐篷来，快点。”

“怎么回事？”迈克追问，“彼得，她说了什么？”

突然之间，每个人都在开口说话。彼得抓住艾莉希亚的手臂，要她看着他：“小艾，你在干吗？想想看你在做什么。”

“这事早就决定了，”泪如雨下的她一脸如释重负的表情，仿佛终于放下了背负已久的重担，“在认识你之前我就决定了。上校到庇护所来领养我的那天，他要我答应不告诉任何人。”

他这才明白，那天早上她想告诉他的就是这件事："你一路追踪他们。"

她点点头："是的，过去这两天都是。我到下游去勘察的时候，找到他们的一个营地，因为火的灰烬还是热的，这一路走来，我都认为不可能是别人。"她微微摇头，"老实说，彼得，我不知道我是不是真的想找到他们。我心里有部分始终认为那只是个老人家的故事而已，你一定要相信。"

格瑞尔出现在帐篷门口，浑身湿淋淋的。

"格瑞尔少校，"将军说，"她是第一远征军的士兵。"

格瑞尔的下巴快掉下来了："她是什么？"

"尼尔斯·卡菲的女儿。"

格瑞尔盯着艾莉希亚，眼睛因惊讶而睁得圆圆的，仿佛看见了什么奇怪的动物："我的老天哪，卡菲有女儿？"

"她说她立过誓了。"

格瑞尔很不解地抓着他的平头："天哪，她是个女人啊，你要怎么办？"

"有什么关系，立誓就是立誓，那些家伙得学着适应。带她去理发，让她办理报到。"

这一切发生得好快，彼得觉得他身体里面有个很大的东西迸裂了。"小艾，告诉他们你是胡说的。"

"对不起，事情就该这么办，少校？"

格瑞尔点点头，一脸沉重地走到她身边。

"你不能离开我。"彼得听到他自己说，虽然说出这些话的声音听起来一点都不像他自己的声音。

"我不得不啊，彼得，这是我的身份。"

他不知不觉地踏向她怀里，他感觉到泪水流进喉咙："我不……不能没有你。"

"可以，你可以的，我知道你可以的。"

这没有用，艾莉希亚就要离开他了，他感觉到她就要溜走了。"我不行，我不行。"

“没事的，”她说，她贴在他耳边说，“嘘，别说了。”

她就这样抱着他好久好久，两个人静静地一句话也不说，仿佛周围没了别人的存在，然后，艾莉希亚用双手捧起他的脸，让他弯下腰来。她吻了他，轻快的一吻，吻在他额头上。这是祈求宽恕的一吻，也是再见的一吻。两人的距离突然拉开了。艾莉希亚松开手，离开他身边。

“谢谢你，将军。”她说，“格瑞尔少校，我准备好了。”

37

下雨的这几天，彼得把所有的事情全告诉了他们。

整整五天，大雨倾盆，他在瓦希斯帐篷里的长桌旁一坐好几个钟头，有时只有他们两人，但通常都还有格瑞尔在场。他告诉他们艾美和殖民地的事，以及他们来这里找寻的信号。他告诉他们西奥和默萨蜜的事，还有天堂，在天堂发生的一切。他告诉他们，在一千六百公里之外的加州山区里，有九十个人坐等灯光熄灭。

“我不会骗你。”彼得问他会不会派军队过去的时候，瓦希斯说。这时下午已快过完了，艾莉希亚早上已出发去巡逻，她似乎就这样与瓦希斯的手下生死与共了。

“不是我不相信你，”瓦希斯解释说，“光是你们的那个碉堡听起来就值得走一趟，可是我必须通报上级，也就是我们的师部。最快也要到明年春天，我们才能考虑派一支部队过去，那里是未知的区域。”

“我不确定他们能不能撑那么久。”

“这个嘛，他们也只好撑了，我现在最担心的是要赶在下雪之前离开这个山谷。雨如果不停，我们可能会被困在这里，我们的燃料只够再让灯光亮三十天。”

“我想要多了解的是那个地方，天堂。”格瑞尔插嘴说。在帐篷外面，有其手下在场的时候，格瑞尔和瓦希斯的关系非常官模官样；但是在帐篷里，就像现在这样，他们显然就很轻松地恢复了朋友关系。格瑞尔看着将军，他的眼睛因深思而暗了下来：“听起来和俄克拉何马那些家伙很像。”

“什么意思？”彼得问。

“一个叫荷马的地方，”瓦希斯接口说，“第三营十年前在那块像锅柄的平原地带经过那个小镇。一整个镇的幸存者，有一千一百多个人，男的、女的、小孩儿都有。我不在场，可是听过那些故事，时光仿佛倒退了一百年，他们甚至连什么是德古鬼都不知道。他们就只是过自己的日子，过得还不错，没有灯也没有围墙，见到你很高兴，但你要走他们也没意见。指挥官提议要载送他们离开，但是他们说不用，谢谢，反正第三营也没有装备可以载运这么多人南迁到柯厄维尔去。真是很要命，找到了幸存者，而他们竟然不想被救。第三营留了一个小队下来，其余的往北走到威奇塔，结果在那里栽了大跟头，丢了一半的人马，剩下的人夹着尾巴往回逃。等他们到了荷马，那个地方已经空了。”

“‘空了’是什么意思？”彼得问。

瓦希斯的眉毛挑得高高的：“就是空了啊，一个人都没有了，也没有尸体。所有的东西都原封不动，晚餐的餐盘都还摆在桌上，他们留下的那个小队连影子都没有了。”

彼得承认这事很离奇，可是看不出来和天堂有什么关系。“说不定他们决定迁到比较安全的地方。”彼得提出可能性。

“说不定吧，但也可能是德古鬼把他们抓走了，迅雷不及掩耳，所以害他们连碗盘都来不及收拾。你问的问题呢，连我也不知道答案。不过我可以告诉你一件事。三十年前，柯厄维尔派出第一远征军的时候，你不可能走上一百米都碰不上德古鬼。第一远征军第一天就折损六人，等卡菲的部队失踪以后，大家都相信他们已经完蛋了。我是说，那家伙真是个传奇人物。从那个时候起，远征军就解散了，可是现在你们从加州一路来到这里。要是在当年，你们恐怕走不了二十步就完蛋了。”

彼得瞥了格瑞尔一眼，他点点头，认可了这个事实。彼得把目光转回瓦希斯身上：“你是说他们快死光了？”

“他们还多着呢，相信我，只要知道该往哪里找就行了。我的意思是情况不同了，有点改变。过去六个月，我们从柯厄维尔派出了两支补给队，一支远到堪萨斯的哈奇逊，另一支穿过新墨西哥到科罗拉多。我们发现，他们现在聚集成一群一群的，而且他们也藏到更深的地方，利用矿坑、洞穴和你们在山区发现的地方。他们有时候在洞里面挤成一团，挤得紧紧的，你得用撬棍才能把他们撬开。城市里因为有很多空建筑，所以还是德古鬼横行，可是在很多空旷的乡间，你可能走上好几天也碰不到半只。”

“柯厄维尔呢？那里为什么安全？”

将军皱起眉头：“嗯，那里并不安全，不是百分之百安全。得州大部分地区都不算太糟，真的。拉雷多绝对不会是你想要去的地方，还有达拉斯也是。至于休斯敦，那里简直像要命的吸血鬼沼泽，因为石化工业污染得好严重，真不知道他们是怎么活下来的，可他们就是活得好好的。圣安东尼和奥斯汀在第一次战争时差不多已被夷为平地了，埃尔帕索也是。混账的联邦政府竟然想用火把恶鬼烧死。就因为这样才会有宣言的发布，差不多在同一时间，加州也分裂出去了。”

“分裂？”彼得问。

瓦希斯点点头：“从合众国分裂出去，宣布独立。加州那档事简直是一场浴血战，有段时间差不多是全面开战，好像没别的事可做似的，可是得州在一团混乱之中被忽略了，说不定是联邦政府不想两面作战。州长接收了全部的军力，可是并不太强，因为当时军队已经像自由落体那样迅速解体了。他们把首都迁到柯厄维尔，筑起城墙，重新安身立命。像你们殖民地那样，可不同的是，我们有石油，而且还挺多的。在自由港附近，有大约五亿桶贮存在地下盐穹底下，那是以前的战略储备石油。有油就有电力，有电力就有灯。目前城墙里住有三万人，另外还有五百平方公里的田地有灌溉设施，同时也有一条筑有防御工事的补给线连接海岸的炼油厂。”

“海岸，”彼得重复这两个字，念在嘴里沉甸甸的，“你是说大海？”

“就是墨西哥湾啦，”瓦希斯耸耸肩，“说那是大海还真是太抬举它了，那里简直浮了一层油亮亮的化学物质。所有的离岸钻油平台都还在把那些垃圾抽出来，再加上新奥尔良排出的脏东西，洋流也带了很多废弃物到那里去。坦克、货柜啦，你想得到的都有。有些地方，你甚至可以直接从上面走过去，连脚都不会沾湿。”

“但还是可以从那里离开啊，”彼得指出，“只要有船就可以。”

“理论上是，可是我可不推荐这个做法，问题是要怎么通过封锁线。”

“水雷。”格瑞尔解释说。

瓦希斯点点头：“很多水雷。在战争末期，北约盟国，我们所谓的朋友，团结一致，为控制疫情做最后的努力。沿着海岸重炮轰击，而且用的还不只是传统炸药，他们把水里所有的东西都给炸掉了。到现在，柯普斯都还能看到残骸，然后他们布下水雷，关上了门。”

彼得想起爸爸告诉他的故事，关于大海，关于长堤的故事。极目望去，全部是大船锈蚀的骨架，他从来没去探究这是怎么一回事。他住在一个没有历史、没有目标的世界，一个安于现状的世界。和瓦希斯与格瑞尔说话，仿佛是看着书页上一行行的字，突然明白那些文字是什么意思。

“那么东方呢？”他问，“你们派人去过那边吗？”

瓦希斯摇摇头：“好多年没有了，第一远征军派了两个营出去，一支往北进入路易斯安那，穿过什里夫波特；另一支越过密苏里到圣路易斯。都没有回来。”他耸耸肩，“说不定有一天会回来吧，目前，我们就只控制得州。”

“我很想去看看，”彼得想了想说，“柯厄维尔那座城。”

“你会看到的，彼得，”瓦希斯露出很罕见的微笑，“如果你接受我们护送的话。”

他们还没答复瓦希斯，彼得觉得左右为难。他们很安全，他们有灯，而且终于找到军队了。虽然要拖到明年春天，但是彼得很有把握，瓦希斯一定会派一支远征军到殖民地，把所有的人都带过来。他们已经找到他们这一路走来所要寻找的，甚至还超乎原本的预期。要求他的朋友继续出发，简直是冒不必要的风险。况且，没有艾莉希亚在身边，他也很想说好吧，让整件事就此结束。

但是，他只要一想到这件事，下一个念头一定是艾美。艾莉希亚说得没错，都已经来到这么接近的地方却掉头离去，他一定会后悔，很可能终此一生都后悔不已。迈克试过想利用将军帐篷里的无线电去接收信号，可是他们的无线电设备都只能短距接收，在山区无用武之地。最后瓦希斯说他没有理由怀疑他们的故事，可天晓得那个信号是什么。

“军方留下了各式各样的垃圾，老百姓也是。相信我，我们以前都见识过，你不能听见什么叽叽喳喳的声音都去追查。”瓦希斯疲惫的语气像个见过太多事，甚至多到超乎所需的人，“至于你们那个女孩，艾美，说不定她已经有一百岁，就像你们说的，但也说不定没有。我没有理由不相信你们，只是她看起来才十五岁，而且吓得半死。有些事情就是没办法解释，我猜她只是受过创伤的可怜女孩，不知怎么活了下来，而且因为运气好，所以走到你们的营区里。”

“她脖子上的传输器呢？”

“是啊，那是怎么回事？”瓦希斯没有嘲弄的意思，完全实事求是的语气，“要命，说不定她是俄罗斯人。我们一直在等着那些人出现，如果那里还有人活着的话。”

“有吗？”

瓦希斯沉吟一晌，和格瑞尔交换了一个谨慎的眼神。

“事实是，我们不知道。有人说隔离防疫的做法奏效了，没有我们，外面的世界还是好好的，但这个说法也有一个问题，就是我们为什么没通过无线电得到任何消息，不过我想这也可能是他们除了布下水雷之外，也架设了某种电子围篱。其他人则相信——少校和我也持这个看法——所有的人都死了。这当然纯属猜测，但是这个说法认为隔离防疫并不像大家以为的那么严密。疫情暴发五年之后，美国本土差不多已经完全没有人烟了，是掠夺的好目标。诺克斯堡的黄金储备，纽约联邦储备局的金库，所有的博物馆、珠宝店和银行，甚至街头巷尾的储贷信用合作社，都无人把守，无人照料，可是真正的大奖是美国闲置的军事设备，包括数量至少上万的核武器，在没有美国监控的情况之下，任何一枚都可能改变世界的权力平衡。老实说，我一点都不怀疑有人上过岸，唯一的问题是怎么来的以及来者是谁，他们很有可能也把病毒带回去了。”

彼得思索了一会儿，好好消化这些想法。瓦希斯要告诉他的是，这世界没有人了，这世界是个空荡荡的地方。

“我不认为艾美是来偷东西的。”最后他说。

“不骗你，我也不认为。她只是个孩子啊，彼得。她是怎么活下来的，大家都只能揣测，说不定她会想办法告诉你们。”

“我想她已经告诉我们了。”

“你们相信是这样，但我不敢苟同。我要告诉你的另一件事是，我以前认识一个女人，一个疯狂的老女人，住在我们住宅区后面一间摇摇欲坠的旧铁皮屋里。她脸皱得像葡萄干，养了上百只猫，整个房子全是猫尿的臭味。这个女人宣称她可以听见德古鬼的想法。我们这些小孩儿把她整个半死，但还是套不出她什么话来。这种事情你后来会觉得很不应该，但是当时可不这么觉得。她是你们所谓的行者，有一天突然出现在大门口。”瓦希斯耸耸肩，“你偶尔总会听到这样的故事，大部分都是老人，半疯癫的神秘人物，可都不是像这女孩这样的年轻人，不过这并不是什么新鲜事。”

格瑞尔倾身向前，似乎突然变得有兴趣了：“她后来怎么了？”

“那个女人？”将军摸着脸颊搜寻回忆，“我记得她自我了断，在那间满是猫尿臭味的房子里上吊自杀了。”彼得和格瑞尔都没搭腔，将军继续说，“你们不能过度联想，至少我们不可以，我相信少校一定会同意我的看法。今天我们的目标是要清理德古鬼，能清理多少就清理多少，然后储备补给品，找寻热点，放火烧得干干净净。说不定有一天会有一些成果出来，但我相信在我有生之年是见不到的。”

将军推开椅子，从桌边站了起来，格瑞尔也是。谈话结束了，至少今天的谈话结束了。“这段时间，乔克森，想一想我的提议吧。可以平安到家，你们赢了大奖啦。”

彼得走到门口的时候，格瑞尔和瓦希斯已经倾身靠在桌子上，看着摊开的地图。瓦希斯抬起脸，皱着眉头。

“还有事吗？”

“只是……”他到底想说什么？“我只是想知道艾莉希亚的情况，想知道她现在怎么样。”

“她很好，彼得，无论卡菲做了什么，他都把她教得很好，你现在恐怕都认不出她来了。”

他心里一阵刺痛：“我想看看她。”

“我知道你想看她，可是就目前来说，这并不是个好主意。”看见彼得没离开门口，瓦希斯掩住不耐烦说，“没事了吧？”

彼得摇摇头：“请告诉她说我问候她。”

“我会的，孩子。”

彼得穿过帐篷门，踏进逐渐变暗的午后。雨停了，但是空气饱含水分，透着穿心刺骨的寒冷湿气。在营区的墙外，浓雾笼罩山脊，所有的东西都溅满泥泞。他把外套裹得紧紧的，越过瓦希斯的帐篷和食堂之间的空地。他看见霍里斯一个人坐在长桌旁，从一个破塑料托盘上把豆子舀进嘴巴里。房里散落着很多士兵，都在轻声交谈。彼得拿起一个托盘，从锅子里舀出食物，走到霍里斯坐的地方。

“有人坐吗？”

“所有的位子都有人坐了，”霍里斯闷闷地说，“他们只肯让我借坐这里。”

彼得在长凳上坐下来，他知道霍里斯的意思，他们在这里像多余的手或脚，像某种退化的器官，没什么事可做，没有任何角色可以扮演。莎拉和艾美被关在帐篷里，尽管相较之下稍微自由一些，但彼得还是觉得自己被困住了。士兵们不想和他们扯上一点关系。他们不言自明的假设是，不值得和这些家伙说话，反正他们很快就会离开了。

他把截至目前所知的最新情况说给霍里斯听，然后问出他心中真正想问的问题：“看见她了吗？”

“我看见他们今天早上离开，和雷米那个小队一起。”

雷米那个小队总共有六个人，负责东南方的短程侦搜巡逻。彼得问瓦希斯他们要去多远的地方，将军神秘兮兮地回答说：“无论多远都要去。”

“她看起来怎么样？”

“和其他人一样，”霍里斯顿了一下，“我对她挥手，可是我想她没看见我，知道他们叫她什么吗？”

彼得摇摇头。

“最后的远征军，”霍里斯皱起眉毛，“听起来意义深远，如果你问我的话。”

他俩陷入沉默，没什么可说的了。如果他们是多余的手脚，那么对彼得来说，艾莉希亚就是少掉的那条胳膊或腿。他不停在心中搜寻她的影像，不时想到她原本应该在的地方，他想他永远不可能真的适应这个事实。

“我想他们不是太相信我说的艾美的事。”彼得说。

“你原本认为他们会相信吗？”

彼得摇摇头，不得不承认：“我想没有。”

又一阵沉默。

“那么你的看法如何？”霍里斯说，“撤离的事。”

因为大雨的缘故，整个营部离开的时间又拖延了一个星期。“瓦希斯一直催我们一起走，他或许是对的。”

“可是你不这么认为，”彼得露出迟疑的表情，霍里斯放下叉子，直直盯着他看，“你是知道我的，彼得。你希望我怎么做，我就怎么做。”

“为什么要我负责？我不想替任何人做决定。”

“我没说要你负责啊，我想这只是怎么做的问题。你如果还不知道，那就是不知道，反正得等到雨停。”

彼得感觉到一阵罪恶感的刺痛，自从抵达营区以来，他始终还没找到适当的时机告诉霍里斯他知道莎拉和霍里斯的事。艾莉希亚离去之后，他有点不愿面对现实，不愿相信让他们凝聚在一起的力量已经开始消融了。莎拉和艾美的帐篷紧邻他们三个男人的帐篷。她们两个整天在帐篷里玩牌打发时间，等着雨停。连着两个晚上，彼得半夜醒来都发现霍里斯的床是空的，但他早上总是躺在床上呼呼大睡。彼得想，霍里斯和莎拉避人耳目到底是为了他还是为了迈克，毕竟迈克是她弟弟啊。至于艾美，在开始的一段时间，大约有一天的时间吧，她似乎很紧张，甚至面对给她们送餐和护送她们去上厕所的士兵都很害怕，但之后，她就进入一种充满希望，甚至是充满喜悦的等待状态，心满意足地打发时间，一心期待继续上路。**我们会很快就离开吗**？她问过彼得，语气有些迫切，**因为我想看雪**。彼得却只能回答说，我不知道，艾美，我们等雨停了再看看吧。其实呢，他开口的时候就知道自己的话是空洞的谎言。

霍里斯歪着头指着彼得的盘子："你该吃点东西的。"

他把餐盘推开："我不饿。"

迈克过来和他们一起坐，他穿着一件沾满雨珠的连帽外套，手上餐盘里的食物堆得高高的。在他们几个人里面，他是唯一可以善加利用时间的人。瓦希斯指派他去修车场，协助整备南行的车辆。他把餐盘摆在桌上，坐下来开始狼吞虎咽，用沾满油污的双手拿玉米面包夹豆子，往嘴巴里送。

"怎么回事？"他抬头看他们，吞下一大口豆子和面包，"你们两个看起来一副听到什么人死了的样子。"

一个士兵端着餐盘走过他们的桌子旁，那是个有对招风耳的下士，剃光了的头皮上长出短短的绒毛，闪闪发亮。

"嗨，小呆瓜！"他对迈克说。

迈克表情一亮："桑丘，你在忙什么？"

"没什么，听着，我们刚才正在讨论，说你待会儿说不定会想加入我们。"

塞得满嘴豆子的迈克露出微笑："当然啦。"

"一七〇〇在食堂见，"那个士兵看看彼得和霍里斯，好像头一次注意到他们的存在，"你们浪者也可以来，如果你们想要来的话。"

彼得还是不习惯这个名词，听起来总有些嘲弄意味。

"去哪里？"

"谢啦，桑丘，"迈克说，"我会带他们去的。"

等那人走开之后，彼得眯起眼睛看迈克："小呆瓜？"

迈克继续埋头苦吃："他们很会取绰号，比起电路，我还比较喜欢这个外号呢。"他舀起盘子上的最后一点豆子，"他们不是坏人，彼得。"

"我没说他们是坏人。"

"今天晚上有什么事？"过了一会儿，霍里斯问。

"噢，那个啊，"迈克避重就轻地耸耸肩，涨红了脸，"我很讶异竟然没有人告诉你们，今天是电影之夜。"

六点三十分，食堂里所有的桌子都被推开，长板凳排成一列列的。随着夜色的来临，空气也明显变冷变干，雨终于停了。所有的士兵都在外面集合，彼得从没看过他们这样吵嚷不休，哈哈大笑，相互取乐，装酒的小瓶子传来传去。他和霍里斯坐在后面一条长板凳上，面对银幕，也就是一大块遮住白色墙面的三合板，迈克在前面和修车场的新朋友在一起。

迈克已经竭尽所能告诉他们电影是怎么回事，彼得却还是不太清楚自己会看见什么，而且也觉得这一切让他很困惑，不符合他所了解的物理法则。放映机摆在他们背后的一张高桌上，会放射出一连串的移动影像到银幕上——如果真是如此，这些影像又是从哪里来的？如果是倒影，那么映照的又是什么？一条长长的电缆从放映机穿过食堂的门连到一部发电机上，彼得不由自主地想，为了纯粹的娱乐而耗费这么宝贵的燃料，真是太浪费了。但是格瑞尔少校在六十个男人的兴奋欢呼声中走进来的时候，彼得也感觉到了纯粹的期待，近乎孩子气的激动。

格瑞尔举起一只手要大家安静，结果却只让他们欢呼得更大声。

“安静！你们这些兔崽子！”

“快带伯爵来啊！”有人喊道。

更多欢呼和口哨，少校站在银幕前面，隐隐露出一丝隐藏的微笑，在这一瞬间，军人的刚硬外壳似乎出现了一条裂缝。彼得和格瑞尔相处的时间够久的了，他知道这绝非意外。

格瑞尔让兴奋的情绪慢慢平静下来，然后才清清嗓子说：“很好，各位，按程序来吧。首先，要宣布一件事，我知道你们都很享受在这北方森林的……”

“好你个头！”

格瑞尔对着说话的人皱起眉头：“要是再打断我，穆西，你就去干一个月的粗活。”

“我只是说我在这里抓德古鬼有多高兴而已，长官！”

更多笑声，格瑞尔没理会。

“如我所说，趁着天气晴朗，我们也有消息要宣布吗，将军？”

原本站在食堂侧面等待的瓦希斯走到前面：“谢谢你，少校。第二营的各位弟兄，晚上好！”

士兵齐声大喊：“长官晚上好！”

“看来我们可能有几天好天气可以利用，所以我宣布以下命令：五点整各小队向小队长报到，早餐后小队长向各排报到。我们明天要在灯亮之前把这个地方打包整理完成。等蓝色小队回来，我们就往南前进，有问题吗？”

有个士兵举手，彼得认出他就是下午在食堂和迈克打招呼的那个人——桑丘。

“重机械怎么办，长官？在泥泞里没办法移动啊。”

“已经决定把那些东西留在原地，你们班长会和你们讨论这个问题，还有吗？”

一片沉默。

“那好，欣赏电影吧。”

油灯熄灭，靠房间后部的放映机轮子开始转动。终究来了，彼得想，他们面临下决定的关头了，一个星期的时间突然一刻也不剩了。彼得感觉到有人偷偷溜到他板凳的旁边坐下，是莎拉。在她身边的是艾美，肩上裹着一条黑色的毯子抵御风寒。

“你们不该来的。”彼得低声耳语。

“管他呢，”莎拉悄悄说，“你以为我会错过吗？”

银幕亮起光线，显示出倒数的数字：五，四，三，二，一，然后：

卡尔·拉穆尔 巨献

吸血鬼德古拉

汉弥顿·迪恩与约翰·巴德斯顿改编

塔德·鲍德温制作

长板凳上响起如雷的掌声，因为银幕上很神奇地出现了移动的影像，是一辆马车沿着山路奔驰。画面上所有的颜色都淡去，只有各种深浅色调的灰色，宛如半遗忘的梦境。

“德古鬼，”霍里斯转头看彼得，皱起眉头说，“德古拉？”

“声音！”有个士兵嚷道，其他人也跟着大喊，“声音！声音！”

操作放映机的那个士兵手忙脚乱地检查各个接头，转着旋钮，然后跑到前面，蹲在银幕下方的一个箱子旁边。

“等一下，我想是这里——”

一阵噼里啪啦的静电，彼得出神地看着银幕上的影像——马车进入一座村庄，众人跑出来迎接——却被这声音吓得在椅子里挺直身体。这时他才明白是怎么回事，明白银幕底下的那个箱子是什么。马儿嘶鸣，马车吱吱嘎嘎，还有村民的声音，他们彼此交谈，用的是他从来没听过的奇怪语言。那些影像不只是画面，不只是光影，而且有着声音，活生生的呼吸喘息。

银幕上，有个戴白帽的男子拿起手杖对马车夫挥了挥。他一开口，所有的士兵都像合唱似的跟着大声说：

“别把我的行李拿下来，我今天要赶到波格隘口！”

歇斯底里的狂笑声骤然响起，彼得转头看霍里斯，但他这位朋友的眼睛因反光而闪闪发亮，全神贯注凝望着面前的影像。他转头看莎拉和艾美，她们也是这样。

银幕上，有个矮胖的男人对着马车夫讲话，叽叽咕咕说了一串无意义的字句。接着，他转头对第一个，也就是戴帽子的那个人说话，士兵们大声和着他的声音跟着讲：

“这个车夫，他好害怕，他是个好人啦。他要我问问你，可不可以等到天亮再出发？”

第一个男子傲慢地挥挥手杖，不肯接受：“噢，不好意思，有辆马车午夜在波格隘口接我。”

“波格隘口？谁的马车？”

“干吗？德古拉伯爵的马车。”

那个矮胖的胡子男惊恐地睁大眼睛：“德……德古拉伯爵？”

“别去啊，兰菲德！”有个士兵喊道，其他人听了哈哈大笑。

这是个故事，彼得领悟到。一个故事，就像庇护所里的那些旧书里的故事，许多年前教师在团体活动时间念给他们听的那些书。银幕上的那些人看起来像在假扮其他人（因为原本就是），他们夸张的动作和表情，让他想起教师念故事书时假扮书中人物嗓音的情景。这个矮胖的胡子男知道某些事情，可是帽子男不知道。前方有危险。戴帽子的男子不顾警告，继续赶路，士兵们发出更多模仿的叫声。在黑暗之中，马车爬上山路，接近一幢有塔楼与城墙的庞大建筑，沉浸在令人胆寒的月光里。等待他的是什么其实很明显，那个留胡子的男人或多或少解释过了，是吸血鬼。吸血鬼是个古老的名词，但是彼得知道这三个字的意思。他等着病鬼现身，从天而降跳进马车，把那个旅人撕成碎片，可是这一幕并没有出现。马车驶进大门。那个旅人兰菲德下了车，发现自己独自一人，车夫已经跑了。有扇门咿咿呀呀地自动打开，他一踏进去，就置身于一个废弃山洞挖出的大房间里。这个天真无知到可笑地步的兰菲德不由得后退，浑然没有发觉背后那道宏伟的楼梯上出现了一个身披黑斗篷的人影，端着一根蜡烛步下楼梯。穿斗篷的人走到楼梯底端，兰菲德一转身，眼白急剧放大，惊恐的神色仿佛是碰上一整群病鬼，而不是一个身穿斗篷的人。

“我是德——古——拉。”

又一阵震破帐篷的呼啸、口哨与掌声，前排有个士兵跳起来。

“嘿，伯爵，快把他吃了吧！”

一道寒光划过放映机射出的光线，刀尖砰的一声插进充当银幕的木板，正中那个帽子男的胸口，可是那人意外地毫无察觉。

“穆西，搞什么鬼啊？”放映员大喊。

“收起你的刀啦！”另一个人嚷着，“你挡到银幕了！”

可是这些喊叫声都不带怒气，每个人都觉得很刺激有趣。在嘘声之中，穆西跳到银幕前面，电影影像全覆在他身上。甩出刀子的士兵从木板上拔起他的刀，然后转过身来，咧嘴笑着弯腰致意。

虽然有鼓噪声打断电影放映，有士兵背出所有的台词跟着大声诵念、高声狂笑，但是彼得很快就沉浸在故事情节里。他察觉到这部影片有些部分不见了，情节突然不明所以地往前跳，场景从城堡跳到一艘海上的船，然后到一个名叫伦敦的地方。一座城市，他发现一座古昔的城市。那个伯爵——是个病鬼，虽然长得并不像——杀死女人。最先是一个在街头发送鲜花的女孩，接着是一个躺在自己床上的年轻女郎，满头鬈发神情娴静得如洋娃娃的女郎。伯爵的动作慢得可笑，他的受害人也是。电影里的每个人都像身处梦境，无法让自己的动作变得够快。德古拉有张苍白、近似女人的脸，嘴唇涂成弯曲的角度，像蝙蝠的翅膀。每回他想要张嘴咬人的时候，画面总会聚焦在他的眼睛上，静止良久，从下方往上打的光线让他的眼睛像两朵蜡烛焰火那样闪动。

彼得知道这些全是假的，不必当真，然而，随着故事的进展，他发现自己开始担心那个女孩米娜。米娜是医生的女儿，她父亲史都华医师开了一家休养中心——天晓得那是干吗的——而她的丈夫，没什么用的哈克，似乎也不知道该怎么帮她，总是双手插着口袋站在一旁，一脸的无助茫然。他们都不知道该怎么办，除了那个吸血鬼猎人范赫辛。范赫辛和彼得见过的猎人都不一样，他很老，戴着一副镜片厚重扭曲的眼镜，说起话来总是空洞不着边际，是士兵们最爱大声模仿的对象：“各位先生，我们面对的是难以想象的情况啊！”以及“明天的灵异现象可以成为今天的科学事实！”每一回都引来嘘声，但是范赫辛说的很多话，彼得都觉得很有道理，特别是提到吸血鬼的：“这种生物啊，生命会有违自然地延长。”这指的如果不是病鬼，还能是什么？而且他也忍不住纳罕，范赫辛用珠宝盒镜子对付吸血鬼的那招，不正是他在拉斯韦加斯用锅子吓呆病鬼的翻版吗？正如范赫辛所说的，吸血鬼“每天晚上必须睡在自己家乡的土壤里”，所以被病鬼抓走的人才会回家去？这部电影有些部分简直像是指导手册。彼得怀疑这并不是虚构的故事，而是真正发生过的事情。

女孩米娜被抓走了，哈克和范赫辛一路追着吸血鬼到他的巢穴——一个阴冷潮湿的地下室。彼得突然明白了故事会如何发展：他们准备执行慈悲任务。他们要逮到米娜，杀死她，而执行这项恐怖任务的会是哈克，他是米娜的丈夫。彼得屏息以待，士兵也终于安静下来了。随着故事的结局沉重展开，他们也把嬉笑怒骂摆在一边，不由自主地入了戏。

他没看到结局，一个士兵冲进帐篷来。

“亮灯！大门有状况了！”

电影立时被抛在脑后，所有的士兵都从椅子上跳了起来，各式武器都亮了出来，手枪、来复枪和刀子都有。在匆忙奔出门的途中，有人绊到了放映机的电源线，整个房间陷入黑暗。每个人都往前推挤、呼喊，还有人大声下达指令，彼得听见外面有来复枪开火的声音。随着众人来到帐篷外面之后，他看见有两个燃烧的火箭弹飞越高墙，掉到外面泥泞的野地上。迈克和桑丘跑过他身边，彼得一把抓住迈克的手臂。

“怎么回事？发生什么事了？”

迈克没停下脚步。“是蓝色小队，”他说，“快来吧。”

食堂里的一片混乱到了帐篷外面突然变得井然有序，每个人都知道自己该做什么了。士兵已经分成不同的组群，有人迅速爬上梯子到木桩上的墙道，有人在大门里的沙袋后面定位，更多人转动聚光灯越过泥泞地，进行瞄准。

“他们来了！”

“快打开！”格瑞尔在墙脚发号施令，“快打开该死的大门！”

墙道上发射震耳欲聋的掩护枪火，六七个士兵抓着透过滑轮与滑车系统连接大门铰链的绳索，跃进院子的那个空间。这协调一致的分工合作，这同步动作的真实美感，霎时让彼得目眩神迷。随着士兵跃过墙头，大门开始开启，露出墙外沐浴在灯光里的一片空地，以及朝他们奔来的几个人影，领头的是艾莉希亚。他们六个铆足全力冲进大门，在尘土中跌落翻滚，就在这时，沙袋后面的人火力全开，射出的连串子弹飞越他们头顶。即使有病鬼在他们背后追，彼得也没看见。一切都发生得太快，也太大声，然后转瞬之间一切又结束了，大门在他们背后关上了。

彼得跑向艾莉希亚和其他人躺着的地方，她俯卧在泥地上，漆彩从脸上滴落，剃光的头皮在聚光灯刺眼的亮光下如磨亮的金属。

她爬起来变成跪姿，和他的目光匆匆交会：“彼得，快点离开。”

上方传来几声零星的枪响，病鬼已经四散了，被灯光吓退了。

“我是认真的，”她恶狠狠地说，仿佛身上的每一寸肌肉都绷紧了，“快走！”

四周人来人往。“雷米呢？”瓦希斯在他们之间走动，大声咆哮，“雷米死到哪里去了？”

“他死了，长官。”

瓦希斯转头望向跪在泥地上的艾莉希亚，他一看见彼得，眼中立刻闪现怒火：“乔克森，你不准到这里来。”

“我们找到了，长官，”艾莉希亚说，“我们就这样撞了进去，一个大蜂窝，一定有好几百只。”

瓦希斯转头面对霍里斯和其他人：“你们回到各自的小队，马上。”不等大家回答，他又转身对艾莉希亚说，“唐纳迪欧下士，报告。”

“矿坑，将军，”她说，“我们找到那个矿坑了。”

整个夏季，瓦希斯的手下都在找这个地方：隐藏在山区某处，通往旧铜矿的入口井道。那里是瓦希斯所谓的热点之一，是病鬼睡觉的巢穴。利用旧的地理勘测地图，加上用网子追查生物的活动范围，他们把搜查的范围缩小到四分之一圆周，在河流上方约莫二十平方公里的区域。蓝色小队的任务就是在撤离之前最后一次尝试锁定矿坑的位置。他们之所以能找到，纯粹是机缘巧合。彼得听迈克转述，他们是在太阳快下山时，不小心走了进去——地上一块软软的凹陷处，前面带路的人一声尖叫就失去了踪影。第一只现身的病鬼在他们来不及开枪之前，就又抓走了两个人。队里其余的人虽然组成攻击队形，但有更多盛怒的病鬼在最后一天昼光还没退去之前就大胆出洞。一等太阳下山，整队的人势必全军覆没，而矿坑入口的位置也将随之湮没。他们身上携带的燃烧弹可以替他们争取到几分钟，可是也就只有几分钟。他们分成两组，一组全力逃离，另一组由雷米少尉带领全力掩护他们，尽量拖延病鬼的追击。直到太阳下山，所有的燃烧弹都已用罄，一切也就结束了。

一整夜，营地都动了起来。彼得感觉到改变发生了，等待的日子，在森林中四处搜寻追猎的日子已结束了，瓦希斯的手下已准备好要迎接战斗了。迈克已经去帮忙准备车辆，运载炸药、燃料桶以及配有一组榴弹点火器的被命名为“冲水马桶”的硝酸铵。这些东西会用绞车直接放进矿坑竖井，这些炸药毫无疑问会杀掉很多病鬼，问题是幸免于难的病鬼会从哪里逃出来？一百年来，地形地貌很可能都会改变，而且瓦希斯和其他人也都知道，山崩或地震都可能打开全新的出口。一个小队在坑井放进炸药时，其余的人就要竭尽所能找出任何其他出口。如果运气不错，炸药爆炸的时候，所有的人都可以定位。

灯光在灰沉的破晓时分熄灭了，夜里气温陡降，院子里所有的小水坑都覆上了一层冰。装备都已搬上车辆，瓦希斯的手下已经在大门口整队完成，只有一个小队要留下来照管营区。在这几个小时里，艾莉希亚大部分时间都待在瓦希斯的帐篷里，是她带领幸存者回到营区的，利用他们最初沿河走来的那条路线。此刻，彼得看见她和将军在队伍前方，两个人低头看着摊在一部悍马引擎盖上的地图。格瑞尔骑在马上，监督装载补给品的最后工作。站在旁边远远看着他们，彼得越来越不安，但也还有别的感觉——有一股强烈的吸引力，像呼吸那般天生自然的吸引力。这些天来，他始终在不确定之中游移，知道自己应该继续上路，却又无法抛下艾莉希亚。此时，看着士兵在大门口完成整备，艾莉希亚和他们在一起，彼得心中油然升起一股渴望，他心中只有一个渴望——瓦希斯的手下准备出征作战，而他想成为他们之中的一员。

格瑞尔顺着队伍前进，彼得走向他：“少校，我想和你说句话。”

格瑞尔的表情和声音显得很仓促，忙着注意别的事，他的目光越过彼得头顶说：“什么事，乔克森？”

“我也想去，长官。”

格瑞尔盯着他看了一会儿：“我们不能带老百姓去。”

“让我跟在后面就行了，总有事情是我可以做的吧。比方说，我可以跑腿或干别的。”

格瑞尔的注意力转到后排的一辆卡车上，那里有四个人，包括迈克，正在把一个个燃料桶从车尾搬上车。

“下士！”格瑞尔对着一个名叫韦勒斯的下士喊道，“你可以替我注意一下这里吗？还有桑丘，注意那条铁链——全卷在一起了。”

“是的，长官，对不起，长官。”

“那都是炸弹啊，孩子。看在老天的分上，留神一点吧，”然后他对彼得说，“跟我来。”

少校下马，把彼得拉到一旁，让别人听不见他们的交谈。“我知道你担心她。”他说，“好吧，我懂！如果我能决定，我大概会让你一起来。”

“也许我应该去找将军……”

“这是不可能的，对不起。”格瑞尔脸色有点奇怪，似乎有点拿不定主意，“听着，你告诉过我艾美的事，所以有些事你应该知道。”他摇摇头，转开目光，“我不敢相信我会告诉你这件事，或许我是真的在森林里待太久了。这该怎么说？你想到以前发生的事，就像梦见一样，这有个固定说法的。”

“长官？”

格瑞尔还是没看他：“似曾相识，没错，就是似曾相识。自从找到你们开始，我就有这种感觉，很糟的那种似曾相识。我知道我现在看起来不像，但我小时候是个瘦巴巴的小孩，一天到晚生病。爸妈在我很小的时候就死了，我根本不算见过他们。很可能是因为我在孤儿院里长大的关系，五十个孩子挤在一起，手脏兮兮啦，打喷嚏什么的，你说得出来的病我都得过。起码有十几次，修女都准备把我的名字画掉了。发烧时做的梦简直难以想象，我描述不出来，也回想不起来。只有一种感觉，像是在黑暗里迷失了一千年。奇怪的是，我并不是独自一个人，那也是梦境的一部分。我已经很久没想起这个梦了，直到你们出现。那个女孩，她的那双眼睛，你以为我没注意到吗？天哪，我简直像回到梦里，回到六岁的时候，因高烧而满脸通红，把脑子烧糊涂了。我告诉你，她就是那个人，我知道这听起来很疯狂，她就是在我梦里的那个人。”

随着他的话而来的，是可想而知的一段沉默。彼得心有所感，打了个寒战。

“你告诉过瓦希斯吗？”

“你疯啦？我要说什么？该死，小子，我甚至不该告诉你的。”

为了表示谈话结束，格瑞尔拉着缰绳，重新跃上马鞍："就这样，你问我为什么你不能跟来，我就告诉你答案，因为我们不会回来了。红色小队已经奉令带你们撤离到罗斯威尔，这是官方说法。至于非官方说法呢，我要告诉你的是，如果你们决定继续上路，他们也不会拦你。"

他掉转坐骑，到队伍前方的位置。引擎轰隆，大门开启，彼得看着他们，五个小队加上马匹、车辆缓缓前进。艾莉希亚在队伍的某处，彼得想，很可能和瓦希斯一起在前面，可是他找不到她的踪影。

长长的队伍一路前进，过了许久，迈克才经过他身边。

"他不让你去吧？"

彼得只能摇摇头。

"我也不能去。"迈克说。

38

他们等待着，等了一天，到第二天，因为只有一个小队留下来照管营地，整个营区显得异常空荡、寂寥。艾美和莎拉现在可以随心所欲在营区里走动，可是根本无处可去，无事可做，只能等待。艾美陷入沉默，绝对的沉默，以至于彼得不禁怀疑，他以前听到她讲话的声音是不是只是做梦。她整天坐在帐篷里的床铺上，眼神极其专注。彼得撑到再也无法忍耐的时候，就问她，她是不是知道外面出了什么事。

她回答的声音非常含糊，眼睛似乎看着他却又没有："他们迷路了，在森林里迷路了。"

"他们是谁？艾美，谁迷路了？"

她这时仿佛才发现他的存在，仿佛才回到此时此刻，回到当前的情境。"我们会很快离开吗，彼得？"她又问，"因为我想快点离开，去做雪天使。"她的脸上浮现一抹轻盈的微笑。

这不仅令人困惑，简直令人抓狂，彼得很生气，第一次真的生气。他从来没感觉到这么无助，因为自己的犹豫不决而困在这里，延误时机。他们几天之前就该离开了，而今却陷在这里。在不知道艾莉希亚安危的情况下上路离去，对彼得来说是不可能的。他气冲冲地走出艾美的帐篷，又开始魂不守舍地绕着营区走，打发这无所事事的时光。他甚至不想和其他人讲话，自己一个人躲得远远的。天空晴朗，但东方，山峰上闪着冰雪的光芒，他们似乎永远走不出这个营地了。

第三天早上，他们听见了引擎的声音。彼得快步爬上梯子到墙道上，名叫尤斯塔斯的小队长站在墙道上，拿着望远镜往南看。尤斯塔斯是唯一一个受命和他们交谈的人，但他讲话向来简短，切中要点。

"是他们，"尤斯塔斯说，"部分人吧。"

“多少人？”彼得问。

“看起来大概有两个小队。”

踏进大门回来的人浑身脏兮兮，筋疲力尽，完全是吃败仗的模样，艾莉希亚没和他们在一起。在队伍后面，仍然骑在马上的是格瑞尔少校，霍里斯和迈克从帐篷里冲出来。格瑞尔下马来，神色昏钝，喝了一口水之后才开口。

“我们是第一批吗？”他问彼得，似乎不太知道自己身在何处。

“艾莉希亚呢？”彼得急着问。

“天哪，一团混乱。那一整座该死的山坡全凹下去，他们从四面八方出来攻击我们，我们真的是腹背受敌。”

彼得忍无可忍，他抓住格瑞尔的肩膀，强迫少校看着他的眼睛：“去你的，告诉我，她人呢？”

格瑞尔没有抵抗：“我不知道，彼得，对不起，在黑暗里，所有的人都走散了。她和瓦希斯在一起，我们在撤退点等了一天，可是他们没出现。”

更长久的等待，这简直难以忍受，简直惹人恼怒。彼得从没觉得这么无力过。一会儿，墙上又传来一声喊叫：“又有两个小队回来了！”

正在食堂里坐立难安的彼得忙往外冲，在大门口正赶上第一辆卡车驶进营区。这辆是装载炸药的卡车，起重机还在车后的载货平台上，空无一物的挂钩晃晃荡荡。总共二十四人，原本的三个小队重组成两个小队。彼得在一张张面无表情的脸孔中搜寻艾莉希亚。

“唐纳迪欧下士！有人知道唐纳迪欧下士的下落吗？”

没有人知道，每个人的说法都一模一样：炸弹爆炸，脚下的土地裂开来，病鬼冲出来，人们四散逃逸，迷失在黑暗之中。

有人说他们看见瓦希斯死了，其他人则说他和蓝色小队在一起，可是没有人见到艾莉希亚。

这一天时间过得好慢，彼得在操场踱步，不和任何人讲话。身为资深军官的格瑞尔负起指挥之责，他和彼得简短交谈，叫彼得不要放弃希望。将军很清楚自己的任务，如果有人能把部队安全带回来，那一定就是寇帝斯·瓦希斯。可是彼得从格瑞尔的神色看得出来，他也开始相信没有其他人能归来了。

夜色降临之际，他的希望也破灭了。他回到帐篷里，看见霍里斯和迈克正在玩扑克牌，两人都抬头瞥了他一眼。

“为了打发时间啊。”霍里斯说。

“我又没说什么。”

彼得躺在自己的床位上，拉起一条毯子盖在身上，连脚上泥泞不堪的靴子都懒得脱，他浑身脏臭，筋疲力尽。过去这几个钟头很不真实，让他陷入某种恍惚的境地。他已经好几天差不多什么东西都没吃了，可是要他想吃东西根本是不可能的。一阵冷风——冬天的寒风——吹得帐篷布不断摆动，睡着之前，他想到的是艾莉希亚对他说的最后一句话：“快走！”

远远地，呼喊声吵醒了他，他惊得坐起来，霍里斯的脸从帐篷口探了进来。

“大门口有人！”

他掀开毯子，往外冲，冲进刺眼的聚光灯下。他的疑惑变成肯定了，才跑过操场一半，他就已经知道等着他的会是什么。

艾莉希亚！艾莉希亚回来了！

她站在大门口，他的第一个印象，就在他朝她奔去之时，他以为她是独自一人，但等他挤过围聚的人群，才看见另一个士兵跪在泥地上。是穆西，他的手腕伸前绑在一起，在聚光灯下，彼得看见他满脸大汗，而且在发抖，但不是因为冷。他有只手裹着布，渗满鲜血的布。

两人周围全是士兵，可是大家都谨慎地保持距离，敬畏地沉默不语。格瑞尔走向艾莉希亚。

“将军呢？”

她摇摇头：“没了。”

穆西伸出他那只鲜血淋漓的手，急促喘息。格瑞尔蹲在他面前。“穆西下士。”他的声音很平静，带着安慰的语气。

“是的，长官。”穆西用舌头缓缓舔着嘴唇，“对不起，长官。”

“没关系，孩子，你做得很好。”

“不知道我为什么会没看到冲着我来的那个病鬼，像条狗那样狠狠咬我，一直咬到唐纳迪欧来救我。”他抬头看艾莉希亚，“看她打起来那个狠劲，你绝对不会相信她是个女孩，如果你不介意，我想请她送我回老家。”

“这是你应得的权利，穆西，这是你身为远征军士兵的权利。”

穆西的身体开始晃动，连续出现三次的用力抽搐。他的嘴唇翻了起来，露出牙齿的缝隙。彼得感觉到周遭士兵的紧张，每个人都下意识地迅速垂手握刀。可是蹲在穆西面前的格瑞尔却不为所动。

“嗯，我想时候到了。”抽搐结束之后，穆西说。彼得在他眼里再也看不见恐惧，只有平静的泰然接受。他脸上血色尽失，宛如水从水管里流尽一样。他举起绑在一起的手，用渗血的裹布擦擦额头的汗：“这情况就像大家说的一样。如果不麻烦的话，我想要一刀了断，少校，我想要这感觉赶快结束。”

格瑞尔点头同意：“好样的，穆西。”

“应该由唐纳迪欧来动手，如果可以的话，我妈妈总是说你应该和陪你的人跳舞。她太好心了，肯带我回来，她可以不必这么做的。”他的眼睛开始眨动，汗如雨下，“我只想说这是很光荣的，长官，将军也是。我只想回来说这句话，可是我想你最好动手吧，少校。”

格瑞尔站起来，往后走，每个人都马上立正。他拉高嗓音对大家说：

“这人是远征军的弟兄！他上路的时间到了！我们一起为他欢呼，穆西下士，英雄——”

“加油！”

“英雄——”

“加油！”

“英雄——”

“加油！”

格瑞尔抽出刀，交给艾莉希亚。她一脸沉着，没有任何情绪，是一张军人的脸，一张职责在身的脸。她把刀握在掌心，跪在穆西面前，他正垂头等待，被绑的双手搁在膝上。艾莉希亚低下头，挨近穆西，直到两人额头碰额头。彼得看见她的嘴唇掀动，悄悄地在对他说话。他不觉得惊恐，只感觉到惊讶。这一刻似乎凝结了，不再是连环事件中的一环，而是某种固定且独特的东西——是条一旦跨越就再也不可能退回来的线，穆西的死亡只是这意义的一部分。

彼得还来不及明白是怎么回事，那把刀就已经完成了任务。艾莉希亚垂下手时，那刀已经插进穆西的胸口。他眼睛睁得大大的，漾满泪水，嘴唇张开。艾莉希亚捧着他的脸，像母亲照顾孩子那般温柔。“放心去吧，穆西。”她说，“放心去吧。”血丝从他的嘴唇间冒出来，他又喘了一口气，把气屏在胸口，仿佛那不是空气，而是别的——是一丝甜美的自由，随着所有的烦恼离去，一切都已落幕。于是，他的身体往前一瘫，生命就此结束，艾莉希亚搂住他，让他平躺在营区泥泞的地上。

隔天一整天，以及再接下来的一天，彼得都没看见她。他想让格瑞尔捎信给她，可是又不知道该说什么。他其实心知肚明：艾莉希亚已经离开了，她已经融入了没有他的新人生了。

他们总共失去了四十六人，包括瓦希斯将军。可想而知，有部分人员并未丧生，而是被抓了。大家讨论要派出搜查队，可是格瑞尔说不行。如果不能及时赶去和第三营会合，他们脱身的机会就会越来越渺茫。七十二小时，他宣布，他们只有七十二小时的时间。

到了第二天晚上，营地差不多已经全打包好了。粮食、武器、机器设备、除了食堂之外的大部分大型帐篷都已打包完成，准备上路了。灯会留着，还有差不多已经见底的大油料桶，以及一部悍马。整个营会分成两组南行：一组人数较少的侦察队骑马，由艾莉希亚带领；其余的则或搭车或步行。艾莉希亚已经升任军官了，因为人员损失极多，包括两个小队长，军官人数大幅减少，所以格瑞尔就给她战场任命，她现在是唐纳迪欧少尉了。

格瑞尔已经解除了莎拉和艾美隔离的禁令，人手多一个是一个，他说，到了这个节骨眼没必要再钻牛角尖了。许多人在突袭行动中受伤，大部分都是不怎么严重的割伤、擦伤或扭伤；不过有个士兵锁骨骨折，而另两个士兵，桑丘和韦勒斯，在爆炸中被严重灼伤。营部的两个医护兵都死了，所以莎拉必须在艾美的协助下照料伤兵，尽可能让他们可以上路南行。彼得和霍里斯被指派加入打包队，主要的任务是把两个大补给帐篷里的东西分门别类，看哪些可以带上路，然后把其余的东西搬进分散营区各处的防空洞里储藏。迈克几乎整天躲在车辆调配场里不见踪影。他在营舍里睡觉，和其他机工们挤在一起吃饭，甚至连他的名字也不见了，只剩下“小呆瓜”这个绰号。

忙碌之中，撤离的问题还像一把刀悬在那里。彼得还没给格瑞尔答复，因为说实话，他也不知道答案是什么。其他人——莎拉、霍里斯、迈克，甚至安静内向的艾美——都在等待，留给他下决定的空间。事情再明显不过了，因为他们都没对这个话题多置一词，或者应该说在他看来，他们根本就是避着他。无论如何，离开营区安全庇护的做法，在此时此刻想来都似乎比以往更危险。格瑞尔提醒过他，矿坑既经惊扰，森林中想必病鬼横行，建议他们最好是等来年夏天回来以后再出发。他已经和师部谈过，说服他们派出一支有规模的远征军。无论山上有什么，格瑞尔说，都已经在那里很久了，再多等一年也没什么。

艾莉希亚回来之后隔天的傍晚，彼得回到帐篷里，发现霍里斯独自一人坐在他的床上。他肩上披了件冬季连帽外套，膝上抱了一把吉他。

“你在哪里找到这个的？”

霍里斯懒洋洋地拨着弦，一脸专注。他抬起头，通过已经爬满半个脸颊的大胡子露出微笑：“一个机工的，是迈克的朋友。”他给双手吹了口气，开始拨弄琴弦，零零落落的音符仿佛形成了旋律，但彼得又听不出来，“好久没弹，我都忘了怎么弹了。”

“我不知道你会弹。”

“我算不上会弹，会弹的是阿洛。”

彼得坐在他对面的床上：“弹吧，弹个曲子。”

“我不太记得了，顶多一两首歌吧。”

“那就弹啊，弹什么都可以。”

霍里斯耸耸肩，可是彼得看得出来他很高兴有人要他弹琴："别说我没警告过你哟。"

霍里斯拨弄琴弦，拉紧，调音，然后开始弹。彼得听了一会儿才恍然大悟，这是阿洛生前自己编的一首逗趣的歌，是他以前在庇护所唱给小孩儿听的，但是又有点不同。同一首歌，但又不一样。在霍里斯的手指底下，这歌显得更深沉、更浑厚，充满痛心的哀伤。彼得往后一仰，躺在床上，让自己沉浸在音乐之中。一直到歌曲弹奏结束后，他的心里还感觉到那首曲子宛如回音一般在胸臆之间回荡不去。

"没关系的，"彼得说，他深吸一口气，盯着帐篷松垮的篷顶，"你和莎拉应该跟着车队离开的，迈克也是。如果他不去，我想莎拉是不肯去的。"霍里斯没答话，彼得用手肘撑起身体，面对他这位朋友，"没关系的，霍里斯，我是认真的，我希望你们能这么做。"

"我们刚来的时候，瓦希斯提到过，说他的手下以及他们立的誓。他说得一点都没错。就算我以前还算适合探险，现在也已经不行了。我是真的爱她，彼得。"

"你不必解释，我很替你们高兴，我很高兴你们有这个机会。"

"那你要怎么做？"霍里斯问。

答案很明显，然而，他还是必须说出口："看我们能怎么办吧。"

很奇怪，彼得觉得难过，但是不止如此。他觉得很平静，他已经抛开那个决定，已经摆脱决定的束缚了。他很想知道，爸爸最后一次骑马出城的前一夜，是不是也有相同的感觉。看着帐篷顶在冬风中颤抖，彼得想起西奥那夜在发电站说的话，当时他们围坐在控制室的桌子旁，喝着酒。**我爸爸出城不是为放弃一切，任何人如果这么想，就是对他一点都不了解。他之所以要出城，是因为无法忍受一无所知，连一刻都无法忍耐了。**彼得感受到的是真相的平静，而且他很庆幸，从骨子里庆幸。

在帐篷的墙外，彼得听见发电机的低吼，以及格瑞尔的手下站在城墙上守夜叫唤的声音。再过一个晚上，一切就将归于沉寂。

"我再怎么都无法说服你，对不对？"霍里斯问。

彼得摇摇头："请帮我一个忙吧。"

"听你吩咐。"

"请跟我来。"

他在原本是瓦希斯的帐篷里找到少校，自从艾莉希亚回来之后，彼得和格瑞尔就差不多没说过话。在突击行动功败垂成之后，少校似乎就心事重重，彼得也和他保持距离。那不只是因为指挥责任的重担，彼得明白。在和这两个人长久相处的时间里，彼得体会到他们关系的密切。格瑞尔此时感受到的是哀恸，失去朋友的哀恸。

帐篷里亮着一盏灯。

"格瑞尔少校？"

"请进。"

彼得走进帐篷里，柴炉烧得房里暖烘烘的。少校穿着迷彩裤，暗橄榄绿的T恤衫，坐在瓦希斯的办公桌前，靠着油灯整理文件。他脚边的地板上有个打开的锁柜，各式各样的物品装得半满。

"乔克森，我还在想，什么时候才会听到你的消息呢，"格瑞尔靠在椅背上，疲惫地揉着眼睛，"过来看看这个。"

办公桌上一大摞散放的纸张，最上面的一张有三个人物肖像，一个女人和两个小女孩。那肖像好真切，以至于彼得一时以为那是一张照片，来自古昔的照片。可他马上就发现那是画像，是用炭笔画的。一张只有上半身的肖像画，腰部以下似乎隐于无形。那女人抱着比较小的女孩坐在她膝上，女孩顶多三岁，有张婴儿肥的柔和脸蛋。另一个女孩大概只比妹妹大几岁，站在两人后面，在妈妈左肩的位置。格瑞尔又从那堆纸张里抽出更多张来，还是同样的三个人，但是姿态不同。

"瓦希斯画的？"

格瑞尔点点头："老寇和我们大部分人一样，不是个特别有生活的人。但在远征之前，他有完整的人生，有妻子和两个女儿，他还是个农夫，你一定不敢相信。"

"她们后来怎么了？"

格瑞尔只耸耸肩："就是那么一回事啊。"

彼得俯身仔细再看那些画，他感觉得出来创作过程的费心费力，每一条线条背后所隐藏的专注力。那女人苦涩的笑容，小女儿和妈妈一样映着光线的大眼睛，还有大女儿栩栩如生的头发，在微风中飞扬。纸张表面有一些灰色的尘埃，宛如灰烬，在记忆的风中飞转。

"我想他画这些画，是为了要记住她们。"格瑞尔说。

彼得突然觉得很不自在——不管这些画像对将军来说有什么意义，彼得知道那都很私密："如果你不介意我问的话，少校，你为什么要给我看？"

格瑞尔小心地把画像收进硬纸夹里，放进脚边的箱子里："以前有人告诉我，只要有人记得你，有一部分的你就会一直活着。现在你会记得我啦，"他用脖子上的一把钥匙锁上那个箱子，然后坐回椅子里，"可是你来见我不是为了这个，对吧？你已经做出决定了。"

"是的，长官，我明天早上离开。"

"嗯，"一个深思熟虑的点头，似乎早就料到了，"你们五个，还是只有你？"

"霍里斯和莎拉会和你们一起撤离，迈克也是，虽然他可能还不知道。"

"那么，就只有你们两个啦？你和那个神秘的女孩。"

"艾美。"

格瑞尔又点点头："艾美。"彼得等着他劝自己改变心意，结果并没有，"骑我的马去吧。那是一匹好马，绝对不会让你失望的。我会交代大门守卫，让你们通行，你需要武器吗？"

"看你可以给我什么都行。"

"我也会留在大门给你。"

"很感激，长官，谢谢你为我们做的一切。"

"这是我最起码可以做的，"格瑞尔盯着自己交叠摆在膝上的手，"你知道这很可能是自杀吧，像这样独自上山去？我不得不说。"

"或许吧，可是我也只想得出来这个办法了。"

两人瞬间默默地心神交会，彼得想，他该会多么想念格瑞尔啊，想念他的镇静、他的忠诚。

“那么，就再见啦，”格瑞尔站起来，伸出手，“如果你到柯厄维尔来，记得来看我，我想知道结局。”

“什么结局？”

少校微微一笑，那只大手包覆着彼得的手：“梦的结局啊，彼得。”

宿舍里点着一盏油灯，彼得听见帆布墙里的低语声。这里没有像样的门，连想敲门都没办法，但是彼得一走近，就有个士兵出现在营帐门口，拉紧身上的连帽外套。这人叫威克，也是个机工。

“乔克森，”他一脸惊讶，“如果你要找‘小呆瓜’，他和其他人一起去油罐搬最后一批燃料了，我正要过去呢。”

“我是来找小艾的，”看见威克一脸茫然，彼得马上更正，“是唐纳迪欧少尉。”

“我不确定……”

“告诉她说我来了。”

威克耸耸肩，钻进营帐里，彼得拼命竖起耳朵听里面说了什么，可是所有的声音顿时沉寂。他等了好久好久，久得让他怀疑艾莉希亚是不是根本不现身，但这时营帐门一掀，她走了出来。

要说她看起来变了，彼得想，倒也不见得正确，她只是被改变了。站在他眼前的这名女子既是他向来认识的艾莉希亚，同时又是个全新的人。她双手环抱胸前，虽然天这么冷，上身却只穿了一件T恤衫。这些天来，她的头发稍稍长了，头皮上一层可怕的稀疏绒毛，在灯光下宛如发光的帽子。可是让这一刻显得怪异的，并不是这些东西，而是她站在那里的模样，站得离他远远的模样。

“听说你升官了，”他说，“恭喜。”

艾莉希亚没答话。

“小艾……”

“你不该到这里来的，彼得，我不该和你讲话的。”

“我只是来告诉你，我了解，有一阵子我不懂，但是现在我懂了。”

“很好，”她顿了一下，在寒风中抱紧自己，“是什么事情让你改变了心意？”

他不太知道该怎么回答，他的心突然被掏空了，他原本想告诉她的话都不见了。和穆西的死有关，也和他父亲、和艾美有关，真正的理由却不是能用言语说明白的。

他只说了他唯一想到的事：“是霍里斯的吉他，老实说。”

艾莉希亚丢给他一个茫然的眼神：“霍里斯有吉他？”

“一个士兵给他的，”彼得停了下来，无法解释清楚，“对不起，我这些话没头没脑的。”

彼得的胸臆突然出现了一个缺口，他知道那是什么。那是思念的痛苦，思念某个尚未离开身边的人的痛苦。

“这个嘛，谢谢你告诉我，可是我真的得回里头去了。”

“小艾，等等。”

她再次转头看他，扬起眉毛。

“你为什么从没告诉我上校的事？”

“你是为了这件事来的？问我上校的事？”她叹一口气，转开目光，她不想谈这件事，“因为他不想让任何人知道，知道他是什么人。”

“为什么不想让别人知道？”

“他能说什么呢，彼得？他自己一个人，失去了所有的手下。他始终觉得他应该和他们死在一起的，”她停下来喘口气，“至于其他的，我想他是用他唯一知道的方式抚养我长大。有很长一段时间，我觉得很好玩，不骗你，那些勇士跨越暗黑奋战至死的故事。发誓效忠只是一大串字句，嘀嘀嘟嘟，对我来说一点意义都没有。然后，到八岁的时候，我觉得很生气，彼得。八岁的时候，他带我到城墙外面，躲在管线底下，把我一个人留在那里。在夜里，什么都没有，连一把刀都没有，这部分你就当没听见好了。”

“见鬼了，小艾，发生什么事了？”

“什么事都没有，如果有事，我早就死了。我就那样坐在树下，哭了一整夜。一直到今天，我都还不知道他到底是要试试我胆量有多大，还是看我的运气有多好。”

故事里似乎有些部分略而未提。“他一定躲在旁边看你，偷偷守候你。”

“或许吧，”她仰头面对冬天的夜空，“有时候我觉得他在，可是有时候又觉得没有，你不像我这么了解他。从那天之后，我就很恨他，恨了很长很长的时间。恨之入骨、如假包换的恨，可是你再恨一个人，也就只能恨这么久了。”她深深地喘了一口气，仿佛认命了，“我希望你也能这样，彼得。希望有一天你的心能真正宽恕我，”她抽着鼻子，抹掉眼泪，“就这样了。我说得太多了，我只是很庆幸这一路走来能有你在身边。”

他看着她，看着她那深受打击的脸，他知道了。

她的秘密不是上校，而是他，他才是她一直深锁在心底的秘密，是她不让他知道，甚至也不让自己知道的秘密。

他伸出手：“艾莉希亚，听我说……”

“别这样，别。”然而她还是没转身离去。

“那三天，我以为你死了，而我却不在你身边，”他喉头仿佛被一团东西塞住了，“我一直觉得我应该在你身边的。”

“彼得，该死！”她在发抖，彼得感觉到她拼命抵抗的力量，“你现在不能这样。来不及了，彼得，已经来不及了。”

“我知道。”

“别说，彼得，你说你了解的。”

他是了解，很了解，他俩对彼此的意义仿佛就包覆在这个简单的事实里。他不意外，甚至不懊悔，反而有一种突然而生的深刻感激，以及随之而来的一股澄澈洞明的力量，宛如冬意袭上心头，盈满全身。他寻思这感觉究竟是什么，然后他明白了。他正在放弃她。

她任他揽她入怀，用外套紧紧裹住她。他抱着她，一如当初她抱着他，多日之前在瓦希斯营帐中抱着他那样。同样的一声道别，如今却换成他对她说。他感觉到她从僵硬到松懈，紧靠着他，在他的怀抱之中变得娇小了。

“你要离开了。”她说。

“我要你答应我一件事，保护其他人安全，让他们安全抵达罗斯威尔。”

她在他胸前隐约可辨地点点头："那你呢？"

他多么爱她啊，然而有些话就是永远不能说出口。把她紧紧搂在怀里，他闭上眼睛，想把自己对她的感觉深深地镂刻在心中，在记忆之中，好永远陪伴着他。

"我想你照顾我已经照顾得太久了，对不对？"他抽身退后一些，最后一次看着她的脸，"就是这样，"他说，"我只是想谢谢你。"

他转身离去，留下她独自站在冰冷的风中，在静寂的营舍门口。

他想办法睡觉，一整夜辗转反侧，到天快亮时，他终于忍不住起床，迅速整理行囊。他担心的是冬天，他们会需要毛毯、备用的袜子、睡袋、雨衣和有牢固绳索的防水布，任何可以让他们保持温暖干燥的东西。前一夜从营舍回来途中，他钻进补给帐篷，摸走了一把折叠铲、一把手斧以及两件厚重的连帽外套。霍里斯在床上轻轻打呼噜，大胡子脸埋在毯子里不见踪影。等他醒来，彼得应该已经走了。

他把行囊扛在肩上，走出帐篷，凛冽的寒意直灌进肺部，让他悚然一惊。营区静悄悄的，只有几个人在走动。食堂传来柴火和热食的味道，让他胃部一阵翻腾，但是已经没有时间了。在女生的营帐里，他看见艾美坐在床上，膝上摆着她的小背包，他什么都没告诉她。她自己一个人跟他走，莎拉在疗养所里照顾桑丘和其他人。

"时候到了吗？"她问他，眼睛非常灿亮。

"是的，时候到了。"

他们一起走到畜栏去，格瑞尔的马是一匹高大的黑色阉马，毛皮浓密丰厚，已为隆冬做好准备，和其他马匹一起在迎风吃草。彼得从工具间拿来一副缰辔，把马牵到围栏边。他真希望可以用马鞍，可是配上马鞍就没办法两人同骑。他把两人的行囊绑在马背上，垂在马肩两侧，寒风已经把他的手指冻僵了。他把艾美抱到马背上，然后利用畜栏支撑让自己上马。他们沿着畜栏绕了一圈，然后骑到城墙的阴影下，往大门走去。天刚刚破晓，天地笼罩着柔和的灰色，仿佛夜还没消失，而只是溶化了，浅淡无色到几乎看不见的细雪开始飘落，一片片在他们面前的风中化为无形。

他们在大门口只碰见一个站岗的军人，第一个通知彼得突袭队归来消息的少尉，尤斯塔斯。

“少校要我们放行，他也要我们把这个交给你，”尤斯塔斯从哨亭拿出一个帆布袋，放在马前面的地上，“说你需要什么就拿吧。”

彼得跳下马，蹲下来打开袋子——来复枪、弹药、几把手枪、一条手榴弹带。彼得一一细看，思索要怎么做。

“谢了，”他站起来，从皮带上抽出他的刀，交给尤斯塔斯，“拿去，送给少校的礼物。”

尤斯塔斯皱起眉头：“我不懂，你要把你的刀交给我？”

彼得把刀推给他。“拿着吧。”他说。

尤斯塔斯心不甘情不愿地收下刀，他盯着刀看了一晌，仿佛是在森林里找到的什么怪异物品。

“请交给格瑞尔少校，”彼得说，“我想他会了解的。”

他转头看高坐在马背上的艾美，她歪着头，仰望飘落的雪花。

“准备好了？”

女孩点点头，她脸上隐隐浮现一朵笑容，雪花落在她的睫毛与头发上，宛如镶着宝石的细尘。尤斯塔斯撑着彼得上马，彼得翻上马背，手握缰绳，大门在他们面前开启。他又看了营舍最后一眼，一切都还是那么静悄悄的，什么都没有改变。再见，他想，再见了。然后，他腿一踢，策马出城，奔向黎明，新的一天。

第六卷　山里的天使

犹如隐士独居隐蔽之处，
我意欲以无穷的疑惑终此一生。
时光既无法复返，
只能等待悲哀，
除了爱，
无人可再寻见我。

——华特·雷利爵士《凤凰巢》

39

中午时分，他们又来到了那条河边。雪静静地落下，覆满森林，映满微暗的银光。他们在雪中静静前进，靠岸边的河面已经开始结冰了，黝黯的河水在变窄的河道里仿佛隐了形。艾美靠在彼得背上，苍白的手环抱住他的腰睡着了，他感觉到她身体的温暖与她胸口的起伏。马鼻喷出的缕缕白气往后飘，空气中洋溢着青草与泥土的味道。林木上有鸟，黑背的鸟在枝杈间彼此叫唤，鸣声在笼罩天地的飞雪中隐约可闻。

踏雪前进，回忆随风袭来，支离破碎、次序凌乱的影像宛如轻烟在意识中荡漾：在他的母亲过世前不久的某一天，他站在房门口看着她睡觉，看见她的眼镜摆在桌上，知道她就要死了；西奥坐在发电站的床上，伸手照料彼得的脚伤，站在农庄的门廊上，傍着默萨蜜，目送他们离去；姑妈在她那间太热的厨房里，以及她泡的茶那可怕的味道；在碉堡的最后一夜，大家喝着威士忌，凯勒柏不知说了或做了什么好笑的事，逗得大家哈哈大笑，浑然不知有什么命运在前面等待他们；莎拉，第一场雪飘落的那天早上，她靠坐在一截木头上，书摆在膝上，脸庞沐浴在阳光里，轻声说："这里好美啊！"还有艾莉希亚……

艾莉希亚。

他们转而往东，这是个全新的地域，地势崎岖起伏，四周尽是森林繁密的山峦，在雪中一片苍茫。雪小了，然后停了，接着又开始下起来。他们开始上山，彼得的注意力集中在细微的事物上。坐骑缓慢有节奏地前进，握在手里的缰绳皮革磨损的感觉，还有艾美的发丝轻轻拂过他颈背的感觉，这一切都似曾相识，宛如梦境中的细节，他多年以前做过的梦。

夜色降临，彼得用铲子在河边清出一块地，扎起防水布。地上的木头大多因潮湿而无法燃烧；但是在浓密的森林里，他们找得到足够的干燥柴枝让火烧旺。彼得没有长刀，但是背包里有一把可以用来开罐头的小刀。他们吃过晚餐就睡觉，搂在一起取暖。

他们在冻得筋骨麻木的寒风中醒来，暴雪过去了，留下一片蓝得刺眼的晴空。艾美生火的时候，彼得去找马。那匹马在夜里挣脱绳索跑了，要是在其他情况下，他必定会惊慌失措；然而这天早上，他却气定神闲。他循着蹄印往下游走了一百米，找到在河边簇生的草丛里吃草的马儿，它宽阔的鼻口沾满白雪。彼得似乎没有理由干扰，于是他静静站在那里，看着马吃完早餐，才牵它回营地；而艾美已经想办法用潮湿的针叶和断裂的树枝烧起冒烟的小火。他们吃了几个罐头，喝了河里汲来的冷水，然后一起在火边取暖，不忙着上路。这是他们最后一个早晨了，他知道。西方，在他们背后的那个营区现在已经空无一人，归于沉寂了，所有的士兵都往南走了。

“我想应该快到了，”他把行囊绑上马背时，对艾美说，“我想应该不到十公里了。”

女孩什么都没说，只是点点头。彼得把马牵到一截倒下的树干旁，一根至少一米长的霉黑木头上，借以上马。他先坐好，把行囊拉紧整理好，再拉她上来。

“你想念他们吗？”艾美问，“你的朋友。”

他扬起脸，望着白雪皑皑的林木，这清晨静谧，阳光灿然。

“是的，可是没关系的。”

后来，他们来到一个岔口。有好几个钟头的时间，他们一直沿着这条路，或者应该说是原本有条路的地方走。在积雪之下，土地坚实平坦，偶尔有个锈蚀的路标或饱经风霜的护栏标示路径。他们逐渐深入狭窄的谷地，两旁都是如墙耸立的山崖，露出岩壁。这时他们来到一个岔口，路一分为二：沿河直走，或跨桥过河。那座桥是一座露出铁栅骨架的拱桥，覆满积雪。在河的对岸，路再次上坡，往上消失在森林里。

“哪一边？”他问她。

一晌沉默。“过河。”她说。

他们下马，雪很深，差不多淹没了彼得的靴子。快走近河岸时，彼得才发现桥面不见了。桥面原本可能是木板搭的，现在都已腐朽消失了。十五米，他们大概可以应付，在裸露的铁架上保持平衡走过去，可是马就不行了。

“你确定？”她站在他身边，在阳光中用力眯起眼睛。她的手也像他一样，缩在袖子里躲避风寒。

她点点头。

他转身从马背上解下他们的行囊，把格瑞尔的马绑在这里等他们回来，一点道理都没有。它已经带他们一路来到这里，彼得不能让它毫无保障地留在这里。他卸下所有的行囊，解开马辔，走到马儿后面。“哈！”彼得给马臀结实的一拍，没有动静；他再试一次，这回更大声地“哈”了一声。他又拍又叫，抡起手臂挥了挥：“去吧！去！”但马儿还是不肯动，无动于衷地用那双闪亮的大眼睛瞪着他。

“真是个死脑筋的家伙！我猜它不想走。”

“告诉它你希望它怎么做。”

“它是匹马呢，艾美。”

接下来发生的事情虽然很奇怪，却并非完全出乎意料。艾美双手捧起马儿的脸，掌心贴在它长脸的侧面。原本已经开始骚动不安的马在她的抚触之下安静下来，粗大的鼻孔一张一合，喷出沉重的气息。一段漫长的静默，女孩与马就这样静静站着，用深刻的眼神紧紧相望。然后那匹马转身，绕了一个大圈，开始往他们来的方向走去，步伐慢慢加快成小步跑，消失在森林里。

艾美从雪地上拎起背包，甩到肩上：“我们可以走了。”

彼得不知道该说什么，没有理由说任何话。

他们爬下河堤到河水边缘，反射的阳光在水面舞动，仿佛在冻结的泥土边缘，那反射的力量也被放大了。彼得先让艾美爬上去，用一边膝盖撑起她，穿过裸露的横梁中一个像舱盖的开口。等她爬上去，他就把背包递给艾美，然后自己也爬上去。

最安全的路线是沿着桥梁边缘走，如此一来在跨越一道道横梁的时候可以抓着栏杆。冰冷的金属抓在手里，凛冽刺痛，凌厉如火，他们没办法走得足够快。艾美领头，以自信的步伐轻快地跃过洞隙。他随着她的脚步前进之后才发现，问题根本不在横梁本身，因为横梁很稳固，问题是包覆在横梁上、隐藏在积雪下的那一层冰。有两次，彼得觉得自己失去了摩擦力，脚底一滑，差点摔倒。但是长途跋涉来到这里，最后却只落得在冰冷河水中溺死——这简直无法想象。他们慢慢地跨过一条又一条横梁，就这样过了桥。等走到对岸时，彼得的手已经冻得失去知觉，浑身开始颤抖。他真希望他们能停下来生堆火，可是现在不能耽误脚程。影子已经开始拉长了，短暂的冬日天光很快就会消逝。

他们爬上河堤，开始上山，无论他们要去的地方是哪里，他都希望那里有个小屋可以栖身。如果没有，他真不知道他们要如何熬过这一夜。不必担心病鬼，这么冷的天气要杀死他们易如反掌。最重要的是继续前进，艾美在前面带路，一步步带他上山，彼得唯一要做的就是跟上。空气吸进肺里感觉很稀薄，周遭的林木在风中呻吟。经过一段时间之后，他转头回望，看着远远的那个山谷以及蜿蜒流过的小河。他们走在树荫里一块光线幽微的区域，但在山谷的远方，向北与向东延伸的山壁却有金色的阳光灿灿跃动。艾美要带他去的，彼得想，是世界的顶端，世界最高的顶端。

白昼将尽，在越发朦胧的暮色中，眼前的景色一片迷离。彼得以为这里是他们上坡路尽头的顶点，结果竟然只是一连串山坡中的一个，而且每一个山顶都比前一个更空旷、更寒风凛冽。在西面，山坡陡降，几乎是垂直下降。寒意似乎在他心底找到了栖身之所，让他的感官全变得迟钝麻木了。把马打发走可真是个错误，他似乎这时候才意识到这一点。如果到了紧要关头，他们至少还可以下山，用它的身体来取暖避风。宰掉这样一头动物是很严重的事，以前他连想都无法想象；但是现在，随着山区的夜色降临，他知道他会动手。

他发现艾美停了下来，于是奋力赶到她身边，大口大口喘着气。这里的雪比较稀薄，被风吹散了。她扫视天空，眯起眼睛，仿佛在倾听远方传来的声音。一粒粒冰珠镶在她的背包、她的发丝上。

“怎么了？”

她的目光停驻在他们左方，远离开阔山谷的林际线。

“那边。”她说。

可那里什么都没有，只有高耸如墙的树木、雪以及无情的风。

这时他看见了，在低矮的树木之间有个缝隙，艾美已经朝那里走去。接近之后，他才知道自己看见的是什么，是一堵半塌的围墙上的大门。围墙沿着树林往两边延伸，上面攀满浓密的藤蔓。但在此时，叶已落尽，铺满白雪，反倒让围墙整个儿隐了形，融为地景的一部分。在缺口里面有一幢小屋，但要说是真正的房屋还算不上，只能勉强算是个建筑。那不到五米见方的建筑似乎有点歪斜，有一边的地基已经塌陷了，门半敞着，挂在铰链上。他探头看看，什么都没有，只有积雪和落叶，一条条腐臭的痕迹顺着墙面淌下。

彼得转头：“艾美，哪里……”

他看见她快步穿过森林，走远，于是蹒跚着追赶她。艾美走得更快了，几乎是在跑。他嘴里呼呼冒着热气，冻僵的双脚在踉跄前进。彼得知道他们已经来到旅程的终点了，至少是接近了。他身上有些东西不见了，被寒风侵蚀殆尽的力气，终于离他而去了。

“艾美，”他喊着，“别走了。”

她似乎没听见他说话。

“艾美，拜托。”

她转身面对他。

“这是哪里？”他哀求道，“这里什么都没有。”

“这里有，彼得，”她的脸庞因喜悦而明亮起来，“这里有。”

“那么，这是哪里？”他说，听见自己声音里的愤怒，他的双手贴在膝盖上，用力喘气，“告诉我，这是哪里？”

她仰头看着夜色渐浓的天空，闭上眼睛。“这里是……一切地方，”她说，“你听。”

他竭尽全力，用尽仅余的力气让心向外延展，可是他听到的只有风声。

“什么都没有，”他又说，觉得希望开始瓦解，“艾美，这里什么都没有。”

然而这时他听见了。

一个声音，人声。

有人，不知在什么地方，有人在唱歌。

他们先看见信号灯，信号灯在森林中亮起。

他们来到一片林间空地，环顾四周，彼得可以看到人类曾经居住的痕迹，坍毁的建筑与废弃的车辆埋在雪地下的隐约轮廓。天线矗立在一块宽阔凹地的边缘，堆满瓦砾垃圾——是某种建筑的地基，一幢多年前已倾圮消失的建筑。天线位于这废墟的一侧，居高临下的一座四脚铁塔，用铁缆牢牢系钉在水泥地上。铁塔顶端是镶有一根根刺的灰色球体，在球体下方，包围铁塔并像花瓣那样从侧面伸展出来的是一片片桨状的物体。说不定是太阳能板，彼得不知道。他伸出一只手贴在冰冷的金属上，其中一片上似乎写着字，他拂掉雪，上面露出一行字：“美国陆军工兵军团”。

“艾美——”

身边没人，他看见空地边缘移动的身影，于是快步跟上去，随她进入低矮的树丛里。歌声更清晰可闻了，没有歌词，只有一串串旋律反复起伏，仿佛在风中从四面八方传来。他们接近了，非常之近，他察觉到前方一片空旷。林木分开，露出天空，他来到艾美站着的地方，停下脚步。

是个女人，她面向其他方向，站在一座小木屋的门口。小木屋的窗子都是亮的，烟囱里冒出缕缕柴烟。她抖开一条毯子，晾在两棵树之间的绳子上。这简直不可思议，他想，这女人，不管是什么人，她在收衣服，一面收衣服一面唱歌。她穿了一件厚重的羊毛披风，浓密的黑发上夹杂着一缕缕雪白，披散在肩头丰盈如云。披风底下露出双脚光裸的线条，显然除了一双编绳凉鞋之外什么都没穿，脚趾陷在积雪里。

彼得和艾美走近她，那歌词变得愈加清晰可辨。她的嗓音浑厚圆润，洋溢着神秘的满足感。她一面唱一面忙，把毯子收进脚边的篮子里，浑然不觉他们的存在。他们两个站在她背后几米之外。“睡吧，我的孩子，愿平安与你同在。”这女人唱道：

一整夜。
上帝会派守护天使来你身边，
一整夜。
安睡的时光轻轻流逝，
山峦与峡谷都熟睡了，
我会看顾着心爱的人，
一整夜。

她突然停下来，双手还在晒衣绳上。

“艾美。”

那女人转过身来，她有张宽阔端正的脸，深色的皮肤，和姑妈一样，但是他眼前的这人并非老妇人。她皮肤紧实，眼睛清澄透亮，脸上散发着愉悦的微笑。

“噢，能见到你真是太棒了。”她的声音悦耳动听，仿佛是唱出来似的。她穿凉鞋的脚朝他们迈近，拉起艾美的手，像母亲那么温柔地拉着她。“我的小艾美，你长大了。”她的目光从艾美转到彼得身上，显然这时才发现他的存在，“还有这位，你的彼得。”她惊喜地轻轻摇头，“我知道他会来。你记得吗，艾美，我问过你，彼得是谁？在我们第一次见面的时候，你那时还好小好小。”

艾美的眼睛开始流下泪来：“我丢下他了。”

“乖，别哭，那也是没有办法的。”

“他叫我快跑！”她哭喊着，“我丢下他！我丢下他了！”

那女人抓住艾美的手：“你会再找到他的，艾美，这就是你来这里的原因，不是吗？我不是唯一一个看顾你的人，在这么多年里头，你感觉到的悲伤不是你自己的悲伤。你心里感觉到的是他的悲伤，艾美，是他想念你的悲伤。”

太阳下山了，冷冽的夜色笼罩四周，笼罩着站在屋外雪地里的他们。然而，彼得无法走动，也无法开口。他一点都不怀疑，自己是眼前这一幕的一部分，虽然他还不知道自己扮演的是什么角色。

他终于开口："告诉我，"他说，"拜托，请告诉我你是谁。"

那女人眼中突然闪现淘气的神色："我们该告诉他吗，艾美？我们应该告诉彼得我是谁吗？"

艾美点点头，那女人扬起脸，露出灿烂的微笑。

"我是一直在这里等待你们的人，"她说，"我是蕾西·安东尼特·库杜托修女。"

40

桑丘下士快死了。

莎拉在车队尾端的一辆卡车上，后车厢两旁绑着床铺，载运伤兵。剩余的空间堆着一箱箱补给品，莎拉只能挤在中间，想办法照料伤兵。

另一个伤兵韦勒斯情况没那么糟，他的烧伤大多在臂膀和双手。只要不被细菌感染，他应该活得下来，可是桑丘就不同了。

他们用绞车放炸弹进矿坑的时候出了差错，有条缆绳卡住了，引信没点燃，诸如此类的。莎拉从十几个不同的来源听到一些信息，每个版本都稍有不同。进到矿坑竖井里的是桑丘，他绑着护具拉缆绳下降，去解决故障。事发当时他可能还在坑里，再不然就是刚要出来。在炸弹爆炸时，韦勒斯冲向他，把他从绳子上拉开。

火焰吞噬他的身体，莎拉看得出来火舌一路行进的路线，从上往下爬满他的身体，吞没制服，烧伤他的血肉。他能活下来简直是个奇迹，莎拉想，虽然不是什么美好的奇迹，她到现在还听得见那天他嘴里传来的惨叫声。在两名士兵的协助下，那天她从他身上剥下焦黑的残余制服，也剥掉了他双腿、胸部与衣料粘在一起的大部分皮肤。接着，她再尽力擦掉残余的异物，露出底下赤裸鲜红的血肉。他腿和脚的灼伤已经开始化脓，焦黑皮肤的甜腻恶臭混合着感染的刺鼻臭味。他的胸口、双臂、双手和肩膀全被火烧伤了，脸部呈现为一片光滑的粉红色，像是铅笔上的橡皮擦。她帮他磨掉焦黑的外皮——简直是恐怖的酷刑——之后他就几乎没再发出任何声音，不断睡睡醒醒，醒来只为要水喝。到了早上他竟然还活着，让她很意外，接着第二天也是。在他们起程的前一夜，她表现出连自己都意外的勇气，提议要和他一起留下来，可是格瑞尔不同意。我们在林子里已经失去太多人手了，他说，尽量让他舒服一点吧。

车队有一段时间向东走，但此时已再次转而南行，行驶在莎拉认为是马路的路途上。之前车子蹦蹦跳跳、东拐西弯地以躲避坑洞，泥泞与积雪飞溅在轮子上的声音现在都已经没有了。她觉得反胃，而且很冷，寒彻骨髓的冷，四肢也因为长时间在卡车上撞来撞去而酸痛不堪。车辆、马匹与步兵组成的队伍走走停停，要等艾莉希亚带领的侦察队确定前方安全才前进。他们第一天的目标是杜兰戈，那里有一座可以用来架设防御工事的旧谷物升降机。他们到罗斯威尔的这条补给路线上，总共有九个这样的地方可以安全过夜。

她决定不为彼得的不告而别生气。一开始，霍里斯到食堂来告诉她这个消息时，她很生气。可是有桑丘和韦勒斯要照顾，她没在愤怒的情绪里耽溺太久。而且说真的，她早就察觉到会发生这样的事——就算不是彼得和艾美的离去，也是差不多类似的事，某种终局。她和霍里斯讨论要和车队一起离开时，心中总有种未曾言明的感觉，觉得彼得和艾美不会和他们一道走。

可是迈克很生气，不止生气，简直是暴怒。霍里斯费了好大的劲，才制止他冲到雪地里去追他们两人。这几个月以来，迈克变得如此勇敢，甚至有点奋不顾身，真是很奇怪。莎拉向来觉得自己是姐代母职，对他负有某种深重、不容置疑的责任。然而这一路走来，她自己却放下了这样的感觉，或许变的人不是迈克，而是她自己。

她很想看看柯厄维尔，这个市名闪闪发光地悬在她心中。想想看，有三千人哪，这让她燃起一线希望。自从八岁那天，教师带她离开庇护所踏进破碎的世界后，她就再没有拥有希望，因为柯厄维尔不是破碎的世界。还是小女孩的莎拉，睡在大房间，和朋友一起玩耍，在中庭荡着轮胎秋千时仰脸迎向阳光的莎拉，相信世界是美好的地方，而她自己也会是这美好世界的一部分。小女孩莎拉的想法始终是对的，她的渴望如此单纯，只是要活得像人，要过人过的生活。而在柯厄维尔，她可以拥有这样的生活，与霍里斯一同拥有。噢，爱她，也一再坦承告白的霍里斯。他仿佛打开了她心中长期紧锁的东西，因为那感觉突然盈满心中，从在犹他州某地守望的那个夜晚，他放下手里的来复枪，轻轻吻她的那一刻起就盈满她的心中。他一再说出那句话，用他悄然甚至近乎羞赧的方式说出口。他们的脸贴得如此之近，近得让她感觉得到他脸颊上乱糟糟的胡子，仿佛他吐露的是隐藏在内心深处的真情。他对她说他爱她，而她也爱他，同样永恒无垠的爱。她不相信命运，这世界的险峻远非命运所能解释，在一连串的风波与千钧一发的时刻，你总得想办法活下去，直到有一天再也逃不了，然而爱霍里斯就是这样的感觉，就像命运。仿佛剧本早就写好了，她唯一要做的就是照剧本演下去。她好奇，爸妈对彼此的感觉是不是也像这样。尽管她不喜欢回想他们，每次回想起也竭力回避，但是此时此刻坐在卡车后面，她却发现自己好希望他们还在人世，让她可以问问他们这个问题。

不公平，他们做的事很不公平，那个可怕的早晨，是可怜的迈克在棚屋里发现他们的。当时他才十一岁，而她刚满十五。她有点相信爸妈是等到她年纪够大，可以照顾弟弟之后才采取行动的，也就是说她的年龄是他们下定决心的部分原因。她被迈克的叫喊吵醒，冲下楼梯，跨过院子到屋后的棚屋里，看见迈克抱着爸妈的腿，想把他们抬起来。她站在门口，哑口无言，无法动弹。迈克哭喊着要她帮他，而她知道他们已经死了。她当时感觉到的不是惊恐或哀恸，而是近似惊叹的感觉——对眼前这个场景宣示的意义，对无情事实的默默惊叹。他们只用了两条绳子和两张木凳。他们把绳子套在脖子上，绑上牢牢的结，然后踢掉木凳，让身体的重量绞死自己。她很纳闷：他们是一起动手的吗？他们数了一二三？还是一个先走，另一个随后跟上？迈克不住哀求：**拜托，莎拉，帮我，帮我救他们**。然而她却只呆呆看着眼前的这一幕。前一夜，妈妈做了玉米烤饼，平底锅还摆在餐桌上。莎拉在心中暗暗搜寻任何蛛丝马迹，想知道妈妈在准备她知道自己再也吃不到的早餐给她再也见不到面的儿女时，是不是有些什么不同。然而，莎拉还是想不出来任何事情。

她和迈克仿佛遵从某种不言而喻的最终指示，吃掉了所有的玉米饼，一口都不剩。吃完之后，莎拉知道，正如迈克也理当知道的，从今而后，她将照顾弟弟，而这个照顾有着不可言传的协议，那也就是姐弟俩再也不提起他们的爸妈。

车队慢下来了，莎拉听见前方传来吼叫声，叫他们停下来，接着有匹马踏雪从他们车边飞驰而过。她爬起来，看见韦勒斯睁开眼睛，环顾四周。他绑着绷带的手搁在胸前，伸在毯子外面，脸色泛红，汗津津的。

“我们到了吗？”

莎拉用手背摸摸他的额头，他似乎没发烧。别的不说，他的皮肤也太凉了。她从地板上拿起水壶，滴了一些水到他张开等待的嘴里。没烧，但是他的情况看来更糟了，他连头都抬不起来。

“我想还没到。”

“这痒真是要命，好像手臂上爬满蚂蚁。”

她拧紧水壶，摆到一旁。不管有没有发烧，她担心的是他的气色。

“这是好现象，表示伤口正在愈合。”

“感觉起来可不是这样。”韦勒斯深吸一口气，慢慢吐掉。

桑丘躺在他旁边的铺位上，全身缠着绷带，只露出脸部的一小圈粉红色。她蹲下来，从医药箱拿出听诊器听他的胸部。她听见呼噜呼噜的声音，很像水在罐子里晃动。除了其他的问题之外，害他送命的是他身体脱水的状况；然而，他自己的肺部却在溺水。他双颊烧得烫手，身体散发着浓烈的感染气味。她帮他把毯子掖好，用一块布蘸水，放在他唇上。

“他怎么了？”韦勒斯在床上问。

莎拉站起来。

“他时候快到了，对吧？我从你脸上的表情看得出来。”

她点点头：“我想不会太久了。”

韦勒斯再次闭上眼睛。

她披上连帽大衣，爬下卡车，走进映满阳光的雪地。原本排列有序的士兵三三两两地散开，个个都不耐烦地蹙着眉，将外套的帽子拉起来盖住头，天冷得让人鼻水直流。她看见前面出什么事了，有辆卡车掀起引擎盖，一缕蒸汽飘散开来。车旁围了一圈士兵，全都一脸迷惑不解的样子，仿佛面对的是不小心在路上撞见的一块巨大残骸。

迈克站在保险杠上，双手从手肘以下全埋进引擎里，格瑞尔骑在马上，说："你修得好吗？"

迈克从引擎盖底下探出头来："我想大概只是有条管子出了问题而已。只要槽口没裂缝，换条管子就成，我们也需要冷却剂。"

"要多久？"

"顶多半个钟头吧。"

格瑞尔抬起头，扬声对手下喊着："加强周边防御！蓝色小队往前，留意树林边缘！唐纳迪欧！唐纳迪欧死到哪里去了？"

艾莉希亚从前面骑马过来，身上背着来复枪，脸庞周围一圈白气缭绕。虽然很冷，但她还是脱掉连帽大衣，只在毛衣外面罩了件多口袋的背心。

格瑞尔说："看来我们要在这里耽搁一阵子了，或许也要看看前面路上的情况，我们等一下得加快速度赶路了。"

艾莉希亚双腿一夹，策马离去，看都没看正从队伍前方朝他们走来的霍里斯一眼。格瑞尔派霍里斯到一辆补给车上，负责为士兵分发食物和水。

"等一下，格瑞尔少校。"莎拉喊道。

"怎么回事？"他问莎拉。

已经骑马要走的格瑞尔面对莎拉。

"是桑丘，我想他快死了。"

格瑞尔点点头："谢谢你告诉我。"

"你是他的指挥官，我想，如果你能去看他一下，他一定会很感激。"

他脸上没流露任何情绪："费雪护士，在这片旷野上，我们要在四个钟头之内赶完六个钟头的路程，这是我现在要思考的问题。尽你所能去做吧，还有事吗？"

"他有比较亲近的朋友吗？可以陪他的人？"

"对不起，我现在拨不出人手来，我相信他一定能理解。那么，失陪了。"他骑马离去。

站在雪地里，莎拉突然觉得自己快哭了。

“来吧，”霍里斯拉着她的手臂说，“我帮你。”

他们回到卡车上，韦勒斯又睡着了，他们拉了几只箱子到桑丘的床铺旁。他的呼吸更急促了，唇边涌现一些泡沫，因为缺氧而泛着蓝色。莎拉不必量他的脉搏也知道他心脏加速狂跳，在和时间赛跑。

“我能替他做什么？”霍里斯问。

“只要陪着他就好，我想，”桑丘快死了，她从一开始就知道，可是眼前时候到了，她能做的却显得如此之少，“我想大概不久了。”

是不太久，就在他们的注目之下，他的呼吸变慢了，眼皮眨呀眨的。莎拉以前听说过，在临终前，此生的种种会在眼前浮现。如果真是如此，那么桑丘看见的是什么？如果躺在这里的是她，她又会看见什么呢？莎拉握着他缠绷带的手，想找出几句话说，几句可以表达她善意的话，可是她想不出来。她对他一无所知，只知道他的名字。

结束之后，霍里斯拉起毯子盖住亡者的脸，他们听见韦勒斯醒来的声音。莎拉站起来，看见他睁开眼睛眨动，灰白的脸上闪着汗光。

“他已经……”

莎拉点点头：“对不起，我知道他是你的朋友。”

可是他没理会她，心思似乎飘得远远的。

“该死，”他呻吟说，“像是做梦，好像我真的在那里似的。”

霍里斯站在莎拉身边：“他说什么？”

“中士，”莎拉问他，“什么梦？”

他打个寒战，仿佛想挣脱梦境的束缚：“好可怕，她的声音，还有那股臭味。”

“谁的声音，下士？”

“有个胖女人，”韦勒斯说，“一个好丑的胖女人，抽着烟。”

在队伍前方，迈克从抛锚的卡车引擎里抬起头，看见艾莉希亚快马加鞭跨越雪地，奔下山脊。她从他身边经过，冲向队伍后端去找格瑞尔。

怎么回事？

威克站在迈克旁边，嘴巴张得大大的，目光紧紧跟随艾莉希亚的身影。艾莉希亚的队友也飞奔下山，骑着马朝他们而来。

“赶快弄完吧，”迈克说，但威克没答话，所以他把扳手塞到威克手里，“快点动手吧，我想我们要出发了。”

迈克看着她远去的身影，望着她的马在雪地留下的蹄印。每一个蹄印都让他心中的感觉更强烈一分：艾莉希亚在山那边必定看见什么了，很不好的东西。霍里斯和莎拉爬下卡车，所有的人都盯着格瑞尔和艾莉希亚。他们两人都已下马，艾莉希亚指着山脊的方向，手臂用力挥动，然后屈膝跪下，狂乱地在雪地上画着。迈克走近时，正好听见格瑞尔说：“有多少？”

“他们一定是昨天晚上出发的，足迹都还很新。”

“格瑞尔少校……”开口的是莎拉。

格瑞尔举起一只手，不让她说下去：“该死，有多少？”

艾莉希亚站起来。“我说的不是多少的问题，”她说，“是众鬼，他们朝那座山前进了。”

41

西奥醒来时没有焕然一新的感觉，而是跌跌撞撞、翻滚坠落地闯进了活生生的世界里。他的眼睛是睁开的，一直都是睁开的，他发现，已经睁开了好长一段时间。宝宝，他想到，伸手去找默萨蜜，发现她在他身边。她在他的抚触下翻了个身，缩起膝盖，就是这么回事，他梦见了宝宝。

他好冷，冷到骨子里，但皮肤却泛着一层汗，他怀疑自己是不是发烧了。你一定得流汗才能退烧，教师以前都这么说，还有他妈妈，在他躺在床上发烧时，手指轻轻摸着他的脸，也这么说。可那已经是好久以前的事了，是回忆里的回忆，他已经这么多年没发过烧，早就忘了发烧是什么感觉。

他掀开毯子，站起来，在冰冷的空气中打了个寒战，身上的湿气吸走了他仅余的一点热度，他身上还是整天在院子里堆柴薪时穿的那件薄衬衫。他们终于为过冬做好准备了，所有的东西都已经钉好、收整、锁牢了。他脱掉被汗水浸湿的衬衫，从抽屉柜里拿出一件干净的。在主屋外面的一间小屋里，他找到装满衣服的箱子，有些从店里买来还没拆封：衬衫、长裤、袜子、保暖内衣，还有材质像羊毛的毛衣。老鼠和蠹蛾侵蚀了部分衣服，但不是全部，无论是谁在这里囤积物品，都是为了长期抗战做准备。

西奥从门边拿起他的靴子和来复枪，走下楼梯，起居室里的炉火烧得只剩闪着微光的灰烬。他不知道现在是什么时间，但觉得应该是快天亮了。几个星期以来，他和小默过着规律的生活：晚上睡觉，在第一线阳光穿透窗户时醒来，他已经开始以自然且对他而言崭新的方式了解时间的流动。他仿佛轻轻唤醒了深沉的本能，踏进了久被埋藏的记忆里。不只是因为这里没有电灯，他开始相信，而是因为这个地方本身。小默也察觉了，在他们一起到河边捕鱼的那天，以及后来在厨房里，她告诉他说他们在这里很安全的时候。

他坐下来，把靴子套到脚上，从挂钩上拿下一件厚毛衣，检查猎枪的弹药，然后走到门廊上。东方，越过围绕谷地边缘的山丘棱线，一道柔和的光芒悄悄爬上天空。第一个星期，小默睡觉的时候，西奥就在门廊上坐了一整夜。每天迎接曙光时，心中却意外有着哀沉的伤痛。这一辈子他始终畏惧黑暗，畏惧黑暗可能带来的惨事。所有人，甚至包括他父亲，都没告诉他夜空有多么美丽，会让你觉得自己既渺小又伟大，觉得自己也是亘古永恒的一部分。他在寒风中站了一会儿，望着星星，让沁夜如冰的夜晚空气灌进肺部再被呼出，唤醒他的心灵与身体。他既已升起火，默萨蜜就不会在冰冷的屋子里醒来。

他走下门廊，踏进院子里，好几天的时间，他什么事都没做，光是砍木劈柴。河边的林地里有很多倒木枯枝，很干，很好烧。他找到的那把锯子并不太灵光，锯齿已经因为碰撞而变钝了，可是斧头还很管用。现在，他努力的成果已经一堆堆躺在谷仓里，还有更多摆在地窖里，盖上防水布。

那些人，往谷仓半掩着的门走去时，他想，他找到的那些照片上的人，他很想知道他们在这里过得快不快乐。他在屋里没找到更多的照片，也没想要去搜查车子，直到两天之前。他不知道自己究竟想找什么，但是在驾驶座上耗了几分钟，无聊地压下按钮、拨弄开关，希望能搞出点名堂之后，终于找到了一个正确开关。仪表板上有个小门弹开，露出一摞地图以及藏在下面的皮夹。皮夹的夹层里有张卡片写着“犹他税务局，机动车辆局”，下面还有一个名字“戴维·康洛伊”。戴维·康洛伊，犹他州曼萨德1634号，就是他们所在的地方，他拿给默萨蜜看，告诉她，他们住在康洛伊家。

可是这个谷仓门，西奥想，这门有点不对劲。为什么这样半掩着？难道是他忘了关？他确实是关了，他记得非常清楚。就在转着这些念头的时候，他听到了一个声音，一阵隐约的骚动声从谷仓里传来。

他整个人僵住了，强迫自己进入绝对静止的状态。过了好一会儿工夫，他什么声音也没听见，或许一切只是他的想象。

然后那声音又来了。

至少在谷仓里的东西还没发现他，如果是个病鬼，他只有一发子弹的机会。他可以回到屋子里，警告默萨蜜，可是他们又能到哪里去呢？最好的机会就是尽量利用出其不意的优势。他屏住呼吸，小心翼翼地给猎枪上膛，倾听第一颗子弹落入枪膛时的咔嗒声。谷仓深处传来轻轻的砰的一声，接着是近似人类叹息的声音。他把枪管往前靠在木门上，轻轻推开，就在这一瞬间，他的背后，从暗处传来一声低语。

“西奥，你在干吗？”

默萨蜜身穿长睡衣，一头长发披散肩头，宛如暗夜幽灵，在黎明将近的夜色里徘徊流连。西奥正要开口叫她后退，谷仓门就猝然开启，猛烈的力道撞上枪管，害他没立稳。他还来不及搞清楚发生了什么事，手里的枪就开火了，后坐力震得他往后倒，一条影子跳过他奔进院子。

“别开枪！”默萨蜜大喊。

是条狗。

那只小动物停在默萨蜜前面几米之处，下垂的尾巴夹在双腿间。它的毛很厚，银灰色中夹杂着黑色的斑点。站在默萨蜜面前像鞠躬似的，瘦伶伶的腿撑起身体，柔顺地垂着脖子，耳朵往后翻，贴在毛茸茸的肩上。它似乎不确定该看哪里，也不知道是该逃还是展开攻击，喉咙里传来低沉的咕噜声。

“小默，小心。”西奥警告说。

“我想它不会伤害我，对不对啊，小东西？”小默蹲下来，伸出手让那条狗闻，“你只是饿了，想去谷仓里找东西吃。对不对？”

这条狗站在西奥和默萨蜜之间，就算真有什么攻击举动，这把猎枪也无用武之地。西奥把枪在手里转了一圈，当成是根棍子，谨慎地往前踏进。

“放下枪。”默萨蜜说。

“小默——”

“我是认真的，西奥，”她对小狗笑了笑，手还是伸着，“我们让这个好心人看看你是只多乖的狗狗。过来吧，小东西，你想闻闻小默的手吗？”

小狗往前踏进一小步，接着又退开，然后又向前，那像黑纽扣的鼻子钻进默萨蜜张开的手掌里。西奥一语不发地看着小狗的脸贴在她的掌心，开始舔。小默马上就坐到地上，对着小狗咕咕哝哝的，搓着，搔着它的脸。

“看见没？”她大笑着，小狗愉快地摇着头，对着她的耳朵打了个水淋淋的大喷嚏，“它只是个小可爱呢，你叫什么名字啊，小东西？嗯？你有名字吗？”

西奥这才发现自己还扛着猎枪，准备随时开火。他放松下来，觉得有点不好意思。

默萨蜜蹙起眉头，谅解地瞥他一眼：“我相信他不会拿那个东西对付你的，你是个好家伙吗？”她对狗儿说，用力搔着它的毛，“你怎么说呀？你这个皮包骨，来吃点早餐如何？你觉得好不好啊？”

太阳已经爬到山冈上，夜色已尽，西奥明白，黑夜随着这条狗的出现而结束了。

“康洛伊。”他说。

默萨蜜看着他，狗儿舔着她的耳朵，口鼻用力搔着她，简直没有规矩。

“我们就叫它这个名字，”西奥解释说，“康洛伊。”

默萨蜜双手捧起狗儿的脸，搓着它的两颊。“是吗？你叫康洛伊吗？”她抓着它点点头，开怀大笑，“就是康洛伊。”

西奥不想让它进屋里，可是默萨蜜坚持要。门一打开，它就跳上楼梯，穿梭于每一个房间，仿佛它是这房子的主人，长长的趾爪兴奋地敲着地板。小默替它做了油煎马铃薯和鱼当早餐，装在碗里，摆在餐桌底下。康洛伊已经安稳地坐在沙发上，一听到瓷碗碰地的声音就立刻冲进厨房，把头埋进碗里，一面吃一面用鼻子把碗推着越过整个房间。小默又装了一碗水，像第一碗那样放好。康洛伊吃完早餐，喝完水之后，慢慢晃出厨房，回到沙发上的那个位置，满足地叹口气，舒舒服服地卧着。

狗儿康洛伊从哪儿来？它显然是有人养的，有人照顾它。它是很瘦没错，但还没瘦到营养不良的地步。虽然有很多虱子，狗毛也纠结成团，但除此之外它似乎没有什么健康问题。

“给浴缸装水，”小默发号施令，“如果它喜欢待在沙发上，那我得先帮它洗个澡。”

西奥在屋外起火烧水，等浴缸准备好，太阳也已高挂在院子上空了。冬天已在门外等候了，但这天中午天气还暖得可以卷起衬衫袖。西奥坐在一根木头上，看着小默替狗儿洗澡，用珍贵的肥皂搓洗它银白的皮毛，用手指尽量抓出虱子，挑掉脏东西。狗儿脸上一副备受屈辱的可怜样，仿佛在说：洗澡？这是谁的主意啊？小默洗完之后，西奥把它抱起来，一大团湿淋淋的东西，然后小默再一次跪下来——就连这样最简单的动作，她做来也是一天比一天困难——用毯子把它包起来。

“别一脸吃醋的样子嘛。”

“吃醋？我？”可她说得一点都没错，这正是他此时的感觉。康洛伊甩掉毯子，用力摇晃身体，把水珠甩得到处都是。

“你最好习惯吧。”小默说。

这倒是真的，宝宝不久就要来临了。她全身上下似乎全都放大了，因为体内的某个良性东西而肿起来，就连头发看起来也变多了。西奥以为她会为此而抱怨，结果她连一句怨言都没有。他看着她照顾狗儿，看着康洛伊终于乖乖地听任她用毯子擦干它，虽然已经太迟而且显然没有必要。西奥突然有一种深深庆幸的感觉，为一切的一切感到庆幸。在牢里的时候，他一心求死，甚至在那之前就已是如此，有部分的他这辈子始终与这样的念头奋斗。那些放弃生命的人，西奥了解那种吸引力，那种强烈如饥饿的渴望。交出自己的生命，踏进荒凉的暗黑地，这成为他所玩的一种游戏，明明已经是行尸走肉，却假装一天天过日子，愚弄每一个人，愚弄彼得。感觉越是糟糕，欺瞒就越是容易，直到最后，欺瞒成为支撑他活下去的唯一力量。那天下午，迈克在门廊上告诉他电池的事，他心中竟然有个念头：谢天谢地，终于结束了。

而今看看他，他已经重建了人生，更重要的是，他宛如被赐予了新生。

他们忙完一整天，与太阳一起歇息。康洛伊睡在床脚；小默和西奥像之前的每夜那样做爱，感觉到宝宝在他们之间踢动，持续不断、想引人注意的拍动很像某种密码。西奥一开始的时候觉得有点扰人，但没多久就习惯了。这全都只是新生活的一部分，宝宝在温暖的子宫里的拳打脚踢，默萨蜜轻轻的哭声以及他们动作的节奏，甚至此刻康洛伊睡在床脚翻身的声音。这是福分，西奥想，在睡意悄悄袭来的时候，他想到的就是这两个字。这个地方就是这两个字的化身：福分。

这时他想起了谷仓的门。

他知道他前一夜闩好了门，他的记忆清清楚楚的：他把铰链咿咿呀呀响的门拉上，扣上门闩，然后才走回屋里。

但如果真是如此，康洛伊是怎么跑进谷仓里的呢？

他即刻套上裤子，一手拿靴子，一手抓毛衣。一整天，他都在屋子里进进出出，却没做这件事。

他一次都没看看谷仓里面的情况。

“怎么了？”小默说，“西奥，怎么回事？”康洛伊也嗅到兴奋的味道，跳了起来，雀跃着绕着房间打转，长长的趾爪不停敲着。

他从门边抓起猎枪：“留在这里。”

他想要康洛伊留下来陪小默，但是狗儿不依。西奥打开前门，康洛伊跑进院子里。同一天里的第二次，西奥悄悄走向谷仓，猎枪的枪托紧紧压在肩膀上。门还是开着的，就像他们早先离开时那样。康洛伊领头冲进去，消失在漆黑之中。

他轻手轻脚穿门而入，举起猎枪，随时准备开火，他听得见狗儿在黑暗中移动，嗅闻地面的声音。

“康洛伊？”他轻声说，“怎么了？”

等眼睛适应之后，他看见狗儿在停放那辆富豪车旁边的空地上打转。柴堆旁边的地面上有盏提灯，是西奥几天前留在那里的。他把猎枪靠在腿边，蹲下来，点亮灯芯。他听见康洛伊找到东西的声音，在土里找到东西了。

是个罐头，西奥抓着翻头卷的罐盖边缘拿起来，有人用刀开了罐头。罐子里还湿湿的，飘着肉味。西奥把提灯举得更高一些，让光线照亮一圈地面。他看见了脚印，是人类的脚印，在尘土里。

有人来过这里。

42

是博士，是博士救了她，到了最后，也是博士让蕾西知道自己能给他带来一点小小的安慰。

说来奇怪，岁月竟然对蕾西的记忆造成如许的影响，对很久很久以前那一夜的种种记忆，对一切故事开端的记忆——惨叫与烟雾，濒死的人的叫喊以及死人。无尽的夜宛如黑暗的浪潮席卷世界。有时候这些事情清清楚楚地在她心头，仿佛不是数十载，而只是几天前发生的事；但在其他时候，她所看见的画面、所感受到的感觉都很模糊、疑惑与遥远，宛如一片片稻草碎渣漂泊在宽阔汹涌的时间之河，而她也在那条河上随波逐流，漂流过一年又一年。

她记得那个卡特，她从华格斯特的车上跳下来，呐喊挥手的时候，来到她面前的是卡特。是卡特响应了她的呼唤，飞扑到她面前，宛如一只巨大哀伤的鸟，从天而降。**我……是……卡特**。他和其他人不一样，她看得出来，在他变成的庞然怪物外形里，他对自己所做的一切并无欢喜之情，他的心已经在里面碎裂了。他们四周一团混乱，惨叫、枪火与烟雾，许多人从她身边飞奔而过。呐喊、开枪、垂死，他们的命运早在世界创造的那一刻就已注定，但是对蕾西来说一切却已不复存在，因为就在卡特的嘴巴碰上她的脖子，让她的心跳声与他合而为一的那个瞬间，她感觉到了他所有的痛苦与迷惑，他漫长人生的悲哀故事。路桥底下那用破布卷成的铺盖，他长途跋涉皮肤上的汗与尘土；那辆车头格栅闪亮如晶亮宝石的大车停在他身边，那女人的嗓音，在喧嚣声中喊他过去；那刚割过的草地的草香，冰茶渗着水珠的冰凉；那水的吸引力，那女人，蕾秋·伍德的双臂紧紧抓着他，把他往水里拉，让他一直沉下去，一直沉下去。蕾西心里体会到他的一生，他那渺小的人的一生，那女人是他一生中最爱的人，而她的魂魄还在他心里萦绕，挥之不去，因为蕾西也感觉到了。就在他的牙齿咬进她曲线柔美的脖子，蕾西闻到他呼出的热气时，她突然听见自己的声音从前尘往事中浮现，说：**上帝保佑你，上帝保佑你，眷顾你，卡特先生。**

然后他就走了，她躺在地上流血，随着时间过去，她的病也发作了。从他身上传递来的东西已经产生作用了，她知道。蕾西闭上眼睛，祈求征兆出现，但是没有征兆。就像当年躺在士兵遗弃她之后的那片野地上，在她还是个小女孩的时候。在那黑暗的时刻，上帝似乎已经遗忘了她；但是，随着黎明破晓，开阔的天空在她眼前出现，静寂之中出现了一个身影。她听见他轻轻的脚步踏过步道而来，她闻到他皮肤与头发上的烟味。她想开口，却说不出话来；那人对她说话，没告诉她他叫什么名字。他默默地抱起她，像抱个孩子似的。蕾西想，这就是上帝本人，来带她回到他在天堂的家园。他的眼睛笼罩阴影，头发宛如深色的头冠，蓬乱但美丽，和他脸上那浓密的灰色胡子一样。他抱着她穿过冒烟的废墟，她看见他在落泪。那是上帝之泪，蕾西想，好想伸出手去抚摸他的泪。她从没想过上帝也会哭，但她的想法当然是错的。上帝不时垂泪，他会一直哭，一直哭，永不停止。一股筋疲力尽的安详宁静袭上心头，她睡着了，她不记得接下来发生的事。但是等一切结束，病也好了，她睁开眼睛，知道他做了什么：他救了她一命。她终于找到寻觅艾美的方法，她终于找到了。

蕾西，她听见，**听好了。**

她听，她仔细聆听，那声音宛如水面的微风，宛如血液的流淌，从她身上轻拂而过，在四面八方，在所有地方同时响起。

听他们的声音，蕾西，听他们每一个人的声音。

这也就是蕾西这么多年来始终等待的，她，蕾西·安东尼特·库杜托修女，以及那个抱着她穿过森林的人。结果那人并不是上帝，而是人，一个活生生的人。这位好心的博士——她一想到他就想到这个名字，这是她在心里悄悄为他取的名字，虽然他的本名是乔纳斯·黎尔，他是世间最悲伤的人。他俩一起在这片林地盖了蕾西迄今仍在居住的房子，比起蕾西回忆中的年少时期坐落在红土地与泥土路上的那些小棚屋大不了多少，但是盖得更坚固，也能住得更久。博士有一回告诉她，他以前也盖过一幢房子，在缅因州森林湖畔的一幢木屋。他是和伊丽莎白一起盖的，他那位死去的妻子。他没说她死了，但他根本不必说。那片废弃的营地资源丰富，等待他们去采集。他们从度假农庄烧毁的废墟中运来原木，然后在储藏仓库里找到榔头、锯子、刨子和钉子，以及一桶桶水泥与搅拌器，让他们可以铺设房子的地基，同时也用来黏合两人搬来的石头，砌起一座壁炉。整个夏天，他们忙着拆掉旧营舍的屋顶木瓦，却发现木瓦漏水，因为填补接缝的沥青有太多地方破损了。最后他们只好在上面铺草皮，用泥土和青草当屋顶。那里也有很多枪，成百上千的枪，各式各样的枪。要收拾这么多枪可不容易，有一段时间，他们整天忙的就是拆解士兵的佩枪，到最后，这些枪变成了一堆螺帽、螺栓和油腻腻的金属碎片，堆得像座山，连埋都不必埋。

他离开过她一次，他们在山里度过的第三个夏天，他离开去找种子。他带着一把来复枪，以及粮食、燃料和他需要的其他补给品，全装进他为这趟旅程所准备的小货卡里。三天，他说，可是整整两个星期之后，蕾西才听见那辆小货卡轰隆隆开上山的引擎声。他下车来，脸上那绝望的表情让她知道，他能活着回到这里，只因为一心渴求再回到她身边。他说他一直开到大强克森才决定掉头。车上装载了一袋袋他答应要带回来的种子。那天晚上，他点亮炉火，一语不发地坐在壁炉旁边凝望火焰，沉默得可怕，沉默得宛如身在荒原漠野。她从未在任何人眼中看过这样的伤痛，尽管知道自己无法为他抹去哀痛，但那夜她还是迎上前去，说她相信自此而后，他俩应该一起过着夫妻生活，完完全全的夫妻生活。献给他这样的爱，这样浅尝即止的宽恕，似乎微不足道，但是在这一刻自然而然来临之际，她明白，她所付出的爱其实也正是她所追求的爱。这是她旅途的终点，从童年时期在野地里展开的旅程，在这么多年之后终于走到了终点。

他没再离开。

这么多年来，她用她的身体爱他，她那不曾沾惹岁月痕迹的身体。她爱他，而他也爱她，用各自的方式相爱，在他们的山里遗世独立，相依相守。这些年来，死亡慢慢地找上他，先是某个部分，接着又是另一部分，悄悄啮咬边缘外表，接着更加深入，他的眼睛和头发，他的牙齿和皮肤，他的腿、心脏和肺……好多好多个日子，蕾西一心希望自己这样死去，让他不必独自走完最后的旅程。

有天早上她在园子里工作，突然感觉到他不在了。她进到屋里，然后又到树林里，呼唤他的名字。当时是仲夏，空气清新，阳光宛如金色的小雨从枝叶间洒落。他选择了一个林木稀疏的地方，天空开阔，可以眺望山谷以及更远处连绵起伏的山脉，宛如一片平静的汪洋，逐渐融入蓝色的地平线。他弯腰拿着一把铲子，气喘吁吁。他已经是个老人了，面色如灰，虚弱多病，然而他还是在地上挖了个洞。这洞是干什么的？她问他。他说，这是给我自己的。等我走的时候，你就不必替我挖洞了，趁着夏天赶紧把洞挖好。那天一整个白天直到傍晚，他都在挖洞，用那把小铲子挖土，不时停下来喘口气。她站在空地边缘看着，因为他不肯让她帮忙。等洞挖到让人满意的大小之后，他回到他们住了许多年的房子里，躺在他亲手用厚重原木与长长的布绳制成，他俩睡出两个凹陷身形的床上。到了早上，他就死了。

多久以前的事了？蕾西停了下来，艾美和那个年轻人——彼得——瞪大眼睛从房间对过看着她。多么奇怪啊，经过这么久之后，说起这些故事，说起乔纳斯，说起那恐怖的一夜，在这个地方所发生的一切。她拨了拨火，把一只锅子放到架子上去热。屋里只有两间天花板低矮的房间，用布帘隔开，飘散着温暖的香味，有熊熊的火光照亮。

五十四年。她说，回答自己提出的问题。她又对自己说了一次。五十四年，乔纳斯离她而去已经五十四年了。她搅拌锅子，这锅炖菜里什么东西都有，有她用陷阱捕到的一只肥负鼠的肉，丰美的各式蔬菜，以及她特地为冬季贮存的耐久储块茎。架上罐子里搁着的是她每年都要用到的种子，是用乔纳斯那年一袋袋扛回来的种子繁殖而成的。青瓜、番茄、马铃薯、节瓜、洋葱、芜菁、莴苣，她的需求不多，冬天对她没什么影响，她经常好几天，甚至好几个星期不吃东西，可是彼得应该饿了。他和她想象的一模一样，年轻力壮，有张坚毅的脸，虽然她原本以为他的个子会再高一些。

她发现他蹙眉看着她。

"你就这样一个人过了……五十年？"

她耸耸肩："其实也并不算太久。"

"信号是你发送的？"

信号，她差不多都忘了，可是他当然会问起这事。"哦，是博士弄的。"像这样谈起他，让蕾西格外想念他。她转开视线，不再搅拌锅子，用抹布擦了擦双手，从餐桌上拿起碗。"这类事情，他整天敲敲打打的。不过我们还有很多时间可以聊，先来吃饭吧。"

她给他们盛炖菜，她很高兴看见彼得尽兴地吃，虽然她看得出来艾美只是假装吃。蕾西自己一点胃口也没有，每回到了该吃饭的时候，蕾西并不觉得饿，只微微有种奇怪的感觉。她的心以漫不经心的态度对自己说话，仿佛谈的只是今天天气如何或现在几点之类的闲话：**吃点东西也不错。**

她心怀感激地坐在那里看他，屋外，夜色已笼罩山间。她不知道自己是不是还会见到另一个黑夜，她很快就要自由了。

吃完之后，她站起来离开餐桌，走进卧室。这狭小的空间几乎没有任何家具，只有博士做的床，以及用来摆几件需要的东西的柜子，箱子摆在床底下。彼得站在垂着布帘的门口，默默地看她跪在地上拖出箱子，是两个带锁的军用箱子，以前是用来装枪的，艾美来到他背后，用好奇的眼神看着。

"帮我把这个拿到厨房去。"她说。

眼前这一刻她已经想象多少年了！他们把箱子摆在餐桌旁边的地板上。蕾西再次跪下来，打开第一个箱子的锁扣，这是她替艾美收藏的箱子。里面有艾美的背包，就是她背到修女院去的那个背包。

"这是你的。"她把背包摆在餐桌上说。

有那么一会儿，女孩就只是瞪着背包看，然后，她小心翼翼地拉开拉链，掏出里面的东西——一把牙刷；一件因为年代久远而显得松垮的小衬衫，胸前用亮晶晶的亮片镶着 SASSY；一条破旧的牛仔裤；最底下是一只黄褐色棉绒材质的填充兔子，穿着一件浅蓝色外套，布料都磨损了，一只耳朵也掉了，露出一圈铁丝。

“衣服是克莱儿修女买的，”蕾西说，“可是我想艾涅特修女并不赞成。”

艾美把其他东西都摆在一旁，但手里还抓着那只兔子，盯着它的脸看。

“你的那些修女姐妹，”艾美说，“但不是……真的姐妹。”

蕾西在她面前坐下：“没错，艾美，我就是这么对你说的。”

“我们在上帝眼中是姐妹。”

艾美再次垂下眼睛，拇指搓着兔子。

“他把兔子带来给我，在病房的时候，我记得他的声音，叫我醒来，可是我没办法回答他。”

蕾西注意到彼得的眼睛牢牢看着她们。

“是谁，艾美？”她问。

“华格斯特，”她的声音很遥远，迷失在往事之中，“他告诉我伊娃的事。”

“伊娃？”

“她死了，他整颗心都给了她。”女孩的眼睛再次迎上蕾西，用力地眯了起来，“你也在那里，我想起来了。”

“是的，我也在。”

“还有另一个人。”

蕾西点点头：“铎伊探员。”

艾美整个眉头都皱了起来：“我不喜欢他，他以为我喜欢，可是我不喜欢。”她闭上眼睛回想，“我们在车里，我们坐在车里，后来车停了。”她睁开眼睛，“你在流血，你为什么流血？”

蕾西已经差不多都忘了，和其他事情比起来，这似乎微不足道，故事的这个部分不值一提。“老实告诉你吧，我自己也不知道！可是我想我大概是被某个士兵开枪打伤的吧。”

“你跳下车，你为什么那样做？”

“为了在这里等你啊，艾美，”她回答说，“这样你回来的时候，这里才会有人啊。”

又一阵沉默，女孩像摸着护身符那样不停用手指抚摸兔子。

“他们好悲伤，他们做着好恐怖的梦，我一直听见他们的声音。”

“你听见什么，艾美？”

“**我是谁，我是谁，我是谁**？他们一直问一直问，可是我没办法告诉他们。”

蕾西捧起女孩的下巴，她的眼睛闪着泪光：“你会知道的，等时候到了你就会知道的。”

她们就这样沉默了好长一段时间，蕾西的心迎向艾美，她感受到艾美的忧伤与孤独，但也感受到她的勇气。

她转头看彼得，他不爱艾美，不像华格斯特那么爱，但他是响应信号的人。无论听到信号带她回来的是谁，都必定是挺身支持她的人。

她弯腰打开第二个箱子，里面是泛黄的马尼拉纸信封，经过这么多年之后还隐隐带着烟味。这是博士从火舌吞噬的农舍地下室里抢救回来的。应该要有人知道的，他当时说。

她抽出第一份档案，放在他面前的餐桌上，第一页写着：

EXORD13292　绝密

布莱德·华格斯特经手

入院档案　CT3

一号对象　吉尔斯·巴柏寇克

“你应该知道这世界是怎么变成今天这样的。”蕾西修女说，她翻开档案。

43

他们穿过暮色往前奔驰，一行五人，艾莉希亚领头。众鬼行经的路径形同遭遇过一场浩劫，雪地足迹凌乱不堪，树枝断裂，地面散落着残骸碎片。随着一公里一公里的推进，破坏的程度似乎变得更深，范围也变得更广，仿佛有更多生物被召唤出野性，加入同类的行列之中。雪地上到处可见血迹，是无助的动物，不管是鹿是兔子还是松鼠，都在迅雷不及掩耳中丧失了生命。痕迹还很新，不到十二个小时，他们很可能在前方某处，在树荫深处，在崎岖的岩架下，甚至就在雪地底下，等待白昼逝去。一大群的病鬼，成千上万的病鬼。

暮色接近前，他们被迫要做选择：是要循着病鬼前进的方向直接上山，这是最短的一条路径，但也会让他们直闯入病鬼大军的中心；还是要转而向北，再次回到河边，绕道西方前进。迈克骑在马上，看着艾莉希亚和格瑞尔商议。霍里斯和莎拉在他们旁边，来复枪搁在膝上，连帽大衣直扣到颔下。天冷得锥心刺骨，风吹过冰冻的土地宛如连串爆响的静电，在广袤无垠的静寂之中，任何一点声音都被放大。

“我们往北走，”艾莉希亚宣布，“全神留意。”

他们没讨论过谁要一起来的问题，唯一的意外是格瑞尔。他们四人上马准备离开时，他也跃上马背和他们一道走，没有多加解释，只把指挥权交给尤斯塔斯。迈克很好奇如此一来他们是不是就得接受格瑞尔的指挥，但是一越过山脊，少校就从马背上转头对艾莉希亚说：“全看你的，少尉。都听清楚了，各位？”众人都说听清楚了，于是就此敲定了。

他们骑马前进，夜晚降临时，迈克听见前方有河流轻快的流淌声。他们钻出森林，来到河的南岸，然后转向东方，利用河流指引他们穿过这深浓的夜色。他们紧紧排成一排，艾莉希亚领头，格瑞尔押后。偶尔会有匹马绊一下，或艾莉希亚会停下来，做手势要他们等一下，竖耳倾听，扫视林木暗黑的轮廓，然后他们继续前进。一连好几个钟头，没有人开口说半句话，今夜甚至连月亮都没有。

这时，一道银光从山冈上升起，山谷在他们眼前展开。东边是绵延的山脉，衬着星光点点的天空；前方是某种建筑构造，庞大的黑色神秘物体，等接近之后才发现那是一座桥，跨越结冰阻滞的河流，连接两岸的水泥码头。艾莉希亚下马，跪到地上。

"两组足迹，"她用来复枪指着说，"从桥的另一边过来。"

他们开始上山。

没过多久他们就找到了那匹马，格瑞尔肯定地点点头，确认这是彼得和艾美骑走的那匹阉马。他们下马，站在那匹死去的马旁边，它的喉部被扯开，一片鲜红血泊，身体侧躺在雪地上，僵硬紧缩。它不知是怎么过河的，很可能是跨过浅水处过来的吧，他们看见它最后惊恐的散乱蹄印从西方过来。

莎拉跪下来摸摸马身。

"它还是暖的。"她说。

没有人说话，黎明就快来了，东方的天空已开始泛白。

44

他们是罪犯。

彼得放下最后一份档案，揉着酸痛的眼睛时，这一夜已经差不多过完了。艾美早就睡着了，蜷缩在床上的毯子里。蕾西从厨房里搬了一把椅子，坐在她旁边。彼得翻着档案，或站起来把档案放回箱子里，再拿一本，或想尽办法把这些故事串起来的时候，不时听到睡在布帘后面的艾美呢喃。

有一会儿，在艾美上床睡觉之后，蕾西和他一起坐在餐桌旁，为他说明他搞不懂的东西。档案很厚，载满数据，讲的全是他一点概念都没有，没见过也没住过的世界。然而，经过几个钟头的努力，在蕾西的协助之下，整个故事开始在他心中浮现出来。里面也有照片：成年男子，脸孔浮肿疲惫，眼睛直视前方，茫然无神。有些把牌子举在胸前，或像项链那样戴在脖子上，有块板子上印着“得州刑事司法部”。另一块牌子写的是“路易斯安那州矫治部”。肯塔基、佛罗里达、怀俄明和特拉华。有些板子上连名字都没有，只有号码。还有几个连牌子都没有。他们的肤色有黑有白有褐，身材有胖有瘦，然而他们脸上那种麻木顺从的表情，全都一模一样，他看着：

第十二号对象，安东尼·L. 卡特。一九八五年九月十二日生于得州休斯敦，二〇一三年在得州哈里斯县因一级谋杀罪判处死刑。

第十一号对象，威廉·J. 雷恩哈特。一九八七年四月九日生于密苏里州杰斐逊市，二〇一二年在佛罗里达州迈阿密达德县因三桩一级谋杀与加重性侵罪判处死刑。

第十号对象，胡立欧·A. 马丁内兹。一九九一年五月三日生于得州埃尔帕索，二〇一一年在怀俄明州拉洛密县因谋杀治安官判处死刑。

第九号对象，霍拉西·D. 蓝布莱特。一九九二年十月十九日生于南达科他州欧格拉拉，二〇一四年在亚利桑那州马利柯帕县因两桩一级谋杀与加重性侵罪判处死刑。

第八号对象，马丁·S. 艾珂。一九八四年六月十五日生于华盛顿州艾佛瑞特，二〇一二年在路易斯安那州喀麦隆帕里许因一级谋杀与持械抢劫判处死刑。

第七号对象，鲁伯特·I. 索萨。一九八九年八月二十二日生于俄克拉何马州塔尔萨，二〇〇九年在印第安纳州雷克县因车祸漠视人命致死谋杀罪判处死刑。

第六号对象，戴维·D. 温斯顿。一九九四年四月一日生于明尼苏达州布卢明代尔，二〇一四年在特拉华州纽卡斯尔县因一桩一级谋杀与三桩加重性侵罪判处死刑。

第五号对象，沙德斯·R. 杜瑞尔。一九九〇年十二月二十六日生于路易斯安那州新奥尔良，二〇一四年在新奥尔良联邦住宅安置区因谋杀家庭保安官判处死刑。

第四号对象，约翰·T. 巴菲斯。一九九二年二月十二日生于佛罗里达州奥兰多，二〇一〇年在佛罗里达州帕斯可县因一桩一级谋杀与一桩漠视人命二级谋杀罪判处死刑。

第三号对象，维克多·Y. 查维兹。一九九五年七月五日生于纽约州尼亚加拉瀑布，二〇一二年在内华达州艾尔柯县因一桩一级谋杀与两桩加重性侵害罪判处死刑。

第二号对象，约瑟夫·P. 莫里森。一九九二年二月九日出生于肯塔基州黑溪，二〇一三年在肯塔基州留易士县因一级谋杀罪判处死刑。

然后，最后一个：

第一号对象，吉尔斯·J. 巴柏寇克。一九九四年出生于内华达州沙漠井，二〇一三年在内华达州奈伊镇因一级谋杀罪判处死刑。

巴柏寇克，他想，沙漠井。

他们总是会回家。

艾美的档案比其他人的薄，标签写着："第十三号对象，艾美NLN。田纳西州慈悲修女院。"身高、体重、发色，还有一连串数字，彼得猜测是医疗数据，和迈克在她脖子里找到的那个芯片记载的数据类似。在这一页上夹了一张小女孩的照片，大概不到六岁，和迈克预期的差不多。艾美瘦伶伶的，坐在一张木头椅子上，深色的头发围裹着脸。彼得从没看过他真正认识的人的照片，有那么一会儿，他很难理解照片上的小女孩就是躺在隔壁睡觉的那个人，可是毋庸置疑，那双眼睛就是艾美的眼睛。**看见没？**她的眼睛仿佛在说，**你以为我是谁？**

他找到布莱德·华格斯特的档案，可是没有照片。那一页顶端有个生锈的痕迹，显示原本是夹着照片的，可是就算没有照片，彼得也可以在心中描绘出这个人的模样。如果蕾西说得没错，他就是带那十二个人到营区来的人，艾美也是他带来的。一个高大、精壮的男子，有着深邃的眼睛，逐渐变灰的头发以及一双很能干活的大手；一张温和但忧烦的脸，在表面之下有着蠢蠢欲动、几乎难以克制的情绪。根据档案记载，华格斯特结过婚，有个孩子，但是那个名叫伊娃的女儿已经夭折了。彼得很想知道，是不是因为这样，华格斯特最后才决定帮艾美，他的直觉告诉他一定是这样。

不过，真正让他更了解整件事情的是最后一份档案。一个名叫柯尔的人写给美国陆军特殊武器部席克斯上校的报告，谈到黎尔博士的工作和所谓的"诺亚计划"。此外还有第二份文件，是在五年之后，下令将十二个人体实验对象从科罗拉多州的特柳赖德移往新墨西哥州的白沙市，进行"作战测试"。彼得花了好一会儿工夫才搞懂里面的细节，至少大部分搞懂了，因为他知道作战是什么意思。

这么多年以来，他想，大家都在等待军队回来，结果这一切竟然是军方铸成的。

他放下最后一份档案的时候，听见蕾西起身的声音。她穿过门帘，停在门口。

“那么，你读完了？”

随着她的这句话，他突然感到一阵疲惫袭来。蕾西重新把火拨旺，在餐桌对面坐下来，他指着桌上那一摞文件。

“真的是他造成的？那位博士？”

“是的，”她点点头，“还有其他人。不过，的确是他做的。”

“他说过为什么吗？”

在她背后，刚添进炉里的木柴发出轻轻的噼啪声，火光照亮了整个房间。“我想是因为他做得到吧，大家做很多事情都是基于这样的原因。他不是个坏人，彼得，这不完全是他的错，虽然他认为是。好多次我问他，你认为世界会只因为某个人的缘故而毁灭吗？当然不会，可是他从来不相信我说的。”她对着桌上的档案轻轻点头，“他留下这些给你，你知道的。”

“我？他怎么可能留下这些东西给我？”

“给回到这里来的任何一个人，让他们知道发生了什么事。”

他默默坐着，不确定该说什么。艾莉希亚有件事说对了：他这一辈子，打从踏出庇护所以来，就不停地问，这世界为什么会变成现在这样？但是知道真相也无济于事。

艾美那只填充兔子还摆在桌上，他拿了起来：“你想她记得吗？”

“他们对她做的事？我不知道，她可能记得。”

“不，我指的是以前，她还是个小女孩的时候，”他在脑海里搜寻适当的词语，“还是个人的时候。”

“我想她始终是人。”

他等着蕾西说得更明白一些，但是她没有，于是他放下兔子。

“长生不老是什么感觉？”

她突然笑起来：“我不认为我会长生不老。”

“可是他给你病毒了，你就像她，像艾美一样。”

“没有人能像艾美一样，彼得，”她耸耸肩，“可是如果你问我，在乔纳斯过世之后这么多年一个人生活的感觉，我会说很寂寞，出乎我意料的寂寞。”

“你很想他，对吗？”

话一出口，他就后悔了。哀凄掠过她的脸，宛如一只鸟影飞过田野。

“对不起，我不是有意……”

可是她摇摇头：“不，你这么问绝对没关系的。只是过了这么多年之后，要这样谈起他真的很难。不过我的答案是对，我很想他。我想，能被想念其实是很美好的，像我这样想他。”

有那么一晌，他们两人就这样静静坐着，沉浸在柴薪的火光里。彼得很想知道艾莉希亚是不是想念他，想知道她现在人在哪里。他不知道自己是不是还能见到她，或再见到他们任何一个人。

“我不知道……我在干吗，蕾西，”最后他说，“我不知道这一切和我有什么关系。”

“你在这里找到你的方向，这很重要，这是一个开始。”

“那么艾美呢？”

“艾美怎么样，彼得？”

可是他不确定自己想问什么，他的问题是：艾美会怎么样？

“我想……”他叹口气，转开目光，望向艾美睡觉的那个房间，“听我说，我也不知道我在想什么。”

“想你可以打败他们？想你可以在这里找到答案？”

“没错，”他把目光转回到蕾西身上，“在此刻之前，我甚至不知道我自己有这样的想法。可是，没错。”

蕾西显然在打量他，虽然她到底在打量什么，彼得说不上来。他寻思，他看起来是不是疯了，八成是吧。

“告诉我，彼得，你听过诺亚的故事吗？不是‘诺亚计划’的诺亚，是那个叫诺亚的人。”

他没听过这个名字：“我想没有。”

“这是个古老的故事，真实的故事，我想对你应该会有些帮助。”蕾西微微起身，一张脸突然充满生气，“是这样的，上帝要一个名叫诺亚的人建造一艘很大的船，这是很久以前的事了。为什么我要建一艘船啊？诺亚问，今天天气很好，我有好多活儿要做。因为这世界变得越来越邪恶了。上帝说：我打算用大洪水毁灭这世界，淹死所有的生物。可是你，诺亚，你是这一代里最正直的人，我要拯救你和你的家人，只要你遵照我的吩咐，建好这艘船，同时载走每一种动物中的两只。你知道诺亚怎么做吗，彼得？”

“他造了船！”

她眼睛睁得大大的：“他当然造了船！可并不是马上。你看，这就是这个故事最有意思的部分。如果诺亚就只是遵照嘱咐去做，这个故事就一点意义都没有了。不，他很担心别人会取笑他。他很怕造了船，结果洪水没来，让他变成大傻瓜一个。上帝在测试他，你知道，要看看是不是有人能让这世界值得拯救，想看看诺亚是不是能承担这个工作。最后，诺亚做了，他造了船，然后天堂开启，洪水淹没世界。很长一段时间，诺亚和他的家人在水上漂流。他们似乎已被遗忘，是有人和他们开了一个可怕的玩笑，但是在许多日子之后，上帝想起了诺亚，派一只鸽子带领他们到干土地上，于是世界重生了。”她满足地轻轻拍手，“就这样，你明白吗？”

他不明白，一点都不明白。这让他想起以前围坐在一起听教师读的寓言，总是有着教训的动物故事。听起来挺好听的，而且寓意大概也是正确的，但是结局总是太过简单，是给小孩听的东西。

“你不相信我？没关系，有一天你会相信的。”

“我不是不相信你，”彼得勉强说，“对不起，这只是……只是个故事。”

“大概吧，”她耸耸肩，“或许有一天也有人会这么说你的故事，彼得，你觉得呢？”

他不知道，时间太晚了，或者太早，因为夜色已经离开了。除了已经知道的事实之外，他比昨夜还迷惑不解。

“那么，这样说来，”他说，“如果我应该是诺亚，那艾美又该是谁？”

蕾西一脸难以置信的样子，简直要笑出来：“彼得，你真的让我很惊讶呢，或许是我没把故事讲清楚。”

“不，你讲得很清楚，”他要她放心，“我只是不懂罢了。”

她在椅子里往前倾身，再次露出微笑——诡异又悲伤的微笑，充满信念的微笑。

“是那艘船，彼得，”蕾西说，“艾美就是那艘船。”

彼得还在努力想搞清楚这个神秘的回答，蕾西突然就惊慌起来。她猛然皱起眉头，目光兜着房间打转。

“蕾西，怎么了？”

可是她却好像没听见他说的话，迅速离开餐桌。

“我拖得太久了，恐怕是。天就快亮了，快点把她叫醒，收拾你的东西。”

彼得吓了一跳，他的心思还在这一夜离奇的浪涛中泅泳：“我们要走了？”

他一起身就发现艾美站在卧房门口，披着一头凌乱黑发，门帘在她背后飘荡。无论影响了蕾西的是什么，也都影响了艾美，她脸上有种悚然急迫的神情。

“蕾西……”艾美说。

“我知道，他会设法赶在天亮之前来到这里，”蕾西披上斗篷，再一次用那坚决的目光看着彼得，“快点。”

夜晚的祥和宁静瞬间瓦解，取而代之的是让他几乎喘不过气来的紧迫感：“蕾西，你说的是谁？谁要来？”

但是这时他望着艾美，心中便已了然。

巴柏寇克。

巴柏寇克来了。

“快点，彼得。”

“蕾西，你不了解，”他觉得浑身乏力，无法动弹，他没有任何东西可以拿来战斗，连一把刀都没有，“我们完全没有武器，我看不出来我们能怎么办。”

“有比枪和刀更有用的武器，”蕾西说，她脸上毫无惧色，只有使命感，“你是该去看看了。”

“看什么？”

“看你要来找的东西，”蕾西说，“那条通道。”

45

彼得置身黑暗中，蕾西领着他们离开房子，踏进树林。强劲的寒风吹过林木，掀起鬼魂似的呻吟。一弯明月已经升起，大地沐浴在抖颤的银光里，树影在他周遭晃动摇摆。他们爬上山脊，又走下另一个山坡。这里的积雪很深，一堆堆的雪有着冻结成冰的坚硬外壳。他们现在是在山的南侧，彼得听到下方有河流的声音。

他还没看见之前先感觉到了一个广大的空间在他面前敞开，山不见了。他反射动作似的伸手抓艾美，可是她不在身边。随处都可能是山崖，只要踏错一步，黑暗就会吞噬他。

"这边，"蕾西在前面叫他，"快点，快点。"

他跟着她的声音走，他以为是陡峭深渊的地方原来只是一块向下倾斜的岩石，虽然很陡，但还是可以通行。艾美已经沿着扭曲的小径往下走，他吸一口冰寒的空气，赶走内心的恐惧，跟上她的脚步。

小径变得更窄了，和山壁平行一路下行，宛如悬在岩壁上的墙道。他左边是一大片岩壁，在月光映照下冰晶闪烁，右边则是黑暗深渊，无边无际。光是看着那片无底深渊都会失神，所以他眼睛直视前方。那两个女子脚步迅捷，身影在他视线的边缘跃动。蕾西要带他们去哪里呢？她说的武器又是什么？他又听见河流的声音了，在远远的下方。头顶上，星星闪着纯净明亮的光芒，宛如一块块碎冰。

他转过一个岩壁，停了下来，蕾西和艾美站在山壁上一个很大的管状开口前面。那个洞口的高度差不多和他的身高一样高，里面则是一团漆黑，看不出深度。

"这边。"蕾西说。

两步，三步，四步，黑暗包围了他，蕾西领着他们踏进山里面。

他想起外套里的那盒火柴，于是停下脚步，用冻得失去感觉的手指在寒风中笨拙地划亮一根，但是刚点亮，灌进来的风马上就把火焰吹熄了。

蕾西的声音在前面响起："快点，彼得。"

他一小步一小步地走向前，每一步都仰赖着信心往前走，然后他感觉到有只手搭在他的手臂上，一股稳稳的压力，是艾美。

"停。"

他什么都看不见，虽然寒意深重，但是他在连帽大衣里面的身体却开始冒汗。蕾西呢？他转身，想找寻入口来指引方向，但这时他背后却传来尖锐的金属声，以及门敞开的声音。

突然之间，光明大放。

他们在一条长长的走廊上，是在山里挖出的一条走廊。墙上一排排的管子和金属导管，和入口相连的墙面上有一个断电器面板，蕾西就站在面板前面。这房间靠着高挂在顶上的一整排荧光灯照明。

"这里有电？"

"电池，博士教我怎么弄的。"

"没有电池可以维持这么久的。"

"这些电池……不一样。"

蕾西关上厚重的门。

"他说这里是第五层，我带你们看看，请过来吧。"

走廊通向一个宽敞的空间，黑黢黢的，蕾西走到墙边去找开关。透过被雪浸湿的靴底，彼得感觉到地上有某种嗡嗡作响的机器在运作。

灯嗡的一声亮了起来。

这房间看来像是某种疗养所，弥漫着废弃的味道。轮床、又高又长的柜台，以及摆在台面上布满灰尘的仪器——酒精灯、烧杯、铬钢盆，都因岁月而变得暗淡，摆在托盘里的针筒还原封不动地封在塑料包装里。一长条有锈渍的布上，摆了一长排探针与解剖刀。靠房间后侧，在一堆导管里的，是一个电池槽。

如果你们找到她，请带她来。

就是这里，彼得想，不只是这座山，而是这里，这个房间。

这里是什么地方呢？

蕾西走向一个很像衣柜的铁柜，闩在墙面上。柜面有个把手，旁边是个号码锁。他看着蕾西输入一串号码，然后砰的一声拉开把手。

他原本以为柜子是空的，然后才看见，底下的那一层架子上有个金属盒。蕾西拿出来交给他。

那盒子小得可以摆进掌心，而且出乎意料的轻，外表看起来全无接缝，但是有个闩锁，旁边一个小小的按钮，大小和他的拇指恰恰相符。彼得一压，盒子马上就一分为二，变成大小完全相同的两部分。里面，包覆在泡棉里的是两排小小的玻璃瓶，装着闪亮的绿色液体。他数了数，总共十一瓶，摆放第十二瓶的那个空格没有瓶子。

“这是仅剩的病毒，”蕾西说，“是他给艾美的那种病毒，他用她的血做的。”

他看着她的脸，希望找出真相，可他早就知道真相了，不仅如此，他感觉到了真相。

“空的那一格，那是你，对不对？黎尔给你了。”

蕾西点点头：“我相信是这样。”

他盖上盒盖，随着结结实实的咔嗒一声，盒子被关得严严的。他拿下肩上的背包，取出一条毯子把盒子包好，然后放进背包里。他从柜台上拿了一把密封的针筒，也塞进背包里。他们最好的机会就是在这里待到天亮，然后下山。之后，他也不知道该怎么办，他转头面对艾美。

“我们有多少时间？”

她摇摇头：“不太多，他很接近了。”

“他能穿过那道门吗，蕾西？”

蕾西没回答。

“蕾西？”

“我希望他可以。”她说。

他们来到旷野，高悬在河流上方的野地。彼得和艾美的足迹已经消失了，被狂吹的风雪掩住了。艾莉希亚骑在前面。现在应该已经天亮了，迈克想，可是极目望去，依旧是一片灰蒙蒙的，掩住了他们似乎已经一路骑了好几个钟头的痕迹。

“他们到底去了哪里？”霍里斯说。

迈克不知道他说的是彼得和艾美，还是病鬼。他心中突然出现了一个念头，隐隐认命的念头，觉得他们都会丧命于此，他们没有人能再活着离开这片冰冻荒芜的野地。莎拉和格瑞尔默不作声——想着同一件事，迈克想，但也可能只是冷得说不出话来而已。他的手都冻僵了，能不能开枪他都怀疑，更别提要重新装填子弹了。他想拿起水壶喝点东西镇静自己，可是水壶里的水都结冰了。

从黑暗之中，他们听见艾莉希亚那匹马的声音，快步往回跑，她停在他们旁边。

“有足迹，”她歪着头点了一下，说，“围墙上有个开口。”

她踢了一下马，不等他们就转身再向前奔去。格瑞尔一语未发地跟上去，其他人也追随而去。他们又进入树林，艾莉希亚加快速度在雪地上飞驰。迈克也踢了一下，要马加速前进。在他后面，莎拉弯腰贴在马上，躲避扫过的树木枝叶。

有东西在移动，在他们上方的树林里。

迈克才一抬头，就听见背后有把枪开火了。枪声一响，立时有一股猛烈的力量从他背后的方向袭来，肺部的空气被一挤而尽，整个人往前冲过马脖子，手里的来复枪像鞭子那样扬起并落下。有那么一瞬间，他觉得自己无痛无觉地悬在空中——他有部分的心志停止运作，好消化这意外的事实——可是这感觉并未持久，他猛然落地，后背摔在雪地上，整个人跌落在那匹马的正前方，就在马蹄即将落下的位置，他翻滚成侧躺，用双手护住后脑勺，仿佛这样真的会有用似的。在那匹惊慌的马跃过身上时，他感觉到一股强劲的气流蹿过，马蹄慌乱踏进，仅差毫厘就踩中他的耳朵。

然后马走了，所有的人都走了。

迈克刚用膝盖撑着跪起来，就看见那个病鬼——他猜就是把他击下马的那个病鬼。那个病鬼蹲在离他不到几米之处，像青蛙那样弯腿蹲着，前臂埋在积雪里，闪着发光生物体那种光芒，仿佛浸泡在一池蓝绿色的水里。他的胸口和手臂上满满的雪，宛如亮晶晶的粉尘，丝丝缕缕的水流淌下脸庞。

迈克听见了枪声在山脊上回响，混杂着宛如歌曲的歌词，是有人呼唤他的名字，可是这些声音说不定只是来自遥远星辰的信号，就像此刻包围着他的无尽黑暗——就连黑暗也从他心中隐去，像膨胀的气体分子那样消散了——他们呼喊的很可能是其他人。病鬼的喉咙开始咔嗒响，下巴的肌肉颤颤晃动，头一歪，懒洋洋地舔一下牙齿，好像一点都不急——好像他们两个拥有全部的时间。就在这一瞬间，迈克突然发现他积存恐惧的地方已经空无一物。他，电路迈克，一无所惧，他所感觉到的更像是愤怒——恼怒的激愤，就像有只苍蝇在他面前盘旋太久时所感觉到的那种恼怒。该死，他想，手探到腰间的刀鞘上，这些事情我受够了。你们说不定有四千万只，也说不定没有，但接下来两秒钟，至少会少一只。

迈克起身时，那个病鬼冲上前来，臂腿张开，宛如五指大张的手掌，他根本没有时间把刀往前戳，反射动作似的闭上眼睛。他感觉到金属的戳刺，就在这时病鬼朝他身上倒下，他颠簸着后退。

他一转身就看见病鬼仰躺在雪地上，他的刀刺在病鬼的胸口。他的臂腿做出近似划动的动作，在空中晃动。病鬼尸体上有另外两个身影——彼得，以及站在他身边的艾美，他们从哪里冒出来的？艾美手里拿着来复枪——迈克的来复枪，沾满雪花的枪。在他们脚边，还有一个病鬼发出不知是叹息还是呻吟的声音。艾美把枪托扛在肩上，枪身朝下，伸进病鬼张开的嘴巴里。

“对不起。”她扣下扳机说。

迈克站起来，病鬼已经一动也不动了，痛苦的抽搐也停止了。雪地上一摊血，艾美把枪交给彼得。

“拿去。”

“你没事吧？”彼得问迈克。

这时迈克才发现自己在颤抖，他点点头。

“走吧。”

他们听见山脊传来更多枪声，他们飞奔而去。

不公平，蕾西想，她所做的事并不公平，她让彼得和艾美以为她要跟他们一起走。设下炸弹定时器，带他们走到隧道口的门，要他们站到另一头去。当着他们的面把门关上，然后拉下闩锁。

她听见他们在门的另一头用力拍打，她听见艾美的声音，艾美最后的恳求在她心头回荡。

蕾西，蕾西，别走！

快跑，他随时都会来的。

蕾西，拜托！

你一定要帮他们，他们会害怕的，他们不知道发生了什么事。帮他们，艾美。

这里所发生的一切，在这个地方的一切，都必须抹灭。就像在诺亚的那个时代，上帝抹灭这个世界一样，好让大船出航，让世界得以重生。

她就是他的洪水。

真是恐怖的东西啊，炸弹，很小，乔纳斯解释过，只有五百吨，但足以摧毁度假农庄本身，以及所有的地下楼层，掩埋他们所做的一切证据，不过还不足以惊动任何人造卫星。这是安全装置，以防万一病鬼闯了进来，可是当时上面的楼层失去电力，席克斯不知是走了还是死了，乔纳斯原本应该自行引爆的，可是他无法动手，有艾美在，他无法动手。

蕾西当着彼得和艾美的面蹲下来，那是一个像小行李箱的物体，表面一层暗沉的亮光漆，完全像军方的东西。乔纳斯把步骤教给她，她压下侧面的一个小凹口，面板就往下沉，露出一个键盘，上面的小屏幕刚好够输入一行字。

她输入：

ELIZABETH（伊丽莎白）

屏幕亮了起来。

ARM？ Y　N

她按下 Y。

TIME？

她沉吟一晌，然后键入 5。

5：00 CONFIRM？ Y　N

她按下 Y，屏幕上的时钟开始倒数。

4：59
4：58
4：57
……

她封好面板，站起来。

“快点，”她对他们两人说，带他们快步穿过走廊，“我们要马上离开这里。”

然后她把他们锁在门外。

蕾西，拜托！我不知道该怎么做！告诉我该怎么做！

你会知道的，艾美，等时间到了你就会知道的，你会知道你身上有什么。你会知道如何让他们自由，让他们走完最后一程。

现在她独自一人，她的任务已经差不多完成了。等确定彼得和艾美离开之后，她拉开门闩，打开门。

到我这里来吧，她想，站在门口，她深呼吸，让自己镇静下来，让心思传扬，**回到你被创造的地方来吧。**

蕾西等待着，五分钟，在这么多年之后，这似乎微不足道，因为是真的微不足道。

黎明划破山头。

他们三人奔向枪响处，登上山脊，在他们下方，迈克看见了一幢房屋，屋外有马，莎拉和艾莉希亚在门口等他们。

病鬼在他们后面的树林里，他们越过路堤，冲进屋里。格瑞尔和霍里斯从一道布帘后现身，扛出一个高大的抽屉柜。

“他们在我们的后面。”迈克说。

他们用柜子挡住门，无济于事的动作，迈克想，但或许可以替我们争取个一两秒钟。

“窗户怎么办？”艾莉希亚说，“我们还有其他东西可用吗？”

他们试着挪动橱柜，可那太重了。“算了吧。”艾莉希亚说，她从腰际抽出一把手枪，交到迈克手里，“格瑞尔，你和霍里斯负责卧房的窗户，其他人留在这里。两个守门，前窗和后窗各有一个人。电路，你注意烟囱，他们会先攻击那些马。”

所有的人各就各位。

卧房里传来霍里斯吼叫的声音：“他们来了！”

有些不对劲了，蕾西想，他们应该早就到了才对。她可以感觉到他们，四面八方包围着她，用他们的饥渴充满她的心，他们的饥渴与疑问。

我是谁？

我是谁？

我是谁？

她走进隧道。

到我这里来吧，她回答说，**到我这里来吧，到我这里来吧。**

她快步穿过隧道，她看得见入口，一圈柔和的灰色，是山区缓长的黎明。第一道真正的曙光会从西方射来，从山谷的另一端，遍布冰雪的野地反射过来。

她来到隧道口，走了出去。她可以看见下方的足迹与残骸，是病鬼一路上山在冰封的山坡上留下的印记，好几十万，好几百万，更多更多。

他们就这样过门而不入。

绝望袭来。你在哪里？她想。接着，就在听见山谷里骚乱的回响时，她不禁说："你在哪里？"但是天堂静默无声。

这时，在一片静寂之中，她看见了。

我在这里。

病鬼同时攻击门和窗户，猛烈的撞击使得玻璃粉碎、木板劈裂。彼得抱着抽屉柜，被撞得往后倒退，撞到了艾美。他听见霍里斯和格瑞尔在卧房开枪的声音，艾莉希亚、迈克、莎拉和艾美都是，每个人都在开火。

"退后！"艾莉希亚喊道，"门要破了！"

彼得拉住艾美的手臂，把她拖进卧室。霍里斯在窗边，格瑞尔在床边的地上，头上一个很深的伤口鲜血直流。

"是玻璃！"他在霍里斯的枪声中高声说，"只是玻璃！"

艾莉希亚大喊："霍里斯，留在窗边！"她丢下空弹匣，再装进新的，拉上枪栓，他们要在这里背水一战，"各位，准备了！"

他们听见前门被撞破的声音，最靠近卧房门帘的艾莉希亚转身开火。

扑向她的不是第一个进击的病鬼，甚至不是第二个、第三个，而是第四个。这时艾莉希亚的弹匣已经空了，彼得只记得一连串零碎的细节——她最后一个弹壳掉落在地板上的声音；火药烟雾缭绕；艾莉希亚抽掉空弹匣，伸手从背心里拿出新的弹匣；病鬼穿过撕毁的门帘冲向她，那张光滑无情的脸，那双眼睛与张开的嘴巴；她举起已然无用的枪管；她的手想从腰间抽出刀来，却来不及了；撞击的那一瞬间，残酷而无法遏制的瞬间，艾莉希亚向后仰倒在地板上，病鬼那宛如洞穴的大口找到她颈部的曲线。

开枪的是霍里斯，病鬼扬起脸时，他往前踏进，把枪口戳进病鬼口中，开火，射穿了他的脑袋，溅得满墙残骸。彼得踉跚往前，抱起艾莉希亚，把她拉离门口。她的脖子不停冒出深红色的鲜血，浸湿了她的背心。有人在喊叫她的名字，一次又一次，但也许叫的是他的名字。他靠在墙边，把艾莉希亚搂在怀里，用双腿夹着撑起她的身体，想都没想地就把手压在伤口上，希望止住血。艾美和莎拉也坐在地板上，紧贴着墙。又一个病鬼穿过门帘，彼得举起手枪开火，他的最后两发子弹，第一枪没打中，但是第二枪正中目标。在他怀里，艾莉希亚的呼吸变得很奇怪，不停打嗝，喘气。血，这么多的血。

他闭上眼睛，把她紧紧抱在胸前。

蕾西转身，巴柏寇克就在她上方，在隧道口顶端。上帝竟造出如此庞大丑陋的怪物，蕾西不害怕，只是惊叹上帝这非比寻常的功业。他创造了如此符合他计划的生物，足以吞噬这世界的生物。她抬眼凝望他那一身恐怖的亮光——带着光晕，宛如天使的光芒——蕾西只觉得自己始终是对的，她长久的守候警戒，一如她所预见的，就要结束了。那漫长的守候警戒从许多年以前就已开始，在那个潮湿的春日早晨，打开田纳西州孟菲斯慈悲修女院的大门，迎进小女孩的那一刻就已开始。

乔纳斯，她想，你现在明白我是对的吗？一切都可以得到宽恕，一切失去的都可以再寻回。乔纳斯，我要来告诉你，我现在已经在你身边了。

她退回隧道里。

到我这里来吧，到我这里来，到我这里来，到我这里来。

她奔跑，她人在这里，但也不在这里。她跑进隧道里，诱巴柏寇克进来，可是她又变成那个小女孩，在野地里奔逃。她闻到泥土的芳香，感觉到凉爽的夜风吹拂脸颊，听见她妈妈和姐姐在门口叫喊的声音："快跑，孩子，快跑，尽力快跑！"

她撞上门，不停地跑，跑进那条灯光嗡嗡响的走廊，进到有轮床、烧杯、电池的房间，周遭尽是旧世界的小东西，以及那血腥的恐怖梦境。

她停下脚步，歪头看着门口，他就在那里。

我是巴柏寇克，那十二个之一。

就是这样了，蕾西修女想，在她背后，炸弹的定时器跳到 0：00，就在炸弹核心崩裂的那一瞬间，她的心盈满来自天堂的纯洁永恒的白光。

46

她是艾美，她是永恒，她是那十二个之一，但也是另一个，在那之前与之后的另一个，零号。她是不知来历的女孩，是活了千年的“闯入之人”。集众于一的艾美，心中拥有众多灵魂的女孩。

她是艾美，她是艾美，她是艾美。

她是第一个起身的，在轰天巨响与山摇地动，在战栗与哀吼之后。蕾西的房子上下左右摇晃，像匹马，像海上的小船。所有的人呼喊惨叫，瑟缩在墙边撑住。

然后，一切都结束了，他们脚下的土地终于静止了。空气里尘土弥漫，所有的人都咳嗽呛喘着，很惊讶自己还能活命。

他们都还活着。

她带着彼得和其他人走到外面，穿过亡者的尸体，迎向曙光，迎向众鬼等候之处，众鬼已经不再是巴柏寇克的众鬼了。

他们到处都是，四面八方都有。一张张脸孔，一双双眼睛，汇聚成无际汪洋。他们朝她走来，数不尽的他们朝她走来，踏向破晓晨曦。她感觉得到他们内心的空虚，那原本是噩梦，巴柏寇克的噩梦所在，现在已经空荡荡的，只悬着一个疑问，如烈火般狂烈燃烧的疑问。

我是谁我是谁我是谁我是谁？

而她知道，艾美知道，她认识他们，每一个都认识。她终于知道他们是谁了。她是那艘船，就像蕾西说的，她身上承载着他们的灵魂。她始终背负着他们的灵魂，等待这一天的来临，让她可以把该还的全还给他们，把他们人生的故事还给他们，在他们终于穿过通道的这一天。

到我这里来吧，她想，到我这里来，到我这里来，到我这里来。

他们走向她，走出林木，跨越雪地，从所有隐匿藏身之处走来。她穿过他们，轻轻碰触抚摸，把他们渴望知道的答案告诉他们。

你是……史密斯。

你是……塔特。

你是……杜普雷。

你是艾利，你是拉莫斯，你是瓦德，你是裘，你是辛恩、艾金森、强森、蒙特福斯柯、科恩、莫瑞、尼格因、艾伯森、拉萨罗、托勒斯、怀特、温伯恩、帕瑞特、斯卡拉蒙提、梅多萨、福特、钟、佛斯特、瓦顿、卡林、帕克、迪亚哥、莫菲、帕森斯、里其尼、欧尼尔、梅尔斯、萨帕塔、杨、席尔、塔纳卡、李、怀特、顾普塔、索尼克、吉瑟普、莱尔、尼可斯、马哈拉纳、雷本恩、肯尼迪、穆勒、多尔、高德曼、波雷、普莱斯、康恩、柯德尔、伊凡诺夫、辛普森、汪、帕伦波、金、拉奥、蒙哥马利、布西、米契尔、华尔许、麦克伊、波汀、欧森、贾瓦克西、佛格森、萨恰斯、史宾塞、卢斯契……

太阳高高越过山巅，亮灿灿的，令人目眩欲盲。**来吧，**艾美想，**来到亮光里，回想起一切吧。**

你是克罗斯，你是佛罗瑞，你是哈斯凯、瓦斯克萨、安德鲁、麦克寇、巴巴许、苏利文、沙皮诺、贾巴隆斯基、裘伊、健德、克拉克、霍斯顿、罗西、古汉、巴克斯特、努内兹、阿萨纳西安、金恩、西格比、杰森、隆巴多、安德森、詹姆斯、萨梭、林德奎斯特、马斯特斯、哈金杰德、拉凡德、苏吉莫托、米契、欧斯塞、杜帝、贝尔、摩拉雷斯、蓝吉、安德利亚克霍瓦、华特金斯、波尼拉、费兹杰罗、汀提、阿斯穆德森、艾罗、达利、哈普、布瑞瓦、克莱恩、韦塞拉、葛里芬、佩特洛瓦、凯特斯、哈达德、黎利、麦克雷欧、伍德、帕特森……

艾美感觉到他们的哀伤，可是现在已经不同了，有一股神圣的升华。千千万万个重新寻回的生命掠过她，千千万万个故事——爱与工作的故事，父母与儿女的故事，责任、喜悦与哀恸的故事……睡过的床，吃过的饭，身体的喜乐与痛苦，夏日晨雨中树叶飘落窗前的景色，孤寂的夜晚与爱的夜晚，是这些躯壳里的灵魂始终渴望被知道的故事。她穿过他们，他们躺在雪地上，不再是众鬼的他们，躺在他们各自选择的地方。

雪天使。

记住啊，她对他们说，要记住啊。

我是福林，我是冈萨雷斯，我是杨、温泽尔、阿姆斯特朗、欧布莱恩、黎维斯、法拉金、华塔纳比、穆洛尼、察尼斯基、罗根、布拉佛曼、李文斯顿、马丁、坎帕纳、寇克斯、托瑞，斯瓦特兹、托宾、赫其、史塔特、刘易士、雷文、佛欧、马可维奇、塔德、马斯古西、柯斯汀、拉塞特、萨利伯、亨尼西、凯斯特里、梅利威勒、雷昂、巴克莱、奇曼、坎贝尔、拉莫斯、马里欧、关、卡冈、葛拉兹纳、杜波伊斯、艾肯、钱德勒、夏普、布罗恩、艾伦兹维格、纳卡穆拉、吉阿科莫、琼斯，我是我是我是……

太阳会完成使命，他们很快就会死去，化成灰，然后什么都没有了。他们会随风四散，他们会离她而去，她感觉到他们的魂魄升起，远扬。

“艾美。”

彼得来到她身边，他脸上的表情是她无法形容的。她很快就会告诉他，她想，她会告诉他她所知道的一切，她所相信的一切，她会告诉他，他们要一起踏上的漫长征途有什么在等待着他们，但是现在没有时间说这些。

“进去，”她说，从他手里拿起那把已经没有子弹的手枪。丢到雪地里，“快进去救她。”

“我能救她？”

艾美点点头。

“你必须救她。”她说。

莎拉和迈克已经把艾莉希亚扶到床上，脱掉她那件被血浸湿的背心。她的眼睛闭起来，眼皮不停眨动。

“我需要绷带！”莎拉大喊，她手上、头发上有更多血了，“谁来帮忙把血止住？”

霍里斯用刀从床单上截下一段布料，不太干净，和其他东西一样，但他们不得不用。

“我们要把她绑起来。”彼得说。

“彼得，伤口太深了，”莎拉说，她绝望地摇摇头，“绑不绑都无所谓了。”

“霍里斯，把你的刀给我。”

他告诉其他人怎么做，把蕾西的床单截成一条条长布条，然后打结接在一起，他们把艾莉希亚的手脚绑在床的四角。莎拉说出血的速度似乎变慢了——是个凶兆，她脉搏跳动快而微弱。

“如果她活得下来，”站在床尾的格瑞尔警告说，“这些布条绑不住她的。”

可是彼得充耳不闻，他走到大房间，在一片凌乱中找到他的背包。那个金属盒还在背包里，针筒也在，他拿出一个小药瓶，回到卧室，交给莎拉。

“帮她打这个。”

莎拉接过来，翻看打量：“彼得，我不知道这是什么。”

“这是艾美。”他说。

她给艾莉希亚打了半瓶，他们从白天等到黑夜。艾莉希亚进入某种混沌状态，她的皮肤又干又热，脖子上的伤口已经愈合，看起来像块瘀青，青紫红肿。偶尔，她像是会醒来，昏昏沉沉地呻吟，然后又再次闭上眼睛。

他们把病鬼的尸体拉到屋外，和其他尸体放在一起。那些尸体很快就化成了灰，但仍然飘浮在空中，让所有东西的表面都像蒙上了一层脏脏的雪花。到了早晨，彼得想，他们应该已经都不在了。迈克和霍里斯给窗户装上护板，把门上的铰链重新装好。夜幕低垂时，他们把柜子的残骸丢进壁炉里当柴烧。莎拉帮格瑞尔缝好头上的伤口，缠上用床单做的绷带。他们轮流睡觉，留两个人看顾艾莉希亚。彼得说他要整夜陪着她，但最后还是无法战胜疲惫，蜷缩在她床边冰冷的地板上睡着了。

到了早上，艾莉希亚开始奋力挣脱束缚，她皮肤全无血色，而眼皮后面的眼睛却毛细血管爆裂，一片血红。

“再给她多一点。”

“彼得，我不知道我在干吗，”莎拉说，她累坏了，筋疲力尽，他们每一个人都是，“可能会害死她。”

“做就是了。”

他们把剩下的半瓶药都打完，屋外又开始下雪了。格瑞尔和霍里斯出去找柴，一个钟头之后回来，冻得半死。雪季是真的开始了，他们说。

霍里斯把彼得拉到一旁。“食物会是个大问题。”他悄悄说。他们搜寻过蕾西的橱柜，大部分的罐子都被摔碎了。

“我知道。”

“还有另一个问题，我知道炸弹是在地下引爆的，但还是可能有辐射。迈克说至少也会影响地下水，他认为我们不应该在这里待太久。山谷的另一边还有其他建筑，我们应该可以越过山脊到东边去。”

“小艾怎么办？我们不能移动她。”

霍里斯顿了一下：“我的意思是，我们可能会被困在这里，那么麻烦就大了，我们可不能在大风雪里饿个半死。”

霍里斯说得没错，彼得知道。“你想出去探路？”

“等雪小一点。”

彼得让步似的点点头：“带迈克一起去吧。”

“我想找的是格瑞尔。”

“他应该留在这里的。”彼得说。

霍里斯沉默一晌，了解了彼得的意思。“好吧。”他说。

狂风呼啸，大雪下了一整夜，到了早晨，天空晴朗明亮，霍里斯和迈克收拾装备出发了。如果一切顺利，霍里斯说，他们天黑之前就会回来，可是也可能要花一整天的时间。在积雪的院子里，莎拉拥抱霍里斯，然后拥抱迈克。格瑞尔和艾美陪在艾莉希亚身边。自从他们再一次给她注射病毒之后，二十四小时以来，她的情况似乎很稳定，但还是高烧不退，眼睛的状况也越来越恶化。

“只要别……别拖得太久，”霍里斯对彼得说，“她不会希望你这么做的。”

他们等待着，艾美紧挨在艾莉希亚身边，寸步不离地守在床边，大家都很清楚发生什么事了。房里任何一丝微弱的光线都让她畏怯，而且她又开始拼命挣脱束缚。

“她在抵抗，”艾美说，“可是我很怕她就要输了。”

黑夜降临，霍里斯和迈克半点踪影都没有，彼得从没觉得这么无助过。为什么无效？为什么不像对蕾西那样有效？但他不是医生，他们只能猜测该怎么做。第二剂可能要了她的命，他认为，彼得知道格瑞尔在看他，等着他采取行动，然而他还是什么都没做。

天刚破晓，莎拉摇醒他，彼得头抵在胸前，坐在椅子上睡着了。

“我想……是发作了。”她说。

艾莉希亚呼吸非常急促，全身紧绷，下巴的肌肉抽搐，皮肤表层微微掀动，喉咙深处传来低沉费力的呻吟。有那么一会儿，她整个人突然放松了，但马上又紧绷起来。

“彼得。”

他转头看格瑞尔，格瑞尔站在门口，手里拿着一把刀。

“是时候了。”

彼得起身，站在格瑞尔和艾莉希亚的病床中间：“不。”

“我知道这很难，但她是个军人，远征的军人，这是她该踏上旅程的时候了。”

“我的意思是‘不’，这不是你的任务，”他伸出手，“把刀给我，少校。”

格瑞尔迟疑了一下，眼睛不住打量彼得：“你不必这么做。”

“不，我必须这么做，”他没有恐惧，只有听天由命的感觉，“我对她有过承诺，你知道吗，我是唯一能这么做的人。”

格瑞尔很不情愿地交出刀，熟悉的重量与平衡感，彼得知道这是他自己的刀，是他在大门口交给尤斯塔斯的那把刀。

“我想和她独处，如果可以的话。”

他们和她道别，彼得听到大门开启又关上的声音。他走到窗边，拉开一块窗板，让柔和的晨光流泻一室。艾莉希亚呻吟一声，把头转开。格瑞尔说得没错，彼得想这顶多只有几分钟的时间。他想起穆西在人生终点说的话，说那发作得有多迅速，说他多想把那病赶出身体。

彼得坐在床沿，刀握在手里，他想对她说几句话，但是和他内心的感觉相比，任何话语都显得苍白无力。他静静坐了一会儿，心里盈满对她的思念，他们一起做过的事，彼此说过的话，以及迄今他俩仍未说出口的事，那是他唯一想要做的事。

他可以就这样坐上一整天，一整年，一百年，可是他不能再等了，他知道。他站起来，面对床上的她，跨坐在她腰上，双手握刀举起，刀尖对准她的锁骨底端，那柔软的致命点。他感觉到自己的人生就此一劈为二：在这之前与在这之后的人生。他感觉到她抬身贴近他，身体紧绷在束缚带上，他双手颤抖，眼前景物在泪水中迷茫一片。

“对不起，小艾。”他说，闭上眼睛，举起刀，用上内心所有的力量，才有足够的勇气往前戳。

47

春天来了，宝宝也来报到了。

小默的宫缩已经持续好几天了，不管是在厨房清洗，躺在床上，还是看着西奥在院子工作时，她常会突然感觉到一阵紧缩迅速越过腹部，她胸口发紧，呼吸困难。时候到了吗？西奥会问，是要生了？宝宝要出来了吗？她会歪着头，仿佛倾听远处的声音，一会儿，又把注意力转回到他身上，露出要他安心的微笑。看见没？没事的，只是子宫收缩，没问题的，回去做你的事吧，西奥。

可是并非没事——半夜的时候，西奥正做着一个单纯而快乐的梦，梦见阳光洒落在金色的田野，却听见小默的声音，叫着他的名字。她也在梦里，可是他看不见她，她躲开他，和他玩着某种游戏。她忽而在他前面，忽而在他背后，他不知道她人到底在哪里。**西奥。**康洛伊汪汪吠叫，蹦蹦跳跳穿过草地，从他身边奔过，又再冲回来，要他跟着它走。你在哪里？西奥大喊，你在哪里？**我湿了，**默萨蜜的声音说，**我全身都湿了，醒醒啊，西奥，我想我羊水破了。**

他惊醒，站起来，在漆黑中摸索着套上靴子。康洛伊也起来了，摇晃着尾巴，在西奥蹲下来点亮提灯时，用湿湿的鼻子磨蹭他的脸。早晨了吗？我们要出去了吗？

默萨蜜咬紧牙关深吸一口气：呼——她在塌陷的床垫上拱起背部，呼——

她已经告诉过他要怎么做，以及她需要什么东西。把床单和枕头垫在她身体底下，因为会有血啊什么的，刀和钓鱼线是剪脐带时用的。水，用来清洗宝宝，还有一条用来裹覆宝宝的毯子。

“别走开，我马上回来。”

“见鬼了，”她呻吟道，“我能走到哪里去？”又一阵宫缩席卷而来。她伸手拉住他的手，紧紧捏住，指甲掐进他的掌心，自己痛得直咬牙。“啊……”她扭身对着地板吐起来。

房里满是呕吐物的呛味，康洛伊以为那是给它的美好的礼物。西奥把狗赶走，扶默萨蜜躺回枕头上。

“有点不对劲，”她的脸因恐惧而惨白，“不应该这么痛的。”

“我应该怎么做，小默？”

“我不知道！”

西奥跑下楼梯，康洛伊跟在他背后，宝宝就要出来了。他原本打算把所有需要的东西都收拾在一起，但他始终没办到。屋里冷得要命，柴火烧尽了，宝宝需要保暖。他捧了一把柴薪，蹲在壁炉前面，对着余烬吹气，让火重新燃起来。他从厨房拿来抹布和提桶，本来想烧水消毒，却显然没有时间了。

“西奥，你去哪里了？”

他给水桶装满水，拿了一把锐利的刀子，带到卧房去。小默已经坐起来了，长发披散在脸上，很害怕的样子。

“很抱歉吐到地板上。”她说。

“还在收缩吗？”

她摇摇头。

康洛伊又跑到地板的那团秽物边上，西奥把它赶走，屏住呼吸，跪下来清理。真是太荒唐了，她就要生孩子了，他却怕呕吐物的味道。

“哎哟。”小默说。

那阵痛又开始了。她抬起腿，脚跟贴在屁股上，眼角噙着泪水。

“好痛！好痛！”她突然翻滚侧躺，“压我的背，西奥！”

她从没提过这个。“哪里？压哪里？”

她对着枕头嘶吼：“哪里都好！”

他不太确定地压了一下。

“低一点！老天哪！”

他握拳，用指关节压她，感觉到她也在用力。他数着秒数：十、二十、三十……

“背阵痛，”她喘着气说，“宝宝的头压在我的脊椎上，害我一直想用力。我还不能用力，西奥，别让我用力。”

只穿着一件T恤衫的她抬起头，缩起膝盖，底下的床单濡湿一片，发出温热的甜味，宛如刚割下的稻草味。他想起梦中的田野，金色阳光如波涛起伏的田野。

又一阵收缩，默萨蜜不住呻吟，头垂在床垫上。

“别光站在那里！”

西奥来到她身边，把拳头抵在她的脊椎上，全力往前压。

一个钟头又一个钟头，宫缩持续不断，有力而深沉的宫缩持续了一整天。西奥和她一起躺在床上，压着她的脊椎，压到手指麻痹，手臂松疲乏力。可是和默萨蜜所经历的相比，这根本不算什么。他只离开过她身边两次，一次是去院子里叫康洛伊回来；一次是黄昏之前，又带着它到门边，放它去外面转一圈。两次离开的空隙，他一跑上楼梯，总是听见默萨蜜在喊他的名字。

他很纳闷，生孩子是不是都像这样，他不知道。很恐怖，没完没了，和他所经历过的一切都不一样。他很怀疑，到时候默萨蜜是不是还有力气把宝宝“推”出来。在收缩阵痛之间，她总像半睡半醒，他知道她在想办法集中心思，为另一波即将袭来的痛苦做好准备。他能做的就是压着她的背，可是这么做似乎帮助也不大，他似乎什么忙都帮不上。

他点亮提灯。第二天晚上了，他绝望地想，怎么会持续到第二天晚上呢？就在这时，默萨蜜开始发出凄厉的惨叫。他转头看见血从她下身涌出来，像一条条缎带那样流过她的大腿。

“小默，你在流血。”

她翻身仰躺，缩起大腿，呼吸非常急促，脸上满是汗水。“抓住我的腿。”她喘气说。

“怎么抓？”

“我要生了，用力，西奥。”

他站在床脚，双手抵着她的膝盖，下一波阵痛袭来时，她腰用力一抬，全身的重量都往他手上压。

“噢，天哪，我看见他了！”

她像朵花儿那样绽开，露出一片覆着湿漉漉黑发的粉红色皮肤。紧接着，下一瞬间，这景象就消失了，花瓣又收拢起来，把宝宝收了回去。

三次，四次，五次……每一次宝宝都探出头来，又迅即消失。冲到他心头的第一个想法是：这个宝宝根本不想出世，这个宝宝想留在他原来的地方。

“帮我，西奥，”她哀求道，她力气用尽了，“把他拉出来，把他拉出来，拜托，把他拉出来吧！”

“你得再用力一次，小默，”她似乎全然无助，一点感觉都没有，濒临崩溃的边缘，“你听见了吗？你听见了吗？”

“我没办法！我没办法！”

下一波阵痛又来了，她抬起头，发出动物似的痛苦哀号。

“用力，小默，用力！”

她用力“推”，宝宝的头冒出来时，西奥往前靠，把食指伸进她的身体里面，进到她那湿热的身体里面，他摸到眼窝的弧线和精巧的鼻子曲线。他没办法把宝宝拉出来，因为没有地方可以使力，宝宝必须自己出来。他往后退，一手放在她身体底下，肩膀靠在她的腿上，让她可以使力。

“就快好了！别停下来！”

这时，仿佛他的手让宝宝有了想出世的意愿，宝宝的脸从她身体里面探了出来。真是太奇怪了，耳朵、鼻子、嘴巴，以及凸得像青蛙的眼睛，西奥由下往上捧住那平滑湿润的头颅，半透明的、充血的脐带绕住脖子。虽然没有人教过他要怎么做，但是西奥轻轻用手指把脐带拨掉，然后伸手探进默萨蜜体内，一根手指塞在宝宝手臂底下，把他往外拉。

宝宝出来了，滑溜的蓝皮肤让西奥满手暖意，是个男宝宝。他还没呼吸，也没发出任何声响，他出世的仪式尚未完成，但是默萨蜜已经很清楚地解释过接下来的步骤。西奥双手捧着宝宝，让其翻过身来，用前臂搂住瘦削的他，一只手掌撑住他的脸。西奥开始用手在宝宝身上以画圈圈的方式按摩，他心脏狂跳，但一点都不惊慌；他的思虑清澄且专注，整个人只聚焦在眼前的这个工作上。快点，他想，快点呼吸。经历过这么多折磨之后，呼吸对你来说有什么困难呢？宝宝才刚出生，但西奥却已经觉得这是他生命之所系——光是他怀里这个小东西的存在，就让西奥觉得他不再可能过上其他的人生了。快点，宝宝，快点，张开你的肺，呼吸吧。

这时他做到了，西奥感觉到他小小的胸膛鼓了起来，几乎难以察觉的咳了一声，接着就有一股温暖黏稠的东西弥漫在他掌心，像个喷嚏。宝宝再一次呼吸，吸饱气体，仿佛一股生命的力量涌入体内。西奥把他翻过来，拿来一块布，宝宝开始哭，不是他原本预期的那种机械似的哭声，而是小猫似的喵喵叫。他擦擦宝宝的鼻子、嘴唇和脸颊，用手指挖出他嘴里的最后一团黏液，然后把脐带还没脱落的他放在默萨蜜胸口。

默萨蜜一脸筋疲力尽的模样，眼皮沉重，浑身乏力，他看见她眼角有了前一天还没有的皱纹。她想办法挤出虚弱但欣慰的微笑，结束了，宝宝出生了，宝宝终于来到人间了。

他替宝宝盖上毯子，盖住他们母子俩，然后坐在床边，放下心来，他哭了。

西奥醒来的时候，小默和宝宝都睡着了，夜已深沉，他想：康洛伊呢？

他们决定，或者应该说是小默决定，但西奥立即赞同，替宝宝取名叫凯勒柏。他们用毯子把他裹得紧紧的，摆在小默身边的床垫上。房间里还是有浓厚的气味，是血、汗与生产的味道。她已经喂过宝宝，或者说是尝试喂过比较贴切——她要再过大约一天才会有母乳——自己也吃过一点东西，主要是水煮地下室拿出来的马铃薯，以及几口他们贮存过冬用的粉白苹果。她很快就会需要蛋白质，西奥知道，不过这附近有很多小猎物可捕，而且天气也已经变暖了，他们一安顿好，他就会出门打猎。

事态突然明朗起来，他们不会再离开这里了，这里有他们安居乐业所需的一切。房子已经守候多年，等着有人再把这里当成家。他很不解，自己为什么要花这么久的时间才想通这一点。彼得回来的时候，西奥就会这样告诉他。山上说不定有什么，也说不定没有，可是都无所谓了。这里是他的家，他们永远不会离开。

他就这样静静坐了一会儿，反复思索，细细品味他心灵深处的赞叹与惊喜。但最后他还是招架不住疲惫的侵袭，蜷缩在他们身边，很快就睡着了。

这时醒来，他发现自己完全忘了康洛伊。他搜寻记忆，回想他最后一次见那条狗是什么时候。天快黑的时候，康洛伊开始汪汪叫，吵着要出去。西奥快去快回，一刻也不想离开小默身边。反正康洛伊向来不跑远，办完事就会自己抓着门要进来。西奥一颗心都在小默母子身上，门一摔就跑回楼上，把它忘得一干二净了。

直到此刻，很怪，他想，他竟然没听见什么咿咿呜呜的声音，没有它用爪子抓门或在屋外吠叫的声音。在谷仓发现脚印之后的那一阵子，西奥时时留神，从不离开主屋太远，猎枪更是时刻不离身。他没告诉默萨蜜，不想让她担心，可是随着时日消逝，没再发现其他征兆，他的心思也就回到更为迫切需要关注的宝宝身上。他甚至怀疑自己是不是对所见的东西解读错误，那脚印可能是他自己留下的，而罐头也可能是康洛伊从垃圾里拖出来的。

他立即起身，从门边拿起提灯、靴子和猎枪，下楼到起居室。他坐在楼梯上穿好靴子，懒得系鞋带，用火炉里的炭火点燃一根柴枝，点亮提灯的灯芯，然后打开门。

他以为会看见康洛伊睡在门廊上，结果门廊上没有。西奥举起提灯照亮四周，走进院子里。没有月亮，也没有星星，潮湿的春风吹来，夹带着雨丝。他仰脸望向逐渐浓重的夜雾，一丝光线照亮他的额头与脸颊。不管狗儿躲到哪里去，看到他一定都会很高兴，他想避开雨，回到屋里去。

“康洛伊！”他喊道，“康洛伊！你在哪儿？”

其他的小屋都悄然无声，康洛伊向来对那些房舍没有兴趣，仿佛出于狗儿的本能知道那些屋子一点价值都没有。那里头是有些东西，那男人和那女人用得上的东西，但和自己又有什么相干呢？

西奥缓步前进，一手扛着猎枪，另一手借助灯的光线扫视四周。如果雨继续这样下，他想他大概没办法再用灯照路了。这条该死的狗，他想，现在不该是这样乱跑的时候。

“康洛伊！你死到哪里去了？”

西奥看见它躺在最后一幢房子前面，它纤瘦的身体一动也不动，银白的毛皮沾着血，他马上就知道它死了。

这时，从屋里——那声音像箭般迅捷地射中他，让他满心惊恐——传来默萨蜜的惊叫。

三十步……五十步……一百步，提灯丢了，丢在康洛伊尸体旁边，他在漆黑之中跑回屋里，脚上没系鞋带的靴子一只接着一只地掉了。他跳上门廊，撞开门，冲上楼梯。

卧房里没人。

他穿过屋子，呼唤着她的名字。一点挣扎的痕迹都没有，小默和宝宝就这样不见了。他冲过厨房，从后门出去，正好再次听见她的惊叫声，那声音带着闷闷的感觉，仿佛是穿过一公里深的水飘向他。

她在谷仓里。

他死命往前冲，带着猎枪撞门踏进漆黑的谷仓里。小默在那辆富豪车后座，把宝宝搂在怀里。她拼命挥手，声音隔着厚玻璃听起来很小。

“西奥，你后面！”

他转身，但一转身，手里的猎枪就像根树枝那样被撞掉了。有个东西抓住他，不是抓住他的某一部分，而是抓住他全身。他觉得自己被抬了起来，小默和宝宝坐在里面的那辆车已经位于他下方，他飞越过一片漆黑，撞上引擎盖，听见金属板哐当一声，然后他翻滚跌落，面朝下趴在地上。接着有个东西，同一个东西又抓住他，他再次腾空飞起。这一次撞上的是墙，有架子、工具、储物箱与燃料罐的墙。他脸先撞上，玻璃破碎，木板撕裂，所有的东西如雨纷落。地面似乎隆起迎向他，先是慢慢地，接着突然加快，最后仿佛在转瞬之间，他感觉到骨头断裂了。

痛苦折磨，眼前满是星星，真正的星星，那想法像个来自远方的信息朝他袭来：他快死了。他应该已经死了，那病鬼应该已经杀死他了，这很快就会发生。他在自己的嘴里尝到血的味道，感觉到眼睛刺痛。他俯卧在谷仓地面上，断掉的那条腿蜷缩在身体下面。那个鬼东西在他上方，一个居高临下的阴影，准备发动攻击。最好是这样，西奥想，病鬼最好先杀了他。他不想眼睁睁看着默萨蜜和宝宝遇害。在漆黑破旧的谷仓里，他又听到她在喊他。

转头别看，小默，他想，我爱你，转头。

第七卷　新生

对我而言，亲爱的朋友，
你永远不老，
美丽依旧，
一如我初次凝望你的眼睛时！

——莎士比亚《十四行诗》

48

在河流开始解冻时，他们踏雪下山。他们背起背包，挥着刀子，一起驾车下山，迈克手握雪猫雪地履带车的方向盘，格瑞尔在他身边，其余的人坐在车顶，扬脸迎着风与日光，下山来到谷地。他们终于下山，踏进他们重新拥抱的旷野。

他们要回家了。

他们在山上待了一百一十二天，在这段时间里，他们没见到半个病鬼。越过山脊几天之后，他们碰上雪崩，于是被困在一座旧旅馆里。这是一幢很大的石砌建筑，门窗都封着三合板，用粗大的螺丝固定在门框上。他们以为会在这里看见尸体，结果没有。旅馆里没有人，宽敞的前厅壁炉旁摆放的家具罩着阴森森的白布，厨房庞大的储藏室里贮存了各式各样的罐头，许多连标签都还原封不动地贴着。楼上有很多卧房，地下室有个闲置的大暖炉，沿墙一排摆放着滑雪板的架子。这个地方冷得像坟墓似的，他们不知道烟囱是不是堵塞了；不过就算没堵，也塞满了落叶和鸟巢。可他们也只能保持最大的希望，点个火试试。在办公室里，他们找到几箱收在柜子里的纸张，卷起引火，然后用彼得的斧头劈掉两把餐椅来烧。呛了几分钟的黑烟之后，房里终于亮起火光，暖了起来。他们把床垫从二楼拖下来，睡在炉火旁，任凭屋外大雪纷飞。

第二天早上，他们找到了雪猫，总共三辆，停放在旅馆后面的车库里。“你可以让其中一辆发动吗？”彼得问迈克。

结果这件事耗费了大半个冬天的时间，当时每个人都已经快疯了，迫不及待地想离开。白昼变长了，太阳也似乎散发着记忆中那种隐隐的暖意，但雪还是很深，一垛垛堆在旅馆的墙外。他们已经烧掉大部分的家具以及门廊的栏杆，迈克从三辆雪猫车上搜刮到足够的零件，可以修好一辆车，至少他是这么相信的。最大的问题是燃料。工具间后面的大油槽是空的，堆满腐烂的东西，唯一的油料是三辆车上的油，只有几加仑，而且因为铁锈而严重污染。他用虹吸法把油料抽到一个塑料桶里，然后倒进蒙着滤布的漏斗。一个晚上之后，再重复一遍这个程序，每一回都多滤掉一些杂质，但也会让油变得更少一些。等他终于满意时，油只剩下五加仑了，他把这些油再加回雪猫车上。

一个晴朗的早晨，他们把车子开出工具间，开始装载行囊。旅馆的屋檐垂着巨大的冰凌，宛如一颗颗镶宝石的长牙。帮迈克修理车子的格瑞尔——原来他以前也当过机工，对引擎略知一二——和他一起坐在前座。车顶是一个围有栏杆的金属平台，其他人就坐这里。他们已经拆掉雪铲以减轻重量，希望这少少的一点油能因此多撑几公里。

迈克打开车窗，对着车后说："所有的人都上车了吗？"

彼得正把最后的一些行李绑到雪猫后面，艾美坐在栏杆旁，霍里斯和莎拉站在他下方，把滑雪板往上递。"等一下，"他说，然后把手圈在嘴边，"小艾，我们要走了！"

艾莉希亚从旅馆里出来，她和大家一样，身穿背后印有"滑雪巡逻"字样的红色尼龙夹克，和滑雪板配成套的小皮靴，长袜用帆布绑腿系到膝盖上。她的头发长回来了，色泽甚至比以前的红色更鲜亮，只不过这会儿几乎都被那顶宽帽檐的帽子给遮住了。她眼睛上戴着墨镜，镜片镶着皮边，像护目镜那样裹住脸的两侧。

"我们好像不时离开某个地方，"她回答说，"我只是想和这个地方道别。"

她站在门廊边，大约十米外，高度约略和雪猫车顶平台相同。从她脸上咧嘴大笑的弧度，以及她歪着头看看这边再看看那边的模样，彼得突然发现她是在估量距离和角度。她摘掉帽子，让一头红发在阳光中披散开来，然后把头发塞进夹克里，往后倒退三步，屈膝。她双手垂在两侧，轻轻地晃了晃，然后静止下来，踮起脚。

"小艾——"

来不及了，她迅速两次弹跳之后飞冲出来，原本所在的门廊已经空无一人。艾莉希亚飞了起来。彼得想，这真是惊人的景观！快刀艾莉希亚，自该日以来最年轻的守望队副队长艾莉希亚·唐纳迪欧，最后的远征军，竟然腾空飞起。她飞越阳光，双臂伸展，双腿并拢，飞冲至顶点时，她缩起下巴抵住胸口，头部越过脚跟翻滚一圈，让靴底瞄准雪猫，扬起双臂，身体像支箭那样射向车顶。她砰的一声撞上车顶平台，整个人蹲下来减轻撞击力。

迈克旋转方向盘说："怎么回事？"

"没事，"彼得说，她落地时的撞击力道，他现在还感觉得到，撞得他骨头咔啦咔啦响，"是小艾啦。"

艾莉希亚爬起来，拍拍车窗："别紧张，迈克。"

"见鬼了，我以为我们的引擎完蛋了。"

霍里斯和莎拉爬上车，艾莉希亚在栏杆旁坐好，转头面对彼得。虽然她的镜片黑黑的，但他还是看得见她眼睛里的几丝橘色。

"对不起，"她很有罪恶感地咧嘴笑，"我以为我可以搞定。"

"我想我永远不会习惯你这样做。"他说。

刀未落下，或者应该说，是已落下，只是突然之间一切都停止了。

一切都停止了。

是艾莉希亚，她抓住彼得的手腕，让那把往下画出弧线、离她胸口仅有几厘米之遥的刀停住了，束带被扯掉了，像纸那样被扯断了。彼得感觉到她双臂的力量，大得惊人的力量，远超过人类的力量，知道他已经来不及了。

但是就在这时，她睁开眼睛。他眼前的人是艾莉希亚。

"如果可以的话，彼得，"她说，"可不可以关上窗板，因为这里真的真的很亮。"

新生，他们就是这么叫她的，说起来什么都不是，却又什么都是。她没办法像艾美那样感觉到病鬼，也听不见那些问题，感受不到这世界深沉的悲哀。从每一个方面看起来，她似乎都是原来的她，原来的那个艾莉希亚，只是：

只要她想，她就能做出最让人大惊失色的事。

但是这时彼得想，她不是向来如此吗？

谷地近在眼前时，雪猫终于没油了。噗噗呜呜几声之后，从排气管冒出最后一缕烟，雪猫滑行了几米就停住了。

"就这样了，"迈克在驾驶座里喊着，"我们从这里开始走路吧。"

所有的人都下车，通过底下的林区，彼得听见河水的声音，因融雪而高涨的河水。他们的目的地是营区，在泥泞的春雪中，至少要花两天才能到。他们卸下装备，把自己绑在滑雪板上，他们在旅馆里找到一本鲜黄色的薄册子《北国滑雪指南》，学会了基本的方法，虽然实际执行起来比册子上的文字与图片来得困难。格瑞尔根本站不起来，就算勉强站直，也总是无助地冲出去撞树。艾美竭尽所能帮他——她一学就上手，滑得极其灵巧优雅——教他怎么做。"就像这样，"她说，"像在雪地上飞一样，很简单的。"一点都不简单，差得远呢！其他人也是吃尽苦头，可是几经练习之后，至少都还能算得上熟练。

"准备好了，各位？"彼得绑好他的束带问，大家含含糊糊地回答，时间还不到中午，太阳高挂天空，"艾美？"

女孩点点头："我想我们会很顺利的。"

"好吧，各位，留神啦。"

他们走了那座旧铁桥，越过河，转向西边，在空地上过了一夜，在第二天黄昏时抵达营区。春天已经降临山谷，在海拔较低的此地，雪差不多已经全融了，裸露的地面上厚厚一层泥泞。他们换掉滑雪板，改开部队留下的悍马，从地窖里取出粮食、燃料与武器，再次上路。

悍马的燃料够他们一路开到犹他州界，说不定还能开得更远一些。之后，除非他们找到更多油料，否则就只能再次徒步前进。他们往南走，沿着山边开，进到一片干燥的乡间，满目尽是奇形怪状耸立的红色岩石。夜里，他们尽可能找有掩蔽的地方栖身——谷物升降梯、空的拖车后座、盖得像印第安帐篷的加油站。

他们知道他们并不安全，巴柏寇克的那些病鬼已经死了，可是还有其他的病鬼。索萨的病鬼，蓝布莱特的病鬼，巴菲斯、莫里森、卡特与其他人的病鬼，这是他们已经知道的事实，是蕾西在引爆炸弹时让他们看见的事实，是艾美站在躺卧雪地死去的众鬼之间时他们看见的事实。那十二个是什么？还有更重要的，如何放其他人自由？

“我想最类似的比拟应该是蜜蜂。”迈克说，在山上的漫长岁月里，彼得让大家看蕾西留下的档案。他们花了好长时间争论不休，最后是迈克所提出的假设最能将所有的事实拼凑在一起。

“那十二个原始对象，”他指着档案说，“他们就像蜂后，每一个都有不同的病毒变种。携带病毒变种的人成为集体心智的一部分，和最初的那个宿主联结在一起。”

“你是怎么推断出来的？”霍里斯问，在所有的人里面，他最有疑心，对每个问题都要追根究底。

“首先，是他们行动的方式，你有没有觉得很纳闷？他们做的一切好像都很协调一致，因为的确如此，就像欧森说的。我想得越仔细，就越觉得有道理。他们总是成群成组地行动——蜜蜂也是，集体行动。我敢说，他们也一定先派出先遣，建立新的巢穴，就像矿坑里的那个巢穴一样。这也可以解释为什么他们每抓十个就留下一个。这可以看成是一种繁殖，一种维持血统繁衍的方式。”

“就像家族？”莎拉说。

“喂，这个说法太客气了吧。我们说的可是病鬼呢，可别忘了！不过没错，我想你可以这么想。”

彼得想起瓦希斯告诉他的事情，说病鬼是什么来着，一簇一簇的，他转述给其他人听。

“这说得通，”迈克点头同意，“现在已经没有太多大的群体存在，而且也几乎没有人了。他们缺乏食物，也缺乏新的宿主可以感染。他们像其他的生物一样，有求生的本能，所以像这样群集在一起，很可能是一种适应的行为，以保存体力。”

“你的意思是……他们现在比较弱了？”霍里斯问。

迈克想了想，摸摸他那乱七八糟的胡子。“弱不弱是相对性的。”迈克有所保留地说，“可是没错，我敢说他们现在是变弱了，回到和蜜蜂相似的状态，蜂群所做的一切都是为了保护蜂后。如果瓦希斯说得没错，我们看到的就是各自保护那十二个原始宿主的一群群病鬼，我想这就是我们在天堂所看见的情况。他们需要我们，他们需要我们活着。我敢说，还有其他十一个像这样的巢穴存在。”

“如果我们可以找到他们呢？”彼得说。

迈克皱起眉头：“那我会说很高兴认识你们。”

彼得在椅子里前倾，说：“可是如果我们可以找到呢？要是我们可以找到其他的十一个，杀了他们呢？”

“蜂后一死，蜂群也跟着死。”

“就像巴柏寇克，就像病鬼。”

迈克审慎地看看大家：“听着，这只是个理论，我们是都看见了，但这也可能是错的。况且这也没解决第一个问题，也就是要去哪里找他们。美洲大陆很大，他们有可能在任何地方。”

彼得突然发现所有的人都盯着他看。

“彼得，”是坐在他旁边的莎拉，“怎么了？”

他们总是会回家。他想。

“我想我知道他们在哪里。”彼得说。

他们继续开，第五天晚上，他们已经到了亚利桑那州，快接近犹他州边界了。格瑞尔转头对彼得说：“你知道吗，最好笑的是，我还一直以为这全是瞎掰出来的。”

他们冷得受不了，坐在一堆烧得噼里啪啦的牧豆树火堆旁。艾莉希亚和霍里斯值夜，在周边巡逻，其他人都在睡觉。他们来到一片宽广空旷的谷地，在一座跨越干涸溪流的桥下过夜。

“什么？”

“那部电影啊，《吸血鬼德古拉》。”几个星期以来，格瑞尔变瘦了，头上长出短短的灰发，也留了满腮的大胡子，现在已经很难回想起他还没加入他们队伍时的情景了，“你没看到结局，对不对？”

那天晚上一团混乱，对彼得来说，那似乎是很遥远的往事了。他努力回想，想要回忆起一连串风波的时间顺序。

“没错，”最后他说，“他们正准备杀掉那个女孩的时候，蓝色小队就回来了，哈克和范赫辛，”他耸耸肩，“我有点庆幸没看到那个部分。”

“看吧，就是这一段，他们没杀掉那个女孩，他们杀了吸血鬼，直戳进那个龟儿子的致命点。于是呢，米娜就醒了，完好如初。”格瑞尔耸耸肩，“我以前老觉得这个情节很扯，老实说，现在我可没这么确定了。在看过山上发生的事情之后，我不确定了，”他顿了一下，“你真的认为他们记得自己是谁？他们要想起自己是谁才能死？”

“艾美是这么说的。”

“而你相信她？”

“是的。”

格瑞尔点点头，沉吟了一晌：“说来好笑，我花了一辈子的工夫想要杀掉他们。我从没真的想过他们原本也是人，不知为什么，那似乎没什么重要的，现在我却很替他们难过。”

彼得知道他的意思，因为他自己也想过同样的问题。

“我只是个军人，彼得，至少以前是。可是经过这些事情，这似乎有别的意义了，就连我和你们一起在这里，感觉上都不只是机遇。”

彼得想起蕾西告诉他的故事，诺亚和那艘船的故事，突然领悟了他以前始终没能理解的意义。诺亚并不孤独，船上还有动物；当然，还不止于此，他也带了自己的家人同行。

“你觉得我们该怎么做？”他问。

格瑞尔摇摇头：“我想这不该是由我决定的，你才是那个背包里带着病毒的人。那妇人把解药交给你，而不是别人。对我来说，我的朋友啊，决定的人应该是你。”他起身拿起来复枪，“但是就军人的立场来说，再多十个唐纳迪欧，就会让武器无用武之地了。”

他们那夜没再交谈，再过两天就到莫亚了。

他们从南面接近农庄，莎拉开着悍马，彼得拿着望远镜坐在车顶。

“看见什么了？”莎拉问。

下午已经过了大半，莎拉在宽阔平坦的谷地停下车来。满是尘土的强风扬起，让彼得视线模糊。经过四天温暖的日子之后，气温再度下降，冷得像冬天。

彼得爬下车子，对着手掌哈气，其他人都抱着行囊挤在长条椅上。“我看得见房子，没有动静，尘土太厚了。”

所有的人都陷入沉默，担心待会儿会发现什么。不过至少他们有油料，在布兰汀镇南方，他们撞见——他们就这样开车经过——很大的一座储油站，二十几个锈迹斑斑的油罐像蘑菇那样从泥土里冒出来。他们知道如果路线规划正确，寻找机场和大型的城镇特别是位于铁路终点站的城镇，就可以一路找到足够的油料让他们回到家，只要这部悍马能撑得下去。

“往前开吧。”彼得说。

她慢慢往前开，开上那条有小房舍的街道。彼得心中隐隐刺痛地想，这里就和当初他们发现时一样，空荡废弃。西奥和默萨蜜早该听见他们的引擎声，出来迎接他们才对。莎拉在主屋的门廊前停下车子，熄掉引擎，所有的人都下车，屋里还是没有半点动静。

艾莉希亚打破沉默，碰碰彼得的肩膀：“我来吧。”

但他摇摇头，这是他的任务：“不，我来。”

他走上门廊，打开门，马上就发现所有的东西都变了。家具被挪动了，摆得更舒适，更有家的味道。一组旧照片摆在壁炉架上，炉火只剩灰烬。他往前迈一步，想感觉火温，但是火早就冷了，很久很久以前就冷了。

“西奥！”

没人回答，他走进厨房，所有的东西都很整齐，刷洗得干干净净，收了起来。他浑身冰冷颤抖地想起瓦希斯告诉过他的故事，说一整个小镇消失了——那个镇叫什么来着？荷马，俄克拉何马州的荷马。桌上摆着碗碟，一切都整整齐齐的，但所有的人全都消失无踪。

楼梯顶端是一条窄窄的走道，有两扇门，通往两间卧房。彼得轻轻打开第一间，空的，一张没人睡过的床。

彼得的希望破灭了，他打开第二扇门。

西奥和小默躺在大床上，睡得很沉。小默头转向旁边，毯子盖在肩上，一头黑发披散在枕头上。西奥直挺挺地仰躺着，左腿从脚踝到臀部绑着夹板。在两人之间，从裹得紧紧的被中探出来的，是宝宝那张小小的脸。

“哦，真不敢相信，”西奥睁开眼睛，绽开微笑，露出一嘴断牙，“什么风把你吹来了？”

49

小默开口要求的第一件事，是要他们帮忙埋葬康洛伊。她原本应该自己动手的，她说，可是她就是分不了身。有西奥和宝宝需要照顾，攻击事件过后，她只好把它留在那里整整三天。彼得把那只可怜动物的遗骸带到墓园，霍里斯和迈克在其他人的坟地旁挖了个洞，也同样替它竖块石头当标记。如果不是有土刚掘过的痕迹，康洛伊的坟墓和其他人的看起来并无二致。

他们那夜在谷仓里如何幸免于难，西奥和默萨蜜也无法完全解释清楚。默萨蜜抱着宝宝凯勒柏躲在汽车后座，脸贴在地板上，她听见枪响，等抬起头来，就看见病鬼躺在谷仓地板上，已经死了。她说是西奥杀了他，可是西奥说他完全不记得这回事，枪躺在几米外的地板上，靠近门——他根本够不着。听见枪响的那一瞬间，他眼睛是闭着的。等回过神来，就看见默萨蜜的脸出现在他上方，在黑暗中呼唤他的名字。他说唯一说得通的解释是：开枪的是她，她不知怎么拿到了枪，开火救了他们一家三口。

另一个可能性是还有第三个隐而未见的人——西奥在谷仓里发现的那组脚印，可是那人怎么能及时出现，又在不被察觉的情况下溜走？而且更耐人寻味的是，他干吗要这样做，实在无法说得通。他们没再在泥地上发现足迹，没有其他的证据可以证明这人的存在，他们简直像是被鬼魂给救了。

另一个问题是，病鬼既然有机会杀他们，为什么不马上动手？攻击事件过后，西奥和默萨蜜都没再回到谷仓去，那具没晒到阳光的尸体还躺在里面。但是艾莉希亚和彼得一去查看，谜团就解开了。他们以前所见过的病鬼尸体都是死后才几个钟头，而在不见天日的谷仓里躺了几天，让尸体产生了始料未及的变化。那皮肤紧绷在骨头上，让病鬼的脸恢复了可以辨识的人形容貌。这个病鬼睁着的眼睛像大理石那样雾蒙蒙的，一只手的手指张开搁在胸口，捂着枪击的伤口——他似乎很意外，甚至是惊吓。彼得立时感到一股熟悉感，仿佛隔着远远的距离，或通过意外折射的表面，瞥见一个熟人。但是直到艾莉希亚喊出名字，他才知道自己看见的是谁，而在这一瞬间，他心中所有的疑惑也一扫而空。病鬼额头的曲线，脸上迷惑的表情，以及那茫然的眼睛，他手捂伤口的姿势，仿佛在最后一刻还想确定发生了什么事，毋庸置疑，躺在谷仓地板上的这个人是葛蓝·史特劳斯。

他怎么会到这里来？他是因为出来找他们而被抓到这里来，还是恰恰相反？他想找的是默萨蜜或宝宝？他是来报仇的？来说再见的？

哪里是葛蓝·史特劳斯的家？

艾莉希亚和彼得把尸体裹在防水布里，拖出房子。他们想把尸体烧掉，可是默萨蜜反对。他或许是病鬼，她说，但他也曾经是我的丈夫，他不应该碰上这样的事。他应该和其他人一起安葬，至少该让他这样安息。

于是他们就这样办。

来到农庄的第二天傍晚，他们安葬葛蓝，所有的人都聚在院子里，只有西奥因为腿伤还躺在床上，而且还要躺上许多天。莎拉建议每个人谈一个他们印象中的葛蓝的小故事——刚开始的时候大家都有点无语，毕竟除了小默之外，大家都和他不太熟，甚至也不太喜欢他。最后他们还是想办法提起一些小故事，说葛蓝或做或说了一些有趣、亲切或有义气的事。格瑞尔和艾美则静静旁观仪式进行。等大家都讲完之后，彼得意会到这一切意义深远，他知道人凡是走过就必定会留下痕迹。他们所埋葬的尸体或许曾是一个病鬼，但他们所埋葬的这个人也确确实实是个男人。

最后一个讲话的是默萨蜜，她怀里的凯勒柏睡着了。她清清嗓子，彼得看见她眼角泛着泪光。

“我只想说他的勇敢超乎任何人的想象，其实，他的眼睛已经几乎看不见了。他不想让任何人知道情况有多糟，可是我看得出来。他只是自尊心太强，所以不肯承认，我觉得很对不起他，因为我欺骗了他。我知道他想当爸爸，或许这就是他来到这里的原因。这样说或许很怪，可是我想他会是个好爸爸，我真希望他有这样的机会。”

她沉默下来，把宝宝放到肩头，用空出来的那只手拭泪。“就这样了，”她说，“谢谢你们所做的，如果可以的话，我想一个人待会儿。”

大伙儿散开，留下默萨蜜一个人。彼得爬上楼梯到卧房，看见哥哥醒来坐在床上，绑着夹板的腿往前伸。除了断腿之外，莎拉认为他起码还断了三根肋骨。这样看来，他还能活下来真是运气好。

彼得走到窗边，望见底下的院子。小默还站在墓边，转开脸。宝宝已经醒了，开始躁动不安。小默身体前后摇晃，一手捧着贴在她肩上的宝宝小脸，试着想安抚他。

“她还在那里？”西奥问。

彼得转头看哥哥，西奥仰脸瞪着天花板。

“没关系的，如果她还在外面的话，”西奥说，“我只是……想知道。”

“是啊，她还在那里。”

西奥没说什么，表情看不出所以然来。

“腿怎么样？”彼得试探地问。

“很惨，”西奥的舌头舔着断掉的牙齿，“可是最要命的是牙齿。好像应该有东西的地方却缺了东西，我没办法习惯。”

彼得的目光再次飘向窗外，小默原本在的地方已经没有人了。他听见底下传来厨房门关上的声音，然后又打开，格瑞尔带着来复枪走了出来。他在那里站了一会儿，然后穿过院子，走到谷仓外面的柴堆旁，把枪靠在墙边，拎起斧头，开始劈柴。

“听我说，”西奥说，“我知道我留在这里让你失望了。”

彼得转身再次面对哥哥，他听见屋里传来其他人聚在厨房里讲话的声音。

“没事的，”他说，经历过这么多事情之后，彼得早就已经把自己的失望摆在一旁了，“小默需要你。换成是我，我也会这么做。”

可是哥哥摇摇头：“让我把话说完，我知道这需要很大的勇气，你所做的事。我不希望你以为我没注意到，可是我想说的不是这个，不完全是。勇气很容易，如果不鼓起勇气就会被杀的话，难的是希望。你看见了某个别人看不见的东西而勇往直前，这是我永远做不到的。我试过，相信我，只因为爸爸一心渴望我这么做，可是那不是发自我内心的。你知道最好笑的是什么吗？我一想通之后，真的很高兴。”

他的声音听起来简直带着怒气，彼得想，然而哥哥脸上却出现了愉悦的光彩。

“什么时候？”彼得问。

“什么什么时候？”

“你什么时候想通的？”

西奥眼睛往上翻：“实话？我想我一直都知道，至少心里有数。不过在发电站的第一天晚上，我才真正发现你内心的特质。不是到外面去的那件事，因为我知道那一定是小艾的主意。是你脸上的神情，就像你在外面见到了你的整个人生。我当然骂了你一顿，那是个蠢主意，很可能会害我们大家都没命。可是我却觉得如释重负，我知道我不必再保护任何人了。”他叹口气，摇摇头，“我从来就不希望像爸爸那样，彼得。我向来认为长征是很疯狂的事，甚至在他还没一去不返之前就这么认为，我看不出来这有什么道理，可是现在看着你，还有艾美，我知道有没有道理并不重要。你们所做的，是基于信念。我不嫉妒你，而且我知道终此一生，我每一天都会替你担心，可是我以你为荣，”他顿了一下，“想知道另一件事吗？”

彼得惊诧得无法回答，他只能点点头。

“我想救了我们的真的是鬼魂，你问小默，她会告诉你。我说不上来为什么，可是这个地方有点不太一样。当时我想我死定了，我想我们全都死定了，我不仅这样想，而且我知道，我就是知道。这个地方仿佛守护我们，照顾我们，告诉我们说，只要待在这里就会很安全，”他若有所思的眼神迎向彼得，“你不必相信我。”

“我没说我不相信。”

西奥笑起来，因为缠着绷带的肋骨疼痛而皱起脸。“很好，”他头躺回枕头上，说，“因为我相信你，老弟。”

他们暂时哪里都不能去，莎拉说西奥的腿至少需要六十天才能走动，而默萨蜜还很虚弱，因为漫长而痛苦的生产过程而体力大失。在所有人之中，宝宝凯勒柏似乎反而是最健康的一个。才出生几天，他就睁大明亮的眼睛，四处张望。他对每一个人都露出甜甜的笑容，特别是艾美。只要一听到她的声音，或一感觉到她踏进房里，他就会发出尖锐愉快的叫声，手舞足蹈起来。

“我想他喜欢你，”有天默萨蜜在厨房想给宝宝喂奶时说，“如果你想的话，可以抱抱他。”

在彼得和莎拉的注视下，艾美坐在餐桌旁，默萨蜜轻轻地把凯勒柏放进她怀里。他一只手伸到毯子外面来，艾美把脸贴近他，让他用小小的手指抓住她的鼻子。“小宝宝。”她微笑着说。

小默苦笑：“他是个小宝宝啊，没事的，”她一只手掌贴在胸前，捂住疼痛的乳房，微微呻吟，“他是个男生。”

“我从没见过小宝宝，”艾美凝视他的脸，他的每一分每一毫都这么新奇，仿佛全身漾满神奇的生命之水，“嗨，宝宝。”

这屋子不够大，无法容纳所有的人，而且宝宝需要安静的环境，所以他们拿出备用的床垫，挪到小径对面那些空屋子里。这里已经多久没有人烟了？这些房子已经多久没有人住了？河边一丛丛的苦红莓结了果，因为阳光的滋润而变得甜美；水里鱼儿跳跃。艾莉希亚每天出门打猎，浑身尘土地微笑归来，斜挂在背上的束带甩荡着猎物：长耳野兔，肥嘟嘟的负鼠，长得像松鼠和土拨鼠混血但尝起来却像鹿肉的东西。她不带枪也不带弓，只靠着一把刀。“只要有我在，绝对不会有人饿着。”她说。

这是快乐的时光，惬意的时光——粮食充裕，白昼温和且渐渐变长，夜晚平静安全无虞，苍穹缀满星辰。然而，对彼得来说，心头仍悬着一抹焦虑的乌云。他隐隐知道，这只是因为他明白眼前的一切有多么短暂，他们终将离开，而等那一刻来临时，问题就来了——粮食、燃料、武器，甚至搭载空间的配置，都将是问题。他们只有一辆悍马，不能容纳所有的人，特别是还有一位带婴儿的母亲。此外，他们回去之后，在殖民地会碰上什么问题，也还是未定之数。那里的灯还亮着吗？尚杰会逮捕他们吗？仅仅几个星期之前都还显得遥远，不足以挂心的忧虑，这时似乎已近在眼前了。

然而，这并不是最令他在意的问题，问题是病毒，还有十剂病毒装在闪亮的金属盒里，摆在他的背包中，收在他和格瑞尔、迈克共享的那个房间的柜子里。少校说得没错，蕾西之所以把病毒交给他，理由非常明显。那病毒已经救了艾莉希亚——不只是救了她，还因为这就是蕾西所谓的武器，比刀比枪比弓更有力，甚至也比她自己用来杀巴柏寇克的炸弹威力更强大的武器。但是收在金属盒里，一点用处都没有。

不过，格瑞尔有件事说错了，决定并不是彼得自己来做，他需要其他人同意。就他所打算做的事情而言，农庄是最好的地点。他们当然要把他绑起来，他们可以找间空屋。格瑞尔可以照顾他，如果情况变糟的话，彼得知道该怎么办。

有天晚上他召集大家，大伙儿围聚在院子的火堆旁边，只有默萨蜜还在楼上休息，有艾美陪在她身边帮忙照顾宝宝凯勒柏。这是他计划好的，因为他不想让艾美知道。不是因为她会反对——他很怀疑她会——而是他想保护她，不让她知道这个决定，以及这个决定所隐含的意义。霍里斯用零碎的木头做了一副拐杖，西奥勉强撑着下楼来。再过几天，夹板就可以拆掉了。彼得带着他的背包，病毒装在里面。只要大家同意，就没有必要拖延了。他们坐在火堆旁边的一圈石头上，彼得说明他的打算给大家听。

迈克第一个发言。“我同意，”他说，“我想我们应该试试。”

“嗯，我觉得这很疯狂，”莎拉打断他说，她仰脸看着其他人，“难道你不知道这是什么吗？没有人会说实话，可是我要说，这很邪恶。装在这盒子里的东西害死了几千万人！我不敢相信我们竟然会讨论这种事，要我说呢，最好丢到火里烧了。”

“你说得或许没错，莎拉，”彼得说，“可是我不认为我们可以什么都不做。巴柏寇克和众鬼或许是死了，可是那十二个的其他人还在。我们都见识过小艾的本领、艾美的本领，我们拿到这病毒并不是没有原因的，艾美来找我们也不是没有理由的，我们不能假装什么都没看见。”

“那可能会害死你啊，彼得，甚至更惨。”

“我愿意承担风险，何况这也没害死小艾。”

莎拉转头对霍里斯说：“告诉他，拜托，告诉他这个想法有多疯狂。”

可是霍里斯摇摇头：“对不起，我想我赞成彼得的看法。”

“你不可能是认真的。”

“他说得没错，这一定是有理由的。”

“理由为什么就不能是让我们大家都活着呢？”

他伸手去拉她的手：“这个理由不够充分，莎拉。我们都活着，然后呢？我想和你共度人生，过上真正的生活。不必有灯，不必有墙，不必值班守夜。或许某一天，总有人可以过上这样的生活。我们自己也许不可能，但是我不能反对彼得的看法，只要有一丝机会就不能反对，而且老实说，我也不认为你心里真的反对。”

“无论如何，我们都要和他们对抗，我们会找出那十二个的其他几个，和他们奋战，为我们自己，为人类而奋战。”

“我们会奋战到底，我保证，永远不会改变。”

莎拉沉默不语，彼得感觉到两人之间有股默默的谅解交流。等霍里斯转开视线，他已经知道他这位朋友要说什么了。

“如果有效，就轮到我。”

彼得瞥了一眼莎拉，可是他没看见她再反对，她已经接受了。

“你不必这么做的，霍里斯。”

这大个子摇摇头：“我不是为你这么做的，如果你希望我同意，那就必须如此，接受或放弃。”

彼得转头看格瑞尔，格瑞尔点点头。他再转头看哥哥，西奥坐在圆圈另一端的一截木头上，绑上夹板的腿往前伸得直直的。

“见鬼了，彼得，我怎么会知道？我告诉过你，这是你自己施展的机会。”

“不，这不是，这是大家的事。”

西奥沉吟一晌：“如果我没误会你的意思，你是打算用病毒让自己感染，然后你还希望我说，没问题，尽管做吧。而如果你在这个过程里没死或没杀了我们全部的人，霍里斯也要和你做一样的事。”

这些字眼赤裸裸的，彼得第一次怀疑自己是不是有胆量这么做。西奥的问题，他明白，是个测试。

“是的，我问你的就是这件事。”

西奥点点头：“那好吧。”

“就这样？好吧？”

“我爱你，老弟，如果我认为我可以说服你改变心意，我一定会做，可是我知道我做不到。我告诉过你，我会时时担心你，现在或许才刚开始。”

最后彼得转头看艾莉希亚，她已经摘掉眼镜，露出那双闪着橘色光芒的眼睛，在火光中更显大的眼睛。他最需要的是她的同意：没有她的赞同，他一无所有。

“好吧，”她点点头说，“我很遗憾要这么说，可是好吧。”

没有理由再拖下去了，花太多时间考虑后果，彼得知道，他的勇气可能会消散。他带他们到他准备好了的空屋——小径尽头的最后一间。这间屋子只比工具间大不了多少，内部的隔间墙差不多全拆掉了，留下裸露的梁柱。窗户已经钉上护板，这是彼得选择这间屋子的另一个原因——除了离主屋最远之外。霍里斯拿起彼得从谷仓带来的绳子，迈克和格瑞尔从旁边的屋子里拖来一张床垫，有人带了提灯过来。趁霍里斯把绳子绑在梁柱上时，彼得脱掉上身的衣服，仰躺下来。他突然紧张起来，对周遭一切的感觉鲜明到简直可以说是痛苦的地步，心脏在胸膛里狂乱跳动，他抬眼看格瑞尔。两人之间一阵静默的交流：万一发生了，不要迟疑。

霍里斯把绳子绑在彼得的双臂双腿上，让他四肢摊开躺在床垫上。床垫闻起来有老鼠味，他深吸一口气，想办法让自己平静下来。

“莎拉，动手吧。”

她怀里抱着那个装病毒的盒子，一手拿着还封在塑料套里的针筒，彼得看见她的手在颤抖。

“你可以动手了。”

她把盒子交给迈克。“拜托。”她求他。

“我要拿这东西怎么办？”他把盒子拿得离身体远远的，想交回给莎拉，“你才是护士。”

彼得很恼火，再拖下去，他的决心也会没了：“谁来动手？拜托。”

“我来。”艾莉希亚说。

她从迈克手中接过盒子，打开来。

“彼得……”

“又怎么了？见鬼啦，小艾！”

她伸出手来让他看：“这盒子是空的。”

艾美，他想，艾美，你做了什么？

他们找到她时，她正跪在火堆旁边，把最后一瓶病毒丢进火焰里，宝宝凯勒柏用毯子绑在她肩上。火焰发出嗞嗞的声音，仅余的病毒液体沸腾起来，玻璃瓶随之粉碎。

彼得在她旁边蹲下来，他震惊得连愤怒的情绪都没有，他连自己心里是什么感觉都搞不清楚：“为什么，艾美？”

她没看他，但凝神盯着火焰，仿佛要确认病毒全都消失了。她用手指轻轻搔着宝宝的一头黑发。

“莎拉说得没错，”最后她说，“这是唯一能确保安全的方法。”

她的目光离开火焰，彼得看见她眼底的神色，明白她为什么这样做——她选择要替他，替他们大家扛起重担，这就是所谓的慈悲。

“对不起，彼得，”艾美说，“那会让你变得和我一样，我不能让这样的事发生。”

他们没再提起那一夜，没提起病毒，火焰，或艾美做的事。偶尔，在某些时刻，回想起这些事情，彼得会有种奇异的感觉，仿佛那只是一场梦；就算不是梦，也是像梦一般的事，带有梦境那种无可回避的本质。他也开始相信，到头来，摧毁病毒并不是如他原先所担心的大灾难，而是他们一起往旅程踏进的一大步。他们将一起踏上共同的旅程，前面有些什么在等待着，他并不知道，也不需要知道，就像艾美本身，是他会带着信念接受的事物。

起程的那天早晨，彼得和迈克、西奥一起站在门廊上，看着朝阳升起。哥哥腿上的夹板终于拆掉，可以走路了，但有点跛，而且很容易累。门廊下，霍里斯和莎拉正把最后的行囊搬上悍马，艾美还和小默一起待在屋里，小默在起程前最后一次给凯勒柏喂奶。

“你知道吗，”西奥说，“我有种感觉，如果有朝一日我们还能回到这里来，这里一定还和现在一模一样，就像和其他的一切都不相干，就像没经过时间的洗礼似的。”

“说不定你还会再回来。”彼得说。

西奥没回答，目光飘过尘土飞扬的小路。

“噢，是哦，老弟，”他摇摇头说，“我不知道，不过，能这样想想也很好。”

艾美和默萨蜜从屋里出来，所有的人都围在悍马车旁，另一次离别，另一次再会。拥抱、祝福、泪水，莎拉爬上驾驶座，霍里斯在她身边，西奥与默萨蜜和行李一起坐在后面，在悍马的载货厢里还有蕾西交给彼得的文件。交给他们就是了，彼得说，交给负责的人。

艾美探进车里，给凯勒柏最后一次拥抱。莎拉发动引擎，格瑞尔走近敞开的驾驶座车窗。

“记住我说的，从储油站直接开上一百九十一号公路往南，你应该会在艾加接上六十号公路。那条是罗斯威尔路，会带你直接通往营区，那边每隔大约一百公里，就有一座有防御设施的碉堡。我都标示在霍里斯的地图上了，注意红十字，你不会错过的。没有什么精良设施，但是可以让你们撑完旅程，汽油啦，弹药啦，你们需要的东西都有。”

莎拉点点头：“我知道。”

“而且不论你们怎么做，都要避开阿布奎基——那地方病鬼横行。霍里斯，留神了。”

大个子坐在前座，点点头：“留神了，少校。”

格瑞尔往后退开，留出空间让彼得往前靠。

“嗯，”莎拉说，“我想就是这样啦。”

“我想也是。”

“照顾好迈克，好吗？”她抽着鼻子，抹抹眼睛，“他需要……照顾。”

“你放心，”他伸手和霍里斯握手，祝他们好运，然后对着后座说，“西奥，小默，你们在后面都好吧？”

“好得不能再好了，老弟，我们柯厄维尔见啦！”

彼得退开，莎拉挂挡，让车子转个大圈，缓缓上路。他们五个——彼得、艾莉希亚、迈克、格瑞尔和艾美——默默站着，目送车子离去。一股热腾腾的尘土飞起，引擎声音逐渐远去，消失。

“好了，”最后彼得说，“日子可不会返老还童哟。”

“这算是笑话吗？”迈克说。

彼得耸耸肩：“大概是吧。”

他们拿出背包，扛到肩上，彼得从地上拎起来复枪时，不经意瞥见艾美还站在门廊边，目光紧随悍马车后的烟尘。

“艾美，怎么了？”

她转头面对他。“没事，”她说，“我想他们不会有事的。”她露出微笑，“莎拉是个很棒的司机。”

没有什么话可说了，起程的时间迫在眼前了。早晨的太阳已越过山谷，如果一切顺利，他们会在仲夏抵达加州。

他们开始徒步上路。

50

他们远远望见那一片闪光，一大片转动的叶扇在风中旋转。

是风力发电机。

他们一直走在沙漠里，横越炎热干燥之地，夜里想办法找掩蔽处栖身，如果找不到，就生火等待黎明到来。有一次，只有一次，他们看见活的病鬼，一组三个的病鬼。那是在亚利桑那，地图标示为“彩绘沙漠”的地方，那几个病鬼躲在桥下的阴影里，倒挂在铁架上打盹。一走近的时候艾美就感觉到了他们的存在。让我来，艾莉希亚说。

艾莉希亚拿下他们，一共三个，用刀搞定，他们在涵洞里找到她，看见她正把刀子从最后一个病鬼的胸口拔出来，他们都死了。太简单了，她说，他们甚至连她是什么东西都搞不清楚，八成还以为她也是个病鬼。

也还有其他病鬼的尸体，仅存的遗骸。变黑的骨架，破碎得近乎成灰的手骨或颅骨；柏油路上一块漆黑印子，仿佛锅子里烧焦的痕迹。通常他们每经过几个城镇就会碰上这样的残骸，大部分都躺在离他们睡觉的建筑不远，在大太阳底下死去。

彼得一行人绕过拉斯韦加斯外围，选择偏南的一条路线。虽然他们相信城里已经没有病鬼，但是注意安全总比事后懊悔好吧。这时正值炎夏，没有一丝阴影的白昼漫长且酷热。他们决定不去碉堡，走最短的路线，直接回家。

现在到了，他们分散开来朝发电站接近。围墙门开着。迈克走到舱门口，松开覆盖机械装置的铁板，用刀尖旋开门锁的制动栓。

彼得第一个进去，脚下有个金属的亮光闪了一下，他弯腰查看，是来复枪的弹药。

楼梯井的四面墙被枪射得粉碎，一块块水泥散落在楼梯上，灯也被射掉了。艾莉希亚踏步向前，在阴冷黑暗之中摘掉眼镜。黑暗对她来说不是问题，彼得和其他人等着她举枪下楼到控制室。他们听见她吹了声口哨，表示一切安全。

等走到楼梯底下时，小艾找到一盏提灯，点亮了。房里一团混乱，中间那张长桌已经翻倒了，显然是拿来作为防御之用。地板上散落着更多的弹药与用过的弹匣，可是控制室的面板看来却安然无恙，计量器依旧闪闪发光，他们穿过后方到储藏室和宿舍。

没有人，没有人的尸体。

“艾美，”彼得说，“你知道这里出了什么事吗？”

她和其他人一样，满脸惊诧地看着这片混乱。

“没有？你什么感觉都没有？”

她摇摇头：“我想……这是人做的。”

隐藏枪支的架子已经被拉开了，屋顶上的枪也同样不见了。眼前这是什么局面？一场战斗，可是谁打谁呢？走廊和控制室发射了好几百发的子弹，宿舍里更多，简直翻天覆地。尸体哪里去了？血又在哪里？

“嗯，有电。”迈克坐在控制面板前面说。他的头发已经垂到肩膀了，皮肤被太阳晒得黝黑，颧骨被风吹得粗糙脱皮。他敲着键盘，仔细看屏幕上跑出来的数字。“看来情况很好。应该有足够的电力可以输送上山，除非……”他顿了一下，手指敲敲嘴唇，接着他又开始疯狂地敲着键盘，不时抬头看一下数字，然后又低下头去，他用长长的指甲敲着屏幕，“这里！”

“迈克，你快说吧！”彼得说。

“这是系统的备用目录，只要电池的电力低于百分之四十，就会发送信号到发电站，要求提供更多电力。这是全自动的，全是在你看不见的情况下进行。第一次发生这情况是在六年前，从那时候开始，差不多每天晚上都有，一直到现在，一直到……我看看，到三百二十三个循环之前。”

“循环？”

“也就是天数，彼得。”

“迈克，我不懂这是什么意思。”

“意思是，要么有人搞懂怎么修好电池了，这我很怀疑，要么就是他们已经不再接收电流了。”

艾莉希亚皱起眉头：“这没道理啊，他们为什么不接收呢？”

“因为有人把灯给关了。”他说。

他们一夜辗转反侧，在清晨出发，中午时分已穿过巴宁，开始上坡。一行人停在一棵高大的松树树荫里休息时，艾莉希亚转头看着彼得。

“万一迈克猜错，而我们全被逮捕了，我希望你知道，我会说那些人全是我杀的。不论他们要怎么惩罚，我都接受，可是我绝不让他们动你，他们也不准碰电路和艾美。”

他早就料到了：“小艾，你不必这么做，在这个节骨眼上，我不相信尚杰还会怎么样。”

“或许不会吧，可是我们得先把话说清楚。我不是在请求你的同意，准备好就是了，格瑞尔，了解吗？”

少校点点头。

可是这个警告根本没用，他们一穿过上野，转过上坡路的最后一个弯口时，就已经知道了。他们看见城墙了，耸立在林木之上，墙道上空无一人，连半个守望员的影子都没有，充满诡异静寂的气氛。大门敞开，没有人在。

殖民地空无一人。

他们找到两具尸体。

第一具是葛罗莉亚·帕特尔，她在庇护所的大房间里上吊自杀，在那一大堆空床与婴儿床之间。她用一架长梯爬上去，把绳子绑在接近门口的屋椽上。梯子已倒在她的脚尖下，她把绳圈套在脖子上，脚一踢，让梯子倒在地上的那一刻永远停驻在时光里。

另一具尸体是姑妈，是彼得找到她的，坐在她房子外面那块小空地的椅子上。她已经去世好几个月了，他知道，然而外表看来却没有太大的变化。只是他伸手摸摸她摆在膝上的手时，却感觉到死亡的冰冷僵硬。她头往后仰，一脸安详宁静，仿佛只是睡着了。她一定趁着夜幕低垂时到屋外来，他知道，因为灯没亮。她带着椅子到院子里，坐下来看星星。

"彼得，"艾莉希亚碰碰蹲在尸体旁边的彼得的手臂，"彼得，你想要怎么做？"

他抬起眼睛，才发现自己已经热泪盈眶，其他人站在他后面，一群沉默的证人。

"我们应该安葬她，葬在这里，靠近她的家，她的菜园。"

"我们会的，"艾莉希亚轻声说，"我指的是灯，很快就要天黑了。迈克说如果我们想亮灯的话，电力应该是充足的。"

他的视线越过艾莉希亚，望向迈克，迈克点点头。

"好吧。"他说。

他们关上大门，在太阳黑子广场集合——迈克除外，因为他回灯屋去了。这时天刚薄暮，天空开始变紫，万物似乎悬而未决，连鸟儿也不鸣唱了。这时啪的一声，灯亮了起来，让他们沐浴在强烈明亮的光线里。

迈克来到他们身边："我们今天晚上不会有事。"

彼得点点头，他们陷入沉默，静静思索这意在言外的事实：再过一夜，第一殖民地的灯再过一夜就要永远熄灭了。

"现在呢？"艾莉希亚问。

静寂中，彼得感觉到朋友环绕身边，艾莉希亚的勇气是他不可分割的一部分。迈克长得精瘦结实，已经是个大男人了。格瑞尔，拥有睿智与军人气质的格瑞尔。还有艾美。他想到他所见过与所失去的——不只是他认识的，也包括那些他不认识的——他知道自己的答案是什么。

他说："现在我们要开战了。"

51

黎明前的最后一个钟头，艾美独自溜出房子，住这个房子的老妇人是姑妈，已经死了。他们把她埋在她坐着的地方，遗体用床上拿来的被子裹起来，彼得在她胸口摆了一张从她卧房拿来的照片。泥土很硬，他们花了好几个钟头挖坑，全部搞定之后，他们就决定在这里过夜。这老妇人的房子，彼得说，和其他的房子一样舒服。他有自己的家，艾美知道，可是他似乎不愿回那里去。

彼得大半夜都醒着，坐在老妇人的厨房里，读着她写的书。他在提灯的灯光下眯起眼睛，翻看一页页细小整洁的字迹。他泡了一杯茶，但是没喝，就摆在桌上，碰都没碰，看书看得忘神了。

最后彼得睡着了，迈克和格瑞尔接艾莉希亚的班，负责守下半夜。艾莉希亚此时则在墙道上，艾美走到门廊上，拉着门以免砰的一声关上。她光着脚，底下的泥土沾着露珠，冰凉凉的，路面上一层松针，软绵绵的。她很轻松就找到输电管底下的隧道，钻进舱口，扭动身体穿了过去。

她已经感觉到他好几天，好几个星期，好几个月了，她现在知道了。她已经感觉到他好多年了，自从一开始就感觉到了。从在米拉格罗的那天，从不说话的那天，从看见那艘大船那天，以及更久更久之前，在她内心不断延伸的这些岁月里一直都在。那个跟踪她的人，那个总是近在咫尺、让她内心由衷感受到他的哀伤的人——那是思念她的哀伤。

他们总是会回家，而家就是艾美所在之处。

她钻出隧道，黎明就快来了，天空开始泛白，四周暗沉的夜色开始像蒸汽那样消融。她离开墙边，踏进树丛里，闭上眼睛，让心灵伸展开来。

——到我这里来吧，到我这里来吧。

静寂。

——到我这里来吧，到我这里来吧，到我这里来吧。

这时她感觉到了一阵沙沙声，不是听见，而是感觉到，滑过每一寸肌肤的表面，滑过她的每一个部分，宛如微风轻吻过她的双手、颈部、脸庞的皮肤，她头发底下的头颅，她睫毛的尖端。一阵渴望的轻风，呼唤她的名字。

艾美。

——我知道你在这里，她说着掉下泪来，一如他在心中哭泣，因为他的眼睛无法落泪——我知道你在这里。

艾美，艾美，艾美。

她睁开眼睛，看见他蹲在面前。她走向他，摸着他原本该有泪的脸颊，伸手揽他入怀。抱着他，她感觉到他的魂魄就在她心里，和她带着的其他人不一样，因为这个魂魄也是她自己的魂魄。回忆像水一样涌过，在雪地里的那幢木屋、那座湖、亮晶晶的旋转木马，还有那一夜，他的大手握着她的手，两人一起在天堂檐下翱翔的感觉。

——我知道，我知道，我一直都知道，你是爱我的那个人。

朝阳从山头升起，阳光洒在他们身上，宛如划过地表的光剑。她抱着他，抱得越久越好，把他紧紧抱在心里。在她上方的墙道上，艾莉希亚正在看着，艾美知道，可是无所谓。她所目睹的是她俩之间的秘密，一件知道却永远不会说出来的事，就像彼得的身份一样，而艾美相信艾莉希亚也知道。

——记得啊，她对他说，记得啊。

可是他已经离开了，她怀里空荡荡的，华格斯特飞起来，他飘走了。

颤抖的光线拂过树林。

52

摘自莎拉·费雪日记（莎拉之书）
发表于第三届北美疫期全球会议
人类文化与冲突研究中心
新南威尔士大学
印澳共和国
疫后一〇〇三年四月十六至二十一日

（摘录开始）

第二百六十八日

离开农庄三天，天刚亮的时候，我们今天早上进入了新墨西哥。路况很糟，可是霍里斯确信这条是六十号公路。平坦开阔的原野，虽然北方还看得到山。偶尔，路边会出现很大的空告示板，到处都是废弃的汽车，有些还堵住了路，行进很慢。宝宝烦躁得直哭，我真希望有艾美在这里安抚他。我们昨天晚上不得不在旷野过夜，所以每个人都累，接连打瞌睡，连霍里斯也是。油料的问题也值得担心，因为除了油箱里的油之外，只有从地窖拿来的另一桶备用油。霍里斯说我们还要五天，或许六天，才能到罗斯威尔。

第二百六十九日

太高兴了，我们今天看到了第一个红十字——大大的红色十字矗立在一座谷仓旁边，有五十米高。小默坐在车顶，第一个看见，大伙儿开始欢呼。我们在这个红十字后面的水泥碉堡过夜。霍里斯认为以前这里可能是加油站，阴暗潮湿，到处都是管子。大圆桶里有燃料，就像格瑞尔说的，我们在过夜休息之前，先用虹吸法把油加到车上。这里没什么地方可睡，只有硬邦邦的水泥地，可是因为我们已经很接近阿布奎基了，所以大家都认为我们不该睡在户外。

和宝宝睡在同一个房间里感觉很怪，也很棒。听他发出的轻微噪声，连睡熟了以后也还咿咿呀呀的。我还没把消息告诉霍里斯，想等更确定之后再说，可是我隐隐觉得他已经知道了。他怎么可能不知道？我相信这根本就写在我脸上。不管什么时候，只要一想起来，我就忍不住微笑。今天晚上搬燃料的时候，我发现小默盯着我看，我说，怎么了？你干吗盯着我看？她说，没什么。只是，你有事情要告诉我吗，莎拉？我尽力装出一脸无辜的样子，这并不容易，告诉她说没有，你在说什么啊？她笑着说，那好吧，我是无所谓啦。

我不知道我干吗想这些事，可是如果宝宝是个男生，我要叫他裘伊，如果是女生，就叫凯特，也就是我爸妈的名字。说来奇怪，对某件事感到这么快乐，却会惹得你对另一件事感到那么悲伤。

我们都很想知道其他人的情况，希望他们一切安好。

第二百七十日

今天早上，悍马车子旁边都是足迹，看起来总共有三个。他们为什么不闯进碉堡来还是个谜——我相信他们一定闻得到我们的味道。希望我们可以尽快赶到苏柯洛，有足够的时间可以为夜晚做准备。

第二百七十日（续）

霍里斯很肯定这个碉堡必定是旧的油管系统的一部分，我们已经锁好入口准备过夜，现在我们等着（**以下无法辨识**）

第二百七十一日

他们又来了，比三个多得多。一整个晚上，我们都听见他们刮擦碉堡大门的声音。今天早上看见到处都是足迹，多得数不清。悍马的挡风玻璃破了，其他车窗也差不多无一幸免。我们留在车里的东西都被砸到地上，撕裂后压得粉碎，我怕他们早晚会想要闯进碉堡里来。

门闩撑得住吗？凯勒柏哭了大半夜，不管小默怎么哄都没用，所以想知道我们人在哪里根本就不困难。该怎么制止他们呢？

这是一场比赛，大家都知道，今天我们穿过白沙导弹基地到卡里索索的碉堡。我想告诉霍里斯，但是办不到，我就是办不到，无法这样开口，我希望等到了营区再说。

我不知道宝宝是不是知道我有多害怕。

第二百七十二日

今晚没有动静，大家都松了一口气，希望我们已经摆脱他们了。

第二百七十三日

抵达罗斯威尔之前的最后一个碉堡，这地方叫宏铎。我很担心这会是我的最后一程。一整天，他们都跟着我们不放，跟随我们进到树林里。我们听得见他们在外面活动的声音，而现在才刚黄昏，凯勒柏也很不安分。小默把他搂在胸前，一直哭一直哭。他们想要的是凯勒柏，她不停地说，他们想要凯勒柏。

噢，霍里斯，我好遗憾我们离开了农庄，我真希望我们可以拥有那样的生活，我爱你我爱你我爱你。

第二百七十五日

看到我写的最后一程那几个字，我简直不敢相信我们活下来了，我们已经熬过这恐怖的一夜了。

病鬼并未展开攻击，早上我们打开门，发现悍马已经翻倒在一个泥坑里，像是坠落地面的折翼鸟，引擎已经坏得无法修复了。引擎盖躺在一百米之外，他们扯下轮胎，撕成碎片。我知道我们运气好才能熬过这一夜，可是我们现在没车可开了。根据地图，距营区还有五十几公里，可以一试啦，但西奥是走不到了。小默想留下来陪他，可是他当然不肯，而且我们也都不同意。既然他们昨天晚上没杀了我们，西奥说，我相信如果迫不得已，我可以再撑一夜。你们上路吧，趁天黑之前多赶点路，等到了之后再派车过来接我。霍里斯用绳子和部分座椅弄了一条背带，让小默可以背凯勒柏。西奥亲吻他俩道别，然后关上门，锁上门闩，我们就这样上路了，什么都没带，只带了水和来复枪。

结果不止五十公里，比五十公里远得多，营区在城市的另一头。可是无所谓，过了中午之后没多久，就有一辆巡逻车救了我们，竟然是尤斯塔斯少尉。看到我们真的很让他想不通，不过无论如何，他派了辆悍马去碉堡，现在我们全都在营区的围墙里，安然无恙。

我是在平民营地里写的（总共有三个营地，一个给士兵，一个给军官，还有一个给平民工作人员），其他人都已经去睡了。这里的指挥官叫库洛雪克，和瓦希斯一样，也是将军，可是除此之外，无一相似。面对瓦希斯，你可以知道在那军人的坚毅外表之下，他还是个有血有肉的人；可是库洛雪克看来是这辈子连笑都没笑过的人。我也感觉到格瑞尔麻烦大了，而且我们其他人都会遭殃。明天早上六点钟，我们要去做简报，到时候我们可以说出全部的来龙去脉。和罗斯威尔营区相较之下，科罗拉多的那个营区简直是不堪一击。我想这里大概和殖民地差不多大，有铁桩支撑的高大水泥墙一直延伸到操场。我唯一想得出来的形容词是这里像只内外翻转的蜘蛛，有一大堆的帐篷和其他的固定建筑。整个傍晚不断有车子开进来，大型的坦克和载满人、枪与补给品的大卡车，驾驶舱外面装了一整圈的灯。到处弥漫着引擎的轰隆声、油料燃烧的气味以及火把摇曳的火光。明天我要去找疗养所，看能不能帮上什么忙。这里也有其他的女人，不太多，但有几个，大部分都是医护队的。而我们既然待在平民区，当然也就可以自由走动。

可怜的霍里斯，他累坏了，所以我还没有机会把消息告诉他。今天晚上会是我独守秘密的最后一个晚上，是不让其他人知道的最后一个晚上。我不知道这里有没有人可以替我们证婚，说不定指挥官可以，可是库洛雪克不像这种人，也许我应该等迈克到柯厄维尔和我们会合再说。他应该是陪我走上红毯的人，如果他不在场，对他太不公平了。

我应该也筋疲力尽了，可是并没有，我太兴奋，睡不着。或许是我自己的想象，但是坐得直挺挺地一闭上眼睛，我就感觉到宝宝在我身体里面。不是在动，不是那样的，要说胎动现在还太早。只是一种温暖、充满希望的存在，我的身体孕育着新的灵魂，等着来到这个世界。我觉得……该怎么说呢？幸福，我觉得很幸福。

外面有枪声，我要去看看。

——文件终结——

发现于罗斯威尔遗址（“罗斯威尔大屠杀”）

16 区，267 号地址

北纬 33° 39′，西经 104° 50′

第二线深：2.1 米

编号 BL1894.02